Ein totes Kind und doppelte Schatten

D1642081

Vertrauen kann tödlich sein in der

Edition BoD
_____

hrsg. von Vito von Eichborn

Coldàn

Ein totes Kind
und
doppelte Schatten

Peru - New York - München,
verbrecherische Freunde und unersättliche Gier:
Der Roman einer gnadenlosen Verfolgungsjagd

Edition B**o**D

Bücher für Entdecker

Books on Demand bietet Autoren ein neues Verlagskonzept. Viele Debütanten, etablierte Autoren und engagierte Verleger nutzen den Publikationsservice von Books on Demand und bereichern den Buchmarkt mit interessanten und außergewöhnlichen Titeln. Vito von Eichborn, einer der innovativsten Buchmacher Deutschlands, wählt als Herausgeber für die Edition BoD herausragende Neuerscheinungen aus. Lesen Sie selbst, welche Entdeckungen das Programm von Books on Demand möglich macht.

Mehr Infos auch auf www.bod.de.

Coldàn, gebürtiger Münchener, Jahrgang 39, Diplom-Kaufmann, war als Student Reiseleiter in Touropa-Fernexpressen, Maschinenreiniger und Koch auf Frachtern. Nach dem Studium stieg er ins Management der Großindustrie mit weltweiten Zuständigkeiten auf. Noch heute lebt er mehrere Monate im Jahr in seinem Haus in Acapulco, die überwiegende Zeit in Südfrankreich. Seine vielfältigen internationalen Erfahrungen erlauben ihm die authentische Einbeziehung unterschiedlichster Milieus in die Gestaltung seiner Romane. Nach „Abgrund - Hetzjagd im Dunkel der Welt" und „Absturz... Freunde, Feinde, Mörder" ist „Doppelter Schatten" sein drittes Buch. Coldàn ist verheiratet und hat zwei Söhne und vier Enkel.

Vito von Eichborn war Journalist, dann Lektor im S. Fischer Verlag, bevor er 1980 den Eichborn Verlag gründete, dessen Programm noch heute ein breites Spektrum umfasst: Humor, Kochbücher und Ratgeber, Sachbücher aller Art, klassische und moderne Literatur sowie die Andere Bibliothek. Nach seinem Ausstieg im Jahre 1995 war er u.a. Geschäftsführer bei Rotbuch / Europäische Verlagsanstalt und sechs Jahre Verleger des Europa-Verlags. Seit 2005 ist Vito von Eichborn selbständig als Publizist tätig und fungiert u.a. seit März 2006 als Herausgeber der Edition BoD. Im Jahr 2010 hat er seinen Lebensmittelpunkt nach Mallorca verlegt (siehe www.vitolibri.de).

Meine Buchhändlerin sagte mir,
„ja", sagte sie …

J a, das Thema hört sich ganz gut an. Ich habe nur das Problem, dass die Fluten an Krimis der letzten zwanzig Jahre mich längst überrollt haben. Wie viele Krimis braucht die Menschheit?"

„Zugegeben, dass jeder dritte neue Roman auf dem Markt ein Krimi ist, irritiert auch mich. Aber was soll's – wenn ein Roman gut konstruiert ist, seine Charaktere mich interessieren, das Ganze spannend ist, ist das Genre doch schnurz. All das hat dieses Buch. Im Grunde behandelt es wie jede Literatur von Shakespeare bis Dostojewski Schuld und Sühne, den Kampf um Gut und Böse im Menschen …"

„Ja, aber es geht doch um einen Mord?", unterbrach mich meine Buchhändlerin, wie sie es immer macht, „und um die Aufklärung des Falls? Also bitte von vorne: Wie ist die Handlung?"

„Also gut. Ein Dorf in Peru, New York und vor allem München sind die Schauplätze. Der gute Held, Timo Rossik, erfolgreicher Geschäftsmann, und der Böse, Bernhard, sein Partner in der Internetfirma, sind die Gegenspieler. Auf der Seite des Bösen sind auch Georg, ihr gemeinsamer Freund, und Thorlef, der Psychiater, an den der verwirrte Timo sich um Hilfe wendet. Außerdem spielen Henryk, Transsexueller und gedungener Mörder, die Geschäftspartner in New York, die gequälte Frau von Bernhard und eine pfiffige Kommissarin eine Rolle …"

„O Mann, den Plot will ich wissen", funkte meine Buchhändlerin dazwischen.

„Timos Frau stammt aus Peru, wohin sie mit ihrem Kind flüchtet, weil sie's in Deutschland nicht aushält. Dann wird ihre achtjährige Tochter entführt und ermordet, wenig später auch sie selbst. Timo war zur Beerdigung des Kindes dort und steht unter Verdacht. Doch er besticht einen Polizisten und verschwindet.

Als er in New York eine für die Firma existenziell wichtige Verhandlung über den Vertrag für einen Großauftrag führt, wird ein Mordanschlag auf ihn verübt. Ebenso wenig später in München. Er taucht unter und wird gnadenlos verfolgt. Der Vertrag wird aus seiner Wohnung geraubt. Der Verdacht verdichtet sich, dass hinter all dem sein Partner stecken könnte. Und an allen Schauplätzen verfolgt ihn ein Schatten: Henryk, manchmal auch als Frau verkleidet, hat den Auftrag, ihn umzubringen."

Meine Buchhändlerin schaute nun nicht mehr skeptisch, sondern durchaus gespannt. „Das hört sich nach einer gut gemischten Geschichte an. Was steckt denn hinter dem Ganzen?"

Sie hatte den Instinkt der erfahrenen Leserin und die richtige Frage gestellt.

„Das darf ich nicht verraten, um die Spannung des Lesers nicht im Vorfeld herunterzukochen. Die Spannungen in Bernhards Ehe und eine brutale Szene des Missbrauchs von Dorothee durch ihren Mann liefern einen Hinweis. Doch als sie offensichtlich auspacken will, ist sie verschwunden …"

„Das hört sich sehr verwickelt an?"

„Ja, das ist es auch – und das gehört sich so für einen guten Krimi. Ich brauche als Leser ja durchaus Irrwege und Nebenschauplätze, Verwicklungen und Andeutungen, einzelne große Szenen, die wie Kino wirken, Verunsicherungen der handelnden Figuren wie der Leser. Und neben aller Action will ich auch …"

Ich brach ab, denn es hatte an der Ladentür geklingelt. Stantepede war meine Buchhändlerin unterwegs, hatte mich stehen lassen, wie immer.

Da bleibt mir nur, mit dieser vielschichtigen Geschichte rundherum spannende Lektüre zu versprechen.

Vito von Eichborn

1

Der kleine weiße Sarg schlingerte bedenklich auf den runden Bohlen, die man zu einem hölzernen Rost zusammengebunden hatte. Vier kräftige Männerhände trugen die kindliche Last so würdevoll wie möglich den höckerigen Weg zur Kapelle San Crucecita de Berón hinauf. Doch manchmal, wenn einer der Träger in ein vom Regen ausgewaschenes Loch tapste oder an einen Stein stieß, stellte sich der Sarg fast quer, drohte auf der schiefen Fläche herabzuschlittern, wären nicht sofort von links und rechts weitere helfende Hände zur Stelle gewesen, die ihn wieder in eine vorteilhaftere Lage rückten.

Timo Rossik ließ sich inmitten der großen Menge dahintreiben, torkelte mehr, als dass er einen Fuß gezielt vor den anderen setzte. Nur manchmal stieß er ungestüm drängelnden Einheimischen den Ellbogen in die Rippen, teils aus Wut, teils um wieder etwas Raum zu gewinnen, um nicht zu sehr vom Sarg und von Verónica, seiner Frau, abzudriften. Aber meist starrte er nur auf die bedrohlich schaukelnde Totenbahre mehrere Köpfe vor ihm, jeden Moment bereit, sich nach vorn zu fräsen, um das Schlimmste, das Abgleiten des Sarges, noch abzuwenden. Er schnaufte schnell, fast keuchend, was zum einen an der Höhe des Berglandes von über viertausend Metern lag, aber auch daran, dass er immer wieder, den Blick auf die Bahre fixiert, den Atem anhielt, um danach doppelt so viel Luft schöpfen zu müssen.

Timo litt unter dem Schicksal, das der kleinen Chantal, seinem einzigen Kind, widerfahren war. Er fühlte, als sei ein Stück seiner Seele amputiert worden und mit diesem ein Teil seiner wertvollsten Gefühle. Er hatte noch zwei Valium geschluckt, um der Anspannung während der Beisetzung einigermaßen gewachsen zu sein, um nicht loszuschluchzen vor all den fremden Menschen, die sein Leid nicht mitempfanden, nicht wirklich jedenfalls.

Schon den ganzen gestrigen Tag hatten sie das „Velorio del Angelito" begangen, was bedeutete, dass sie feierten. Feierten, weil einem Kind Einlass zum Himmel gewährt wurde. Einem Kind, noch frei von allen Verfehlungen. Nicht wie irgendein Erwachsener, der in seinem Leben Tausende Sünden angehäuft und bis zu seinem unseligen Ende mit sich herumgeschleppt hatte, Beichte hin, Beichte her. Ein Kind, so jung und rein! „Hacer volar al angelito!", das Engelchen fliegen lassen! Worte aus Versen vieler Lieder, die sich immer wiederholten. Sie hatten getanzt, Feuerwerkskörper abgebrannt. Niemand durfte weinen; denn es war ein Geschenk, etwas Besonderes, wenn ein Angelito zum Himmel gerufen wurde. Auch die Mutter hatte nicht zu weinen und schon gar nicht der Vater. Aber von dieser Haltung war Timo weit entfernt.

Er hatte das Velorio gar nicht mitgemacht; hatte in einer Ecke des Patios im Hause seiner Schwiegereltern dem Treiben angewidert zugesehen. Er wäre gern mehr als einmal zu der Menge gestürzt, hätte sie angeschrien und am liebsten verscheucht. Aber er war zu matt gewesen, zu niedergeschlagen, ohne jedes Feuer.

Jetzt aber bohrte diese Wut wieder in ihm, wollte sich Luft machen, wollte sich äußern, zumindest in seinen unterdrückten Gedanken. Diese Wut auf alles! Auf alles, was ihn umgab: dieses dreckige Nest Berón, diesen schmutzigen Weg, den sie jetzt hinaufstiegen, eingezwängt in das erbärmliche Spalier dicht an dicht stehender Häuser, die es noch nicht mal schafften, zwei Meter hoch zu wachsen. Unverputzte, lehmige Wände, die vom Boden her grünlich besudelt waren; unvollendete Ziegelaufbauten auf manchen dieser armseligen Hütten, ohne das geringste Anzeichen dafür, dass sie jemals fertiggestellt würden. Berón: viertausendzweihundert Meter über dem Meeresspiegel! Mit einem Sauerstoffgerät schlief er jede Nacht, wenn er überhaupt schlief. Wenn es wenigstens noch Tarma wäre, zwölf Kilometer von Berón entfernt, größer, niedriger gelegen, wenn auch nicht viel ansehnlicher, aber näher zur geteerten Straße, die von Huancayo nach Lima führte. Die Menschen, die in Berón wohnten, sie lebten nicht viel anders als vor ein paar hundert Jahren; Menschen, die den Tod eines Kindes zum Feiern nutzten, sich besoffen.

Er fluchte über Oscar und Juana, seine Noch-Schwiegereltern. Zwar lebten sie nicht so ärmlich wie die meisten anderen in Berón, waren rechtschaffen und bescheiden, führten einen Abasto, einen kleinen Lebensmittelladen, im Zentrum des Kaffs und wohnten immerhin *zweistöckig*, mit einem kleinen Patio in der Mitte des viereckigen Baus aus Adobe. Aber sie und er waren sich nie nähergekommen, nicht vor ein paar Jahren, als sie vier Wochen zu Besuch in München gewesen waren, und schon gar nicht hier in Berón, wohin er zweimal Verónica zuliebe gekommen war.

Verónica hatte vom spanischen Blut weit mehr als ihre Eltern profitiert, die gerade so viel davon hatten, dass sie etwas weniger indianisch aussahen. Sie war eine exotische Schönheit gewesen, als er sie völlig verzückt und vernarrt nach Deutschland verschleppt und sie – allen Unkenrufen von Freunden zum Trotz – in München geheiratet hatte. Nur standesamtlich lief das Ganze ab, damit er ihre Eltern und Verwandten nicht dem illustren Kreis vorführen musste. Er hatte eben heimlich geheiratet, so wie das auch ein paar seiner Freunde in Las Vegas gemacht hatten, aus welchen Gründen auch immer. Ein Irrweg war diese Ehe gewesen, jetzt noch mehr, da Chantal, der einzige verbliebene Lichtblick in den letzten Jahren, tot war.

Und dass es Chantal nicht mehr gab, daran trug Verónica eine Mitschuld. Eine gewaltige sogar! Sie hatte sich urplötzlich aus dem Staub gemacht. Mit Chantal! Und feige hatte sie es angestellt! Heimlich, als er verreist gewesen war! Ja, es hatte eine Auseinandersetzung am Abend vor seiner Reise gegeben, wie so oft, und diesmal hatte er ihr sogar eine Ohrfeige gegeben, doch eigentlich nur, um sie aus ihrem Wahn schlimmster Anschuldigungen gegen ihn wachzurütteln.

Wieder drohte der Sarg fast zu Boden zu rutschen. Timo zerteilte mit rudernden Armen die Menge, stieß vor, um noch einzugreifen, rempelte dabei leichtfertig eine alte Frau um. Feindselige Blicke von Männern mit derber, dunkel gegerbter Indianerhaut streiften ihn. Und auch Verónica, die bislang stumm vor ihm hergetrottet war, drehte sich um, schrie ihn an: Sogar hier und jetzt räume er wehrlose Menschen einfach beiseite! Erschrocken sah er auf die Frau hinab. Anscheinend hatte sie sich den Ellbogen aufgeschürft. Er zwängte ein Taschentuch zwischen den vielen Armen hindurch, doch die schon wieder halb auf den Beinen stehende Alte stieß die Hand zur Seite. Er wandte sich ab und hastete dem Sarg nach, bis er an der Kante eines Regenkraters selbst stolperte. Er fiel auf die linke Hüfte und hart auf den Hinterkopf. *Die Strafe!*, fuhr es ihm in den Sinn, weil er der Alten nicht noch mehr geholfen hatte. Und so stiegen viele Menschen einfach über ihn hinweg, solche, die sich gerade noch um die Frau gekümmert hatten. Zwischen den vielen Beinen, einige Meter weiter vorn, erkannte er den Rocksaum Verónicas. Endlich streckten sich einige Hände zu ihm hinunter. Hände von Männern, zu denen die gleichen Gesichter gehörten, *Indígenas*, Eingeborene in der bunten Tracht des Berglands. Doch er konnte nicht reagieren; lag auf spitzen Steinen, die in seinen Rücken stachen, von denen er sich schnellstmöglich befreien wollte, was er aber nicht konnte, da er keine Hand greifen konnte, unfähig, die eigene zu bewegen. Er war wie gelähmt; denn was er sah, war unglaublich: Über den Gesichtern zwischen breitkrempigen Hüten – ganz deutlich – war

Chantal, behutsam schwebend, hinter einem zarten weißen Schleier, aber doch so gut zu erkennen, dass es keinen Zweifel gab. Es war *sie*, es war seine Tochter, die eigentlich vorn im Sarg hin- und hergeworfen wurde! Er versuchte seine Augen auf sie zu fixieren, so starr und fest, wie er nur konnte. Selbst wollte er feststellen, dass es nur eine Wahnvorstellung war. Doch Chantal verblieb in seinem Blickfeld, bewegte plötzlich vor ihrem Gesicht die Händchen, als wollte sie *nein* sagen. Jetzt erinnerte er sich vage, dass er sie schon im Traum so gesehen hatte. Gestern oder vorgestern. Aber in diesem Moment träumte er nicht! Er sah sie ganz deutlich. Erst als er sich endlich etwas aufrichtete, verschwand sie. Dafür erschien zwischen den vielen Hüten ein anderes Bild, das Gesicht eines Mannes, das überhaupt nicht hierherpasste. Ein weichliches Gesicht, wären nicht die tiefen Furchen neben der immensen Hakennase gewesen, südländisch zwar, aber doch ganz anders als all die Menschen, die ihn hier von oben anstarrten. Wieder rieb er sich die Augen. Das Gesicht entfernte sich. Jetzt ergriff er eine der vielen Hände, rau wie ein Reibeisen, welche ihm wieder auf die Beine half. Er spähte dem Mann nach. Ein weißer Anzug, der jetzt in einer der vielen schäbigen Gassen verschwand. Das Gesicht kam ihm nicht gänzlich unbekannt vor. Oder war es nur seine Mimik, die ihn an irgendjemanden erinnerte?

Doch dann kehrte das Bild von Chantal zurück, der Schleier, die wiegenden Händchen, direkt über all den Köpfen, fast über ihm schwebend.

Er schrie seine Helfer an. Auf Spanisch: „Habt ihr sie auch gesehen? Wo ist sie hin? Sie war es! Sagt schon, habt ihr sie gesehen, Chantal, meine Tochter? Habt ihr?" Sie hielten ihn fest, da er in den Knien weich zu werden drohte, sahen sich an.

„*Angelito?*", fragte einer der Männer, welcher ihn stützte und jetzt auf den Sarg deutete, der schon zwanzig Meter weiter war.

„Nein, verdammt noch mal! Hier, genau hier, vor nicht mal einer Minute! Weiß verschleiert, winkend! Meine Chantal!"

Wieder blickten sich die Männer an, schauten fragend zu ihren Frauen. Sie wirkten unbeholfen, nickten schließlich und einer murmelte: *„Si, si, está volando! El angelito está volando, Señor!"* Ja, ja, sie fliegt! Das Engelchen fliegt, Señor!

Allmählich begriff er, dass er doch einem Trugbild erlegen war und dass ihn die Menschen für verrückt hielten. Er sah es ihren Gesichtern an, in denen zu lesen war, dass sie nicht wussten, wie sie mit einem Irren umgehen sollten.

Trotzdem blaffte er sie nochmals an: „Und der Mann da, der dort in der Gasse verschwunden ist, gehört der zu euch? Er sieht aber nicht aus wie ihr! Warum verschwindet er plötzlich?"

Alle Gesichter wandten sich in Richtung der Gasse. Sie schüttelten ungläubig den Kopf.

Timo genierte sich plötzlich. Was gab er da von sich? War es, weil er mit dem Kopf aufgeschlagen war? „Ich bin nicht mehr ganz bei Sinnen!", sagte er laut zu sich, befreite sich mit einem Ruck von den ihn stützenden Händen und bahnte sich einen Ausgang durch den Kreis von Männern und Frauen.

Bis zum Ende des Zugs hatten sich schon mehr als zehn Meter Abstand gebildet. Er torkelte, halb benommen, so schnell er konnte, hinterher, bis er sie fast eingeholt hatte, als er plötzlich das Gesicht mit der Hakennase wiedersah. An der Ecke einer anderen Gasse, schräg gegenüber, zwölf, vielleicht fünfzehn Meter von ihm entfernt. Wieder kam ihm das Gesicht bekannt vor. Er blinzelte, um besser sehen zu können. Doch das Gesicht war schon verschwunden, und auch als er in die Gasse spähen konnte, war der Mann nicht zu sehen. Sie war menschenleer und öde, so wie alles in Berón.

*

Verónica stand zitternd am Grab. Entgegen dem Ritus der Hochland-Menschen schluchzte sie beinahe hysterisch, hinderte die vier Männer immer wieder daran, den Sarg an den zwei Seilen nach unten gleiten zu lassen, so als wollte sie das Versinken in der Erde aufhalten. „Flieg doch! Flieg doch endlich, mein Engel!", schrie sie. Immer wieder umklammerte sie einen der Stränge, sodass der Sarg jedes Mal in Schieflage geriet, bis Timo energisch eingriff.

Als es ihm endlich gelang, ihre Hände von dem Seil zu lösen, schlug sie ihm ins Gesicht und begann laut auf ihn einzuschimpfen. In der Quechua-Sprache. Er verstand kaum etwas, aber er ahnte, dass sie sich vor den Mitmenschen auf ihre Art reinwaschen wollte, freisprechen von der Tatsache, dass *sie* es gewesen war, die Chantal unbeaufsichtigt gelassen hatte. Sie bewarf ihn mit Vorwürfen über alle möglichen Verfehlungen. Das spürte er; denn er kannte ihre Art während solcher Ausbrüche. So wie manchmal in den letzten Jahren, wenn er sie wegen einer Dummheit im Alltag gescholten hatte.

Aber diesmal war es eine große, eine verhängnisvolle Dummheit gewesen. Sie hatte versagt; hatte sich mit ihrer Tochter Hals über Kopf einfach aus München davongestohlen und war in Tarma so leichtsinnig gewesen, Chantal vor dem Textilgeschäft eine Viertelstunde allein zu lassen, in ihrem mickrigen Auto, das noch nicht einmal verschlossen gewesen war.

Doch *sie* war es gewesen, die ihm schon während des Gottesdienstes in der Kirche hasserfüllte Dinge zugeflüstert und kaum auf die Worte des Priesters gehört hatte. Timo nahm sich zusammen, ertrug die Tiraden, starrte wie in Hypnose unentwegt auf den Sarg, scheinbar unempfänglich für das, was sie da gegen ihn geiferte. Aber er war nicht auf Chantal konzentriert, sondern nur auf den jetzt am Grund des Erdlochs aufsetzenden Sarg. Denn *sie* hatte er ja gesehen. Gerade vorhin erst, als er dort auf dem Weg gestürzt war und am Boden lag. Chantal mit den eigenartig fächernden Händchen, mit dem so friedvollen Gesicht hinter dem weißen Schleier. Vielleicht hatte sie bereits geahnt, was vor dem Grab passieren würde, und wollte ihm sagen, dass er keine Schuld daran hatte. Dieses Bild von Chantal wollte er in sich behalten. Das Bild des Angelito, des Engelchens.

Niemals würde er es mit Verónica teilen!

Der Priester am Grab verschaffte sich nun mit einer einzigen Handbewegung Ruhe, bevor er die Segnungen vornahm und Erde auf den Sarg warf. Verónica wurde von ihren Eltern in die Arme genommen. Die Menschen sangen recht und schlecht, und schließlich lärmten auch wieder Knallfrösche und kleine Heuler, die nicht weit vom Grab entfernt gezündet wurden. Jetzt störte es Timo nicht mehr. Er trug ihr Bild in sich, das Bild des Angelito. Der Sarg dort unten wurde zur Nebensache, je mehr er unter der aufgeschütteten Erde verschwand.

Doch auch ein anderes Bild tauchte von Zeit zu Zeit in seinem Kopf auf, ob er wollte oder nicht: Zu wem gehörte dieses Gesicht, das er zweimal entdeckt hatte? Nein, es kam ihm nicht ganz unbekannt vor. Aber vielleicht war das auch Einbildung.

*

Henryk Jester lächelte in sich hinein, als er kurz die ungläubige Miene sah, die weit aufgerissenen Augen von Timo Rossik, der dort hilflos auf dem Weg lag. Wenn er ihn erkannt hatte, machte das gar nichts aus. Er würde doch nicht glauben, was er gesehen hatte. Und wenn er darüber sinnieren sollte, konnte ihn das nur noch nervöser machen. Und das war gut für Henryks Aufträge. Den einen hatte er schon bravourös erledigt. Nur Timo durfte er noch nicht töten. Leider! Bernhard brauchte ihn noch für New York, für einen Kunden, den nur Rossik im Griff hatte. Danach aber war die Bahn frei.

*

Er hatte die Sauerstoffmaske weggerissen. Mit oder ohne, er konnte nicht schlafen, trotz dreimal zehn Milligramm Valium. *Wie ist Chantal umgekommen? Wer hat sie ermordet? Wer in dieser öden, bergigen Gegend mit ihren dreckigen Dörfern und den spartanisch lebenden Menschen?*

Er glaubte der Polizei einfach nicht. Sie sei zwar mehrfach missbraucht worden, aber nicht in diesen Tagen. Wochen könnten dazwischenliegen. Das wäre noch in Deutschland gewesen! Nein! Er wusste, was hier vor sich ging: Man wollte der Bevölkerung keinen Makel aufdrücken; denn wäre Chantal dann noch ein sündenfreies Engelchen gewesen? Oder man kannte dieses Schwein und versuchte zu vertuschen. Aus irgendwelchen Gründen! Weil jemand schmierte oder weil ein gewisser Jemand es einfach nicht sein durfte. Er hatte es Verónica gesagt. „Du musst nicht alles glauben, was die Polizei sagt!" Doch sie hatte vehement den Kopf geschüttelt und wieder zu heulen begonnen.

Timo wendete sich unaufhörlich im Bett oder setzte sich auf, damit er besser durchatmen konnte, um sich gleich wieder auf das Kopfkissen fallen zu lassen. Er dachte an Verónicas Ausfälle während der Predigt und am Grab. Warum hatte sie ihn auf Quechua angeschrien? Vor all den Menschen. Hatte sie ihn gar beschuldigt? Vielleicht dass *er* es sogar war, der sie missbraucht haben könnte? Vielleicht hatte sie sogar selbst ein Komplott mit der Polizei geschmiedet – gegen viel Geld? Um sich an ihm zu rächen, für was auch immer? Denn er hatte nie genau gewusst, was in ihrem Kopf vor sich ging. Oft hatte darin ein Schwarm wirrer Ideen gewütet, zumindest in den letzten Jahren. Und als er sie endlich zum Psychiater, seinem Freund Doktor Thorlef Engelcke, geschleppt hatte, sprach der nur von leichten Depressionen. Das war geradezu lachhaft gewesen! An seiner Psyche hatte Thorlef viel mehr auszusetzen gehabt, was er damals für völlig unsinnig hielt. Jetzt war er sich nicht mehr so sicher, nach all dem, was ihm am Nachmittag auf dem Weg zum Grab widerfahren war. Noch tat die Hüfte weh und sein Kopf brummte vom Sturz mitten unter den Einheimischen.

Endlich wurden seine Lider so schwer, dass sie wieder und wieder wie schwere Vorhänge nach unten zogen. Doch im Halbschlaf schrak er hoch, da plötzlich das Herz maßlos und unregelmäßig pochte. Er musste sich einfangen, es sich bestätigen, dass er noch lebte, obwohl er es in diesen Momenten gar nicht mehr richtig wollte. Durch tiefes Atmen beruhigte er sich schließlich wieder, doch die Angst blieb, dass es ihm erneut widerfährt, und so hielt er die Augen krampfhaft offen, bis sie sich schlossen, ob er wollte oder nicht. Aber wenig später riss er sie abermals auf, als er ein Geräusch wie einen Windstoß im Zimmer hörte, und dann sah er sie wieder: Chantals Gesicht – draußen vor dem Fenster, hinter einem weißen Schleier, schwebend, das eine Händchen vor ihrem Kinn hin und her fächelnd, als wollte sie ihm etwas sagen; vielleicht, dass irgendetwas nicht stimmte. Aber was? Er rieb sich panisch die Augen, blickte wieder zum schmalen Fenster, dessen Holzladen gegen die Wand schepperte, doch Chantal war plötzlich weg. Dafür sah er ein anderes Gesicht, das des Mannes mit der Hakennase. Er sah ihn ganz deutlich, obwohl es Nacht war. Sie starrten sich durch die stumpfen Scheiben an. *Ich seh ihn doch*, hämmerte er sich ein.

Es war keine Schimäre, wie kurz zuvor noch. Das konnte nicht sein. Dennoch schüttelte er wild den Kopf, wie um sich zu vergewissern, ob er auch wirklich richtig tickte, ob seine Augen noch funktionierten. Wieder sah er zum Fenster. Das Gesicht war verschwunden. Er sprang vom Bett und zur Tür hin, schob den großen Riegel zurück und riss sie auf. Der Patio lag im Dunkel, leichter Wind wehte. Er blinzelte intensiv, um die Finsternis aufzuhellen. Nichts! Kein Mensch! Alle Türen schienen verrammelt. Vielleicht war er tatsächlich krank und Thorlef hatte das damals schon erkannt. Nur: Das Gesicht kam ihm bekannt vor, aber es gehörte zu jemandem, der in seinem Leben keine Rolle spielte. Bislang! Er dachte nach. Oft hatte nur die Mimik eines Menschen einen Doppelgänger. Wen sah er da, wem sah der Mann ähnlich? Welches Ereignis löste dessen Bild in ihm aus? Oder war es ein Film? Er brütete, während er auf der Bettkante saß. Schließlich rollte er zur Seite, grübelte weiter und verhalf dadurch dem Valium zum Erfolg, schlief endlich ein, noch ein Bein über dem Bettrand.

*

Verónica lag auf dem harten Bett, dessen Holzrahmen bei jedem Atemzug knarzte. Sie schlief nicht. Ihre Gedanken rotierten. Wie konnte *er* bestraft werden für das, was er ihr angetan hatte? All die Jahre inmitten dieser Snobs, dieser verlogenen Welt, durch die sie in diesen Strudel hineingerissen worden war! *Er hat Schuld, nur er! Von Anfang an! Er wollte mich nur vorzeigen, weil ich anders war als die Münchner Damenwelt. Er hatte was Besonderes an Land gezogen. Aber sonst war ich ihm schnell egal. Kein Wunder, dass ich mich breitschlagen ließ! Treue … Was ist das schon? Was Moralisches, was Katholisches? Heuchelei ist es! Nur der Exzess mit Chantal …*

Jetzt fiel es ihr wieder schwer, die Schuld umzuverteilen. Erst als sie wie immer zu dem Schluss kam, dass Timo – und zwar nur er – Auslöser für alles war, fand sie den Trost für sich zurück. Gäbe es ihn nicht, dann …! Sie wünschte ihm den Tod.

Inmitten dieser abgründigen Gedanken fiel aus dem Nichts ein Kissen auf ihr Gesicht. Als sie es wegzustoßen versuchte, berührten ihre Hände zwei feste, unbehaarte Arme, die noch einmal kurz das Kissen anhoben, um ihr einen letzten gellenden Schrei zuzugestehen: „Timo, Timo!"

*

Erst spät am Morgen wachte Timo auf. Er war vom Valium völlig benommen. Trotzdem kehrten seine Gedanken sofort zu den Bildern der Nacht zurück. Er wiegte voller Zweifel den Kopf, war sich jetzt nicht mehr so sicher, ob sich die Trugbilder vom Nachmittag vielleicht nur im Traum wiederholt hatten. War er wirklich aufgestanden, um die Tür zu öffnen und im Patio nach dem seltsamen Mann zu sehen?

Es klopfte. Er öffnete einem jungen Mädchen, das er flüchtig gestern im Trauerzug gesehen hatte. Sie brachte ein karges Frühstück auf einer Schiefertafel herein, ein bisschen Fladen, Marmelade und Mate-Tee. Die Schiefertafel hatte sicher Chantal gehört, dachte er. Dass er nicht mehr bei Oscar, Juana und Chantal in der Küche hatte sitzen dürfen, um zu frühstücken, ging auf Verónicas ständige Vorwürfe zurück. Er war nicht mehr in der Wohnung geduldet.

Er kaute lustlos an einem abgerissenen Stück Fladen und aß einen Löffel Marmelade, schlürfte den heißen Tee, das Einzige, was ihm schmeckte. Dann stand er auf und ging zum Fenster. Erst als er mehrere Minuten durch die kleine Scheibe gestarrt hatte, ohne dass sich seine Lider im Geringsten bewegten, die Augäpfel schließlich zu brennen begannen, wurde ihm klar, dass er noch halb im Delirium war. Er versuchte tief durchzuatmen, öffnete dazu das Fenster. Das Mädchen hastete jetzt wieder auf sein Zimmer zu. Er öffnete ihr die Tür. Sie deckte stumm das Bett auf, stellte Geschirr und Frühstücksreste auf die Schiefertafel und verschwand damit, ohne ein Wort gesprochen zu haben.

Er wollte schleunigst weg aus diesem Berón; länger hielt er es hier nicht mehr aus! Allerdings ging der nächste Bus erst übermorgen und dann auch nur bis zur Hauptstraße, bis nach La Oroya. Von dort konnte es weiter nach Lima gehen. Aber wann? Er musste eine schnellere Lösung finden, irgendwie! Nichts wie weg und schleunigst die Scheidung einreichen, koste es, was es wolle! Hier könnte er vielleicht in den nächsten Stunden noch alles klar machen mit Verónica. Sie musste ihm ein Papier unterschreiben, damit er was in der Hand hätte, wenn er in Deutschland damit vor den Scheidungsrichter trat; denn dass sie tatsächlich nochmals nach München käme, hielt er für unwahrscheinlich. Er wollte ihr ein faires Angebot machen, das in Peru weit mehr wert sein würde als in Deutschland. Aber er musste weg! Noch heute! Weg aus diesem muffigen Zimmer, weg von der feindlich eingestellten Familie, weg aus diesem Kaff Berón, weg aus Peru! Nie wieder würde er in dieses Land zurückkehren, wo er Jahre verbracht hatte; faszinierende Jahre. Jetzt aber war alles vorbei!

Hektisch begann er seinen Koffer zu packen, um plötzlich wieder innezuhalten, seine Aktentasche hervorzuholen und sich mit der Tasche auf den Knien aufs Bett zu setzen. Er zog einen weißen Block heraus, einen Kuli und begann eine Einverständniserklärung zu formulieren, die Verónica unterzeichnen müsste. Es dauerte viel länger, als er gedacht hatte. Eine Stunde und mehr. Während er schrieb, versuchte er vergeblich, seine zitternden Finger ruhig zu stellen. Fast erkannte er seine eigene Schrift nicht. Endlich war er so weit, dass er mit der Fassung einigermaßen zufrieden war.

Schrille, entsetzliche Schreie im Patio. Er stürzte zum Fenster und sah wieder das Mädchen von vorhin, wie es die Hände vor den Kopf hielt und gellend kreischte, bis es Oscar mit seinen Armen umfasste und in den Hausflur zog.

Was war geschehen? Er zog es vor abzuwarten, doch es dauerte nicht lange. Jemand klopfte energisch an die Tür.

Vor der Tür stand derselbe Polizist, den er gestern Morgen in seinem schlampigen Revier aufgesucht hatte: Gomez, Manuel Gomez! Nur ausweichende Auskünfte hatte er gegeben, vage Angaben darüber, wie in Berón, Tarma und Umgebung nach dem Entführer und Mörder Chantals gesucht werde; natürlich ohne dass man bislang eine Spur gefunden habe. Eine äußerst magere Auskunft, in keiner Weise dazu angetan, die Hoffnung zu nähren, dass der Täter bald gefasst würde.

Der büffelige Mann in der viel zu eng sitzenden Uniform stieß ihn regelrecht zur Seite, als er ins Zimmer stürmte und sofort in seinem Koffer wühlte, die wenigen gerade eingepackten Sachen wieder herausschleuderte und auf dem Bett verstreute. „Du hast sie umgebracht! Stell dich an die Wand, Hände nach oben! Spreiz die Beine!"

Der schnaufende Koloss hinter ihm untersuchte ihn fahrig. „Das hat sie euch allen eingeredet!", stotterte Timo verstört. „Und ihr glaubt das einfach, statt dass ihr richtig zu suchen anfangt!", schrie er wütend gegen die Wand. „Chantal war alles, was ich liebte!" Er konnte seine Tränen nicht zurückhalten.

„Ich rede nicht von der Kleinen! Deine Frau da drüben, die hast *du* auf dem Gewissen oder der Kerl, den du dafür hierher-geschleppt hast und wahrscheinlich noch dafür bezahlst! Dreh dich wieder um, Deutscher!"

„Was redest du da für einen Quatsch? Was soll mit Verónica sein?", fragte Timo entsetzt.

„Sie ist tot. Mausetot! Erst erstickt und dann eine Kugel durch die Stirn!"

Der Polizist wühlte weiter in dem modrigen Schrank, wo noch der Rest von Timos Sachen hing, warf die Unterwäsche aus den Fächern unwirsch auf den Boden.

Mit geweiteten Augen sah Timo zu. Träumte er wieder? Aber es gab keinen Zweifel! Auch dieses *Jetzt* war real, so real wie der Mann am Fenster heute Nacht. Der Mann von heute Nacht! Den hatte der Polizist wahrscheinlich gemeint. Ein Komplize? Dieser Schwachkopf! Aber Verónica tot? Ermordet?

„Ich habe heute Nacht einen Mann gesehen. Hier am Fenster. Denselben, den ich …" Timos Stimme versagte. Er torkelte zum Bett, andernfalls wäre er hingefallen. Das Blut war aus seinem

Gesicht gewichen, er hatte es gerade noch gemerkt, genauso wie den kalten Schweiß, der sich auf der Stirn gebildet hatte. Er war unfähig, etwas zu sagen, zitterte am ganzen Körper. Der Polizist murmelte bei jedem Handgriff undeutliche Flüche vor sich hin.

„Wo ist sie?", brüllte Timo den Polizisten an, der erschrak und eine Reflexbewegung zu seinem Revolver machte. „Wo ist sie?"

„Da drüben!", Gomez deutete mit der Hand in die Richtung von Verónicas Zimmer.

Timo kümmerte sich nicht mehr um den feisten Comisario und lief in den Patio. Plötzlich hatte er unglaubliche Angst um Verónica. Er wollte zu ihr. Sehen, dass das nicht stimmen konnte, was dieser Kerl da eben gesagt hatte. Vor dem Flur zum Wohntrakt des Hauses stand Oscar mit wilden Augen und mit langen grauen Haarsträhnen, die ihm wirr ins Gesicht hingen. Er stand da, als wartete er schon auf ihn, bereit, ihn mit der Kraft seines Hasses zu vernichten.

Timo hielt an. Er würde ihn nicht ins Haus lassen.

„Was ist nur geschehen, Oscar, was ist mit Verónica passiert?", rief er ihm zu, während er langsam näher trat.

Oscar streckte den rechten Arm aus, als Zeichen, dass Timo besser dort stehen bliebe, wo er jetzt war. Nun erkannte Timo im Dunkel des Flurs auch Juana.

„Lass mich zu ihr, Oscar! Sie ist meine Frau!" Timos Stimme war unsicher.

„Hier kommst du nicht herein. Verschwinde, oder ich breche dir alle Knochen!" Er trat einen Schritt auf Timo zu. „Du hast nur Unheil über uns alle gebracht. Du hast sie getötet! Ermordet! Du hast Chantal und sie …"

Manuel Gomez unterbrach Oscar: „Warte! Da war noch jemand. Das muss noch geklärt werden. Ein Mann …"

„Nimm ihn endlich fest, Manuel!", fiel ihm Oscar kreischend ins Wort. „Los, jetzt sofort, oder …"

Oscar machte einen weiteren Satz auf Timo zu, doch der Polizist sprang überraschend flink dazwischen.

„Lass das, Oscar! So weit ist es noch nicht. Wir müssen erst klären, wer der Mann ist, den wir alle nicht kennen. Wenn sie zusammengehören, ist alles klar. Aber jetzt sei vernünftig, geh zurück in dein Haus!"

Juana und das Mädchen standen nun am Eingang des Flurs. Beide hatten ihre Hände an die Wangen gelegt und blickten mit stark geröteten Augen auf die drei.

„Er soll hier abhauen und das übernimmst du jetzt. Sperr ihn ein! Los, mach endlich! Oder willst du, dass ich mich vergesse? Auch dir gegenüber?"

Gomez fasste wieder an sein Halfter, obwohl er das nicht nötig gehabt hätte, denn er wirkte ungleich kräftiger als Oscar.

„Ich möchte zu meiner Frau!", schrie Timo, doch der Polizist packte ihn an der Hand, mit der anderen stieß er Oscar zurück.

„Nichts wirst du! Pack deine Sachen, ich geb dir fünf Minuten!"

Timo machte sich die Situation bewusst. Es hatte keinen Sinn zu beharren. Er lief in sein Zimmer und sammelte seine Sachen ein, die überall verstreut lagen, und stopfte sie in den Koffer, packte den Vertrag, den Verónica unterschreiben sollte, und alle angefangenen Entwürfe in seinen Aktenkoffer und lief, beide Hände beladen, in den Patio zurück. Gomez zerrte ihn am Oberarm an dem zornig fauchenden Oscar vorbei durch das schmale Eingangstor und zu seinem Polizeiwagen, einem Jeep aus besseren Zeiten.

„Wirklich, ein Mann war heute Nacht im Patio, am Fenster zu meinem Zimmer", stammelte Timo, als er neben dem Polizisten saß.

„Mag ja sein. Aber jetzt halt erst mal dein Maul, bis wir da sind, verstanden?"

Sie rumpelten durch die Gassen bis zum Revier. Gomez nahm die Aktentasche, Timo den Koffer. Die Eingangstür des Polizeipostens und auch Gomez' Büro standen offen. Timo kannte die Ein-Mann-Wache bereits von gestern.

„Setz dich!" Gomez drückte ihn mit beiden Händen auf einen Stuhl und ließ sich gegenüber in einen altmodischen Ledersessel fallen, fasste sich mit einem forschen Griff in den Schritt, um seinen Weichteilen mehr Bequemlichkeit zu verschaffen.„Also, dieser Mann, woher kennst du ihn?"

„Ich kenne ihn nicht! Aber gestern, während des Trauerzugs, habe ich ihn zweimal gesehen. Ich habe gleich gemerkt, dass er nicht von hier sein kann."

„Genauso wie du!", grölte Gomez, doch Timo ging nicht darauf ein.

„Ein eigenartiges Gesicht, große Hakennase und …"

„Ja, das ist er! Der fiel mir auch auf!", unterbrach ihn Gomez. „Und den hast du nachts in Oscars Patio gesehen, an deinem Fenster? Warum bist du nicht rausgelaufen?"

„Offen gestanden dachte ich erst, ich träume, genauso wie ich vorher Chantal, meine Tochter, im Traum gesehen hatte. Als mir's dann richtig klar geworden ist, bin ich aufgestanden und in den Patio gegangen. Es war aber niemand zu sehen."

„Hm. Ihr habt also nichts miteinander zu tun?" Gomez' Stimme wurde konzilianter.

„Im Gegenteil! Wenn er Verónica umgebracht hat, dann steckt er auch hinter dem Mord an meiner Tochter. Und wenn das so ist, dann stehe ich *auch* auf seiner Liste, als letztes Opfer!"

Gomez sah ihn an, wiegte den Kopf hin und her; offenbar wusste er nicht, was er sagen sollte. Er zündete sich eine Zigarre an und sah die glimmende Spitze mindestens eine halbe Minute stumm an.

„Wer kann es sein? Ein Deutscher?"

Timo zuckte mit den Schultern und fragte: „Haben Sie ein fremdes Auto gesehen, das hier irgendwo in einer Gasse geparkt wurde?"

Gomez schüttelte den Kopf. „Kannst du zeichnen?"

„Leidlich!", meinte Timo.

Gomez wühlte in einer der Schubladen des schäbigen grauen Metalltisches und zog zwei verknitterte weiße Blätter hervor, die er Timo zusammen mit einem stumpfgekauten Bleistift zuschob. „Versuch es, dann sehen wir weiter!"

Was Timo in der nächsten halben Stunde beim Zeichnen störte, war das Zittern seiner Hand, das sich nicht dämpfen ließ. Erst vor einer Stunde hatte er erfahren, dass seine Frau ermordet worden war. Und jetzt trieb ihn auch die Angst um sein eigenes Leben um. Da draußen lief jemand umher, der den Auftrag hatte, eine ganze Familie auszulöschen. Nur, warum?

„Ja, den meine ich auch! Der war noch nie in Berón. Da bin ich mir ganz sicher", sagte Gomez, als er Timo die Zeichnung aus der Hand nahm. „Was schlägst du vor?"

Timo war mehr als überrascht von der Frage. Er überlegte. Dass er in der neuen Situation Berón verlassen könnte, kam ihm unrealistisch vor. Andererseits schien der Polizist kooperativer zu werden. Schließlich schlug er vor: „Behalten Sie mich ein oder zwei Tage hier! Damit zeigen Sie den Leuten von Berón, dass Sie einige Tage brauchen, um alles zu überprüfen, was mich belasten könnte. In der Zeit könnten Sie nach dem Mann suchen lassen!"

„Und dann?"

„Hängt davon ab, ob Sie ihn aufgreifen."

„Und wenn nicht, was dann?"

„Sie werden in den zwei Tagen herausfinden, dass es nichts gibt, was mich mit diesem Mann in Verbindung bringt, und so könnten Sie mich laufen lassen."

„Wie stellst du dir das vor?"

„Sie fahren mich mit Ihrem Jeep über Tarma zur Hauptstraße, wo ich den Bus nach Lima nehme. Wir müssten eben nachts losfahren."

„Und wenn ihr beiden Halunken doch zusammengehört?"

„Glauben Sie, dass ich meine Tochter umgebracht habe?"

Gomez schwieg, starrte auf den Boden. Dann schnellte sein Kopf vor: „Was tust du, wenn ich's nicht mache?"

„Ich fordere über Sie, ja über *Sie*, sofortigen konsularischen Beistand an. In Lima! Die sind morgen, spätestens übermorgen hier, mit einem guten Anwalt!"

Der Comisario zog tief an seiner Zigarre, überlegte. Timo sah ihm an, dass er mit fremden Behörden und Anwälten nichts zu tun haben wollte. Plötzlich schoss Gomez' Kopf nach vorn: „Wie viel?"

„Tausend Dollar."

„Zwei!"

„So viel habe ich dabei. Zweitausend für alle Spesen, die Sie für meinen Transport zur Hauptstraße nach Lima aufwenden müssen."

„So will ich's auch gesehen haben!", Gomez streckte ihm die Hand hin und Timo schlug ein.

Dann sperrte ihn der Polizist in eine der beiden Zellen.

2

Timo löste seine Hände von den kantigen Armlehnen, sank tiefer in seinen Sitz. Soeben hatte die Stewardess die erreichte Flughöhe mit zehntausend Metern angegeben. Er war erleichtert. Nur die Fluglinie verband ihn noch für einige Stunden mit dem Land, das er so sehnlichst hatte verlassen wollen. Die Aeroperu würde ihn zunächst nach Caracas bringen, von dort ging es mit der Lufthansa über Frankfurt nach München weiter. Endlich! Die letzten Tage hatte er teils in der kargen und nachtfrostigen Gefängniszelle von Berón, teils im Jeep auf miserablen Straßen neben dem Lenkrad-Akrobaten, dem feisten Comisario Gomez, zugebracht und schließlich eine Nacht in der mehr als schäbigen Absteige an der Hauptstraße Huancayo–Lima, bevor er in einem vorsintflutlichen Bus nach Lima geschaukelt war.

Seit sie in Berón abgefahren waren, war ihm stets zumute gewesen, als befände er sich auf der Flucht. Ständig hatte er nach dem Mann Ausschau gehalten, dem vermutlichen Mörder Verónicas, wahrscheinlich auch Chantals, nach dem Mann, der möglicherweise auch sein Mörder werden konnte. Immer war er von Panik erfüllt gewesen, wenn er die Gesichter an den Fensterscheiben überholender Fahrzeuge fixierte, die ihn anzustarren schienen. Am Flughafen von Lima schien er *ihn* mit Sicherheit gesehen zu haben, den Mann mit der auffälligen Hakennase. Aber immer, wenn er gerade seine Augen gerieben oder zusammengekniffen hatte, um das Gesicht genauer ins Visier zu nehmen, hatte es sich in Nichts aufgelöst. Noch ein Sekunden-Schock, als er sich in der Schlange von Passagieren durch den schmalen Gang des Flugzeugs zu seinem Platz zwängte: in der achten Reihe eine blonde Frau mit den exakt gleichen Gesichtszügen und der übergroßen Hakennase. Nun saß die Frau sieben Reihen vor ihm. Und dann fiel es ihm ein, woher er das Gesicht zu kennen glaubte: Im dritten Stock der Prosoft-Büros hatte er einmal eine Frau gesehen, die dieser hier sehr ähnlichsah. Ein Zufall!

Jetzt, nach dem zweiten Whisky, den ihm die Stewardess etwas mürrisch keine zwei Minuten nach dem ersten gebracht hatte, fühlte er, dass er wieder Herr seiner Sinne war. Es konnten nur Trugbilder sein! So etwas gab es doch! Von der Seele gesteuerte Merkwürdigkeiten! Thorlef Engelcke musste ihn darüber aufklären.

Er versuchte zu schlafen, aber wieder ging es nicht.

Wie hatte sich alles in den letzten sieben Tagen verändert! Plötzlich war er Witwer. Sein einziges, geliebtes Kind war tot, ermordet, nachdem es vielfach missbraucht worden war. Missbraucht vor Wochen! Angeblich! Seine Gespräche darüber mit dem Comisario durch die Zellenstäbe hindurch hatten immer wieder zum gleichen Ergebnis geführt: Die Misshandlungen hätten vor zwei Monaten stattgefunden. Das habe die Klinik in Tarma und eine andere in Huancayo eindeutig festgestellt. Timos wiederholte Frage, ob es denn nicht sein könnte, dass man der Bevölkerung nur vorenthalten wollte, jemand von ihnen habe ein Kind missbraucht, war von dem Polizisten stets vehement verneint worden. Mehr als nur einmal hatte Timo Gomez diese Theorie an den Kopf geworfen; denn niemand im Dorf – außer Verónicas Familie – habe überhaupt je von Missbrauch gesprochen. So jedenfalls hatte es ihm Gomez mehrfach berichtet. Und gerade deshalb erschien es Timo nur allzu wahrscheinlich, dass man das Thema in Berón und Umgebung einfach aussparte, weil man ausgiebig feiern wollte. Ein missbrauchtes Kind sei eben kein sündenfreies Kind mehr, kein Angelito, das zum Himmel flöge. Und somit hätte es auch keinen Anlass für ein Fest gegeben.

„Alles Hirngespinste!", hatte ihm Gomez barsch zu verstehen gegeben. „So ein Ereignis feiert man hier immer!"

„Auch wenn das Kind ermordet wurde?"

„Auch dann!", war Gomez' trockene Erwiderung gewesen. „Und weißt du, warum? Weil früher alle erstgeborenen Mädchen umgebracht wurden. Das war damals noch kein Verbrechen. Die Kleinen wurden trotzdem feierlich beerdigt. Aber all das ist lange her. Nur der Brauch mit dem Fest hat sich gehalten."

Timo hatte schließlich aufgegeben. Warum Gomez länger damit nerven? *Er* jedenfalls war sich sicher: Beide Morde waren hier in dieser elenden Gegend geschehen.

Gomez hatte ihn zwei Tage lang mit Essen versorgt und ihn auch bewacht. Zu seinem Schutz war das mehr als notwendig gewesen. Am zweiten Tag seiner selbst empfohlenen Schutzhaft fand frühmorgens die Beisetzung Verónicas statt. Sie hatte sich wegen der polizeilichen Ermittlungen, die Gomez allein durchführte, verzögert. Der Comisario hatte ihm strikt verboten, dort aufzukreuzen, auch als Timo begann, recht hysterisch auf das Nein zu reagieren. „Noch nicht mal in weitem Abstand vom Grab! Hier in der Zelle bleibst du!", hatte er ihn angebelfert. Und er sollte Recht behalten. Nach der Zeremonie hatten zirka zwanzig Dorfbewohner versucht, das Revier zu stürmen, traten mit ihren Schuhen gegen die Außentür, an die Gomez das „Cerrado"-Schild gehängt hatte. Sie wollten den Mörder Verónicas lynchen. Durch sein Bürofenster hatte ihnen Gomez, das Gewehr in der rechten Hand, zugerufen, sie sollten abziehen, man lebe nicht mehr in Inkas-Zeiten! Er würde von der Waffe Gebrauch machen und außerdem Verstärkung aus Tarma anfordern. Dort käme der Häftling ohnehin in Gewahrsam und vor Gericht. Das Ganze hatte eine halbe Stunde gedauert, dann waren sie abgezogen. Oscar und Juana waren laut Gomez an der Aktion nicht beteiligt gewesen.

In der Nacht danach, um drei Uhr, waren sie losgefahren. Da nur ein Licht am Jeep funktionierte, waren sie pausenlos in Schlaglöcher geraten. Timos Hinterkopf und Rücken schmerzten dabei heftig. Kein Wunder: Der Kopf war durch seinen Sturz auf dem Weg zu Chantals Begräbnis noch stark lädiert und der Rücken versteift als Resultat der vielen Stunden auf der knochenharten Pritsche im Gefängnis.

Vor einem kleinen Hotel neben einer verwahrlosten Tankstelle an der Hauptstraße war er schließlich am Mittag von Gomez in die Freiheit entlassen worden. Der Comisario hatte die zweitausend Dollar kassiert, die Timo von dem Geld genommen hatte, das er eigentlich Verónica fürs Erste hatte zurücklassen wollen, hatte ihm Glück gewünscht und war davongebraust.

Im einzigen Hotel wurde ihm mitgeteilt, dass der Bus nach Lima bereits vor einer Stunde abgefahren sei. Und so war ihm nichts anderes übrig geblieben, als ein ziemlich heruntergekommenes Zimmer zu mieten, in dem er sich auf einem wackligen Stuhl vor das Fenster setzte, um die Straße ins Visier zu nehmen. Falls er den Mann rechtzeitig erkannte, sollte er ihnen doch gefolgt sein, vielleicht gar ins selbe Hotel, hätte er sich noch wappnen können. Fliehen! Per Anhalter. Nachts! Er hatte sich selbst als hysterisch bezeichnet, aber trotzdem seinen Platz am Fenster erst verlassen, als es stockdunkel war. Das zu kurze Bett hatte einer quietschenden Schaukel geglichen, die kaum ein paar Minuten Schlaf zuließ. Das fiel aber nicht mehr ins Gewicht, denn der Gedanke an den Mann, der vielleicht ganz nahe war, hielt ihn ohnehin wach, auch wenn er die Tür zweifach verschlossen und die Stuhllehne unter die Klinke geklemmt hatte.

Am nächsten Vormittag waren immerhin zehn Personen in den Bus gestiegen, alles Männer, deren Gesichter er unter den breiten Hutkrempen kaum erkennen konnte. Er hatte den Platz in der ersten Reihe unmittelbar neben der Tür in Anspruch genommen, seinen Koffer hinter den Fahrersitz geschoben und sich auf der langen Fahrt nach Lima nicht ein einziges Mal umgesehen. Am Plaza Sucre war er in ein Taxi umgestiegen, das ihn zum Flughafen hinausfuhr, und dort hatte er Glück gehabt, denn tatsächlich flog nach einer Stunde die Aeroperu nach Caracas, wo es wenig später Anschluss mit der Lufthansa nach Frankfurt geben sollte.

Er vergaß die Frau sieben Reihen vor ihm mit dem dritten und vierten Whisky. Dafür breiteten sich andere Bilder in seinem Kopf aus, Erinnerungen an das letzte Jahr, an dieses gottverfluchte letzte Jahr. Nicht dass es beruflich schlecht gelaufen wäre, ganz im Gegenteil. Mit Bernhard hatte er die Prosoft gut im Griff gehabt. Die Anzahl der Software-Kunden war um hundertvierunddreißig Prozent gestiegen, Umsatz und Gewinn gar um hundertachtzig. Aber seine Ehe, ein Desaster! Vorwürfe, nichts als Vorwürfe! Zugegeben, es hatte kaum je eine Woche gegeben, in der er nicht verreist war. Aber früher, war es da etwa anders gewesen? Nur: Da hatte ihn Verónica noch geliebt und zudem die neue Atmosphäre in München genossen, ihre großzügige Wohnung in Bogenhausen, seine gebildeten Freunde und Kollegen. Und dann war Chantal auf die Welt gekommen, ein wirklicher Engel, die ihre sich aufopfernde Mutter ständig auf Trab hielt. Verónica hatte während Chantals ersten Jahren gar nicht richtig wahrgenommen, dass er so häufig verreiste. Sie selbst war bei Einladungen und Festen oder geschäftlichen Veranstaltungen immer seltener zugegen gewesen, hatte es mehr und mehr vorgezogen, zu Hause zu bleiben, statt einen Babysitter zu engagieren, und wenn sie Timo einmal auf eine Festivität begleiten musste, weil er darauf bestand, war ihr Auftreten wieder so unsicher wie am Anfang ihrer Ehe gewesen. Ihr Deutsch hatte sich in dieser Zeit rasant verschlechtert. Wenn er ihr einige

Wörter erklären wollte, hatte sie kaum zugehört und wenn doch, alles schnell wieder vergessen. Da es auf Deutsch zu mühsam wurde, hatten viele Freunde versucht, englisch mit ihr zu sprechen. Aber auch damit hatte sie sich schwergetan, obwohl sie diese Sprache während ihres Jobs in Lima noch gut beherrscht hatte. Meist hatte sie wie versteinert dagesessen, wenn die Runde ausgiebig über einen Witz lachte, hatte vor sich hin gestarrt und nur wenige Gesprächspartner gefunden, auch wenn Bernhard, Timos Kompagnon, sich ihrer des Öfteren angenommen hatte, ja sogar etwas um sie herumscharwenzelt war, wie es Timo zuletzt manchmal vorgekommen war. Eigenartigerweise hatte ihm aber gerade Bernhard vehement von dieser Ehe abgeraten. Er und sein Freund Gregor Ristov, der Syndikus ihrer Firma.

Aber wahrscheinlich, sagte sich Timo heute, hatten sie tatsächlich Recht gehabt. War es seine Eitelkeit, die ihn veranlasst hatte, eine Exotin wie Verónica zu heiraten? War es vielleicht gar nicht aus Liebe gewesen?

Chantal hatte ihrer Ehe noch Halt gegeben; zumindest während der ersten sechs Jahre ihres kurzen Lebens. Aber danach war es ständig abwärts gegangen und im letzten Jahr sogar steil bergab. Bis sie eines Tages während seiner Abwesenheit nach Lima geflogen war und Chantal mitgenommen hatte. Es sei endgültig aus, hatte sie ihm in einem Brief geschrieben; in schlechtem Deutsch.

Doch Chantal wollte er sich nicht nehmen lassen. Er würde sie zurückholen. Sie ihm wegzunehmen, war vielleicht in Peru möglich, doch nach deutschem Recht funktionierte das nicht so einfach. Da gab es Hürden zu überspringen! Gregor, der Anwalt, hatte ihm gute Chancen in Aussicht gestellt, sie zurückzubekommen; denn zunächst einmal hatte Verónica Chantal quasi entführt, und das sprach eindeutig gegen sie.

Doch zehn Tage nachdem sie sich abgesetzt hatte, war dieser verheerende Anruf gekommen. Gestammelt hatte Verónica:

Chantal sei verschwunden, bei einem Einkauf in Tarma. Nur drei Minuten habe sie die Kleine im Auto allein gelassen, als sie nochmals in das Textilgeschäft zurückgelaufen war, wo sie ihre Sonnenbrille vergessen hatte. Erst später hatte sie eingestehen müssen, dass es fünfzehn Minuten gewesen waren, weil sie noch einen Stoff kaufen wollte, den sie vorher entdeckt und der ihr so gut gefallen hatte. Alles Suchen war umsonst gewesen; Chantal blieb verschwunden. Zwei Tage später hatte man sie in einer Abfalltonne in der Nähe einer Baustelle gefunden. Unter Plastikplanen; missbraucht, vielfach missbraucht, wie später berichtet wurde.

Timo hatte der Anruf an einem späten Nachmittag in seinem Büro erreicht. Er war über seinem Schreibtisch schluchzend zusammengesackt, hatte sich für Stunden eingesperrt, bis seine Sekretärin und Bernhard so heftig an die Tür klopften, dass er endlich aufschloss.

Sie hatten einen Arzt gerufen, Thorlef Engelcke, ihren Freund und Psychiater, der ihm eine Beruhigungsspritze gab.

Am nächsten Tag war er nach Lima gereist und von dort aus nochmals sechzehn Stunden in einem klapprigen Taxi nach Berón. Und er hatte es sofort bemerkt. Alle behandelten ihn feindselig. Auch mit Verónica hatte es trotz des großen Unglücks ständig Streit gegeben, während Oscar und Juana kaum ein Wort mit ihm wechselten. Nur am ersten Tag hatte er mit ihnen zusammengegessen; danach hatte ihm Juana die dürftigen Mahlzeiten in sein abseits im Patio liegendes Zimmer gebracht, und schließlich ließ sich auch sie nicht mehr blicken und das Mädchen war dafür gekommen.

Und dann war Verónica ermordet worden und man hatte auch ihn verdächtigt. Wenigstens den Comisario hatte er davon überzeugen können, dass *er* es nicht gewesen war; vor allem deswegen nicht, weil man festgestellt hatte, dass Verónica nach ihrer Ermordung geschändet worden war. Unwahrscheinlich für

Gomez, dass das der Ehemann gewesen sein konnte. Immerhin hatte ihm Timo Speichel und ein paar Haare hinterlassen müssen. Somit war bald auch für Gomez nur einer für die Morde in Frage gekommen: der Mann mit der Hakennase! Aber wo hätte Gomez nach ihm suchen sollen? Natürlich hatte er Timos Zeichnung nach Tarma, nach Huancayo und nach Lima geschickt. Aber was löste das schon aus?

Die immer selben Gedanken und Fragen liefen nun regelmäßig wie ein Film vor Timo ab. Warum war ein Mörder unterwegs mit einem so klaren Ziel, seine Frau, seine Tochter und ihn zu töten? Er ging seine geschäftlichen Beziehungen durch; doch es gab keinen Kunden oder sonstige Geschäftspartner, an denen er hängen blieb. Ihm fiel auch kein Mensch im privaten Bereich ein. Es war bizarr! Sofort würde er in München die Polizei aufsuchen. Gomez wollte sich ohnehin mit ihr in Verbindung setzen und er müsste sich dort ebenso melden. Das war mit dem Comisario vereinbart worden.

Und da waren auch noch diese eigenartigen Beteuerungen der Kliniken von Tarma und Huancayo und auch von Gomez, dass Chantal vor Wochen missbraucht worden sei. Nicht in Peru, in Deutschland also! Aber an Verónicas Leiche hatte sich ihr Mörder doch auch vergangen, warum also nicht auch an Chantal, fragte er sich immer wieder. Man habe kein frisches Sperma gefunden, hatte es geheißen. Wahrscheinlich, sagte er sich, war sie gar nicht gründlich untersucht worden.

Die Stewardess fragte ihn mehrmals, ob er vor dem Schlafen etwas essen wolle. Erst beim dritten Mal hörte er es und schüttelte den Kopf.

*

Henryk Jester hüllte sich in die Decke ein, zog sie bis zum Kinn hoch. Dann bediente er die Tasten, durch die sein Sitz in eine bequeme Schräglage kam. Der Mann neben ihm hatte ihn bereits mehrmals von der Seite angesehen. Entweder gefiel ihm die Frau mit der markanten Nase oder er rätselte, ob sie nicht vielleicht ein Zwitter sei. Und das war Henryk Jester in der Tat. Er war erst durch die Operation vor elf Jahren, die gut verlaufen war, zum Mann geworden, obwohl er keine Frau so richtig befriedigen konnte. Dafür war sein Glied zu klein und er einfach jedes Mal zu nervös, um der Dirne zu beweisen, dass er ein richtiger Mann sein konnte. Es war nicht gut für so manche Hure ausgegangen, wenn sie sich darüber mokiert hatte.

Wie wunderbar, schwelgte Henryk jetzt auf seinem komfortablen Sitz, hatte sich Verónicas Haut angefühlt und wie wehrlos war sie gewesen, wehrlos und tot! Still und unterworfen hatte sie unter ihm gelegen, hatte ihn angestarrt. Irgendwie dankbar und noch gierig. Sein Orgasmus war riesig gewesen.

Ja! Auch er wollte seinen Anteil an den Freuden der Wollust. Eben auf seine Weise! Warum hatte man ihn denn nicht so geboren wie andere Menschen? Irgendein Gen habe sich nicht richtig entscheiden können, hatte ihm einmal ein Arzt erklärt. So sei eben die Natur, sie kenne nun mal keine Gerechtigkeit. Wozu sollte er Schuldgefühle empfinden, wenn sie ihn zur Befriedigung von absonderlichen Genüssen drängte?

Beim Töten und Schänden war es wie eine Woge, die über ihn kam, ihn auf den Gipfel der Lust trug. Das war viel kunstvoller mit all den Verstrickungen und Gefahren, die damit verbunden waren. Nicht nur dieses dumme Rammeln und Wichsen, das die Menschen zur Erfüllung ihrer Begierden brauchten!

Die Kleine hatte er viel zu schnell in den Container werfen müssen, als plötzlich der Wachmann im Rohbau von seinem Lager aufgestanden war, weil er ihn gehört hatte. Henryks erster Gedanke war gewesen, ihn totzuschlagen, weil er ihn um den Genuss mit Chantals Leiche bringen wollte. Aber dann hatte seine Vernunft gesiegt; denn einen Einheimischen umzubringen, hätte sein nächstes Unterfangen, nämlich Verónica Rossik zu töten, erheblich erschwert. Später hatte er vor Wut gekocht, als er zu seinem Zelt in dem kleinen Pinienhain zurückkehrte.

Nun wird es Rossik büßen müssen, wenn er erst einmal freigegeben ist, sagte er sich. Nervös hatte er diesen Idioten bereits gemacht. Auch das gehörte ja zum Plan. Pillen sollte Rossik schlucken, jede Menge, bis er verrückt wurde, bis es gar nicht mehr auffiel, ob er sich selbst oder ob *er* ihn umbrachte. Klar hatte Rossik ihn erkannt, sogar als Frau, aber woher er dieses Gesicht kannte, das fiel ihm bestimmt nicht ein. Wirklich, ein Idiot!

*

Noch schlaftrunken und mit schweren Beinen schlich Timo die langen Gänge des Frankfurter Flughafens entlang, um zu dem Trakt zu gelangen, in dem die inländischen Flüge abgefertigt werden. In Caracas hatte es so wenig Aufenthalt gegeben, dass er sich am Ende der kurzen Wartezeit glücklich schätzen konnte, mit zwei anderen Männern noch auf den zehnstündigen Überseeflug der Lufthansa mitgenommen zu werden. In etwa einer Stunde ging es nun weiter nach München.

Endlich entdeckte er das Piktogramm für die Männertoilette. Schon eine Stunde vor der Landung in Frankfurt hatte sich seine Blase recht deutlich bemerkbar gemacht, doch die Maschine war in Turbulenzen geraten, sodass die Passagiere angeschnallt bleiben mussten und es für ihn auf dem Landeanflug zu spät gewesen war aufzustehen.

Jetzt war er selig, endlich pinkeln zu können. Er genoss die Momente, wusch sich die Hände. Als er vor dem Spiegel hochblickte, sah er darin für eine knappe Sekunde das Gesicht wieder. Die Hakennase! Es war nicht die Frau aus dem Flugzeug der Aeroperu, es war der Mann von Berón, der Mörder Chantals und Verónicas. Diese Nase, aber auch die eigenartige Mimik um die Augen ließen keinen Zweifel zu. Und wenn er ihn nur einen Augenblick lang gesehen hatte, er war es! Timo spürte Blei in den Beinen. Sein Gesicht im Spiegel war weiß wie die gekalkte Wand daneben. Für einige Momente verharrte er wie versteinert, unfähig zu reagieren. Doch dann warf er das Papierhandtuch in die Ecke, griff nach seiner Aktentasche und stürzte zur Tür. Er blickte nach links und rechts, doch in dem Treiben sah er ihn nicht, wusste noch nicht einmal, welche Kleidung er trug, welche Farben es waren. Er gab auf! *Bist du jetzt verrückt? Ja, du bist es. Richtiggehend verrückt. Es wird Zeit, dass du zu Thorlef kommst*, maßregelte er sich.

Nie hätte er es für möglich gehalten, dass man mit solcher Klarheit etwas erkennen würde, was eigentlich gar nicht sein konnte. Wenn Thorlef manchmal aus seinen reichhaltigen Erfahrungen von solchen Dingen erzählt hatte, war er ihm gar nicht richtig gefolgt, hatte nur am Rande zugehört, weil er sie für absurd hielt. Und jetzt? Thorlef hatte oft gesagt, dass die Psyche dem Menschen die meisten Streiche spiele.

*

Er ist langsam reif! Reif für die Klapsmühle! Henryk grinste genüsslich vor sich hin und trabte die Treppe nach unten, wo der Zug vom Frankfurter Flughafen über Mannheim nach München abging.

3

Seit einer Stunde befand sich Timo im Büro von Bernhard Janisch, seinem Kompagnon in der Prosoft. Sie saßen sich in zwei modernen schwarzen Ledersesseln gegenüber, den gläsernen Schreibtisch zwischen sich. Er hatte Bernhard alles erzählt, was ihm in den letzten beiden Wochen widerfahren war, und von dem Mann mit der Hakennase, den Streichen, die er ihm spielte, indem er plötzlich irgendwo auftauchte, um genauso schnell wieder zu verschwinden. Mehrmals war Bernhard – immer, wenn sich Timos Augen auffällig röteten – aufgestanden und an seine Seite getreten, um beruhigend eine Hand auf dessen Schulter zu legen, bis er wieder gefasster wirkte.

Bernhard hatte eine breite Stirn und dichtes schwarzes Haar, das an den Schläfen anfing zu ergrauen. An den äußeren Augenwinkeln waren auffällige Grübchen eingefurcht, die in dem gut geschnittenen Gesicht etwas störten, genauso wie die an der inneren Seite der Augenbrauen steil nach oben wachsenden Haarbüschel. Beides ließ ihn um einiges älter als seine fünfundvierzig Jahre aussehen.

Petra Rudloff, Bernhards und Timos gemeinsame Sekretärin, die ihren Arbeitsplatz in einem Raum zwischen den beiden Chef-Büros hatte, klopfte plötzlich und Gregor Ristov drängte sich hinter ihr durch die Tür. Er musste nicht angemeldet werden, denn die drei waren Freunde seit vielen Jahren; das wusste Petra, genauso wie sie auch Thorlef Engelcke stets Zutritt gewährte, dem Vierten im Bunde.

Timo schilderte auch Gregor nochmals in gekürzter Fassung die tragischen Geschehnisse. Dieser war genauso betroffen wie

Bernhard. Kein Wort von seinen Warnungen, die er damals ausgesprochen hatte, um von einer Heirat zwischen Timo und Verónica abzuraten. Nur Trost!

Im Gegensatz zu Bernhard hatte Gregor kaum noch Haar, was ihm nichts auszumachen schien. „Auch Konfuzius und Laotse waren Glatzköpfe", pflegte er zu sagen. Sein Gesicht war rund, mit listigen, tief sitzenden Augen, einer kurzen Nase und einer augenfälligen Kinnspalte.

„Das mit dem Typ, den du immer wieder siehst, ist natürlich eine Art Verfolgungswahn! Da musst du aufpassen, dass sich das bald wieder gibt!", mahnte Bernhard nach dem langen Gespräch. „Ich rufe gleich Thorlef an. Er muss dir helfen!"

„Ich sollte erst zur Polizei. Das habe ich diesem Comisario versprechen müssen", meinte Timo.

„Zuerst denkst du mal an dich!", erwiderte Gregor. „Ich werde mit einem guten Bekannten im Polizeipräsidium reden, dass du bald kommst, aber noch nicht dazu in der Verfassung bist. Soll ich?"

„Einige Tage würden mir sicher guttun", räumte Timo ein.

„Okay, Timo. Aber dann gib mir Bescheid, bevor du hingehst, damit mein Bekannter zur Stelle ist!" Gregor stand auf, tätschelte Timos Hinterkopf. „Halt die Ohren steif, Junge!" Damit verließ er das Büro.

Bernhard hatte bereits den Hörer in der Hand, wies Petra Rudloff an, ihn mit Thorlef Engelcke zu verbinden, und wandte sich abrupt wieder Timo zu: „Klar, dass du eine Pause brauchst, aber du weißt auch, dass du nach New York musst. Und zwar bald! Ted Orben hört nur auf dich, auf mich scheißt er. Wir brauchen das Geschäft dringend! Vorgestern rief er an und drohte mir, dass er sich wohl für Syphor entscheiden würde. Er habe immer gedacht, er sei der wichtigste Auftraggeber der Prosoft, aber jetzt kümmertest du dich lieber um Kunden in Südamerika."

„Hast du ihm nicht …"

„Doch, natürlich hab ich ihm alles erzählt. Das hat ihn für eine knappe Minute beruhigt. Aber dann hat er wieder losgebrüllt, dass sein Laden deswegen nicht stillstehen könne, und so weiter. Du kennst ihn ja."

„Ich kann aber jetzt nicht, Bernhard! Es geht einfach nicht! Ich brauche …"

Das Telefon läutete. Bernhard stellte den Lautsprecher an. „Thorlef, wie geht's dir? Hör mal zu! Timo ist bei mir."

Timo murmelte eine Begrüßung in den Raum.

„Tut mir alles so leid, Timo! Gregor hat mich gerade angerufen und mir ausführlich alles erzählt! Ich kann mir vorstellen, was …"

„Thorlef!", unterbrach ihn Bernhard. „Schmeiß deine Patienten raus! Du kümmerst dich jetzt um unseren Freund und um niemand anders! Er braucht dringend Hilfe, und zwar sofort. Und er muss in ein paar Tagen nach New York. Wenn wir dort das Geschäft nicht kriegen, sind deine Anteile auch nur noch die Hälfte wert! Kapierst du das?"

„Er soll um fünf bei mir in der Praxis sein. Schneller geht's nicht!"

Bernhard blickte auf seine Armbanduhr. „Das sind noch zwei Stunden!"

„Aber dann hab ich ausgiebig Zeit für ihn."

Bernhard sah zu Timo, der nickte.

„Also okay, um fünf ist er bei dir. Bring ihn wieder in die Gänge! Der arme Hund ist am Boden!"

„Mach ich, Bernhard. Tschüss!"

Timo hatte seinen Kopf in die Hände vergraben und saß in geduckter Stellung da. Dass er jemals einen Psychiater brauchte, wäre ihm noch vor zwei Wochen ein völlig fremder Gedanke gewesen. Zwar hatte Thorlef – als er ihn mit Verónica aufgesucht hatte – auch über ihn diese paar abstrusen Bemerkungen gemacht. Aber das war für ihn damals Makulatur gewesen oder bewusst tadelnde Äußerungen Thorlefs, damit Verónica nicht das Gefühl bekam, nur sie habe seelische Defekte.

„Kopf hoch!", Bernhard, der aufgestanden war, rüttelte ihn an den Schultern. „Du musst nach New York! Da lass ich nicht mit mir handeln. Bring das Geschäft! Danach kannst du von mir aus ein Vierteljahr Pause einlegen. New York, Timo! Das schaffst du doch?"

Timo atmete tief durch.

„Halt dich an Thorlef, Timo! Der bringt dich wieder auf die Beine. Der weiß, wie man mit so was umgeht."

„Ich werd's schon schaffen."

„Gut, dann geh jetzt in dein Büro und ruf dieses Scheusal von Ted Orben an! Er wird schon längst in seinem Büro sein. Melde dich bei ihm an!"

„Den Termin wird wohl auch Thorlef mitentscheiden. Er ist immerhin Arzt", sagte Timo etwas unwirsch.

„Glaub mir, Timo, der macht das schon! In ein paar Tagen bist du die Gespinste los und auch sonst wieder fit. Also spätestens Freitag fliegst du! Wenn alles gut geht, kannst du am Samstag schon wieder zurück sein. Stellst deine innere Uhr gar nicht um. Bist ja sowieso mit deinem Biorhythmus noch in Peru."

Timo stand auf. Ihm ging Bernhards Unerbittlichkeit auf die Nerven. Erst Trostspender und jetzt Antreiber. Aber mit Ted Orben hatte er tatsächlich nicht Unrecht. Der Kunde war für die Prosoft immens wichtig.

Er nickte Bernhard zu und ging an Petra vorbei in sein Büro. Gott sei Dank hielt sie ihn nicht auch mit irgendwelchem Kram auf. Aber sie hatte wie stets ein gutes Gespür für den richtigen Moment.

Timo warf sich in seinen Sessel und beäugte voller Missfallen die von Petra sorgfältig aufgestapelten Mappen, Zeitungen und Briefe. Er hatte nicht vor, sie anzufassen; jedenfalls nicht heute. Aber Ted

Orben müsste er anrufen, und zwar sofort. Er versuchte seine Gedanken zu ordnen, sich auf das Gespräch einzustellen, doch in jeden klaren Gedanken hinein schossen Bilder von Berón, Bilder wie Fetzen eines schnell ablaufenden Films, Gesichter und Gestalten – Verónicas und Chantals Leichen, die er gar nicht gesehen hatte, Comisario Gomez, der Mann mit der Hakennase; er sah die Gefängniszelle mit der Pritsche, die für zwei Tage seine Umgebung gewesen war. Schließlich riss er sich zusammen, beauftragte Petra, eine Verbindung mit Orben herzustellen. Teds ordinäre Stimme würde ihn schnell in die Wirklichkeit zurückholen.

Und so war es auch. Ted Orben hörte sich ganze zehn Sekunden Timos Schicksal an, kondolierte, wie er sich ausdrückte, *gleich doppelt* und kam sogleich zum Geschäftlichen. Er ließ keinen Zweifel daran, dass das Geschäft am seidenen Faden hing. „Freitag ist Deadline! Wenn du nicht kommst, kriegt Syphor den Deal! Willst du das? Wenn ja, dann kannst du auch gleich drüben bleiben! Und schick keinen anderen! Wäre zwecklos! Aber wenn du kommst, musst du Larry überzeugen. Er ist schon fast mit Syphor im Bett!"

„Larry?"

„Ja, Larry, Larry Higgins! Er ist mein neuer Mann. Eine Kanone von IT-Einkäufer. Kalt wie Hundeschnauze! *Den* musst du umstimmen! Ich pfusche ihm nicht gern ins Handwerk; verstehst du doch?"

„Aber es kommt doch auch …"

„Falls du es schaffen solltest", unterbrach ihn Orben, „saufen wir einen. Nimm dir Zeit dafür!"

„Okay. Freitag bin ich da."

„Dacht ich doch, dass du keinen Scheiß baust. Bis Freitag, Timo. Bye, bye!"

Ein Gemüt wie ein Fleischerhund, dachte Timo. Aber es war klar: Er musste rüber! Bernhard hatte Recht. So beschissen war eben das Geschäft manchmal. Mist, verdammter!

Er gab Petra seine Reisedaten durch, rief Bernhard an, dass er am Freitag fliegen würde und die Syphor schon hart am Ball sei. „Du schaffst das schon, Timo", hatte ihn Bernhard aufgemuntert.

Er trat auf den Flur, als sich die beiden Türen des Aufzugs gerade schlossen. Er wollte nicht warten und benutzte daher die Treppe des modernen Gebäudes an der Münchner Peripherie. Im dritten Stock, dessen Büros noch zur Prosoft gehörten, fiel sein Blick durch die Glasfront auf die Vielzahl der Tische, vor denen meist Mädchen saßen und auf die Klaviaturen ihrer PCs eintrommelten. Und plötzlich sah er *sie* wieder, die Frau aus dem Flugzeug! Er bündelte die ganze Sehkraft seiner Augen, als blickte er durch das Okular einer Kamera, presste fast seine Nase an die Scheibe, doch als sich sein Blick auf die Stelle fokussiert hatte, war der Platz, an dem die Frau gesessen hatte, leer. Aber dann sah er sie vor einem Mädchen gehen. Er stürzte zur Tür, rüttelte an dem eisernen Knauf, was völlig unsinnig war, denn natürlich müsste er zunächst seine Identifikationskarte in den Schlitz des Apparates neben der Tür einführen. Während er nervös nach seiner Karte kramte, besann er sich plötzlich, bemerkte seine wirren, weit aufgerissenen Augen. Er atmete tief durch. „Sofort gehst du jetzt zu Thorlef! So jedenfalls kann es nicht weitergehen."

Er lief die drei Stockwerke nach unten, stieg in das Taxi, aus dem gerade ein Kunde der Prosoft ausgestiegen war, und gab die Adresse von Thorlef Engelcke an.

*

Henryk Jester, der sich bei der Prosoft Pamela Gollaz nannte, hatte sein Gesicht genau wahrnehmen können. Irre Augen, das ganze Gesicht: eine Fratze nahe am Wahnsinn! Blicke purer Panik!

Ein großes Lustgefühl wärmte seine Lenden auf, dieses Hoheitsgefühl der absoluten Dominanz über die Psyche eines anderen Menschen. Er konnte sie alle in den nackten Wahnsinn treiben. *Er* konnte das; *er* verfügte über diese Befähigung. Da steckten unheimliche Kräfte in ihm. Und da schlummerten mit großer Wahrscheinlichkeit noch mehr Talente, mehr, als er sich bislang eingebildet hatte.

*

„Hörst du, Thorlef, übermorgen in New York muss er topfit sein, sonst kannst du deine Anteile an der Prosoft wertberichtigen. Wir brauchen das Geschäft dringend und nur Timo kann mit diesem Walross umgehen." Bernhard hatte die Beine auf dem Schreibtisch ausgestreckt, doch als Thorlef sagte, er müsse Timo erst einmal genau unter die Lupe nehmen, sprang er auf.

„Du hast nicht alle Tassen im Schrank. Komm mir bloß nicht mit Ethikfloskeln! Du weißt, worum es geht. Du bist genauso mit von der Partie wie Gregor und ich. Also, lass ihn heute Nacht schlafen, aber für danach gibst du ihm zur Beruhigung Placebos und gute Worte. Für morgen und übermorgen jedenfalls verpasst du ihm etwas, was sein Hirn rotieren lässt! Er muss sich bestens vorbereiten können, um am Freitag, wenn es gilt, alles auf eine Karte zu setzen, zu gewinnen. Ist dir das klar?"

„Aber wenn er ganz durchdreht?"

„Hör auf damit!", schrie Bernhard in den Hörer. „Du bist verantwortlich, dass er noch zwei Tage durchhält. Beschwatz ihn mit deinem Quatsch! Das machst du doch jeden Tag zwanzig Mal. Er ist schon so meschugge, sagt Henryk, dass er dir alles abnehmen wird."

„Ich glaube, er kommt jetzt. Verlass dich auf mich! Ich tu mein Bestes", sagte Thorlef mit gedämpfter Stimme.

„Auch in deinem Interesse! Wie schon gesagt, Thorlef, tschüss!"

4

Thorlef wollte alles nochmals hören und es tat Timo gut, aufs Neue ausführlich darüber zu sprechen. Man habe alle Zeit der Welt, beruhigte ihn der Psychiater gleich zu Beginn. Dann tröstete er ihn, als Timo Tränen in die Augen schossen. Er kam auf seine Seite und legte eine Hand auf seine Schulter.

„Bist du mit dem Wagen da?", fragte Thorlef, als sich Timo wieder beruhigt hatte.

„Ich bin mit dem Taxi gekommen."

„Das ist gut so. Leg dich dort rüber!"

Timo ließ sich auf der bequemen Couch nieder und musste trotz seines angeschlagenen Zustands schmunzeln. Nie hätte er sich vorstellen können, freiwillig bei Thorlef in Behandlung zu sein, der, wie er es wahrscheinlich schon Hunderte Male gemacht hatte, nun verständnisvolle, beruhigende, gefühlswarme Worte zu ihm sprach, in einem völlig veränderten Tonfall, den Timo von ihm noch nie vernommen hatte.

Timo gab bald seinen inneren Widerstand auf und hörte ihm zu. Asiatisch klingende Entspannungsmusik benebelte den Raum mit Ruhe, Harmonie und Schlummer. Bald glitt er in einen angenehmen Dämmerzustand. Unter *Hypnose* hatte er sich immer vorgestellt, dass man in eine Art Traum glitt, abseits der gültigen Realität, ohne eigenen Willen, ergeben und bereit, auf Worte zu lauschen, die Handlungsweisen für den Wachzustand suggerierten und den vorübergehend fehlenden Willen für das *Danach* neu und richtig einstellten.

Nach einer Weile gab es nur noch Thorlefs Fragen und Timos

Antworten, die er mit belegter und eigenartig klingender Stimme etwas stockend und unbeholfen über die Lippen presste.

Thorlef fragte, wo er dieses *eine* Gesicht schon einmal gesehen zu haben glaubte.

„Im … Trauerzug … in Berón, als ich … am Boden … lag … und so viele Köpfe sah. Da … war auch Chantal, die … winkte … ja … sie winkte …"

„Ich meine *vorher*, Timo! Du sagtest, von irgendwoher würdest du das Gesicht kennen."

„Ja, aber … nicht genau! Eine … Frau? … Ich weiß … es nicht. Im Flugzeug … war es eine Frau! Im Flughafen von Lima … ein Mann und in der Prosoft … eine Frau. Es ist … es ist so … komisch! Diese Mimik … diese Nase … sind so einmalig. Er ist … der Mörder!"

„Er oder sie?", fragte Thorlef.

Für einen Moment schien es Timo, als erwache er aus seinem Dämmerzustand, da er meinte, Thorlef mache sich über ihn lustig. Aber auch in Trance gestand er sich rasch ein, dass dieser im Grunde ja Recht hatte, und so stellte er den zaghaften Versuch, sich aufzurichten, wieder ein.

„Er oder sie?", wiederholte Thorlef.

„*Er.* Ich meine … in Berón … war es ein … Mann."

„Und was ist mit *ihr*?"

Eine lange Pause entstand. Jetzt konnte Timo die Musik viel deutlicher wahrnehmen, da er sich an die sonstige Stille im Raum gewöhnt hatte und nun niemand mehr sprach.

„Timo", sagte Thorlef nach einigen Minuten, „du zählst jetzt bis *zehn*, dann öffnest du die Augen und siehst auf den gleichen Fixpunkt an der Decke wie vor der Hypnose, spannst deine Oberarmmuskeln an und so bist du bald wieder ganz auf Erden!"

Es funktionierte. Timo, wieder völlig klar im Kopf, lächelte Thorlef anerkennend an. „Hab ich mir ganz anders vorgestellt!"

„Ist bei den meisten so, Timo. Wichtig ist, dass man anschließend eine erste Diagnose stellen kann."

„Und, hast du eine Diagnose?"

„Ich glaube schon. So schwer war das bei dir nicht. Ich kenne ja deine Leidensgeschichte. Natürlich liegt da zum einen eine Somatisierung der Auswirkungen all deiner Konflikte vor. Du bist körperlich sehr angeschlagen."

„Kann man wohl sagen! Und psychisch?"

„Nicht ganz so einfach. Einerseits möchte ich eine Psychose annehmen, die auf endogene Ursachen zurückgeht, die aber eben gekoppelt ist mit exogenen, das heißt vor allem psychogenen Vorgängen, also mit deinen jüngsten schaurigen Erlebnissen."

„Erklär mir das!"

„Deine Lebensgeschichte birgt eine Menge seelischer Konflikte in sich."

„Zum Beispiel?"

„Deine lang andauernden Eheprobleme …"

„Habe ich von denen gesprochen?"

„Hast du."

„Und was weiter?"

„Es kann auch eine Angstneurose sein. Du sagst ja, dass du der Meinung bist, dieser *Er* wolle auch dich umbringen."

„Ja, davon bin ich auch jetzt noch überzeugt!"

Thorlef wiegte den Kopf, lächelte Timo überlegen an und sagte: „Sieh mal, Timo! Vielleicht gab es ihn ja nur *ein Mal*. In Berón, während des Trauerzugs! Vielleicht ist er Chantals und Verónicas Mörder. Aber es kann auch sein, dass es nur eine Halluzination ist, eine Sinnestäuschung, weil du eine optische Vorstellung von einem Mörder brauchst. Und dafür hast du aus deiner Computerdatei im Gehirn ein Gesicht ausgegraben, das deinem Bild vom Mörder am nächsten kommt. Und weil jetzt auch noch die Angst um dein eigenes Leben dazukommt, gerätst du in Panik und siehst dieses Gesicht überall."

„Comisario Gomez hat das fremde Gesicht auch gesehen! Ich habe es gezeichnet und er hat es sofort wiedererkannt!"

„Es mag ja sein, dass *er* es war, den du dort gesehen hast. Aber später, als du sein Gesicht am Fenster in deinem Zimmer im Patio gesehen hast und dann als Frau …?"

„Ja, du hast wahrscheinlich Recht! Ich spinne eben! Ist es nun eine Psychose oder eine Angstneurose?"

„*Borderline*, sagen wir Psychiater in einem solchen Fall. Eigentlich tendiere ich mehr zu einer Psychose, weil du ja ganz klare und deutlich sichtbare, meines Erachtens aber unwirkliche Bilder siehst. Andererseits bist du einsichtig, gibst zu, dass mit deinem Wahrnehmungsvermögen irgendwas nicht stimmen kann. Das spricht für eine Neurose. Was zwischen Psychose und Neurose liegt, nennen wir eben *Borderline*. Das heißt, du bewegst dich auf der Kippe von beidem."

„Und was empfiehlst du mir?"

„Zunächst einmal, dass du deine Reise nach New York absagst. Aber da meintest du ja, das komme nicht in Frage. Wenn dem so ist, empfehle ich dir, sofort nach deiner Rückkehr eine großzügige Pause einzulegen, während der ich versuche, dich zu therapieren. Mindestens viermal die Woche!"

„Du glaubst, du kriegst das wieder hin?"

„Natürlich! Diese Schocks, die dich ereilt haben, die jetzt noch ganz nah sind, entfernen sich auch wieder. Das ist eine Frage der Zeit. Aber natürlich werden sie sich nicht ganz so schnell verflüchtigen, deswegen müssen wir aufpassen, dass sie sich nicht fest in deinem Inneren verankern."

Timo sah ihn an, nickte ihm verständnisvoll zu. Dann sagte Thorlef: „Du brauchst – nach allem, was ich jetzt weiß – so eine Art emotionale Reinigung, eine *Abreaktion*, wie wir dazu sagen. Du kannst es auch *Katharsis* nennen."

„Aber fürs Erste, für meine Reise, was kannst du mir geben? Eine Spritze, Pillen oder Tropfen?"

Thorlef lachte. „Natürlich gebe ich dir was mit. Zuerst mal für heute Nacht und dann für deine Reise. Ich geh mal kurz nach nebenan und suche dir etwas raus. Jetzt steh auf und setz dich wieder in den Sessel, sonst schläfst du mir in der Zwischenzeit noch ein!" Er verließ den Raum. Timo fühlte sich nicht müde, aber eindeutig wohler. Er begann Thorlefs Fähigkeiten neu einzuschätzen.

„Was du vor allem brauchst", sagte Thorlef, als er wieder zurück war, „ist ein Neuroleptikum."

„Was ist das?"

„Es setzt die Wirksamkeit des Dopamins im Gehirn herab."

„Dopamin in meinem Gehirn, was heißt das?"

Thorlef lachte wieder. „Ja, das haben wir alle da oben drin. Dopamin heizt sozusagen dem Nervensystem ein. Wenn man zu viel davon hat, kommt es zu Erregungszuständen oder, wenn es schlimmer wird, Neurosen, Nervenzusammenbrüchen und noch Schlimmerem."

„Also du gibst mir so eine Art Tranquilizer, wie das Valium, das ich in letzter Zeit geschluckt habe? Verónica hatte so viel davon!"

„Was ich dir gebe, ist spezifischer, mehr maßgeschneidert für deinen Fall. Du sollst ja bei deinen Verhandlungen nicht einschlafen, sollst aber ruhiggestellt werden und deine Trugbilder wenigstens verdrängen können. Diese Tablette ist in diesem Döschen mit der Nummer zwei. Die nimmst du ab morgen. Für heute Nacht zum Schlafen nimmst du die hier. Es steht Nummer eins drauf. Sie liegt in der Ritze *Mi* für Mittwoch. Das *Do* ist für die morgige Nacht." Er hob das Plastikdöschen hoch. „Sollte sich dein Allgemeinzustand wider Erwarten nicht bessern, nimmst du statt der Nummer zwei die drei." Wieder hielt er ein Döschen hoch.

„Einverstanden, Thorlef."

„Dann mach's mal gut, mein Freund! Und am Montag spätestens sehe ich dich hier, zur gleichen Stunde!"

Sie umarmten sich und Timo verließ erleichtert die Praxis in dem modernen Wohnblock an der Balansstraße, wartete, bis ein Taxi kam. Im Wagen telefonierte er auf seinem Handy mit Petra, die ihm die Flugdaten für Freitagvormittag durchgab.

*

„Henryk, du weißt, dass du mich nicht auf dieser Nummer anrufen darfst!"

„Ich melde mich doch von der Telefonzelle aus. Mein Handy-Akku hat den Geist aufgegeben."

„Was willst du? Es ist sechs Uhr morgens und außerdem ist alles besprochen!"

„Du hast mir eine Flugnummer gegeben, die nicht stimmen kann. Auf der Frühmaschine ist er jedenfalls nicht gebucht."

„Was?"

„Glaub es mir!"

„Warte einen Augenblick!" Bernhard wählte mit seinem Handy Petra Rudloffs Nummer. Sie lag wahrscheinlich noch im Bett, denn sie wirkte äußerst verschlafen. „Entschuldigen Sie, Petra! Es gibt eine kleine Notsituation. Ich müsste Timo noch was nach New York mitgeben. Wann fliegt er denn? Geht das noch?"

„Nein! Er müsste schon am Flughafen sein. Die Lufthansa hebt kurz nach sieben ab. Worum geht's denn?"

„Um die letzten Mails zwischen Ted und mir. Sie wissen schon, diese unangenehmen dreisten Fragen!"

„Die hat Timo dabei, Herr Janisch. Ich habe ihm alles kopiert!"

„Ach ja? Das ist ja prima! Ich bin mit Schrecken aufgewacht, als ich plötzlich daran dachte, er hätte all diese pingeligen Fragen nicht dabei und liefe dort in eine Falle."

„An denen hat er einen ganzen langen Tag gesessen, Herr Janisch. Sie kennen ihn doch."

„Schon gut, Petra. Es hängt nur so viel davon ab, Sie verstehen das sicher. Entschuldigen Sie die Störung! Bis später!" Er drückte auf Rot und nahm den anderen Hörer in die Hand.

„Er ist definitiv auf der Maschine. Du musst dich getäuscht haben!"

„Ist er nicht! Ich habe dem Mädchen am Schalter gesagt, dass ich noch einen Kollegen erwarte, und sie hat gesagt, dass er nicht gebucht sei. Was soll ich tun?"

„Warte noch mal!"

Bernhard rief bei Timo zu Hause an, hörte, wie es fünfmal tutete, wie sich schließlich der Anrufbeantworter meldete, und ließ es dabei bewenden. „Henryk, er ist weg! Hast du dich ihm etwa doch gezeigt?"

„Nein, Chef, wie besprochen! Er hat Pause von mir, bis das Geschäft gelaufen ist."

„Gut. Flieg rüber! Du kennst ja sein Hotel. Vielleicht hat er umgebucht, hat dich unter Umständen am Flughafen gesehen. Ich weiß auch nicht, was das bedeutet. Melde dich von drüben, wenn du ihn gesichtet hast! Bei der McKerr hat er ja einen Termin um fünfzehn Uhr. Und kauf dir schleunigst eine neue Batterie!"

„Alles klar, Chef."

„Lass das!"

„So long, Bernhard! Ich will meinen Auftrag bald genau kennen!"

„Gedulde dich!" Bernhard legte auf.

*

Das *Café San Marco* im Abflugtrakt des Münchener Flughafens war bis auf wenige Stühle besetzt. Es gab nur etwa zehn Miniaturtischchen, auf denen kleine Espresso-Tassen standen. Überwiegend jüngere, ambitiös wirkende Männer in adretten

Anzügen und einige blasiert dreinblickende elitäre Damen in den Dreißigern hatten ihre meist kaum fünf Zentimeter dicken Aktenkoffer auf den Knien ruhen, wo sich allerlei Papier versammelte, das sie mit Kulis und gelben Übermalstiften bekritzelten. Timo nippte etwas an seinem zweiten Espresso und staunte über die große Menschenmenge, die sich zu dieser frühen Stunde – es war gerade fünf Uhr dreißig – zu den Schaltern drängte. Plötzlich entdeckte er einen Mann mit einem auffälligen breitkrempigen Hut, einem Stetson. Er identifizierte ihn zunächst als Texaner. Als er jedoch näher kam, drehte Timo rasch seinen Kopf zur Seite, denn unter dem Hutrand hatte er die Hakennase und diese eigenartig eingebetteten Augen entdeckt. Es gab keinen Zweifel! Er dachte an Thorlef und was dieser über Psychosen gesagt hatte, über Borderline und was es sonst noch an Termini gab. Doch er war sich sicher: Es war keine Halluzination!

Timo warf einen Zehn-Euro-Schein auf den Tisch und ging dem Mann nach. Er wollte ihm zunächst nur folgen, um *ganz* sicher zu sein. Doch dann beschloss er, sofort umzubuchen. Er fand bald einen Schalter mit der Aufschrift *Tickets*, wo ein höflicher Mann mit glattrasiertem Kopf schnell auf seine Reisewünsche einging. Er müsse dringend später fliegen, da er noch etwas zu Hause vergessen habe, der Lufthansa-Flug um sieben Uhr fünf sei zu stornieren. Wann der nächste Flug gehe?

„Die Lufthansa fliegt auch um neun Uhr, Ankunft in New York um vierzehn Uhr fünfundvierzig."

Timo runzelte die Stirn. Zu spät für seinen Termin bei Ted Orben, wenn er an den Verkehr vom Kennedy-Airport in die Stadt dachte. Aber notfalls hätte er Ted noch anrufen können, um einen Aufschub zu bekommen. Doch eigentlich wollte er ganz von der Passagierliste der Lufthansa gestrichen werden. „Welche Möglichkeiten gibt es sonst noch?"

„Nur noch Delta, um acht Uhr zehn. Ankunft dreizehn Uhr zwanzig."

„Die nehme ich!"

Der Mann klackerte unendlich lange auf den Tasten seines Computers herum, bis er schließlich sagte: „Ja, ein Platz in der ersten Reihe wäre noch frei."

„Bestens!"

„Gepäck?"

„Nur das hier!", Timo hob seine Aktentasche hoch.

Wieder ließ der Mann hinter dem Schalter die Tastatur klappern, überklebte eine Zeile des Tickets mit einem Sticker und entnahm schließlich einem Schlitz die Bordkarte.

„Ich erscheine jetzt nicht mehr unter Lufthansa?", fragte Timo.

Der Mann sah ihn etwas überrascht an. „Nein, unter Delta natürlich! Hier haben Sie auch schon Ihre Bordkarte. Trotzdem sollten Sie spätestens um sieben Uhr dreißig hier sein, wegen der Sicherheits-Checks."

„Das schaffe ich! Wiedersehen und vielen Dank!"

Timo eilte zu einer Rolltreppe, die abwärts zum Ausgang führte, um dem Schaltermann seine Version, er müsse nochmals in die Stadt zurück, glaubhaft vor Augen zu führen. Doch an einer anderen Stelle nahm er wieder den Aufzug von unten zum Abflugbereich. Für einen Moment lehnte er sich an einen Pfeiler, um Luft zu tanken. Er fühlte sich schon wieder gehetzt. Die vorletzte Nacht hatte er erstmals wieder bestens geschlafen und hatte sich am Tag danach während mehr als zwölf Stunden vollkommen in die Vorbereitung seiner Verhandlung mit McKerr vertiefen können. Doch die vergangene Nacht, vor der er wieder eine Pille aus dem Döschen 1 geholt hatte, und zwar exakt aus der Einkerbung, die ein *Do* für Donnerstag angab, schlief er kaum. Thorlefs Schlaftablette hatte überhaupt nicht gewirkt, von einigen wirren Träumen, die ihn heimgesucht hatten, abgesehen. War es die schlaflose Nacht, die wieder diese Mätzchen auslöste? Er fasste einen Entschluss: „Ich muss ihn nochmals sehen!" Er hatte noch genug Zeit, auch wenn er später in das nächste Flughafengebäude musste, wo die Delta abflog. Er suchte auf der großen, digitalen Abflugtafel den Lufthansa-Flug um sieben Uhr fünf heraus. Gate neununddreißig!

Er rannte fast, ohne zu vergessen, in den Seitengängen und Abfertigungsbereichen anderer Flüge nach dem Stetson zu schielen.

Als er das Gate neununddreißig erreichte, sah er ihn. Er war gerade am Business-Class-Schalter an der Reihe, um bei einer jungen Stewardess einzuchecken. Timo riskierte es. Er musste wissen, ob er es war oder nicht. Er stellte sich hinter einer kleinen Schlange von vier Männern am First-Class-Schalter an und behielt den Mann mit dem Stetson genau im Auge. Bislang sah er nur seinen Rücken. Vor ihm unterhielten sich zwei Männer über den auffälligen Hut. Einer mokierte sich: „New York ist doch nicht Texas! Nebenan geht's nach Dallas!", der andere lachte.

Der Mann mit dem breiten Hut brauchte lange am Schalter. Immer wieder hämmerte die junge Dame auf den Tasten herum und schüttelte jedes Mal den Kopf, machte ihm klar, dass noch mehrere Passagiere abzufertigen seien, und bat ihn mit einem Blick auf das Förderband, seinen Koffer aufzugeben. Der Mann drehte sich zur Seite, um ihn hochzuheben, und in diesem Moment erkannte ihn Timo! Er bückte sich instinktiv, um nicht selbst erkannt zu werden, verließ seinen Platz und ging in die nächste Toilette, schloss sich ein. „Niemand schwatzt mir auf, dass ich Psychosen habe!", flüsterte er vor sich hin. „Jemand hat ihn auf mich angesetzt! Und die Stewardess hat er genervt, weil sie keinen Timo Rossik auf der Passagierliste gefunden hat! Ganz klar!"

Timo guckte auf die Uhr. Er wollte so lange auf dem Klodeckel sitzen bleiben, bis er sicher war, dass er dem Mann nicht noch einmal über den Weg liefe. Er holte Unterlagen heraus, konnte sich aber nicht konzentrieren und steckte sie wieder in die Aktentasche zurück. Er stierte auf die Verriegelung in dem Toilettenabteil und begann erneut zu murmeln. Der Mörder von Chantal und Verónica, der Mörder von Berón, war also tatsächlich in München! Er lauerte ihm auf, wo immer er war! Warum nur? Wem konnte er sich anvertrauen? Thorlef? Er dachte an die Schlaftablette, die nicht gewirkt hatte, gab dann aber zu, dass das auch dem konzentrierten Arbeiten während des ganzen Tages zuzuschreiben war. Immerhin hatte er die Nacht vorher prächtig geschlafen.

Um sieben Uhr verließ er seinen Platz, spähte noch einmal vorsichtig zum Abfertigungsschalter des Lufthansa-Flugs nach New York. Er war verwaist. Timo machte sich auf den Weg in das andere Fluggebäude. Er murmelte ständig vor sich hin, fand aber in all seinen Gedanken auch Genugtuung daran, dass er seinem Verfolger einen Streich gespielt hatte.

5

Das Konferenzzimmer bot keinerlei Luxus. Der viereckige Holztisch war für die bescheidenen Ausmaße des Raumes zu groß, seine Oberfläche sah abgenutzt aus. Die einfachen Metallstühle hatten keine Armlehnen und wackelten zum Teil. Hinter ihnen gab es kaum Bewegungsfreiheit. Timo verstand Ted Orbens übertriebene Sparsamkeit in diesem Punkt nicht, denn er hatte die McKerr Ltd. vor vier Jahren zu einem Spottpreis kurz vor der Pleite übernommen und sie durch seine immensen Fachkenntnisse auf dem Logistikgebiet in kürzester Zeit zu einer wahren *Cash-Cow* entwickelt.

Der Raum war rauchverhangen. Seit einer Stunde hatte Larry Higgins seine Zurückhaltung aufgegeben und paffte eine Marlboro nach der anderen, sehr zum Missfallen der links von ihm sitzenden Liz Meyers, seiner Assistentin, und auch des in einer Ecke am Fenster lehnenden Greg Howley, des Fachgebietsleiters in Higgins Abteilung. Beide fächelten demonstrativ mit einem Aktendeckel die Nikotinluft von sich weg, wenn Larry seine Lunge mit einem vernehmlichen Pfeifton entsorgte. Zwei weitere Päckchen lagen inmitten seiner weit verstreuten Unterlagen. Die Luft hatte sich aufgewärmt, obwohl die Air-Condition surrte. Die Stimmung im Raum war miserabel.

Im Moment gab es eine Sprechpause, die der Intervention Gregs zu verdanken war, nachdem die Wortwahl im Verlauf der Verhandlung auf ein unvermutet niedriges Niveau abgeglitten war. Mit unflätigen Bemerkungen hatte es begonnen, jetzt war es nur noch grobes Palaver, in dem sich Timo und Larry eine Flut von Unfreundlichkeiten, Unterstellungen und Bissigkeiten um die Ohren schlugen. Greg, ein schlanker, hochgewachsener Mann in den Fünfzigern mit auffälligen Sorgenfurchen zwischen den Augenbrauen, griff immer öfter ein, nicht nur, um Timo zu mäßigen, sondern auch seinen Chef, während Liz kein Wort sagte, sondern sich um ihre Notizen für das Protokoll kümmerte. Sie mochte um die vierzig sein. Ihre hochtoupierte Frisur war derart versprayt, dass sich kein Haar mehr bewegte und selbst die in die Stirn gezupften Locken starr blieben. Sie war stark geschminkt, offenbar in dem Versuch, dem Eintritt in ihr fünftes Lebensjahrzehnt Paroli zu bieten.

Neben Timo saß George Hailey, der die kleine Filiale der Prosoft in New York mit zwei weiteren Angestellten leitete. Er war ziemlich groß, etwa einen Meter fünfundachtzig, und wirkte durch sein volles und untadelig gescheiteltes Haar trotz seiner dreißig Jahre noch wie ein frisch Graduierter. Sein anfänglicher Übereifer in der hitzigen Verhandlung war von Timo ziemlich barsch gestoppt worden, sodass sich sein Tatendrang seit einiger Zeit auf Kopfschütteln oder beifälliges Nicken sowie auf einige Aufzeichnungen beschränkte.

Es war keine Frage, die Sitzung war aus dem Ruder gelaufen, obwohl es bereits seit mehr als einer Stunde ein Resultat gab mit der klaren Erkenntnis, dass das Software-Programm der Prosoft dem der Syphor, jedenfalls was die Belange von McKerr anging, eindeutig überlegen war. Das hatte Timo so deutlich herausarbeiten können, dass alle Gegenargumente am Ende ins Leere gelaufen waren, trotz Larrys erbitterten Widerstands.

Aber nun ging es um die Bedingungen des neuen Vertragswerks, um die Laufzeit, die Garantien, das Serviceprogramm, um Konkurrenzklauseln und natürlich um den Preis.

Ungeachtet des immer vulgärer werdenden Tons fühlte sich Timo auf der richtigen Spur. Er wunderte sich, wie klar sein Denkvermögen trotz der mehr als hitzigen Atmosphäre nach all dem Chaos der letzten Wochen funktionierte, wie konzentriert er auf seine Logik vertrauen und seinem roten Gedankenfaden folgen konnte, um mit diesen Waffen Larry Higgins, Orbens neuen Chefeinkäufer, völlig in die Enge zu treiben. Doch er nahm auch eine neue Aggressivität an sich wahr, die ihn mehr und mehr verwunderte.

Larry Higgins, mit deftigen Ausdrücken alles andere als kleinlich, war in die ungewohnte Rolle geraten, sich den Ton anhören zu müssen, in dem er selbst normalerweise seinen Verhandlungspartnern den Wind aus den Segeln nahm.

Auf jedes grobe Wort konterte Timo mit einem noch gröberen. *Dummkopf, Kleingeist, Nichtswisser* und Ähnliches waren anfangs noch harmlosere Ausdrücke. Doch dann überschritt der Dialog die Grenze zum Pöbelhaften und artete zuletzt zu einer schmutzigen Schimpfkanonade aus, in der auch Worte wie *Arschloch, Wichser, Mutterficker* über den Tisch gebrüllt wurden. Bis Greg eingriff, indem er mit beiden Armen in der Luft ruderte und um Einhalt flehte, worauf augenblicklich Stillschweigen eintrat.

Der neue Einkaufsstar von McKerr Ltd. stand in der zweiten Hälfte der Dreißiger. Auffällig war sein eindringlicher Blick aus tief liegenden braunen Augen, ein Blick, der stets zornig, fast irr wirkte und mit dem er bewusst versuchte, sein Gegenüber einzuschüchtern. Er sah auf eine Weise ordentlich und auf eine andere schlampig aus. Sein kleiner Schnurrbart wuchs unregelmäßig und war in keiner Weise gepflegt. Er hätte besser auf ihn verzichten sollen. Finger und Zähne – Letztere standen im Unterkiefer quer durcheinander – waren gelb bis hellbraun. Andererseits war er gut gekleidet. Er hatte zwar die Jacke auf einen freien Stuhl gelegt, doch machte das weiße Hemd, auf dem eine blaue, grün gepunktete Krawatte baumelte, einen durchaus frischen Eindruck.

Seine Augen hatten jetzt an Stechkraft verloren. Sie wirkten resigniert und Timo sah ihm an, dass er die eindeutige Beweisführung, die Prosoft weit vor Syphor sah, als schmerzende Niederlage wahrnahm. Sie wollte er jetzt, als um die Bedingungen gestritten wurde, wenigstens noch in einen Teilsieg umwandeln. Obwohl Timo wusste und auch stets danach verfahren war, dass gute Verträge immer die waren, nach deren Abschluss beide Partner noch problemlos lächeln konnten, dachte er dieses Mal nicht eine Sekunde daran, Larry auch nur ein Quäntchen Erfolg zu gönnen, und das, obwohl das Schicksal des Vertrags trotz aller technologischen Vorteile der Prosoft am seidenen Faden hing; denn Larry schien nicht gewillt zu sein, auch nur einen Zentimeter Terrain preiszugeben.

Larrys Stimme bellte plötzlich in die vorübergehende Stille hinein: „Was willst du eigentlich hier? Verträge machen und dann abzwitschern? Am besten im Voraus kassieren und uns dann hängen lassen? Wir arbeiten lieber mit eurem George zusammen!", er deutete mit einem Zeigefinger auf diesen. „Der ist Amerikaner und weiß, wie wir ticken!"

„Du willst also doch einlenken? Den Vertrag mit Prosoft abschließen?", lachte ihn Timo spöttisch an.

„Nur mit George, sofern ‚drei', ‚sechs' und ‚neun' in unserem Sinne geregelt sind!"

Timo beugte sich zu George hinüber und murmelte ihm in einer Lautstärke, die noch allgemein vernehmbar war, zu: „Ich sagte dir ja, George, seine Geistesgaben sind beschränkt. Denkkraft gleich null! Schade für McKerr, dass sie …"

Larry stieß seinen Stuhl zurück, sodass die metallene Rückenleiste scheppernd an die Wand knallte. Für einen Moment sah es aus, als wollte er auf Timos Seite stürmen, um ihm an den Kragen zu gehen. Doch Greg, der wieder an seinen Platz zurückgekehrt war, packte sein rechtes Handgelenk so lange, bis sich Larry wieder beruhigt hatte, hob den Stuhl auf und flüsterte auf ihn ein. Schließlich setzte sich Larry wieder, weiß im Gesicht und mit bebender Oberlippe.

„Vergiss das, was du mit drei, sechs und neun im Auge hast!", sagte Timo mit provozierend lässiger Stimme. „Ich sag's zum zwanzigsten Mal! Geht das nicht in deinen Schädel?"

Sofort ging es wieder hin und her. Es gab keine Argumente mehr, nur noch derbe Kraftausdrücke, die über den Tisch hin- und herflogen. Und Timo lachte innerlich. Noch nie hatte er eine derartige Verhandlung erlebt. Nichts Annäherndes! Aber er hielt sich ja auch selbst in keiner Weise zurück, war Teil dieses Spektakels. Er wunderte sich immer mehr über sich, wunderte sich, was für einen höllischen Spaß es ihm bereitete, Larrys Attacken mit adäquaten Antworten zu kontern. In jeder Phase fiel ihm das Passende ein. Ein Ende der Streiterei war nicht absehbar.

George beugte sich zu ihm und flüsterte: „Aber Mister Rossik, die Paragrafen drei und sechs wären für uns auch so akzeptabel!", doch Timo zischte ihn nur an und wischte auf diese Weise die Bemerkung beiseite.

Wenig später verließ George den Raum, um – wie er sagte – auf die Toilette zu gehen. Timo hockte auf der vorderen Kante des Stuhls, bis fast in die Waagerechte gebeugt, die Beine weit unter dem Tisch ausgestreckt, das Kinn in dreißig Zentimeter Abstand von der Tischkante, rollte seine Krawatte langsam ein und wieder aus und ließ Larry nicht eine Sekunde aus den Augen, amüsierte sich mit hämischem Blick über sein Gegenüber, das vergeblich versuchte, mit den Augen zu funkeln. Es war ihm klar, dass ihn Larry hasste, ihn in diesem Moment töten könnte. Timo genoss es. Schließlich stand Larry auf, um sich mit Greg in einer Ecke zu besprechen.

Timo ließ die letzten Tage Revue passieren: seinen Besuch bei Thorlef, sein Abschlussgespräch mit Bernhard über sein Vorgehen bei der McKerr und den Mann mit dem Stetson am Lufthansaschalter heute Morgen.

Sein Flug nach New York war ohne Probleme verlaufen. Noch in München hatte er vom Hilton Downtown Manhattan in der 6th Avenue ins Sheraton in der 7th Avenue umgebucht.

Dann hatte er eine Pille aus dem Döschen zwei zu sich genommen und später noch eine aus dem Döschen drei, da er nicht nervös in die Verhandlung gehen wollte, vor allem aber, um diesen Mann, der augenscheinlich hinter ihm her war, für die nächsten Stunden aus seinem Kopf zu verdrängen. Dennoch gab er den Gedanken, alles könnte Einbildung sein, nicht ganz auf. Auch auf dem Flug hatte es Momente gegeben, in denen er wieder an Thorlefs Satz gedacht hatte, dass die Psyche dem Menschen die tollsten Streiche spielen konnte.

Vom Kennedy-Airport war er direkt in ein Café in der 44. Straße gefahren, wo er sich kurz mit George besprochen hatte, um gemeinsam mit ihm zur McKerr Ltd. zu marschieren, die im siebzehnten Stock eines älteren Gebäudes in der 46. Straße untergebracht war. Um fünfzehn Uhr hatte er kurz allein bei

Ted Orben gesessen, um ihn zu begrüßen. Ted hatte sich in einen Sessel gefläzt, der für seine zweieinhalb Zentner gerade noch breit genug war. Sein Büro war immer noch äußerst bescheiden eingerichtet, kein Hauch von Renovierungswillen seit Timos letztem Besuch.

Auch wenn er saß, keuchte Orben unter der Last seines Gewichts. Sein Gesicht war ungesund rot und aufgedunsen. Ein Gert-Fröbe-Typ, hatte sich Timo immer gesagt.

„Also, mach keinen Scheiß, Timo! Vergiss deinen Kummer! Und denk dran, Larry ist ein Knochen!"

„Ich verkaufe euch gute Ware, Ted. Wenn ihr bessere kriegt, nehmt sie!"

„Ganz schön eingebildet heute", murmelte Ted Orben.

„Ich denke nur logisch."

„Und heute Abend?"

„Wir werden sehen, ob wir fertig werden", antwortete Timo kühl.

„Ich wünsche dir Glück. Ich kenne euer Programm und mag es. Aber vielleicht hat ja Larry Recht?"

Timo hatte auf die Uhr gesehen und war aufgestanden. „Lass mich anfangen, Ted!"

Er hatte Orbens Büro ohne weiteren Kommentar verlassen und war zum Konferenzraum geeilt.

Jetzt saßen sie bereits fünfeinhalb Stunden zusammen. Die Stimmung war kurz vor dem Siedepunkt.

Plötzlich steckte ein Mädchen den Kopf durch die Tür und winkte Liz zu sich, die daraufhin Timo bat, im Büro nebenan ein Telefongespräch entgegenzunehmen. Timo war für einen Moment verdutzt, sah auf seine Uhr. Dann ging er hinüber und setzte sich auf einen der metallenen Schreibtische, auf dem der Hörer lag.

„Bernhard? Du? Bei euch ist es doch halb drei nachts!"

„Ich muss wissen, wie es steht."

„Gut steht es! Mach dir keine Sorgen!", beschwichtigte Timo.

„Was fehlt denn noch?"

Timo gab ihm einen Überblick und erwähnte am Schluss die kritischen Paragrafen. „Aber wegen drei und sechs lassen wir doch nichts scheitern, Timo?"

Timo fiel in diesem Moment ein, dass George vorhin für seinen Toilettenbesuch recht lange unterwegs gewesen war; ihm schwante, dass er mit Bernhard telefoniert hatte, und er spürte Zorn und eine verstärkte Bockigkeit gegenüber Bernhard aufkommen.

„Alles oder nichts, Bernhard! Wenn wir nachgeben, wirken wir unseriös."

„Bist du noch zu retten, Timo? Was ist mit dir los? Was ist das für ein Stil?"

„Wie meinst du das?"

„Du schlägst um dich wie ein Blödmann!"

„Wer steckt dir so was? George natürlich, der Armleuchter!"

„Wir brauchen das Geschäft! Drei und sechs sind nicht relevant!", schrie Bernhard durch den Hörer.

„Für mich schon!"

Timo legte auf, ein weiteres Mal verblüfft über seine Reaktion. Er schien plötzlich in einer fremden Haut zu stecken. *Es müssen Thorlefs Pillen sein*, sagte er sich auf dem kurzen Weg zum Verhandlungszimmer, aber die Wut über Georges Eigenmächtigkeit erstickte jeden Gedanken von besserer Einsicht. *Jetzt erst recht*, stimulierte er sich, als er wieder in den miefigen Konferenzsaal trat. Er würdigte George, der inzwischen seinen Stuhl gut einen halben Meter von Timos Platz weggerückt hatte, keines Blickes.

„Also", begann Timo, „es gibt keinen Spielraum! Neueste Befehle!"

Er merkte, wie ihn George von der Seite musterte. Larry starrte ihn mit offenem Mund an; etwas Speichel floss am rechten Mundwinkel das Kinn hinunter. Gregs Blick wirkte gläsern und der von Liz entgeistert. Wahrscheinlich, fühlte Timo deutlich, hatte George, als er draußen gewesen war, Hoffnungen geweckt, weil er sich von Bernhard gedeckt sah.

„Dann ist es geplatzt!", stieß Larry hervor.

Im selben Moment erhob sich Timo und machte sich daran, seine Papiere zusammenzuraffen. Stille trat ein, während sie ihn beobachteten. George hatte seine Arme auf dem Tisch verschränkt und legte jetzt seinen Kopf darauf.

Greg unterbrach das Schweigen und Timos Geraschel: „Sollten wir nicht noch Ted hinzurufen, Larry?"

„Warum? Ich entscheide das hier!"

„Klar. Aber er soll's ja verstehen, warum wir abbrechen müssen." Gregs Ton barg alle Vorsicht in sich, um einen erneuten Wutausbruch seines Chefs zu vermeiden.

Timo unterbrach sein Hantieren mit den Papieren. Larry schwitzte, man sah nasse Flecken auf dem weißen Hemd. Er überlegte fieberhaft, aber dann gab er nach: „Also gut, hol ihn!"

Nach fünf Minuten zwängte sich Ted Orben durch die Tür, gefolgt von Greg. Orben brachte seine Fettmassen auf dem schmalen Stuhl unter, den er mit dem Fuß an die Eckkante des Tisches geschoben hatte.

Er blinzelte neugierig auf die beiden Streithähne und gab Larry mit einem Fingerzeig zu verstehen, dass er beginnen solle. Er und anschließend Timo spulten ihre Ansichten zu drei, sechs und neun in relativ normalem Tonfall ab. Dann bat Ted Larry ins Büro nebenan. Sie blieben mehr als zwanzig Minuten dort. Manchmal drangen laute Stimmen zum Konferenzzimmer durch. Während der Pause versuchte George bei Timo wieder Kontakt aufzunehmen, der völlig erstickt war. Doch Timo hörte gar nicht auf das, was er sagte, sondern raunzte ihn an: „Sie sind ein kleiner Petzer, ein Sesselfurzer! Viel zu unreif für diesen Job!"

„Aber ich wollte doch nur …"

„Was?", schrie ihn jetzt Timo an, sodass Greg und Liz interessiert von ihren Akten aufschauten, in die sie versunken gewesen waren.

„Na, dass … dass es weitergeht! Die haben doch auch Ted geholt!"

Timo beugte sich ganz nah zu Georges Ohr und flüsterte wütend hinein: „Bernhard Janisch ist nicht mein Chef. Wir sind Kompagnons! Aber Orben ist der Chef von Larry, Sie Idiot!"

„Aber das ist doch egal!", begehrte George jetzt mit kräftigerer Stimme auf.

„Halt endlich dein Maul! Ich muss mich konzentrieren."

Als er es gesagt hatte, war sich Timo erstmals bewusst, dass er im Moment nur noch Fronten aufbaute: Larry, George, Bernhard. Was war los mit ihm? Waren es die Pillen zwei und drei?

War vielleicht die Wirkung beider zusammen zu stark? Er fingerte in seiner Jackentasche, in die er noch kurz vor seiner Abreise für die Nacht in New York für alle Fälle eine Lage mit zehn Valiumtabletten gesteckt hatte. Ohne dass es George merkte, nahm er eine und spülte sie mit stark nach Chlor schmeckendem Wasser hinunter.

Larry betrat wieder allein den muffigen Raum. Er war nach wie vor weiß im Gesicht, mit einigen roten Flecken. Timo nahm an, dass seine Aussprache mit Ted ebenfalls hohe Erregungsgrade erreicht haben musste. Er schien geknickt zu sein.

„Also?", fragte ihn Timo provozierend.

„Wir sind einverstanden. Aber wir wollen in einem Jahr nachverhandeln!", begann Larry.

„Abgelehnt!" , rief ihm Timo zu.

Larry starrte ihn wieder an. Dann stand er auf, klopfte Greg auf die Schulter und sagte resigniert: „Also gut. Mach die Verträge fertig, Greg! In einer Stunde unterschreiben Ted und Rossik."

Er schlich zur Tür und verließ den Raum.

Erneut machte sich Stille im Raum breit, bis sie vom Knistern der Papiere, das Greg und Liz verursachten, unterbrochen wurde. Beide klemmten sich die Akten unter den Arm. „In einer Stunde also! So weit ist ja alles fertig. Wir müssen nur das Neue einsetzen!", rief ihnen Greg zu.

„Gut so, Greg!", sagte Timo triumphierend.

Dann ließen Greg und Liz die beiden allein.

„Gratuliere! Hätte ich nie für möglich gehalten", stotterte George völlig verunsichert, doch Timo hörte ihm gar nicht zu. Er blickte auf das riesige Lichtermeer von Manhattan und merkte, dass er schläfrig wurde. Er dachte mit Beklemmung daran, dass ihn Ted noch ausführen wollte.

Genau nach einer Stunde erschien Greg mit den Papieren, und Timo und George wühlten sich durch je ein Exemplar von zwanzig Seiten, bevor sie einander schließlich zunickten. Greg rief Ted an, der nach wenigen Minuten mit Liz erschien. Der Stuhl knackte, als er sich darauf niederließ. Zunächst paraphierte George jeweils zwanzig Seiten der vier Vertragsexemplare und unterschrieb sie. Dann schob er sie zu Liz über den Tisch, die mit ihrem golden blitzenden Kuli dasselbe tat. Wieder wechselten die Verträge die Seite. Jetzt war Timo mit der ganzen Prozedur an der Reihe. Am Schluss Ted Orben. Als er seinen Namen auf die letzten Seiten platzierte, kritzelte er jeweils noch ein paar Wörter darunter. Dann schloss er die Dokumentenmappe.

Greg nahm sie vom Tisch, ließ zwei Exemplare in eine Klarsichthülle gleiten und übergab sie Timo. Der warf einen kurzen Blick auf Teds krakeligen Zusatz, von dem ein Pfeil zu seiner Unterschrift führte, und entzifferte: „gilt bei Federführung durch Timo Rossik". Timo war baff, warf einen kurzen Blick zu Ted, der diesen erwiderte. Keiner der beiden sagte etwas. George versuchte auf den Text zu blinzeln und bat um eine Kopie, die er gleich mitnehmen wollte. Doch Timo schüttelte den Kopf.

Ted unterbrach das peinliche Schweigen und grölte: „Hast es also geschafft, Timo! Seit wann bist du denn so gierig?"

Jetzt war Timo fast verlegen. Seltsamerweise spürte er plötzlich das ungute Gefühl aufkommen, er könnte vielleicht doch überzogen haben. Wie würde sich die Zusammenarbeit mit Larry entwickeln? Schließlich war dieser ja ein exzellenter Fachmann. Warum hatte er überhaupt nicht *daran* gedacht? An die Zukunft! Was wäre schon gewesen, wenn er in den lächerlichen Paragrafen drei und sechs nachgegeben hätte? Es wäre *Face-Saving* für Larry gewesen. Jetzt war er noch nicht einmal bei der Unterschrift dabei. Erst als er auf George blickte, den er als einen Spitzel Bernhards ausgemacht hatte, kam der alte Groll in ihm wieder hoch. Seine Müdigkeit wurde stärker, die ganze Spannkraft der letzten Stunden war plötzlich weg. Die Augen piekten.

„Es tut mir leid, wenn ihr meint, die Prosoft sei gierig", sagte er.

„Nicht Prosoft, *du*!" Ted lachte breit und Timo lachte auch. Er war froh, dass ihm Ted nichts übel nahm.

„Wann kommt Larry?", fragte Timo. Er hatte ihm gegenüber einen Entschluss gefasst.

„Überhaupt nicht", Ted betrachtete seine Armbanduhr. „Er ist seit genau einer Stunde und neunundzwanzig Minuten nicht mehr bei McKerr."

Timo war sprachlos. Jetzt stand *sein* Mund offen. Er bedauerte im selben Moment seine rüde Art während der sechsstündigen Verhandlung.

Ted ging auf Timos Seite; sie schüttelten sich die Hände und besiegelten mit anschließendem Schulterklopfen das Geschäft.

Nochmals bat George um ein Exemplar, um es in seinem Aktenkoffer zu verstauen, doch Timo hielt die Klarsichthülle fest in der Hand und schüttelte den Kopf. „Die bleiben erst mal in meiner Tasche!"

„Aber Herr Janisch wollte den Text gleich morgen früh vorliegen haben. Ich könnte ihm eine Kopie …"

„Machen Sie sich darüber keine Gedanken!", sagte Timo gelassen. „Sie können jetzt nach Hause fahren."

George packte hastig seine Papiere zusammen, wollte Timo die Hand geben, der sie aber nicht nahm, und schlich zur Tür des Konferenzraums. Doch Timo rief ihn zurück. „Hier", er hielt ihm sein Handy hin, „rufen Sie Bernhard Janisch an und sagen ihm nur, dass der Vertrag über die Bühne ist! Und keine anderen Kommentare mehr!"

Timo zog das Handy nochmals an sich und wählte Bernhards Nummer, da Georges Finger zu sehr zitterten. Als sich die Stimme aus München meldete, gab er es George. Timo hatte keine Lust, Bernhard die gute Nachricht selbst mitzuteilen, da er das ungute Gefühl hatte, dass dieser und George hinter seinem Rücken Informationen ausgetauscht hatten.

„Alles über die Bühne, Mister Janisch!"

Bernhard schien nach Timo zu fragen, doch George gab ihm zu verstehen, dass er gerade mit Ted sprach. Timo streckte die Hand nach dem Handy aus, als er mit einem Ohr hörte, dass Bernhard weitere Fragen stellte, und drückte auf den roten Knopf.

Wieder schüttelte George voller Unverständnis den Kopf, bevor er endgültig den verqualmten Raum verließ.

„Hätte ich nicht gedacht, dass du dich gegen Larry Higgins durchsetzt!" In Teds Stimme schwang echte Anerkennung mit. „Natürlich ist er ein sturer Bock. Aber du bist ja noch sturer! Du hast mich einen meiner besten Leute gekostet! Aber was soll's? Später gehen wir beide ins ‚24', klar?"

Timo wäre liebend gern mit einem Taxi ins Hotel gefahren, um zu schlafen. Er fühlte sich jetzt lausig.

„Gibst du mir noch eine halbe Stunde? Ich muss noch Dringliches für Asien erledigen, die sind dort längst auf den Beinen", sagte Ted.

„Natürlich! Nimm dir die Zeit, die du brauchst!"

„Willst du mit in mein Büro kommen?"

„Nein, ich hab auch noch einiges zu überfliegen." Er deutete auf seine Tasche.

In Wirklichkeit war Timo froh, dass Ted den Konferenzraum verließ, um für einige Zeit allein zu sein. Er verschränkte seine Arme auf dem Tisch und legte den Kopf darauf. Diese eigenartige Mischung von Wirrnis im Kopf und allgemeiner Müdigkeit bis in die bleiernen Beine hinunter schien sich weiter zu entfalten.

*

Seit er sich in New York aufhielt, war es sein erster Anruf bei Bernhard Janisch. Hier in Manhattan war es vierzehn Uhr dreißig, in München zeigten die Zeiger der Uhren bereits zwanzig Uhr dreißig. Er stand an einem der drei öffentlichen Fernsprechapparate in einer Nische der großzügigen Lobby des Hilton-Hotels. Das Display seines Handys, das er nur für Telefonate mit Bernhard verwendete, zeigte eigenartigerweise nur noch halbe Leistungskraft der gerade am Münchener Flughafen neu eingesetzten Batterie an. Er wollte sie schonen für wichtigere Anrufe, die an diesem Tag noch folgen würden. Er flüsterte in den Hörer, da die beiden anderen Telefone neben ihm auch genutzt wurden. Ein Ohr hielt er sich zu, um sich gegen die durchdringende Stimme seines Nachbarn abzuschirmen.

„Was ist los, Bernhard?", kam er direkt zur Sache. „Er war weder auf dem Flug, noch ist er hier im Hilton!"

„Bist du sicher?"

„An der Rezeption haben sie mir natürlich keine Auskunft gegeben. Ich habe dann den Chefportier gebeten, ihm einen Brief aufs Zimmer bringen zu lassen. Er hat Rossik aber in seinem Computer nicht gefunden. ‚Wohnt nicht bei uns', hat er gesagt. Also, wie soll ich meinen Auftrag hier zu Ende führen, wenn er verschwunden ist?"

„Sachte, sachte, Henryk! Er muss ja um drei Uhr bei McKerr sein; halt dich in der Nähe auf und gib acht, wenn er reingeht! Wahrscheinlich mit George Hailey, unserem Mann. Los, mach dich auf die Socken! McKerr ist ja nicht so weit vom Hilton entfernt, das schaffst du leicht."

„Meinst du, er riecht den Braten?", erkundigte sich Henryk zweifelnd.

„Welchen Braten?"

„Na!"

„Nie und nimmer, Henryk! Er hat einfach Wahnvorstellungen, eine Art Verfolgungswahn, Paranoia! Hat er dir zu verdanken!", Bernhard lachte und Henryk grinste vergnügt. „Deswegen", fuhr Bernhard fort, „bucht er überall um. Um den Gespenstern auszuweichen."

Jetzt lachten beide schallend. „Los, beeil dich, Henryk!"

Zum zweiten Mal meldete sich Henryk Jester bei Bernhard kurz vor fünfzehn Uhr. Er habe soeben Timo Rossik mit einem Mann in das Gebäude gehen sehen. Er postiere sich jetzt in einem Café schräg gegenüber, das allerdings um neunzehn Uhr schließe. „Hoffentlich sind sie bis dahin fertig!"

„Du weißt, dass du auf jeden Fall auf ihn warten musst. Du kennst deinen Auftrag! Erst der Vertrag mit McKerr und dann …"

Henryk antwortete nicht sofort. Er wollte Bernhard etwas zappeln lassen, der sich seiner immer so sicher war.

„Hörst du, Henryk?"

„Wenn du erfährst, dass sie unterschrieben haben, ruf mich sofort an!", gab ihm Henryk schließlich zu verstehen.

„Worauf du dich verlassen kannst. Warte auf meinen Anruf und stör mich in der Zwischenzeit nicht! Ich brauche etwas Schlaf!"

Erst um zweiundzwanzig Uhr fünfundvierzig erhielt Henryk Jester den versprochenen Anruf aus München. Er saß auf einem Steinsims vor dem Gebäude schräg gegenüber von McKerr Ltd. Einige Müllcontainer, die noch nicht geleert waren und penetrant stanken, lümmelten ungeordnet einige Meter vor ihm am Bordstein und gaben ihm etwas Deckung für den Fall, dass die Leute, die da oben im siebzehnten Stock verhandelten, noch irgendwohin zum Essen fuhren, um eventuell dort erst zu einem Abschluss zu kommen. Für diesen Fall wollte er Rossik nicht durch sein kurzes Auftauchen nervös machen und den Vertragsabschluss gefährden. Doch jetzt teilte ihm Bernhard mit, dass der Vertrag seit fünf Minuten unter Dach und Fach sei.

„Dann ist er jetzt fällig", raunte ihm Henryk zu, merkte aber, dass sich Bernhard mit einer Reaktion ziemlich Zeit ließ. Ein übler Windstoß fegte plötzlich durch die Sechsundvierzigste Straße. Er musste sich mit dem Rücken dagegenstemmen, um das Handy zu schützen, das laut rauschte. „Hörst du?", bohrte er nach.

„Warum hast du es so eilig? Dieser George hat sich noch nicht richtig geäußert; zum Beispiel, ob er auch ein Exemplar des Vertrags bei sich hat."

„Der ist vor ein paar Minuten aus dem Gebäude gekommen. Hat ein Taxi genommen. Wahrscheinlich will er dich zu einer bürgerlichen Zeit über alles informieren. Wenn es sieben oder acht bei euch ist."

„Komisch, auf seinem Handy antwortet nur die Mail-Box."

„Der will auch etwas schlafen. War ja 'ne lange Verhandlung! Der hat ganz bestimmt einen Vertrag bei sich und nimmt ihn morgen früh mit ins Büro. Das ist doch genauso, wie wenn du ihn in der Hand hieltest."

Wieder hörte Jester von Bernhard nichts. Entweder kam dieses schnaufende Knirschen in der Hörmuschel vom Wind oder von Bernhards schnellem Atem. Für einen Moment war er nervös, dachte an seine Prämie von einhunderttausend Euro, die ihm Bernhard bisher nur zur Hälfte gezahlt hatte. Doch dann knisterte es plötzlich wieder unangenehm laut und Bernhards Stimme krächzte: „Du hast Recht! Es ist alles in trockenen Tüchern. Wie willst du's anstellen?"

„Meine Sache! Ergibt sich aus dem Moment. Das ist besser als lange Planerei."

„Melde dich, wenn es so weit ist!"

Henryk Jester fühlte sich jetzt autorisiert. Autorisiert, Timo Rossik zu töten. Er vermied jeden weiteren Dialog und drückte auf die rote Taste. Jetzt galt es nur noch abzuwarten, bis er herauskam. Egal, ob Timo Rossik zu Fuß zu irgendeinem Hotel ging oder sich ein Taxi nahm, er würde ihm folgen. Die Musicals waren längst zu Ende und die meisten Dinners ebenso; somit passierten noch genügend gelbe Taxis die Straßen, er musste nur mit dem Finger schnippen.

Eine Stunde nach Bernhards Anruf war Timo immer noch nicht erschienen. Die wenigen aus der Tiefgarage kommenden Autos hatte Henryk genau beobachtet. In keinem hatte er Timo auf dem Beifahrersitz entdeckt. Das Einzige, was ihn beruhigte, war, dass hinter den vier Fenstern im siebzehnten Stock noch Licht brannte.

Doch dann erlosch es plötzlich. Nach fünf Minuten sah er Timo mit einem korpulenten Mann aus dem Gebäude kommen. Timo deutete in eine Richtung. Henryk Jester folgte ihnen.

6

Der kühle Wind, der manchmal in Böen auf sie zuflog, tat Timo gut, obwohl er das Gefühl hatte, sich Schritt für Schritt nach vorn ziehen zu müssen, als würden seine Beine nicht selbständig funktionieren. Er tat alles, damit Ted es nicht merkte. Doch manchmal stützte ihn der sonst so robuste Mann fürsorglich am Ellbogen. Ted erzählte mit dröhnender Stimme von einer neuen Filiale in Singapur und von einer anderen in Lagos, die er gerade eröffnet hatte, sprach über die gewaltigen Schwierigkeiten mit dem nigerianischen Personal und noch über vieles andere. Doch Timo hörte nur mit halbem Ohr zu. Er war froh, dass es höchstens fünfzehn Minuten zum Sheraton waren. Als sie die Sixth Avenue erreichten, war plötzlich wieder viel Leben zu spüren. Taxis hupten sie an, alle zehn Meter wedelten meist Farbige mit Prospektzetteln, die Porno-Shops und Erotik-Bars anpriesen, U-Bahn-Züge ratterten unter ihren Füßen in kurzen Abständen, aus den Schächten stieg dichter Dampf auf.

Kurz vor dem Sheraton wäre Timo beinahe gestürzt, als er eine aufgewellte Stelle auf dem Trottoir übersah, doch Ted hielt ihn gerade noch rechtzeitig fest.

„Was ist los mit dir? Hast du Drogen genommen?", fragte er Timo.

„Wahrscheinlich war es heute ein bisschen viel. Erst der Flug, dann die Verhandlung …"

„Hey, du bist doch jung und sportlich! Außerdem wolltest *du* ja unbedingt zu Fuß gehen."

„Tut dir aber auch ganz gut!"

„Hier, dein Hotel. Du gehst ja fast vorbei!"

Tatsächlich hatte Timo gar nicht gemerkt, dass sie den Haupteingang des Sheraton schon fast passiert hatten. Er kaschierte den Aussetzer mit der Bemerkung, dass er eigentlich gleich zum Seiteneingang wollte, wo sich die Aufzüge befänden.

Sie stiegen die acht Stufen zum Eingangsportal hoch, was Timo schwerer fiel als dem massigen Ted.

Oben angekommen fragte Timo: „Warum hast du eigentlich diese Bemerkung zu deiner Unterschrift gesetzt?"

„Verdammt noch mal, weil ich's so sehe!"

„Ich mach's ja auch; die Federführung liegt doch bei mir."

„Na, dann ist ja alles okay."

„Warte hier auf mich, Ted, ich bringe nur meine Tasche ins Zimmer! Bin gleich wieder unten", sagte Timo, als sie in der riesigen Lobby angekommen waren. Timo nahm den Lift und fuhr in den vierzehnten Stock, warf die Tasche aufs Bett und ging ins Bad. Er sah miserabel aus, bleich, mit tiefen Schatten unter den Augen und der von scharfen Furchen unvorteilhaft betonten Nase, die ihm spitzer erschien denn je. Durch den Wind waren seine Haare ziemlich verwildert. Trotz dieses deprimierenden äußeren Zustands kam für einen Moment ein Gefühl der Zufriedenheit auf – er hatte den Vertrag in der Tasche.

Timo wusch sich mit kaltem Wasser, das er mit beiden Händen über Gesicht und Haare klatschte, kämmte sich, hängte für alle Fälle das Schild „*Don't disturb*" außen an seine Zimmertür und fuhr mit dem Lift wieder nach unten. Immer wieder verspürte er, vor allem wenn er sich leicht bückte und sich wieder aufrichtete, Schwindel. Morgen würde er Thorlef anrufen und ihm sagen, dass er nie das Gefühl gehabt habe, von seinen Pillen gezielt beruhigt worden zu sein. Auch das Schlafmittel vom Donnerstag wollte er ansprechen.

„Wie weit ist es zum ‚24', Ted?", fragte Timo, als er ihn in der weiten Lobby wiederfand.

„Ein paar Straßen nur, in der Zweiundfünfzigsten! Willst du ein Taxi nehmen?"

„Nein, wir gehen wieder zu Fuß. Es war so stickige Luft im Konferenzzimmer."

„Ihr habt ja auch gekämpft wie die Löwen", meinte Ted, während sie auf einen Seitenausgang des Hotels zugingen. Als sie die schmale Drehtür erreichten, drängte sich zuerst Ted in die kleine Glaskabine, die er voll ausfüllte. Timo folgte ihm in der nächsten. Und genau als er sie bis zur Mitte vorwärtsgedrückt hatte, sah er *ihn* neben sich, keine zehn Zentimeter entfernt, nur durch das Glas getrennt: den Mann mit der Hakennase! Er schien mit dem Fuß den Mechanismus anzuhalten, denn für einen Moment kam die Tür zum Stehen, klemmte, sosehr Timo auch die Scheibe nach vorn stieß. Der Mann sah ihm mit seinem sardonischen Lächeln direkt ins Gesicht. Dann gab die Tür plötzlich nach, sodass Timo auf der Straßenseite fast in Teds Armen landete.

„Was ist denn mit dir los?", fragte dieser ihn verdutzt.

Timo war unfähig zu antworten. Er verbot es sich, zurückzublicken, wollte nicht sehen, dass er Recht gehabt, dass er ihn ganz nahe neben sich gesehen hatte. Thorlefs Bemerkung fuhr ihm durch den Kopf.

Ted grölte ihn an, sodass er erschrak: „Junge, du brauchst schnellstens einen Drink! Du siehst schon wieder verheerend aus. Larry würde sich freuen, wenn er wüsste, in welchem Zustand er dich zurückgelassen hat. Das wäre ihm eine Genugtuung."

„Hast du ... gerade jemand durch ... die Tür ins Hotel gehen sehen?", erkundigte sich Timo stotternd.

„Hab nicht darauf geachtet, warum?"

„Ich dachte, jemand hätte plötzlich in die falsche Richtung gedrückt."

„Ach, du spinnst ja! Komm jetzt!"

Sie marschierten ziemlich schweigsam die Sixth Avenue zurück. Timo merkte, dass seine Psychose, oder was immer es sein mochte, einem massiven Ausbruch entgegenschlitterte. Ihm war, als könne er nichts tun, um ihn aufzuhalten. Entweder der Mann existierte, und davon war er zu neunzig Prozent überzeugt, oder er existierte nicht. Wie sollte er logische Beschlüsse fassen können, wenn er es nicht endlich genau wusste? Im Eiltempo näherte er sich einem Stadium, das das Leben zur Hölle machte. Jedenfalls solange er noch lebte. Denn der Mann, den er deutlich neben sich gesehen hatte, wollte ihn umbringen, und sollte es tatsächlich nur die Psyche sein, die ihm solche Streiche spielte, wäre das Dasein dadurch auch nicht erträglicher.

Er stolperte oft, sodass er immer wieder Teds Griff am Ellbogen spürte; vermied es, sich umzusehen. Wenn er seinem dicken Begleiter die Geschichte von dem Mann erzählen würde, den er schon in einem Kaff in Peru, im Flugzeug nach Europa und in der Prosoft – als Frau! – gesehen haben wollte, dann wieder mit einem Stetson am Münchener Flughafen und jetzt in Manhattan, in der Pendeltür des Sheraton, führe ihn Ted geradewegs in die Klapsmühle.

Dann hielt er es nicht mehr aus und drehte sich doch um. Aber er sah ihn nicht; er sah auch keinen Stetson wie noch heute früh in München, wusste auch gar nicht, ob er diesmal einen getragen hatte. Aber natürlich waren zu dieser Zeit noch zu viele Menschen auf dem Bürgersteig, als dass eine einzelne Person mit einem kurzen Blick ausfindig zu machen gewesen wäre.

Jetzt blieben sie vor dem roten „Wait"-Zeichen stehen, das die Fußgänger abhielt, die Einundfünfzigste Straße zu überqueren. Ein ausladender Mülltransporter kam mit ziemlicher Geschwindigkeit in der schmalen Straße angebraust, hupte einmal dröhnend, als eine Frau trotz des Verbots über die Straße hastete. Als der Laster, keinen Viertelmeter vom Bordstein entfernt, etwa zur Hälfte an der Reihe wartender Passanten vorbeigefegt war, spürte Timo einen festen Stoß im Rücken, der ihn mit der rechten Schulter auf das Seitenblech des Müllwagens schleuderte. Nicht zu fest, denn er spürte noch einen Griff an seinem Sakko, der den Aufprall inmitten eines vielstimmigen Aufschreis abmilderte. Aber Timos Schulter wurde Bruchteile von Sekunden später durch den gewaltigen Hinterreifen so derb erfasst, dass sein ganzer Körper mit der Rotation des Rads auf den Gehsteig zurückgeworfen wurde.

Als Timo sich aus der Schwärze, die ihn umgab, wieder nach oben kämpfte, sah er eine Vielzahl von Köpfen über sich. Die rechte Schulter schmerzte genauso wie der Hinterkopf. Er spürte Nässe am Finger, als er sich an die schmerzende Stelle unter den Haaren fasste.

Ted fuchtelte aufgeregt mit den Armen und erreichte, dass der Kreis von Neugierigen um Timo etwas weiter wurde.

Eine Schwarze rief: „Er ist abgehauen! Oder er hat's gar nicht gemerkt!"

Eine andere Stimme rief Ted zu: „Ich hab im Saint Clare's Hospital angerufen. Das ist dort vorn in der Einundfünfzigsten. Die kommen gleich mit der Ambulanz!"

„Danke!", brüllte Ted zurück. Ein Polizeiwagen näherte sich mit Sirenengeheul. Die blauen Scheinwerfer färbten die Köpfe sekundenweise zu fahlen, weißen Masken. Zwei Polizisten drängten die Menge noch mehr zurück. Nur Ted durfte in Timos Nähe bleiben, als er sich als sein Begleiter ausgab. In der Ferne war der schrill auf- und abjaulende Lärm des Ambulanzwagens zu hören. Ein Polizist beugte sich zusammen mit Ted zu Timo hinunter. „Können Sie sich bewegen?"

Timo sah ihn an und nickte. Dann blickte er zu Ted, der kreidebleich war. Alles kam ihm unwirklich vor. Aber jetzt erinnerte er sich an den Stoß, den er von hinten bekommen hatte, und er wusste, wer der Ausführende gewesen war. Jetzt gab es für ihn keinen Zweifel mehr. Das war kein Streich seiner Psyche! Das sollte der Todesstoß sein! Er versuchte sich aufzusetzen, wobei Ted und der Polizist vorsichtig an je einem Arm zogen. Ted am rechten, sodass Timo aufschrie; es war die Seite, mit der er auf den Laster geklatscht war. Aber schließlich saß er einigermaßen aufrecht, ging systematisch seine Gelenke durch. Von ihnen schmerzte nur der rechte Oberarm und dazu sein Hinterkopf.

„Hast *du* mich noch erwischt, Ted?"

„Ja, Junge, ich hab dich gerade noch am Kragen zu fassen gekriegt, sonst wärst du zermanscht worden!"

„Danke dir! Wird wohl nichts mit dem ‚24'. Dort würde ich dir sofort einen ausgeben!"

„Das holen wir nach."

Die Ambulanz war jetzt herangefahren. Die Sirene wurde leiser gestellt. Die Lichtkegel des Polizeiwagens und der Ambulanz blinkten um die Wette. Zwei Männer in Weiß näherten sich mit einer Trage.

Die Polizisten und Ted machten Platz. Die gaffenden Menschen waren danach gleich wieder nachgerückt. Ein Sanitäter legte zwei Finger auf Timos Halsschlagader, um den Puls zu fühlen. Der andere, mit Stethoskop-Stöpseln in den Ohren, tupfte die Wunde am Hinterkopf ab und klebte notdürftig ein Gazeband über die Haare.

„Die Schulter!", stammelte Timo.

„Am besten nicht bewegen, Mister!" Der Sanitäter hörte jetzt Lunge und Herz ab und legte eine Blutdruckmanschette an. „Wir nehmen ihn mit!", entschied er. „Will jemand mitkommen?"

„Ich! Er ist ein Bekannter von mir", sagte Ted.

Timo wurde auf die Liege verfrachtet und in den Ambulanzwagen geschoben. Sie warteten auf Ted, der noch Angaben zu machen schien, denn der Polizist schrieb eine ganze Menge in sein Büchlein. Dann stieg er ein und ein Sanitäter knallte die Schiebetür zu. Sie fuhren los. Die Sirene heulte wieder schrill auf. Erst jetzt wurde Timo richtig bewusst, was passiert war, dass er dem Tod nur um Millimeter oder Bruchteile von Sekunden entflohen war. Der Mann wollte ihn töten. Wann würde er damit Erfolg haben? Timo begann zu zittern. Ted legte beruhigend eine Hand auf die heile Schulter. Doch es half nichts.

*

„Nur jetzt nicht, Bernhard! Egal, ob du stocksauer bist! Egal, egal! Jetzt nicht!", murmelte Jester zu sich selbst mit eisiger Miene. Das Handy vibrierte unangenehm in der Innentasche seines Jacketts. Fast zappelte es. Aber eine solche Chance – in genau diesem Augenblick – würde er sich nie und nimmer entgehen lassen. Der riesige Müllwagen, der da von links angeschossen kam; ein Geschenk in der richtigen Sekunde! Der Dicke und Rossik, keine zwei Meter entfernt vor ihm schlendernd, und ein paar Fußgänger, die in wenigen Sekunden nur auf die Folgen des Unfalls achten, auf einen Toten starren würden, ohne überhaupt bemerkt zu haben, wer das ausgelöst hatte. Genau das war sein Moment! Er bangte, ob das rote „*Wait*" an der Ampel nicht noch umsprang; doch der Laster hätte kaum noch bremsen können. Er packte das Innenfutter an seiner rechten Jackenseite und zog sie nach vorn, sodass die jetzt neben ihm anhaltenden Passanten denken konnten, der Wind habe sie aufgebläht. Dann stieß er mit den Knöcheln seiner Finger zu. Rossik schwankte erst, die Hand des Dicken verfing sich reflexartig im Sakko seines Begleiters. Dennoch verhinderte sie nicht, dass Rossik auf die graue, verschmierte Seitenfläche des Containers zuflog, sorgte aber dafür, dass er nicht mit dem Kopf aufklatschte, sondern nur mit der rechten Schulter. Noch keimte bei Jester instinktiv für eine Hundertstelsekunde die bestialische Hoffnung auf, der nachfolgende hintere Riesenreifen würde Rossiks Körper unter sich verknäueln und zermalmen, doch im Gegenteil, er schleuderte ihn in hohem Bogen auf den Bürgersteig zurück. Unter dem Geschrei der Menschen, die sich um den am Boden Liegenden scharten, wurde Jester bewusst: Timo Rossik war nicht tot. Er bewegte sich, mühsam zwar, aber er war alles andere als tot. Als die Menschen nach dem ersten Gekreische gestikulierend zu diskutieren begannen, sich mehrfach umblickten, verließ er den Unfallort und ging drei Gebäude davor in der dunklen Eingangsnische eines Elektronikladens in Deckung. Von hier aus konnte er das Geschehen weiterhin überblicken. Er spürte verärgert, wie das Handy dicht über seinem Herzen strampelte. Jetzt klaubte er es heraus und drückte widerwillig auf den grünen Knopf.

„Warum gehst du nicht ran, du Idiot?", schrie ihn Bernhard an.

„War gerade unter zu vielen Menschen!"

„Lass ihn in Frieden! Wir müssen ganz anders planen!"

„Was heißt das? Du hast mir doch vor …."

„Vergiss es! Er hat beide Verträge. George hat er keinen gegeben!"

„Und was soll das für mich bedeuten? Dieser George kann doch morgen bei dieser verdammten McKerr jederzeit ein weiteres Exemplar bekommen!"

„Und wenn nicht? Warum sollte Ted Orben ein weiteres Exemplar oder eine Kopie rausrücken? Ein paar Stunden nach dem Abschluss. Rossik würde sich nicht wenig wundern, wenn wir hinter seinem Rücken nach einer weiteren Ausfertigung fragen. Erst mal richtig nachdenken, ja? Du Schwachkopf!" Bernhards Stimme klang bis zum Äußersten gereizt. „Also, Kommando zurück! Kapierst du endlich?"

„Ist nicht mehr ganz möglich", sagte Jester gelassen.

„Wieso, hast du …?"

„Hat nicht ganz geklappt. Aber zu – na, sagen wir – siebzig Prozent. Da vorn liegt er in seinem Saft!" Jester genoss jetzt Bernhards Nervosität.

„Was ist passiert?", japste Bernhard.

„Ein Unfall, wie er immer wieder mal passiert. Unvorsichtiges Überqueren der Straße, zu nahes Stehen an der Bordkante und was sich leichtsinnige Bürger sonst noch so alles einfallen lassen."

Jester sah das Polizeiauto halten. Die blau funkelnden Strahlen trafen auch sein Gesicht.

„Hat er seine Tasche dabeigehabt?", stammelte Bernhard.

„Nein, die hat er im Sheraton gelassen."

„Im Sheraton?"

„Ja, dort wohnt er! Soll ich dir die Verträge holen? Ein Kinderspiel für mich!"

„Du Vollidiot! Was mache ich dann mit den Verträgen? Woher hab ich sie? Wer hat sie mir gütigst zugeschickt, du? Das kann nicht dein Ernst sein!"

Henryk Jester sah ein, dass es ein Denkfehler gewesen war.

„War er allein?", wollte Bernhard wissen.

„Nein, der korpulente Mann aus dem McKerr-Gebäude, wahrscheinlich dieser Orben, war immer bei ihm, seit sie das Büro verlassen haben."

„Was geschieht jetzt gerade? Na komm, red schon!" Bernhards Stimme überschlug sich fast.

„Gerade kommt die Ambulanz. Ich geh mal ein paar Schritte vor. Vielleicht kriege ich heraus, in welches Krankenhaus sie ihn fahren."

„Und dann?", brüllte Bernhard.

„Bringen wir's zu Ende."

„Nein und nochmals nein! Kapier doch endlich! Ich brauche wenigstens einen Vertrag im Original mit seiner Unterschrift und der vom Dicken!"

„Schick diesen George ins Hotel! Der kann doch Rossiks Sachen mit den Verträgen holen, wenn er sagt, sein Chef habe einen Unfall erlitten und liege im Krankenhaus!"

„Du tickst wie ein Strohkopf. Woher soll George wissen, dass er einen Unfall hatte, und woher, dass er im Sheraton ist und nicht im Hilton?"

Wieder gestand sich Henryk Jester ein, zu schnell gewesen zu sein. Es war jetzt besser, Bernhard zu beruhigen. „Was schlägst du also vor?"

„Stell fest, wo sie ihn hinbringen, wie sein Zustand ist! In sechs oder sieben Stunden kann ich dann ganz offiziell bei dem Koloss anrufen und fragen, wie die Verhandlungen gelaufen sind. Der *muss* mir einfach von dem Unfall erzählen und in welchem Hotel Timo ist. Er war doch dabei, als Timo seine Sachen dort ins Zimmer gebracht hat?"

„Ja, sagte ich doch!"

„Wenn ich das offiziell weiß, kann ich auch George ins Sheraton schicken, um die Sachen zu holen. Vorher nicht! Reicht dein Grips für diesen Gedankengang aus?"

Henryk Jester fühlte sich in diesem Moment gedemütigt, ja erniedrigt. Jetzt hasste er Bernhard wieder. Er schwieg.

„Reicht er aus?", schrie Bernhard.

„Ich hab's kapiert, ja", presste Jester hervor.

Er drückte auf den roten Knopf. Er zitterte vor Wut.

Dann sah er, wie Timo Rossik auf einer Trage in den Ambulanzwagen geschoben wurde, auf dessen Seitentür *Saint Clare's Hospital, 415 W, 51st Street* und verschiedene Telefon-Nummern vermerkt waren. *Zu Fuß ein Katzensprung*, dachte Henryk und machte sich auf den Weg.

7

Letzten Endes war es gut, dass Timo Rossik auf der schmalen Liege festgeschnallt war, denn der Ambulanzwagen fegte im Slalomstil um das Häuser-Quadrat zwischen der Einundfünfzigsten und Zweiundfünfzigsten Straße. Ted krallte sich mit beiden Händen an einer herunterhängenden Lederschlaufe fest, um sein Gewicht einigermaßen auszubalancieren. Die Sirene übertönte jeden anderen Lärm, der auf den Straßen noch herrschen mochte. Timo starrte zur Decke des Wagens, von der eine Styroporschicht abzublättern begann. Er konzentrierte sich darauf, sein Zittern unter Kontrolle zu kriegen. Irgendwie genierte er sich dafür vor Ted und dem Sanitäter. Aber er schaffte es nicht, sich zu beruhigen, Arme und Beine verweigerten die Befehle seines Gehirns.

Nach einem letzten weiten Schlenker hielt der Wagen an. Robuste Hände rissen die beiden Flügel der Türen von außen auf, dann zogen zwei Männer an der Trage, um sie ins Freie zu hieven. Als sie in die Schräglage kam und Timo aus anderer Perspektive um sich blickte, erkannte er *ihn* sofort.

Er lehnte an einem Pfeiler, der die Überdachung der Notdienstzufahrt abstützte. Eigenartiges geschah mit Timo in diesem Moment: Sein Zittern hörte schlagartig auf. Trotz schmerzender Schulter wollte er aufspringen, zu ihm laufen, ohne jede Angst, ohne über die Folgen nachzudenken. Alle wollte er auf *ihn* aufmerksam machen; auf seinen Mörder. Doch er war festgebunden.

Unter der Trage wurden die Radvorrichtungen aufgeklappt und Timo in das Saint Clare's Hospital gefahren. Die letzte

Kurve führte in den Behandlungsraum für Notfälle. Zwei Ärzte in grünem Kittel und Mundschutz erwarteten ihn.

„Schulter-Luxation, leichte Kopfverletzung, akuter Schockzustand mit vorübergehendem Tremor, Herzrasen", waren die Brocken der Diagnose, die einer der Sanitäter den beiden Ärzten übermittelte. Zu viert hoben sie Timo auf das Patientenbett. Dabei sah er, als er sich zum ersten Mal leicht aufrichtete, Ted vor der Tür hin- und herwatscheln, bleich im Gesicht, mit einer Schramme auf der Stirn, wahrscheinlich eine Folge des Geschaukels im Ambulanzwagen. Er starrte unablässig in den Raum.

Ein Arzt kam mit einem Klemmbrett zu Timo. „Kann Ihr Bekannter Angaben zu Ihnen machen? Dann muss ich hier nicht lange schreiben, sondern das geht gleich in den Computer. Können Sie mich verstehen?"

„Ja, Mister Orben weiß, wer ich bin."

Ted wurde zu einem Metalltisch gebeten, hinter dem der Arzt Platz nahm und die Angaben in den Computer tippte. Nur das Geburtsdatum musste Timo ergänzen. Dann tupfte ihm der andere Arzt die Wunde am Kopf mit Jod ab, was höllisch brannte. Wenig später fragte Ted nach seiner Kreditkarte und Timo fingerte mühsam die Geldbörse aus der Gesäßtasche, wobei ein stechender Schmerz in der Schulter ihn laut aufächzen ließ. Ted entnahm eine *Mastercard,* rief dem Arzt am Metalltisch Nummer und Verfalldatum zu und verstaute das Portemonnaie wieder vorsichtig dort, wo es vorher gesteckt hatte. Er betrachtete Timo mit teils mitleidigem, teils ängstlichem Blick. Dann kam der Arzt mit dem ausgedruckten Papier auf dem Brettchen auf sie zu, während der andere Timos Hemd aufknöpfte und ihm beim Aufrichten half. Ob er Anzeige erstatten wolle, fragte der Arzt, der die Aufzeichnungen machte, man könne den Müllwagenfahrer sicher feststellen; doch Timo lehnte ab. Er wusste, dass ein anderer der Schuldige war, und der befand sich ganz in der Nähe. Schließlich musste Timo seine Unterschrift auf das Formular kritzeln.

Danach kümmerte sich der Arzt weit intensiver um ihn. Zunächst schlug er ihm vor, ihn mit einer Spritze ruhigzustellen, was Timo ablehnte, da sich in seinem Kopf bereits andere Pläne entwickelt hatten. Der Arzt wies ihn auf die Gefahren hin: einen möglichen Schock, der zum völligen Kreislaufversagen führen könnte, also zu einem Kollaps; sein Herzrasen sei ein Symptom dafür. Doch Timo ließ es nicht zu. Der Arzt schüttelte leicht verärgert den Kopf und legte die bereits gezückte Beruhigungsspritze auf das Instrumententischchen zurück. Ein Sanitäter schob Timos Bett in einen Röntgenraum.

„Eine leichte Verrenkung der Schulter und äußerlich eine ganz ansehnliche Abschürfung!", sagte der Mann im grünen Outfit, als Timo zurück war. „Haben Sie Mumm?"

„Was meinen Sie?", fragte Timo.

„Na, Sie mögen ja anscheinend keine Spritzen. Ich würde die Schulter gerne einrenken. Natürlich könnte ich Sie auch örtlich betäuben!"

„Wird schon gehen", murmelte Timo.

Der Arzt, der sich bislang nur um die Formalitäten gekümmert hatte, umfasste nun Timos Oberkörper, während der andere den Unterarm nahm und ohne jede Vorankündigung ruckartig am Oberarm zog. Ein tiefer Schmerz hallte nach, der Timo bis in die Schädeldecke fuhr. Doch der Arzt war zufrieden und kümmerte sich nicht um Timos Stöhnen. Er machte sich an das Reinigen der Wunde am Schulterblatt, träufelte wieder brennende Tinktur auf die Haut und verband die Wunde mit steriler Gaze, die er mit mehreren Kreuzen Heftpflaster festklebte.

„Sie bleiben diese Nacht zur Beobachtung bei uns, Mister Rossik. Der Blutdruck ist noch zu hoch und der Puls zu schnell."

Timo überlegte. Dann nickte er. Er hatte einen Plan.

Ted, der wieder bei ihm stand, drückte ihm die Hand auf die heile Schulter, verabschiedete sich von den Ärzten und schleppte sich durch die Tür.

Hätte ich ihm was sagen sollen?, fragte sich jetzt Timo, als er Ted – momentan sein einziger Halt, jemand, der einen möglichen Hilferuf auffangen und das Nötige in die Wege leiten konnte – so einfach wegschickte. Aber wie hätte er ihm alles erklären können? Wahrscheinlich würde Ted ihn genauso für verrückt halten, wie Bernhard und Thorlef es taten.

Ein Pfleger fuhr Timos Bett in ein freies Zimmer. „Hier sind Schlaftabletten!", er deutete auf das kleine Glastischchen, das er neben das Bett schob. „Dort ist der Lichtschalter!" Timo sah das Kabel mit dem Knopf daran. „Und hier ist das Nachthemd!", er legte das hinten geschlitzte weiße Leinenhemd, das wahrscheinlich im Operationssaal ausrangiert worden war, auf einen Stuhl. Dann schloss der Pfleger hinter sich leise die Tür.

Timo sah sich unruhig in dem Raum um. Ein gelber Paravent versperrte die Sicht zum Fenster; an einem grünen Schrank stand eine Seite der zweiteiligen Tür offen. Er sah Aktenkästen in der unteren und Bettzeug in der oberen Hälfte. Ein anscheinend nicht mehr funktionstüchtiges Vereisungsgerät war in der linken Ecke vor seinem Bett untergebracht. Eine altmodische Lampe mit schwarzem Blechring, die direkt über ihm hing, sonderte ein fahles Licht ab.

Timo dachte konzentriert über seine nächsten Schritte nach. Trotz seines Zustands müsste er schnell handeln; denn sein Mörder würde seine Tat sicher rasch vollenden wollen. Er müsste ihn überlisten, durch einen anderen Ausgang aus dem Saint Clare's entschwinden, dann zum Sheraton mit dem Taxi, Reisegepäck und Aktentasche aus dem Zimmer holen. Auf keinen Fall auschecken! Ein Anruf morgen würde genügen; dann mit einem anderen Taxi zum Hilton-Airport-Hotel!

Morgen würde er nochmals den Flug umbuchen. Immerhin hatte ihn sein Mörder auch im Sheraton aufgestöbert. Wie, das war ihm ein Rätsel.

Er zog seine Jacke an, die neben dem halb offenen Schrank hing, machte leise die Tür auf und drückte sie sanft wieder zu. Auf dem Flur war niemand. Das Pflegerzimmer lag in der Richtung, aus der er vorhin zum Ambulanzzimmer geschoben worden war. Er nahm die andere. Als er eine Pendeltür durchschritt, hielt er den einen Flügel an, damit er nicht geräuschvoll zurückschwang. Die Beschriftungen an der Wand zeigten meist nach oben: zur *Chirurgie*, zur *Intensivstation* oder zur *Hals-Nasen-Ohren-Abteilung* und anderen Fachstationen. Er ging an den Treppen vorbei, bis er sich am Ende des Flurs vor einem grauen Portal befand, über dem ein schwach blau leuchtendes, kleines Glasviereck *Personal und Parking* angebracht war. Timo hoffte flehentlich, dass es sich öffnen ließe. Die Tür schien zu klemmen, wie es bei schweren Sicherheitstüren oft der Fall war, doch mit einiger Mühe konnte er sie aufstemmen, während der Schmerz in der Schulter aufflammte. Er befand sich auf einem Parkplatz für etwa dreißig Fahrzeuge, von denen lediglich fünf der eingezeichneten Felder besetzt waren. Er musterte Wagen für Wagen, ob sich vielleicht jemand dahinter verbarg, bückte sich, was ihm wieder stechende Schmerzen in der Schulter verursachte, suchte nach verräterischen Füßen. Als er sich absolut sicher war, dass *er* ihm nirgendwo auflauerte, lief er über den großen Platz zur Einfahrt. Nun musste er nur noch über eine lasch gespannte Kette steigen und stand in der jetzt ziemlich menschenleeren Zweiundfünfzigsten Straße. Er ging ein Stück, um sich in einer Eingangsnische zu verstecken, sodass er noch überblicken konnte, wann ein Taxi in seine Nähe käme. So lange würde er ausharren und sich nicht auf die Sixth Avenue wagen. Nach fünf Minuten war es so weit, ein Taxi rollte heran und nahm ihn auf.

Er war sich sicher, dass ihm niemand folgte; denn die Straße hinter ihm war leer.

*

Henryk Jester harrte bereits über eine halbe Stunde an seinem Beobachtungspunkt, einem verwahrlosten Hauseingang gegenüber dem Saint Clare's Hospital, aus. Das Gebäude, eines der niedrigen drei- oder vierstöckigen unter all den großen Wohn- und Geschäftstürmen Manhattans, wurde anscheinend abgerissen oder restauriert. Der rostige Gerüstaufbau, der Teile des Gehsteigs beanspruchte, reichte nur bis zum zweiten Stockwerk. Eine große Sperrholzplatte, an der ein Vorhängeschloss hing, diente als provisorische Eingangstür. Die verbogenen Aluminiumbohlen auf dem Gerüst über ihm schirmten Henryk vom Licht der Straßenlaternen ab.

Er war gespannt, was geschehen würde. Endlich, es war fast ein Uhr, öffnete sich das Portal vor der *Emergency*-Einfahrt. Der Dicke, Rossiks Begleiter, stapfte – mit gesenktem Kopf – ins Freie und stellte sich an die Bordsteinkante. Er spähte nach einem Taxi. Nach wenigen Minuten hatte er Glück und hievte sein Gewicht in das gelbe Gefährt.

Henryk verließ nun seinen Platz unter dem Gerüst und schlenderte über die Straße zum Eingang der Notfall-Aufnahme. Er zog am Hebel an einer Seite der beiden riesigen Milchglastüren. Doch sie gab nicht nach. Er hielt sich dort nicht lange auf, sondern huschte nach links zur seitlichen Mauer des Krankenhauses. Eine lange Batterie von Müllcontainern verdeckte seine Silhouette. An der Front des Gebäudes gab es im Erdgeschoss keine Fenster. Er bewegte sich weiter bis zur Ecke und schließlich zur Rückseite des Saint Clare's. Hier gab es eine ganze Reihe ebenerdig liegender Fenster, doch nur das erste war erleuchtet. Unter dem schmalen Sims richtete er sich geräuschlos auf. Er hatte unverschämtes Glück: Wie er es erhofft hatte, war es der Raum, in dem Rossik behandelt wurde. Er sah Timo aufrecht auf einem fahrbaren Bett sitzen, einem Arzt die Hand schütteln. Keine Spur von schweren Verletzungen, wie er ernüchtert feststellte. Sein tief sitzender Groll über den am Ende gescheiterten Anschlag, der schon während der Wartezeit gegenüber dem Saint Clare's an ihm genagt hatte, steigerte sich zu selbstquälerischem Zorn. Überhaupt, warum sollte er jetzt, da er Rossik gefunden hatte, Bernhard anrufen? Und warum musste der ihn verdammt noch mal gerade in dieser günstigen Ausgangsposition zurückpfeifen? Er hätte den Anruf in der Sixth Avenue gar nicht entgegennehmen sollen. Er hatte ja bereits Bernhards Einverständnis! Jetzt könnte er vollenden, was der Müllwagen nicht geschafft hatte. Und da das nicht ganz geklappt hatte, könnte er dennoch schnell um die zweiten fünfzigtausend Euro reicher sein! Konnte Bernhard ihm die vorenthalten? Das wäre dumm von ihm. Aber nun hatte er wieder neue Bedingungen aufgestellt und denen musste Henyrk, ob er wollte oder nicht, Rechnung tragen. Doch auf *seine* Weise.

Timo Rossik wurde jetzt von einem Pfleger aus dem Saal gefahren. Henryk zog den Kopf ein, als der Arzt direkt zum Fenster sah. Er schlich zwei Meter geduckt nach links. Aber man hatte ihn nicht entdeckt; das erleuchtete Fenster blieb verschlossen. Doch zehn Meter weiter fiel plötzlich Licht auf eine Gruppe von Bänken im Park. Es kam aus dem fünften Fenster von der rechten Ecke aus. Hierhin hatte man also Rossik gebracht, dachte Jester. „Dort wirst du diese Nacht liegen und mich nochmals sehen! Das schwöre ich dir!", flüsterte Jester genüsslich in Richtung Timos Fenster.

Kleine Lustgefühle mischten sich unter seine abebbende Wut. Er setzte sich auf eine der Bänke und mäßigte seine Ungeduld.

Nach zehn Minuten stand er auf. Der Ambulanzraum, wo er Rossik zuvor gesehen hatte, lag nun im Dunkeln. Er ging zurück zu der großen Glastür und drückte auf den Knopf der Nachtglocke. Eine männliche Stimme meldete sich: „Sind Sie verletzt?"

„Nein! Ich selbst nicht, aber ein Bekannter schickt mich her, ich solle nochmals nachfragen, wie es seinem Freund gehe, der heute einen Unfall hatte, und da ich gerade noch so spät in der Gegend war …"

„Name?"

„Der Mann heißt Timo Rossik!"

Ein Automat summte und Henryk griff nach dem Hebel, mit dem er jetzt mühelos die Tür öffnen konnte. Ein Pfleger kam auf ihn zu.

„Wie geht's Mister Rossik?", fragte Jester besorgt. „Wie gesagt, ein Bekannter, Mister Orten, bat mich, nochmals nachzufragen!"

„Er dürfte schon schlafen! Es ist nicht Schlimmes!"

„Kann ich vielleicht einen Blick ins Zimmer werfen? Ich kann dann sagen, ich habe ihn selbst gesehen."

„Wenn Sie's beruhigt! Kommen Sie!"

„Ich kenne Mister Rossik ja gar nicht persönlich! Ich muss ihn gar nicht sprechen, nur einen Blick auf ihn …"

„Ach, da brennt ja noch Licht!", sagte der Pfleger und deutete auf das halbrunde Fenster über der fünften Tür im Flur. „Also schläft er noch gar nicht! Warten Sie kurz, ich sehe mal nach!" Er öffnete leise die Tür und ging in das Zimmer, kam aber bald kopfschüttelnd zurück. „Nanu, der ist doch nicht schon allein auf die Toilette? Warten Sie mal!"

Der Pfleger lief etwa fünfzehn Meter zurück, wo sich die Herrentoilette auf der rechten Seite befand.

Henryk wusste im selben Moment, dass sich Rossik aus dem Staub gemacht hatte. Er eilte durch die Pendeltür, öffnete das massive Eisenportal und stand einige Sekunden später auf dem

Personal-Parkplatz. Er sah niemand. Voller Zorn überstieg er die Kette der Einfahrt. „Hier ist er raus! Dieser elende Hund!" Die Zweiundfünfzigste Straße war wie leer gefegt. Kein Fußgänger, keine Fahrzeuge, auch kein Taxi. Er dachte an den Pfleger, der ihm vielleicht noch in die Quere kommen konnte, und machte sich schnellen Schrittes auf zur Sixth Avenue und zum Sheraton. In einem Vierundzwanzig-Stunden-Drugstore kaufte er sich einer Eingebung folgend eine schwarze Kunstledermappe und ein Gummiband. Im Hotel kritzelte er neben der Rezeption stehend auf einen *Message*-Zettel den Namen „Mister Timo Rossik" und machte ihn unter dem Gummiband auf der Mappe fest. Er wandte sich an den Portier hinter dem Pult. „Herr Rossik erwartet noch heute Nacht diese Unterlagen. Kann man sie ihm hochbringen?"

Der Portier suchte im Computer nach Timo Rossik und tippte vier Zahlen auf die Tasten des Haustelefons. Henryk erkannte sie: Eins – vier – drei – neun.

„Er meldet sich nicht."

„Das ist nicht möglich!"

Der Portier versuchte es nochmals, ließ es lange tuten und schüttelte den Kopf.

„Hat er denn ausgecheckt?", fragte Henryk, der aber längst erfahren hatte, was er wissen wollte, nämlich Rossiks Zimmernummer.

„Er reist erst morgen ab."

Henryk schüttelte den Kopf.

„Sollen wir ihm morgen die Unterlagen gleich aufs Zimmer bringen?"

„Ich darf sie nicht aus der Hand geben! Vielen Dank!", antwortete Jester mit sorgenvoller Miene.

Er drehte sich um und schritt zum Eingangsportal, das zur Sixth Avenue führte, doch kurz vorher bog er in den kleinen Flur ein, wo die sechs Fahrstühle mit geöffneten Türen warteten.

Er nahm den ersten, doch der Lift bewegte sich nicht, nachdem er die 14 gedrückt hatte. Wieder stieg Zorn in ihm auf. Er wollte sich an dem kleinen Spion vor Timos Tür zeigen, ihn erschrecken, dass er ihn nur ja nicht vergaß! Und jetzt spielte der Lift nicht mit. Er ging in den nächsten Fahrstuhl. Dort entdeckte er das Übel auf einer Hinweistafel: In der Zeit von zweiundzwanzig Uhr bis sechs Uhr früh sei der Zutritt zu den einzelnen Stockwerken aus Sicherheitsgründen nur mit der Schlüsselkarte möglich, die man durch den schmalen Identifizierungs-Schlitz gleiten lassen müsse.

Er stieg erbost aus, entschloss sich zu etwas Neuem: Er ging zur Rezeption zurück.

„Ich hab's mir überlegt. Ich muss das Papier zumindest in aller Frühe Mister Rossik übergeben. Ich buche hier eine Nacht! Welches Zimmer hätten Sie?"

Der Portier machte sich an seinem Computer zu schaffen. „Im elften Stock zur Hinterseite, sehr ruhig! Im fünfzehnten eine Junior-Suite und hier im vierzehnten Stock ein Zimmer mit Kingsize-Bett. Für Ihre Größe gerade das Richtige."

„Das nehme ich!"

Sobald die Formalitäten geregelt waren, händigte der Portier Henryk die Schlüsselkarte in einem Umschlag aus, auf dem 1443 stand.

8

Timo hatte den dunkelroten Vorhang mit dem weißen Store zurückgeschoben und beobachtete die winzigen Regentropfen, die das Fensterglas benetzten und langsam Fäden zogen. Zum ersten Mal spürte er so etwas wie Ruhe in sich. Noch im Taxi hatte er zwei Zehn-Milligramm-Valium geschluckt. Er merkte jetzt ihren Effekt. Sie schienen gar die brennenden Schmerzen der Schürfwunden an Schulter und Hinterkopf einzudämmen, waren aber machtlos gegen die bohrenden Stiche am Ende des linken Schlüsselbeins, zwischen Schulterblatt und Oberarm. Immer wieder tastete er zu der Stelle, um am Verband herumzunesteln.

Trotzdem bereute er nicht, dass er aus dem Krankenhaus getürmt war. Schon tot könnte er sein, wenn die Verletzungen schlimmer gewesen wären, wenn man ihn in Narkose operiert und sein Mörder sich Zutritt verschafft hätte. Normalerweise wäre er schon fast tot gewesen, als er auf die Außenwand des riesigen Mülllasters knallte. Aber kurz nachdem er diesen hinterhältigen Stoß im Rücken gespürt, den Halt auf der Bordsteinkante verloren hatte und auf dieses Monstrum mit dem Riesenreifen zugeschleudert worden war, hatte er Gott sei Dank noch etwas ganz deutlich gespürt: die mächtige Pranke Teds, die sein Jackett noch kurz greifen konnte, den Sturz abmilderte. Er schüttelte sich unfreiwillig, als dieses Sekundenbild vor dem Aufklatschen erneut in sein Hirn eindrang. Wie ein Pfeil schoss das Frösteln durch seinen Rücken bis in die Fersen. Ted hatte Schicksal gespielt. Ein Reflex, sicher! Dennoch hatte Ted seinen Anteil daran, dass Timo noch am Leben war, als er ins Krankenhaus gebracht wurde. Mit glimpflichen Verletzungen. *Ich hätte mich bei ihm weit mehr bedanken müssen*, sagte er sich.

Dass er nach dem Saint Clare's noch lebte, hatte er sich selbst zu verdanken. Sein Vorsprung konnte gar nicht groß gewesen sein. Der Mörder hatte bereits vor dem Hospital gelauert. Vielleicht war er auch im Sheraton nur unwesentlich schneller gewesen. Wahrscheinlich sogar! Aber jetzt war er außer Reichweite. Ein leichtes Gefühl der Ermutigung kam auf. Der Mörder dürfte seine Spur verloren haben. Für heute jedenfalls! Oder wenigstens für einige Stunden. Länger würde er darauf nicht pochen können. Wenn er Timo schon über drei Kontinente gefolgt war, würde er auch jetzt bestimmt nicht aufgeben.

Nur ein Ziel galt jetzt: Er musste nach München und dort sofort zur Polizei. Ohne Wenn und Aber! Auch wenn Gregor über Beziehungen verfügte, die sein Erscheinen vor dem Kommissar aufschieben mochten. Es ging nicht mehr nur um Berón. Jetzt ging es auch um sein Leben!

Dass er trotz seiner Schläfrigkeit so klar denken, die notwendigen Schritte so deutlich vor sich sehen konnte, ließ erneut ein zahmes Gefühl von Zuversicht in ihm erwachen. Es wuchs noch ein Quäntchen mehr, als er sich vor Augen hielt, dass er in keiner Weise verrückt war: Der Mann, der sich ihm schon so vielfach gezeigt hatte, der ihn umbringen wollte, *war real!*

Die Müdigkeit setzte sich jetzt in allen Gliedern fest. Er hatte gar nicht gemerkt, dass der Regen inzwischen heftig an die Scheibe peitschte und den Blick auf die Lichter der anderen Hotels auf dem Flughafen-Gelände verzerrte. Er taumelte schlaftrunken zum Bett, kritzelte noch in undeutlicher Schrift auf das Blöckchen am Nachtisch: *Ted, Bernhard, Thorlef, Ticket.*

Erst nach seiner Ankunft im Hilton-Airport-Hotel hatte er dem Sheraton seine plötzliche Abreise mitgeteilt, was ohne Probleme ablief, da seine Kreditkarten-Nummer hinterlegt war. Nach dem Anruf hatte er das Handy wieder ganz abgestellt.

Seinen Anruf bei Ted plante er für sieben Uhr, also in etwa dreieinhalb Stunden. Er musste ihn informieren, dass er nicht mehr im Krankenhaus war. Bernhard und Thorlef wären bei Weitem nicht so dringlich, wohl aber die Umbuchung seines Flugs. Die Rezeption des Hotels wollte sie für ihn erledigen. Ein KLM-Flug nach Amsterdam und von dort nach München. Löschen seiner Buchung bei Delta für den Direktflug.

Er sank aufs Bett, streifte sich das Oberhemd über den Kopf, da er die Knöpfe nicht mehr richtig finden konnte, strampelte die Hose auf den Boden und schlief augenblicklich ein.

*

Es war sieben Uhr morgens. Henryk Jester hatte sich in seinem Zimmer des Sheraton nochmals hingelegt. Aber er konnte kein Auge zumachen. Diese Beleidigungen, die ihm Bernhard in der Nacht an den Kopf geworfen hatte, wühlten in ihm. Grundlos waren sie gewesen; denn als er Rossik den Stoß versetzte, hatte sein Auftrag noch gegolten: ihn zu töten.

Doch beim nächsten Anruf war Bernhard schon wie eine Furie gewesen, als Henryk ihm berichtet hatte, dass Rossik bald im Krankenhaus läge. Und als Henryk nochmals mit ihm telefoniert hatte, um ihm mitzuteilen, in welchem Krankenhaus Rossik liege, war er ganz ausgerastet. Wieder hatte er brüllend gefordert: „Solange ich die Verträge nicht in der Hand habe, unternimmst du nichts! Rein gar nichts! Geht das in dein winziges Zwitter-Hirn hinein, Esel?" Jester hatte sich derart darüber geärgert, dass er ihn später noch nicht mal über Rossiks Verschwinden aus dem Krankenhaus informiert hatte.

Doch Bernhard hatte ihn während der kurzen Nacht noch zweimal drangsaliert, um vier und um sechs. Ob er wisse, wie es Rossik gehe, dass er nichts Unautorisiertes unternehme; und dann folgten die gleichen erniedrigenden Beschimpfungen wie zuvor schon.

Henryk stand auf, zog die Jacke über, öffnete die Tür, steckte den Kopf in den Flur und sah sich nach beiden Seiten um, legte den Sicherheits-Riegel zur Seite, der dadurch am Rahmen der Tür auflag und sie angelehnt hielt. Im Fall der Fälle müsste er somit nicht erst mit der Karte aufschließen. Er bewegte sich langsam die wenigen Meter auf die Nummer 1439 zu. Rossiks Zimmer. Und dann stand er vor dem kleinen Türspion, so wie schon um drei Uhr nachts, als sich nichts getan hatte, weil Rossik wahrscheinlich mit Medikamenten vollgestopft war, die ihn in Tiefschlaf versenkt hatten. Doch auch jetzt, als er an der Tür klopfte, hörte er nichts. Ein merkwürdiges Gefühl von Argwohn meldete sich nach einer Weile. Er klopfte nochmals, jetzt lauter. Im selben Moment hörte er ganz in der Nähe ein Telefon läuten. Er hielt inne und lief auf dem Flur zurück. Es klingelte tatsächlich in seinem Zimmer. Er drückte die Tür auf, schob den Sicherheitsriegel wieder nach innen und lief zum Nachttisch.

„Hier ist die Rezeption, Mister Jester. Sie hatten doch Mister Rossik Papiere übergeben wollen …"

„Ja, und?"

„Tut mir leid! Mister Rossik ist schon die ganze Nacht nicht mehr im Hotel. Er hat bereits über seine Kreditkarte bei uns ausgecheckt."

„Waaas? Das gibt es doch gar nicht!", schrie Henryk völlig außer Fassung. „Wo ist er denn untergekommen?"

„Er hat nichts hinterlassen. Tut mir leid, Mister Jester."

Henryk knallte den Hörer auf die Gabel. Dann schrie er seine Wut unartikuliert hinaus, riss die Decke vom Bett, stülpte die Kingsize-Matratze aus der Einfassung, schleuderte den Nachttisch an die gegenüberliegende Wand und den Telefonapparat gegen das Fenster.

Als es heftig an die Tür klopfte, war Henryk dabei, sich auf jeden zu stürzen, der es wagte, ihn zu demütigen. Doch eigenartigerweise durchzog eine Blockade sein rechtes Bein. Auch sein rechter Arm ließ sich nicht mehr heben. Er baumelte willenlos an der Seite. *Ist es wieder so weit?*, fuhr es ihm durch den Kopf. Er erinnerte sich an einen kleinen Zwischenfall in einer Diskothek in Berlin vor einigen Jahren, wo ihn ein Rausschmeißer wegen seiner Intersexualität beleidigt hatte und er sich auf dieses Fettschwein stürzen wollte, aber plötzlich merkte, dass ein Arm und ein Bein jeden Dienst versagten. Sie hatten ihn vor die Tür geworfen. Mit dem Aufprall auf dem harten Gehsteig war das alte Gefühl wieder in alle Gliedmaßen zurückgekehrt.

Er verhielt sich still, humpelte zu der Matratze am Boden und rieb sich das steife, taube Bein.

Jetzt hörte er, wie jemand nach weiterem heftigen Klopfen die Tür öffnete, wahrscheinlich mit einem Spezialschlüssel. Ein korpulenter farbiger Hotelwachmann trat ein, während hinter ihm ein ängstlich dreinblickender, hohlwangiger Mann, der entsetzt wispernd ständig auf das verwüstete Zimmer deutete, an der Tür stehen blieb.

„Was ist hier denn los?", brüllte der Hüne von der Sicherheit und gebot dem ängstlichen Mann in sein Zimmer zurückzugehen.

„Ich weiß es nicht genau, aber ich glaube, ich habe einen epileptischen Anfall gehabt." Henryk deutete auf seinen schlaffen Arm. Als er aufstehen wollte, knickte sein rechtes Bein ein, doch der Wachmann konnte ihn rechtzeitig auffangen, indem er ihm unter eine Achsel griff. Er rief über sein Walkie-Talkie die Hotel-Ambulanz an und meldete in New Yorker Slang einen Verrückten auf Zimmer 1443. Man solle schleunigst kommen.

„Das wird teuer, mein Freund", sagte er. „Versichert?"

„Ich komme für alles auf."

„Dürfen Sie überhaupt allein herumlaufen?"

„Doch, ja! Ich weiß auch nicht … Ich bin in Deutschland in Behandlung."

„Wird auch nötig sein!"

9

Das Dröhnen der Flugzeuge kämpfte erfolgreich gegen die schalldichten Scheiben in Timos Hotelzimmer an. Doch erst die Turbinentriebwerke eines riesigen Kranhubschraubers, der seine Last direkt über das Hotel flog, rissen ihn aus dem Schlaf. Er fuhr hoch, doch der Schmerz in der linken Schulter befahl ihn sofort auf das Kopfkissen zurück. Er tastete mit seiner rechten Hand vorsichtig zu dem Verband, der nicht nur das Schultergelenk in die richtige Haltung presste, sondern auch die Schürfwunde versorgte. Am Hinterkopf spürte er die rasierte Stelle, auf der ein Gazestreifen festgeklebt war. Die Wunde schien genässt zu haben, denn den Streifen überzog jetzt eine feste Kruste. Am rechten Oberschenkel hatte sich ein tiefblauer Bluterguss gebildet und auf dem Spann des rechten Fußes sah es nicht anders aus. Das ganze Bein prickelte. Er merkte, dass auch der linke Ellbogen beim Aufprall eine Rolle gespielt haben musste.

Er blickte auf seine Armbanduhr und war entsetzt, dass es bereits zwölf war. Ted Orben! Bereits am frühen Morgen hatte er ihn anrufen wollen. Bernhard auch! Niemand wusste ja, wo er war.

Er nahm den Hörer aus der Fassung und wählte Ted Orbens Nummer.

„Bist du noch bei Sinnen?", brüllte ihn Ted an. „Um drei Uhr morgens rief mich das Saint Clare's an, ob du bei mir bist, denn im Sheraton seist du schon raus! Warum denn, du Idiot?"

„Beruhig dich, Ted!"

„Nein, tu ich nicht! Was meinst du, was ich die letzten

Stunden mitgemacht habe! Ich hab eine Suchmeldung bei der Polizei aufgegeben. Ein Irrer geistert durch die New Yorker Nacht. Sie sollen dich dingfest machen."

„Wieso soll ich ein Irrer sein?", fragte Timo indigniert.

„Na, ist es nicht so? George von eurem Office hier hat mir gesagt, dass sein Chef ihn schon gewarnt habe, weil du in deinem Oberstübchen nicht mehr richtig tickst, seit du aus diesem Andenstaat zurück bist."

„Ted, bitte nicht auch noch du! Ich ticke ganz normal! Lass dir da nichts einreden! Es sah mal so aus, als hätte ich eine Psychose – eben kurz nachdem das alles mit meiner Familie passiert war. Aber vergiss es! Ich weiß jetzt, dass ich keine Psychosen habe."

Ted schnaubte bloß.

„Ich bin gestern Nacht gestoßen worden!"

„Also doch! Idiot! Dann hat dieser Fiesling von Bernhard Janisch also Recht! Mit dem hab ich vor drei Stunden telefoniert. Fiel mir schwer, kann den Kerl absolut nicht leiden. Aber ich musste ihn schließlich informieren, nachdem ich mit dir ja auch im Krankenhaus gewesen war. Genau das hat er mir gesagt: dass du dich verfolgt fühlst."

„Ted, so ist es auch!"

„Hör sofort mit dem Quatsch auf! Du warst den ganzen Abend nicht richtig klar im Kopf und wacklig auf den Beinen dazu. Hab dich mehr als einmal stützen müssen."

Es hatte keinen Sinn, Ted auseinanderzusetzen, was er nun mit absoluter Sicherheit wusste. Ted war von zwei Seiten beeinflusst worden.

„Sag mir lieber, wie es dir geht und wo du jetzt bist! Ich möchte meine ganze Aktion bei der Polizei abblasen!"

Timo überlegte. Dass Bernhard so über ihn gesprochen hatte, machte ihn wütend. Wahrscheinlich würde Ted jetzt gleich wieder in München anrufen.

„Es geht mir recht gut. Natürlich hab ich noch Schmerzen, es war mir ja auch klar, dass es da noch einige blaue Flecken geben wird."

„Wo bist du?"

„Ich stehe in der Schlange vor dem Ticket-Schalter am Flughafen in Newark", log Timo. „Will recht früh einchecken."

„Wieso denn Newark? Du wolltest doch von JFK aus zurückfliegen."

„Hab mir's eben anders überlegt."

Es trat eine Pause ein. Timo hörte Ted schnaufen.

„Kannst du deinen Partner, dieses Arschloch, also selbst anrufen? Muss ich das jetzt nicht mehr tun?"

„Nein, Ted, ich ruf ihn selbst an. Was hast du eigentlich gegen ihn?"

„Frag mich nicht! Ich konnte den Kerl noch nie leiden. Unter uns: Wenn du gestern draufgegangen wärst, hätt ich Larry sofort wieder eingestellt. Hätten das Ganze mit Syphor neu verhandelt."

„Aber der Vertrag ist doch ..."

„Du hast ja meine Einschränkung gesehen. Ohne dich wär ich nicht an meine Unterschrift gebunden."

„Das ist doch ...", stotterte Timo, „du hast doch gar keinen Grund, mit Bernhard ..."

„Bei Menschen kenn ich mich aus! Er ist ein Kotzmittel! Er war verzweifelt, dass du verschwunden warst. Ja, war er! Aber der Unfall hat ihn weniger interessiert und auch nicht, wie es dir geht. Na ja, ein paar Proforma-Fragen vielleicht. Aber richtigen Bammel hat er nur wegen der Verträge gehabt. Also, ruf das Arschloch jetzt an! Bin jetzt einigermaßen beruhigt!"

„Okay. Und nochmals danke für das, was du gestern in der Sixth Avenue ..."

„Halts Maul!"

„Bye, Ted!"

Timo legte auf. Ted war nun mal so, sagte er sich. Aber dessen Bemerkungen zu Bernhard und George setzten Timo zu. Er würde auf der Hut sein müssen, vor jedermann. Man wollte ihm diesen Makel, dass er verrückt sei, unbedingt umhängen. Nur, *warum*?

Es klopfte. Timo klaubte sich auf die Beine und hinkte in Unterhosen zur Tür. Er blinzelte durch den Spion. Ein Stockwerkbote wedelte mit den Flug-Tickets. Timo öffnete; kontrollierte sie in der Tür stehend: Mit KLM um achtzehn Uhr nach Amsterdam, Ankunft sieben Uhr fünfzehn morgens. Am Nachmittag um fünfzehn Uhr Weiterflug mit der KLM nach München, Ankunft sechzehn Uhr dreißig.

So war es in Ordnung!

Timo wankte zurück, setzte sich vorsichtig auf den Bettrand und bestellte sich ein Omelette und Kaffee aufs Zimmer. Er befasste sich mit seinem Anruf bei Bernhard. In München war es jetzt Sonntag, halb sieben Uhr abends. Warum war Bernhard so scharf hinter den Verträgen her?

Er hatte, wie Timo, vierzig Prozent Anteile an der Prosoft, aber er tat jetzt so, als ob es ihm um hundert ginge. Gewiss, Bernhard war dynamischer als er, rücksichtsloser in Verhandlungen – wenn man von seinem eigenen Auftritt gestern bei McKerr absah –, ein ständiger Antreiber, was Timo an jenem schätzte, ihm aber manchmal auch auf die Nerven ging. Kaum, dass Bernhard jemand zu Ende sprechen ließ, ohne ihm ins Wort zu fallen. Er hatte einfach keine Geduld. Aber er war eine Kanone auf seinem Gebiet, im Finanzbereich der Prosoft. Und der Konkurrenz war er ständig auf den Fersen, wenn sich Neuigkeiten am Markt abzeichneten, manövrierte sie manchmal mit nicht ganz astreinen Tricks aus. In ihrem heiß umkämpften Markt war er ein guter Top-Manager und er selbst, Timo, der viel ruhiger war, ergänzte sich mit ihm auf nahezu ideale Weise. Ted konnte Bernhard nicht leiden. Warum? Erstmals überfielen

Timo nun Zweifel. Mochte Orben ein ungebändigtes Walross sein, wie Bernhard oft sagte, aber eins stand fest, und er würde es ihm nie vergessen: Er hatte ihm das Leben gerettet.

Was war das für eine Geschichte mit Teds Tochter Helen? Eigenartig, sagte er sich.

Timo zog in Erwartung des Zimmer-Services mit aller Vorsicht die Hosen an, die zerknäuelt am Boden lagen. Es dauerte seine Zeit, bis er seine Beine in die richtigen Kanäle bugsiert hatte. Im Bad rasierte er sich und schnitt sich dabei mehrmals, da er zu sehr zitterte. Das Zähneputzen verursachte stechende Schmerzen in der Schulter, wenn er nur leicht den Kopf bewegte.

Es klopfte. Er schleppte sich mühsam zur Tür, fingerte aus der Gesäßtasche einen Dollar und öffnete. Ein Zimmermädchen brachte ihm das Frühstückstablett und stellte es auf dem Tisch am Fenster ab. Er gab ihr den Dollar, beließ den metallenen Deckel, der das Omelette warm hielt, auf dem Teller, schenkte sich ein und nahm die Tasse zu dem kleinen Nachttisch mit. Jetzt, ganz plötzlich, wollte er Bernhard anrufen. Er setzte sich aufs Bett, nahm einen Schluck vom Kaffee, der ihm in den Farben von leichtem Tee entgegenschimmerte.

„Endlich!" Bernhard klang, als habe er Stunden neben dem Telefon gesessen. „Wo steckst du? Mit Ted Orben hab ich die ganze Zeit telefoniert. Das muss ja furchtbar gewesen sein! Warum bist du denn aus dem Krankenhaus getürmt?"

„Langsam, Bernhard, langsam! Ich bin noch nicht so gut drauf."

„Ich schick dir George! Sag mir, wo du bist!"

Er will nur die Verträge, dachte Timo.

„Ich brauch ihn nicht. So weit ist alles unter Kontrolle."

„Du warst im Sheraton, nicht im Hilton! Warum denn das?"

„Ich war vorsichtig."

„Gab es denn Grund dafür?"

„Ja, du weißt ja, dass mir jemand nachstellt!"

„Hör endlich mit dem Unsinn auf und komm rüber, damit dich Thorlef wieder auf die Reihe bringt!"

„Ist, glaube ich, nicht nötig, Bernhard."

„Was heißt das?"

„*Er* hat mich auf den Mülllaster gestoßen!"

„Totaler Quatsch! Torben sagt, er habe dich gerade noch am Schlafittchen erwischt, von einem Stoß hat er kein Wort gesagt!"

„Es war so!", schrie Timo nun ins Telefon.

„Warte mal! Vielleicht erwische ich auf meinem Handy Thorlef. Er muss mit dir reden, warte!"

„Lass das, Bernhard! Ich bin morgen in München."

„Und wo bist du jetzt?"

„Irgendwo in der Irre!" Timo lachte höhnisch.

„Ich hole dich in München ab! Ist es der Flug, den Petra gebucht hat?"

„Niemand muss mich abholen."

„Ich bestehe darauf. Und dann ab zu Thorlef! Vielleicht holt er dich gleich selbst ab, mit mir zusammen natürlich!"

Timo merkte, wie Bernhard nach den Verträgen hungerte. Nach nichts anderem! Alles Weitere sollte Thorlef erledigen.

„Gestern hätte ich noch gedacht, dass ich Thorlef brauche, dringend sogar, aber jetzt weiß ich, dass es den Mann tatsächlich gibt! Er hat sich vor dem Krankenhaus nochmals gezeigt."

„Großer Quatsch! Thorlef ist deine Rettung, warum kapierst du das nicht endlich?"

Stille. Timo hatte das Gefühl, dass Bernhard einen neuen Anlauf brauchte. Er selbst würde nichts mehr zu dem Mordversuch sagen. Es war hoffnungslos. Sie waren alle festgefahren.

„Gratuliere dir zum Vertragsabschluss, Timo! Erste Klasse! Ich meine, letztendlich. George sagte, Orben habe seiner Unterschrift noch was hinzugefügt?"

„Völlig unerheblich, Bernhard!"

„Warum bist du nicht gleich ans Telefon, als alles über die Bühne gegangen war, als ich George an der Strippe hatte?"

„Ich war sauer, weil du mit George hinter meinem Rücken geredet hast."

„*Er* hat mich angerufen!" Bernhards Stimme war jetzt sehr aggressiv.

„Na ja, er kam mir vom ersten Moment der Verhandlung an sehr programmiert vor. Ich musste ihn stoppen."

„Schon wieder Quatsch! Von wegen, du brauchst Thorlef nicht mehr. Bring die Verträge und dann ist Pause für dich!"

Timo hatte keine Lust mehr, sich als Verrückten behandeln zu lassen. Er legte den Hörer sanft in die Fassung zurück.

*

Es gab nichts Auffälliges, was bei seiner Ankunft am Münchener Franz-Josef-Strauß-Flughafen seinen Blick angezogen hätte, keinen extravaganten Männerhut, kein Gesicht mit übergroßer Hakennase zwischen schräg stehenden matten, fast schläfrigen Augen, auch keine Frau mit ähnlichen Gesichtszügen, kein widerwärtiges Grinsen um einen weibischen Mund, das auf ihn gerichtet war. Niemand war da, nicht Bernhard, nicht Thorlef, nicht Gregor und auch nicht Olaf, der Firmenfahrer. Trotzdem durchkämmten Timos Augen die ganze Halle, taxierten jeden Pfeiler, an dem jemand lehnte, jeden Zeitungsleser in den vielen Nischen, jeden Buchladen und Duty-free-Shop, die Cafés, Imbissstände und Wechselstuben. Nichts. Er hatte ihn fürs Erste überlistet!

Aber damit war er ihn nicht los. Wie gut, dass er sich um acht Uhr früh ein Tageszimmer in einem kleinen Hotel am Schipol-Airport in Amsterdam genommen hatte und erst am Nachmittag nach München geflogen und dort zu einer Zeit angekommen war, die nicht für New-York-Rückreisende passte! Deswegen hatte ihn weder Bernhard noch Thorlef empfangen und er war froh darüber gewesen.

Jetzt starrte er aus dem angeschmutzten Fenster der durch das Erdinger Moos dahinbrausenden S-Bahn, die ihn in die Innenstadt von München bringen würde. Der Himmel war mit weißen Wolken betupft, das Laub der vorbeihuschenden Bäume schimmerte gelblich, die Felder waren abgeerntet und lagen brach. Leichter Dunst nährte die Vorstellung von nebeligen Tagen in naher Zukunft.

Plötzlich waren sie wieder da, all die Bilder von Berón, von Chantal und Verónica, von Oscar und Juana, von Gomez, dem feisten Gendarmen. Bilder über Bilder, die die dahinflitzende Natur bald überblendeten. Larry Higgins erschien, George, die Unterschriften unter unglaublich wichtigen Verträgen, und dann spürte er den Stoß in den Tod, der ihn noch nicht haben wollte, ihn zurückschleuderte dank Teds mächtiger Hand. Er sah sich im Saint Clare's und auf seiner Flucht von dort. Und dann kam ihm Bernhards eigenartiges Gerede in den Sinn, dessen Ego, dessen Gier nach den Verträgen. Und Thorlef. Für sie beide war er verrückt. Dringend behandlungsbedürftig. Ein Psychopath! War er aber nicht. War er ganz und gar nicht. Alles war real geworden, als der Stoß passierte, kurz nachdem er *ihn* in der Drehtür des Sheraton gesehen hatte.

Allein ein winziger Rest von Zweifel an sich selbst verblieb in einem Kämmerchen seines Gehirns, wenn er daran dachte, dass er *ihn* als Frau gesehen hatte, im Flugzeug und dann auch im Büro. Darüber würde er auf jeden Fall mit Thorlef reden müssen! Nur, gestern hatte er keine Lust dazu gehabt; auch nicht, um sich über seine Pillen zu beschweren. Gut, dass er Verónicas Valium die ganze Zeit bei sich gehabt hatte!

Jetzt war es wichtig, zur Polizei zu gehen, egal was Gregors Kontakte ergaben. Am besten gleich morgen früh um acht.

Der Wagen der S 8 war nun rappelvoll. Flugreisende verschoben ihre großen Gepäckstücke zwischen den neu eingestiegenen Passagieren. Aussteigende murrten, da ihnen der Weg verstellt war. Zwei Mädchen, die Timo gegenübersaßen, wisperten unaufhörlich in ihre Handys, die eine auf Türkisch, die andere auf Serbisch. Eine derb aussehende Frau links von ihm ließ ihre ausladende Einkaufstasche zu einem Fünftel auf Timos Knie ruhen, der seine Reisetasche oben in der Ablage verstaut und die Aktentasche zwischen seine Beine gezwängt hatte.

Am Ostbahnhof verließ die S 8 Münchens Oberfläche und verschwand in Gefilden, die sonst den U-Bahnen vorbehalten waren.

Timo zwängte sich am Rosenheimer Platz mit viel Mühe aus dem Waggon und arbeitete sich die unendlich lange, defekte Rolltreppe nach oben, bis er wieder im noch verbliebenen Tageslicht auftauchte. Alles an ihm schmerzte. Ein griechischer Taxifahrer nahm ihn in einem VW-Kombi auf und steuerte in Richtung Timos Wohnung in der Mauerkirchener Straße. Mehrfach, im Flugzeug und auch im Hotel, hatten Timos Gedanken flüsternd die Möglichkeit gemeldet, *er* könnte irgendwo in der Nähe seiner Wohnung auf ihn lauern. Jetzt drängte sich ihm dieser Gedanke plötzlich als Überlegung auf, die sich mit Nachdruck Gehör zu verschaffen suchte. Dass er so lange in Schipol geblieben war, kam ihm auf einmal wie ein Fehler vor. Dadurch hatte er seinen Vorsprung – wenn man überhaupt einen sehen wollte – wieder eingebüßt. Seine Haltung unter dem straff sitzenden Gurt neben dem Fahrer wurde plötzlich steifer, angespannter. Den Dialog mit dem Griechen hatte er eingestellt; er überlegte, ob er sich besser in einer Seitenstraße absetzen lassen sollte. Doch da die Dämmerung langsam ins Dunkle wechselte, entschied er sich, keine langen Umwege zu Fuß zu machen und sich möglicherweise in Gefahr zu begeben, sondern direkt vor dem vierstöckigen

Wohnhaus, von dem ihm eine Hälfte des zweiten Stockwerks gehörte, halten zu lassen.

Er bezahlte den Fahrer, stieg aus und spähte auf dem kurzen Weg zum Gartentor aus den Augenwinkeln heraus in alle Richtungen. Es schien niemand auf der Straße zu sein, außer einer älteren Frau, die auf dem Gehweg von der endlos langen Leine ihres schwarzen Spaniels von Baum zu Baum gezerrt wurde. Timo zitterte, bevor sein Schlüssel endlich in den Schlitz des Schlosses am Gartentor traf. War es die leere Wohnung, vor der er zurückschrak, dort, wo sonst Verónica und sein Engelchen Chantal auf ihn gewartet hatten? Oder war *er* es, der ihm diese Beklemmung einflößte? Timo rannte mit seinen beiden Gepäckstücken die letzten zwei Meter bis zum mächtigen Tor des ehemaligen Patrizierhauses, vertat sich mehrmals mit den Schlüsseln an seinem Bund und atmete erst auf, als er im Inneren des Hauses vor der großen Treppe stand und die Tür ins Schloss gefallen war.

10

Bernhard Janischs Büro war im Designer-Stil entworfen worden. In mattem Schwarz lackiertes Mobiliar belegte eine Wand des rautenförmig zugeschnittenen Raums. Ihr gegenüber rahmte eine Polstergruppe aus weißem Leder einen gläsernen Couchtisch ein, über dem der Schirm einer schlanken Stehlampe schwebte. Vor der großen getönten Fensterscheibe an der Stirnseite des Raumes baute sich ein halbmondförmiger Schreibtisch auf, ebenfalls aus dickem Glas. Hinter ihm stand ein schwarzer Ledersessel mit hoher Rückenlehne, während seine abgerundete Vorderseite moderne Leichtmetallstühle mit schwarzen Sitzkissen umgaben. Hier pflegte Bernhard Janisch einen Großteil seiner Besprechungen abzuhalten.

Doch zu dieser Stunde am Sonntagabend fand keine dieser üblichen Sitzungen statt, Rauchschwaden umschlängelten das Licht der grellen Glühbirnen über den Köpfen von Bernhard Janisch, Gregor Ristov und Thorlef Engelcke. Das Holzkistchen mit Befeuchter stand offen und präsentierte den Rest von einem halben Dutzend Montecristo-Nummer-2-Zigarren. Alle drei kauten nervös auf ihren Zigarrenstummeln herum und pafften den Rauch wie Stoßgebete nach oben. Ein großer, sternförmiger Kristallaschenbecher, gefüllte Cognac-Schwenker, eine leere und eine fast volle Flasche spanischen Mascaro-Brandys rundeten den Tischschmuck ab.

Erste Regentropfen machten sich an den Fensterscheiben zu schaffen und kullerten nach unten. Bernhard verfolgte sie mit dem Blick, bevor er wieder das Wort ergriff.

„Also, klar ist: Wir haben ein Problem. Timo war nicht am Flughafen und er ist nicht zu Hause. Hab's dreimal im Stunden-Rhythmus bei ihm versucht. Warum sollte er *nicht* rangehen? Er ist eben gar nicht angekommen. Sein Handy: ebenfalls Fehlanzeige. Noch nicht mal die Mailbox war an! Ich habe keine Ahnung, wo er steckt."

„Aber wenn er gestern von New York aus mit dir telefoniert hat und wieder einigermaßen fit war, wie du sagst, dann wird er doch bald da sein. Dieser Orben hat schließlich die Polizei zurückgepfiffen, die wird ihn nicht mehr aufhalten", hielt ihm Thorlef in kaum überzeugendem Ton entgegen.

„Das Problem ist, dass ihn Henryk schon in der Mangel hatte. Gott sei Dank war das gerade noch reparabel! Aber Henryk ist unberechenbar, wenn er eine Schlappe erleidet. Da brennen bei ihm alle Sicherungen durch. Was, wenn er Timo doch noch erwischt und sich die Verträge geschnappt hat? Jedenfalls ist Henryk *auch* verschwunden!"

„Weiß er denn, was die Verträge für die Prosoft bedeuten?", fragte Gregor nach einem kräftigen Schluck aus dem Schwenker. „Und wenn, was kann er schon damit anfangen?"

„'Ne ganze Menge. Nämlich uns erpressen!", blaffte ihn Bernhard an.

„Na, da hätten wir ja auch 'ne ganze Menge gegen Henryk …", warf Thorlef ein, doch Gregor und Bernhard schüttelten vehement den Kopf. „Red keinen Stuss, Thorlef! Wem gegenüber sollten wir ihn anschwärzen? Meinst du vielleicht, *er* würde letztendlich die Klappe halten?"

Wieder trat Stille ein. Nur das Schlürfen an den Cognac-Gläsern und das pausenlose Hinausblasen des Rauchs waren zu hören.

Bernhard war der Erste, der wieder sprach. „Versteht doch endlich eines: Beide sind verschwunden, obwohl mir Timo gestern versprochen hat, heute hierherzukommen. Ist er nicht! Er war nicht auf der gebuchten Maschine, auch nicht auf anderen Linien, die München oder Frankfurt anfliegen. Bis fünfzehn Uhr hat Olaf jeden Flug aus europäischen Städten abgegrast, falls er über London, Paris oder über was weiß ich geflogen ist."

„Warum sollte er solche Umwege machen?", fragte Gregor.

„Eben weil er Angst vor Henryk hat. Buchte ja schon den Hinflug um. Und das Hotel! Aber Henryk hat ihn doch erwischt."

„Henryk sollte ihn ja auch in New York beseitigen, nicht wahr? Deine Anweisung!", sagte Gregor spitz.

„Weil ich dachte, dass Timo einen der beiden Verträge George übergeben würde. Hat er aber nicht! Dann wär's nämlich gelaufen gewesen! Aber dann stellte sich heraus, dass er *beide* Originalausfertigungen mit sich herumträgt. Also hab ich Henryk stoppen müssen. Und dass *der* sich nicht meldet, macht mich wirklich kribblig!"

„Warum denn?", hakte Gregor nach.

„Weil er mir genau berichten sollte, wie es Timo geht. Wegen der Verträge! Aber der hat ihn wahrscheinlich reingelegt, indem er aus dem Krankenhaus getürmt ist."

„Du meinst also", schaltete sich Thorlef ein, „dass Henryk Timo noch in New York ausfindig gemacht hat, sich nicht um deine Anweisung scherte, ihn mit den Verträgen nach Deutschland reisen zu lassen, ihn also doch liquidierte und sich bei dieser Gelegenheit die Verträge unter den Nagel gerissen hat?"

„Nun, es gibt noch andere mögliche Varianten."

Bernhard nahm einen Schluck Cognac, sog tief den Rauch seiner Zigarre ein und entließ ihn in die Freiheit, während er zu sprechen begann.

„Erstens: Vielleicht hat sich Timo mit Henryk verbündet. Irgendwie, ich weiß es auch nicht. Aber gesetzt den Fall, Henryk hat ihm von uns erzählt – gegen Bares natürlich – und Timo weiß somit über alles Bescheid und greift *uns* jetzt an, was dann? Das war doch immer unsere Befürchtung, dass er was rauskriegt und uns alle anzeigt. Stimmt's?"

„Henryk und Timo?" Thorlef wiegte den Kopf. „Glaub ich kaum. Könnte außerdem für Timo sehr teuer werden!"

„Ich bitte dich", blaffte Bernhard, „Timo zahlt jede Summe mit links! Er hat früh geerbt, wie du weißt."

„Und was hast du noch auf Lager?", erkundigte sich Thorlef gereizt.

„Timo könnte nicht mehr ganz bei Sinnen sein. Er redete auch komisches Zeug gestern am Telefon. Was hast du ihm denn an Pillen zusammengemischt?"

„Na, wie mit dir abgesprochen: am ersten Tag ein Schlafmittel, Stilnox, für die zweite Nacht ein Placebo und ein leichtes Amphetamin, als ersten Aufputscher."

„Und dann?"

„… wurden die Pillen stärker – wie abgemacht. Methylamphetamin, 'ne Menge Koffein, LSD, ein bisschen Ecstasy und einige inerte Stoffe, die ich bei den letzten Pillen durch Mescalin ersetzt habe, ein Halluzinogen, das eine Art Rausch erzeugt und in Verbindung mit den anderen Bestandteilen zu einer Forcierung von Psychosen, Wahnvorstellungen und zu räumlicher Desorientierung führt."

„Heißt das, er könnte nicht mehr wissen, wo und wer er ist?", fragte Bernhard mehr als ungnädig.

„Wir wollten es Henryk nicht zu schwer machen, oder?", verteidigte sich Thorlef und fuhr, ohne eine Antwort abzuwarten, fort: „Die Auswirkung könnte eine – wie *wir* sagen – dissoziative Identitätsstörung sein, also wie bei multiplen Persönlichkeiten. Das eine Ich weiß nicht, was das andere gerade tut. Es weiß zum Beispiel nicht, wie es an einen bestimmten Ort gelangt ist. Das hat aber das andere Ich beschlossen."

„Das ist es!", schrie Bernhard auf, schnellte vor und packte Thorlef an seinem blauen Halstuch. „Du Idiot!"

„Hört auf!", brüllte jetzt Gregor, der aufgesprungen war und heftig an Bernhards Hand zog, sodass sich dessen Griff an Thorlefs Hals wieder lockerte. „Hört endlich auf! Wir müssen denken, nicht raufen! Du hast doch Thorlef gesagt, was er ihm mitgeben muss. Er soll fit sein, bis einschließlich der Verhandlung bei Ted Orben, und dann …"

„Belehr mich nicht und fass mich nicht an!", fauchte Bernhard und zog mit einem Ruck seine Hand zurück. „Wenn mir Thorlef vorher erzählt hätte, was in dieser Arznei steckt, hätte ich Timo gestern noch sagen können, er soll die letzten Pillen nicht anrühren. Thorlef hätte sich vertan oder so! Ich hab's aber nicht gewusst, verdammt noch mal!" Bernhard war kreidebleich im Gesicht, die Einbuchtungen an seiner Schläfe pulsierten.

„Ich habe ihm nur mitgegeben, was du wolltest. Und dass er nicht in der Maschine war, weiß ich genauso lange wie du. Gestern, nach Timos Anruf, hast du mir kein Wort gesagt, dass er am Durchdrehen ist."

„Arschloch!", schrie Bernhard.

„Hast du noch ’ne Variante, Bernhard?", versuchte Gregor in milderem Ton die Stimmung wieder zu beruhigen.

Alle tranken Cognac. Bernhard füllte sich nach, knallte aber die Flasche so derb auf die Glasplatte, dass alle zusammenzuckten. Er drückte seinen Zigarrenstummel mit zitternden Fingern als Erster aus, dann folgten Gregor und Thorlef, der vor Erregung schwitzte.

„Also?" Gregor sah Bernhard mit hochgezogenen Augenbrauen an. „Wovor hast du Angst?"

„Entschuldige mal, aber die Sache fängt an, meine Nerven zu strapazieren!"

„Schon gut", brummte Gregor und fuhr sich mit der Hand über die ebenfalls mit Schweißtropfen benetzte Glatze.

„Ihr kapiert es einfach nicht. Wenn Henryk plaudert und Timo zur Polizei rennt, sind wir geliefert!"

Thorlef saß gekrümmt am Rand des weißen Sessels, die Stirn kaum zehn Zentimeter vom Rand des Cognac-Schwenkers entfernt. Bernhard sog tief an seiner frisch entzündeten Zigarre, er hatte plötzlich tiefe Furchen neben den Nasenflügeln und sah um Jahre gealtert aus. Nur Gregor schien sich wieder gefasst zu haben.

„Lasst uns doch pragmatisch vorgehen! Wenn Timo verwirrt in der Gegend herumläuft und dabei vielleicht die Verträge verliert, kannst du doch zu Ted Orben reisen und dir zwei neue Exemplare ausfertigen lassen. Die unterschreibst du eben und Orben!"

Bernhard lachte humorlos. „Hab gestern schon mal deswegen bei Orben angeklopft. Keine Chance! Mit mir macht er das nicht. Unterschreiben können aber nur Timo oder ich."

„Was hast du eigentlich für einen Dauerstreit mit diesem Orben?", fragte Gregor.

Bernhard stöhnte und trank sein Cognac-Glas aus. „Das ist einige Jahre her. Timo und ich waren zu einer Party auf Teds Ranch eingeladen, als neue Lieferanten sozusagen. Ich hatte schon etwas getrunken und …"

„Was und?"

„Na, Ted meinte eben, ich sei auffallend liebevoll mit seiner Tochter umgegangen, so liebevoll, wie er sagte, dass es ihn angekotzt habe."

„Wie alt war denn seine Tochter?"

„Ich glaube, so zehn oder elf."

„Deswegen also verhandelt er nur mit Timo, stimmt's?" Gregor sah ihn lauernd an.

Bernhard nickte.

„Aber du weißt auch nicht, ob er uns nicht doch einen Vertrag gibt, wenn zum Beispiel ich ihn anrufe und ihm sage, dass Timo noch in Behandlung sei und wir uns auf das neue Vertragsjahr vorbereiten wollen. Trotz deiner Mätzchen mit seiner Tochter scheint er ja mit unseren Systemen gut zu leben."

„Glaube ich nicht, dass er sich darauf einlässt!"

„Und wenn wir diesen George morgen hinschicken, dass er Orben fragt, ob er ihm einen seiner beiden Verträge gibt, da Timo im Krankenhaus liegt?"

Bernhard dachte nach. Er schenkte sich Cognac nach und nippte grübelnd am Glas.

„Wäre eine Möglichkeit!", sagte er schließlich. „Dann wissen wir wenigstens, woran wir sind und wie Orben tickt. Ich hatte das Gefühl, als habe es ihm schon leidgetan, dass er den Vertrag mit Timo abgeschlossen hat."

„George soll das versuchen, Bernhard! Und vorher machen wir uns nicht verrückt!"

„Timo darf nicht zur Polizei, sonst sind wir alle geliefert!", wiederholte Bernhard.

„Bislang war er noch nicht dort, wenn er tatsächlich schon in München sein sollte."

Bernhard richtete sich im Sessel auf. „Woher willst du das wissen?"

„Na, ich habe ja diesen Kontakt bei der Polizei. Den sollte ich doch in seinen Aktionen etwas bremsen, falls eine Anfrage wegen Timo aus Peru eintrifft? Heute habe ich nochmals bei ihm nachgefragt. Er hat zurückgerufen, es sei überhaupt kein Timo Rossik im Computer."

„Wenigstens das", keuchte Bernhard.

„Kann man denn am Flughafen nicht herausfinden, ob ein Timo Rossik angekommen ist?", schaltete sich Thorlef wieder ein.

„Rücken die nicht mehr heraus. Sicherheitsbestimmungen!", antwortete Gregor.

„Ich hab's schon versucht, Thorlef", sagte Bernhard mit versöhnlicher Stimme.

„Jetzt lasst uns das Ganze auf morgen vertagen, Freunde", bemerkte Gregor gelassen. „Wir wissen gar nichts und machen uns nur verrückt. Timo kann sich dank Thorlefs Pillen in New York verlaufen haben. Dabei muss er ja nicht mit Henryk zusammengetroffen sein.

Es kann auch sein, dass er anderswo ärztliche Hilfe in Anspruch genommen hat. Vielleicht riet ihm der Arzt, die Rückreise nach Europa um einige Tage zu verschieben. Und dass Henryk sich nicht meldet, kann auch seinen Grund haben. Vielleicht schämt er sich, dass er Timos Spur verloren hat, und will mit dem Anruf so lange warten, bis er ihn wiedergefunden hat. Und für diesen Fall hat er ja deine Anweisung, Bernhard."

„Du hast Recht, wir machen uns unnütz verrückt. Wir müssen klar denken. Entschuldigt den Ausraster! Wir treffen uns am besten morgen Nachmittag, dann wissen wir mehr! Um drei Uhr im *Roma*? Wenn vorher was passiert, wenn also Timo oder Henryk auftauchen sollte, rufe ich euch an."

Gregor und Thorlef erhoben sich. Bernhard blieb sitzen, stürzte den Rest Cognac hinunter und rief den Aufbrechenden nach: „Und vergesst nicht: Ihr hängt alle mit drin!"

Gregor drehte sich um. „Warum sagst du das, Bernhard?"

„Nur, damit ihr's nicht vergesst!"

Thorlef war kurz stehen geblieben, ohne sich umzublicken. Jetzt schüttelte er verächtlich den Kopf, als er die Klinke der ledergepolsterten Tür niederdrückte und mit Gregor Bernhards Büro verließ.

*

Er fand den kleinen kupferfarbenen Sicherheitsschlüssel einfach nicht. Gerade jetzt! Timo fluchte. Sein Blut war während der zwei Treppen, die er zu seiner Wohnungstür hochgejagt war, in Wallung geraten, da die Ängste, die bereits im Taxi an ihm genagt hatten, in schiere Panik ausgeufert waren. Wie hatte er nur so unvorsichtig sein können, sich in Sicherheit zu wiegen, nur weil er *ihn* in New York abgehängt hatte? Vielleicht war *er* längst in München, hier im Treppenhaus oder gar schon in der Wohnung? Seine Finger zitterten so stark, dass er immer wieder von Neuem die Schlüssel am Bund abzählen musste. Endlich fand er den richtigen, aber er brauchte zwei Versuche, bis er ihn im Schloss hatte und die Tür sich endlich mit einem Klicken öffnete. Mit der weichen Reisetasche stieß er die Tür auf, stellte sie wieder ab und lauschte. Er hörte nur seinen eigenen lauten Atem, den er aber sofort anhielt, während seine freie Hand zum Lichtschalter im Flur griff. Das Licht strahlte ihm grell entgegen. Kein huschender Schatten! Er nahm beide Taschen wieder auf und trat ein, versetzte der Tür mit der Hacke einen Tritt, sodass sie scheppernd zuschlug. „Hier ist niemand!", wisperte er sich aufmunternd zu, setzte die Taschen im Flur ab und begann die fünf Räume, Bäder und Toiletten zu kontrollieren. Nichts! Dann steckte er den Schlüssel von innen ins Schloss der Wohnungstür und drehte ihn um. Er zitterte jetzt weniger, aber das Herz schlug so, dass er es pochen hörte.

Timo trug seine Taschen ins Büro. Nichts interessierte ihn dort, weder die unerledigte Post von vor drei Tagen noch der PC noch das Fax-Gerät. Das rote Licht des Anrufbeantworters blinkte. Er wollte nichts hören. Er ging in den großen Salon und ließ sich in den Sessel fallen. Auch hier, neben ihm auf dem Glastischchen, flimmerte der rote Knopf am Telefon. Er saß jetzt nur da, breitbeinig, willenlos und erschöpft. Langsam beruhigte sich sein Herzschlag.

Nach einer Weile drückte er doch auf den Wiedergabe-Knopf des Anrufbeantworters. Bernhard meldete sich: „Timo, verdammt noch mal, wir warten auf dich! Wie geht es dir? Gut gelandet? Kannst du die Verträge ins Büro bringen? Schaffst du das? Heute noch?" Danach tutete es kurz. Der nächste Anruf. Bernhard. „Timo, warum meldest du dich nicht? Wir sitzen auf glühenden Kohlen. Du musst dringend zu Thorlef. Das wird schon wieder! Bring die Verträge vorbei! Am besten heute noch! Oder soll ich Olav schicken? Also melde dich!"

Der dritte Anruf: „Timo! ... Timo! ... Ach Scheiße!" Bernhard hatte wutschnaubend aufgelegt.

Timo lächelte herb und sprach laut in den Salon hinein: „Ich weiß schon, dass du die Verträge sehen möchtest. Aber du wirst warten, mein Guter!"

Sein Blick streifte die Vitrine, die vielen Fotos in ihren silbernen Rahmen. Sehr langsam stand er auf. Dabei stach seine Schulter plötzlich wieder und vom Hinterkopf zogen Nervenschmerzen bis tief in die Stirn hinein. Er wankte zur Vitrine. Der Blick auf die vielen Bilder ließ seine Augen feucht werden.

Er umklammerte das Foto von Chantal mit ihrer Puppe und drückte es sich auf die Brust. Wieder schlug das Herz unrhythmisch und laut. Er stellte den Rahmen auf die Vitrine zurück, drehte ihn zur Seite, sodass er das Bild nicht mehr sehen musste, und ging zum Sessel zurück. Er kramte in der Hosentasche nach der Pillendose. Sollte er es nochmals mit Thorlefs Pillen versuchen? Er entschied sich für das Valium. Die letzte Tablette davon lag in dem Döschen, das ihm Thorlef mit seiner Arznei gegeben hatte. Er zog Spucke im Mund zusammen und schluckte die Pille hinunter. Fürs Erste verkniff er sich den Whisky, damit das Valium wirken konnte.

Er fühlte sich seit langer Zeit wieder ganz und gar allein, vielleicht so allein wie damals, als seine Eltern und seine Schwester tödlich verunglückt waren. Er vertrieb die Gedanken an diesen schlimmen Tag sofort, um sich nicht noch mehr aufzuladen. Nochmals raffte er sich auf und ging zur Vitrine, nahm Chantals Foto wieder in die Hand, streichelte ihr Gesicht. Jetzt zog ihn das Foto förmlich in Chantals Zimmer. Er öffnete und stolperte fast über einen sprechenden Staubsauger. In jeder Ecke waren übergroße Teddybären versammelt und in den Ecken des kleinen Bettes Puppen in jeder möglichen Verkleidung: im Schlafanzug, in Winterkleidung mit Pelzkappe und gar mit Spitzenhöschen und Mini-Strapsen.

Er ging zu dem Kleiderschrank, öffnete ihn. Er war vollgestopft mit allen möglichen Kleidern, Mänteln, die er teils kannte, teils noch nie gesehen hatte. Er zog eine Schublade auf. Ein Gewühl von Strümpfen, Unterhöschen, Mützen und noch etwas, was ihn die Stirn kräuseln ließ: kleine Slips mit Spitzen, Mini-Netzstrümpfe, viel zu kurze Nachthemden mit Micky-Maus-Figuren. Er schüttelte den Kopf und dachte an Verónica. „Komische Art, sie so anzuziehen!" Er erinnerte sich, dass er Chantal schon mal geschminkt gesehen hatte, als er die beiden zufällig aus der Wohnung kommen sah. Er hatte damals gelacht, weil er es für einen Scherz hielt. Es war Faschingszeit gewesen.

Dann zog es Timo zu Verónicas Zimmer. Er trug immer noch den Rahmen mit Chantals Bild mit sich herum. Was er sonst nie gesehen hatte, fiel ihm jetzt auf: die Foto-Galerie von Chantal und von Verónicas Eltern. Es waren an die fünfzig Fotos, die teils an der Wand hingen, teils auf dem kleinen Schreibtisch in ihren Glaseinfassungen kreuz und quer herumstanden.

Er machte auch ihren Schrank auf. Irgendwann würde er ihn ohnehin auflösen müssen, sagte er sich. Bald durchwühlte er die nachlässig geordneten Kleider, auch solche, die er nie an ihr gesehen hatte. Äußerst gewagte Minis, meist in Schwarz mit aufgenähten silbernen oder goldfarbenen Pailletten. Seine Hände zerrten immer nervöser an den viel zu eng aneinander hängenden Kleidern, rissen schließlich mehrere Schubladen auf einmal auf. Auch hier: Reizwäsche raffiniertester Art! Nie hatte sie sich ihm so gezeigt. *Vielleicht*, dachte er, *hat sie dem Ganzen doch eine Wende geben wollen, bevor es zu unserem letzten Krach kam?*

Schuldgefühle meldeten sich; denn jetzt war Verónica tot. Er merkte, dass ihn bisher auch das Valium nicht beruhigt hatte, und er musste schwer atmen, litt unter den Schmerzen im Kopf und in der Schulter.

Auf dem Durchgang zu Verónicas Badezimmer riskierte er durch das schmale Fenster einen Blick nach unten, indem er den Vorhang zur Seite lupfte. Es war kein Mensch auf der Straße. Auch *er* nicht! Er stöberte im Badeschrank und fand noch eine Lage Valium, welche er einsteckte, öffnete neugierig die Holztürchen an den kleinen Fächern neben den Kleidern. Viele Arzneimittel, die er gar nicht kannte, Lippenstifte, ein Sammelsurium von Make-up-Utensilien und dann, er glaubte nicht richtig zu sehen: Präservative! Sechs Zweierpackungen, eine davon angebrochen. Deutsches Fabrikat, kein peruanisches aus früheren

Zeiten! Sein Herz pochte wie wild. Er dachte an die Reizwäsche, die er an ihr gar nicht gekannt hatte. Wut mengte sich jetzt in seine weichen Gefühle. Er wankte zum Salon zurück und ließ sich erneut in den Sessel fallen. Der Silberrahmen mit Chantals Bild glitt ihm aus den Händen und fiel auf den Teppich.

Was hatte er da alles entdeckt? Reizwäsche, Schminke aller Art und Präservative! Nie hatten sie welche benutzt. Sie nehme die Pille, hatte sie ihm Monate nach Chantals Geburt gesagt. Sie hatten beide keine Kinder mehr gewollt.

Er erhob sich vorsichtig, torkelte zum Barschrank. Statt Whisky schenkte er sich Cognac in einen Schwenker und kippte ihn hinunter. Und einen zweiten hinterher! Es kribbelte in allen Adern. Nur langsam wurden seine Gedanken wieder stimmiger. Doch bald gingen sie ins Grübeln über: *Ja, ich war viel verreist! Geb ich zu! Da kann immer mal was passieren!* Aber wer hatte dann auf Chantal aufgepasst? Ein Kindermädchen hatten sie nie gehabt. Manchmal, wenn sie gemeinsam ausgegangen waren, war eine Studentin als Babysitterin gekommen. Und wenn ein Mann hier in der Wohnung gewesen wäre, Chantal hätte es gemerkt und es ihm nicht verheimlicht. Da war er sich sicher.

Jetzt war er nach einigen tapsigen Schritten wieder im Sessel gelandet, fühlte sich völlig betrunken und hundemüde. In seinem Schädel schienen spitze Zähne auf seinen Nervenfasern herumzubeißen. Er hörte das Telefon läuten. Er wusste, wer es war, und nahm nicht ab, hörte nur ein Schnaufen im Anrufbeantworter und dann ein Klicken. Er schlich zum Sofa und danach ins Schlafzimmer, strampelte sich die Hose vom Körper und warf sich auf das Doppelbett. Augenblicklich schlief er ein. Um fünf Uhr schrak er von einem Traum geplagt auf.

Soeben war er durch das Fenster im Airport Hilton gesprungen, um sich an den Transport-Hubschrauber zu hängen, der über das Hotel flog. Doch er verpasste die Schiene und fiel und fiel …

Er war schweißgebadet, als er sich im Bett seiner Wohnung langsam wieder zurechtfand. Er angelte sich die Pillendose, die aus der Hosentasche gefallen war, vom Boden und nahm eine von Thorlefs Pillen. Er musste ihn aufsuchen und – natürlich die Polizei! Vor allem in besserem Zustand, nicht mit Valium vollgestopft, sondern mit dem Zeug, das ihm während der Verhandlung mit Larry Higgins geholfen hatte. Aber er merkte sofort, dass es das falsche Mittel war. Alles verkrampfte sich in ihm. Er stürzte ins Bad, steckte den Finger in den Hals und erbrach sich. Dann stellte er sich zehn Minuten unter die kalte Dusche, was ihm einigermaßen guttat. Aber an Schlaf war nicht mehr zu denken. Er fühlte sich weit überdreht. Trotzdem setzte er sich an den Bettrand und kritzelte einen Tagesplan auf ein Stück Papier.

11

Somit war es unumstößlich: Sie würden Henryk Jester festnehmen.

Der farbige Hotelwachmann – eine metallene Namensspange wies ihn als Rowan Botham aus – war hart und ungerührt geblieben; hatte ihm die vorgegebene Epilepsie nicht abgenommen, obwohl Jesters rechte Schulter wie ausgerenkt herunterbaumelte und der Fuß auf der gleichen Seite nach innen verdreht war. Mehr geschwankt als gestanden hatte er dadurch und dazu – ob er wollte oder nicht – unverständlich hohe Töne hervorgewinselt.

„Das sind ganz andere Symptome!", hatte ihn Botham angeblafft. „Mein Neffe hat nämlich diese Krankheit, von der du redest. Wirkliche epileptische Anfälle! Aber der veranstaltet keine Vandalen-Akte wie du hier!"

Obwohl ihn Botham fortwährend in seinem tief röhrenden New Yorker Slang angegangen war, hatte er ihn doch recht behutsam in einen Sessel gleiten lassen, indem er seinen breiten Arm um den Rücken des halb Gelähmten klammerte und nur langsam dem Gewicht nachgab, bis Jester endlich saß. Die Jacke von Bothams Uniform war dabei zusammen mit dem weißen Hemd nach oben gerutscht, was einen gewaltigen dunkelbraunen, grau behaarten Bauch frei legte, der Jester genauso anekelte wie die Geruchswellen, die aus der Achselgegend entwichen. Zudem hatte er aus nächster Distanz den fauligen Atem des Wachmanns einatmen und die auseinanderklaffenden Zähne, die Poren auf der fleischigen Nase, die wie kleine Krater wirkten, anstarren müssen. Gerne hätte ihm Jester ein Messer in den rumorenden Magen gerammt. Aber in diesem Moment hatte er nur mit schmerzlicher Eindringlichkeit seine eigene Hilflosigkeit gespürt, kaum wahrgenommen, dass ihm Spucke aus dem Mund tropfte.

Bothams Erregung war nach seiner hilfreichen Aktion nicht abgeklungen. Er hatte kaum zugehört, als ihm Jester mit weniger larmoyanter Stimme anbot, dem Hotel über seine Kreditkarte jeglichen Schaden im Zimmer 1443 sofort zu ersetzen. Gänzlich unbeeindruckt hatte der farbige Wachmann nur mit grimmiger Miene den Kopf geschüttelt und weitergepoltert: Man müsse die Menschen vor der Zerstörungswut eines Tobsüchtigen schützen. Darum gehe es schließlich!

Bald hatte er über sein Walkie-Talkie eine Sprechverbindung mit Sergeant Tom Elliot vom Midtown North Precinct, einem Polizeirevier in der Vierundfünfzigsten Straße, West, hergestellt, wobei Jester nicht in der Lage gewesen war, dem Gespräch auch nur annähernd zu folgen, zu sehr hatte der kleine Apparat gekrächzt und gerauscht. Verstanden hatte er nur, dass Elliot eine *Patrol*, einen Streifenwagen, schicken sollte. Und diese Patrol war in Gestalt von zwei *Police Officers*, einer pummeligen, ebenfalls dunkelhäutigen Frau und einem drahtig wirkenden, leicht untersetzten Mann – beide in den Endzwanzigern –, exakt in dem Moment erschienen, als die beiden hotelzugehörigen Sanitäter unverrichteter Dinge wieder abgezogen waren; denn Jester hatte, kurz bevor sie aufkreuzten, urplötzlich seine volle Beweglichkeit zurückerlangt. Die Lähmung der rechten Körperseite war wie verflogen, was ihm rasch zu neuem Mut verholfen hatte. Natürlich litt er nicht an Epilepsie. Das wusste er noch von damals, als ihn das gleiche Missgeschick vor der Diskothek ereilt und er deswegen einen Psychologen aufgesucht hatte. Es sei eine sogenannte Katatonie gewesen, Momente, in denen einzelne Muskelpartien nicht richtig reagierten, weil sie kurzzeitig keine Befehle des Gehirns annahmen. Das trete zwar meist bei Epileptikern auf, aber in seinem Fall hänge das wohl mehr mit seinem Gemütszustand aufgrund seiner Intersexualität zusammen. Durch diesen dauerhaften Stress könne eine zusätzliche Frustration manchmal zu fehlgeleiteten Signalen des Hirns führen, die eine Teilblockierung des Bewegungsablaufs auslösten. Es werde jedoch bei vorübergehenden Attacken bleiben.

Als Jester nach Auflösung der Lähmung wieder relativ flott aus dem Sessel auf die Beine gekommen war, hatte sich Bothams Misstrauen gegenüber Jester weiter gesteigert, während die beiden Police Officers weitaus sachlicher auf den Vorgang in Zimmer 1443 reagieren wollten. Ihnen hatte Jester erklärt, dass er wegen großer Verärgerung auf Grund eines für ihn sehr enttäuschend verlaufenen Telefonats in Rage geraten sei und sich deshalb habe Luft machen müssen. Selbstverständlich sei das eine sträfliche Dummheit gewesen, und natürlich komme er für die entstandenen Schäden auf.

Selbst die junge, superblonde Assistant-Managerin des Hotels, die inzwischen in 1443 eingetroffen war, hätte einer schnellen Abwicklung des Vorfalls den Vorzug gegeben. Doch Botham hatte ziemlich ruppig ein solches Ansinnen abgelehnt und darauf bestanden, dass man Jester festnähme und aufs Revier brächte. Auch der folgende heftige Disput zwischen ihm und ihr hatte keinerlei Übereinstimmung gebracht. Sie warf ihm das Überschreiten seiner Befugnisse vor, während sich Botham an seine Bürgerpflichten gebunden sah.

Somit mussten die Police Officers eingreifen. Jester wurde nach Waffen abgetastet und angewiesen, seine Sachen zu packen. Da sich seine Utensilien im Koffer in einem Schließfach am Flughafen befanden, gab es nichts, was er mitnehmen musste. Sie beteten Jesters Rechte herunter und legten ihm Handschellen an. Dann verließen die Polizisten mit ihm 1443 und fuhren in einem eigens für sie reservierten Aufzug – dafür hatte die Assistant-Managerin noch telefonisch gesorgt – ins Garagengeschoss des Hotels. Dort verfrachteten sie Jester auf den Rücksitz des Streifenwagens. Bald kreisten sie die Serpentinen der Garagenauffahrt zum Tor hoch und beschleunigten – in der Seventh Avenue angekommen – zeitgleich mit der aufheulenden Sirene das Tempo. Doch bald kamen sie im frühen Berufsverkehr nur noch schlecht voran.

Jesters Zorn war inzwischen hochgradig in Wallung geraten, einmal weil er sich maßlos über den ungehobelten und übel riechenden Schwarzen ärgerte, der ihm diese Fahrt zum Revier eingebrockt hatte, zum anderen, weil er sich in Handschellen wieder genauso hilflos wie in seinem gelähmten Zustand fühlte. Aus seinem Gesicht ragten bläulich die Hakennase, Kiefer- und Wangenknochen unter der schneebleichen Haut hervor. Er zitterte, bemerkte den galoppierenden Puls, den austrocknenden Gaumen, den kalten Schweiß, der wie Tau auf seiner Stirn lag. „Klar, dass diese fette Negerziege da vorn das macht, was dieser schwarze Scheißwachmann wollte. Hört nur auf ihre Stammes-genossen und nicht auf das, was die Hoteltante wollte!", gab er noch auf Deutsch von sich, bevor er sich ins Amerikanische wagte und recht und schlecht seine Flüche radebrechte. Sie ver-standen ihn wahrscheinlich nicht genau, wohl aber die entschei-denden Kraftworte wie *arsehole, motherfucker, brothel madam* und anderes, was aus US-Serien in seinem Gedächtnis hängen geblieben war. Sein Zorn äußerte sich immer ungezügelter und es war gut, dass ihn das Gitter von den beiden Polizisten auf den Vordersitzen trennte. Er hätte ihnen in diesen Augenblicken die an den Gelenken verklickten Hände auf die Hinterköpfe getrommelt. So rasselten sie nur ungestüm am Metallgeflecht. Die beiden Police Officers verhielten sich ruhig und scheinbar unbeeindruckt. Das schwierige Manövrieren durch die verstopf-ten Straßen Manhattans forderte zudem die ganze Aufmerksam-keit des Polizisten, während seine Partnerin unaufhörlich auf den Laptop auf ihren Knien einhämmerte. Natürlich hatte sich Jester durch seine zügellosen Unmäßigkeiten bei beiden keine Pluspunkte verschafft, und das sollte er auf dem Revier in der Vierundfünfzigsten Straße zu spüren bekommen.

Tom Elliot, Sergeant – er trug im Gegensatz zu den beiden Poli-zisten ein blaues Rangabzeichen –, war sichtlich vorgewarnt, und zwar nicht nur durch Botham, sondern möglicherweise auch über den kleinen Computer der Pummeligen; denn er nahm den neuen Gast an seinem Schreibtisch derart fest am Oberarm in den Griff seiner rechten Pranke, dass Jester laut aufheulte. Elliot wirkte büffelig mit seinem niedrigen schwarzen Haaransatz und der platten, zerschlagenen Nase, aus der zentimeterlange Borsten lugten. Die wulstigen Brauen dezimierten seine Augen zu Stri-chen. Er hatte die Statur eines Schwergewichtsboxers.

Jester schrie mit schriller Stimme nach Elliots Vorgesetzten; er wolle Anzeige erstatten, wegen *brute force on duty*, exzessiver

Gewaltanwendung im Dienst, doch Elliot gab ihm als Antwort mit dem Knöchel des rechten Mittelfingers einen Knuff auf die Brust, der Jester auf den kleinen Metallstuhl hinter sich beförderte. Dadurch saß er plötzlich neben Elliots Schreibtisch, auf dem ein großer Flachbildschirm und ein Tastaturbrett standen, abgesehen von einigen Stapeln schnäbelnder Papiere.

„Erst mal sind wir dran, Junge!", gab ihm Elliot mit einer Stimme zu verstehen, die über filternde Klöße in den Backentaschen ihr klangliches Timbre zu erhalten schien.

Da Jester in der Folge höchstens dreißig Prozent dessen verstand, was ihm Elliot zu verstehen geben wollte, rastete er immer wieder aus, zum Beispiel wenn er das Wort *Arrest* aufschnappte und falsch interpretierte. Er verstand nicht, dass ihm Elliot den Unterschied zwischen einem normal ablaufenden Verfahren, der *Arrest to Arraignment Procedure*, was so viel wie *Festnahme unter Anklage* hieß, und dem *Expedited Affidavit Program*, einer stark vereinfachenden polizeilichen Vorgehensweise für kleinere Delikte, beschreiben wollte, dass jedoch die Art und Weise, wie man vorginge, letztlich von seiner Einsicht und seinem Verhalten abhänge. Jester gab sich gar keine Mühe, richtig zuzuhören; er war in seinen Aktionen kaum noch zu bändigen. Immer wieder schlug er beidhändig mit den klappernden Handschellen an den Metalltisch neben sich, während der Sergeant seiner pummeligen Kollegin, die inzwischen ihr ansehnliches Hinterteil auf eine freie Ecke von Elliots Schreibtisch bugsiert hatte, verzweifelte Blicke zuwarf und dabei die Pupillen in den schmalen Augenschlitzen verdrehte. Schließlich war für ihn das Maß voll.

„Schnauze und Ruhe!" Er schrie Jester so laut an, dass es sogar in dem menschenüberfüllten Saal für einen Moment ganz leise wurde. Alle Köpfe reckten sich in Richtung Elliot, der in gemäßigterer Lautstärke fortfuhr: „Du willst also hierbleiben? Gemacht! Überhaupt kein Problem! Ab zum Erkennungsdienst!"

Er nickte der Pummeligen zu, die vom Schreibtisch rutschte und zunächst Jesters Taschen leerte, dann hievte sie Jester an den Handschellen hoch und zog ihn wie einen noch störrischen Dobermann durch die kleinen Gänge inmitten der Schreibtische von Police Officers und Detectives. Der Geräuschpegel lag inzwischen wieder bei zirka hundertzehn Dezibel und es ging zu wie in einem Bienenstock. Es wurde verhört, protestiert, gekreischt, in Walkie-Talkies, Handys und sonstige Telefone gebrüllt, Plastikbecher mit Kaffee in hocherhobenen Händen an gestikulierenden Menschen vorbeibalanciert, Protokolle in Computer getippt, Schweiß von der Stirn gewischt, Jacken abgestreift. Dazu flimmerten Bildschirme in ungleichmäßiger Sequenz durch den Saal. Kaum jemand nahm die dicke Polizistin wahr, die sich mit Jester – sozusagen an der Kette – ihren Weg zu dem schmucklosen grau getünchten quadratischen Aufbau mit zwei Schiebefenstern bahnte. Der Erkennungsdienst!

Innen im Raum stand neben anderen Geräten ein Live-Scan-Apparat, dessen Glasplatte sogleich die Papillarlinien von Jesters Fingerkuppen digital einfing und dorthin weitergab, wo solche Merkmale gespeichert und wahrscheinlich gleich zum weiteren Abgleich verarbeitet wurden.

Nichts, sagte sich Jester, nichts habe er zu befürchten, jedenfalls hier in den Staaten, auch nichts aufgrund des gerade ebenfalls digital geschossenen Fotos.

„Du bist ein Idiot!", hatte ihm die Polizistin noch zugeraunt, während sie die Geräte bediente. „Machst nur Ärger, statt dass du zuhörst und dein Hirn etwas anstrengst. Aber jetzt ist es wahrscheinlich zu spät."

Jester wusste nicht genau, wie sie das gemeint haben konnte, nahm sich aber vor, bei Elliot künftig weniger aggressiv vorzugehen. Wahrscheinlich saßen sie doch am längeren Hebel. Alles hier hatte er diesem Scheißneger zu verdanken und natürlich diesem Sauhund von Rossik, von Bernhard ganz zu schweigen.

Als sie zum Tisch des Sergeanten zurückkehrten, tippte der Fahrer des Streifenwagens stehend und unter ausschließlicher Verwendung des Mittelfingers seinen Bericht in die Tastatur, der in großen Buchstaben auf dem Bildschirm auftauchte, direkt unter den eingescannten Fingerabdrücken und dem soeben entstandenen Foto. Bislang füllte der Text den halben Bildschirm aus.

„Officer Mike Dovan schreibt gerade den Haftbericht", erklärte Elliot Jester mit knödeliger Stimme, „der dann …"

„Ich bin wirklich verhaftet?", schrie ihn Jester ganz entgegen seinen guten Vorsätzen an. „Soll wohl noch eingesperrt werden, was?"

„Und morgen früh wirst du dem Richter vorgeführt."

„Wieso das Ganze, Sergeant? Sprechen Sie mit dem Hotel! Ich bezahle alles. Mehr wollen die doch gar nicht. Eine Anzeige bestimmt nicht!"

„Ich hab dir alles erklärt. Aber wenn du nicht zuhörst …"

„Ich hab Ihr Scheiß-Englisch nicht verstanden. Ich bin Deutscher. Keiner kann von mir verlangen, dass ich dieses New Yorker Gestammel verstehe."

Bevor Jester erneut zu Tiraden ansetzen konnte, hatte ihn die Polizistin wieder an der Kette der Handschellen gepackt und zog ihn durch den wuselnden Saal und anschließend durch einen komplett weiß gefliesten Flur, bis sie vor einer dunklen Zellentür stehen blieben.

Während eine Hand Jester festhielt, fingerte sie mit der anderen den längsten aller Schlüssel hervor, die an einem Ring am Gürtel hingen. Knackend drehte sie ihn im Schloss um. Außer einer beigefarbenen Pritsche enthielt die enge Zelle kein weiteres Mobiliar, auch keine Fenster nach außen, nur ein kleines Gitter auf Brusthöhe in der Stahltür. Von der hohen Decke leuchtete eine grelle Neonröhre. Jester war im Moment wie erstarrt, merkte kaum, dass sie ihm die Handschellen abnahm und dabei war, die Zelle wieder zu verlassen.

„Das stehe ich nicht durch!", stammelte er, sodass sie nochmals stehen blieb. „Ich leide unter Klaustrophobie!"

„Das meinen alle, die hier einziehen!", gab die Pummelige zurück. „Ich sagte ja, du bist ein Idiot! Machst uns nur Arbeit, die nicht nötig wäre!"

Als sie die Tür wieder von außen verschloss, lief Jester zu dem Gitterfenster und hielt sie erneut auf: „Reden Sie doch nochmals mit dem Sergeanten, er soll im Hotel fragen, ob sie wirklich Anzeige erstatten wollen! Ich zahle doch alles!" Jesters Stimme klang wieder weinerlich.

Die Polizistin sagte nichts, sondern ging davon.

Jester warf sich auf die modrig riechende Pritsche. Nur sehr langsam wurde er wieder zum Menschen aus Fleisch und Blut, und eine gewisse Ruhe zog in ihm ein. Wenigstens, so sagte er sich, war er hier allein und blieb es vorerst wohl auch, denn eine zweite Pritsche würde nicht in die Zelle passen. Der Raum war sauber, von dem Geruch der Pritsche abgesehen. Außerdem war er noch nicht offiziell eingesperrt. Nur wenn es dazu käme, dann könnte sich für ihn einiges ändern. Zum Schlimmen! Dann nämlich, wenn er mit anderen in eine Zelle gepfercht würde.

Aber daran wollte er gar nicht denken.

Seine Gedanken schwappten zu den Personen, die letztlich seinen Wutanfall am frühen Morgen im Hotel ausgelöst hatten. Da war dieser Timo Rossik, der ihn letzte Nacht schlicht düpiert hatte. Bislang war er ihm nie entglitten, obwohl es Rossik wiederholt versucht hatte. Alle seine Schliche hatte er bislang durchschauen können, nur heute Nacht war es eigenartigerweise anders gelaufen. Längst tot hätte Rossik sein müssen, und zwar noch bevor ihn Bernhard zurückgepfiffen hatte. Dieser elende Dicksack von Orben, der den finalen Sturz aufgehalten hatte! Dieser Breitarsch! Und dann war er von Rossik auch noch mit dem Hotel angeschmiert worden. Wie hatte das nur passieren können? Hatte ihm Bernhard einen Tipp gegeben? Steckten die beiden gar wieder unter einer Decke? Vielleicht weil Rossik diesen verdammten Vertrag zustande gebracht hatte. War es ein Komplott gegen ihn?

Er ließ die Gedanken selbständig arbeiten, fütterte diesen düsteren Sog seiner empfangsbereiten Gehirnwindungen von Zeit zu Zeit mit plausiblen Argumenten, glaubte schließlich fest an diese Verschwörung, merkte flammenden Zorn aufkommen, während seine Hände zu beben begannen, die Augen stierten und sich ein Fels im Magen formte. Erst als er den kleinen Anflug von Schmerz im Oberarm spürte, denselben wie schon heute Morgen kurz bevor der schwarze Hotelwachmann an die Tür geklopft hatte, diesen Schmerz, der wenig später etwas ausgelöst hatte, was kurzfristig einen Arm und ein Bein lähmte, erst als er diesen Schmerz eindeutig wieder spürte, gelang es ihm, den außer Kontrolle geratenden Zorn zu bändigen und seine bestialischen Rachegedanken gegenüber Rossik etwas zu zähmen. Der Schmerz verebbte langsam. Die Lähmung trat nicht ein. Am Ende hielt er ein Komplott zwischen Rossik und Bernhard für nahezu absurd.

Nein, Bernhard wollte sich Rossiks entledigen, daran gab es keinen Zweifel – er wollte allein über die Prosoft herrschen. Das war ihm plötzlich wieder sonnenklar. Wenn es nach Bernhard ging, sollte Rossik auf raffinierte Weise abdanken. Am besten indem man ihm in die Psyche pfuschte, dass sogar Selbstmord glaubhaft sein würde, auch wenn er sich sagte, dass *er*, Henryk Jester, am Ende der Scharfrichter sein würde. Selbst wenn man Rossik in die Klapsmühle steckte; *er* würde ihn töten. Auch dafür, dass Rossik wohl meinte, ihn ausgetrickst zu haben, dass er ihn womöglich für einen hirnverbrannten Dummkopf hielt oder, wie Bernhard es ausdrücken würde, dass sein kleines Zwitterhirn nicht mithalten könnte.

Klar würde er Rossik umbringen, wie auch immer! Aber was kam danach? Mussten sie nicht alle seinen Verrat fürchten? Sie waren Pädophile, Bernhard und seine beiden Freunde – Gregor, der Anwalt, und Thorlef, der Psychiater –, und sie standen hinter den Morden an Rossiks Frau und seiner Tochter, um ihre Neigungen und was sie mit jenen getrieben hatten, zu vertuschen. Würden sie ihn am Ende ungeschoren lassen? Natürlich gab es ihnen Sicherheit, dass *er* der Mörder war, also schweigen müsste, aber dachten sie nicht darüber nach, dass er ihnen aus dem fernen Ausland drohen könnte, sie auffliegen zu lassen? Hatten sie nicht heute schon Angst davor?

Er hatte sie in den Club *Freundschaft* eingeführt, erst Bernhard, später Gregor und Thorlef. Alles, was sie sich wünschten, hatte er über „Z", den unsichtbaren Eigner des Clubs, für sie organisiert. Und welche Wünsche das waren! Wahrscheinlich hatte Bernhard seine Freunde zu all den Orgien verführt.

Bernhard war nicht nur scharf auf Kinder, sondern auch auf Hermaphroditen. Spät nachts hatte er ihn in einer Bar kennengelernt, als Henryk noch Frau gewesen war und Pamela Gollaz geheißen hatte. Mehr als ein Jahr hatte ihre heimliche, aber stürmische Beziehung gedauert, bis er sich entschlossen hatte, die lang aufgeschobene Operation, die ihn zum Mann machen sollte, durchführen zu lassen. Bernhard war zwar enttäuscht darüber, aber in der Folgezeit dennoch wie ein guter Kumpel zu ihm gewesen, bis er sich verändert hatte. Jetzt schnauzte er ihn nur noch an, verriet, was er wirklich von ihm hielt, demütigte ihn mit üblen Worten, wann immer er konnte. Nichts als Lästerungen, Beschimpfungen und schlimmste Erniedrigungen. Bernhard, der nach der Operation sein Halt gewesen war, ihm einen neuen Weg zu zeigen schien, ihm dankbar für sein Organisationstalent in der *Freundschaft* gewesen war, trat ihn nur noch mit Füßen.

Was machte Bernhard denn so sicher, dass er sie nicht alle verriete? Meinte er tatsächlich, er habe jetzt alles selbst im Griff? Wahrscheinlich dachte er daran, sich die zweiten fünfzigtausend

Euro zu sparen, um das Geld besser in einen Killer zu investieren, der ihn zur Strecke brächte. Kriminelle Albaner oder Tschetschenen waren für solche Jobs immer zu finden.

Tränen der Wut zwängten sich aus seinen Augen. Hass auf Bernhard machte sich in ihm breit. Sein Hirn glich einem brodelnden Kessel, der sich jeder vernunftnahen Äußerung seiner Gedanken entzog. Seine Hände begannen erneut zu beben, formten sich zu Fäusten; die aufeinandergepressten Zähne knirschten, über die Nackenhaare zog Frost, der langsam die Wirbelsäule hinunterkroch und dort verharrte, bis Henryk am ganzen Körper zu zittern begann. Der Schmerz im rechten Oberarm setzte ein. Jester sprang auf und hämmerte mit den Fäusten gegen die Wand, bis die Knöchel bluteten.

Der Anflug der Lähmung verging wieder. Aber der Hass auf Bernhard blieb verankert. Und der auf Rossik, der ihn hereingelegt hatte. Wie und wann er was machte, war jetzt egal. Er hatte seinen grausigen Vorsatz zum Gesetz erhoben. Beide würden sterben. Durch seine Hand und durch seine Planung. Natürlich war er beiden überlegen.

Nur Bernhard musste ihn zuerst noch ausbezahlen. Fünfzigtausend! Daher stand die Reihenfolge fest: erst Rossik, dann Bernhard. Und der müsste ihn notfalls noch hier herausholen, das deutsche Konsulat einschalten. Das Großmaul schaffte doch immer alles.

Nur nicht in eine Zelle mit anderen! Jester schauderte, wenn er daran dachte.

Irgendwann klapperte es im Schloss der mächtigen Tür und die dickliche Polizistin gab ihm mit einem Augenzwinkern zu verstehen, dass er die Zelle verlassen könne. Er stand wacklig auf, lutschte verlegen das Blut von seinen Knöcheln ab. Die Polizistin ließ zu seiner Überraschung die Handschellen an ihrem mit Knüppel, Colt und Schlüssel reich garnierten Gürtel hängen.

Von der Zelle ging es direkt zu Elliots Schreibtisch.

„Du hast Glück!", begann der Sergeant. „Das Hotel will keine Anzeige erstatten. Dreitausenddreihundertsiebzig Dollar musst du blechen! Gleich da vorn an der Kasse. Olga", er deutete auf die Polizistin, „wird dich hinbringen. Wenn's nach mir ginge, würde man dich einsperren, schon wegen der ganzen Beleidigungen uns gegenüber. Aber der Staatsanwalt zieht nicht so recht. Wahrscheinlich weil du Ausländer bist, noch dazu Deutscher. Mit denen mag er sich nicht so richtig anlegen. Kenn den Grund nicht. Mir wär's egal! Damit du das nur weißt! Für mich gehörtest du schleunigst in den Knast oder in die Klapsmühle!"

Jester sammelte seine Sachen auf dem Schreibtisch ein: das Handy, einige amerikanische Münzen und Scheine, Pass, Flugticket und zwei Kreditkarten, einen Kamm.

Ohne ein weiteres Wort an den Sergeanten zu richten, verließ er mit Olga Elliots Schreibtisch. An einem Schalter reichte Jester dem Mann dahinter seine Kreditkarte durch, unterschrieb den Voucher. Anschließend übergab die Polizistin demselben Mann drei Dokumente; eine Kopie davon musste Jester gegenzeichnen, zwei die Polizistin. Jester erhielt ein Original der Quittung, sonst nichts! Er blinzelte Olga seinen Dank zu und verließ erleichtert das Revier. Es war fast siebzehn Uhr.

Hinter einer Litfass-Säule tippte er auf seinem Handy Bernhards spezielle Nummer ein. Und tatsächlich hatte er ihn gleich in gewohntem Ton in der Leitung.

„Warum lässt du nichts von dir hören, Esel? Wo ist Timo?"

„Wie gewünscht habe ich ihn heute etwas in Ruhe gelassen!", antwortete Jester spitz.

„Was soll das heißen, Idiot?"

„Deine Anweisung, großer Chef!"

„Bist du high, Henryk?"

„Ganz und gar nicht! Ich folge nur deinen Befehlen! Wäre gut, wenn es da nicht so viel Hin und Her gäbe!"

Bernhard brüllte jetzt. „Wie redest du mit mir?“

„Völlig normal. Wie früher, Bernhard …“

„Ich muss wissen, wo Timo steckt, hörst du …“ Es piepste schon eine Weile in Jesters Handy, während Bernhards Stimme immer leiser wurde und schließlich ganz verstummte. Das Display verschwand.

„Scheiße!“, murmelte Jester. „Und wo finde ich nun diesen Saukerl von Rossik?“

*

Der weiße Leinenstore wellte sich in der hereinwehenden Brise. Kühler Wind hatte den nächtlichen Regen abgelöst. Die aufkommende Dämmerung verabschiedete letzte Nachtwolken, die sich nach und nach zu rötlichen Strichen am Horizont dezimierten. Davor lag der stahlfarbene, sauber gefegte Himmel.

Bernhard Janisch sinnierte. Er war bereits seit drei Uhr wach. Seine Augen tränten noch vom Starren ins dunkle Nichts, das gleichwohl von ewig kursierenden Gedanken, Fantasien, Ängsten, aber auch von Zorn bis zum Bersten belegt worden war.

Nachdem er wieder einmal den Stapel zerwühlter lilafarbener Kissen unter seinem Kopf zurechtgeknetet hatte, hefteten sich seine Augen auf das Dämmerlicht hinter dem breiten gekippten Fenster. Er war froh, dass die Nacht endlich vorbei war.

Als er schweißgebadet aufgewacht war, hatte er seine Bettdecke auf Dorothees Seite gestrampelt. Sie war erschrocken hochgefahren und hatte äußerst unwirsch reagiert. Seine darauffolgenden Annäherungsversuche hatte sie wie stets wütend abgewehrt. Jetzt schlief sie fest auf dem drei mal drei Meter großen, tief liegenden Bett, das mitten im Raum stand. Nur das in seiner Dimension gekonnt auf die ansehnliche Höhe des Raums abgestimmte Ölgemälde mit einer Farbkomposition aus tiefem Blau und schrillem Gelb, das zornig wogendes Meer beschrieb, sowie der mächtige, silbern gefasste Spiegel hinter dem Bett schmückten die Wände.

Sein Blick streifte vom Fenster zu seiner Frau. Wie so oft bewunderte er diese engelhaften Züge, die über der glatten Haut lagen. Ihr Atem war ein gleichmäßiges Hauchen, das ihrem Gesicht diese völlige kindliche Entspanntheit verlieh. Langes blondes Haar war im weiten Kreis um den zierlichen Kopf verteilt. Er sah fasziniert auf ihre akkurat gezeichneten schmalen Brauen, auf die fein geformte Nase, auf die selbst im Schlaf vorhandenen Grübchen, die den kindlich sinnlichen Mund umspielten. Ein Bildnis, wie er sich sagte. Wie war es möglich, dass sie so war? So unnahbar, abweisend, so gemütlos, ja zynisch. Warum blickte sie nicht *auf* zu ihm? Immerhin hatte er zusammen mit Timo die Prosoft aus der Taufe gehoben und von null zu einer ansehnlichen Größe fortentwickelt. Und dort, wo sie jetzt schlief, in dieser prächtigen Villa, war nicht *er* es, der das geschaffen hatte? Warum hatte das süße Leben nur über die Flitterwochen und – wenn man es wohlwollend betrachtete – noch ein, zwei Monate mehr gehalten? Nichts konnte ihr imponieren. Seine Erfolgsgeschichten versah sie mit unterkühltem Lächeln, Fehlschläge mit Häme. Das war auch im Bett so. Rasend war er so oft vor Wut gewesen, wenn sie ihn auslachte, weil er nichts zustande brachte, bis er es kaum noch versuchte.

Wie war beides zu vereinbaren? Dieses sanft-kindliche Engelsgesicht, das zu Liebkosungen jeder Art einlud, und das sadistisch wohlige Triezen, das zu ihrer Umgangsformel für ihn geworden war. Womit hatte er sich das verdient? Wo hatte sie nur das Selbstvertrauen her, mit ihm so umzugehen?

Er schüttelte den Kopf, verstand es wieder einmal nicht. Er liebte sie, aber er hasste sie auch, weil sie seine Liebe nicht wollte. Eine Erklärung fand er nie. Auch heute nicht. Warum schlief sie überhaupt noch im Ehebett? Wie oft hatte er sich schon diese Frage gestellt! Wahrscheinlich war es das, was er ahnte:

Sie wollte ihn demütigen. Ihr wunderschöner Körper und *er* daneben, der nicht in der Lage war etwas damit anzufangen. Das war der Grund!

Während solcher schlaflosen Nächte hatte er mit den immer gleichen Gedanken neben ihr gelegen, hatte sich allerlei vorgenommen. Ganz anders würde er künftig mit ihr umgehen. Noch zärtlicher – oder aber abweisend, vielleicht roh, gar rabiat? Aber keine dieser Maschen hatte bei ihr verfangen. Keine! Doch eines Tages würde er sein Ziel erreichen, weil sie den Luxus liebte, und davon würde er ihr noch mehr verschaffen; er würde sich eben ihre Liebe erkaufen, so wie er sie auch anderswo erkaufte. Und dieses *Anderswo* würde dann aufhören. Es war ohnehin schon zu gefährlich geworden.

Jetzt schwitzte er wieder. Seine Gedanken kursierten nun um Timo und um Jester. Warum ließen sie nichts von sich hören? Warum hatte Timo nicht wenigstens einen Vertrag an George weitergegeben? Jetzt musste *er* ihm nachlaufen. Vielleicht enthielt er ihm die Verträge überhaupt vor, falls er inzwischen von Jester aufgeklärt worden war. Diese Zwitter-Kreatur hatte schließlich nichts zu verlieren. Nichts! Er war im Ausland, konnte sich weiß Gott wohin absetzen, ihn von irgendwoher erpressen. Was dann? Verschwinden müsste er von hier, so schnell wie nur irgend möglich! Und er würde nie wieder zurückkommen können. Aber was konnte er schon an Bargeld mitnehmen? Alles steckte in der Prosoft. Auf den Privatkonten befand sich nicht viel an Guthaben. Er fand keine Auswege, wälzte sich wieder im Bett, zerrte an seiner Bettdecke, bis Dorothee erneut aufwachte.

„Lässt du mich endlich schlafen, du Tölpel?"

„Du schläfst die ganze Zeit, mein Liebling."

„Ich bin nicht *dein* Liebling, du Narr, und ich will es auch nicht werden."

„Du würdest ganz gut damit fahren." Bernhard glättete die Bettdecke über ihrem Körper, doch sie stieß seine Hand weg.

„Kannst du nicht schlafen, du Held? Gehen dir etwa deine Bösartigkeiten durch den Kopf? Geschieht dir nur recht!"

„Was verstehst du unter Bösartigkeiten?"

„Dein ganzes Handeln!"

„Allen geht's gut dabei."

„Das denkst *du*! Warum hast du denn den Vertrag noch nicht in Händen? Soll ich's dir sagen?"

„Na, bitte!"

„Weil Timo dich kennt. Weil er dir nicht mehr traut. Weil er dich als machthungrig und geldgierig ansieht. Deswegen!"

„Das ist doch Unsinn, wir arbeiten im Team."

„Dass ich nicht lache! Bernhard Janisch arbeitet im Team!" Sie lachte tatsächlich laut auf.

Bernhard setzte sich an die Bettkante. Er nahm ein Kopfkissen und wischte sich damit den Schweiß von der Stirn.

„Timo und ich: Wir waren immer ein Team. Nur war ich der Stärkere!"

„Ach Gottchen! In Wirklichkeit profitierst du nur von seinen Ideen und von seinem Verhandlungsgeschick. Ohne ihn wärst du doch eine Null."

„Er weiß selbst, dass ich der Stärkere bin!"

„Er lässt dich nur herumbrüllen und vielleicht lässt er es auch zu, dass du die Konkurrenz, die schmutzige Geschäfte macht, ausspionierst. Darin bist du sicher gut. Aber von solchen Firmen will Timo gar nichts wissen und eines Tages wird er sein eigenes Geschäft aufmachen. *Er* hat das Geld, *du* nicht!"

„Wie kommst du auf *schmutzige* Geschäfte? Wenn ich einem ohnehin maroden Betrieb …"

„Mach mir doch nichts vor! Ich kenne dich. Alles, was du machst, ist irgendwie schmutzig, und wenn das stimmt, was ich seit Langem ahne …"

„Was meinst du damit?" Bernhard hatte sich abrupt umgedreht; er fühlte, wie ihm das Blut aus dem Gesicht wich, dass der Schweiß an Schläfen und Hals plötzlich eiskalt geworden war.

„Team!", sie lachte girrend. „Timo, dein bester Freund! Für wie dumm hältst du mich? Ausbooten würdest du ihn in jeder Sekunde, in der du es könntest. Was tust du ihm nicht sonst noch alles an?"

Bernhard spürte, wie sich die Haut über seinen Nackenwirbeln kräuselte. Was wusste sie und von wem wusste sie was? Von Jester etwa? Hatte er mit ihr schon den Anfang gemacht? Den Anfang gesetzt vor einer langen Erpressung?

„Wovon redest du da eigentlich? Was sollte ich ihm antun?" Seine Stimme hatte an Lautstärke um ein Vielfaches zugenommen.

„Na, denk mal nach!"

Bernhard lief um das Bett auf ihre Seite und umklammerte mit eiserner Faust ihr Handgelenk. Sie fauchte wie eine wilde Katze auf und trat mit einem Bein gegen seinen Bauch.

„Fass mich nicht an!", keifte sie, bis er losließ und sich herrisch vor ihr aufbaute.

Plötzlich keimte der Wunsch in ihm auf, sie zu vergewaltigen. Wie ein kleines Mädchen. Er spürte, wie sich sein Penis versteifte. Sie schien es zu sehen, wie sich seine Pyjamahose ausbeulte. Abrupt wälzte sie sich zweimal um und gelangte auf die andere Seite des Betts, sprang, ehe er noch reagierte, ins Badezimmer und verriegelte es von innen.

Er pochte lange an die Tür, bis er es schließlich aufgab und ins Badezimmer im Gästetrakt im Parterre ging, sich mit zitternder Hand rasierte, was ihm zwei Schnitte am Kinn und am Hals einbrachte. Dann lief er wieder nach oben in den Ankleideraum neben dem Schlafzimmer.

Er musste herausbekommen, was sie wusste. Vielleicht meinte sie ja mit ihrer Bemerkung etwas ganz anderes, nicht das, was für ihn so verheerend wäre.

Zaghaft, das langsam eruptierende Nervenkostüm mühsam im Zaum haltend, klopfte er an die Badezimmertür.

„Dorothee, ich bitte dich! Schließ dich doch nicht ein!"

„Scher dich weg!", kreischte sie zurück. „Für heute habe ich genug von deiner Brutalität. Mein Handgelenk – deinetwegen kann ich es kaum bewegen, du …"

„Spar dir die Ausdrücke, Biest! Wenn du nicht sofort aufschließt …"

„Ja, ja, dann musst du schon die Tür eintreten, Kujon! Aber ich warne dich! Glaubst du vielleicht nicht, dass ich auspacke?"

Bernhard, der inzwischen mit den vier Knöcheln seiner geballten Faust auf die Tür eintrommelte, hielt einen Moment inne. Was war das schon wieder? Wusste sie etwa doch etwas? Der Schweiß machte sich auf der kalten Stirn breit. Wie denn? Das war unmöglich!

Wieder wechselte seine Hand vom polternden zum behutsamen Klopfen und noch einmal versuchte er, einen gefühlvolleren Ton zu finden.

„Liebes, wir müssen miteinander reden; das sind wir einander doch schuldig."

„Geh in deine Firma und lass dich für deine Großtaten feiern! Super-Boss! Hoffentlich gehen sie dir nicht alle auf den Leim."

Bernhards Oberlippe zuckte eigenmächtig. So war es noch nie mit ihr gewesen. Jemand hatte ihr etwas zugespielt. Ganz sicher war er sich da. Jester. Es konnte nur Jester sein! Vielleicht aber auch Timo? Er musste es wissen. Jetzt!

„Mach sofort auf!", brüllte er halbwegs hysterisch. Seine zitternden Hände trommelten mit den Außenballen auf die Tür ein. „Mach auf! Ich rate es dir, du Luder!" Seine Stimme war schrill und unnatürlich; es schien ihm, als wäre es nicht mehr seine eigene.

„Ich krieg die Tür auf und dann, na warte!" Er trat mehrmals mit dem rechten Fuß neben die Messing-Klinke. Beim vierten Mal knirschte das Holz.

„Bist du völlig verrückt geworden?" Ihre Stimme war gellend und klang erstmals verängstigt.

Bevor er das fünfte Mal zutrat, bog sich die Klinke nach unten. Sie riss die Tür auf. Aus ihren Augen funkelte Angst, der Mund war zu einer verächtlichen Grimasse verzerrt.

Bernhard sprang auf sie zu, zog ihren Kopf an den Haaren nach hinten und versetzte ihr mit der freien Hand mehrere Ohrfeigen. Ihren Schopf haltend, drehte er sich mit ihr und schleuderte sie auf den marmornen Boden des Schlafzimmers, wo sie von der sich aufbäumenden Bettvorlage gebremst wurde.

Er setzte ihr mit einem Sprung nach. „Was willst du auspacken, du dämliches Stück?", schrie er keuchend. „Was? Verdammt noch mal, red schon! Meinst du wirklich, du kannst mir Angst machen?" Er kniete jetzt neben ihr, hatte ihren Kopf an den Haaren wieder nach hinten gerissen und mit einer Hand ihren Hals gepackt. Ihr ganzer Körper wand sich wie eine Schlange, doch es gelang ihr nicht, sich zu befreien. Sie schrie mit krächzend-schriller Stimme, wie es der halb zusammengepresste Hals noch hergab, um Hilfe.

Bernhard ließ sie erschrocken los, während er hinter sich sah, zum Fenster stürzte und es rumpelnd zukippte. Im selben Moment hörte sie zu schreien auf und fing zu schluchzen an. Er stellte sich breitbeinig über sie, fand die ihm eigene Stimme wieder: „Also, was willst du auspacken, Miststück? Was, was, sag schon!"

Doch Dorothee schien ihn gar nicht wahrzunehmen. Ihre Augen waren weit geöffnet, kurz davor, nach hinten zu kippen. Sie blutete aus der Nase und am Kinn. Vor dem Haaransatz auf der rechten Stirnseite klafften zwei kleine Wunden.

Er ließ sich nieder, kniete auf ihr sitzend, je ein Bein links und rechts neben ihrem hastig atmenden Oberkörper. Er versuchte ihren Kopf festzuhalten, doch sie sträubte sich so sehr dagegen, dass er es aufgab. Erst als er sie wieder am Hals packte, schien sie sich der unmittelbaren Gefahr bewusst zu werden. Sie starrte mit langsam aufquellenden Augen in sein geiferndes Gesicht.

„Lass mich!", es war nur noch ein Keuchen, was sie durch die Lippen presste, bis er sich plötzlich seines Griffes bewusst wurde, ihn lockerte, bis er den Hals ganz frei gab. *Beinahe*, dachte er und schüttelte ungläubig den Kopf. Sie begann wieder zu weinen, laut, aber weniger schrill als zuvor. Er empfand kein Mitleid. Im Gegenteil, jetzt fühlte er sich überlegen.

Plötzlich spürte er eine Erektion. Eine gewaltige Erektion. Und sie spürte sie auch, schien sein Vorhaben zu erahnen, da sie sich unter ihm aufbäumte. Ihr Heulen ging wieder in Kreischen über. Doch es half ihr nichts. Er zerrte ihren Bademantel auf beiden Seiten herunter, stemmte ihre sich sträubenden Beine auseinander und drang mit der Gewalt eines Dolches in sie ein. Nach wenigen Sekunden schon erreichte er seinen Höhepunkt. Er kostete ihn grinsend aus und zog sich dann zurück.

Er mühte sich auf die Beine.

„Ein Wort zu jemand", zischte er, während er sich torkelnd mit der Pyjamahose abtupfte, „und du erlebst das Gleiche noch mal!"

Ihr Heulen ging wieder in ein Winseln über.

Er sah auf sie hinab. Noch schwankte sein Gemüt zwischen dem Genuss seiner Dominanz und Furcht vor den Folgen. Noch behielt das Erstere die Oberhand. Was er in diesem Raum erlitten hatte, an diesem Ort permanenter Erniedrigung, schien in diesen Momenten wie weggeblasen. Er hatte ihr gerade gezeigt, wozu er fähig war. Für das, was in all den Jahren geschehen war, trug nicht er, sondern sie die alleinige Schuld. Und jetzt wollte sie noch die rachsüchtige Furie spielen, auspacken, weil man ihr etwas gesteckt hatte. Dieses Luder!

Ihr Atem rasselte und er bemerkte, wie der Puls an ihrer Schläfe zuckte, hörte, wie ihr Winseln wie eine ferne Sirene unregelmäßig auf- und abklang. Ein kurzer Schauder überkam ihn. Was, wenn sie stürbe? An inneren Verletzungen. Er verwarf den Gedanken, ermaß aber das mögliche Unheil zum ersten Mal. Er holte ein Kissen vom Bett, kniete neben ihr nieder und bettete den immer noch nach beiden Seiten taumelnden Kopf auf die weiche Unterlage. Ihre Augen waren unnatürlich geweitet.

„Dorothee. Dorothee!", er tätschelte abwechselnd beide Wangen, wie um sie aus einer Trance zurückzuholen, doch das verstärkte nur das Schlenkern des Kopfes.

Er sah um sich, wie um sich zu vergewissern, dass niemand dieses schaurige Schauspiel beobachtete, das ihm wie surreales Theater vorkam: Alles wirkte gespenstisch grotesk. Er wusste nicht, was er tun sollte. Mit schmerzender Eindringlichkeit wurde ihm bewusst, dass er nicht mehr Herr seiner Sinne gewesen war. Wie war es nur dazu gekommen? Was hatte sein Verhalten ausgelöst? Ihre Drohungen, etwas zu verraten, ihre herabwürdigenden Worte? Aber da war noch etwas, was ihn beunruhigte, etwas, was er auch anderswo oft verspürt hatte, wenn diese wohlige Grausamkeit in ihm hochgekommen war, dieser süchtig machende Zwiespalt zwischen Quälen und Begehren. Hatte er dieses Gefühl gerade zum ersten Mal auch bei ihr verspürt? War er deshalb so stark gewesen?

Er verdrängte die Fragen, die eine Stimme aus dem inneren Hinterhalt stellte.

„Dorothee!" Er fasste sie energisch am Kinn. „Hörst du? Sprich mit mir!"

„Einen Arzt", wisperte sie, „bitte, schnell!"

„Ich pflege dich, Liebes! Wir brauchen keinen Arzt. Was soll ich für dich tun? Sag schon!"

Ihr Kopf entzog sich seiner Hand und gab ihm durch sein ablehnendes Hin- und Herschwenken die Antwort.

„Du hattest Schuld, Liebes. Und ich habe mich vergessen, ich Idiot!"

„Einen Arzt!", sie atmete hastig, als gierte die Lunge nach Luft.

„Es gibt keinen Arzt!", sagte er, jetzt wieder gereizter. „*Ich werde dich pflegen.*"

Sie schloss die vom Weinen geschwollenen Augen.

„Ich trage dich jetzt ins Bett."

Wieder schüttelte sie den Kopf, doch er hob sie einfach hoch und trug sie zum Bett. Vorsichtig ließ er sie auf das lilafarbene Laken sinken. Dann holte er Watte, Alkohol und eine Jodtinktur aus dem Arzneischränkchen im Badezimmer und betupfte mit einer Hand die blutenden Wunden, während die andere ihren Kopf festhielt.

„Das heilt in wenigen Tagen ab. Du wirst sehen!"

„Einen Arzt bitte!", hauchte sie wieder, doch er gab nicht nach.

„Damit du mich bei ihm anschwärzen kannst? Nein, meine Liebe. Die Zeit der Drohungen ist vorbei. Und zwar endgültig!" Er wunderte sich, dass es ihm in dieser heiklen Situation wieder gelang, derart ungerührt zu reagieren. Fast martialisch, wie er empfand.

„Gib mir das Handy, bitte gleich!", er konnte sie kaum verstehen, da sie die Endsilben schleifen ließ, erahnte aber ihren Wunsch.

„Nichts gebe ich dir! Du wirst hierbleiben und dich erholen. Kein Telefonat, verstehst du? Keines, bis ich es wieder erlaube! Okay?"

„Du mieser Kerl!", hörte er sie mehr röcheln als sprechen.

Er antwortete nicht, aber das neuerliche Gift, das sie verspritzte, verstärkte seinen Mut, mit der Situation auf seine Weise fertigzuwerden. Er lief zu den Fenstern, zog die Rollläden herunter, verschloss sie mit dem kleinen Schlüssel, der immer davorlag, und steckte ihn ein. Er sperrte auch das Badezimmer ab und nahm den Schlüssel an sich.

Dann ging er zum Bett. „Ich bin bald wieder da. Bleib ganz ruhig! Was wehtut, vergeht auch wieder. Du bist selbst schuld! Wenn du mich derart reizt … Und wenn ich wieder zurück bin, will ich wissen, was du auspacken willst."

„Du Schwein!", flüsterte sie.

Er holte seine Kleidung aus dem Schrank, warf sie über einen Arm und verließ das Schlafzimmer, das er von außen verriegelte.

*

Timo nahm den Zettel vom Nachttisch und überflog ihn. In krakeliger Schrift stand aufgelistet, was er sich für heute vorgenommen hatte: Bernhard, Durchsprache McKerr, Polizeipräsidium Ettstraße, Thorlef, Ted. Er hatte noch mehr auf den Zettel gekritzelt, doch er hielt plötzlich inne. Ein unsichtbarer Souffleur versuchte fortwährend, ihn von der Reihenfolge auf der Liste abzulenken. Er wehrte sich anfangs, und um dagegenzuhalten, nahm er den Telefonhörer in die Hand, bereit, sein Misstrauen gegenüber Bernhard aufzugeben und ihn jetzt gleich anzurufen, den Vertrag schnellstens in die Firma zu bringen, um möglichst bald wieder in ein normales Leben einsteigen zu können. Dabei könnte ihm Thorlef anfangs etwas helfen. So jedenfalls war sein Plan gewesen, als er nach dreistündigem Nachtschlaf aufgewacht war. Doch immer, wenn er von Neuem begann, Bernhard anzuwählen, kam er höchstens drei Nummern weit, da der Souffleur in seinem Inneren mit jeder Ziffer, die er eintippte, eindringlicher wurde. „Denk nach", befahl die resolute Stimme, „denk nach!"

„Mach ich", fauchte Timo zurück, „mach ich die ganze Zeit! Lass mich in Frieden!"

„Idiot! Du bist doch sonst so schlau und analysierst alles. Also denk nach, bevor du handelst! Irgendwas stimmt doch nicht, das spürst du doch selbst, oder vielleicht nicht?"

Timos Blick huschte zum Fenster, wo eine dicke Fliege wie betrunken immer wieder gegen die Glasscheibe flog und verzweifelt summte.

Warum nur war dieser Mann hinter ihm her? Tausendfach hatte er nach Motiven gesucht. Niemand nahm ihn ernst, wenn er von ihm sprach, ob es Bernhard oder Thorlef war oder auch Ted. Vielleicht konnte er auf dem Polizeipräsidium darüber mit einem vernünftigen Beamten reden, der ihn, wenn er seine Geschichte ausgebreitet hatte, nicht als geisteskrank einstufte. Wäre es nicht klug, als Erstes in die Ettstraße zu fahren? Gregor fiel ihm ein, der ja dort jemand kannte, der ihm womöglich behilflich sein konnte.

Nur, über *wen* sollte er überhaupt sprechen? Über einen Mann? Über eine Frau? Er erinnerte sich an Thorlef, der ihn auch danach gefragt hatte, ob der Verfolger, von dem er immer fantasiere, ein Mann oder eine Frau sei.

Aber ausreden ließ er sich die Existenz des Mannes nicht mehr. Das letzte Mal hatte er ihn in New York gesehen, als er auf der Trage vom Ambulanzwagen nach unten gehievt wurde, um ins Saint Clare's geschoben zu werden. Danach war Timo ihm durch ein paar Tricks zwar ausgewichen, aber er war allgegenwärtig, immer noch. Der Mörder hatte ihn nur vorübergehend verloren, aber nicht aufgegeben.

Wie gelangte er an diese Informationen? Ob Timo bei Oscar und Juana in Berón gewesen war oder im Flugzeug nach Caracas: Er hatte es gewusst. Woher kannte er seine Flugnummer nach New York? War es vielleicht Petra, die zu leichtfertig solche Daten herausgab? Oder hatte sie eine Liaison mit diesem Menschen, ohne zu ahnen, was für ein Ungeheuer sich hinter ihm verbarg? Wie hatte er herausgefunden, dass Timo ins Sheraton umgebucht hatte? Das war Petra nicht bekannt gewesen und trotzdem war er plötzlich zwischen Tür und Angel aufgetaucht.

Timo kannte Petra Rudloff gut, schätzte sie gerade wegen ihrer Diskretion. Unmöglich, sich vorzustellen, dass sie in die Fänge eines Monstrums geraten war. Unvorsichtig war sie nicht. Ihr Schreibtisch war stets aufgeräumt, zumindest wenn sie ihr Büro allein ließ, um Neugierigen keinen Zugang zu vertraulichen Unterlagen zu gewähren. Und doch, ausschließen durfte er niemanden, auch wenn es ihm im Falle Petras unwahrscheinlich vorkam.

Aber er würde ihr trotzdem auf geschickte Weise Fragen stellen. Gewiss, *sie* hatte nicht gewusst, dass er im Sheraton statt, wie von ihr gebucht, im Hilton wohnte, aber vielleicht hatte der Mörder ja erfahren, dass er bei McKerr verhandelte, war ihm und Ted gefolgt, bis sie im Sheraton angelangt waren, und hatte sich ihm dort auf teuflische Weise gezeigt. Nur: Von wem konnte der Mann überhaupt wissen, dass er bei McKerr war? Doch von Petra? Von Bernhard? Aber was sollte Bernhard mit einem Mörder zu tun haben?

Er lächelte über diesen Gedanken, spann ihn aber dennoch weiter.

Ein Motiv konnte in der Tat existieren. Timos Einlage von vierzig Prozent war einbezahlt, Bernhards gleich großer Anteil an der Prosoft nur zu einem Viertel. Wenn ihn Bernhard umbringen lassen würde, könnte er über Timos Anteil geschäftsführend verfügen.

Das sah der Firmenvertrag so vor. Die Prosoft sollte bei Krankheit oder Tod eines der beiden Geschäftsführer nicht in ihren Aktivitäten gelähmt werden; der verbliebene Geschäftsführer würde die Einlage des anderen treuhänderisch verwahren und genösse sogar nach fünf Jahren das Vorkaufsrecht. Timo erinnerte sich, dass Bernhard und Gregor diese Vereinbarungen sehr sorgfältig durchdacht hatten. Gewiss, er war mit allem einverstanden gewesen, weil es ihm sinnvoll schien. Aber es konnte ja immerhin sein, dass solche Klauseln – für einen

Notfall formuliert – plötzlich für den einen oder den anderen an hintergründiger Bedeutung hinzugewännen.

Bernhard könnte eindeutig Vorteile aus Timos Tod ziehen. Gerade jetzt, mit dem neuen McKerr-Vertrag über mehrere Jahre, wäre die alleinige Führung in der Prosoft äußerst attraktiv.

Timo war plötzlich belustigt über seine Gedanken. Was dachte er da eigentlich? Der Mann hatte Verónica und Chantal getötet und zwar in Peru, lange bevor Bernhard wusste, ob der neue Vertrag mit McKerr überhaupt zustande kam. Und auch in New York, als er fast vom Müllwagen platt gewalzt worden war, hätte sein Tod nicht zu Bernhards Vorteil gereicht, denn dieser verfügte zu diesem Zeitpunkt nicht über den Vertrag und konnte auch nicht davon ausgehen, dass ihm Ted einen weiteren geben würde.

Somit schied Bernhard aus. Und überhaupt: Sie hatten zusammen studiert, waren während dieser Zeit mit Gregor und Thorlef stadtbekannte Münchener Partylöwen gewesen, spielten in der Regel zweimal in der Woche Tennis und im Winter gingen sie immer noch so manches Wochenende zum Skifahren. Außerdem hatten sie eine Software-Firma neu in den Markt gebracht und dort gut positioniert.

Doch der Gedanke nagte weiter in Timos Kopf. Er erinnerte sich an Bernhards eigenartiges Verhalten in letzter Zeit. Diese Sucht nach dem neuen Vertrag mit McKerr. Unerbittlich war er gewesen, als es darum ging, ihn nach New York zu schicken, wie ihn Thorlef auf Bernhards Geheiß hin mit Pillen fit machen sollte und wie Bernhard ihm noch hinter seinem Rücken mit George Hailey in seine Verhandlungen gepfuscht hatte. Auch der Anrufbeantworter bewies, dass Bernhard nur die Originalverträge im Kopf hatte. Ja, Bernhard war recht eigenartig in letzter Zeit. Und doch! Der Mann mit der Hakennase stammte aus einer ganz anderen Welt. Aber woher bezog er all seine Informationen?

Diese Frage ließ Timo nicht mehr los und dabei hatte er das Gefühl, erstmals seit seiner Verhandlung bei McKerr wieder logisch denken zu können, auch wenn es ihn anstrengte. Unter dem Gazestreifen am Hinterkopf pochte das Blut. Die rechte Schläfe schmerzte mit dem Fortgang seiner Grübeleien mehr und mehr.

Noch war er sich nicht im Klaren, was es für Folgerungen gäbe, wenn er etwas Merkwürdiges herausfände. Insgeheim hoffte er, dass keine Informationen – auf welche Weise auch immer – an den Mörder gelangt waren, die auf Menschen hinwiesen, die zu seiner unmittelbaren Umwelt gehörten. Zum Beispiel Petra und Bernhard. Vielleicht beide, ohne es zu wissen. Es durfte nicht sein. Aber er musste der Frage unweigerlich nachgehen: Woher bezog der Mörder seine Informationen?

Er beschloss, mit Petra Rudloff zu beginnen. Er würde sie anrufen und zwar auf seinem Handy. Sie sollte noch nicht wissen, dass er zu Hause war. Je nachdem, wie Petra reagierte, käme dann Bernhard an die Reihe, nach sorgfältiger Vorbereitung.

Er kritzelte einiges auf die Rückseite des Zettels, um sich auf die Telefonate vorzubereiten, und wählte Petras Nummer im Büro an.

Sie meldete sich sofort: „Rudloff, Direktion Prosoft!"

„Rossik hier! Tag, Petra!"

„Oh Gott, Herr Rossik! Das darf doch nicht wahr sein! Wir vermissen Sie doch alle. Sind Sie jetzt zu Hause?"

„Nein, noch nicht!" Timo sprach absichtlich mit dumpfer, schwächlicher Stimme.

„Wo denn? Herr Janisch ist außer sich, dass Sie sich nicht melden."

„Ging alles nicht so glatt, Petra. Er ist außer sich? Warum denn?"

„Die Verträge mit McKerr. Er will sie einsehen und alles Notwendige veranlassen. George sagte, Sie hätten beide Originale bei sich. Herr Janisch wollte bei Mister Orben keine Kopie anfordern. Sie haben sie doch bei sich?"

„Such sie selber im Moment."

„Sie haben sie nicht mehr? Das darf ich Herrn Janisch gar nicht sagen. Er würde explodieren. Gut, dass er sich heute verspätet. Wollen Sie ihn nicht anrufen und es ihm persönlich sagen?"

„Die Verträge werden schon wieder auftauchen. Ich war in letzter Zeit ziemlich benebelt."

„Ich versteh das ja, Herr Rossik, bei allem, was Sie mitmachen. Aber mir ist es unangenehm, wenn ich Herrn Janisch nie sagen kann, wo Sie sich gerade aufhalten. Das haben Sie doch früher anders gehalten. Entschuldigen Sie, wenn ich so …"

„Was meinen Sie damit, Sie wüssten nie …"

„Na ja, zum Beispiel am letzten Freitag. Er rief so um halb sieben bei mir zu Hause an. Erst hatte ich ihn beruhigen können. Sie würden wie immer mit der Lufthansa fliegen und hätten alle Unterlagen dabei, auch das, was er Ihnen noch zum Flughafen schicken wollte."

„Was denn?"

„Äh, Sie wissen schon: diese rabiate Korrespondenz zwischen ihm und Mister Orben, als Sie noch in Peru waren."

„Die wollte er mir zum Flughafen schicken? Das ist ja lächerlich. Wenn ich eines dabeihatte, dann das!"

„Hab ich ihm auch gesagt. Er war dann auch beruhigt, aber am selben Tag im Büro, da kam er aus seinem Zimmer geschossen und schrie – er war richtig grau vor Wut im Gesicht –, Sie seien weder auf dem Lufthansa-Flug noch im Hilton-Hotel gewesen."

Timo spürte, wie seine Haut am Rücken zu frösteln begann, wie sich sein Magen fast augenblicklich verklumpte. Die Hand, die das kleine Handy hielt, zitterte wie nach einem Parkinson-Anfall. Er war sich noch nicht ganz sicher, musste das, was Petra soeben gesagt hatte, nochmals ordnen, aber der Instinkt sagte ihm, dass er soeben auf etwas Ungeheuerliches gestoßen war. Eine längere Pause trat ein, bis ihm Petra Rudloff mit besorgter Stimme zurief: „Herr Rossik, sind Sie noch dran?"

„Aber ja", Timo versuchte einen gleichgültigen Ton zu finden. „Dass ich nicht im Hilton bin, das hat ihn beschäftigt?"

„Ja, er hat selbst versucht, Sie dort zu erreichen."

„Und dass ich nicht auf dem Lufthansa-Flug war, wusste er das auch schon?"

„Nun, wahrscheinlich von George. Aber ich bin mir nicht sicher. Warum haben Sie denn alles auf den Kopf gestellt? Es waren doch feste Buchungen."

„Kam mir so in den Sinn."

„Herr Janisch meint, dass Sie mit den Nerven am Ende sind."

„Ah ja?" Aber Timo hörte nicht mehr richtig zu, was sie jetzt redete. Nur eines beschäftigte sein Hirn: Woher wusste Bernhard, dass er nicht mit der Lufthansa geflogen war? Von George Hailey? Nein! Der hätte ihn darauf angesprochen. Timo hatte ihn erst *nach* seiner Ankunft in New York angerufen, dass er gelandet sei und sich mit ihm in einem Café in der Vierundvierzigsten Straße treffen wolle, bevor sie zu McKerr gingen. Vom Wechsel der Fluglinie hatte er nichts erwähnt. Und mit dem Hilton hatte George gar nichts zu tun.

Jetzt hörte er wieder auf ihre aufgewühlte Stimme: „Also bitte, Herr Rossik, wo sind Sie? Wo können wir Sie erreichen?"

„Ich melde mich wieder, Petra." Timo schaltete das Handy ab. Er schwitzte am ganzen Körper. Er hatte mehr erfahren, als er erwartet hatte, und es waren nur harmlose Aussagen gewesen. Ein Wechsel der Fluglinie, ein anderes Hotel. Und doch! Welche Brisanz lag darin! Bernhard und der Mörder, konnte das sein? Chantal, Verónica? Wieso denn? Er starrte auf das Fenster. Nebelschwaden tauchten vor seinen Augen auf. Es war

zu unglaublich, um wahr sein zu können. Aber er würde sich –
ob er wollte oder nicht – den Tatsachen beugen müssen. Er war
in Gefahr! Jetzt noch mehr!

12

Immer noch lauschte sie auf dieses eigentümliche Rasseln
in ihrer rechten Lunge, obwohl es in den letzten Minuten
nachgelassen hatte. So schien es ihr jedenfalls. Die Rippen glichen dort Pfeilspitzen, die jede kleinste Bewegung bestraften.
Mehr als eine Stunde lag Dorothee im Dämmerlicht der Nacht-
tischlampe auf dem Bett, so ruhig, wie sie nur irgend konnte.

Qualvolle Schmerzen und unermesslicher Hass hatten sie
zunächst in eine leichte Ohnmacht versetzt. Als sie wieder ganz
zu Bewusstsein gekommen war, überfiel sie maßloser Ekel. Ekel
vor der Tatsache, vergewaltigt worden zu sein, auf bestialische
Weise. Von Bernhard, ihrem Mann! Fortan steuerte ihr Kopf
nichts anderes mehr als ihren Rachefeldzug. Immer plausibler
ordneten sich ihre Gedanken dazu.

Zur Polizei? Noch nicht! Gregor würde Bernhard schon he-
rauspauken, wenn Aussage gegen Aussage stünde. Nein, erst
wenn die wirklich wichtigen Beweise auf dem Tisch lägen! Dann
würde sie loslegen. Ein Glück, dass Borges ein guter Ermittler
zu sein schien. Manfred Borges, Privatdetektiv.

Dass Bernhard ein Perverser war, hatte sie im Laufe ihrer
dreijährigen Ehe mehrmals gespürt, obwohl es bei ihr übertünchen wollte. Sie ahnte aber einiges. Und endlich wusste sie
mehr. Borges hatte ans Tageslicht gebracht, dass Bernhard es

jahrelang in mehreren Privatclubs mit Hermaphroditen getrieben hatte, sogar mit einem der Zwitter eine engere Beziehung eingegangen war. Bereits im Alter von siebzehn Jahren hatte er einmal vor einem Jugendrichter Rede und Antwort stehen müssen, wegen Unzucht an einem sechsjährigen Mädchen. So sahen die Fakten aus. Aber dafür war Bernhard heute nicht zu belangen. Nur wenn Borges' neueste Recherche zu den Ergebnissen führte, die sie vermutete, dann wäre er fällig.

Wie negativ hatte er sich immer über Verónica geäußert! Primitiv sei sie und dumm dazu; viel zu viel Schminke! Und doch, bei den Weihnachtsfeiern hatte er ihr immer nachgestellt, vor allem wenn Chantal dabei war, die er immer wieder vom Spielen mit anderen Kindern abhielt, um sie auf seinem Schoß zu platzieren. Dieses Schwein! Er war nur zu Erektionen fähig, wenn er immense Machtgefühle über seine Opfer verspürte. Bei Kindern, bei benachteiligten Kreaturen oder jetzt bei ihr, nachdem er sie schändlich malträtiert hatte. Sie schauderte, wenn sie daran dachte, was sich möglicherweise hinter den Morden an Verónica und Chantal verbarg.

Warum hatte niemand bemerkt, welche Abartigkeiten in Bernhard steckten? Weder Gregor noch Timo! Und was war mit Thorlef? Immerhin war er auch Psychoanalytiker und nicht nur Psychiater. Aber waren Gregor und Thorlef wirklich so untadelig, wie sie sich immer gaben?

Sie fragte sich, ob sie jetzt ihren Gynäkologen, Doktor Stehling, anrufen sollte. Aber was, wenn er sie so sähe? Es wäre gleichbedeutend damit, die Polizei anzurufen! *Er* jedenfalls würde nicht zögern. Nein, nicht jetzt! Noch nicht! Und überhaupt, wie denn? Sie war ja eingesperrt!

Langsam fasste sie den Mut, sich etwas mehr zu bewegen, wollte die heftigen Stiche in der Lunge und die Schmerzen an der Vulva einfach ertragen, doch sie hob nur kurz ihren Kopf, um ihn gleich wieder zurückgleiten zu lassen.

Wieder lag sie still da. Bernhards Anrufe, Mitternacht zuvor, schossen ihr ins Gedächtnis. Das erste war ein eigenartiges Gespräch gewesen! Fast nur Flüstern, aber was sie mitbekommen hatte, wenn er lauter, verärgerter reagiert hatte, war, dass sich jemand auf Timos Spur gesetzt hatte, ihn verfolgte. So hatte es sich jedenfalls angehört, ohne dass sie sich einen Reim darauf machen konnte. Aber eindeutig war, dass Bernhard etwas gegen Timo im Schilde führte, ihn ausschalten wollte, sowie er über die neuen Verträge mit McKerr verfügte.

Wie er das anstellen würde, wusste sie nicht, sie ahnte aber einiges; denn für seine Gespräche mit Gregor und Thorlef wenig später hatte er zwar die Tür zu seinem Büro ganz zugezogen, aber sie hatte gelauscht und gehört, dass Bernhard Timo als Irren bezeichnete, der schnellstmöglich in eine Anstalt gehöre.

Sie müsste Timo erreichen. Unbedingt! Ihn mochte sie. Sie würde es nicht zulassen, dass Bernhard seinen Kompagnon zerstörte. Sie würde Timo etwas aufs Band sprechen. Irgendwann würde er es schon abhören und erfahren, dass sie dringend mit ihm reden musste. Und dann könnten sie sich treffen und sie würde ihm erklären, dass er in Gefahr sei, alles zu verlieren, was er mit aufgebaut hatte, und vielleicht wüsste sie bis dahin noch mehr.

Sie unternahm einen beherzteren Versuch, sich aufzusetzen, und diesmal gelang es, obwohl die Stiche zündend waren. Doch alles, was sie schmerzte, schob sie jetzt mit Willenskraft beiseite.

Sie müsste hier raus! Dringend! Ihren Vater anrufen, dass sie zu ihm nach Hause käme, dass endgültig Schluss sei mit Bernhard. Und eben Timo würde sie zu erreichen versuchen, wenigstens ihre Botschaft hinterlassen.

Jetzt stand sie einigermaßen aufrecht, und auch wenn ihre Beine weich wie Watte wirkten, konnte sie sich im Schneckentempo vor den Spiegel hinter dem breiten Waschbecken schleppen. Sie war entsetzt; noch bluteten die Risse an der Stirn. Mit einem Blutstiller aus Bernhards Rasierausstattung trocknete sie die Wunden aus und tupfte vorsichtig die roten Krusten weg, die sich um die Nase herum gebildet hatten. Gegen die Schwellungen des rechten Wangenbeins war zunächst nichts zu machen.

Für einen Moment war sie geneigt, ihr Gesicht mit all dem, was ihr an Fläschchen, Döschen und Sprays zur Verfügung stand, in eine ansehnlichere Verfassung zu bringen, aber die Angst, dass er zurückkäme, dass er sich womöglich nochmals an ihr verginge, obsiegte schließlich.

Sie entnahm ihrem Maniküre-Etui zwei scharfe Nagelscheren und tastete sich zur Tür, die nach unten führte, aber versperrt war.

Mit ihrer ganzen Wut, jeden Schmerz zornig ignorierend, hämmerte sie zuerst die kleine, dann die größere Schere so lange in die hölzerne Tür, bis sich mehrere Späne ablösten. Sie weitete das Loch immer mehr aus, zog sich dabei einige Spreißel in den Fingern zu, aber am Ende riss sie mit der Hast einer Verzweifelten die letzten Splitter weg, sodass sie mit ihrer Hand durch die Tür zur Klinke greifen konnte. Tatsächlich steckte darunter der Schlüssel. Noch einmal musste sie das Loch vergrößern, um den Schlüssel besser drehen zu können. Bernhard hatte doppelt verschlossen. Doch nach einem zweiten gedehnten Knacken war das Schloss wieder entriegelt. Sie machte die Tür auf, ging behutsam zum Geländer, umarmte es mit beiden Händen und wand sich, daran hinabgleitend, Stufe um Stufe nach unten ins Parterre. Gierig riss sie den Hörer vom Telefon und rief ihren Vater in seinem Büro an. Sie sei verletzt, er müsse sie sofort abholen. Kein Krankenwagen! Nein! Was passiert sei? Bernhard? Später!

Dann wählte sie Timos Nummer.

*

Bernhard Janisch spürte, wie konfus und fahrig er war, dass er sich nicht wie sonst in der Gewalt hatte. Seine Gefühle waren mehr als nur zwiespältig. Als er vor einer halben Stunde ins Büro gestürmt war, hatte Petra Rudloff stolz verkündet, Timo habe sich gemeldet, doch als sie hinzufügte, dass er nicht zu Hause sei, nicht wisse, wo er sich gerade befinde, war er mit schriller Stimme aus der Haut gefahren, hatte sie grob am Handgelenk gepackt.

„Haben Sie den Herrn wenigstens gefragt, wie man ihn telefonisch erreichen kann?"

„Natürlich!", hatte sie wütend zurückgefeuert. „Aber er meinte nur, dass er sich wieder melden werde, mehr nicht!" Sie hatte in seine zornig funkelnden Augen geblickt und ihm mit einem Ruck die Hand entzogen.

„Und die Verträge?", hatte er nichtsdestotrotz weitergepoltert, worauf sie recht genüsslich antwortete: „Er findet sie im Moment wohl nicht!"

Bernhards Mund war so lange offen geblieben, bis er auf den Hacken kehrtmachte, zu seinem Büro hastete und die Tür von innen zuschlug.

Als er hinter seinem Schreibtisch gelandet war, zitterten seine Hände voller Erregung. Nur mühsam hatte er schließlich einige Denkfäden aufgreifen können, um sich wieder halbwegs zur Räson zu bringen.

Dass sich Timo überhaupt gemeldet hatte, war ja zunächst eine gute Nachricht. Natürlich würde er auftauchen; wahrscheinlich heute noch! Sonst hätte er gar nicht angerufen. Und die Verträge? Allein – ohne die Prosoft – konnte Timo damit nichts anfangen. Nur, wenn er sie verloren hätte? Nicht auszudenken!

Auch Jester hatte sich gestern kurz vor Mitternacht bei ihm gemeldet, wusste zwar nicht, wo Timo steckte, und war ihm anscheinend noch nicht mal auf der Spur, aber letztlich war das auch eine nicht ausschließlich schlechte Nachricht gewesen; denn sie deutete ziemlich eindeutig darauf hin, dass dieser abstruse Gedanke, Jester und Timo steckten neuerdings unter einer Decke, nicht stimmen konnte. Und auch nicht, dass Jester Timo etwas angetan haben könnte, bevor die Verträge in Sicherheit waren. Denn Timo lebte.

Er hatte noch in der Nacht Gregor und Thorlef angerufen und sie informiert, dass einige Ängste Jester betreffend überflüssig seien.

Langsam beruhigte er sich. Der stahlblaue Himmel draußen stärkte sein Selbstvertrauen. Er rief bei Petra durch und verlangte seine morgendliche Tasse Kaffee, die sie wenige Minuten später vor ihm so hart auf dem Schreibtisch abstellte, dass sich das runde, geriffelte Papierblättchen auf dem Teller darunter braun färbte, der kleine Löffel klirrend herunterfiel und einige Spritzer auf der Glasplatte landeten.

Er hielt den Atem an, um seine erneute Erregung zu dämpfen, reagierte nicht auf ihr zorniges Handeln. Ohne ein Wort zu sagen, ging sie aufrechten Schrittes zur Tür und ließ sie hörbar zufallen.

Nun tauchte Dorothee in seinen Gedanken auf. Er hatte sie besiegt, dieses Luder, dieses schöne, heimtückische Engelchen. Endlich hatte er ihr gezeigt, wozu er fähig war. Die Wunden würden heilen und von Scheidung hatte sie schon zwanzigmal gesprochen. Und außerdem, was konnte sie schon über ihn wissen, womit sollte sie ihn anschwärzen? Alles war niet- und nagelfest – solange auch Jester dichthielt. Und den würde man eines Tages ohnehin zum Schweigen bringen, und zwar endgültig! Aber was, wenn Dorothee die Polizei einschalten würde? Er nahm den Hörer in die Hand und rief Gregor an.

„Stell dir vor, unser Timo ist aufgetaucht!"

„Na, endlich! Wo hat er denn gesteckt?"

„Er steckt immer noch irgendwo. Will sich wieder melden!"

„Vielleicht taucht er ja bald auf. Dann hast du auch die Verträge."

„Wenn er sie nicht verschlampt hat!"

„Wieso das denn?"

„Er machte Petra gegenüber so eine Bemerkung." Gregor lachte schallend auf.

„Was lachst du denn?", fragte Bernhard verärgert.

„Na, er weiß eben, wie scharf du auf die Verträge bist, und lässt dich etwas zappeln." Er lachte wieder.

„Gregor, so logisch denkt Timo im Moment nicht. Wie ich dir heute Nacht schon sagte: Er muss verschwinden! In die Klapsmühle oder eben ... na ja, du weißt schon."

„Noch was, Bernhard? Unser Treffen heute?"

„Vorerst verschoben! Warten wir ab, wie sich alles in den nächsten Stunden entwickelt!"

„Sehr vernünftig! Also dann ..."

„Moment, Gregor!"

„Was denn noch?"

„Ich bin mit Dorothee zusammengerasselt. Sie wollte mich piesacken."

„Aha, und?"

„Sie sieht etwas ramponiert aus."

„Mein Gott, muss das denn gerade jetzt sein? Du liebst sie doch oder so ähnlich jedenfalls."

„Hat sich so ergeben. Tut mir auch leid. Ich möchte natürlich nicht, dass sie sich scheiden lässt, aber auch nicht, dass sie zur Polizei geht und mich womöglich anzeigt."

„Zur Polizei? Glaubst du?"

„Kann schon sein! Im Moment hab ich sie eingesperrt."

„Wo denn?"

„In unserem Schlafzimmer!"

„Oh Gott, dann lass sie schnellstmöglich raus! Und schlag dir irgendwas auf deinen eigenen Schädel, wenn du verstehst, was ich meine. Eine Beule brauchst du, möglichst blutend!"

„Du meinst, dass ich dann sagen kann, sie hätte angefangen. Hm, versteh dich. Klar!"

„Wenn sie Anzeige erstattet, gib mir Bescheid!"

Bernhard spürte endgültig wieder Oberwasser. Er legte auf, wählte Thorlefs Nummer und informierte ihn über Timos Anruf.

„Kannst du dir vorstellen, dass er nicht weiß, wo er ist? Wegen deiner Mittel zum Beispiel."

„Kann ich mir eigentlich nicht vorstellen."

„Und dass er die wichtigen Verträge einfach verlegt haben soll, was hältst du davon?"

„Vielleicht will er dich nur auf die Folter spannen, weil du ihn so gnadenlos nach New York geschickt hast."

Bernhard atmete nach dem Gespräch tief durch. Thorlefs Bemerkung am Schluss ähnelte stark dem, was auch Gregor geäußert hatte. Timo wollte ihn schlicht nur schikanieren. Vielleicht, weil er während seiner Verhandlungen bei McKerr am Telefon mit George geklüngelt hatte. Sicher, *das* musste es sein. Na, und wenn schon! *Aus der Partie, mein lieber Timo, gehe ich als Sieger hervor. Das schwöre ich dir!*

Dann dachte Bernhard an Gregors Ratschlag, überlegte nicht lange, sondern riss den Kopf nach unten, sodass er mit der Stirn hart auf die Schreibtischkante aufschlug. Als er sich mit dem Taschentuch das Blut abtupfte, machte er einen zufriedeneren Eindruck als noch eine halbe Stunde vorher.

*

Fast eine halbe Stunde war seit dem Gespräch mit Petra Rudloff vergangen. Er hatte sich danach aufs Sofa fallen lassen und war dort bewegungslos mit geschlossenen Augen liegen geblieben, unfähig, seine Gedanken zu ordnen.

Jetzt starrte er auf den Leuchter an der Decke, und damit begann eine Vielfalt an Eventualitäten in seinem Kopf zu kursieren. Es dauerte eine weitere halbe Stunde, bis er zu einem Ergebnis kam.

Wahrscheinlich sah er eben doch alles zu überspitzt und zu einseitig an. Bernhard hatte immerhin vorgehabt, mit ihm im Hilton zu telefonieren. Dort war er eben nicht eingetroffen. Das hatte Bernhard ganz allein herausgefunden. Und vielleicht hatte er auch versucht, ihn am JFK-Flughafen nach Ankunft der Lufthansa zu erreichen, was eben nicht möglich gewesen war. Möglicherweise hatte er dort erfahren, dass Timo zu Delta gewechselt war. Ja, so konnte es tatsächlich gewesen sein! Bernhard im Boot mit dem Mörder von Verónica und Chantal? Ziemlich grotesk. Eine Horror-Vorstellung!

Aber trotz aller beruhigender Gedanken, die er sich einflößte, breitete sich ein flaues Gefühl in seinem Magen aus. Deswegen brauchte er ganz einfach die richtigen Pillen, Medizin, die ihn auch in schwierigen Momenten ruhigstellte. Das Valium schien keinen Effekt mehr auszuüben, jedenfalls, wenn er es bei zwei Tabletten am Tag und zwei für die Nacht beließ. Thorlef wollte er ohnehin aufsuchen und ihm sagen, dass ihn seine Wunderpillen in New York vor und nach der langen Verhandlung nie in irgendeiner Weise beruhigt hätten. Er bräuchte endlich was ganz anderes, etwas, was auf seine augenblickliche Verfassung zugeschnitten war. Das musste es doch geben!

Er machte sich im Bad fertig, zog sich an. Kurz bevor er die Wohnung verlassen wollte, sah er vorsichtshalber nochmals durch das Wohnzimmerfenster zur Straße. Und da entdeckte er *ihn*.

Er lehnte an einem Baum vor dem Radweg. Timo, der hinter dem Store stand, den er auf keinen Fall bewegen wollte, fixierte den Mann mit seinem besseren linken Auge, bis er sich hundertprozentig sicher war. Sein Herz schlug bis zum Hals. Er stürzte zum Telefon, um die Polizei anzurufen, doch im selben Moment klingelte der Apparat. Zu seiner Überraschung sprach Dorothee, Bernhards Frau, auf den Anrufbeantworter: „Dorothee hier! Timo, ich rufe dich an, weil es wirklich dringend ist. Ich muss dich sprechen. Meine Nummer ist: 4663510. Es eilt! Tschüss!"

Es war nicht die Nummer des Privattelefons, über die er Bernhard zu Hause anrufen konnte. Es war eine andere. Deshalb wollte er instinktiv zum Hörer greifen. Aber da draußen war der Mörder! Er hastete nochmals zum Fenster, rückte jetzt den Store zur Seite, um auch den Gehsteig überblicken zu können. Aber er war nicht mehr da. Vielleicht befand er sich bereits im Haus? Hatte er gar einen Nachschlüssel? Dachte er vielleicht, Timo sei noch in New York, und wartete hier in der Wohnung, bis er zurückkehrte, um ihn umzubringen? Wieder verspürte er den Druck in der Magengegend. Er lief zur Tür und steckte so leise wie möglich seinen Schlüssel ins Sicherheitsschloss, drehte ihn quer in eine Sperrposition.

Durch den Spion sah er niemand. Er konnte aber bereits auf der Treppe sein!

Es war zu spät, mit der Polizei zu telefonieren oder mit dem Nachbarn, auch nicht über sein Handy. Das würde ihn außerdem nur verraten. Und überhaupt, wann käme die Polizei denn? Zu spät wahrscheinlich! Seine Nachbarn, Ernst Walchner und seine Frau, in irgendeine Gefahr zu bringen, schien ihm ebenso falsch zu sein.

Er setzte sich in einen Sessel und zog die Schuhe aus. Dann schlich er zur Tür, klemmte mit einem Fetzen eines Papiertaschentuchs das schwingende runde Türchen des Spions fest nach oben, sodass er es nicht ständig aufhalten musste, wenn er nach draußen starrte.

Das Telefon meldete sich plötzlich so laut wie der Alarm einer Sirene. Aus dem Anrufbeantworter plärrte Bernhards Stimme. Er solle schnellstens ins Büro kommen, wenn er erst mal zu Hause wäre. Kurz darauf läutete es wieder und er vernahm

Petras Stimme, die ihm sehr gereizt vorkam und ihm das Gleiche wie Bernhard empfahl.

Der Mann da draußen, dachte Timo, *kann das ruhig hören; soll ruhig hören, dass niemand rangeht!*

Timo stand jetzt leicht gebückt an der Wohnungstür, beide Handflächen neben dem Spion postiert, das linke Auge an die Glasmuschel gepresst. Nichts konnte darauf hinweisen, dass jemand in der Wohnung war, bis auf sein heftiges Atmen, das er kaum zähmen konnte.

Er hörte Schritte auf der Treppe, wenn er für Sekunden die Luft anhielt. Sehr leise Schritte, aber deutlich wahrnehmbar. Sie nahmen jetzt die Stufen zu seiner Etage, wo es zu beiden Seiten des Treppenhauses je ein Appartement gab, das von den Walchners und seines. Immer deutlicher vernahm er die sich nähernden Schritte. Dann versperrte plötzlich ein Arm Timos Sicht durch das kleine runde Glasloch. Die Türglocke wurde bedient und hallte so durchdringend in Timos Ohren, dass er zusammenzuckte und mit einem Knie leicht an die Tür stieß. Sofort benetzte Schweiß seine Stirn. Er war darauf gefasst, dass der Mann, wenn er den kleinen Rumpler gehört hatte, ihn gleich direkt durch die Tür anspräche.

Doch nichts.

Timo versuchte krampfhaft, sein Schnaufen zu unterdrücken. Aber er hielt es nicht lange aus.

Dann sah er sein Gesicht. Es grinste sarkastisch in den Spion. Jetzt hörte Timo, wie ein Schlüssel in das Schloss eingeführt, aber auf halber Strecke durch seinen eigenen blockiert wurde.

Verdammt! Jetzt weiß er, dass ich da bin, ich Idiot …

Timo hörte, wie der Schlüssel wieder herausgezogen wurde. Für einen Moment kam es Timo vor, als habe er auf dem verzerrten Gesicht einen Anflug von Zorn gesehen. Doch jetzt grinste er ihn wieder direkt an, als wüsste er genau, dass er hier hinter der Tür kauerte.

Weitere Minuten vergingen. Timo hatte ihn nicht mehr ganz im Blickfeld des Fischauges. Er musste sich gebückt haben. Plötzlich knirschte es seitlich zwischen Rahmen und Tür, etwa auf Höhe der Klinke. Timo schielte nach unten und bemerkte, wie sich eine Messerspitze nach innen zwängte. Geräuschlos zog er den Knirps aus dem Schirmständer neben der Tür. Seine Erregung war grenzenlos, er atmete pfeifend aus den belegten Lungen. Vom Magen her spürte er den Drang, sich zu erbrechen.

Doch auf einmal hörte er eine Stimme. Tiefen bayerischen Bariton. Den von Erich Walchner.

„Suchn S' vielleicht wos?"

Timo drückte sein Auge wieder auf den Spion. Sein Nachbar war aus der Wohnungstür getreten.

„Will einen Brief in die Tür stecken. Aber es gibt nirgendwo einen Zwischenraum", antwortete die weiche, hohe Stimme des Mörders.

„Die Briafkestn san doch unten im Paterr!"

„Die sind mir nicht sicher genug! Bin vom Gericht. Das hier ist eine Vorladung."

Timo sah den Mann mit einem Umschlag wedeln.

„Gängas zua, Sie san doch net vom Gricht!", rief Walchner laut und selbstbewusst über den Gang. Und dann mit einem Blick nach hinten: *„Betty, gä ruaf doch d' Polizei o! Mit dem do stimmt wos net!"*

Jetzt sah Timo, wie der Mann von dem Platz vor seiner Tür verschwand, hörte Schritte in großer Hast nach unten eilen. Er lief zum Wohnzimmerfenster und kurz darauf sah er ihn auf den Gehsteig rennen und die Straße überqueren, um in den Isar-Auen zu verschwinden.

Timo ging zur Tür und öffnete sie.

„Ah, Sie san ja doch do! Ham S' des Leiten an da Tir net ghert?", fragte Walchner.

„Nein! Ich schlief etwas länger. War in den Staaten. Die Zeitumstellung! Aber gerade habe ich Ihre Stimme gehört."

„*Do wor jemand! Und zwor vor Ihrener Tir.*"

„An meiner Tür?"

„*Schaugn S' nur! Der hot do mit irgendoam Gegenstand rumgstochert.*" Timo sah jetzt dünne, längliche Kerben am Türrahmen.

„*Komischer Typ!*", fuhr der kräftige Bayer fort. „*A so a Haknnosn!*", Walchner beschrieb sie mit seinem Zeigefinger, indem er einen großen Bogen in die Luft malte. „*A Vorladung vom Gricht hätta für Sie. Schwachsinn! Ois i Betty gsogt hob, mia ruafa d'Polizei, isa obghaut.*"

„Da bin ich Ihnen aber wirklich dankbar! Würden Sie ihn denn wiedererkennen?"

„Jederzeit!"

„Dann zeichne ich Ihnen bei Gelegenheit ein Bild von ihm und Sie sagen mir, ob er's war."

„*Ham S' an Verdacht?*"

„Ja!"

Walchner nickte interessiert. Plötzlich stand seine Frau im Morgenrock im Türrahmen.

„Soll ich die Polizei noch rufen, Erich? Guten Morgen, Herr Rossik! Schöne Aufregung am Morgen! Hat er was kaputt gemacht?"

„Kaum zu sehen. Ein paar Kratzer."

Timo wollte jetzt schleunigst zurück in seine Wohnung, da er nur noch mühsam sein Zittern übertünchen konnte.

„Nochmals vielen Dank Ihnen beiden!"

„*Und des Buidl?*", fragte Walchner.

„Da muss ich mich hinsetzen. Vielleicht morgen."

Sie gingen in ihre Wohnungen zurück. Jetzt zitterte Timo wie Espenlaub. Es war wie ein Anfall. Er konnte es nicht stoppen. Erst nach einigen Minuten ließ es nach. Er nahm sich vor, baldigst zu Thorlef zu fahren. Aber dann kam ihm seine ganze Situation vor Augen und ihm wurde bewusst: Er würde es nicht allein schaffen. Er brauchte Hilfe.

Schon mehrmals war ihm ein guter Freund eingefallen, der eine teuflische Sache mit einem hervorragenden Privatdetektiv durchgestanden hatte. Mark Lassen! Als er in München auf der Bank volontiert hatte, hatten sie sich kennengelernt und viel Tennis miteinander gespielt. Vielleicht könnte er ihn zu dem Detektiv vermitteln. Nur, Mark lebte in New York und da war es jetzt drei Uhr nachts. Er musste noch warten.

Lange stellte er sich in einiger Entfernung hinter das Wohnzimmerfenster, aber er sah *ihn* nicht mehr. *Zu Thorlef fahren*, war sein nächster Gedanke, *dann in die Firma und anschließend zur Polizei*. Vielleicht, wenn Zeit bliebe, könnte er sich noch mit Dorothee treffen. Er packte die Verträge in den schmalen Aktenkoffer.

Dann bestellte er ein Taxi. Als der Taxifahrer unten klingelte und er durch die Sprechanlage durchgab, dass er gleich käme, läutete das Telefon. Er wollte es wie üblich in diesen Tagen ignorieren, aber als er Dorothees Stimme hörte, nahm er ab.

„Ach, du bist es selbst?" Dorothees Stimme klang matt.

„Was ist passiert? Was ist so wichtig, Dorothee? Du klingst schwach."

„Ich muss dich treffen! Er ist ein Schwein!"

„Wer?"

„Bernhard! Er will dich fertigmachen. Gib ihm die Verträge nicht!" Sie ließ keine Nachfrage mehr zu, sondern setzte energisch hinzu: „Im *Cadore*. Um zwei!"

Sie hatte bereits aufgelegt, bevor er noch zusagen konnte. Dann packte er die McKerr-Verträge wieder aus. Er legte sie in das oberste Schreibtischfach unter einen Stapel von Dokumenten und verschloss es. Für einen Moment hielt er inne. Der Mann hatte einen Schlüssel zu seiner Wohnung! Aber ob er es tatsächlich wagen würde, nochmals zurückzukommen? Er hielt es für unwahrscheinlich. Er hatte ohnehin keine andere Möglichkeit, als die Verträge hierzulassen. Auf keinen Fall wollte er mit ihnen allein auf den Straßen sein. Wer weiß, ob ihn nicht jemand abfinge. Er nahm Dorothees Anruf ernst. Bernhard! Alles, was er noch vor Kurzem über ihn gedacht hatte, stimmte nicht mehr. Sie war immerhin seine Frau. Er warf die leere Aktentasche auf die Couch, verschloss sorgfältig die Wohnungstür, lief die Treppe nach unten und stieg ins Taxi. Erst nach einer Weile drehte er sich um. Niemand schien ihm zu folgen.

*

Jester war noch außer Atem, als er nach einem langen Trab am Böschungsrand der Isar in der Nähe des Volksbads in ein Taxi stieg. Es war jetzt in München neun Uhr morgens. Die Autokolonnen stoppten alle fünf Meter, sodass sie kaum vorankamen. Ihr Ziel war die Kaulbachstraße, nicht sehr weit von der Ludwigskirche entfernt. Dort hatte Jester eine kleine Wohnung, von der selbst seine Bekannten nichts wussten.

Er saß im Fond des Wagens. Es war ihm egal, wie schnell sie vorankamen. Einerseits war er missmutig, weil ihn Rossiks Nachbar vertrieben hatte, andererseits war er zufrieden, da er nun sicher sein konnte, dass Rossik wieder aufgetaucht und in seiner Wohnung war. Der Schlüssel hatte quer gesteckt. Wer sollte sonst in der Wohnung gewesen sein? Er grinste genüsslich, als er die Bilder von Rossiks Frau und Tochter Revue passieren ließ. Timo würde ihnen nachfolgen.

Dieser Scheißnachbar! *Wenn du meinst, dass ich nicht mehr komme ... Als Frau werde ich dich überlisten, als schicke Lady. Als Rossiks neue Freundin!*

Er lachte so schrill auf, dass ihn der Taxifahrer verblüfft im Rückspiegel anstarrte.

Auch gestern Abend hatte Jester knapp zwei Stunden in einem Taxi gesessen, welches ihn von Manhattan zum New Yorker Flughafen John F. Kennedy gebracht hatte. Er war schon in den ersten Minuten in dem schäbigen Wagen wütend gewesen, weil die Klimaanlage nicht funktionierte.

Auf der langen Strecke war ihm klar geworden, dass der sudanesische Fahrer aufgeheizt hatte, da er allem Anschein nach asthmakrank war. Jester hatte ihn angeschrien, doch angeblich funktionierte die Kühlung nicht. Jesters Atem war so heiß gewesen, dass die Scheibe neben ihm, trotz normaler Temperaturen draußen, beschlagen war. Aber auch aus zwei anderen Gründen war Jester in Wallung geraten: Zum einen hatte ihn Rossik tatsächlich überlistet; war einfach weg von der Bildfläche! Zum anderen hatten die Demütigungen durch Bernhard emsig an seinem Selbstwertgefühl genagt, so sehr, dass sich auch jetzt auf der langen Fahrt wieder Lähmungen an der linken Körperhälfte meldeten und so zunahmen, dass er sich bereits Gedanken machte, wie er wohl am Flughafen aussteigen sollte und wie er überhaupt ins Flugzeug käme.

Sein Zustand hatte ihn aber andererseits aufgerufen, seine rasende Wut in einen neuen teuflischen Plan einzubringen. Und den hatte er auf halber Strecke herausgefunden. Er würde Bernhard erpressen. Das brächte viel mehr als die restlichen fünfzigtausend Euro, die dieser ihm versprochen hatte, wenn er ihm irgendwann einmal erlaubte, Rossik umzubringen. Nach dem neuen Plan würde es ganz anders laufen: Rossik trug die Verträge sicherlich mit sich herum oder hatte sie in der Wohnung, vielleicht auch in einem Schließfach versteckt. Jester müsste sie an sich bringen, wenn er wieder Rossiks Spur aufgenommen hatte. Und dass das gelänge, davon ging er aus. Dann wäre Rossik fällig, ob Jester die fünfzigtausend bekam oder nicht. Denn dann hielt *er* die Verträge in Händen und mit ihnen könnte er gut eine Million machen. Für Bernhard bedeuteten diese Verträge anscheinend das ganz große Geld, so wie er nach ihnen lechzte. Dieses Geld im Hintergrund würde es ihm schon möglich machen, eine Million irgendwo für Jester lockerzumachen. *Du mieser Wichser, du wirst bezahlen für all deine Sprüche und Beleidigungen und dafür, dass du mich als Frau wie ein wildes Tier gefickt hast! Und wenn du bezahlt hast, dann tauche ich als dein Henker auf. Was dann passiert, wird dir nicht so gefallen wie deine Fickerei damals!*

Als der Plan mehr und mehr Gestalt annahm, hatte die Lähmung wieder nachgelassen, um dann ganz abzuklingen. Sein Selbstbewusstsein wuchs in gleichem Maße an. Schließlich hatte er sein Handy, das mit neuen Batterien versehen war, aus der Hosentasche hervorgewühlt und Bernhards Nummer eingetippt. Der hatte ihn angefaucht, da es bereits kurz vor Mitternacht sei.

„Und wo steckst du gerade, du Idiot? Meldest dich überhaupt nicht. Hast du ihn gefunden?"

Jester war ruhig geblieben. „Weiß nicht, wo er ist. Und wenn ich ihn finde?"

„Fass ihn nicht an! Irgendwo hat er nämlich diese Verträge deponiert. Bevor ich die nicht habe, läuft nichts! Klar?"

Als Jester nichts sagte, hatte Bernhard nachgelegt: „Du rührst ihn nicht an! Verstehst du das, Holzkopf?"

Kurz war die Lähmung, wie ein Streifschuss, wieder spürbar geworden, doch dann hatte das Handy unter einer Starkstromleitung gekrächzt. Bernhard war nicht mehr zu verstehen gewesen. „Melde mich wieder, wenn ich ihn habe", hatte Jester geschrien, „aber was ich mit ihm anstelle, ist meine Sache!" Die Verbindung schien weiter bestanden zu haben, weil er noch gehört hatte, wie Bernhard geschnaubt und nach Worten gerungen hatte. Aber Jester war jetzt in einer Verfassung gewesen, in der er es nicht zugelassen hätte, nochmals von ihm mit Schimpfwörtern beleidigt zu werden. Und so hatte er das Handy einfach abgeschaltet.

Jester war mit seinem Gespräch und mit Bernhards Reaktion zufrieden gewesen. Es hatte ihn in seinem Vorhaben nur noch bestärkt. Auch seine Zweifel, was Rossik anging, waren berechtigt gewesen. Wieder hatte ihn Bernhard hinhalten wollen. Doch dass er sich an Bernhards Befehle hielt, das war endgültig vorbei.

Ohne Probleme war er am Flughafen ausgestiegen, hatte in der Delta-Maschine, die direkt München anflog, bestens geschlafen. Als er am Morgen erwachte, war er urplötzlich überzeugt gewesen, dass sich Timo Rossik in seiner Wohnung in der Mauerkirchner Straße aufhielt. Für sie hatte er einen Nachschlüssel. Vielleicht schlief Rossik noch, dann gäbe es keine Schreie im Haus. Wahrscheinlich wären auch die Verträge in der Wohnung.

Erst die Verträge, dann du, Timo Rossik!

13

„Warum glaubst du mir nicht, Thorlef? Es gibt den Mann wirklich!"

„Weil ich deine Krankheit kenne, Timo!"

„Was genau meinst du mit *Krankheit*"?

„Eine Psychose! Es ist kein Borderline-Zustand, jedenfalls jetzt nicht mehr!"

Timo saß in einem großen weißen Ledersessel, der etwas niedriger war als der, in dem Thorlef ihm gegenübersaß. Timo fixierte ihn. Er sah in ein anderes Gesicht als vor seiner Reise nach New York. Thorlef wirkte unsicher und fahrig. Die blauen

Pupillen seiner weit auseinander liegenden Augen wanderten unstet umher. Leichte Ansätze von Schweiß überzogen die Stirn.

Im Raum gab es diesmal keine asiatisch klingende Musik aus dem Hintergrund, sondern nur das unangenehme Summen irgendeines Apparates.

„Und das heißt was?"

„Du hast Wahnvorstellungen."

„Hab ich nicht!"

„Gerade so, wie du es jetzt gesagt hast, ist es ganz typisch. Dir fehlt jede Einsicht, dass du ein Phantombild sehen könntest. Du schwörst, es sei Wirklichkeit."

Timo war nahe daran, ungehalten zu werden. Er hatte auch gar nicht vor, sich von Thorlef wegen seiner Psyche behandeln zu lassen. Er wollte ein Rezept, mehr nicht!

„Das ist doch Quatsch, Thorlef! Ich sehe kein Phantom, ich sehe …"

„In deiner Verfassung sieht man es aber, Timo, man sieht es, als wäre es leibhaftig." Thorlef blickte jetzt etwas blasiert aus halb geschlossenen Augen auf ihn nieder, hatte die Beine übereinandergeschlagen, während seine Finger erregt aneinander rieben. „Dieses Trugbild hat irgendwann in letzter Zeit Eingang in deine Hirnsphäre gefunden und behauptet sich dort, wie wenn du ein Foto in deinen Computer eingegeben hättest. Woher stammt wohl der Ausdruck *sich ein-BILD-en*?"

Thorlef wirkte geradezu zornig mit seinem zusammengepressten Mund. Seine sonst so angenehme Stimme war immer rauer geworden. Nach wie vor flackerte sein Blick unter den vielen Stirnfalten. Timo wandte nicht den Blick von ihm ab. Warum verschrieb ihm Thorlef nicht einfach ein etwas besser wirkendes Mittel als Valium? Warum diese Psychoanalyse, die er gar nicht verlangt hatte?

„Es ist *keine* Einbildung!" Timos Stimme war jetzt schneidend.

Leise hatte es an die Tür gepocht. Die Sprechstundenhilfe steckte den Kopf durch den offenen Spalt. Thorlef sprang auf und lief zur Tür. Sie flüsterten dort kurz, dann rief ihm Thorlef zu: „Ein Anruf, entschuldige!"

Timo erinnerte sich, dass Thorlef einmal in größerer Abendrunde erzählt hatte, seine *Sitzungen* seien heilig. Handys müssten im Vorzimmer abgegeben werden, er selbst habe kein Telefon im Behandlungsraum. Nie würde er sich da stören lassen. *Und jetzt?*, dachte Timo.

Es dauerte nicht lange und Thorlef war zurück, wirkte aber jetzt noch angespannter.

„Tut mir leid! Ein Patient, der dringend Hilfe brauchte. Ich musste einfach … Was sagtest du vorhin?"

„Ich sagte, es ist keine Einbildung! Ich habe Zeugen, die den Mann gesehen haben, als er an meinem Wohnungsschloss herumgedoktert hat."

„Du fantasierst schon wieder, Timo, ich muss dir sagen …"

„Verschreibst du mir jetzt so was Ähnliches, aber vielleicht Besseres als Valium?"

„Wann willst du ins Büro?"

„Jetzt gleich!", log Timo, denn das hatte er nach Dorothees Anruf nicht mehr vor.

„Du hast aber gar nichts dabei. Ich meine, keine Aktentasche."

„Nein."

„Und die Verträge?"

Wie ein Blitz schlug Thorlefs Frage auf Timo ein. Hatte er vorhin mit Bernhard telefoniert? Was ging hier vor? Er war verwirrt und reagierte entsprechend heftig. „Was geht dich das an? Für so was hast du dich doch nie interessiert!"

Thorlef zog die Augenbrauen zusammen und sagte mit kratziger Stimme: „Also, immerhin habe ich auch einige Anteile an der Prosoft, oder vielleicht nicht? Außerdem hat mir Bernhard schon oft von der Wichtigkeit dieses Vertrags erzählt. Er war sehr besorgt, weil du so lange verschwunden warst. Er macht sich überhaupt große Sorgen um dich."

„Verschreibst du mir jetzt was oder nicht?", fragte Timo verärgert.

„Einen Moment!" Thorlef war nach oben geschnellt und verließ den Behandlungsraum erneut. Timo wusste nicht, ob es wegen des Rezeptes war oder ob er wieder telefonieren wollte. Als er nach fünf Minuten noch immer nicht zurück war, wollte Timo die Praxis verlassen. Er stand auf, setzte sich aber wieder. Er brauchte ja das Rezept und er wollte Thorlef nicht ganz vor den Kopf stoßen. Aber er fühlte sich in diesem Raum nach und nach immer weniger wohl.

Nach zehn Minuten kam Thorlef zurück. Er wirkte auf Timo gehetzt, rutschte auf seinem Sessel hin und her und hatte Mühe, wieder zu seinem blasierten Blick zurückzufinden.

„Ich glaube – habe gerade darüber nochmals nachgelesen –, du brauchst eine Spritze!" Er stand auf und hatte sie bereits in der Hand, was Timo erst jetzt bemerkte.

„Lass die Spritze! Hast du gerade Bernhard angerufen?", fragte Timo unwirsch. Er musterte Thorlef scharf.

Thorlef, mit weit aufgerissenen Augen, reagierte fast hysterisch: „Wie kommst du darauf? Was willst du denn damit sagen?"

„Ich gehe jetzt!" Timo stand abrupt auf, doch Thorlef war innerhalb von Sekunden neben ihn getreten und hatte Timos Arm im Griff seiner rechten Hand. „Ich darf dich in deinem Zustand nicht gehen lassen!"

Timo war zunächst wie erstarrt.

Dann ließ Thorlef kurz seinen Arm los, um die Kanülenkappe der Spritze wegzuschnipsen, fasste wieder nach Timos Arm, der sich jedoch freischlenkerte. Er brüllte jetzt Thorlef an: „Irgendwas stimmt hier nicht! Du bist nicht mehr der Gleiche!"

„Merkst du es? Merkst du es jetzt nicht selbst?" Thorlef sah ihn mit zur Seite geneigtem Kopf strafend an. Er atmete stoßweise, sodass seine Stimme gepresst wirkte: „Sogar mit deinen Freunden gehst du feindselig um. Richtiggehend feindlich! Du bist in deiner Persönlichkeit bereits paranoid gestört! Das kann sich immer schlimmer ausweiten. Komm, lass dir die Spritze geben! Ich bin dein Freund und dein Arzt."

„Ich gehe, Thorlef, und zwar jetzt!"

Thorlef machte zwei Sätze und postierte sich breitbeinig vor dem Türrahmen. „Du bist in größter Gefahr, Timo!", hechelte er, kreidebleich und mit der Spritze drohend wie mit einer Waffe.

„Leg die Spritze weg und lass mich hier raus!"

Doch Thorlef schüttelte den Kopf, er hatte jetzt einen irren Blick.

Timo griff sekundenschnell nach der Hand, die die Spritze hielt, und schlug ihm diese weg, sodass sie auf den Boden fiel und zerplatzte.

„Bist du jetzt vollkommen …"

„Verrückt?", vollendete Timo. „Nein! Ich will nur hier raus!"

„Ich rufe die Polizei!", krächzte Thorlef.

„Die Polizei? Lächerlich! Aber wenn du meinst, wo hast du dein Telefon?"

Thorlef fingerte nach seinem Handy. In dem Moment stieß ihn Timo zur Seite, so kräftig, dass er fast hinfiel, riss die Tür auf und rannte an der verdattert dreinschauenden Sprechstundenhilfe vorbei und die zwei Treppen nach unten. Auf der gegenüberliegenden Seite lag der Abgang zur S-Bahn am Rosenheimer Platz, den er umgehend ansteuerte.

Er musste damit rechnen, dass Thorlef tatsächlich die Polizei anrief, nach dem, was gerade vorgefallen war, um ihr irgendetwas von einem Verrückten zu erzählen, der in der Innenstadt frei herumlief und möglicherweise eine Gefahr für die Mitmenschen bedeuten konnte.

Wenn er jetzt selbst zur Polizei ginge, überlegte er, liefe er da nicht direkt in die Falle? Vielleicht steckte man ihn sofort in eine Anstalt, wenn sie sich auf Thorlefs Urteil verließen.

Er stieg in den nächsten Zug ein.

In seinem Kopf spukten unzählige Gedankenfetzen umher. War er seinem Freund gegenüber zu voreilig gewesen? Hatte er ihm die Spritze aus Überzeugung geben wollen? Enthielt sie etwas, das seine sogenannte paranoide Persönlichkeitsstörung, die er mit Sicherheit nicht hatte, behandeln würde? Und was hatte Thorlef plötzlich mit dem Vertrag zu tun? Hatte er mit Bernhard telefoniert? Planten sie etwa gemeinsam ein Komplott gegen ihn? Und wenn, warum? Er war doch angeschlagen genug!

Ohnehin war ihm Bernhard nach Dorothees Anruf wieder mehr als suspekt, von seiner Kenntnis vom Flug- und Hotelwechsel in New York ganz abgesehen. Eigentlich gab es für Letzteres nur eine plausible Quelle: den Mörder. Stand Bernhard mit ihm in Verbindung? Und wenn, in welcher?

Im letzten Moment merkte Timo, dass er am Marienplatz angekommen war. Er klemmte sich gerade noch durch die bereits zuklappende Tür. Wenn er auf das Polizei-Präsidium in der Ettstraße wollte, musste er hier raus. Er fühlte, dass er seit der kurzen Fahrt wieder völlig durcheinander war. Hatte nicht Thorlef doch ein Quäntchen Recht?

Sofort wollte er noch nicht zum Polizei-Präsidium, entschied er. Vielleicht in einer Stunde. Er fühlte sich einfach noch nicht reif dazu. Ihm würde es an der nötigen Sicherheit fehlen, dort die Geschehnisse glaubhaft darzustellen, die Morde in Berón, den Mann mit der Hakennase als den wahrscheinlichen Mörder von Verónica und Chantal und jetzt dessen Einbruchsversuch in München. Grotesk musste das alles auf die Polizisten wirken.

Er fuhr in den fünften Stock eines Gebäudes gegenüber dem S-Bahn-Ausgang, wo er sich im Café Glockenspiel niederließ.

Er wollte sich einen Tee gönnen, den er zusammen mit einigen letzten Valium-Tabletten zu trinken beabsichtigte. Dann würde er darauf warten, dass er sich wieder beruhigte und in der Lage wäre, seine Gedanken besser zu ordnen. Er musste wieder aufs richtige Gleis kommen. Dann war die Ettstraße an der Reihe.

*

Während Bernhard an seiner Kaffeetasse nippte, ging ihm Gregors befehlerischer Rat durch den Kopf, Dorothee so schnell wie möglich aus ihrem Arrest zu entlassen. Doch andererseits würde er sie gerne noch ein paar Stunden schmachten lassen. Sie hatte es nicht anders verdient. Außerdem wollte er gerade jetzt nicht weg, wenn womöglich Timo im Büro auftauchte.

Über seine Lautsprechanlage ließ er Petra im Vorzimmer wissen, an diesem Vormittag nicht mehr gestört werden zu wollen. Nur die wichtigsten Anrufe und Timo natürlich. Er wollte verhindern, dass Petra seine frische blutige Beule an der Stirn sah. Sie sollte ihm ja in seinem Haus in Solln zugefügt worden sein. Eine Attacke Dorothees.

Doch aus dem ruhigen Vormittag wurde nichts. Zunächst rief ihn Thorlefs Sprechstundenhilfe an. Sie solle ausrichten, Timo Rossik sei soeben zur Behandlung bei Doktor Engelcke eingetroffen. Der Doktor würde sich, so schnell es ginge, bei ihm melden.

Bernhard war wütend, dass ihn Thorlef nicht sofort selbst benachrichtigt hatte, beruhigte sich aber, als er sich die Szene in der Praxis vorstellte. Womöglich wollte Thorlef jedes Misstrauen, das bei Timo durch seinen Anruf aufkommen könnte, vermeiden.

Er saß die nächsten zehn Minuten ungeduldig vor seinem Schreibtisch und gierte dem Anruf entgegen. Bis er es nicht mehr aushielt. Er grapschte nach dem Hörer und rief in der

Praxis an. Die Sprechstundenhilfe versuchte ihn mit anfangs energischer Stimme abzuwimmeln. Doch es half nichts. Als er ihr drohte, bei Doktor Engelcke auf ihre Entlassung zu drängen, wenn sie diesen nicht sofort ans Telefon hole, gab sie schließlich klein bei.

„Ist er tatsächlich bei dir?", fragte ihn Bernhard.

„Ja, aber jetzt können wir nicht reden."

„Schick die Ziege einen Moment raus!", befahl Bernhard. Im Hintergrund hörte er es kurz danach murmeln.

„Bist du jetzt allein?"

„Ja."

„Was gibt er von sich?"

„Er hat Jester gesehen. Lässt sich nicht davon abbringen."

„Hat er die Verträge bei sich? Irgendeine Dokumentenmappe?"

„Nein, nichts."

„Frag ihn, wann er ins Büro kommen will! Wo die Verträge sind." Bernhards Stimme wurde immer schriller. „Und gib mir umgehend Bescheid!"

Er legte den Hörer zurück, merkte, dass er zitterte. Er stand auf und kreiste die nächsten zehn Minuten um seinen Schreibtisch. Draußen türmten sich riesige weiße Quellwolken im blauen Himmel auf.

Dann rief Thorlef wieder an.

„Bernhard, ich hab ihn nicht im Griff. Glaube auch nicht, dass er ins Büro kommt, obwohl er es gesagt hat. Er ist mir zu bockig. Irgendwie ahnt er was."

„Lass ihn nicht weg!", schrie Bernhard. „Gib ihm eine deiner Spritzen, die ihn erst mal einschläfern! Wenn es so weit ist, rufst du mich wieder an. Ich komme dann. Kriege schon raus, wo er die Verträge hat. Lass ihn auf keinen Fall weg, hörst du, auf keinen Fall!"

„Ich tue mein Möglichstes, Bernhard, aber …"

Bernhard hatte keine Lust auf weitere Erklärungen und knallte den Hörer in die Fassung zurück. Er war auf hundert und umrundete wieder seinen Schreibtisch.

Nach fünf Minuten stellte Petra nochmals Thorlef durch.

„Schläft er?", fragte Bernhard schroff.

„Nein, im Gegenteil! Er hat mir die Spritze aus der Hand geschlagen, hat mich zur Seite gestoßen und ist getürmt."

„Du hast ihn laufen lassen? Du Arschloch!" Bernhard schleuderte den Hörer angewidert auf den Schreibtisch. Dann zog er ein Taschentuch aus der Hose, hielt es sich an die Stirn und lief zur Seite gebeugt, ohne weiter auf Petra zu achten, durch die Tür der Prosoft-Direktion.

Er nahm den Lift in die Tiefgarage und fuhr mit seinem BMW X 5, einem komfortablen Van, in Richtung Solln zu seinem Haus, wo er Dorothee verweint und deprimiert auf ihrem Bett liegend vermutete. Unterwegs telefonierte er über die Sprechanlage mit Gregor, um sich für zwölf Uhr im *Via Roma* zu verabreden. Er solle auch Thorlef anrufen. Bernhard hatte keine Lust mehr, selbst mit ihm zu sprechen. Thorlef hatte völlig versagt.

Dann kamen die Szenen vom Morgen zurück, als er sich mit ihr gestritten hatte. Sie wolle auspacken. Dieses Luder! Was denn? Was konnte sie wissen? Was hatte sie ihn alles genannt? Er empfand keinerlei Reue, wie er sie danach behandelt und wie brutal er sie genommen hatte. Plötzlich erschien wieder ein breites Grinsen auf seinem Gesicht.

Als er den Schlüssel im Türschloss drehte, kam es ihm sehr ruhig im Haus vor. Sie schien noch nicht wieder bei Kräften zu sein, um einem Tobsuchtsanfall freien Lauf lassen zu können.

Auf halber Treppe nach oben sah er aber bereits das Loch neben der Klinke der Schlafzimmertür und er wusste sofort, dass sie nicht mehr im Haus war.

Unsägliche Wut überkam ihn. Im Badezimmer fegte er mit der Handkante eine Ansammlung von Parfüm-Flakons,

Puderdosen und Cremes von der Ablage neben dem großen Handwaschbecken, die sich in klirrenden Scherben und farbigen Schlieren auf dem steinernen Boden ausbreiteten. Dazu entfaltete sich eine Mixtur aus tausend edlen Gerüchen. „Verdammte Kanaille!", brüllte er, als er es roch. „Bist wieder im Schoß von Papa? Du verzogenes Biest!"

Nachdem er sich einigermaßen beruhigt hatte, besah er sich seine ansehnliche Beule an der Stirn. „Na, warte!", murmelte er.

Dann ging er in den geräumigen Empfangsbereich nach unten. Mehrmals nahm er den Hörer vom Telefontisch, um bei Dorothees Vater anzurufen, aber immer wieder wehrte sich etwas in ihm dagegen. Letztlich wollte er Gregors Rat abwarten.

Dann erschrak er, als sein Spezial-Handy, das nur für eine Verbindung galt, schnarrte. Jester!

„Was willst du? Wo bist du eigentlich? Lauerst du ihm etwa auf? Ich sagte dir doch …"

„Stopp, du elender Narr!"

Bernhard biss die Zähne zusammen, um nicht loszubelfern. Wieso war er so frech, dieser Bastard?

„Wie redest du denn mit mir?"

„Liebster Bernhard", Jesters Stimme war weibisch hoch, so wie früher, als er noch mehr Frau gewesen war, „ich habe was, was du nicht hast!"

Also doch, Timo und Jester! Die beiden in einem Boot!

„Ist Timo bei dir?"

„Viel besser: die Verträge!", sang Jester.

Bernhard atmete schnell. „Wie sollten die in deine Hände gekommen sein?", fragte er vorsichtig. „Du bluffst ja nur!"

„Hab sie aber! Aus Rossiks Wohnung persönlich geholt! Dank deines Nachschlüssels!"

Bernhard erinnerte sich, dass er ihn vor einigen Monaten – als Timo seine Schlüssel achtlos auf dem Schreibtisch abgelegt hatte – hatte anfertigen lassen, um ihn Jester zu geben. Damals hatte er noch gedacht, dass Jester Verónica in der Wohnung umbringen könnte, sozusagen bei einem alltäglichen Einbruch. Aber dann waren sie und Chantal plötzlich ausgeflogen. Nach Peru, wie sich herausstellte. Und dort hätte sie höchstwahrscheinlich ausgepackt.

„Das kann ich glauben, muss es aber nicht!"

„Soll ich dir was aus den Verträgen vorlesen, zum Beispiel aus Seite elf?"

„Lass deine Reden!", kreischte Bernhard in den Hörer. „Was willst du?"

„Für jede Seite fünfzigtausend! Macht zusammen eine Million Euro. Es sind nämlich zwanzig Seiten."

Bernhard lachte schrill auf. „Du widerlicher Bastard! Was bildest du dir eigentlich ein? Wir kriegen jederzeit ein Double von den Verträgen."

„Kriegst du nicht. Hast du mir vorgestern am Telefon gesagt."

„Es gibt ein Double."

„Ich habe auch das Double, mein Lieber!"

„In deinen Händen sind die Verträge nichts wert!"

„Ja, stimmt! Aber in deinen schon!" Jester lachte höhnisch.

Bernhard war nahe am Ausrasten. George Hailey in New York wollte über seine Kontakte bei McKerr angeblich erfahren haben, dass es Ted Orben schon einen Tag nach der hektischen Verhandlung bereut hatte, mit Prosoft abgeschlossen zu haben, ja dass er überlege, sich freizukaufen. George war überhaupt nicht darauf eingegangen. Aber jetzt hielt dieser elende Zwitter die Verträge in der Hand, mit denen er nichts, aber auch gar nichts anfangen konnte, erpresste ihn damit, dieses Schwein.

Bernhard kochte. Vielleicht hatte er Jester gegenüber zu oft die Wichtigkeit der Verträge erwähnt. Das war ein Fehler gewesen. Jester hatte sie deshalb gesucht und auch aufgestöbert. Wahrscheinlich war er in der Wohnung gewesen, als sich Timo gerade bei Thorlef befunden hatte.

Zwei Schweißtropfen kullerten an beiden Mundwinkeln neben der zuckenden Oberlippe vorbei und fielen auf den Marmorboden.

„Und wie stellst du dir das Ganze vor?"

„Sehr einfach." Jesters Stimme war gedehnt.

„Also wie? Ich brauche Beweise, dass du mir nicht irgendeinen Scheiß andrehst."

„Kriegst du, mein ehemaliger Geliebter!" Jester sprach jetzt kokett, ganz wie eine Frau.

„Also?"

„Sei nicht so! Ich bin heute wieder Frau, weißt du noch, wie damals?", Jester lachte obszön. „Ich komme an meinen Arbeitsplatz, als Pamela, wie schon so oft! Und dort tauchst du bei mir auf, steckst mir ein Kuvert mit fünfzigtausend Möpsen zu und du bekommst von mir Seite eins."

Bernhards Zorn war kaum noch zu bändigen.

„Heute um vier Uhr?", schlug Jester vor.

„Und die anderen Seiten?"

„Ah, wir werden das alles etwas abkürzen! Ich will ja bei der Prosoft keinen Dauerjob.

Aber immer der gleiche Weg, vielleicht schon das nächste Mal fünf bis sechs Seiten – gegen ein erheblich dickeres Kuvert, versteht sich!" Er kicherte.

Es entstand eine längere Pause. „Also, dann um vier Uhr!", sagte Bernhard schließlich.

Er drückte auf Stopp und ließ sich, den Hörer noch in der Hand, auf dem schmalen Hocker vor dem Telefontisch nieder. Er war fix und fertig, stierte auf die Maserung des Marmorbodens. Erst allmählich dachte er an das Geld, das er bis zum Nachmittag beschaffen müsste. Gregor hätte zunächst einzuspringen.

Vielleicht zusammen mit Thorlef. Wenn er den Vertrag einmal hätte, bekäme er jeden Kredit der Welt.

Dann fiel es ihm wie Schuppen von den Augen: Natürlich! Timo hatte die Verträge nicht mehr. Dann wäre er jetzt fällig, endgültig! Das könnte vieles bereinigen. „Und dann kommst du dran, Jesterchen!"

*

Als Henryk Jester vor dem Haus in der Mauerkirchener Straße aus dem Fond des Taxis stieg, verrutschte der weit geschwungene, giftgrüne Fandango-Hut leicht, den er mit einer graziösen Handbewegung wieder zurechtrückte. Henryk war jetzt eine Dame, die ein knielanges schwarzes Kleid aus Trikot-Stoff trug, dazu leicht getönte Strümpfe und modische, zum Hut passende hochhackige Schuhe. Seine rechte Hand, mit auffällig langen silbrigen Fingernägeln, umschloss ein schmales schwarzes Ledertäschchen. Er wusste von manchen Ausflügen in die Münchner Innenstadt, dass nicht wenige Männer den Kopf nach dieser auffällig gekleideten Frau mit den wohlgeformten Beinen gereckt hatten. Ihre unweiblich geformte Nase wurde durch den Schatten der breitkrempigen Hüte kaschiert.

Auch heute stelzte Henryk mit demonstrativer Selbstsicherheit zum Gartentor, schloss es auf, auch die nachfolgende Eingangstür zum Haus, und klapperte zu Timos Wohnung im zweiten Stock hinauf.

Erst läutete er, drehte nach einer halben Minute den Schlüssel im Sicherheitsschloss und verschwand in der Wohnung, um sogleich mit lauter, aber femininer Stimme Timo zurechtzuweisen, der sich zu dieser Zeit allerdings bei Thorlef befand: „Warum machst du mir denn nicht auf, Timo? Und überhaupt, wo hast du so lange gesteckt?" Jemand schien etwas in einer weit tieferen Tonlage zu erwidern. „Ach was", übernahm wieder die laute

Frauenstimme, „du hättest doch anrufen können. Komm, lass uns ins Wohnzimmer gehen!"

Doch Henryk eilte geradewegs zu Rossiks Bürozimmer am Ende des Flurs. Er kannte sich aus. Schon einmal – Wochen zuvor – hatte er der Wohnung einen Besuch abgestattet, um sich auf die mörderische Tat vorzubereiten, die ihm Bernhard angetragen hatte.

Auf dem Schreibtisch lag in einem ledernen Ablagekorb ein ansehnlicher Stoß Papiere. Er nahm sich die Zeit, sie einzeln durchzublättern. Doch die Verträge waren nicht darunter.

Missmutig ging er ins Wohnzimmer und sah in einiger Entfernung vom Fensterstore auf die Straße. Von Rossik war nichts zu sehen. Aber wenn er doch käme, würde Henryk ihn zwingen, ihm die Verträge auszuhändigen oder einen Schlüssel zu einem Schließfach, wo immer sich dieses befinden mochte. Und dann würde er ihn mit all seiner Lüsternheit, aber ohne jede Hast und Eile töten. Erst würde er ihn aus seiner Kleidung blättern, dann Stück für Stück seines Körpers mit einem Messer abtrennen und seinen Penis abhacken, ohne dass jemand Rossiks tierische Schmerzensschreie hören könnte, wenn er erst mal gefesselt und der Mund verklebt wäre. Das Band dazu befand sich in seinem Täschchen, das er auf den Schreibtisch gelegt hatte. Er grinste sardonisch. Ein Orgiasmus würde stattfinden. Voller Blut!

Er ging wie beflügelt ins Büro zurück, entdeckte in der Schrankwand zwischen Fachbüchern über unzählige Software-Themen auch zwei Ordner, von denen einer auf der Rückseite die Aufschrift *McKerr* trug. Euphorisch riss er ihn heraus, sodass einige Bücher auf den Boden plumpsten, und legte ihn sich auf dem Schreibtisch zurecht. Doch auch hier sollte er bald enttäuscht werden. Das oberste, jüngste Blatt, eine prosoftinterne Notiz, trug das Datum vom Dezember vergangenen und nicht vom September dieses Jahres. Er fegte den Ordner wütend vom Tisch, sodass auch das Notebook getroffen wurde und schließlich, nur noch von Kabeln gehalten, über der Kante nach unten hing.

Ein leichter Anflug von Lähmung zog von seinem Hals bis zum linken Ellbogen. Seine Handlungen wurden hektischer. Auf der rechten Seite, unter der Schreibtischplatte befanden sich drei Schubladen. Er zog die unterste auf und fand lediglich Büromaterial vor, Locher, Bürohefter, Unmengen von Kugelschreibern und Bleistiften, einen Taschenrechner. Er zerrte zornig am Griff, sodass das Fach ganz aus seiner Verankerung sprang und sich sein Inhalt hinter ihm auf dem Teppich verteilte, während die Schublade am Bürostuhl hängen blieb.

Im mittleren Fach fand er ein Siegel und Paraffinstangen, Stempelkissen, zwei edle Füllfederhalter, ein Tintenfass und eine leere Brieftasche aus Krokodilleder vor. Er stieß es voller Zorn zu. Dann erst entdeckte er das winzige Schloss an der obersten Schublade. Er zog daran, doch sie war verschlossen. Neuer Optimismus meldete sich. Er lief in die Küche, wühlte in verschiedenen Schubladen, bis er ein geeignetes Messer fand und zum Schreibtisch zurückkehrte. Innerhalb von drei Minuten hatte er ein Viereck aus dem Holz um das runde Schloss gestanzt, sodass der Verschluss zwangsläufig in das Fach fiel. Er zog es auf und entdeckte Konto- und Depotauszüge verschiedener Banken, Versicherungspolicen, Kaufverträge und Garantiescheine für Computer und Zubehör, eine Rechnung für einen Bürostuhl und Ähnliches. Und dann, plötzlich, zuunterst sah er ihn in einer Klarsichthülle, den Originalvertrag zwischen Prosoft und McKerr, fünf Tage alt. Er zog das Dokument aus der Hülle und entdeckte dabei ein zweites Exemplar, deutlich gekennzeichnet mit *Duplicate*.

Er hatte sie tatsächlich gefunden. Wallungen von Wonne überkamen ihn. In diesen Sekunden dachte er nicht mehr an Timo Rossik, sondern nur noch an Bernhard Janisch. Er fühlte gigantische Kräfte in sich. Verschwunden war der Anflug einer

Lähmung. Für Augenblicke stand er still und genoss das Glück des Moments, kostete bereits Bernhards Reaktion aus, wenn er ihm per Telefon mitteilen würde, was er in Händen hielt. Dann zog er sein Kleid hoch und verstaute die Hülle mit den Verträgen in der Miederhose.

Er ging zur Wohnungstür, sah durch den Spion und erkannte, dass dort, wo heute früh der stämmige Nachbar gestanden hatte, eine Frau durch den Spalt der nicht ganz geschlossenen Tür zu Rossiks Wohnung spähte.

Henryk begann wieder mit seiner hohen weibischen Stimme zu sprechen: „Also sei pünktlich! Um sieben Uhr im *Tarzilandia*! Komm, lass das! Mein Hut verrutscht!" Leiseres, tieferes Gemurmel folgte und wieder die Frauenstimme: „Zieh dich mal richtig an, du bist ja noch fast nackt! Tschüss, Timo!"

Er drückte kurzerhand die Klinke nach unten, trat in den Flur, rief nochmals: „Tschüss!", und schloss die Tür. Er winkte frech der Frau auf der anderen Seite zu, stolzierte die Treppe nach unten und tippelte wenig später aufrechten Schrittes auf dem Gehsteig der leeren Mauerkirchener Straße in Richtung Innenstadt. Noch waren seine Ohren ganz auf die Sirene eines Polizeiautos ausgerichtet. Was, wenn die Frau kurz danach bei Rossik geklingelt und den Schwindel bemerkt hatte? Jetzt, wo er die Verträge hatte, durfte nichts mehr passieren. Dann kam ihm ein Auto entgegen. Er konnte es nicht fassen, es war ein leeres Taxi, das auch sogleich hielt, als er winkte. *Heute ist mein Glückstag!*, frohlockte er, als er in den Rücksitz sank.

Als er unbemerkt in seine Wohnung in der Kaulbachstraße zurückgekehrt war, entledigte er sich der Hülle, die auf seinem Bauch klebte, und warf sie aufs Bett. Er setzte sich vor den Spiegel in der Badnische, legte den Hut ab und betrachtete sein Gesicht. Er fand es verführerisch. Noch genauso wie vor der Operation, die ihn zum Mann gemacht hatte. Nur die Nase würde er noch operieren lassen, irgendwo im Ausland, wenn er hier weg wäre und das nötige Geld für einen Top-Chirurgen hätte. Alles andere war gut, die Wangenknochen, die Augen, der sinnliche Mund mit den rubinroten Lippen, der Haaransatz. Er legte nochmals Double-Wear-Make-up auf und anschließend High Resolution von Lancôme, beließ die aufgeklebten schwarzen Wimpern auf den Lidern, lächelte sich an. „Außer der Nase ist alles perfekt!"

Jetzt war er in der richtigen Verfassung, Bernhard anzurufen. Es kribbelte in ihm, als er sich vorstellte, wie dieser reagieren würde, er stellte sich dessen Gesicht dazu vor.

14

Nach zwei Tassen Tee und einem Stück Erdbeertorte sowie zwei Valium der Stärke 10 fühlte sich Timo bedeutend ruhiger als noch vor einer Stunde in der S-Bahn. Nur die vielen Menschen, die ihm in der Fußgängerzone entgegenströmten, störten seine Gedanken. Er war froh, die wenig belebte Seitenstraße zur Frauenkirche erreicht zu haben, um wenige Minuten später vor dem düsteren Bau des Münchner Polizeipräsidiums zu stehen. Gregor hatte ihm einmal erzählt, dass das Gebäude früher ein Augustinerkloster gewesen sei.

Bevor er zum Auskunftsschalter ging, blieb er stehen, um nochmals sein Konzept für das Gespräch mit der Polizei zu durchdenken. Im Café war ihm lange Zeit nicht klar gewesen, was er eigentlich alles vorbringen sollte. Für ihn stand nur fest, dass er sich melden musste, bevor Comisario Manuel Gomez womöglich ernstere Schritte von Peru aus einleitete, was durchaus nicht ausgeschlossen war. Und auch für ihn hatte es oberste Priorität, die Morde an Verónica und Chantal anzusprechen, auch wenn er selbst für diese Morde noch nicht endgültig außer Verdacht war. Natürlich würde er den Mann mit der Hakennase als den einzig möglichen Täter nennen und ihn beschreiben. Als Mann und als Frau? Oder nur als Mann? Wie viel sollte er von ihm erzählen, ohne in den Verdacht zu geraten, verrückt zu sein? Vielleicht hatte ja Thorlef hier schon angerufen? Sollte er doch noch warten, bis er mit Gregor telefoniert hätte? Dieser hatte gute Kontakte zu einigen hochrangigen Beamten.

Er verwarf den Gedanken, da er nach dem Erlebnis bei Thorlef zunächst nicht in seinem Bekanntenkreis auftauchen wollte. Aber eine Frage stellte sich: Sollte er sein Misstrauen gegenüber Bernhard vortragen? Dass er womöglich mit dem Mörder in Verbindung stand? Nein, das wäre verfrüht! Immerhin war es noch möglich, dass Bernhard seinen Flug- und Hotelwechsel selbst herausgefunden hatte. Aber trotzdem! Ausschließen konnte man nichts! Er dachte auch über die negativen Folgen für die Prosoft nach, wenn er einen solchen Verdacht gegen seinen Kompagnon äußerte. Außerdem wollte er sich zuerst Dorothee anhören. Somit würde sich seine Aussage vorerst auf die Ereignisse in Berón, auf den Mörder und dessen Einbruchsversuch heute Morgen beschränken.

Jetzt stand er am Informationsschalter vor einem freundlichen Polizisten in Uniform. Der dickliche Mann mit dem festen Blick fragte ihn, worum es denn gehe.

„Um Mord an meiner Frau und meiner Tochter!"

Der Polizist fixierte ihn aus enger werdenden Augen. Dann fragte er: „Ist das eine Selbstanzeige?"

„Nein! Beide wurden im Ausland ermordet, in Peru! Meine Tochter ist Deutsche."

Der Polizist trat etwas zurück, wählte auf einer großen Schalttafel eine Nummer und nahm den Hörer in die Hand, während er sich abwandte. Er murmelte, sodass Timo nichts verstehen konnte. Nach einer Weile rief ihm der Polizist zu: „Ihr Name?"

„Timo Rossik!"

Der Beamte kam zurück: „Zweiter Stock, Fachdezernat eins, Zimmer 216. Frau Polizeikommissarin Prengel wird sich Ihrer annehmen."

„Danke!" Timo hatte den Eindruck, dass der Polizist froh war, als er den Schalter verließ.

Er stieg die breiten Treppen zum zweiten Stock hinauf und stand bald vor dem Zimmer 216.

Er klopfte und trat ein. Im Raum befanden sich zwei Frauen und ein Mann, deren Gesichter zur Hälfte von den großen Bildschirmen verdeckt waren. Die Frau auf der linken Seite erhob sich. „Herr Rossik?" Er nickte und trat an ihren Tisch. Rechts hinter ihr hing ihre Dienstpistole im Holster an der Wand, daneben ein paar Handschellen und ein Gummiknüppel. Ein schräg stehendes metallenes Schild wies sie als *Polizeikommissarin Elvira Prengel* aus.

„Nehmen Sie Platz, Herr Rossik!" Ihre Stimme klang nicht unfreundlich, aber bestimmend. Sie trug kurzes dunkles, von einigen hellen Strähnen durchsetztes Haar, das straff zurückgekämmt war.

„Ihre Frau und Ihre Tochter sind ermordet worden?" Ihr Blick wirkte ungläubig.

„Ja, in Peru, in einem kleinen Dorf namens Berón. Meine Frau stammte von dort."

„Aber sie ist deutsche Staatsbürgerin?"

„Durch die Heirat, ja!"

„Sind Sie sicher?"

„Jedenfalls hat sie einen deutschen Pass bekommen. Außerdem ist meine Tochter Deutsche!", antwortete Timo leicht gereizt. Die Kommissarin tippte minutenlang auf ihrer Tastatur, erbat sich alle persönlichen Angaben zu ihm, zu Verónica und Chantal.

„Darf ich vorab noch was aufklären?", fragte Timo.

„Bitte!"

„Etwa Mitte August hatte ich hier bei der Vermisstenstelle angerufen und angegeben, dass meine Frau und meine Tochter verschwunden seien. Bei der gleichen Stelle habe ich zwei Tage später gemeldet, dass beide in der Zwischenzeit in Berón bei den Eltern eingetroffen sind."

Wieder flogen ihre Finger über die Tasten. Sie sah auf den Bildschirm und bemerkte: „Ja, da haben wir die Anrufe. Einer am siebzehnten und einer am neunzehnten August." Sie schien weiter nachzuforschen, denn ihre Augen blickten konzentriert auf das, was sie las. Plötzlich runzelte sie etwas die Stirn. „Warum kommen Sie erst jetzt zu uns?"

„Wie meinen Sie das?", fragte Timo gespielt naiv.

„Über das Bundeskriminalamt liegt uns seit gestern eine Meldung vor, wonach Sie sich bereits vor einer Woche hier melden sollten. Das BKA wurde von der deutschen Botschaft in Lima über die Vorgänge in Kenntnis gesetzt. Demnach waren Sie selbst in Peru?"

Timo merkte, dass er unruhig wurde, vor allem, da ihr Blick jetzt sehr nachdenklich wirkte.

„Lassen Sie mich alles erklären! Deswegen bin ich ja hier!"

„Also, bitte!"

„Meine Frau hatte mich am zwanzigsten August angerufen, meine Tochter sei in Tarma, einem Dorf in der Nähe von Berón, aus ihrem Auto entführt worden, während sie selbst in einem Geschäft Einkäufe machte. Man hat Chantal zwei Tage später ermordet in einem Container auf einem Baugelände in Berón aufgefunden."

Die Kommissarin betätigte wieder längere Zeit die Tastatur, enthielt sich aber jedes Kommentars, bemitleidete ihn auch nicht, was Timo sehr wohl bemerkte.

„Weiter!", sagte sie kurz angebunden.

„Zur Beerdigung von Chantal war meine Frau noch am Leben, aber bereits auf dem Weg zum Friedhof habe ich im Trauerzug einen Mann entdeckt, der überhaupt nicht in dieses Hochland passte und mich angrinste. Ganz weiße Haut, sehr auffällige Hakennase, komischer Gang!"

Sie wandte den Blick wieder von ihm ab und sah auf den Bildschirm, sagte aber dennoch: „Ja, weiter!"

„In derselben Nacht wurde meine Frau in ihrem Zimmer im Haus der Eltern mit einem Kissen erstickt. Der Mörder hat ihr dann noch eine Kugel in die Stirn geschossen. Mit Schalldämpfer, nehme ich an, weil niemand einen Schuss gehört hat."

„Wo waren Sie in dieser Nacht?"

Da war sie also, die Frage. Die Kommissarin verdächtigte ihn. Wer weiß, was sie da alles auf dem Bildschirm las? Immerhin war er verwundert, dass Gomez in der Lage gewesen war, den ganzen Fall in Bewegung zu bringen. Das kleine primitive Polizeirevier in Berón mit der Zelle, in der er eineinhalb Tage verbracht hatte, um sich gegen Lynchjustiz zu schützen, war in diesem Moment wieder präsent.

„Also?", hakte sie schroff nach.

„Im Haus von Verónicas Eltern, das heißt, in einem Seitenzimmer des Patios." Erster Schweiß bildete sich auf Timos Stirn und sie schien es – so kam es ihm vor – zu merken. Er wurde fahriger. „Hören Sie, ich weiß, dass mich dieser Kommissar Gomez und natürlich Verónicas Eltern im Verdacht hatten. Während der Beerdigung meiner Tochter am Nachmittag war es nämlich zu sehr unschönen Szenen gekommen, die meine Frau ausgelöst hatte. Aber natürlich war ich es nicht!"

Sie ging nicht weiter auf den letzten Satz ein, sondern fragte beständig in einem jetzt kalten Tonfall weiter: „Wie kam es, dass Kommissar Gomez Sie laufen ließ?"

Wieder eine Frage, die er überhaupt nicht mochte. „Die Leute dort wollten mich lynchen, weil sie mich für den Mörder hielten. Eine ganze Ansammmlung stand vor dem Revier."

„Haben Sie ihn bestochen?"

Timo rutschte jetzt nervös auf seinem Stuhl herum. Er fühlte sich in die Enge getrieben. „Ich habe ihm damit gedroht, konsularischen Beistand mit Anwälten aus Lima anzufordern, was ihm anscheinend überhaupt nicht gefiel. Dann habe ich ihm einen Betrag geboten, für den er mich in seinem Jeep über eine recht weite Strecke zur Hauptstraße nach Lima bringen sollte. Außerdem habe ich ihm versprochen, mich in Deutschland bei der Polizei zu melden."

„Was Sie reichlich spät taten. Sie haben ihn also bestochen?", insistierte sie.

„Ich habe ihm aus der Patsche geholfen, weil er sich den aggressiven Leuten gegenüber machtlos fühlte. Er hätte mich auf längere Zeit nicht schützen können. Und dass er mich dann in einer Nacht weggefahren hat, kann er ja nicht gratis machen. Benzin, Verschleiß …", versuchte Timo noch zu erklären, doch sie verharrte fast verärgert an diesem Punkt. „Wie viel?" unterbrach sie ihn energisch.

„Weiß ich nicht mehr. Aber zu viel Bargeld hatte ich gar nicht dabei." Timo war sich sicher, dass Gomez in seinen Berichten nichts von den zweitausend Dollar erwähnt hatte, und so würde auch er diese Summe nicht nennen, sonst nahmen sie ihn und Gomez gleich wegen Bestechung fest. „Jedenfalls", fuhr er fort, „waren es Dollars für erbrachte Leistungen. Spesenersatz sozusagen!"

„Sie können mir viel erzählen!", sagte sie spitz, beharrte aber endlich nicht mehr auf dem Thema, sodass Timo fortfuhr: „Und im Übrigen konnte ich ihm eine recht exakte Beschreibung des Mörders geben. Ich habe dem Kommissar sogar ein Bild gezeichnet."

„Woher wollen Sie wissen, dass er der Mörder ist?"

„In der Nacht, als Verónica umgebracht wurde, war er im Patio des Hauses gewesen, grinste mich wieder durch das Fenster zu meinem Zimmer an."

Sie wandte ihren Kopf ab und tippte einen langen Text ein. Dann starrte sie auf den Monitor, stand auf und ging zu einem Drucker, der an der Wand zwischen zwei Fenstern stand. Sie kam mit einem Blatt zurück, setzte sich, drehte es in seine Richtung. Timo war entgeistert. „Das ist ja unglaublich! Das ist meine Zeichnung!" Nochmals bewunderte er Gomez. Niemals hätte er ihm zugetraut, die Dinge so weit voranzutreiben.

„Das entlastet Sie aber nicht!" Ihr Ton war etwas weniger spitz.

„Darf ich weitererzählen?", fragte Timo vorsichtig.

„Natürlich." Ihre Miene war nach wie vor kritisch.

„Ich bin mit dem Omnibus von dort, wo mich der Comisario abgesetzt hatte, nach Lima und dort sofort zum Flughafen gefahren. Und dort habe ich den Mann wieder gesehen. Nur ganz kurz, aber er war es!"

Prengel wiegte den Kopf.

„Ich flog dann von Lima nach Caracas und von dort nach Frankfurt!" Er ließ aus, dass er den Mann auf dem Flug als Frau bemerkt haben wollte. „Und dort habe ich ihn wieder gesehen! Auch nur ganz kurz."

So, wie sie ihn ansah, war es durchaus möglich, dass sie ihn bereits jetzt für verrückt hielt.

„Warum haben Sie sich nicht sofort bei uns gemeldet?"

„Ich war mit den Nerven ziemlich fertig, um nicht zu sagen, fix und fertig. Außerdem musste ich für eine unaufschiebbare Vertragsverhandlung nach New York."

„In Ihrem Zustand?"

„Ich musste!"

„Klingt nicht sehr einleuchtend. Für wen arbeiten Sie? Ach ja, für diese …"

„Prosoft", ergänzte Timo, „ein Unternehmen, das Software verkauft."

„Und dann waren Sie also in New York?"

„Ja, und da sah ich den Mann wieder, das heißt, eigentlich schon am Flughafen in München, aber eben auch später wieder in New York."

„Sie haben ihn in New York wieder gesehen? Sind das nicht Märchen, die Sie uns hier auftischen?" Sie wechselte einen Blick mit ihren Kollegen.

„Sind es nicht! Er hat versucht, mich unter einen Lastwagen zu schubsen!"

„Also, Herr Rossik …!"

„Es ist aber so!"

„Wenn er Sie geschubst hat, dann war das doch von hinten. Woher wollen Sie wissen, dass er es war?"

„Ich habe ihn schon in der Drehtür meines Hotels gesehen, nicht weit von der Stelle, wo der Unfall war. Auch kurz später, als mich die Ambulanz in eine Klinik gefahren hatte und mich Sanitäter auf einer Trage zur Notaufnahme rollten, habe ich ihn ganz in der Nähe an einer Säule lehnen sehen. Natürlich hat er mich wieder angegrinst."

Elvira Prengel runzelte wieder die Stirn, entschloss sich dann doch, die Geschichte einzutippen. Als sie damit fertig war, sagte sie, indem sie ihren Mund etwas verächtlich verzog: „Haben Sie noch was auf Lager?"

„Ja! Der Mann wollte heute früh bei mir einbrechen. Das heißt, ich gehe davon aus, dass er mich umbringen wollte, wie schon sein Versuch in New York zeigt. Dann wäre die ganze Familie Rossik ausgelöscht."

Ihr Gesicht nahm jetzt wieder einen wohlwollenderen Ausdruck an. Ernsthafter als zuletzt fragte sie: „Und warum sollte er das tun?"

„Das ist genau die Frage, die mich zermürbt, weil ich keine

Antwort darauf weiß. Ich habe keine Ahnung! Er besitzt sogar einen Nachschlüssel für meine Wohnung."

„Woher könnte er den haben?"

Jetzt fiel Timo plötzlich ein, dass er immer alle Schlüssel, für sein Auto, für die Wohnung, für seinen Spind im Tennisclub, auf den Schreibtisch warf, weil sie ihn beim Sitzen in der Hosentasche störten. Petra? Nein! Bernhard! Bei diesem Gedanken rollten weitere Schweißtropfen von der Stirn über die Wangen. Er wischte sie mit einem Taschentuch ab.

„Und Sie wollen sicher sein, dass es der Mann aus diesem Berón war?"

„Ganz sicher! Und dafür habe ich auch einen Zeugen!"

„Nämlich?"

„Meinen Nachbarn. Er hat ihn verscheucht, als er vergeblich versuchte, heute früh in meine Wohnung einzudringen. Er machte da mit einem Messer herum, weil ich von innen meinen eigenen Schlüssel im Sicherheitsschloss quer gestellt hatte. Sein Nachschlüssel nützte ihm deswegen nichts."

„Hm!" Sie sah ihn längere Zeit an, fragte dann: „Wie heißt der Nachbar?"

„Walchner! Er hat mir gesagt, er würde ihn sofort wiedererkennen. Könnten Sie mir vielleicht eine Kopie meiner Zeichnung geben?"

Sie nickte, drückte auf eine Taste, stand auf, holte aus dem Drucker eine Kopie von Timos Zeichnung und gab sie ihm.

„Mit dem Zeugen – sollte er den Mann tatsächlich wiedererkennen – sähe Ihre Geschichte etwas glaubhafter aus, obwohl wir natürlich immer noch nicht wissen, ob der Einbrecher tatsächlich mit dem Mann in Peru identisch ist."

„Aber ich habe doch sein Bild bereits in Berón gezeichnet!"

„Zugegeben, aber es gibt immer Ähnlichkeiten."

„Frau Kommissarin, die Nase des Mannes ist unglaublich geformt, geradezu einmalig. Dazu diese weichen weibischen

Lippen und dieses Grinsen! Da täuscht man sich nicht, wenn man so jemand wiedersieht."

Erneut sah sie ihn lange an. Dann stand sie auf. „Entschuldigen Sie mich, ich bin gleich zurück! Wollen Sie in der Zwischenzeit eine Tasse Kaffee?"

„Nein danke!"

Timo fühlte sich durch ihr verändertes Verhalten erleichtert. Sie blieb länger als gedacht weg, kehrte erst nach zwanzig Minuten mit einem hochgewachsenen Mann in Zivil zurück. Er trug einen hellgrauen Zweireiher, ein rosa Hemd und eine grau-rot melierte Fliege. Seine buschigen schwarzen Augenbrauen, die seinen stechenden Blick betonten, bildeten einen Kontrast zu dem schlohweißen, zurückgebürsteten Haar. Er musste um die sechzig sein und war Timo auf Anhieb sympathisch.

„Herr Polizeioberrat Herrlinger!", stellte ihn Prengel vor. „Mein Chef."

„Eine schlimme Geschichte!", begann er mit angenehm tiefer Stimme. „Wenn sie stimmen sollte, sind Sie in großer Gefahr! Ziehen Sie für die nächsten Tage in ein Hotel um! Wir helfen Ihnen dabei. Die Nummer Ihres Handys haben wir bereits. Sie wollen es aber im Moment nicht benutzen? Warum nicht?"

Timo überlegte, ob er dem Mann von seinem Verdacht gegen Bernhard erzählen sollte. Er hatte Vertrauen zu ihm. Aber er ließ es sein, als er an die Prosoft dachte.

„Ich möchte im Moment niemandem sagen, wo ich bin. Möchte auch nicht lügen!"

„Verstehe! Personenschutz können wir Ihnen in Anbetracht unserer personellen Ausstattung nur sehr begrenzt geben. Wir werden aber auf Sie aufpassen."

„Danke!"

„Jemand in Zivil fährt Sie jetzt zu Ihrer Wohnung. Vielleicht ist auch Ihr Nachbar da? Wie heißt er noch?"

„Walchner, Erich."

„Haben Sie seine Telefon-Nummer?"

„Nicht im Kopf."

Prengel suchte bereits im Computer nach Walchners Nummer. „Hier ist sie!"

„Rufen Sie an!", sagte Herrlinger.

Timo konnte Betty Walchners Stimme vernehmen. Die Kommissarin kam schnell zur Sache: „Polizeipräsidium München, Prengel. Wir müssten dringend mit Ihrem Mann sprechen, Frau Walchner."

Anscheinend war Ernst Walchner nicht in der Wohnung, denn die Polizistin insistierte: „Meinen Sie, er könnte kurz nach Hause kommen, sagen wir, in einer Stunde?" Und dann: „Ich würde das nicht verlangen, Frau Walchner, wenn es nicht dringend wäre. Es geht um den Mann heute Morgen, der bei Ihrem Nachbarn, Herrn Rossik, eindringen wollte."

Sie schienen sich einig zu werden, denn Frau Prengel sagte, bevor sie den Hörer zurücklegte: „Also, in einer Stunde, Frau Walchner, und vielen Dank!"

„Alles klar, Herr Rossik?" Herrlinger musterte ihn.

Timo nickte.

„Bitte verlassen Sie demnächst nicht ohne unsere Billigung München, jedenfalls solange wir wegen der Morde über das BKA und über Interpol mit der Polizei in Lima und Berón in Verbindung stehen und nicht alles, was Sie betreffen könnte, abgeklärt haben! Das muss nicht allzu lange dauern."

„Natürlich", willigte Timo ein. „Der Mann ist in München!", fügte er bedrückt hinzu.

„Und mit Sicherheit auf Ihrer Fährte. Er hat einen Auftrag!"

Timo schüttelte verwirrt den Kopf. „Einen Auftrag, ich verstehe", murmelte er.

Prengel hatte gerade die letzten Zeilen des Protokolls eingetippt und zog sechs Blätter aus dem Druckerkorb, die Herrlinger diagonal überflog und sie an Timo weiterreichte.

„Lesen Sie sich das durch und unterschreiben Sie, wenn Sie damit einverstanden sind!"

Timo fand den Text ausgezeichnet. Auch in der Phase ihrer Zweifel war Prengel in ihrem Ausdruck neutral geblieben. „Exzellent", lobte er sie und unterschrieb.

„Jemand bringt Sie jetzt nach unten zu einem unauffälligen Wagen. Alles Weitere ergibt sich, nachdem wir mit Herrn Walchner gesprochen haben."

Noch bestanden also Zweifel, merkte Timo, aber trotzdem rang er sich ein „Danke!" ab.

„Natürlich", stellte Herrlinger nochmals fest, „spricht es nicht gerade für Sie, dass Sie sich in diesem Berón aus dem Staub gemacht haben! Das könnte …"

„Ich wäre nicht lebend davongekommen!", unterbrach ihn Timo. „Das Revier dort ist ganze *ein Mann* stark, dieser Gomez eben! Irgendwann wären die Menschen dort von meinen Schwiegereltern so aufgehetzt worden, dass sie das Revier gestürmt hätten. Ich musste mich in Sicherheit bringen. Gomez hat das auch so gesehen!"

„Ja, kann sein!", meinte Herrlinger nachdenklich und fügte nach einer kleinen Pause hinzu: „Ja, doch, ich verstehe Sie, ich verstehe Sie sogar gut! Gehen Sie jetzt!"

Timo gab Herrlinger die Hand und bedankte sich. Als er sich von Prengel verabschieden wollte, sagte der Polizeioberrat: „Polizeikommissarin Prengel wird Sie zu Ihrer Wohnung begleiten."

*

Prengel hatte sich für kurze Zeit entschuldigt, kehrte aber erst nach zwanzig Minuten zurück. Zu Timos Überraschung trug sie zivile Kleidung; eine einfache schwarze Hose mit markanten Bügelfalten, eine halblange beige Jacke über einer grauen Bluse mit braunen Tupfen, dazu flache dunkle Schuhe.

„Wir wollen nicht auffallen", erklärte sie nüchtern.

Sie winkte ihren beiden Kollegen zu und verließ mit Timo Zimmer 216. Im Hof wartete mit laufendem Motor ein dunkelblauer Audi A4. Ein junger Mann, etwa Ende zwanzig, saß am Steuer. Er war ebenfalls unauffällig gekleidet. Blaues Hemd, helle Hose. Sein blondes Haar war im Nacken zusammengebunden. Die Haut in seinem Gesicht war pickelig. Auf Timo wirkte er muffig. Die Kommissarin stellte ihn als Bruno Keller, Polizeimeisteranwärter, vor.

Sie setzte sich auf den Beifahrersitz, während Timo im Fond Platz nahm.

Nach einer knappen halben Stunde erreichten sie das Haus in der Mauerkirchener Straße, fuhren aber langsam daran vorbei, um erst an der nächsten Villa zu halten.

„Warten Sie hier und bleiben Sie auf Empfang!", wies Prengel ihren Kollegen an, der mit gelangweilter Miene nickte. Beide trugen kleine Walkie-Talkies am Gürtel.

Die Kommissarin schlenderte mit Timo, ihrem Wunsch entsprechend, bis zum übernächsten Grundstück, wo sie kehrtmachten und langsam zurückgingen. Prengel hatte sich, ohne es zu kommentieren, bei ihm eingehakt.

Timo schloss die Gartentür und wenig später die Eingangstür auf. Als sie im zweiten Stock angelangten, war die Wohnungstür von Timos Nachbarn bereits angelehnt. Betty Walchner trat hervor. Sie wirkte gepflegter als am Morgen, als Timo sie im Hintergrund ihrer Wohnung, noch im Morgenrock und mit zerzausten Haaren, für einige Sekunden wahrgenommen hatte. Als sie ihn sah, fasste sie sich voller Erstaunen mit einer Hand an den Mund. „Herr Rossik, Sie? Sie waren gar nicht in Ihrer Wohnung?", japste sie.

„Nein! Wieso?"

„Und Ihre Freundin ... ich meine, die von heute Vormittag? Die mit dem großen Hut! Das waren doch nicht Sie?" Sie blickte die Kommissarin an.

„Frau Walchner, wir haben vor einer halben Stunde miteinander telefoniert. Ich bin Kommissarin Prengel vom Polizeipräsidium München!" Sie hielt ihr den Ausweis hin.

„Ach, Sie! Ich bin ganz verwirrt!"

„Welche Frau mit einem großen Hut meinen Sie denn, Frau Walchner?", schaltete sich Timo ein.

„Na, Sie haben doch mit ihr geredet. Es ist noch gar nicht lange her. Ich hab doch Ihre Stimmen gehört. Wissen Sie denn das nicht mehr?"

Timo sah sie mit leeren Augen an, spürte aber den bohrenden Blick der Kommissarin, die neben ihm stand.

„Es war niemand bei mir, Frau Walchner. Sie müssen sich täuschen. Nach dem Vorfall heute früh bin ich recht bald in die Stadt und war seither nicht mehr hier."

„Kennen Sie eine Frau, die einen Schlüssel zu Ihrer Wohnung besitzt? Sie muss ja wohl einen gehabt haben, nicht wahr?", fragte die Kommissarin mit forschendem Blick.

„Nein!"

„Schließen Sie jetzt die Tür auf, Herr Rossik!", sagte sie mit strenger Miene.

Timo sperrte auf, und die Kommissarin trat als Erste in den Flur. Timo folgte ihr mit gemischten Gefühlen. Eine Frau mit einem großen Hut? Wer sollte das sein? Woher konnte sie einen Schlüssel haben? Verrückt! Dann fiel ihm der Stetson des Mörders ein und sein Gesicht als Frau auf dem Flug von Caracas nach Frankfurt, dasselbe wie in den Büros der Prosoft im dritten Stock. Ihm schwante Schlimmes. Er hatte einen Schlüssel! Plötzlich hatte Timo Pudding in den Beinen. Er dachte an die Verträge mit McKerr in seinem Schreibtisch. Ohne auf die Kommissarin zu achten, die sich im Salon umsah, peilte er sein Büro am Ende des Flurs an. Sein Magen schien ausgehöhlt zu sein, er schmerzte. In banger Vorahnung trat er an die offenstehende Tür. Sein Blick erfasste sofort, dass das eingetreten war, was er befürchtet hatte.

Der Boden war übersät mit den Utensilien der Schreibtischschubladen, mit Ordnern und Büchern aus dem offenen Schrank. Er betrat das Zimmer, legte das herunterbaumelnde Notebook auf die Tischplatte zurück, bevor er angstvoll zur obersten Schublade schielte. Sie stand offen und war durchwühlt. Er ging um den Schreibtisch herum und entdeckte das herausgestanzte Schloss. Er fasste beherzt unter den Stoß von Klarsichthüllen und Papieren, zog das unterste hervor. Ein Versicherungsvertrag für seinen Hausrat. Die McKerr-Verträge waren weg!

Wie Bienen in ihrem Stock surrten unzählige Gedanken über die Konsequenzen aus dem Diebstahl in seinem Kopf herum. Ted Orben tauchte auf, Bernhard, Zahlen des nächsten Jahresabschlusses der Prosoft und mehr. Schweiß perlte in den Nacken.

Plötzlich stand die Kommissarin neben ihm. „Warum rufen Sie mich nicht?", fragte sie verärgert, doch Timo war zu verstört, um zu antworten.

„Fehlt etwas Wichtiges?"

Timo schien immer noch nicht zuzuhören.

„Ich habe Sie etwas gefragt", ging sie ihn laut an.

Es klingelte an der Tür. Timo zuckte zusammen. Die Kommissarin lief aus dem Büro und öffnete die Wohnungstür. Timo hörte Walchners Bariton. Anscheinend zeigte sie ihm Timos Zeichnung vom Mörder. Jetzt vernahm er deutlich seine Stimme: *„Kloar! Des war der Mo! Ohne Zweifl. Komischer Vogel. Und de Nosn!"*

Die Reaktion der Kommissarin verstand Timo nicht mehr; sie schien Walchner auf später zu vertrösten. Wenig später war sie wieder im Büro, stemmte beide Hände in die Hüften. „Also, was fehlt?", fragte sie mit spröder Stimme.

„Verträge! Sehr wichtige Verträge. Die von New York!"

Sie schüttelte ungläubig den Kopf. „Denken Sie an Wirtschafts-Spionage?"

„Wieso? Nein", nuschelte Timo. „Aber sie sind gestohlen worden und das ist fatal, wirklich fatal!"

„Dann rufen Sie eben Ihren Geschäftspartner an und bitten um neue Exemplare!"

„Leider geht das in diesem Fall aller Wahrscheinlichkeit nach eben nicht!"

„Wieso denn nicht?", ihr Ton wurde zunehmend gereizter.

Timo zuckte mit den Schultern.

„Was verheimlichen Sie uns eigentlich, Herr Rossik?", herrschte sie ihn an.

„Nichts!", er brüllte jetzt. „Was verstehen Sie schon von Verträgen in unserer Branche?"

„Vielleicht ist das ja alles hier inszeniert! Und Sie führen uns an der Nase herum. Angenommen, Sie haben die Frau angestiftet, die Verträge zu stehlen, und ich soll – weil ich schon mal hier bin – auch gleich einen Einbruch feststellen. Wäre das nicht auch denkbar?"

„Das ist doch absurd! *Sie* wollten doch zu meinem Nachbarn, wegen des Bildes!"

Doch Prengel hörte nicht auf ihn, sondern fuhr fort: „Aber täuschen Sie sich nicht! So dumm sind wir nicht. Glauben Sie ja nicht, dass Sie aus dem Schneider sind!" Sie riss ihr Walkie-Talkie aus der Gürtelschlaufe und beorderte Bruno Keller mit der Kamera in Timos Wohnung.

„Wenn Sie nicht mit offenen Karten spielen, dann …"

„Ich spiele nicht, Frau Kommissarin!", empörte er sich.

Wenig später erschien Keller mit einem kleinen Digital-Fotoapparat. Innerhalb von wenigen Minuten hatte er schätzungsweise zwanzigmal den Auslöser gedrückt, um den Zustand des Büros, des Schreibtischs und einiger Gegenstände festzuhalten. Dann verließ er die Wohnung wieder.

Prengel sprach längere Zeit nicht mehr mit Timo, der am Fenster stand und auf die Äste der mächtigen Eiche im Hof starrte.

„Ich gehe jetzt rüber zu den Walchners. Packen Sie in der Zwischenzeit das Nötigste für ein paar Tage ein! Wir fahren Sie in ein Hotel. Überlegen Sie sich, in welches Sie wollen!"

Timo nickte.

Im Schlafzimmer suchte er sich einige Kleidungsstücke zusammen, die er mit dem Reise-Necessaire in einem Trolley verstaute. Aus der ramponierten Schublade am Schreibtisch sortierte er einige wichtige Versicherungs-Policen aus, die er gleichfalls einpackte.

Wenig später ging die angelehnte Wohnungstür auf und die Kommissarin gab Timo mit einem kurzen Zucken des Kopfes zu verstehen, dass sie die Wohnung jetzt verlassen würden.

Er schloss sie ab, obwohl er sich sagte, dass jemand anders sich hier jederzeit Zutritt verschaffen konnte, jemand, der ihn ermorden wollte und der frei in München herumlief.

„Also, wohin soll es gehen?", fragte die Kommissarin, immer noch unfreundlich.

„Hat sie Frau Walchner auf dem Bild auch erkannt?"

„Nein! Also wohin?"

„Zum Hilton am Gasteig!", sagte Timo. Erst dann fiel ihm ein, dass das Hotel recht nahe bei Thorlefs Praxis war.

Bruno Keller nickte.

„Wir werden schon noch dahinterkommen, was da wirklich vor sich geht, Herr Rossik!"

Timo antwortete nicht, aber er fragte sich, ob er nicht tatsächlich etwas Wesentliches ausgelassen hatte, nämlich Bernhard. Vielleicht hätte er doch diese mysteriösen Vorfälle erwähnen sollen. Dann fiel ihm Mark Lassen in New York ein. Sein Tennisfreund von früher. Jetzt würde er schon aufgestanden sein. Gleich, wenn er sein Hotelzimmer bezogen hätte, würde er ihn anrufen.

Prengel wirkte ungehalten, da Timo nicht mit ihr redete. Sie drehte sich immer wieder nach ihm um. Aber Timo hatte jetzt andere Gedanken. Er wollte einen Top-Detektiv engagieren, den von Mark Lassen.

„Na gut! Ich mache meinen Bericht über die Walchners und über den Einbruch! Nehme an, Sie wollen Anzeige erstatten. Die müssten Sie dann in den nächsten Tagen unterschreiben", sagte die Kommissarin mit schlaffer Stimme. „Mal sehen, wie wir weiterkommen! Wie gesagt, halten Sie sich zu unserer Verfügung!"

Timo antwortete nicht. Sie kamen am Hotel Hilton in der Rosenheimer Straße an und fuhren auf der Zufahrtsschleife bis zum Portal vor.

Timo öffnete die Tür, stieg aus und zog seinen Trolley vom Nebensitz hervor.

„Wir warten hier auf die Nummer!", rief ihm Prengel zu.

Timo bekam eine Minisuite im ersten Stock: 112! Er trug sich ein, notierte auf einem Zettel die Zimmernummer, lief zum Audi zurück und legte den Zettel in Prengels aus dem Fenster gestreckte Hand. Auf keiner Seite ein „Auf Wiedersehen!". Keller fuhr weg.

Timo zog seinen Trolley zum Lift und hastete im ersten Stock zu seiner Suite. Dort breitete er alles, was er mitgebracht hatte, auf dem Kingsize-Bett aus, fand das Adressbüchlein und suchte sogleich nach den langen Nummern von Mark Lassens Büro und von dessen Wohnung in New York, schrieb sie sich auf einen Block. Er wählte zuerst das Büro an und hatte Glück. Mark saß bereits in seiner Erfolgsfirma *Top-per* vor einer Tasse Kaffee, wie er Timo mitteilte. Sie redeten zunächst über längst Vergangenes und dann über Timos Schicksal, die Morde an Chantal und Verónica. Mark war zutiefst bestürzt. „Und jetzt? Du musst doch bald durchdrehen! Das hält doch keiner aus!"

„Es ist auch noch nicht vorbei. Der Mörder hat auch mich auf der Liste! Heute früh wollte er bei mir einbrechen, was ich noch verhindern konnte. Aber später, als ich nicht mehr in der

Wohnung war, hat er's geschafft. Er hat wichtige Dokumente gestohlen!"

„Das ist ja ungeheuerlich!"

„Ja, und ich weiß nicht genau, wer wirklich dahintersteckt. Es ist nur so ein Verdacht! Und dem müsste man eben nachgehen!"

„Verstehe! Und wie?"

„Dein Detektiv von damals. Den möchte ich!"

„Bernie?"

„Wenn er so heißt."

„Ja, Bernie Hofrege. Ein Ass! Aber nicht zimperlich. Deine Moralvorstellungen musst du da etwas zurückschrauben. Fiel mir auch schwer!"

„Hast du die Nummer?"

Es knisterte in der Leitung.

„Hier ist sie: 4466026. Sein Laden heißt Kosmos, in der Ismaninger Straße 149."

„Das ist ganz in der Nähe von mir."

„Wenn du willst, kündige ich dich an."

„Ich komme vielleicht darauf zurück Aber ich versuch's erst mal so. Will sehen, wie er reagiert."

„Gut! Ich wünsch dir was! Bekomme gerade was Dringendes von der Asien-Börse herein! Entschuldige! Melde dich bitte wieder!"

„Mach ich und danke, Mark!"

„So long, Timo!"

Er legte auf. Dann sah er auf die Uhr. Es war halb zwei. In einer halben Stunde müsste er im *Cadore* in Schwabing sein, um Dorothee zu treffen. Aber er wollte vorher auf jeden Fall noch den Termin mit Hofrege zustande bringen. Auch ihn erreichte er sofort. Timo fand Bernies Stimme sympathisch. Er hatte einen eiskalten Ton erwartet, aber das war nicht so. Eher konziliant! Sie verabredeten sich für sechzehn Uhr in Hofreges Büro. Dann fuhr Timo mit dem Lift in die Lobby und nahm sich draußen ein Taxi zum *Cadore* in der Leopoldstraße.

*

Bernhard Janisch saß am Steuer seines BMW und fuhr viel zu schnell auf der Landstraße von Pullach nach Grünwald. Bevor er die Isarbrücke erreichte, wurde er bei einhundertzehn km/h geblitzt. Erlaubt waren achtzig. Er hämmerte heftig mit einer Hand auf das Lenkrad und fluchte, wie er es bereits tat, seit er sein Haus verlassen hatte. Die Grübchen an den äußeren Augenwinkeln bohrten sich vor Anspannung immer tiefer in die Schläfen, was die von vielen Querfalten belagerte Stirn noch breiter und durch die Beule nahezu unförmig erscheinen ließ. Sein Haar hing schlaff über den Ohren. Voller Zorn nahm er das Tempo keinen Kilometer zurück, auch nicht, als er die schmale Isarbrücke passierte.

Am Himmel waren inzwischen die letzten Lücken von Wolken übertüncht worden, die sich weiter westlich zu düsteren Gebirgen zusammenbrauten. Ein heftiges Gewitter schien absehbar zu sein.

Als er hinter dem *Via Roma* auf dem Parkplatz hielt, entdeckte er lediglich Thorlefs Alfa Romeo. Er überlegte, ob er vor dem Lokal auf Gregor warten sollte. Zu wütend war er auf Thorlef, um jetzt mit ihm allein am Tisch sitzen zu wollen, beschloss dann aber doch hineinzugehen.

Ein mit italienischem Akzent sprechender Ober führte ihn in eine Nische mit einem Tisch und einer halbrunden Polsterbank. An der Decke kreiste wegen der einsetzenden Schwüle ein kleiner Ventilator.

Rechts am Tisch saß Thorlef Engelcke. Er hatte das Gesicht vom Lokal abgewandt und starrte auf die Wand gegenüber, als befände sich dort ein Gemälde. Es war deutlich, dass er nicht in die Gesichter im Lokal, das zu sechzig Prozent besetzt war, blicken wollte. Durch den Lärm der vielen Stimmen, das Geklapper der Bestecke und das ständige Brodeln und Zischen der Kaffeemaschine bemerkte er Bernhard erst, als ihm dieser auf die Schulter klopfte. Bernhard nahm Thorlefs bleiches, ja graues Gesicht wahr. Darüber hinaus war das sonst so blonde dichte Haar heute nicht gescheitelt. Seine Augen schienen in bläulichen Umrandungen zu stecken, unter denen die Tränensäcke tiefe, dunkle Halbkreise zogen.

„Tag, Bernhard!", sagte er beflissen, zuckte zurück, als er dessen Schramme auf der Stirn sah, sprach ihn aber nicht darauf an. Sie wechselten keinen Händedruck.

„Wie konntest du ihn nur laufen lassen?", verspritzte Bernhard sein Gift, noch während er sich setzte.

„Er ist getürmt. Sagte ich dir doch!", flüsterte Thorlef zurück, wobei er sich kurz zu den Gästen am nächsten Tisch umsah. „Hat mich auf die Seite gestoßen. Ich war darauf gar nicht gefasst."

„Du wirst doch noch wissen, wie du mit Verrückten umzugehen hast!", zischte ihn Bernhard an, vermied es jetzt aber, ihm Schimpfworte an den Kopf zu werfen. Auch Thorlef müsste bis zum Nachmittag Geld lockermachen.

„Er ist nicht verrückt, Bernhard! Ziemlich normal sogar, würde ich sagen!"

„Red doch nicht!"

„Glaub mir, er weiß was!"

„Was soll er denn wissen? Jeder von uns hat praktisch ständig die Maske getragen. Da gibt es keine Fotos von versteckten Kameras!"

Thorlef schluckte. „Mag sein, aber er hat zumindest einen Verdacht!"

„Kann ja sein! So, wie er sich benimmt", lenkte Bernhard ein.

Plötzlich stand Gregor Ristov vor dem Tisch. Seine Glatze war vom letzten sonnigen Sommerwochenende rot verbrannt. Die glatte Haut im Gesicht vereinigte sich übergangslos mit dem Kahlkopf. Kleine, schräg nach oben auseinanderdriftende Mundfalten schenkten ihm eine verschmitzte Miene. Auch heute war er frohgemut. „Alle Achtung!", begann er, an Bernhard gerichtet, mit lauter Stimme. „Anständige Beule!", er lachte. „Da hat Dorothee aber ausgeholt!"

„Setz dich!", ordnete Bernhard an und deutete auf den Platz, wo das dritte Gedeck lag.

Der Ober kam an den Tisch und verteilte drei Speisekarten, die keiner sehen wollte, denn sie bestellten sofort Ravioli und Pinot Grigio. Der Ober zog die Karten wieder ein und ließ sie allein.

Sie blickten sich für einige Momente stumm an, bis Gregor die Schultern hob: „Also?"

Bernhard sah kurz zu den nächsten Tischen und raunte mehr, als er sprach: „Thorlef meint, Timo ahnt was."

„Was?"

„Weiß er selbst nicht!", antwortete Bernhard abfällig.

„Was meinst du, Thorlef?", fragte ihn Gregor direkt. „Wenn du an die *Freundschaft* denkst, für dort haben wir uns geschworen, unsere Eskapaden nur mit Masken auszuleben. Es sei denn, jemand hat sich nicht daran gehalten?" Gregor blickte beide aufmerksam an. Als sie nicht reagierten, hob er die Schultern und ließ sie wieder fallen. „Hm! Ihr müsst selbst wissen, ob eure Gesichter jemand fotografiert haben kann."

Bernhard wechselte abrupt das Thema: „Gregor, es geht im Moment um was ganz anderes!"

„Schieß los!"

„Ich werde erpresst!"

„Mit Fotos?", fragte Thorlef aufgeregt.

„Nein, hör auf damit!" Bernhard sah ihn strafend an. „Von Jester!"

Sowohl Gregor als auch Thorlef zuckten zusammen und lehnten ihre Köpfe weit nach vorn.

Der Ober stellte jetzt die drei Gläser Weißwein ab und sagte: „Zum Wohl!", wofür sich keiner bedankte.

„Jester?", zischten beide gleichzeitig, als der Ober wieder weg war.

„So ist es!"

„Und womit?", fragte Thorlef.

„Mit den Verträgen, die Timo mit McKerr abschloss. Er hat sie."

„Das gibt's doch nicht!", brachte Gregor hervor.

„Doch! Er war in Timos Wohnung und hat sie geklaut."

„Das darf doch nicht wahr sein". Gregor stöhnte. „Das ist bitter für die Prosoft. Für uns alle!"

Er sah die beiden mit bestürzter Miene an, schien aber auch erleichtert zu sein, dass es bei der Erpressung nicht um die *Freundschaft* ging.

„Ganz genau!", bestätigte Bernhard. „Wir brauchen diese Verträge unbedingt. Neue gibt es nicht und in drei Wochen beginnt die Laufzeit. Wenn wir das nicht einhalten …"

„Was will Jester?" Auch Gregor flüsterte jetzt nach einem kurzen Blick ins Restaurant.

„Fünfzigtausend pro Blatt! Der Vertrag hat *zwanzig* Seiten!"

Gregor pfiff leise durch die Zähne. „Eine Million! Wie willst du die aufbringen?"

„Wenn ihr nicht mit ins Boot kommt, könnt ihr eure Prosoft-Aktien gerade noch einem Lumpensammler andrehen!", ätzte Bernhard.

„Die Prosoft hat doch Geld", stammelte Thorlef.

„Hat sie, ist aber investiert. Nichts ist lockerzumachen! Und wie sollte eine solche Summe in der Bilanz erscheinen?"

„Was erwartest du von uns?", wollte Gregor jetzt wissen.

„Heute", Bernhard sah auf seine Armbanduhr, „in genau drei- einhalb Stunden sind die ersten fünfzigtausend fällig. Für Seite eins! Weiß nicht, wie lange er sich mit den anderen Seiten Zeit las- sen will. Denke, geldgierig, wie er ist, nimmt er sich für das ganze Vergnügen zwar etwas Zeit, aber nicht länger als eine Woche. Wenn wir den Vertrag haben, bekommt die Prosoft so viel Geld geliehen, um auf einem dicken Polster den Vertrag abwickeln zu können und um unsere eigenen Konten aufzumöbeln!"

„Aber wie bekommen wir in einer Woche unser Geld zurück, falls wir es dir leihen sollten?", fragte Gregor schmallippig.

„Nicht mir leiht ihr es, sondern der Prosoft, damit auch eure Aktien nicht abstürzen."

„Also wie?", insistierte Gregor.

„Ihr bekommt es spätestens in zehn Tagen zurück. Dafür müssen nur ein paar Vorgänge fingiert werden. Kein Problem, darin bin ich Meister."

„Ich weiß", zischelte Gregor und zog eine Grimasse.

„Und warum fingierst du nicht schon heute?", fragte Thorlef forsch.

„Weil das intelligent gemacht werden muss. Heute ist das nicht zu schaffen. Das braucht eben seine Zeit. Außerdem gibt das die Bilanz ohne den neuen Vertrag nicht her!"

Der Ober brachte jetzt drei Teller Ravioli, streute etwas Parmesan-Käse auf die Pastas und wünschte „Guten Appetit!". Auch das überhörten die drei. Keiner nahm das Besteck in die Hand.

„Glaubst du, dass Timo und Jester zusammenstecken?", un- terbrach Thorlef die Gesprächspause. Sein Kopf war tief zwi- schen beide Schultern gerutscht. Er sah Bernhard von unten herauf an.

„Nein! Dachte ich auch mal, wie ihr wisst. Aber aus den Telefonaten mit Jester habe ich herausgehört, dass das nicht der Fall sein kann."

„Dein Wort in Gottes Ohr!", meinte Gregor, der eine Weile sinniert hatte und sich eine erste Teigtasche in den Mund schob.

„Aber Timo hat einen Verdacht!", beharrte plötzlich Thorlef auf seiner Bemerkung vom Anfang. „Ich bin mir da ganz sicher!"

„Fang nicht schon wieder an!", raunzte ihn Bernhard an.

„Worüber?", fragte Gregor nach, der noch kaute.

„Über die *Freundschaft*. Vielleicht weiß er sogar noch mehr", lispelte Thorlef und sah sich wieder um.

„Habt ihr die Masken immer aufgehabt?", fragte Gregor.

„Ein- oder zweimal hab ich sie kurz abgenommen. Es war so heiß darunter", gestand Thorlef.

„Und du?", Gregor blickte missmutig zu Bernhard.

„Einmal nicht! Weil mich das Band mit dem Klettverschluss am Hals gewürgt hat. Aber in den paar Minuten wird ja nicht sofort jemand ein Foto geschossen haben", knurrte Bernhard.

„Wenn aber doch, dann könntet ihr beide ganz schön in der Scheiße sitzen."

„Du glaubst doch nicht, dass ich dich da außen vor lasse, Gregor?", ging ihn Bernhard scharf an.

Gregor musterte ihn lange, bevor er sagte: „Nein, das glaube ich nicht."

„Wir drei sitzen in einem Boot", herrschte Bernhard sie an, „und dabei bleibt es. Keiner schert aus, verstanden? Unser alter Plan lebt wieder auf!"

„Und der wäre?", Gregor kaute an seiner zweiten Teigtasche.

Der Ober kam an den Tisch und fragte: „Schmeckt es nicht?"

„Doch, doch, alles okay! Wir haben nur viel zu besprechen", antwortete Bernhard freundlich. Vier Männer verließen den Tisch vor ihnen. Im Lokal wurde es dunkler. Draußen wummerte es gewittrig.

„Unser ursprünglicher New-York-Plan natürlich", beantwortete Bernhard Gregors Frage, als der Ober wieder weg war.

Thorlefs Kopf sackte weiter nach unten, während Gregor nachhakte: „Jester?"

„Klar! Er ist geil darauf, Timo zu ..." Bernhard machte eine Drehbewegung mit der Hand. „Ich hab ihn ja schon mehrmals vertrösten müssen."

„Ja, er muss weg", meinte Gregor nach einer kurzen Denkpause. „Wenn er wirklich was weiß, wie Thorlef vermutet, dann sind wir nicht mehr weit davon entfernt, dass die Polizei die Leichen in Peru ausgraben lässt und DNA-Proben nimmt. Und wenn da noch irgendwas übrig sein sollte, was auf uns zurückfallen könnte, jedenfalls bei der Kleinen, dann ... Das könnte ins Auge gehen."

„Von wem könnte er denn was wissen?", fragte Thorlef.

„Was ist mit Dorothee?", übernahm Gregor.

Bernhard runzelte die Stirn und fasste sich an die Beule.

„Sie machte tatsächlich so komische Andeutungen. Aber es war nichts Konkretes! Kann sein, dass sie was ganz anderes meinte."

„Also, Timo muss weg!", wiederholte Gregor. „Das ist unsere Versicherung dafür, dass er in nichts weiter herumstochert! Ich bin einverstanden! Und was passiert mit Jester? Ich meine, wenn du die zwanzig Seiten hast?"

„Dieses Schwein muss auch weg", schaltete sich jetzt Thorlef ein, der plötzlich wie neu geboren aufrecht vor seinem Teller saß.

„Hast du eine Idee?", erkundigte sich Bernhard. Thorlef nickte eifrig. „Im letzten Kuvert, das du ihm übergibst, legst du einen Brief bei mit irgendeinem Text, den du auf einem Computer schreibst. Ich präpariere das Papier dann mit Taipan-Gift. Das Sicherste, was es gibt. Ein Tausendstel Gramm genügt bereits, um tödlich zu wirken. Ich kenne da jemand, der mir das völlig unverfänglich beschaffen kann. Unverfänglich, weil es in noch weit winzigeren Gaben Medikamenten beigemischt wird. Wegen der minimalen letalen Dosis kann man einen Tod nicht auf dieses Gift zurückführen. Es ist hier auch weitgehend unbekannt. Er muss nur das Papier berühren und sich einmal mit der Hand über den Mund wischen!"

„Was ist Taipan?", wollte Gregor wissen.

„Eine Wüstenschlange – die wohl giftigste auf der Welt."

„Und das bekämst du hin?", hakte Gregor nach.

Thorlef nickte.

„Du hast auch was gutzumachen!", bemerkte Bernhard und fragte, indem er auf seine Uhr sah: „Was ist mit dem Geld?"

„Fang du an!", forderte ihn Gregor auf.

„Ich kann zehntausend auf die Beine stellen, aber nur, wenn ich innerhalb der nächsten halben Stunde Aktien verkaufe."

„Okay, zwanzigtausend von mir und du, Thorlef, auch zwanzigtausend?"

Thorlef nickte.

„Das wäre also klar. Die erste Tranche", sagte Bernhard. „Ihr habt ja meine Konto-Nummer."

„Wo wirst du ihn treffen?", fragte Gregor.

„Im Büro, als Pamela Gollaz!"

„Ah, deine frühere Geliebte", bemerkte Gregor süffisant. „Die sollte doch netter mit dir umgehen." Gregor nahm wieder einen Bissen. Er war der Einzige, der sein Essen angerührt hatte. Die Gläser mit dem Pinot Grigio waren ausgetrunken.

„Halt deinen Mund!", reagierte Bernhard ungehalten.

„Und Dorothee, hast du sie in die Freiheit entlassen?"

„Sie ist bei ihrem Vater."

„Hat sie dich angezeigt?"

„Ich weiß es nicht!"

Plötzlich gab es einen Donnerschlag, als würde eine Kanone aus einem der Fenster des *Via Roma* abgefeuert. Das Licht flackerte kurz, um gleich wieder ruhig weiterzubrennen.

15

Mehrmals sah sich Timo im Taxi um. Es war nicht auszuschließen, dass ihn Prengel beschatten ließ, doch es folgten zu viele Fahrzeuge, als dass er es wirklich hätte feststellen können.

Jedenfalls war klar: Sie traute ihm nicht. Aber hatte sie damit wirklich Unrecht? War sie durch ihn über alles aufgeklärt worden? Nicht vollständig, gestand er sich ein; denn ein Teil seines Verdachts richtete sich jetzt tatsächlich sehr konkret gegen Bernhard. Sogar ein Komplott zwischen ihm und Thorlef erschien ihm nun möglich. Vielleicht war auch Gregor mit von der Partie? Jedenfalls hatte er zumindest über seinen Verdacht gegenüber Bernhard geschwiegen. Zu Gunsten der Prosoft!

Der Taxifahrer hatte hinter der Museumsinsel die Abzweigung nach rechts genommen und fuhr nun an der Isar entlang, überquerte die Maximiliansstraße, bis er am Tivoli nach links abbog. Dort befand sich die durch den starken Regen verlassene Tennisanlage. Auf diesen Plätzen hatte sich Timo mit Bernhard heiße Schlachten geliefert oder sie hatten zu viert ihre Doppel um ein anschließendes Abendessen im Weißen Brauhaus ausgespielt. Bernhard war nie ein nobler Verlierer gewesen, reklamierte unaufhörlich und änderte sein Benehmen nach einem verlorenen Match erst nach dem zweiten Glas Weißbier. Gregor hatte sich – ob Sieg oder Niederlage – stets stoisch und fröhlich verhalten, während Thorlef meist mit versöhnlichen Worten versucht hatte, die zuweilen aufgeheizte Stimmung zu dämpfen. Und wie war er selbst gewesen? Ja, manchmal hatte er aufgebracht reagiert, vor allem dann, wenn Bernhard laut über den

Platz schrie, der Ball sei noch eindeutig auf der Linie gewesen, wenn er gar manchmal auf Timos Seite herüberrannte, um ihm auf der vom roten Sand fast zugestreuten weißen Grundlinie exakt die Spur seines aufgesprungenen Balls zu zeigen.

Mit Mark Lassen war er nie in einen Disput geraten. Er war ein fairer, ausgezeichneter Tennispartner gewesen. Auch mit ihm hatte er am Tivoli gespielt.

Sie fuhren nun durch den Englischen Garten, passierten das Ufer des Kleinhesseloher Sees und steuerten Schwabing an.

Timos Gedanken hatten sich inzwischen weiter an Bernhards Person festgekrallt. Was war mit ihm los? Diese McKerr-Verträge waren natürlich wichtig. Sehr wichtig sogar! Eine Verlängerung – wie jetzt ausgehandelt – um drei Jahre und noch dazu mit stark erweitertem Volumen, das war sicherlich ein neuer Höhenflug der Prosoft. Aber auch ohne McKerr hätte sie ihr gutes Geld verdient. Warum hatte Bernhard versucht, hinter seinem Rücken über George Hailey auf die Verhandlungen Einfluss zu nehmen? Es gab keine Erklärung für sein Verhalten.

Und dann meldete sie sich wieder, die ewige Frage, woher Bernhard von seinem Wechsel der Fluglinie und des Hotels wissen konnte. Letztlich blieb nur das Bild des Mörders übrig, des Mannes, der in New York versucht hatte, ihn zu töten. Und heute früh war derselbe Mann, als Frau verkleidet, in seine Wohnung eingedrungen, um die Verträge zu stehlen. Wieso hatte er so genau gewusst, was er zu stehlen hatte?

Er schüttelte den Kopf. Es war unglaublich, was sich da zusammenbraute.

Er war gespannt, was ihm Dorothee erzählen wollte.

Das Taxi hielt direkt vor dem *Cadore*. Die Schirme im Freien waren durch das überraschende Gewitter, das während der Mittagszeit über München hinweggezogen war, noch nicht zusammengeklappt. Aber es saß niemand darunter. Noch immer regnete es leicht.

Timo bezahlte den Fahrer, stieg aus und wurde ziemlich nass, als er sich zwischen Tischen und Stühlen zum Eingang des *Cadore* schlängelte.

Er wischte sich das Gesicht mit einem Taschentuch ab. An einem der hinteren kleinen Tische entdeckte er Dorothee. Vor ihr stand ein Glas Milch-Shake. Sie hatte die Beine überkreuzt, trug Riemchen-Pumps mit Plateau-Sohle; der Rock aus braunem Seidenmusselin endete gut zwanzig Zentimeter über ihren Knien. Über der hellen Bluse hing lose ein beigefarbener Antik-Leder-Blazer. Obwohl der bewölkte Himmel das Innere des Cafés stark abdunkelte und nur ein paar Seitenlichter brannten, bedeckte eine überdimensionierte Sonnenbrille Dorothees Augen. Die Gläser waren fast schwarz. Ihre sonst so scheue Natürlichkeit, die Timo oft bewundert hatte, war heute nicht zu erkennen. Das kurz geschnittene blonde Haar wurde durch ein geknotetes dunkles Band nach hinten und nach vorn über die Stirn verteilt. Dennoch erkannte Timo, als er vor ihr stand, deutlich die Beule mit dem feinen roten Riss an der rechten Stirnseite. Dorothee rauchte eine Zigarette in einer goldenen Spitze, die sie ständig im Aschenbecher abklopfte. Sie legte sie ab, als sie Timo wahrnahm und ein kurzes verschlossenes Lächeln über ihren Mund flog.

Timo gab ihr schweigend die Hand. Sie deutete auf den Stuhl gegenüber und er nahm Platz. Er fand sie attraktiv und zerbrechlich zugleich, blickte in ihre schwarzen Gläser und fand keinen Anfang.

„Bevor wir über einige wichtige Dinge sprechen", begann sie mit schwacher Stimme, „wollte ich dir mein Beileid zu dem tragischen Verlust deiner lieben Chantal und Verónicas ausdrücken. Ich hatte dir ein kleines Briefchen geschickt, aber wahrscheinlich hast du es in deiner Situation noch nicht geöffnet."

„Nein, aber ich danke dir dafür, Dorothee." Er spürte, dass seine Augen feucht wurden, und wechselte das Thema: „Was hast du an der Stirn?"

Sie nahm die Brille ab. Ihre Augen waren verweint; unter dem rechten lag ein tiefblauer Schatten. Sie schob die Locken über der Stirn zurück, wo eine weitere dicke Beule mit einer blutigen Kruste, die mühsam überpudert war, sichtbar wurde.

„Unter dem Band", sie deutete auf die Kopfmitte, „ist eine weitere Wunde, die bereits genäht wurde. Mein ganzer Körper besteht nur aus blauen Flecken." Tränen rollten aus ihren Augen. Timo sah ihr an, dass sie Schmerzen hatte.

„Wer hat dir das angetan?", fragte Timo, obwohl er die Antwort bereits zu kennen glaubte.

„Na, wer schon? Bernhard natürlich. Dein Freund Bernhard!"

Timo bestellte beim Ober einen Cappuccino.

„Das kann doch nicht sein!"

„Er ist ein Satan!", murmelte sie und ergänzte, als ob sie weiter darüber nachgedacht habe: „Und er ist ein Schwein!"

„Dorothee, du redest über Bernhard, deinen Mann!"

„Das weiß ich sehr wohl, Timo."

Er legte eine Hand auf ihren Arm. „Was ist zwischen euch passiert?"

Sie blies den Zigarettenrauch über Timo hinweg, nahm einen Schluck von ihrem Milch-Shake und begann in ernstem Tonfall: „Tatsache ist, dass mein Vater an ihm einen Narren gefressen hatte. Für ihn war Bernhard ein glänzender Finanzier. Irgendwie und irgendwann ist es ihm auch gelungen, mich mit ihm zu verkuppeln. Gut, wir haben geheiratet. Aber es war keine Ehe, sondern ein Desaster."

„Und ich dachte immer, ihr seid das ideale Paar."

Sie schnaubte nur.

„Ich bin völlig perplex, Dorothee."

„Na, vielleicht hast du ja bemerkt, dass ich schon fast ein Jahr nicht mehr an einem Essen oder an einer Party teilgenommen habe."

„Ach … Er sagte immer, du seist krank."

„Lassen wir das, Timo! Ich möchte dir nur so viel sagen, dass ich ab sofort wieder bei meinem Vater lebe."

„Und was sagt dein Vater? Ich meine, er und Bernhard …?"

„Er hat schon längst die Nase voll von ihm, ganz besonders seit er erfahren hat, dass Bernhard mit seinem Namen versucht hat, Spezialkredite mit Sonderkonditionen an Land zu ziehen. Dadurch wurde der Kredit-Plafond meines Vaters enger."

„Wem wollte er denn diese Spezialkredite beschaffen?"

„Na, eurer Prosoft!"

Timo zuckte zusammen, durchschaute aber noch nicht recht die Problematik.

„Er hat also deinem Vater nichts davon gesagt?"

„Kein Wort hat er ihm davon gesagt und auch nicht davon, dass mein Vater notfalls für die Kredite bürgen müsste."

Timo schüttelte verächtlich den Kopf. „Du hast vollkommen Recht. Das geht entschieden zu weit! Ich werde das mit ihm besprechen."

„Es ist nichts passiert. Gott sei Dank! Aber zwischen den beiden ist es aus, seit mein Vater das erfahren hat. Und seit heute Morgen … na, das kannst du dir ja vorstellen!"

„Du und Bernhard", fragte Timo zögernd, „ihr wollt also definitiv nicht mehr zusammenleben?"

„Ich werde zur Polizei gehen und ihn anzeigen. Die Scheidung ist noch das Geringste."

„Ich will dich jetzt nicht weiter mit dem Thema quälen und fragen, wie alles dazu gekommen ist, Dorothee, aber du wolltest mir doch noch etwas Wichtiges mitteilen. Ich soll ihm die Verträge, die ich in New York abgeschlossen habe, nicht aushändigen?"

„Sehr richtig, Timo! Lass mich damit anfangen …" Sie zündete sich mit ihrem winzigen Feuerzeug eine neue Zigarette an, ohne sie diesmal in die Spitze zu stecken. Mit dem ersten Zug wollte sie tief inhalieren, was ihr nicht gelang. Sie hatte sichtlich Schmerzen im Brustkorb. „Seit das mit Chantal und Verónica passiert ist, lief alles irgendwie aus dem Ruder. Bernhard steckte noch nie so viel mit Thorlef und Gregor zusammen. Sie haben viel über dich geredet und neuerdings auch über die Verträge mit dieser McKerr, die du nicht herausgerückt hast. Immer über das Handy. Ich habe eben so einiges aufgeschnappt, vor allem, wenn Bernhard laut geworden ist. Du kennst ihn ja; wenn er nervös ist oder ihm irgendetwas nicht passt, brüllt er immer."

Timo nickte.

„Also, ich fasse mich jetzt kurz. Bernhard ist meines Erachtens geldgeil geworden, so wie wenn ein Poker-Spieler süchtig wird. Du verstehst, was ich meine? Er will die Prosoft für sich! Und wie will er das bewerkstelligen? Ganz einfach! Thorlef soll bestätigen, dass du nach dem Verlust deiner Tochter und deiner Frau – noch dazu auf so tragische Weise – verrückt geworden bist, zumindest nicht mehr zurechnungsfähig. Was die Prosoft angeht, bedeutet das deine Entmündigung, die Gregor juristisch betreiben soll. In die Klapsmühle wollen sie dich schicken."

Timo schüttelte unentwegt den Kopf. Er dachte an Bernhards Reaktionen in der letzten Zeit, an Thorlefs Benehmen heute Vormittag. Und trotzdem, war in Dorothees Äußerungen nicht zu viel Fantasie im Spiel?

„Ich kann mir das einfach nicht vorstellen, Dorothee. Wir vier kennen uns doch seit der Uni-Zeit! Und überhaupt, warum sollten Thorlef und Gregor mit Bernhard gemeinsame Sache gegen mich machen? Wir hatten nie Streit!"

„Das ist tatsächlich ein Punkt, den ich auch noch nicht ganz deutlich erkenne. Aber das kann noch kommen."

Timo schüttelte immer noch den Kopf.

„Belassen wir es für den Moment dabei", fuhr sie fort, „dass Bernhard ein Mensch ist, der es versteht, jeden für seine Interessen einzuspannen: Thorlef, weil er Psychiater ist, Gregor als

Juristen, meinen Vater, weil er bei den Banken den besten Ruf genießt. Ihm ist jedes Mittel recht!"

Der Kellner stellte endlich den Cappuccino vor Timo ab und ging mit einem großen Lappen, den er hinter dem Tresen hervorholte, nach draußen, um das Wasser von den Tischen zu wischen. Anscheinend hatte es aufgehört zu regnen. Fahle Sonnenstrahlen fielen durch ein Seitenfenster ins Lokal.

Timo nippte an seiner Tasse. Inwieweit hatte sie Recht? Konnten es nicht auch Hirngespinste sein? Bernhard hatte sie geschlagen. Ihre Wut kannte keine Grenzen. Andererseits war er sich bewusst, dass er selbst immer mehr an seinen Freunden zweifelte.

„Du willst zur Polizei, sagtest du?", nahm er den Faden wieder auf.

„Ja! Er hat mich heute vergewaltigt!"

„Wie meinst du das?", fragte Timo verwirrt.

„Wie ich das meine? Lass es mich so erklären: Am Ende unserer Flitterwochen hat er eigenartige Wünsche geäußert, die ich ihm nicht erfüllen wollte. Was weiß ich, wie er sich später – wo immer und mit wem auch immer – befriedigt hat!"

„Hast du einen Verdacht?"

„Ja!"

Timo war jetzt hellhörig geworden. Er wusste nichts von Bernhards Neigungen, welcher Art sie auch immer sein mochten. „Und?"

„Noch möchte ich mich zurückhalten. Aber heute Nachmittag weiß ich aller Voraussicht nach mehr. Wenn sich mein Verdacht bestätigen sollte, sag ich dir alles. Merk dir für den Moment nur eines! Ich sag's nochmals allen Ernstes: Du sollst in die Klapsmühle, damit Bernhard die Prosoft allein in die Hand bekommt. Und Thorlef und Gregor helfen ihm dabei. Warum auch immer. Wenn du es nicht glauben willst, dann lass es eben sein!"

Sie wirkte jetzt fast wütend, da Timo fortwährend ungläubig den Kopf schüttelte und sie zweiflerisch anstarrte.

„Gib mir wenigstens einen Wink! Worum geht es da?"

Sie schwieg unschlüssig, dann sagte sie plötzlich: „Bernhard ist pervers! Das habe ich dir schon angedeutet."

„Aber was hat das mit *mir* zu tun?"

„Ich schließe nichts aus!"

Timo runzelte die Stirn, nahm einen weiteren Schluck Cappuccino.

„Du sprichst in Rätseln, Dorothee."

„Ja, vielleicht. Noch!"

Timo führte einen Teil ihrer sonderbaren Verdächtigungen auf die sogenannte Vergewaltigung am Morgen zurück. Wieder legte er seine Hand auf ihren Arm, doch sie zog ihn weg.

„Timo, ich will dich jetzt nicht mit noch *mehr* belasten. Für den Moment sage ich nur: Sei auf der Hut! Sieh zu, dass er die Verträge nicht in die Hand bekommt! Solange du sie hast, bist du vor ihm sicher."

„Ich habe sie nicht mehr! Man hat heute Vormittag bei mir eingebrochen und sie gestohlen."

„Bei dir zu Hause?"

„Ja!"

„Da hat Bernhard seine Hand im Spiel."

Timo nickte zum ersten Mal, erkannte diese Möglichkeit vage an. Er überlegte, ob er ihr sagen sollte, dass der Mörder von Chantal und Verónica den Einbruch verübt hatte. Er ließ es sein, da er befürchtete, dass auch Dorothee Bernhard eine Beziehung zu dem Mörder andichten würde. Er fragte vorsichtig: „Warum glaubst du, dass Bernhard dahintersteckt? Er kann ja mit den Verträgen nichts anfangen. Wenn er sie hätte, wüsste ich, dass er den Einbruch veranlasst hat."

„Wenn du erst mal in der Gummizelle bist, interessiert das niemand mehr."

„Ich kann das alles nicht glauben!", Timo stöhnte jetzt fast. „Im Moment wüssten sie nicht, wo ich bin!"

„Wo bist du denn?"

Timo überlegte, bevor er antwortete: „Ich darf es nicht sagen. Polizeibefehl!"

„Du warst schon bei der Polizei? Und das sagst du mir erst jetzt?"

„Ja, wegen des Einbruchs. Das musste ich doch melden."

„Und seit deiner Meldung bist du ins Hotel gezogen?" Dorothees Blick war mehr als skeptisch auf Timo gerichtet.

„Ich habe nichts von einem Hotel erwähnt!"

„Tu nicht so geheimnisvoll! Ich bin auch offen zu dir."

„Dorothee, ich …"

Sie stand auf. „Willst du mir wenigstens deine Handy-Nummer geben?"

„Darf ich auch nicht!"

Sie wandte sich zum Gehen, aber er hielt sie an der Schulter fest. Ein plötzlicher Verdacht schoss ihm in den Kopf. „Sag mir, Dorothee, hat das, worüber du mich eventuell heute noch informieren willst, mit Chantal und Verónica zu tun?"

Sie zögerte, bevor sie sagte: „Vielleicht."

Ein Pfeil durchfuhr Timos Magen.

„Ruf mich um sechs Uhr auf meinem Handy an! Vielleicht weiß ich dann mehr!"

Sie drehte sich um und strebte dem Ausgang zu. Er lief ihr nach, hielt sie nochmals fest: „Dorothee, danke! Nimm mir nichts übel!"

Sie antwortete nicht, sondern verließ leicht hinkend das Café.

*

Als Jester sein Handy auf der Klarsichthülle mit den beiden McKerr-Verträgen abgelegt hatte, starrte er entrückt in den Spiegel. Wie von selbst nahm seine rechte Hand einen Pumpzerstäuber vom Rand des Waschbeckens und sprühte sich ein starkes Parfüm der Marke First auf die Halspartie. Dann erst durchlief ein wohliger Schauder seinen Rücken, der kurz in dem seit der Operation geschlossenen Muskelschlauch der Scheide verharrte und langsam zu dem Winzling seines Schwellkörpers vordrang, der sich sofort aufrichtete. Die innerste Wonne, Bernhard erstmals eine Lektion erteilt, ja ihn gedemütigt zu haben, erweiterte sich zu einer unverhohlenen Maßlosigkeit. Er quiekte, einem neugeborenen Ferkel gleich, ohne dieses sich verselbständigende Gebaren drosseln zu können; atmete heftig. Nur langsam kam er zur Ruhe und konnte die abartigen Laute in seine Gewalt bringen.

Also, dann um vier Uhr!, waren Bernhards resignierte Worte am Schluss gewesen. Unglaublich! Zu seiner Pamela müsste er in den dritten Stock der Prosoft kommen, dieser einen Packen Geld übergeben im Austausch gegen ein einzelnes Blatt Papier. Heute!

Jesters Gefühle ordneten sich jetzt eigenartigerweise seiner noch vorhandenen Weiblichkeit unter. Wie magisch gelenkt, glitt seine Hand nach unten, lupfte mit dem Zeigefinger den rosa Slip zur Seite und begann mit demselben Finger auf dem kleinen vernarbten Knoten zu reiben, der von seiner Scham übrig geblieben war. Er beobachtete sich im Spiegel, begann zu keuchen und stellte sich vor, wie er Bernhard gefesselt vor sich liegen sähe, wie er eine Seidenschleife um dessen aufrecht stehenden Penis binden würde, um sie langsam immer enger zu ziehen, so lange, bis sich das Vorderteil vom Rumpf ablösen würde. Das Blut würde strömen. Eine Menge Blut! Es wäre Bernhards Ende. Das Ende einer Ratte. Jester kam zum Höhepunkt, der so eindringlich war, dass er seinen Lustschrei selbst mit der Hand abdämpfte, um den Hausbewohnern nicht noch mehr eigentümliche Signale zu senden. Er senkte seinen Kopf erschöpft in das Waschbecken und verharrte dort mehrere Minuten, immer noch hastig nach Luft ringend. Seine Begierde, Bernhard zu töten, auf seine eigenste Weise, hatte den Wunsch, Timo Rossik Stück für Stück zu meucheln, in diesen Augenblicken vom ersten Platz verdrängt.

Dann fand er in die Wirklichkeit zurück, betrachtete sein Gesicht und wunderte sich im tiefsten Inneren darüber, plötzlich wieder als Frau gefühlt zu haben. Er wusch sein Gesicht mit kaltem Wasser ab, trocknete es und begann sich erneut zu schminken. Noch raffinierter, wie er sich sagte, sollte es sein, noch weiblicher, noch anzüglicher!

Danach schrieb er auf ein Blatt Papier: *Liebster, übermorgen, gleiche Zeit, an meinem Arbeitsplatz, tschüss!"*, und kicherte dabei unentwegt. Er steckte es in einen weißen Umschlag und schrieb darauf: *Herrn Direktor Bernhard Janisch. Nicht gleich morgen wieder!*, sagte sich Jester. *Zappeln soll er ein Weilchen.*

Dann entdeckte er den abgefallenen silbernen Fingernagel unter dem Stuhl vor dem Waschbecken und klebte ihn dort wieder auf, wo er durch die heftigen Bewegungen abgefallen war. Durch einen Türschlitz überzeugte er sich, dass sich niemand im Treppenhaus befand, und verließ seine kleine Wohnung, um sich ein Taxi zu suchen, das ihn zur Prosoft brächte.

*

Als Bernhard in Petra Rudloffs Büro zurückgekehrt war, hatte sie ihm einen ungnädigen Blick zugeworfen, der für einen Moment an Bernhards Stirn haften blieb, wo sich die Beule weiter ausgewölbt und dunkel verfärbt hatte. Auch er hatte nicht gegrüßt, sondern war in sein Zimmer gestürmt, die Tür hinter sich zuschlagend.

Die nächsten dreißig Minuten brachte er vor dem PC damit zu, Verkaufsaufträge für seine Infineon- und Telekom-Aktien an seine Bank zu geben. Er fluchte über die miserablen Kurse. Mit Mühe kam er auf einen Erlös von etwas über zehntausend Euro. Er hatte sich mehr als einmal verspekuliert. Was er bis zum Jahr 2000 an sechsstelligem Vermögen angereichert hatte, war im Jahr 2001 auf eine lächerliche Summe zusammengeschmolzen. Der neue Markt! Eine Seifenblase! Nicht mehr! Und *er* war darauf hereingefallen.

Er ließ sein Konto im Display stehen und wartete auf die Geldeingänge von Gregor und Thorlef. Mehrmals sah er auf seine Armbanduhr, obwohl die genaue Zeit in einer Ecke auf dem Bildschirm angezeigt wurde. Es war jetzt vierzehn Uhr zwanzig.

Zum ersten Mal hielt er es für möglich, dass sich Gregor und Thorlef nochmals besprechen würden, um ihn vielleicht doch im Stich zu lassen.

Auf dem Parkplatz vor dem *Via Roma* und anschließend, als es wieder leicht zu regnen begonnen hatte, war es in seinem Wagen zu einem heftigen Streit gekommen. Gregor und Thorlef waren der Auffassung gewesen, dass sie für die weiteren neunzehn Zahlungen an Jester nur Lücken zu füllen hätten, dass sie nur heute, weil er für größere Beträge mehr Zeit benötigte, an die eigenen Konten heranmüssten. Doch Bernhard hatte ihnen mitgeteilt, dass er über nicht *mehr* verfüge als über die zehntausend am heutigen Tag. Die Pleite des Jahres 2001! Entgeistert waren ihre Blicke gewesen, aber auch voller Misstrauen. Sie hatten ihn stets in einer komfortablen finanziellen Situation vermutet. Jetzt fühlten sie sich vorgeführt und, wie so oft, von ihm in die Enge getrieben. Sie hatten rundweg abgelehnt, weitere Zahlungen zu leisten.

Der Streit war ausgeufert, auch weil sie im Wagen – anders als im Restaurant – ihren Kehlen freien Lauf lassen konnten. Gregor hatte die Meinung der beiden auf den Punkt gebracht:

„Du bekommst keinen Cent, wenn du nicht *auch* im Obligo stehst. Immerhin bist du mit Timo der größte Aktionär der Prosoft, auch wenn du dein Kapital nur zu einem Viertel einbezahlt hast, was mich schon immer gewundert hat. Aber jetzt verstehe ich's!"

„Ihr könnt mich nicht hängen lassen, ihr Feiglinge! Sind wir Freunde oder nicht?"

„Wenn Thorlef und ich knapp eine Million hinblättern sollen und es geht etwas schief ..."

„Was soll denn schiefgehen?"

„Na, dass deine frühere Amante Zicken macht!", brüllte Gregor.

„Jester will das Geld und wir die Verträge! Verstehst du das nicht?", blaffte Bernhard.

„Wenn es nicht klappt, hätten wir wenigstens unser Geld noch. Wenn du uns die Million aber nicht zurückzahlst, glaubst du vielleicht, dass wir aus der Prosoft – noch dazu ohne McKerr – so viel Gewinn herausholen, dass unsere Leihgabe gedeckt ist? Das sind doch Flausen!"

Für einige Zeit war Ruhe eingetreten. Thorlef hatte mit dem Handrücken eine freie Stelle in das beschlagene Fensterglas gewischt.

Dann hatte Bernhard die letzten möglichen Argumente mobilisiert: dass sie eine Schicksalsgemeinschaft seien, die weit über die Tätigkeit der Prosoft hinausgehe, dass sie sich heute schon manchmal wie in einer Zwangsjacke fühlen mussten, weil sie nicht sicher sein konnten, ob Timo etwas wusste, und was das im schlimmsten Fall für Auswirkungen auf ihre Berufe haben könnte; dass, wenn etwas von den Ereignissen in Peru ans Licht käme, sie alle Tüten kleben müssten, bis zum Lebensende. Nur einen Weg gebe es, um da herauszukommen, nämlich den, jetzt konsequent ihre Pläne voranzutreiben, so wie sie es gerade noch im Lokal besprochen hätten.

Nach diesem Plädoyer war wieder eine Pause eingetreten, bis Thorlef das Wort ergriffen hatte: „Du hast Recht! Wir müssen uns keinen Sand in die Augen streuen. Wenn Timo was weiß und das preisgibt, dann steht uns wegen unserer Gelüste die Scheiße bis zum Hals! Da liegt der Hund begraben. Morde mussten wir schon veranlassen und haben weitere vor. Es geht nicht mehr, einfach zu sagen: ‚Lieber ein Ende mit Schrecken als ein Schrecken ohne Ende.' Das haben wir längst verpasst! Aber unser ganzes Geld möglicherweise verspielen?"

„Ihr verspielt es nicht!", Bernhard sah einen Lichtblick in Thorlefs Worten. „Und du hast doch selbst einen bestialisch guten Plan mit dem Gift, das nicht nachweisbar ist. Glaube mir, ich finde heraus, wo Jester wohnt! Dort finden wir auch unser Geld wieder."

„Du meinst, meines und Thorlefs?"

Bernhard nickte unwirsch.

„Also, wie viel erwartest du von uns?", fragte Gregor.

Bernhard hatte geschluckt und geahnt, dass er noch nicht am Ziel war.

„Okay, Gregor! Damit ihr nicht glaubt, dass ich euch mit dem Risiko alleinlasse. Ich habe hier im Auto Briefpapier der Prosoft. Ich schreibe euch je eine Bürgschaft über eine halbe Million aus. Bürgschaften der Prosoft! Damit hänge nur ich im Fall der Fälle voll im Schlamassel."

„Du hattest doch im Lokal gesagt, dass die Prosoft ohne die McKerr-Verträge im Moment keine Kredite mehr bekäme!", hatte Thorlef eingewandt.

„Es geht doch nicht um Kredite, sondern um eine Bürgschaft, aus der ihr den Nutzen ziehen könnt, wenn ich diese zwanzig Scheißblätter tatsächlich nicht in die Hände bekomme!", hatte Bernhard gebrüllt und war fortgefahren: „Wenn es tatsächlich dazu kommen sollte, könnt ihr mit dieser Bürgschaft Teile der Prosoft verhökern, wenn euch das gefällt. Auf jeden Fall seid ihr gedeckt. So viel gibt die Prosoft auch ohne die McKerr-Verträge her."

„Kannst du denn allein eine solche Bürgschaft geben, ich meine, ohne Timo?", hatte Thorlef nachgefragt.

„Ja, kann ich! Als Finanzchef bin ich dazu auch allein befugt."

Gregor, der Jurist, hatte genickt und das hatte den Durchbruch bedeutet.

Jetzt war es vierzehn Uhr fünfundvierzig. Noch immer kein Zahlungseingang! Bernhard zog das Handy aus der Brusttasche und wählte zuerst die Nummer von Thorlef, den er für den Willigeren hielt, aber sowohl bei ihm als auch kurz danach bei Gregor meldete sich nur die Mailbox. Er war außer sich, trampelte mit beiden Füßen auf den Boden. Normalerweise wäre er um den Schreibtisch getigert, aber der Bildschirm nagelte ihn auf seinem Stuhl fest.

Um fünfzehn Uhr rief er bei Petra durch und verlangte einen größeren Briefumschlag, ohne in diesen Momenten ernsthaft damit zu rechnen, dass er ihn auch brauchen würde.

Als sie ihm ein braunes Kuvert auf den Schreibtisch legte, sagte sie in einem umgänglicheren Ton: „Haben Sie sich gestoßen?"

„Ja, zu Hause."

„Du meine Güte! Soll ich …"

Er wehrte mit einer unwirschen Handbewegung ab, sodass sie die Augenbrauen hob und verschwand. Der erste Eingang von zwanzigtausend Euro wurde auf der Habenseite seines Kontos gemeldet. Gregors Bank hatte angewiesen.

Um fünfzehn Uhr sieben trafen Thorlefs zwanzigtausend ein.

Er wählte selbst die Nummer der Filiale der Hypo-Vereinsbank, wo er sein Konto hatte, und bat darum, fünfzigtausend Euro bereitzuhalten.

Um fünfzehn Uhr zwanzig fuhr er in die Tiefgarage. Ohne auf die Geschwindigkeitsregeln zu achten, raste er mit seinem BMW zur Bankfiliale, wo er sich im Halteverbot postierte.

Der ältliche Beamte am Schalter stellte keine Fragen, ließ die hundert 500-Euro-Scheine durch die Zählmaschine rattern, versah das Bündel mit einer Banderole und nahm Bernhards Kuvert entgegen, in welches er das Geldbündel steckte.

Bernhard lief zum Ausgang, grapschte vor der Sicherheitstür noch einen Packen Bank-Prospekte zusammen, lief zum Wagen und raste mit gleichem Elan unter Missachtung sämtlicher Verkehrsregeln zur Prosoft zurück. Zwei Minuten vor vier stellte er in der Tiefgarage den Motor ab.

Erst jetzt kam er dazu, sich über den ganzen Ablauf der letzten Stunden zu ärgern; dass es Jester war, der die Regeln bestimmte, der ihn erpresste, nur weil er etwas Wichtiges in seinen Fingern hielt. Jester das Geld in den Rachen zu stopfen, das er bei sich trug, war Bernhard zutiefst zuwider. Er verabscheute bereits jetzt den spöttischen Blick Jesters oder Pamelas, wie sie hier hieß. Erst Thorlefs Idee mit dem nicht nachweisbaren Gift gab ihm wieder die nötige Einsicht zurück, das durchzuführen, was er Thorlef und Gregor heute so eindringlich erklärt hatte.

Aber er beschleunigte seinen Schritt nicht, als er zum Aufzug ging. Wieso sollte er sich beeilen? Um pünktlich zu sein?

Er fuhr in den dritten Stock. Im Lift war er allein und versteckte das ansehnlich dicke braune Kuvert unter den Werbezetteln der Bank.

Jester saß in einer Nische, wie die anderen jungen Männer und Frauen auch. Sideboards schirmten die PCs vom jeweiligen Nachbarn ab. Bernhard war verblüfft, als er ihn sah. Wie früher, als er noch Pamela gewesen war. Raffiniert geschminkt und frisiert, mit leuchtenden dunklen Augen, die Bernhard jetzt fröhlich ansahen. Jester wendete seinen Drehstuhl in Bernhards Richtung, winkte ihm zu. Die anderen im Raum waren sichtlich überrascht, wie Pamela den Finanzchef begrüßte, während sie selbst ihm nur etwas verlegen zunickten.

„Hast du es mitgebracht?", rief Jester in seiner Frauenstimme.

Auch Bernhard war für einen Moment verlegen, doch dann drehte er sich zum Gang hin um, wo neugierige Köpfe aus den Nischen lugten. „Meine Cousine!", sagte er wie entschuldigend.

Jester reagierte schroff, indem er sich wieder umdrehte. Es war ihm sichtlich nicht recht, dass Bernhard ihn, beziehungsweise Pamela, als eine Verwandte ansprach. Er hatte ihn vor den anderen necken wollen. Alle sollten sich dann einen Reim darauf machen.

Bernhard trat näher an Pamela heran und sagte deutlich vernehmbar: „Also, wenn du das für mich aufarbeiten könntest. Ich komme morgen wieder vorbei!" Er hielt ihr den Packen mit Bank-Prospekten hinter dem Sideboard hin. „Hast du dein Zeugnis dabei?"

Bernhard sah Pamelas feindselige und höhnische Miene, als sie ihm ein weißes Kuvert gab und nach dem Packen grapschte.

„Sonst noch was?", fragte Bernhard und blickte wieder den schmalen Gang entlang, von dem sich prompt sämtliche Köpfe in ihre Nischen zurückzogen. „Wenn nicht, dann bis morgen!"

„Da habe ich Schulung!", sagte Pamela schnippisch. „Besser übermorgen!"

Bernhard nickte die Stirn runzelnd und verließ missmutig die Büros des dritten Stocks.

16

Nachdem Dorothee das *Cadore* verlassen hatte, blieb Timo sitzen und trank zwei weitere Cappuccinos. Bis er bei Bernie Hofrege sein musste, blieb noch Zeit. Was ihm Dorothee angedeutet hatte, trieb ihn um. Wollte Bernhard wirklich die alleinige Macht über die Prosoft? Halfen ihm Gregor und Thorlef dabei? Und wenn sie es taten, warum? Sie hatten nie Konflikte miteinander gehabt, waren gute Freunde seit langer Zeit. Aber auch wenn es so wäre, was hatte Bernhard mit dem Mörder seiner Frau und seiner Tochter zu tun, mit dem Mann, der heute in seine Wohnung hatte eindringen wollen und ihm dort später als Frau verkleidet die Verträge gestohlen hatte?

Auch während der Taxi-Fahrt zu Hofreges Detektei drehten sich Timos Gedanken im Kreis. Irgendeine Verbindung zwischen Bernhard und dem Mörder musste es geben, obwohl es keinen Sinn ergab, dass Bernhard diesen Mann beauftragte, die Verträge aus seiner Wohnung zu stehlen. Die Prosoft könnte nicht mit ihnen arbeiten, solange er, Timo Rossik, noch mündig durch die Gegend lief. Im Moment wusste Bernhard ohnehin nicht, wo er sich befand.

Dorothees Verdächtigungen meldeten sich erneut, Verdächtigungen, die bis nach Berón reichten. Jedoch Hofrege davon zu erzählen, schien Timo verfrüht zu sein. Und zu gefährlich für das Bestehen der Prosoft. Bernhard war immerhin Mitgeschäftsführer. Wenn etwas in die Öffentlichkeit sickerte? Es wäre fatal.

Bis das Taxi vor dem Eingang hielt, wo sich die Kosmos befand, war sein Beschluss gefasst: Hofrege sollte sich darauf konzentrieren, zu ergründen, welche Motive den Mann mit der Hakennase veranlasst haben konnten, die Familie Rossik auszulöschen. Und es müsste ihm gelingen, den Mörder aufzuspüren und der Justiz zu überstellen.

Außerdem sollte er herausfinden, ob Bernhard zusammen mit Thorlef und Gregor tatsächlich vorhatte, ihn für unzurechnungsfähig erklären zu lassen, um ihn aus der Verantwortung für die Prosoft zu verbannen. Letztere Recherchen müssten allerdings mit äußerster Diskretion stattfinden, um jeden Schaden am Ruf der Prosoft zu vermeiden.

Timo stieg die zwei Stockwerke des modernisierten Altbaus in der Ismaninger Straße zum Büro der Kosmos hoch. War Hofrege überhaupt der Richtige, fragte er sich plötzlich. Ehemaliger Geheimdienst-Mann, Erfahrung mit Ost-Mafias, hatte ihm Mark einmal erzählt. Passte das zu seinem Fall?

Er läutete. Eine hübsche blonde Dame in den Dreißigern öffnete ihm. „Herr Rossik?"

Timo nickte und trat ein. Eine weitere junge Frau saß an einem Computer und lächelte ihm zu. Die Einrichtung war modern und geschmackvoll. Die weißen Wände waren durch Poster kubistischer Kunst in überwiegend gelben und blauen Farben aufgelockert. Timo sah einige Apparate, die er trotz seiner Kenntnisse auf dem Hardware-Markt noch nie gesehen hatte. Er war erstaunt, wie modern die Kosmos zu agieren schien.

Eine Tür öffnete sich und ein sympathisch aussehender Mann, etwa Mitte fünfzig mit schütterem blonden Haar, kam auf ihn zu. Timo sah in wache, blaue Augen. Der Mann hatte nicht viel von dem, was er von Mark über ihn wusste.

„Herr Rossik?"

Sie schüttelten sich die Hände, während sich Hofrege vorstellte.

Wenig später nahm Timo vor dem eleganten Schreibtisch des Detektivs Platz.

„Sie haben meinen Namen von Mark Lassen?"

„So ist es. Wir waren kurze Zeit in derselben Bank tätig. Angefreundet haben wir uns mehr über das Tennis."

„Sie sind also kein Schulfreund von ihm, wie zum Beispiel Thomas Freyersen?"

„Wer soll das sein?"

„Schon gut", winkte Hofrege ab.

„Sie scheinen viel Erfahrung zu haben, meint Mark", begann Timo etwas ungelenk.

„Hat er auch gesagt, wie viel ich koste, wie ich arbeite?"

„So ungefähr."

Hofrege lächelte. Er musterte Timo genau, bis dieser etwas hilflos die Augen zur Decke verdrehte.

„Sie müssen verstehen", unterbrach Hofrege die Stille, „wenn ich einen Fall übernehme, schaffe ich mir einen Eindruck von meinem möglichen Klienten. Meistens genügt es mir, ihn genau anzusehen. Es gibt für mich immer einige Merkmale, anhand derer ich auf den Menschen schließen kann, der da vor mir sitzt."

„Und, würden Sie nach dieser strengen Musterung meinen Fall übernehmen?"

„Das hängt natürlich weitgehend von Ihrer Geschichte ab. Wichtig ist, dass wir genaue Ziele definieren. Wenn wir uns da einig sind, werde ich Ihnen meinen Preis nennen."

„Ich bin mit diesem Vorgehen sehr einverstanden", antwortete Timo.

Für seine Geschichte benötigte er eine knappe halbe Stunde. Er hielt sich an sein Konzept, das er sich für dieses Gespräch im Taxi vorgenommen hatte. Hofrege hatte zwischendurch einige Fragen gestellt, die aber Timos Linie nicht gefährdeten. Erst als er geendet hatte, riss Hofrege ein Blatt von einem DIN-A4-Block und kritzelte in Stenografie etwa eine halbe Seite darauf. Timo fühlte sich während der erneuten Stille unbehaglich. Nochmals fragte er sich, ob er beim richtigen Mann vorgesprochen hatte, der jetzt auch große Teile seiner Geschichte kannte. Er wirkte auf Timo in seiner Art zwar professionell, aber wenig organisiert. Keine einzige Notiz während seiner Ausführungen, nur dieses unleserliche Gekritzel im Nachhinein.

Hofrege legte seinen Bleistift quer auf das Blatt Papier und stand auf. Schließlich sagte er: „Sie sind in großer Gefahr!"

Timo erschrak, nickte aber.

„Vielleicht aber anders, als Sie denken", fügte Hofrege hinzu.

„Wie meinen Sie das?"

„Später! Gehen wir zu den Zielen über! Was wollen Sie mit meiner Hilfe erreichen?"

Timo überlegte. Der Detektiv hatte sich gesetzt und nahm wieder seinen Bleistift in die Hand.

„Zweierlei. Erstens müssten Sie den Mann finden, der in München ist, um mich zu töten, nachdem er bereits meine Frau und meine Tochter ermordet hat, und Sie sollten ihn der Polizei überstellen. Ich will wieder ohne Angst auf der Straße gehen können und in meinen eigenen vier Wänden leben. Die Polizei müsste dann mit den Behörden in Peru versuchen, die beiden Morde aufzuklären. Natürlich interessiert es mich, welche Motive diesen Mann veranlasst haben, meine Familie auszulöschen."

„Und zweitens?", Hofrege hob die Augenbrauen an.

„Herausfinden, ob mich mein Freund und Partner Bernhard Janisch für verrückt erklären will, um mich entmündigen zu lassen, wobei er sich meiner beiden anderen Freunde bedient, nämlich des Psychiaters Thorlef Engelcke und des Rechtsanwalts Gregor Ristov, die ebenfalls kleinere Anteile an der Prosoft haben. Dieses Ziel muss aber so verfolgt werden, dass der Ruf der Firma in keinem Moment gefährdet wird."

Hofrege stenografierte längere Zeit. Dann fragte er: „Sie sagten, dieser Bernhard hat erst einen kleinen Teil seiner Einlage in die Prosoft einbezahlt. Hat er denn mit der Firma nicht schon genug Geld verdient, um sie auch effektiv leisten zu können?"

„Müsste er eigentlich schon! Weiß auch nicht, warum er zuwartet. Er ist der Finanzmann. Ich mische mich da nicht ein."

„Nehmen wir einmal an, er wäre pleite …"

Timo schüttelte vehement den Kopf. „Ausgeschlossen! Das würde ich …"

„Nehmen wir es einfach mal an!", unterbrach ihn Hofrege. „Wie würde er dann vorgehen, wenn er seine Einlage bezahlen und Ihre mit übernehmen wollte?"

Timo fühlte sich unwohl und sah Bernie auf einer falschen Spur. Bernhard war wahrscheinlich machthungrig und geldgierig, aber niemals pleite. Dafür verstand er zu viel von Finanzen.

„Es geht ihm um Macht! So hat es ja auch seine Frau vorhin gesagt. Er will einfach der Stärkere von uns beiden sein."

Hofrege ließ nicht locker. „Also, sagen wir, er wäre pleite! Wie käme er zu Geld? Sein reicher Schwiegervater gäbe ihm doch nichts nach dem, was zwischen seiner Tochter und Janisch vorgefallen ist."

„Mit den Verträgen, die mir dieser Mann gestohlen hat", Timo deutete auf die Kopie seiner Zeichnung des Mörders, die auf dem Schreibtisch lag, „bekommt er von jeder Bank Kredit! Auch für sich persönlich."

„Wie viel insgesamt?"

„Zehn bis zwölf Millionen Euro!", erklärte Timo ohne Umschweife.

Hofrege überlegte. Dann sprach er betont langsam: „Also halten wir fest: Im Moment haben Sie keines dieser beiden Vertragsexemplare in Händen und wahrscheinlich auch Bernhard Janisch nicht. Neue wird es nicht geben, falls Janisch nachverhandeln müsste? Stimmt das so?", er verengte die Augen, während er Timo fixierte.

„So ist es. Noch nicht einmal ich würde heute bei Orben einen neuen Vertrag kriegen."

„Warum mag dieser Mister Orben von McKerr Ihren Freund Bernhard nicht?"

„Irgendwas war mal mit Orbens Tochter. Auf einem Fest in den USA. Ich weiß nichts Genaues."

Hofrege stand wieder auf und kreiste mit langsamen Schritten durch den Raum, stand teilweise hinter Timo. „Genauer!", sagte er plötzlich.

„Es geht nicht genauer! Orben wollte nicht weiter darüber reden. Ich glaube, es ging mehr um eine flapsige Bemerkung von Bernhard gegenüber seiner Tochter."

„Aber Sie hätten nichts dagegen, wenn ich mich bei Orben erkundigen würde?", fragte Hofrege.

„Das wäre mir sehr unangenehm! Nein, das will ich nicht!"

„Gut, lassen wir das für den Moment!" Hofrege setzte sich wieder.

Eine längere Pause trat ein. Hofrege blickte aus dem Fenster. Timo unterbrach die Stille: „Also, übernehmen Sie den Fall?"

Immer noch schwieg Hofrege, blickte weiter aus dem Fenster. Dann griff er zu dem Stück Papier, das jetzt bis unten beschrieben war, rollte es zusammen und zielte damit in den Papierkorb, der neben ihm stand. „Nein! Eigentlich müsste ich Ihnen jetzt zwei Stunden meiner Zeit berechnen. Sie sind aber auf Empfehlung bei mir gelandet, deswegen tue ich es nicht. Aber trotzdem: Schade um die Zeit!"

„Was soll das heißen?", rief Timo bestürzt.

„Herr Rossik, ich löse die Fälle, die ich übernehme, auf meine Weise. Das hat Ihnen doch Mark Lassen gesagt? Dafür müssen die Ziele stimmen, sonst führen die Wege in die falsche Richtung. Ich muss ohne Beschränkungen arbeiten können, und man muss mir reinen Wein einschenken."

„Was ist an meinen Zielen falsch?"

„Es fehlt das Wichtigste!"

„Als da wäre?"

„Sie wollen doch im Grunde wissen, ob hinter den Morden an Ihrer Tochter und an Ihrer Frau Bernhard Janisch und vielleicht sogar Ihre anderen beiden Freunde stecken?"

„Hören Sie auf!" Timo war jetzt aufgestanden. Genau so weit wollte er nicht gehen. Das brächte die Prosoft in Gefahr. Schon wenn der Verdacht aufkäme, wäre die Presse voll davon. Im Moment war ohnehin noch nichts bewiesen. Dorothee verfügte noch über nichts Konkretes. Timo fuhr erregt fort: „Sie müssen sich vor Augen halten: Wir vier kennen uns seit mehr als zwanzig Jahren!"

Doch Hofrege blieb unnachgiebig. „Ich wiederhole: Sie wollen wissen, ob diese sogenannten Freunde an den Morden an Ihrer Tochter und an Ihrer Frau indirekt beteiligt waren. Oder, noch konkreter: Haben Ihre Freunde diesen Mann, dieses Monstrum, engagiert?"

„Unmöglich! Nein!", widersprach ihm Timo heftig. „Wenn Ihre Ermittlungen ein solches Gerücht in die Welt setzen würden, wären die Auswirkungen für die Prosoft unvorstellbar."

„Sie möchten also notfalls lieber ein Kompagnon von Verbrechern bleiben?"

Timo begann zu schwitzen. Er war völlig durcheinander. Einerseits wollte er es so, wie Hofrege es ausdrückte, nicht wahrhaben, andererseits spukten diese Gedanken fortwährend in seinem Kopf herum. Er sah Thorlef mit der Spritze in der Hand im Türrahmen stehen, hörte Dorothee, wie sie ihren Mann einen perversen Satan schimpfte; da waren die Präservative in Verónicas Zimmer und Chantals eigenartige Kleidung. Aber dennoch: Hofreges Vorschlag für sein Vorgehen ging zu weit. Er musste auch an die Prosoft denken.

„So kann man es nicht ausdrücken!", antwortete er leicht zerknirscht. „Natürlich spielt die Firma eine große Rolle. Ich habe sie immerhin mit aufgebaut. Deswegen kann ich Ihnen auch nicht völlig freie Hand lassen. Ich zahle schließlich und möchte auch bestimmen, wofür. Die zwei Ziele, mehr aber nicht!"

Bernie Hofrege stand auf und streckte ihm die Hand entgegen. Er lächelte, als wenn es zu einem Abschluss gekommen wäre.

„Keine Angst! Was Sie mir erzählt haben, bleibt hier oben", er deutete auf seine Stirn. „Ich wünsche Ihnen viel Glück. Sie werden es brauchen."

Wütend angelte sich Timo die Zeichnung vom Schreibtisch, faltete sie zusammen und steckte sie in die Jackentasche. Er wollte Hofrege noch seine Enttäuschung zum Ausdruck bringen. Mark habe ihn anders über dessen Qualitäten informiert. Aber er kam nicht dazu; denn der Detektiv hatte ihn bereits mit einem leichten Griff am Ellbogen zur Tür begleitet.

Im Vorzimmer, wo die beiden Assistentinnen auf ihre Schalttafeln eintippten, sagte Hofrege: „Sie können es sich ja noch mal überlegen. Hier, meine Handy-Nummer!", er gab ihm ein winziges Stück Papier. „Einen, maximal zwei Tage gebe ich Ihnen Bedenkzeit! Ausnahmsweise! Danach ändert sich meine Handy-Nummer wieder und ich lösche Ihre Geschichte gänzlich aus meinem Speicher hier oben!", er deutete wieder auf seine Stirn. „Tschüss!"

Als Timo auf der Straße stand, fühlte er sich allein. Hatte ihm Mark den falschen Mann empfohlen? Jetzt spürte er plötzlich wieder, dass ihn der Mörder schon öfter ausfindig gemacht hatte, sah sich hektisch nach allen Seiten um. Im selben Moment wurde er sich bewusst: Der Schutz, den er gesucht hatte, war ihm von Hofrege versagt worden. Zweifel kamen auf, ob er nicht doch auf ihn hätte eingehen sollen. In diesem Fall würde er sich jetzt sicherer fühlen. Fast war er geneigt, nochmals zu Hofrege hochzugehen, doch er entschied sich energisch dagegen. Dorothee würde er heute Abend anrufen. Dann wüsste er mehr.

*

Bernhard sah sein Ebenbild im Spiegel des Aufzugs. Das Glas verzerrte seine Beule zu einer kleinen, blau gefleckten Birne. Er war wütend und flüsterte sich seine eigene Dummheit zu, als er von seiner Begegnung mit Jester, alias Pamela, vom dritten Stock in den fünften fuhr.

Im vierten stiegen drei in einer osteuropäischen Sprache schnatternde Frauen mit Eimern, Besen und langstieligen Staubsaugern in den Händen zu. Deswegen ließ er es sein, Jesters Umschlag sofort aufzureißen. Was hielt er da eigentlich in der Hand, war es in sein Bewusstsein geschossen. Seite eins des McKerr-Vertrags oder was? Warum hatte er das *Zeugnis* nicht an Ort und Stelle geöffnet, bevor er Pamela den Packen Bankreklame mit fünfzigtausend Euro in der Mitte übergab? Ausgerechnet ihm musste das passieren. *Vollidiot,* schimpfte er sich.

Die Frauen stiegen vor ihm aus. Ihre Uniformen hinterließen einen Schwall an Ausdünstungen, die sich während mehrerer Tage in das Gewirk eingesogen hatten, was Bernhard noch mehr in Rage versetzte. Er stürmte durch Petra Rudloffs Reich und schlug die Tür hinter sich zu. Dann grapschte er – noch vor dem Schreibtisch stehend – nach dem Brieföffner und ritzte das an ihn adressierte Kuvert auf. Er zog das Papier hervor. Es war tatsächlich Seite eins des neuen McKerr-Vertrags. Für einige Sekunden hellte sich seine Miene auf, doch dann setzte neuer Groll ein, der sich gegen Pamela, diese dreiste Halbschlampe, richtete. Fünfzigtausend Euro für diese mickrige Seite eins, die nichts anderes als Präambeln enthielt, wie er beim Überfliegen des Papiers feststellte. Wie konnte sie es wagen, ihn derart demütigen zu wollen? Als Rache für damals? Für das, was er ihrem Körper abverlangt hatte? „Was war, das war! Punkt und basta!", schnaubte er. „Jetzt ist sie Jester, ein umgepuderter zwittriger Nasenbär, nicht mehr! Aber du wirst das Geld nicht ausgeben können. Und weißt du, warum? Weil ich es dir wieder abknöpfen werde. Nach Seite zwanzig."

Dann las er den beigelegten Einzeiler. „Aha! Eilig hast du es also auch nicht. Willst mich zappeln lassen." Er kochte vor Wut. „Na, warte!"

Schon übermorgen würde er ihm folgen, wenn er als Pamela aus dem Bürohaus stakste. Dann bekäme er heraus, wo Jester wohnte. Und wenn es nicht klappte, weil das Taxi im Verkehr hängen bliebe, dann würde er eben jemand beauftragen, der sich darauf verstand. Denn wo Jester wohnte, da steckte auch das viele Geld. Bei den heutigen strikten Regeln der Banken konnte Jester keine Bareinzahlungen in dieser Höhe wagen. Das würde die Finanzbehörden gehörig in Bewegung setzen. Nein, Jester würde die Geldbeträge erst bei sich horten und sie schließlich außer Landes schaffen, um sie irgendwo zu verprassen. Aber Thorlefs Gift würde ihn vorher lahmlegen und dann bräuchte er es nur noch abzuholen. Vielleicht gelänge es ihm auch bereits vor Seite zwanzig, in Jesters Wohnung einzudringen? Wer weiß?

Doch dann fiel ihm ein, dass es da einen Haken gab, eine zwangsläufige Bremse: Jester hatte noch einen Auftrag zu erledigen, und der hieß *Timo*. Es wäre nicht schwer, ihn – trotz seiner anfänglich großen Einnahmen aus der Erpressung – davon zu überzeugen. Seit New York gierte Jester nach Timo. Doch niemand wusste, wo dieser sich im Moment aufhielt. Und das war bedenklich. Denn sollte Jester für alle zwanzig Seiten bezahlt worden sein, bevor Timo auftauchte, dann war die Gefahr groß, dass er sich zu früh aus dem Staub machte. Sie hätten eine Million hingeblättert für einen Vertrag, den sie nicht besitzen und nicht verwenden durften, jedenfalls solange die Gefahr bestand, dass Timo plötzlich lebend und mündig irgendwann auftauchte. Thorlef, dieser Hohlkopf! Einfach laufen hatte er ihn lassen!

Er musste Jesters Wohnung auf jeden Fall entdecken, um seine Flucht mit dem Geld rechtzeitig zu verhindern, und sie mussten Timo finden. Koste es, was es wolle!

Als er sich zu dem kleinen Safe in einer Seitenschublade seines Schreibtisches hinunterbeugte, um das einzige Originalpapier unter einem Stapel von Dokumenten gesondert zu deponieren, bemerkte er, wie sein linker Arm mit einem Mal zuckte, ja geradezu bebte. Er hielt den Atem an; denn es war das erste Mal, dass ihm so etwas widerfuhr. Es war ein Zittern und Klammern zugleich, das seine Befehle völlig ignorierte. War es Dopamin-Mangel? Parkinson? Sein Herz schien plötzlich alle Rekorde zu schlagen. Was hatte diese Attacke ausgelöst? Verlor er die Nerven? Er führte sich Bilder von sonnigen Stränden vor Augen, saftige Wiesen, umgeben von stattlichen Bergen unter einem tiefblauen Himmel, und auch das Bild von Dorothee. Es musste ihr doch gefallen haben, was da heute Morgen im Schlafzimmer auf dem Boden geschehen war. So wie er sie heute früh genommen hatte, so hätte es immer sein sollen. Er verspürte immense Lust nach ihrem Körper, nach ihrem hilflosen Körper, nicht nach dem einer Kanaille. Eine Erektion machte sich bemerkbar, während sich seine Hand noch am Rand der Safetür festhielt. Langsam ließ das Zittern nach. Er richtete sich auf.

Als er sich im Sessel zurücklehnte, entdeckte er einen dunklen Fettfleck auf dem hellen Berberteppich unter seinem Schreibtisch. Er fluchte und gab den Reinigungsfrauen, die ihm im Aufzug begegnet waren, die Schuld. „Alles Ungeziefer, was uns da aus dem Osten überschwemmt. Elende Schweißzuchteln!", maulte er.

Er fuhr hoch, als Petra Rudloff den Kopf durch einen Türspalt steckte und sich bis zum nächsten Tag verabschiedete. Ihre Laune schien sich gebessert zu haben.

Dann holte Bernhard sein Handy aus der Brusttasche. Er musste Gregor und Thorlef anrufen, um ihnen zu sagen, dass er über Seite eins verfügte. Er tat es widerwillig. Was bildeten die sich ein? Die Szene am Parkplatz vor dem *Via Roma* kehrte in sein Gedächtnis zurück. Dividenden einstreichen und noch möglichst hohe für ihre mickrigen Beteiligungen und andererseits Zicken machen, wenn es darauf ankam, der Prosoft zu helfen! Er war noch ungehalten, als er Gregor anrief; änderte seinen Ton erst, als dieser vorschlug, ihn heute nochmals zu treffen. Um über einige Dinge zu reden, wie er sich ausdrückte. Er käme um halb sechs bei ihm zu Hause vorbei.

Als er danach mit Thorlef sprach, wollte er nochmals genau hinhören, ob dieser ein ähnliches Ansinnen hegte, aber dem war nicht so.

Auf dem Heimweg in seinem Wagen fühlte er sich wieder eigenartig ruhig, geradezu gelassen. Alles hatte eben seine Abfolge, sagte er sich. Man musste nur entsprechend denken und planen. Wenn es Timo nicht mehr gäbe, würden auch keine Probleme mehr existieren, um den Vertrag mit Orben zu exekutieren. Niemand würde danach fragen, wie er sich die Verträge beschafft hatte. Sie existierten eben und er hielt sie in Händen. Punkt! Geld würde in die Kassen der Prosoft und in seine eigene Tasche gespült werden.

Und wenn es Jester nicht mehr gäbe, wäre auch der wichtigste Zeuge für seine Exzesse beseitigt. Dann konnte er beginnen, das viele Geld und die alleinige Herrschaft über die Prosoft so richtig auszuleben.

Nur Dorothee würde noch ein Problem darstellen, falls sie tatsächlich etwas über die *Freundschaft* wusste, wo er seinen Neigungen freien Lauf gelassen hatte. Aber da gab es keine Beweise, redete er sich ein. Sie musste etwas anderes gemeint haben. Wenn er mit den kleinen Mädchen oder Knaben, mit Chantal oder mit Igor, Carlito oder Simba gespielt, sie seinem Willen unterworfen hatte, war kein verstecktes Auge in der Decke über ihm gewesen, um sie zu fotografieren. Da war nichts als eine blanke, rötlich getünchte Decke gewesen. Genau kontrolliert hatte er den Raum. Jedes Mal! Und trotzdem hatte er auch noch die Maske getragen.

Außer diesem einen Mal. Lächerlich!

Dass Verónica plötzlich ausgestiegen war, von den Dreierspielen genug gehabt hatte, darin lag der Ursprung allen Übels. Warum musste sie nur diesen Beschluss fassen? Nur weil Chantal mal mehr geschrien hatte als sonst? In die Heimat wolle sie zurück, um sich zu schämen. Und dann hatte sie nochmals gierig gestöhnt, diese Hure!

Erst das Debakel mit Verónica hatte sie alle drei dazu verdammt, dafür zu sorgen, dass keine Spur zu ihnen führte. Es war ihnen anfangs schwergefallen, gewiss. Aber hätte es eine andere Lösung gegeben?

Jetzt fuhr Bernhard bedeutend ruhiger. Die Gedanken hatten sich geordnet. Es gab eine klare Abfolge. Der Vertrag, dann Timo und am Ende Jester! Und was Dorothee betraf, da war es gut, dass er Gregor gleich nochmals sehen würde. Er fasste sich an seine Beule, die sogleich empfindlich schmerzte, ihm aber dennoch den Impuls für ein Grinsen vermittelte. Jetzt genoss er die Fahrt zu seinem Haus wieder. Die dunklen, wassergefüllten Wolkenwände zogen langsam ganz nach Osten ab. Neue Gebilde, wie weiß getünchte Blumenkohlköpfe, befleckten den frischen blauen Himmel. Kastanienblätter begannen ihr sattes Grün gegen ein attraktives Gelb einzutauschen. Ein schöner Herbst schien ins Haus zu stehen.

Auch die Attacke im Büro hatte Bernhard verdrängt.

Als er in seine Straße einbog, sah er Gregor bereits auf dem Gehsteig spazieren. Bernhard winkte ihm zu, bevor er in die nach unten führende Garageneinfahrt fuhr. Er ließ den Wagen vor dem Tor stehen und ging zu ihm hoch.

„Worum geht's, Gregor? Bin überrascht!"

Bernhard steckte die beiden Schlüssel in die kleinen metallenen Schlitze unter dem Griff der Haustür. Es verwirrte ihn, dass Gregor nicht sofort antwortete. Eigentlich war sein Freund immer gut gelaunt, auch wenn es um Geschäftliches ging. Immer schien er mit allen Gebärden des Lebens vertraut zu sein. Nichts war ihm fremd und so gewann er auch seine Prozesse, ohne vor dem Richter eine bitterböse Miene aufzusetzen. Auch seine eigenen Neigungen hielt er für normal, dachte nie daran, sie womöglich zu bekämpfen.

„Cognac, Zigarre?", hakte Bernhard nach, als sie ins Haus getreten waren und auf den offenen Salon zusteuerten.

„Nein danke, hab nicht viel Zeit."

Was konnte er wollen, fragte sich Bernhard und wurde unruhig. Es sich anders überlegen mit dem Geld?

„Also, was ist, Gregor?", fragte er ungeduldig. „Schieß endlich los!"

Sie saßen sich jetzt auf der weißen Couchgarnitur gegenüber.

„Es geht um zweierlei!", antwortete Gregor mit einer für ihn unnatürlich ernsten Miene.

Bernhard wartete ab, versuchte sich in Gelassenheit, obwohl Gregors Benehmen nichts Gutes verhieß.

„Zum einen: Da wäre dein Papier, diese Bürgschaft."

„Was ist damit?"

„Bevor das zweite Geld läuft, also für die nächste Seite des McKerr-Vertrages, müssen wir mit deiner Bürgschaft zum Notar."

„Was?", schrie Bernhard. „Du bist wohl nicht ganz bei Trost!"

„Wir wollen es so. Thorlef und ich! Ich spreche auch für ihn."

Dieses feige Aas von Thorlef! Kein Ton davon vorhin am Telefon. Und dieser Fatzke hier mit seinem verbrannten Eierkopf, zum Notar wollte er ihn schleppen, als wenn seine Unterschrift nicht völlig ausreichend wäre. Wieder merkte er, dass seine linke Hand zu zittern begann. Es war die Wut, die in ihm hochstieg und zu eruptieren drohte. Doch es gelang ihm mit einiger Anstrengung, sich im Zaum zu halten. Er brauchte Gregor, wegen des Geldes und wegen Dorothee.

„Wieso kommst du als Jurist erst jetzt auf diese dämliche Idee? Warum hast du das nicht gleich gesagt?"

„Hab nochmals darüber nachgedacht." Gregors Stimme und Miene waren plötzlich wieder lockerer als noch eine Minute zuvor. „Im Prinzip ginge es natürlich auch ohne. Aber so wird das Ganze sicherer."

So rieb er es den Menschen immer hin, tat so, als sagte er was ganz Natürliches und Nettes, und im Grunde war es eine Gemeinheit, dachte Bernhard.

„Du spinnst wohl!", Bernhard merkte, dass er jetzt doch kurz davor war, auszurasten. Er dachte sogar für einen Augenblick daran, Gregor zu ohrfeigen, kaute aber stattdessen so fest am Gaumen, dass er sich kurz danach mit dem Taschentuch Blut von der Lippe abtupfen musste.

„Durchaus nicht!", war Gregors Antwort. Er lächelte Bernhard an, der ihn nochmals fragte: „Und warum?"

„Darum!"

Bernhard umfasste mit der rechten seine linke Hand, um sie festzuhalten. Er hatte bemerkt, dass Gregor das Zittern beobachtete. Er hielt sie aber auch fest, um sich weiter zu zügeln, so schwer es ihm fiel. Er konnte keine neuen Fronten gebrauchen.

„Und was willst du noch? Was wäre Punkt zwei?"

„Deine Frau! Ich rate dir, sie anzurufen. Beklage dich bei ihr! Du hättest Schmerzen durch die Riesenbeule an der Stirn. Ich könnte das Gespräch dann bezeugen. Wenn du nichts unternimmst, könntest du in große Schwierigkeiten geraten, wenn sie nur ihre blauen Flecken zeigt. Und das wird sie bald tun, bevor sie verblassen. Es muss so aussehen, als hätte ein kleiner Zweikampf stattgefunden, wenn du nur den Schimmer einer Chance haben willst."

Bernhard schüttelte den Kopf, blickte nach oben, wie wenn er die kleine Metallleiste mit den vielen Lichter-Spots um Rat fragen wollte. Schließlich sagte er: „Wieso willst du mich im ersten Fall knebeln und mir im zweiten helfen?"

„Im zweiten Fall wäre ich dein möglicher Anwalt. Im ersten geht es um mein Erspartes!"

„Und unsere Freundschaft?", fragte Bernhard.

„Darauf hast du zu sehr herumgetrampelt, seit uns die Probleme ins Haus stehen. Wir sind jetzt eine Schicksalsgemeinschaft, mein Guter! Wenn diese alles meistert, was so ansteht, können wir unsere Freundschaft neu besiegeln."

„Aha!", knurrte Bernhard.

Eine halbe Minute sprach niemand. Dann stand Bernhard auf, holte sich aus dem Barschrank einen Cognac-Schwenker und goss ihn zur Hälfte mit Martell voll. Er nahm einen kräftigen Schluck und stellte sich breitbeinig mit dem Glas in der Hand vor ihn. „Überzieh nicht, Gregor!"

Doch Gregor war unbeeindruckt. „Tu ich nicht! Ganz im Gegenteil! So wie du plane auch ich mein Leben und wie wir den ganzen Mist der letzten Wochen loswerden. Und jetzt ruf deine Frau an!"

Bernhard blickte noch einige Momente auf Gregor hinunter, aber es wurde ihm plötzlich klar, dass dieser Recht hatte. Sie waren keine Freunde mehr, sie gehörten einer Schicksalsgemeinschaft an, die sich auf Biegen und Brechen aus dem Schlamassel retten musste.

Er setzte sich, nahm einen weiteren Schluck aus dem Cognac-Glas, entschied sich jedoch bald, es vollends zu leeren. Dann stand er wieder auf und holte den Hörer von der Telefonkommode. Er tippte die Nummer von Dorothees Vater ein und schaltete auf *Lautsprecher*, damit Gregor mithören konnte. Es meldete sich der Anrufbeantworter. „Rede!", flüsterte ihm Gregor zu und Bernhard begann in kränklichem Ton: „Liebste

Dorothee, heute früh hast du wirklich übertrieben! Ich habe noch große Schmerzen von dem Schlag, den du mir mit deinem Handy versetzt hast. Mir ist manchmal ganz schwindelig. Vielleicht eine Gehirnerschütterung. Was ist eigentlich in dich gefahren? Kurz zuvor waren wir noch so glücklich im Bett. Und dieser kleine Disput, wir hätten …" Es tutete. Die verfügbare Zeit für eine Mitteilung war abgelaufen.

Bernhard drückte auf *Aus*.

„Das hast du gut gemacht. Mal sehen, wie sie reagiert", bemerkte Gregor sichtlich beeindruckt. „Schalte auch auf Anrufbeantworter, dann haben wir eventuell ihre hysterische Reaktion gespeichert!"

Bernhard fühlte sich wieder etwas mit Gregor versöhnt.

Das Wort „Schicksalsgemeinschaft" gefiel ihm. Es bedeutete, dass man handeln musste, um Schlimmes zu vermeiden. Gregor schien gerade ähnlich zu denken; denn er hob wie ein Lehrer den Zeigefinger und sagte: „Wir müssen Jester auf Timo ansetzen, und zwar in der Zeitspanne, in der er Blatt für Blatt deines Vertrages herausrückt. Sonst kannst du – jedenfalls solange Timo lebt – den Vertrag nicht zu Geld machen. Er wüsste ja sofort, wer hinter dem Einbruch steckt."

„Meinst du, das wüsste ich nicht?", reagierte Bernhard unwirsch.

„Ich nehme an, dass du ohnehin alles daransetzt, Jester das Geld wieder abzujagen. Ich meine, bevor Thorlefs Trick mit dem Kuvert wirkt."

„Davon kannst du wohl ausgehen. Nur, wir wissen nicht, wo Timo steckt. Thorlef, dieser …"

Das Telefon läutete. Dann hörten sie Dorothees erregte Stimme: „Ich glaube, du hast den Verstand verloren! Wage nicht nochmals hier anzurufen! Und erzähle mir nichts von einer Beule, du Dreckskerl! Das hat dir doch dein Freund Gregor eingeflößt. Aber mach dir keine Hoffnungen! Ich habe so viel über euch in der Hand. Sagt dir vielleicht das Wort *Freundschaft* was?"

Gregor schnellte hoch.

„Kleine Kinder vergewaltigen, na warte!", ging es weiter. „Und was mit Verónica und Chantal passiert ist, das bekomme ich auch noch heraus. Ich verspreche dir …" Das Band schaltete sich ab, und es tutete.

Gregor und Bernhard standen sich gegenüber. Eine Weile taten sie nichts weiter, als einander anzustarren.

„Und was machen wir nun mit ihr?", fragte Gregor schließlich. Bernhard merkte ihm an, dass er vor nichts mehr zurückschrak. Auch nicht, was Dorothee betraf.

Bernhard ging nicht direkt darauf ein, sondern sagte: „Du hast schon Recht, wir sind eine Schicksalsgemeinschaft geworden."

„Das hast du anscheinend eingesehen. Zumindest jetzt weißt du, wie es um uns steht. Ich muss gehen; auch um nachzudenken. Morgen um sechzehn Uhr!"

„Was ist da?"

„Der Termin beim Notar Spindler, Perusastraße. Du kennst ihn ja."

„Sollten wir das nicht …"

„Morgen um sechzehn Uhr!", bestimmte Gregor mit unwirscher Geste und stapfte aus dem Raum. Wenig später fiel die Tür ins Schloss. Ein Motor brummte auf. Bernhard warf sich bäuchlings auf die Couch.

*

Zu dieser Zeit, zwischen halb sechs und sechs Uhr abends, blieb das Garagentor offen und schloss nicht nach jedem ausfahrenden Wagen. Das hätte die Mechanik zu sehr strapaziert. Jede Minute passierte ein Auto die Schwelle zwischen Tiefgarage und Auffahrt. Henryk Jester, alias Pamela Gollaz, stand hinter einem der vielen breiten Pfeiler. Da der Aufzug alle fünf Minuten einen Schwarm von Menschen zu den Abstellplätzen ihrer Fahrzeuge entließ, war es Jester nicht möglich, den eingenommenen Standort zu verlassen, um nachzusehen, ob Bernhards X5 noch auf seinem Platz stand oder nicht. Es tummelten sich zu viele Menschen in nächster Nähe und er wollte auf keinen Fall auffallen; denn das würde er zweifellos in seiner extravaganten Aufmachung als Pamela Gollaz.

Hatte sich Bernhard mit seinem Wagen schon außerhalb des Gebäudes irgendwo postiert, um ihm nachzuspionieren? Das war die Frage, die Jester sich kurz vor Ende der Bürozeit gestellt hatte. Vom Gang aus, oben im dritten Stock vor den Büros, wo das große Panoramafenster war, hatte er den BMW nirgendwo auf den beiden Seiten der breiten Ausfallstraße entdeckt. Aber er wollte genau wissen, ob Bernhard die Prosoft verlassen hatte oder noch in seinem Büro saß.

Seine Neugier galt nicht nur für heute; er brauchte einen Plan für die nächsten acht bis zehn Tage, wie er das Gebäude verlassen konnte, ohne dass ihm Bernhard erfolgreich nachstellen konnte. Und das ging nur über die Tiefgarage und nicht über den vorderen Ausgang.

Es war ihm klar, dass Bernhard nicht der Mann war, der ihm eine Menge Geld übergab, ohne alles daranzusetzen, es auf irgendeine gemeine Art zurückzubekommen, wenn er erst einmal über die zwanzig Vertragsseiten verfügte. Auf Biegen und Brechen würde er versuchen, es wieder an sich zu reißen. Und dazu musste Bernhard unbedingt wissen, wo er wohnte.

Keinem einzigen Bekannten oder sonstigen Artgenossen hatte er bislang sein jetziges Quartier verraten. Seit er die letzte Wohnung in der Finauerstraße im Norden Münchens vor zwei Jahren aufgegeben hatte, war er nirgendwo mehr polizeilich vermerkt. Er hatte sich zwar am Einwohnermeldeamt ordnungsgemäß von der alten Adresse abgemeldet, aber auf den Abschnitt des Formulars, das den neuen Wohnsitz anzugeben hätte, geschrieben: *Ghana – Adresse noch unbekannt.* Den neuen Vermietern hatte er ein ausgefülltes Anmeldepapier mit der Adresse in der Kaulbachstraße gezeigt, auf dem der Behördenstempel nachgemacht war. Für sie war alles in Ordnung. Und bisher war es für ihn gut gelaufen. Auch besaß er Pass und Kennkarte, die noch acht Jahre gültig waren.

Mit seinem Umzug hatte er sich dafür entschieden, endgültig unterzutauchen. Der Entschluss war gereift, seit er seine Begierde, Menschen auf sadistische Weise zu töten, als den für ihn wichtigsten sexuellen Trieb erkannt hatte, den er fortan nicht mehr bekämpfen wollte wie noch die Jahre zuvor. Ausleben wollte er ihn. Die Gene waren dafür verantwortlich! Achtmal hatte er seine Gelüste bereits ausgekostet und dabei noch gutes Geld verdient. Denn Auftraggeber gab es genug. Auch „Z", der Mann, den niemand je gesehen hatte, der Gründer der *Freundschaft,* gehörte dazu.

Bei Bernhard wäre er erstmals sein eigener Auftraggeber. Aber auch er würde vorher noch zahlen. Und zwar weit mehr als alle anderen zuvor.

Es stank nach Benzin und Diesel. Motoren dröhnten, Reifen quietschten in den Kurven. Im nebeligen Dunst staffelte sich eine Schlange von sieben Fahrzeugen zur Ausfahrt hin. Nachdem sich die Aufzugstür ein weiteres Mal geöffnet hatte, huschte Jester im Rücken der Menschen zwei Pfeiler weiter. Bernhards Wagen stand tatsächlich nicht auf seinem angestammten Platz, hatte also das Gebäude bereits verlassen. Jester wusste, dass es nicht in der Zeit gewesen sein konnte, während der er hier unten stand, möglicherweise aber, als er vorhin die Treppe zur Tiefgarage hinuntergelaufen war. Er wollte auf Nummer sicher gehen, schlich sich zur Tür und eilte die zwei Stockwerke zum Erdgeschoss hoch, hielt dort den Lift an, der leer von der Garage hochkam, und fuhr nochmals in den dritten Stock. Er sah nach unten. Es gab nicht mehr viel Verkehr, doch es fädelten immer noch einige aus der Tiefgarage kommende Fahrzeuge nach links oder rechts auf die Straße ein. In den wenigen Parknischen, die zu beiden Seiten in die Grünanlagen eingekerbt waren, entdeckte er wie schon vorhin keinen Van der Marke BMW.

Jester zog sein Handy aus der Rocktasche und telefonierte mit dem Taxistand, den er links vorn vor der nächsten Kreuzung sah. Die Nummer kannte er auswendig. Zwei Fahrzeuge warteten dort auf Kunden.

Jester sprach mit seiner hohen Stimme. Man solle Frau Pamela Gollaz abholen. Da sie schlecht zu Fuß sei, käme es ihr sehr entgegen, wenn der Taxifahrer direkt zu ihr in die Tiefgarage käme. Das Tor sei geöffnet.

Kurz nach dem Anruf löste sich das zuvorderst stehende Taxi und machte eine U-Kurve, um das Prosoft-Gebäude anzufahren.

Jester nahm jetzt wieder den Weg über die hintere Treppe und stöckelte im unbequemen Laufschritt die fünf Stockwerke hinunter zur Tiefgarage. Es war jetzt kurz vor sechs. Noch stand das Tor offen, obwohl es kaum mehr Fahrzeuge in der großen Halle gab. Genau darauf kam es an! Sie musste exakt zu diesem Zeitpunkt noch geöffnet sein; auch in den nächsten Tagen, wenn ihn ein Taxi aus der Tiefgarage abholte!

Endlich trödelte das bestellte Taxi die letzten Meter der Einfahrt nach unten. Jester, der jetzt eine flotte Schirmmütze mit breiter Krempe trug, humpelte ihm entgegen. Der Fahrer sprang aus seinem Wagen und öffnete der angenehm duftenden Pamela die hintere Tür.

„Café Leopold", gab er an. Der Taxifahrer zog eine lange Schleife und fuhr die Auffahrt nach oben. Kurz nachdem sie die Schwelle überquert hatten, schloss sich das Garagentor. Es war genau sechs Uhr. Jester wusste, dass ab sofort nur die

Wagenbesitzer das Tor öffnen oder schließen konnten, weil sie einen Schlüssel dafür besaßen.

Es war also gutgegangen! Sein Plan war ausgezeichnet. So konnte er Bernhard düpieren und seiner Nachschnüffelei entgehen. Erst würde er oben – etwa um zwanzig vor sechs – nach Bernhards Auto Ausschau halten, dann das Taxi in die offene Tiefgarage rufen und wenig später – sollte Bernhard irgendwo halten – in der entgegengesetzten Richtung wegfahren. Dass ein Taxi aus der Tiefgarage kam, war schließlich ungewöhnlich, und wenn es Bernhard unter den anderen Autos überhaupt wahrnahm und ihn darin vermutete, müsste er erst eine sehr große Schleife ziehen, um ihm zu folgen. Und sollte ihm ein anderes Fahrzeug nachfahren, dann würde ihm das auffallen. Er kannte genügend Kneipen, wo er sich umziehen und durch einen anderen Ausgang verschwinden konnte.

Glaube mir, liebster Bernhard, das Geld will zu mir! Und am Vertrag wirst du nicht lange Freude haben. Ein Gemetzel wird stattfinden. Ich schwöre es dir!, frohlockte Jester. Doch dann erfasste ihn wieder Wut. Als *Cousine* hatte ihn Bernhard am Nachmittag vor allen anderen angesprochen und ihn damit wieder einmal düpiert. Kokettieren wollte Pamela mit ihm, doch *er* hatte es wieder versaut. Dieser Popanz!

Erst der Griff in die Tragetasche mit dem Logo *Loden Frey*, in der er unterhalb der Kleidungsstücke und des Stapels Werbebroschüren der Hypo-Vereinsbank das Bündel aus Fünfhundert-Euro-Scheinen fühlte, hellte seine Miene wieder auf.

Doch im selben Moment fragte er sich, wie er das viele Geld in der *Freundschaft*, wo heute *sein* Abend, der *Geschlechtertag*, stattfand, verstecken konnte. Er hatte sich schon immer geärgert, dass es dort keinen verschließbaren Spind oder Ähnliches gab; hatte es oft „Z" am Telefon gesagt, ob er sich denn die Polizei in den Räumen wünsche, wenn ein Klient meinte, bestohlen worden zu sein, und sie herbeiriefe. Aber „Z" hatte immer nur gelacht. Keiner von denen würde je die Polizei rufen und mit einer solchen Aktion die eigenen Neigungen bloßstellen.

„Z" war gänzlich unsichtbar. Wie ein menschliches Wesen im All. Er veränderte sogar seine Stimme durch technische Verzerrungen, nicht jedoch den Ton seiner Anweisungen oder gar seinen Sarkasmus. Vielleicht kannte ihn Cecilie, aber da war sich Jester nicht sicher. Jedenfalls schien sie „Z" zu spüren, als stünde er mit der Peitsche hinter ihr. Sie war eine Hundertkilo-Matrone, die an die zwanzig Prozent des Körpergewichts auf ihren Busen verteilt hatte, war grell geschminkt und rothaarig, jedenfalls während der Zeit, in der es sich um die offizielle Adresse in dem Gebäude an der Georgenstraße handelte. *Freundschaft – Bedrängte Kinder e. V. Öffnungszeiten: Mo - Fr: 15 - 19 h* gab das Messingschild an der massiven Holztür in der Mitte des sechsten, des obersten Stocks an. Anders als in den unteren Etagen gab es hier nur einen Eingang. Von den anderen erahnte man nur den Rahmen, da sie zugemauert waren.

Inoffiziell war Cecilie für alles zuständig, was die *Freundschaft* ihren Kunden anbot. Sie übernahm von „Z" angeworbenes Personal, junge Frauen und Männer, Schwule, Lesben, Zwitter, die in unauffälliger, ja ärmlicher Kleidung den Hauseingang betraten und mit dem klapprigen Aufzug in den sechsten Stock fuhren, um sich bei ihr zu melden. Sie nahm Mütter und Kinder in Empfang und sorgte dafür, dass sie sich, wie alle anderen, in Wesen verwandelten, die den unterschiedlichsten Neigungen der Klientel entsprachen; denn sie führte die Kundenkartei, in der alles minutiös notiert war. An unzähligen Kosmetiktischen veränderten sich Alltagsgesichter und -Körper zu anziehend ordinären, grazilen oder lieblichen Geschöpfen, eben je nach Geschmack der zahlenden Kunden. Cecilie deckte das Wünschespektrum der Kunden nahezu vollständig ab. Mütter, die mit ihren Kindern meist nachmittags in den Hauseingang in der Georgenstraße traten, fielen nicht besonders auf. Für die

Hausbewohner, zwei deutsche Rentnerehepaare, weit in den Achtzigern, türkische, serbische und marokkanische Familien, waren es Menschen mit großen Problemen, die bei der noblen Einrichtung *Freundschaft* Rat suchten. Über einhundertfünfzig Kunden hatte sie in den fünf Jahren seit ihrer Gründung angeworben, neunzig Prozent Männer, zehn Prozent Frauen, alle im Alter zwischen dreißig und siebzig. Kaum einmal war jemand abgesprungen. Meist kamen sie wieder. So benötigte Cecilie kaum noch ihre Karteikarten; denn sie hatte ein großes Gedächtnis, wusste auch, dass sich die Wünsche und Süchte von Mal zu Mal steigerten, und hatte dafür eine Palette an zusätzlichen Genüssen parat. Cecilie kümmerte sich auch um die Verteilung von Masken für einige übervorsichtige Kunden, sorgte für Stimulanzien jeder Sorte, für die jeweils gewünschte Beleuchtung, für Gerätschaften und für Sauberkeit. Außerdem verwaltete sie die Einnahmen und Ausgaben. Dauerbeschäftigte Liebesdiener und -dienerinnen standen ihr abwechselnd zur Seite.

Cecilie war im Haus ungemein beliebt; denn sie übte ja eine ehrenwerte Tätigkeit aus und oft gab sie Beispiele von Kindesmisshandlung zum Besten, die auf Initiative der *Freundschaft* aufgeklärt oder unterbunden werden konnten.

Heute war Jesters Tag. Dienstag, der *Geschlechtertag*. Er folgte dem *Einstimmungstreff* am Montag. „Z" hatte Jester gestern angerufen. *Frischfleisch* sei am Wochenende angekommen, zwölfjährige Inderinnen, eine Reihe schwuler Malaien und Hermaphroditen aus Haiti. „Z" hatte die beiden Tage so eingerichtet, dass Päderasten und Pädophile, die sich am montäglichen *Einstimmungstreff* besonders intensiv mit neuen Kindern angefreundet hatten, für den Mittwoch – den *Turnustag* – das Anrecht erwarben, gegen einen entsprechenden Aufpreis mit denselben Knaben oder Mädchen zusammen zu sein. Am Donnerstag folgte der *Homotag*, an dem ausschließlich Schwule und

Lesben zugelassen waren, und freitags war *Freestyle-Tag*, wie ihn „Z" eigentümlicherweise nannte; denn es war der Tag, an dem annähernd normaler Sex zwischen den Prostituierten und Kunden stattfand oder zu dem Ehepaare kamen, um Partnertausch zu betreiben.

Henryk Jester wurde durch ein dreistes Überholmanöver des Taxifahrers in der Ludwigsstraße aus seinen Gedanken gerissen. Er fluchte und vergaß dabei, seine Stimme zwei Oktaven höher einzustellen, wie vorhin noch, als er dem Taxifahrer sein Ziel genannt hatte. Als dieser überrascht in den Rückspiegel sah, räusperte sich Jester, als wäre er heiser, und gab dem Fahrer wieder mit Pamelas Stimme vor, vorsichtiger zu fahren.

Sie erreichten bald das Café Leopold. Jester bezahlte zehn Euro, stieg aus und stakste zu einem Tisch, der etwas abseits unter einem breiten Schirm stand. Im Moment schien die Sonne, was sein Gesicht unter der Puderschicht zum Schwitzen brachte. Es war ihm peinlich, als die Kellnerin ihn musterte und nach seinen Wünschen fragte. Sie stellte die Tasse Kaffee wenig später mit einem Glas Wasser vor ihm ab.

Er schlürfte langsam am Rand der Tasse und ging nochmals den gestrigen Anruf von „Z" durch. Neue Ideen waren verschiedentlich in seinem Kopf aufgeflammt. „Z" hatte ihn gefragt, wo denn Verónica und Chantal und seine besten drei Kunden – er meinte damit Bernhard, Engelcke und Ristov – abgeblieben seien. Er wolle sich seine Klientel nicht von der Konkurrenz abtrotzen lassen; hatte ihn auf seine generöse Hilfestellung angesprochen, als er noch Pamela Gollaz und als Hermaphrodit für die Vergabe von Liebesdiensten fest bei ihm *in Stellung* gewesen war. Er habe doch schließlich alle fünf nach und nach bei ihm eingeführt. Jester hatte gar nicht darüber nachgedacht, dass sich „Z" darüber Gedanken machte, und geantwortet, dass er gar nicht wüsste, wo sie steckten, und hinzugefügt, dass *er* – seit seiner Geschlechtsumwandlung – ein absolut treuer und gut zahlender Kunde der *Freundschaft* sei. Aber „Z" hatte nicht nachgegeben und gedroht, aktiv zu werden, sollten sie zur Konkurrenz abgesprungen sein. Zumindest von zweien habe er Fotos mit den *blanken* Gesichtern, mit deren Hilfe er bestimmt in der Lage wäre, sie wieder aufs richtige Gleis zu manövrieren. Jester war erstaunt gewesen. Er hatte nie gewusst, dass in der *Freundschaft* auch Vorräte an Erpressungsmaterial lagerten. Er hatte „Z" keck gefragt, ob er nicht Abzüge davon haben könnte; er wäre dann auch imstande, damit zu drohen und dafür zu sorgen, dass seine Bekannten wieder zur *Freundschaft* zurückfänden. „Z" hatte geantwortet, dass er es sich überlegen werde. Billig würde er sie ihm nicht geben. Was es denn kosten könnte, hatte Jester weiter gebohrt. „Vierstellig mindestens!", hatte „Z" daraufhin erwidert, aber er wolle erst weiter nachdenken.

Auf jeden Fall nachhaken müsste er bei „Z", so viel stand für Jester fest. Die Fotos wollte er unbedingt haben. Falls zumindest auf einem der beiden nicht Bernhard war, sondern Ristov oder Engelcke, konnte er sich im Ausland neben seiner Million noch eine schöne zusätzliche Leibrente sichern. Falls nur Bernhard auf den Fotos wäre, schied das aus; denn Bernhard würde sterben. Nach Seite zwanzig! Über das *Wie* wollte er einen hervorragenden Plan entwickeln, um ihn auch voll genießen zu können. Wie er es sich in letzter Zeit immer wieder vorgestellt hatte, so würde Bernhard sterben! Dazu müsste es ihm gelingen, ihn irgendwohin zu locken, vielleicht mit dem Foto als Köder oder der Seite zwanzig des Vertrags, der Seite, auf der die wichtigen Unterschriften standen.

Er sah auf die Uhr. Es war halb sieben. Zeit, um in Richtung Georgenstraße aufzubrechen. Aber er würde dort als Mann erscheinen. Er legte fünf Euro neben die Tasse Kaffee, die er inzwischen ausgetrunken hatte, und ging mit seiner Tragetasche zur Toilette, um Pamela für heute abzuschminken und in die

Kleidung und vor allem in die bequemeren Schuhe von Jester zu schlüpfen. Er würde die Schirmmütze zu einem kleinen schwarzen Männerhut umformen.

17

Seit er die Kosmos verlassen hatte, grollte Timo vor sich hin. Bernie Hofrege – angeblich ein Ass als Detektiv – nahm seine beiden Aufträge nicht an! Benutzte die eigenen Aufzeichnungen dazu, seine Treffsicherheit zum Papierkorb zu testen. Sein aufgekritzelter Fall war darin gelandet. Und Hofrege hatte noch zu seiner Absage gelächelt, war vorbildlich locker dabei geblieben. Unglaublich!

Timo widersprach seinem inneren Souffleur, der ihm ständig ins Wort fiel und ihn daran erinnerte, dass er noch vor wenigen Momenten fast bereit gewesen war, zu Hofrege zurückzukehren, um ihm doch freie Hand zu gewähren. *Und warum hab ich es nicht getan?*, fragte er störrisch. *Weil ich an die Zukunft der Prosoft denken muss. Ist das etwa unvernünftig?* Er schimpfte noch lauter, als ihn eine mit Regen aufgepumpte Böe erwischte und durchnässte. Kein Taxi weit und breit. Timo stellte sich unter das schmale Vordach eines Eingangs mit etwa zwanzig Klingelknöpfen, um dem nächsten Regenschwall auszuweichen. Kaum zwei Minuten später hielt ein silbergrauer Audi vor dem Haus. Ein Mann mit weißem Hemd, grüner Krawatte und einem Sakko über dem Arm lief auf die Tür zu, knurrte etwas Unfreundliches, dem Timo entnahm, dass er ihm den freien Durchgriff zum Schlüsselloch versperrte. Doch Timo war so gereizt, dass er nicht im Traum daran dachte, zur Seite zu treten, geschweige denn den schützenden Unterstand zu verlassen. Der Mann ließ ihn seine Reaktion mit dem linken Ellbogen spüren, den er ihm beim Aufschließen in die Rippen stieß, bevor er im Flur verschwand.

„Arschloch!", zischte ihm Timo nach.

Es vergingen weitere zehn Minuten, bis gut hundert Meter von Timo entfernt ein Taxi gnädigerweise anhielt. Wahrscheinlich hatte der Fahrer gezögert, als er den sichtlich durchnässten Mann gesehen hatte, sich aber dann doch entschlossen, das Geschäft zu machen. Er rollte etwas zurück. Timo öffnete die Tür und platzierte sich auf den Beifahrersitz. Es roch nach kaltem Rauch. Bernhards Zigarren fielen ihm ein. Doch er bemühte sich für den Moment, nicht schon wieder in diese Gedankenwelt einzutauchen.

„Hotel Hilton am Gasteig!"

Der Mann am Steuer musterte ihn missmutig, da Timos Jacke und Hose trieften.

„Warum haben Sie denn keinen Schirm mitgenommen? Es regnet doch fast jeden Tag."

„Weil ich ihn vergessen habe."

Der Fahrer wandte sich verdrossen ab. Timo ärgerte sich, dass die Scheibenwischer nicht mit den Regenmassen Schritt halten konnten, wunderte sich, dass der Fahrer überhaupt etwas sah.

Ausgelaugt und übel gelaunt fühlte er sich nach seiner Pleite bei Hofrege. Sein Bestreben, nicht mehr allein dazustehen, sondern auf einen Helfer zählen zu können, war gescheitert. Er sah keine Lösung vor sich. Und Polizeikommissarin Prengel misstraute ihm! Warum nur? Wahrscheinlich hatte sie inzwischen auch Herrlinger entsprechend beeinflusst.

Timo zuckte zusammen, als das Taxi auf den Straßenbahngleisen schlitterte, dann aber die Spur wieder halten konnte.

Die Fahrt dauerte nicht länger als zehn Minuten. Bevor das Taxi in die Einfahrt des Hilton preschte, spendierte es einem Fußgänger noch eine Dusche aus einer tiefen Pfütze. Der Mann, dem die eine Hosenseite triefend an den Beinen klebte, verfolgte den Wagen bis zum Eingang. Er brüllte durch die geschlossene Scheibe. Doch der Fahrer interessierte sich nur für die Bezahlung der Fahrt. Timo drückte ihm zehn Euro in die Hand, stieg aus und steuerte die Drehtür an. Es war die erste, die er nach der im Sheraton benutzte; denn mittags, als ihn die Polizei abgesetzt hatte, war er bewusst durch die Seitentür in die Lobby gelangt. Sofort setzte das flaue Gefühl im Magen ein. Für einen Moment war er auf alles gefasst, wartete instinktiv darauf, dass jemand die Tür anhielte, jemand mit teigig bleichem Gesicht und einer Nase, die einem Tukanschnabel ähnelte. Jemand, der herablassend die Mundfalten zu einem Lächeln verzog, das Menschenverachtung, Perversität und Blutdurst vereinte. Timo stieß die vordere Glaswand mit Nachdruck nach vorn, sodass die drei Japaner, die sich auf der Gegenseite in die Tür drängelten, einen kräftigen Schub mitbekamen.

Schweiß hatte sich auf seiner Stirn ausgebreitet, was der Mann an der Rezeption offenbar dem Regen zuschrieb. „Diese Schauer kommen immer überfallmäßig! Hier, zwei Nachrichten für Sie", sagte er freundlich.

Nachrichten? Von wem?, fragte sich Timo und nahm ihm die Zettel ab.

Er nahm den Lift, um die Mitteilungen noch zu lesen, bevor er in sein Zimmer kam. Es waren Mitteilungen, dass sich Prengel zweimal gemeldet und um Rückruf gebeten hatte. Er war erleichtert, obwohl er nicht wusste, warum.

Als er vor seinem Zimmer ankam und die Schlüsselkarte in den Schlitz steckte, bemerkte er auf der anderen Seite des Flurs einen Mann, der sich anscheinend erfolglos mit seiner Karte abmühte. Er hatte einen Hut auf. Timo blinzelte, um ihn schärfer ins Visier zu nehmen. Es war ein bayerischer Hut! Mit Gamsbart.

Als er im Zimmer war, zog er sofort die nassen Sachen aus. Auch die Unterwäsche war feucht. Er nahm den Bademantel aus dem Kleiderschrank, zog ihn an und legte sich aufs Bett, starrte für einen Moment gedankenlos auf die breiten Fenster, die den Lärm des auftrommelnden Schauers fast gänzlich verschluckten. Regenwasser floss in gefächerten Bahnen über die Scheiben. Er atmete tief seufzend aus, um seiner Frustration einen kleinen Ausweg zu gönnen. Am liebsten hätte er Mark angerufen, um ihn von seiner Enttäuschung über Hofrege ins Bild zu setzen. Aber dann ließ er es sein. Mark hatte mit diesem ja Erfolg gehabt.

Er überlegte, ob er Prengel anrufen sollte, entschied sich aber dagegen. Sie wollte doch nur herausbekommen, ob er sich artig in München aufhielt und nicht etwa getürmt war. Wahrscheinlich war sie jetzt schon höchst nervös. Sonst hätte sie nicht zweimal, um vier und um fünf, angerufen. Sollte sie ruhig noch etwas zappeln! Den Mann oder die Frau mit der Hakennase hatte sie bestimmt nicht geschnappt. Sich darum zu kümmern, wäre ihre wichtigste Aufgabe. Dieser Unmensch hatte schließlich Chantal und Verónica auf dem Gewissen und war außerdem hinter ihm her.

Er merkte, wie das Valium seine Wirkung einbüßte, wie er sich immer mehr verkrampfte. Er versuchte sich auf das Poster vor ihm an der Wand zu konzentrieren. Wieder kubistische Malerei, wie in der Kosmos. Kegel und Kugeln in blau-gelben Farben. Was verbarg sich hinter den Figuren? Eine Landschaft, eine Stadt, ein Stillleben? Doch schon nach einer Minute konnte er sich kaum noch konzentrieren; denn jetzt überkam ihn vollends Beklemmung. Das Blut in seinen Adern rauschte und das Zittern der Hände nahm zu. Jetzt huschten in rasender Eile Bilder vorbei. Chantal, mit ihrem weißen Schleier über ihm fächelnd, Thorlef mit der Spritze in der Hand, Dorothee mit ihrer großen schwarzen Sonnenbrille, der Mann mit dem Stetson-Hut und der gut gelaunte Bernie Hofrege. In seinem Kopf verkettete sich alles wie im Voreinspieler eines Fernsehkanals zu den Nachrichten aus aller Welt. Es war ihm unmöglich, die Bilder zu eliminieren, sie anzuhalten, es ging einfach nicht.

Plötzlich läutete das Telefon unangenehm laut, sodass Timo hochfuhr. Er setzte sich an den Bettrand, bevor er den Hörer abnahm. Prengel meldete sich mit kühler Stimme: „Ich rufe jetzt zum dritten Mal an, Herr Rossik! Wie sollen wir Sie schützen, wenn wir nicht wissen, wo Sie sind?"

„Ich soll München nicht verlassen, hat mir Ihr Chef aufgetragen, und hier bin ich."

„Herrlinger will Sie gleich auch noch sprechen. Also, wo waren Sie?"

Timo überlegte. Es hatte keinen Sinn, sich mit ihr anzulegen. Dafür war er jetzt nicht in der Verfassung. „In meinem Stamm-Café, im *Cadore* in Schwabing."

„War jemand bei Ihnen?"

Wieder zögerte Timo, besann sich aber schließlich: „Ja, eine Dame!"

„Name?"

„Spielt das eine Rolle?"

„Aha, eine Affäre."

„Nein, ich will die Dame nur nicht da reinziehen."

„Sie wollten doch nicht, dass jemand aus Ihrem Bekanntenkreis weiß, wo Sie sind."

Timo merkte, dass er einen Fehler gemacht hatte, und brummte: „Nobody is perfect."

„Ist Ihnen noch was zu dem Diebstahl in Ihrer Wohnung eingefallen?" Prengels Stimme klang jetzt etwas gelangweilt, vielleicht als Maßnahme, auf Provokationen nicht einzugehen.

„Nein! Die Verträge sind eben gestohlen. Was soll ich mehr dazu sagen?"

„Und warum soll's keine neuen geben? Erklären Sie mir das noch mal!"

„Der Kunde wollte bereits zwei Tage nach dem Abschluss wieder aus dem Vertrag aussteigen, weil ein Konkurrent angeblich eine noch besser maßgeschneiderte Version des Programms angeboten hätte. Er wollte sich sogar freikaufen. Somit ist klar, dass es keine neuen Verträge geben wird, wenn die gestohlenen verschwunden bleiben, und natürlich würde der Kunde auch keine Kopien herausrücken."

„Eigenartige Praktiken! Halten Sie es denn für möglich, dass Ihr Kunde oder einer seiner Mitarbeiter mit dem Einbruch zu tun haben könnte? Dass er vielleicht jemand beauftragt hat, die Verträge bei Ihnen zu stehlen? So jemanden wie die Einbrecherin von heute Vormittag?"

Timo war völlig überrascht, in welcher Richtung Prengel ermittelte. „Nein! Das ist gänzlich ausgeschlossen! Ich kenne den Kunden seit Langem. Das täte er nie. Im Übrigen würde er vermuten, dass die Verträge im Büro der Prosoft sind. Warum sollte er sie auch bei mir zu Hause vermuten? Was Sie sagen, ist völlig unlogisch!" Er hatte sich jetzt in Rage geredet.

Prengel antwortete nicht, murmelte aber im Hintergrund. Er überlegte, ob er auflegen sollte. Dann meldete sich ihre Stimme wieder: „So, Herr Polizeioberrat Herrlinger möchte Sie sprechen."

„Guten Tag, Herr Rossik!"

„Guten Tag!"

„Zunächst einmal, Herr Rossik: Es wäre uns angenehm, immer zu wissen, wo Sie sind. Wir wollen uns noch mehr um Ihren Schutz kümmern." Sein Ton wirkte auf Timo sympathisch, nicht befehlerisch. „Sie haben uns weitergeholfen! Wir haben Ihre Zeichnung durch das Raster unserer Fotodateien laufen lassen und dabei ist sie unter *Tötungs- und Sexualdelikte* hängen geblieben. Sie deckt sich recht weitgehend mit früheren

Zeugenbeschreibungen, ohne dass wir es mit absoluter Sicherheit sagen können."

„Das wäre doch schon ein Anfang!", bemerkte Timo fast erleichtert.

„Einerseits. Wenn die Übereinstimmung definitiv bestätigt werden sollte, käme ein Verdächtiger in Frage, der acht bislang ungeklärte grausame Sexualmorde im Bereich München, Hamburg, Berlin und anderen Städten verübt haben könnte."

„Und andererseits?", fragte Timo.

„Polizeikommissarin Prengel hält auch noch eine zweite Möglichkeit für untersuchenswert, nämlich, dass vielleicht Ihr amerikanischer Geschäftspartner diese Frau von heute Vormittag engagiert hat, den Einbruch zu verüben, weil er die Verträge zurückhaben wollte."

„Unmöglich! Ich habe es ihr schon erklärt", gellte Timo ins Telefon.

Sofort änderte sich Herrlingers bislang konziliante Tonlage. „Was macht Sie da so sicher?"

„Der Mann, der heute früh bei mir einbrechen wollte, war derselbe, der später als Frau verkleidet mit einem Nachschlüssel in die Wohnung eingedrungen ist und die Verträge gestohlen hat. Es ist auch der Mann aus Berón und aus New York."

„Das sagen *Sie*."

„Ja, das sage ich!", Timo brüllte jetzt, Schweiß tropfte in die Hörmuschel.

„Frau Walchner hat sie nicht erkannt, als man ihr die Zeichnung zeigte."

„Sie sind auf der falschen Spur! Glauben Sie mir! Sie meinen wahrscheinlich, ich hätte was mit dem Mord an meiner Frau zu tun, als Rache für den Tod meiner Tochter, auf die sie nicht richtig aufgepasst hat, und weil ich in Peru war. Aber das ist kompletter Quatsch! Wie hätte ich denn das Bild von dem Mörder schon in Berón zeichnen können?"

„Nun, ganz einfach! Wir halten es eben für nicht ganz ausgeschlossen, dass Sie den Mann, den Sie gezeichnet haben, vielleicht schon vorher gekannt haben. Von München her zum Beispiel. Er hat ja auch einen Nachschlüssel zu Ihrer Wohnung. Vielleicht ein Freund von früher, den Sie jetzt nicht mehr mögen. Sie könnten ihn aus dem Gedächtnis heraus skizziert haben, um den Verdacht von *sich* auf *ihn* zu lenken. Und die Frau, die heute bei Ihnen eingebrochen ist, war wirklich eine Frau, eben eine Auftragsdiebin. Kein verkleideter Mann! Zwei völlig verschiedene Fälle!"

„Der Comisario in Berón hat ihn doch auf der Zeichnung auch wiedererkannt."

„In seinem Bericht heißt es: Er *meint* ihn darauf wiedererkannt zu haben. Das ist nichts Hundertprozentiges!"

„Und Frau Walchner?"

„Sie hat nur eine Frau gesehen, mit großem Hut, die ziemlich schick war."

Timo merkte, wie sein Mund austrocknete. Er war nicht in der Lage, irgendetwas zu sagen. Sonnenstrahlen fraßen sich durch die schnell dahingleitende Wolkenmasse, sodass es abwechselnd hell und dunkel im Zimmer wurde.

„Wie gesagt, es ist nur eine Möglichkeit, Herr Rossik. Sie werden verstehen, dass wir allen Perspektiven nachgehen müssen."

Timo bebte. Er war außer sich, stotterte etwas, brach dann aber ab.

„So könnte es doch auch gewesen sein, nicht wahr, Herr Rossik?"

Timo überlegte ernsthaft. So falsch war der Gedankengang nicht, gestand er sich schließlich ein.

Er fand seine Sprache zurück. „Sie sagten doch auch, dass der Mann verdächtigt wird, ein Massenmörder zu sein."

„Wie gesagt, *verdächtigt.*"

„So wie ich verdächtigt werde."

„Ähnlich, ja …"

„Dann ist Ihr sogenannter Schutz für mich gleichzeitig auch eine Maßnahme, mich zu kontrollieren?"

„So ist es! Deswegen geben Sie uns Bescheid, wenn Sie das Hotel verlassen, sonst machen Sie sich nur noch mehr verdächtig!", sagte Herrlinger streng.

Timos Mund war jetzt so trocken, dass seine Lippen zusammenklebten.

„Haben Sie verstanden, Herr Rossik?", hörte er Herrlinger.

Er krächzte ein „Okay" in den Hörer und versenkte ihn in der Fassung auf dem Nachttisch. Er ließ sich nach hinten auf das Bett fallen, fühlte sich wie gelähmt. Nicht nur körperlich, sondern auch in seinen Gehirnströmen. Alles war blockiert. Er starrte zu dem Lüster über ihm und zählte die kristallähnlichen Kugeln ab, die sich um den Leuchtkörper gruppierten.

Nach einer Weile hatte er sich wieder einigermaßen gefasst. Er sah auf die Uhr. Dorothee anzurufen wäre jetzt überfällig. Aber er konnte nicht. Jedenfalls nicht jetzt gleich. Vielleicht nach einer kalten Dusche. Er mühte sich hoch und merkte, wie er schwankte. Seine Schritte zum Bad glichen denen einer Fliege im Honigbad.

*

Zehn Minuten, nachdem Gregor das Haus verlassen hatte, lag Bernhard immer noch auf der Couch. Erst seit wenigen Momenten zogen wieder klarere Gedanken durch seinen Kopf. Mit Dorothees Anruf war ihm bewusst geworden, dass sie nicht spaßte, dass es aus war zwischen ihnen. Und nicht nur das! Sie wusste von der *Freundschaft*. Vielleicht ahnte sie auch noch mehr.

Er räkelte sich hoch. Wenigstens zitterte seine Hand nicht mehr. Gregor … auch er hatte Angst. Sogar große Angst. Obwohl er gar nicht wissen konnte, ob sie auch *ihn* meinte. Was hatte sie genau gesagt?

Er stand auf, zögerte einen Moment, als er überlegte, ob er sein Cognac-Glas neu füllen sollte, entschloss sich aber, zum Telefon zu gehen und Dorothees Tirade auf dem Anrufbeantworter nochmals abzuhören. Er drückte auf den Knopf mit dem Pfeil und hörte ihre Stimme, die voller Hass und Entschlossenheit war. Jetzt kam die Stelle, auf die es ankam: „... Das hat dir doch dein Freund Gregor eingeflößt. Aber mach dir keine Hoffnung! Ich habe so viel über euch in der Hand."

Er tippte auf das Zeichen mit dem Balken, um die Aufnahme zu stoppen. *Klar*, sagte er sich, *und* wie *er Angst hat. Sie hat* euch *gesagt. Eindeutig!* Um es nochmals zu hören, drückte er wieder auf einen Pfeil, doch jetzt sagte die Computerstimme, es gebe sieben neue Mitteilungen, und begann mit Nummer eins, dem Anruf einer Freundin, die sich erst beschwerte, dass Dorothees Handy nicht funktionierte, um ihr dann zu sagen, dass sie im Oktober für zwei Tage nach München käme. Er tippte nochmals auf die Pfeiltaste, aber es wiederholte sich erneut Nachricht eins. Er beschloss, das Band bis zur siebten Mitteilung laufen zu lassen, und nutzte die Zeit, sich in der Bar des Salons den überfälligen Cognac einzugießen. Er nahm einen tiefen Schluck am Fenster, rückte dabei den Store zur Seite und sah, dass es wieder einmal heftig regnete, als er im Hintergrund eine Männerstimme vernahm, die ihm nicht bekannt war. Er lief zum Telefon zurück. Es war nur eine kurze Mitteilung gewesen, an deren Ende die Stimme einen Rückruf erbat. Dann folgte bereits die Zeitangabe für Nachricht Nummer fünf.

Er drückte wieder einen Knopf, erwischte diesmal den richtigen und lauschte. „Montag, zehnter September, sechzehn Uhr siebenunddreißig", meldete die Computerstimme. Es folgte eine ruhige, gut artikulierende Männerstimme: „Hier Borges! Frau Janisch, Ihre Handy-Nummer ist bereits den ganzen Tag besetzt. Seien Sie doch so freundlich und rufen mich bei nächster Gelegenheit an!" Es klickte. Nachricht fünf wurde angekündigt. Er drückte auf den Knopf, der den Anrufbeantworter zum Schweigen brachte.

Borges? Völlig unbekannt! Wer konnte das sein? Eine sachliche, eher geschäftsmäßige Stimme, kein möglicher Liebhaber! Jemand, der etwas zu berichten hatte.

Bernhard nahm einen Schluck aus dem Glas, stellte es neben dem Telefon ab, wühlte in der Etagere darunter zwischen mehreren Telefonbüchern das gelbe von München und Umgebung mit den Buchstaben A–K hervor, blätterte. Etwa in der Mitte stoppte er: *Manfred Borges, private Ermittlungen, Mü. Amalienstr. 55, Tel: 2725350,* lautete der Eintrag. „Das ist er!", murmelte er. „Dieses Biest! *Ihn* hat sie engagiert. Einen Schnüffler!"

Er riss ein Stück einer Seite aus dem Buch und kritzelte die Anschrift darauf.

Aus irgendeinem Grund fühlte er, dass er einen Schritt weiter war. Wenn der Übeltäter bekannt war, dachte er instinktiv, dann gab es auch Lösungen.

Er ging zurück und schenkte sich Cognac nach, setzte sich auf die Couch, betrachtete seine Hand. Sie zitterte kaum. *Fast normal,* sagte er sich und angelte sich eine Zigarre aus dem Kästchen auf dem Glastisch vor ihm, kappte das eine Ende mit den Zähnen und zündete sie an. Mit dem ersten Rauchschwall, den er energisch ausblies, begann er erste Gedankenspiele, die seiner neuen Situation Rechnung tragen sollten. Sie gingen in zweierlei Richtung. Alles durchzustehen, indem man die Feinde kaltstellte. Oder, bevor es zu spät war, abzuschwirren! Bei der ersten Lösung gäbe es natürlich *einiges* durchzustehen. Aber einmal überstanden, und alles wäre wieder normal. Er könnte sich daranmachen, die Prosoft mit dem neuen Vertrag zur absoluten Blüte weiterzuentwickeln. Ein unabhängiges Leben mit gefülltem Konto wäre die Folge.

Die zweite Lösung würde ein unruhiges Leben bescheren, irgendwo. Ja, wo überhaupt? Eine Menge Geld bräuchte er dafür.

Gewiss, er könnte es sich beschaffen. In erster Linie durch Gregors und Thorlefs Geld, das sie ihm liehen. Er könnte sich dessen bedienen, entweder unmittelbar, wenn sie es ihm übergeben hätten, oder indem er es Jester wieder abjagte. Aber wofür bräuchte er dann noch die Verträge?

Er plädierte für Lösung eins. Vorerst jedenfalls! Sie erforderte viel mehr Intelligenz. Er würde sich nur noch auf Handlungen verlassen, die auf seine Gedankengänge zurückgingen und zum Ziel führten, solche, die nicht von *Glück* oder *Schicksal* abhingen. Solche, die bedeuteten, dass er keine Rücksichten mehr nehmen würde. Gegenüber niemand!

Er goss sich noch einen Cognac ein, holte das in Frankreich zugelassene Handy mit der Spezialnummer und ließ sich auf der Couch nieder, legte die Beine auf den Glastisch. Erst Jester. Dann Gregor.

Jester meldete sich als Frau: „Was willst du, Liebster? Ich bin gerade unterwegs zur *Freundschaft*. Warum kommst du denn nicht mehr? Heute ist doch *Geschlechtertag*, deine Leidenschaft! Kein Geld?", Jester kicherte. Bernhard hatte sich vorgenommen, ruhig zu bleiben. Zu viel hing von dem Gespräch ab.

„Es ist ernst, was ich dir sage", sagte Bernhard sachlich.

„Na, da bin ich ja gespannt!", antwortete Jester wieder als Mann.

„Das mit den nächsten neunzehn Seiten kannst du dir aus dem Kopf schlagen."

Jester lachte. „Verarsch mich doch nicht immer!"

„Hör zu, uns nützen die Verträge nichts, solange Rossik … na ja, du weißt schon!"

„Wieso? Ich hab ihn längst an der Angel gehabt. *Du* hast mich immer wieder gestoppt! Das war fies von dir! Und jetzt willst du plötzlich, dass …"

„Spar dir die Worte! Solange es ihn gibt, kann ich die Verträge nicht benutzen, sonst denkt er, wenn er wieder auftaucht, dass ich sie stehlen ließ."

„Das hättest du dir früher überlegen müssen", erwiderte Jester mit unsicherer Stimme. „Ich weiß nicht, wo er steckt."

„Na, wie gesagt, so nützt der Vertrag nichts. Eigentlich müssten wir uns ja längst auf ihn vorbereiten. In zweieinhalb Wochen soll's losgehen. Das hast du doch sicher nachgelesen?"

„Klar, hab ich!"

Jester musste tatsächlich auf der Straße sein. Bernhard hörte Autos hupen.

„Du musst eben herausfinden, wo er ist, und zwar schnellstens. Vorher läuft nichts mehr. Ist schließlich deine Schuld, wenn er dich abgehängt hat."

Bernhard hörte die Sirene eines Polizeiautos im Handy. Er spürte, dass Jester verwirrt war.

„Ich versuch's, weiß aber im Moment nicht, wie", lenkte Jester ein.

„Dann hast du eben Pech gehabt und wir auch!"

„Denk ja nicht, dass ich dir die Verträge gratis gebe!", Jesters Stimme war bereits leicht hysterisch.

Bernhard lobte sich für sein Vorgehen, er hatte bei Jester den entscheidenden Nerv getroffen.

„Und da ist noch was, Jester! Du gehst doch zur *Freundschaft*?"

„Sagte ich doch. ‚Z' schimpft übrigens ständig auf dich. Weil du nicht mehr kommst. Er will dich notfalls zwingen!"

„Soso. Der kann mich mal! Der hat selbst einen Schnüffler an Bord!"

„Wie meinst du das?"

„Ich kenne seinen Namen. Dieser Mann weiß, was sich hinter der *Freundschaft* verbirgt."

„Du bluffst, so wie immer."

„Willst du den Namen? Willst du's ‚Z' sagen oder nicht?"

„Sag schon!"

„Borges, Manfred Borges, Amalienstraße 55!"

„Und von wem weißt du das?"

„Von meiner Frau. Sie hat mich beobachten lassen."

„Da steckst du ja ganz schön in der Scheiße!"

„Wir lassen uns scheiden. Dann ist die Sache gegessen!"

„Glaub das ja nicht!"

„Willst du mich etwa schon wieder erpressen? Gib lieber ‚Z' den Tipp! Er wird mir noch lange dankbar sein."

In der Pause, die jetzt eintrat, lächelte Bernhard vor sich hin. Wie gut, wenn man scharf denken konnte! Und Gregor würde er auch noch packen.

Jester meldete sich wieder: „Hast *du* nicht eine Möglichkeit, rauszukriegen, wo dieser Rossik steckt? Wenn ich's wüsste, wäre das Ganze schnell über die Bühne."

„Kann's versuchen. Aber eigentlich ist das ja dein Job!"

„Wegen dem Schnüffler sag ich ‚Z' gleich Bescheid. Ich sehe ja Cecilie." Jesters Stimme klang jetzt beflissen.

„Melde dich wieder!", wies ihn Bernhard an.

„Oder *du*, wenn du weißt, wo er steckt!"

„Klar! Nur mit dem nächsten Kuvert musst du eben noch warten! Wenn daraus überhaupt was wird. Pamela hat so lange frei!"

„Mistkerl!"

Jester hatte das Gespräch beendet. Bernhard war zufrieden. Er nippte an seinem Cognacglas. Dann wählte er Gregors Handy an.

So wie ihr letztes Gespräch verlaufen war, überraschte es ihn, dass dieser sich meldete, denn auf dem Display hatte er Bernhards Nummer erkennen müssen.

„War nicht so gut, was du da abgezogen hast!", begann Bernhard.

„Was willst du?"

„Dir was erklären! Hast du dich beruhigt, sodass wir darüber reden können, wie wir uns aus dem Schlamassel ziehen?"

„Red schon!" Gregors Stimme war eisig.

„Erst muss ich wissen, ob du, Thorlef und ich das Ganze durchziehen wollen oder ob jemand von uns aufgibt!"

„Du?"

„Nein! Und du?"

Gregor Ristov antwortete nicht gleich. Bernhard hörte ihn atmen.

„Hab daran gedacht. Aber dieser Weg wäre …" Er sprach den Satz nicht zu Ende.

„Was?"

„Unser Weg ist der einzig mögliche!"

„Wie steht's mit Thorlef?"

„Er ist plötzlich knochenhart! Will alles tun, um jegliche Spur zu verwischen. Koste es, was es wolle! Wenn du verstehst, was ich meine. Er will seinen Ruf und seine Praxis auf keinen Fall aufs Spiel setzen."

„So wie du?"

Gregor lachte humorlos.

„Das ist gut!", verbuchte Bernhard seine Reaktion als Zustimmung. „Dann sind wir tatsächlich eine Schicksalsgemeinschaft."

„Warum sagst du das gerade jetzt?"

„Weil wir nicht viel Zeit haben! Die neunzehn Seiten kriege ich bestimmt schneller, als mir das Jester verspricht. Der möchte das Geld und dann ab! So denkt er jedenfalls. Aber damit ist das Problem nicht gelöst!"

„Ich weiß, was du meinst. Timo! Solange wir keine Ahnung haben, wo er …"

„Timo zu eliminieren ist Nummer eins auf der Liste der Schicksalsgemeinschaft. Er kann nur in einem Hotel oder einer Pension sein. Hier in München – oder kennst du Freunde, wo er untergekommen sein könnte?"

„Aber wir können doch nicht alle Hotels und Pensionen abklappern!", stöhnte Gregor.

„Was ist mit deinen Kontakten zur Polizei? Die wissen doch, wer wo gemeldet ist. Die Namen laufen doch heute in den kleinsten Schuppen über den Computer."

„Wenn er sich mit dem richtigen eingetragen hat."

„Mir ist da was eingefallen: Timo hat doch sicher gemerkt, dass die Verträge gestohlen wurden. Und dann hat er's auch der Polizei gemeldet. Das wäre vielleicht ein Ansatz. Wenn die nämlich eingeschaltet sind und wissen, dass Jester mit einem Nachschlüssel gearbeitet hat und Timo deswegen Angst hat, in der Wohnung zu bleiben, weil Jester ihm schon einige Male aufgelauert hat, haben sie ihn möglicherweise in ein Hotel verfrachtet. Nur, in welches? Und du weißt: So viel Zeit haben wir nicht."

„Und du willst, dass ich über meinen Kontakt irgendwie herausbekomme, in welchem Hotel er ist, damit Jester …"

„Genau! Schaffst du das?"

Gregor atmete wieder laut. Bernhard stellte sich vor, wie es unter dem roten Glatzkopf arbeitete.

„Ich werd's versuchen. Du hast Recht! Timo ist Schlüssel Nummer eins des Ganzen! Thorlef sieht das genauso. Aber glaubst du, dass du Jester noch dazu bringst, Timo zu eliminieren?"

„Garantiert, Gregor! Mach dich dran, tschüss!"

Bernhard hatte rasch auf die *Aus*-Taste gedrückt. Er war zufrieden. Was er „Z" über Jester ausrichten ließ, ging Gregor im Moment nichts an. Jetzt begann Phase eins seines Plans!

*

Steinern, so konnte man den Blick nennen, mit dem Jester auf die grauen Carrées des Trottoirs starrte. Die Menschen, die ihm begegneten, wichen aus, da sie bemerkten, wie abwesend und eigenartig er auf sie zutrippelte. „Drecksau!", murmelte er mehrmals vor sich hin; und natürlich meinte er Bernhard damit. Vorläufig würde es also bei den Fünfzigtausend bleiben, die sich in seiner Tragetasche befanden, deren Kordeln er zweimal um sein linkes Handgelenk gewunden hatte. Aber die ganze Million war noch nicht verloren, beileibe nicht! Das schwor er sich. Immer und immer wieder versuchte Bernhard, ihn hereinzulegen. Wie heute Nachmittag, als er ihn *Cousine* genannt hatte. Und dann diese Scheiße mit diesem Schnüffler. Oder war das ein neuer Bluff von Bernhard, der genau wusste, wie die Erfüllung von Jesters Leidenschaften von der *Freundschaft* abhing? Wenn sie schlösse, dachte Bernhard sicher, wäre das eine Katastrophe für Jester. „Aber da täuschst du dich", sagte er laut. „Ich hau sowieso ab und so einen Club gibt es überall auf der Welt!" Nur, wenn es stimmte, was Bernhard sagte, würde er vorsichtig sein, was die *Freundschaft* anging. Jedenfalls solange er noch in München war. Denn Bernhard hatte immerhin Namen und Adresse des Schnüfflers genannt. Natürlich nicht ohne Hintergedanken! Er sollte es „Z" übermitteln; auch, dass seine Frau diesen Borges engagiert hatte. Warum wohl? Sie war Bernhard bereits egal, weil sie sich ohnehin scheiden lassen würde. Sollte sie doch gleich mit hopsgehen! So war er eben. Eine Drecksau. Nur mit Timo Rossik hatte er nicht ganz Unrecht. Jedenfalls gestand Jester sich das im Innersten ein. Er hatte ihn tatsächlich aus seinem Blickfeld verloren. Oft waren ihm solche Missgeschicke nicht passiert. Ein- oder zweimal vielleicht. Aber er hatte die späteren Opfer immer wieder selbst geortet.

Jester steuerte die nächste Telefonzelle an. Als er den Kopf anhob, um nach dem großen „T" an der Kabine Ausschau zu halten, merkte er, dass er beim Gehen immer noch stark die vorderen Fußwurzeln belastete, was ihm einen leicht wippenden Gang verschaffte und die Aufmerksamkeit der Passanten auf ihn lenkte. Es war immer eine Umstellung, wenn er von Pamelas hochhackigen Schuhen in Jesters bequeme Mokassins aus Büffelleder schlüpfte. Er wippte beim Gehen, ohne es zu merken. Überhaupt hatte er stets Probleme, wenn er sich von Frau zu Mann wandelte. Er fühlte sich sofort beobachtet. Nicht nur wegen seines Gangs, sondern auch wegen der Nase, die er nur mit dem großen Stetson verdecken konnte. Aber mit dem konnte er nicht ständig durch München spazieren. Damit fiel er noch mehr auf. Deswegen trug er ihn nur selten.

Er rückte seinen kleinen Hut tief in die Stirn und schob die große Brille auf die Nase. Bald entdeckte er, noch bevor er von der belebten Franz-Joseph-Straße in die Friedrichstraße einbog, eine Telefonzelle. Er musste nicht lange warten, bis eine ältere Frau zu Ende geredet hatte. Rasch schlug er das Telefonbuch auf und fand ohne Probleme *Borges, Manfred, Private Ermittlungen, Amalienstr. 55.* Das stimmte also!

Jester atmete tief durch. Er fühlte ein Prickeln in sich. Vielleicht bekäme er den Auftrag von „Z“. So einen wie die ersten drei, die ihm der Unsichtbare gegeben hatte.

Vor vier Jahren hatte Henryk Jester die siebenunddreißigjährige Melanie Kostely – eine von Trieben unselig geplagte Hausfrau – in die Nähe des Monopteros im nächtlichen Englischen Garten gelockt. „Z“ hatte ihn erstmals beauftragt, für ihn *eine recht unangenehme Sache* zu erledigen. Henryk Jester erledigte das gründlich und auf seine Weise, was ihm am Ende noch einen Rüffel von „Z“ einbrachte.

Melanie hatte sich bei ihren Freitag-Besuchen in einen professionellen Liebhaber verknallt. Sie ertrug es fortan nicht mehr, ihrem Adonis zuzusehen, wenn er in Sichtweite andere Frauen vernaschte. Sie wurde hysterisch und drohte den Laden auffliegen zu lassen. Bei einschlägigen Zeitungen wollte sie auspacken und sich anschließend umbringen.

Jester nahm ihr Letzteres ab, zertrümmerte ihr mit einem gezielten Schlag der rechten Handkante das Scheitelbein und verging sich an der toten Melanie zuerst anal und dann vaginal.

Das *Münchner Abendblatt* schrieb damals folgenden Aufmacher auf der ersten Seite:

GRÄUELMORD AM MONOPTEROS. Auf Seite drei ging es weiter in die Details: Der Mörder habe sich noch zweimal an der Toten vergangen und ihr anschließend mit einem Skalpell die Naht zwischen Anus und Scham aufgetrennt.

Beim zweiten Auftrag vor zwei Jahren lockte Henryk Jester den bisexuellen Dietmar Böhning, einundvierzig Jahre alt, in ein Gebüsch an den Isarauen unterhalb des Tierparks Hellabrunn. Böhnings Firma war in Konkurs geraten, und er beschwerte sich jedes Mal etwas mehr bei Cecilie über die happigen Preise der *Freundschaft*. Als seine Klagen in Drohungen übergingen, alarmierte Cecilie „Z" und Jester erhielt den Auftrag. Er versprach Böhning raffinierte Liebesspiele zu einem fairen Tarif, nur eben in der frischen Natur. Böhning begeisterte anfangs das, was ihm Jester bot, trotz des steinigen Bodens. Doch dann spürte er einen winzigen Stich in der Herzgegend. Zuerst dachte er bei all der Erregung an einen Infarkt und griff sich an die linke Brust. Doch dort sickerte Blut über seine Hand. Er fiel von Jesters Körper zur Seite.

Dieselbe Zeitung berichtete unter dem Titel: IST DER MONOPTEROS-MÖRDER ZURÜCK? über den Fall Böhning. Auch hier seien nach der Tötung analer Verkehr und die sorgfältig mit einem Skalpell durchgeführte Durchtrennung der Naht vom Anus bis zum Penis festgestellt worden, wobei der *Bulbus* – hier drückte man sich etwas gewunden aus – abgeschnitten worden sei.

Vor einem Jahr hatte Henryk Jester einen weiteren Auftrag von „Z" erhalten mit dem ausdrücklichen Hinweis, es sei äußerste Eile geboten. Der Privatdetektiv Lothar Sattler, ein fünfundvierzig Jahre alter Pädophiler, drohte, als ihm ständig ein russischer Junge im Alter von neun Jahren vorenthalten wurde, die *Freundschaft* anzuschwärzen. Wo und wie auch immer.

Jester fing den Mann vor seinem Haus ab, zwang ihn in seinen Wagen zurück und stieg selbst zu. Er befahl ihm – seine Pistole zwischen Sattlers Rippen und Hüfte bohrend – noch einige Straßen und Kurven weiter zu fahren. In einer abgelegenen Sackgasse in Untergiesing stülpte er in Ermangelung eines Schalldämpfers den mitgebrachten, am Bauch aufgeschlitzten Teddybären über seine Waffe, mit der er dem Mann in die Stirn schoss. Auch Sattler wurde – wie es im Abendblatt hieß – seines Bulbus mittels eines scharfen Messers oder Skalpells entledigt. Auf der großen Wunde sei ein blutdurchtränkter Teddybär gefunden worden.

Am nächsten Tag identifizierte Sattlers Frau Beate ihren Mann und sprach bei der Polizei davon, ihrem Mann und seinen abnormalen Neigungen hart auf der Spur gewesen zu sein. Als sie in ihre Wohnung zurückkam, stürzte sie sich aus dem Fenster im dritten Stock. In einigen Zeitungen wurde gefragt: *Selbstmord oder Mord?* Tatsache war, dass Henryk Jester damit nichts zu tun hatte. Er konnte sich allerdings vorstellen, wer hier für klare Verhältnisse gesorgt hatte. Auf jeden Fall gab es keinen Abschiedsbrief und die zehnjährige Tochter saß zur Zeit des Dramas auf der Schulbank, unweit von Sattlers Wohnung entfernt.

Die Polizei, der von der Gerichtsmedizin bestätigt worden war, es handle sich – außer was Frau Sattler betraf – bei allen drei Morden um ein und denselben Täter, gab sich der Öffentlichkeit gegenüber nichtsdestotrotz recht verschlossen und in den Formulierungen nebulös. Man recherchiere in verschiedene Richtungen, suche nach wie vor Zeugen, dementierte Presseberichte, wonach es nur um *einen* Mörder ging, der ausschließlich in München sein grausiges Unwesen trieb. Sie vermied es, jeglichen Verdacht zu nähren, ein in der Stadt frei umherziehendes

Monster könnte sich neue Opfer suchen. Sie wollte keinerlei Panik aufkommen lassen, sprach von möglichen Nachahmertaten und davon, dass in anderen Städten ähnliche Gewalttaten in einem bestimmten Milieu registriert worden seien, die man aber nicht ohne Weiteres *einem* Täter zuschreiben könne.

Jester sehnte sich richtiggehend nach seinem Telefonat mit „Z", was sonst nicht der Fall war. Er hasste diese verzerrte, gequetschte Stimme mit ihrem befehlerischen Ton. Aber heute winkte wieder ein aufregender Auftrag. Er beschleunigte seinen Schritt, auch in Anbetracht der ersten Tropfen, die sich aus einem dunkelblauen Wolkenknäuel lösten. Die Sonne strahlte noch zum Westen hin, während die roten Dachziegel auf den Gebäuden vor ihm bereits feucht glänzten. Er erreichte einigermaßen trocken den Eingang des Wohngebäudes in der Georgenstraße. Auf der eingemauerten Tafel befanden sich neben den Klingelknöpfen altmodische weiße Emailschilder, meist mit deutschen Namen in schwarzen Buchstaben, aber auch einige, die mit Plastiklamellen oder einfach nur mit Papier überklebt waren und auf die türkischen und arabischen Bewohner hinwiesen. Für die *Freundschaft* im obersten Stock war ein breites Messingschild mit Sprechanlage über die Breite von drei Namensschildern angeschraubt worden.

Die stabile alte Holztür löste sich zwei Zentimeter aus der Verankerung, nachdem Henryk Jester sein Codewort eingegeben hatte und Cecilie von ihrem Pult aus auf den Knopf gedrückt hatte. Er schob die Tür mit einer Schulter auf, betätigte den Lichtschalter und entdeckte sogleich an der vergitterten Aufzugskabine das Schild *Außer Betrieb*. Fluchend begab er sich zur Treppe, deren Bohlen innen durchgebogen und abgeschabt waren. Einige knirschten unter seinen Füßen, als hätte man beim Zurückschalten in den zweiten Gang das Kuppeln vergessen. Als er im sechsten Stock ankam, schnaufte er heftig und hörte selbst, wie die Bronchien pfiffen. Die Tür sprang auf.

Cecilie hatte sich für die *Abendschicht* zurechtgemacht, was hieß, dass sich ihre Riesenbrüste vom Mieder unter ihrem Flieder-Mini nach oben gewaltsam zusammenballten. Ihre Haare waren heute lila-brünett gesträhnt. Das faltenlose Mondgesicht war wie immer grell geschminkt. Ein tiefroter Mund und schwarze Schatten rund um die Augen.

„Hallo, Henryk! Da bist du ja. Du kannst Nummer fünf nehmen. Coccinelle wartet schon eine Weile auf dich."

„Geht heute nicht! Ich muss mit ,Z' telefonieren, und zwar sofort!"

„Du weißt, dass das nicht möglich ist. Er schmeißt mich raus!"

„Es ist dringend, Cecilie, und in seinem Interesse!"

„Vergiss es!"

Jester fühlte, wie ihm das Blut durch die Venen schoss. Er musste sich zusammennehmen, um nicht auszurasten.

„Ruf ihn sofort an und sag ihm, ich will ihn unbedingt sprechen! Ein Berufsschnüffler kümmert sich um seinen Laden."

Sie starrte ihn aus ihren kleinen, umränderten Augen an.

„Also, mach schon!"

Mit zerknirschtem Gesicht nahm sie den Hörer in die Hand und verschwand damit durch eine kleine Tür. Vor Jester prangten all die getürkten Schilder und Plakate für den Fall, dass sich ein rechtschaffener Bürger trotz Sprechanlage hierherverirrte. Hier stand, an wen sich die Eltern misshandelter Kinder in Notfällen wenden konnten. Falsche 180er- und 1805er-Nummern waren aufgedruckt, mit denen man in auf *unendlich* programmierte Warteschleifen gelangte, wenn man den Deutschen Kinderschutzbund, das Jugendamt oder spezielle Einrichtungen zum Schutz von Kindern wie *Kobra* oder *Wildwasser* anrufen wollte. Niemals würde sich „Z" das kaputt machen lassen, dachte Jester. Es war zu gut organisiert und getarnt.

Cecilie kam zurück.

„Du sollst *mir* alles sagen!"

Jester schüttelte den Kopf. Cecilie sah ihn einige Sekunden an, offenbar um herauszufinden, wie ernst er es meinte. Dann verschwand sie wieder. Kurz danach winkte sie ihm durch die offen stehende Tür zu. „Also, red schon, aber kurz!"

Jester zwängte sich mit seiner Tragetasche in den kleinen Raum, in dem mehrere Apparate blinkten, nahm ihr den Hörer aus der Hand und schob sie mit einiger Anstrengung in den Empfangsraum zurück, bevor er die Tür schloss.

„Was willst du?" Die Stimme klang ganz anders als gestern, aber wieder nasal-elektronisch.

„Es ist wichtig für dich!"

„Rede!"

„Ich habe den Namen eines Schnüfflers, der dir auf die Pelle rückt."

„Wer ist das?"

„Sag ich dir gleich."

„Also?"

„Hast du dir's mit den Fotos überlegt? Gibst du sie mir?"

„Was fällt dir ein!"

Jester erwiderte nichts. Eigenartige Geräusche, wie von einem Steuerstromgerät, summten in sein Ohr.

„Also, wer ist es?", meldete sich die gequetschte Stimme wieder.

„Die Fotos! Was ist damit?"

„Was sind sie dir wert?"

„Fünf!"

„Zehn!"

„Fünf!"

Pause.

„Acht!"

„Fünf!"

Pause.

„Okay, sieben! Letztes Wort!

„Fünf!" Jester hatte plötzlich Lust darauf, ihn zappeln zu lassen. Er wusste nicht, warum. Nur, um die Fotos zu kriegen, hätte er sogar fünfzehn bezahlt.

„Aber nur Kopien!"

„Mir egal. Ich will die Aufnahmen."

„Okay. Jetzt red schon!"

„Erst die Bilder!"

„Wie denn?"

„Das weißt du doch! Scannen und hermailen! Ich drucke sie aus!"

Pause.

„Gut! Bleib, wo du bist! Du kriegst sie in fünf Minuten!"

„Z" hatte aufgelegt. Cecilie musste es durch ein Signal auf ihrer Telefonanlage gesehen haben, denn sie öffnete stürmisch die Tür.

„Und?", fragte sie.

„Er ruft *mich* in fünf Minuten wieder an. Stell den Computer mit eurem Passwort auf Mail-Empfang ein, damit ich ausdrucken kann, was er mir schickt!"

„Ich mach das Ganze für dich, Jester!"

„Nein, machst du nicht!"

Cecilie ging wütend zum Computer, tippte auf die Tasten und verließ dann freiwillig den kleinen Raum. Nach einigen Minuten erschien unter „Zacharias" ein Mail-Eingang. Jester öffnete. Zwei Fotos erschienen in guten Farben. Auf dem einen sah er Bernhards Freund, den Psychiater, der den Penis von Karim, einem elfjährigen Türken, im Mund hatte. Die Maske lag neben ihm. Das andere zeigte Bernhard über ein kniendes Mädchen gebeugt, das Jester nicht kannte, von der Statur her aber keine acht Jahre alt sein konnte. Er hatte sein Glied in der Hand, um bei ihr einzudringen. Die Maske baumelte auf der nackten Brust. Jester bediente schnell die Drucktaste. Zweimal rutschten die Bilder von bester Fotoqualität in das Ausgabekästchen. Er war hochzufrieden, faltete die beiden Blätter und steckte sie in die Jackentasche.

Kurz darauf klingelte es. Einer der drei Apparate blinkte. Er nahm ab. Die Stimme am anderen Ende hatte sich inzwischen leicht verändert, fast meinte Jester, etwas Österreichisches herausgehört zu haben.

„Hast du es?"

„Ja!"

„Und mein Geld?"

„Lass ich bei ihr!"

„Hast du so viel dabei?"

„Ja, aber wir können auch verrechnen."

„Red endlich!"

„Der Schnüffler heißt Manfred Borges. Private Ermittlungen."

„Adresse!"

„Amalienstraße 55."

„Von wem willst du das wissen?"

„Von Bernhard Janisch. Ich soll es dir sagen."

„Und woher weiß er das?"

„Von seiner Frau. Der Schnüffler, den sie engagiert hat, hat's rausgekriegt."

Pause.

Dann meldete sich die elektronische Stimme wieder: „Wie konkret ist das?"

„Sehr konkret! Sonst hätte er mich nicht beauftragt, dir …"

„Halt dich aus der Sache raus! Ganz!"

„Wie meinst du das?", hakte Jester nach. „Das erledige ich doch für dich. Ich sagte, wir können das verrechnen!"

„Nichts werden wir! Das Thema muss schnell vom Tisch. Du bist zu genusssüchtig und das dauert mir zu lange! Ein anderes Mal vielleicht wieder!"

„Aber hör mal, ich habe doch immer …"

„Schluss jetzt! Und gib das Geld ab!" Es tutete.

Jester japste nach Luft. Er durfte nicht. Das war unmöglich, das konnte doch nicht wahr sein! Er sank auf einen Stuhl und verstand die Welt nicht mehr. Cecilie kam herein. Sie sah ihm an, dass etwas schiefgelaufen war, was sich um ihren Mund herum in einem süffisanten Lächeln ausdrückte.

„Eine Sekunde noch!", lallte Jester und bedeutete ihr mit dem Zeigefinger, ihn noch allein zu lassen. Sie schloss die Tür. Er holte den Packen aus der Tragetasche und zählte fünftausend Euro ab, stand auf und ging zu Cecilie.

„Dein Gespräch war ganz schön teuer", sagte sie ihm belustigt, als sie nach dem Geld grapschte. „Hättste lieber mich telefonieren lassen."

„Halt deinen frechen Mund!", rief ihr Jester zu und knallte die Tür zur *Freundschaft* zu.

18

Die Wunde am linken Schulterblatt brannte wie eine lodernde Flamme, als Timo die mit Heftpflaster festgeklebte Gaze abzog. Eine Menge Schorf löste sich ab und verteilte sich in dem appretierten Gewebe, das er in den Abfalleimer warf. Er zog ein Kleenex aus dem Schlitz am Waschbecken und klebte es auf die nässende Stelle. Der Oberarm schmerzte am Kugelgelenk, das im Saint Clare's eingerenkt worden war, stärker als die Tage zuvor. Dennoch fühlte er sich nach dem ausgedehnten Duschen frischer. Er schlüpfte in die schwarze Unterhose, zog die Hotelschlappen an und streifte sich vorsichtig den weißen Bademantel über die verletzte Schulter. Nachdem er sich gekämmt hatte, verließ er das Badezimmer.

Draußen hatte es wieder angefangen zu regnen. Es war ein ständiges Hin und Her.

Eine gewisse Wut über sein Telefonat mit dem Polizeioberrat hatte sich während der letzten Viertelstunde in ihm festgefressen. Er sah nicht ein, wie er überhaupt in die Nähe eines Verdachts geraten konnte. Das Sympathische an Herrlinger schien letztlich nur eine Maske zu sein, um ans Ziel zu kommen. Timo schloss nicht aus, dass er unten in der Hotel-Lobby einen Mann postiert hatte. Nicht etwa, um ihn zu beschützen, nein, um ihn zu beschatten. Dachte die Polizei überhaupt ernsthaft daran, sich energisch auf die Suche nach dem Mann mit der Hakennase zu machen, gar eine Sonderkommission dafür einzurichten? Für dieses Monster als Verdächtigen im Zusammenhang mit acht Sexualmorden?

Wenn es schon acht Morde in ganz Deutschland gegeben hatte, warum war der mutmaßliche Täter lediglich in der Fotodatei der Polizei zu finden, unter vielen anderen? Was war seit dem ersten Mord dieser Art geschehen? *Wahrscheinlich nicht viel*, redete er sich ein und fluchte laut. Falls ihm der Mann demnächst wieder begegnen würde, wie zuletzt hinter dem Türspion an seiner Wohnung oder vielleicht bald an der Drehtür des Hotels, wie könnte er das nervlich überhaupt noch verkraften? Und jetzt noch ohne jedes Valium? „Wann geschieht endlich was, oder soll ich in diesem Hotel Wurzeln schlagen?", schimpfte er weiter.

Er holte sich ein Bier aus der Mini-Bar und trank direkt aus der Flasche.

Was er unbewusst ständig vor sich hergeschoben hatte, den Anruf bei Dorothee, mahnte ihn nun von Minute zu Minute mehr und löste schließlich die anderen Gedanken ab. Warum dieses Zögern? Wollte er genau *das* nicht hören, was sie ihm vielleicht sagen könnte?

Er griff nach seinem Handy und wählte Dorothees Nummer an. Ihre Stimme klang heiser, als sie sich mit „Hallo?" meldete.

„Timo hier!"

„Es ist halb acht!"

„Wie geht es dir?"

„Ich bin in einer Klinik am Tegernsee. Mein Vater will, dass ich auf den Kopf gestellt werde, damit innere Verletzungen mit Sicherheit ausgeschlossen werden können."

„Hoffentlich ist nichts. Was wolltest du mir sagen, Dorothee?"

Für einige Momente drang nur ein zartes Schwingen an Timos Ohr. Aber er fühlte es: Irgendetwas kam auf ihn zu. Sein Magen füllte sich langsam mit Kieselsteinen.

Anfangs stotterte sie mit ihrer angeschlagenen Stimme, die er aus dem *Cadore* noch im Ohr hatte. Dann fasste sie sich aber und sprach in festerem Tonfall: „Ich muss mich dazu zwingen, es dir zu sagen, Timo; denn ich will dir nicht wehtun, nach all dem, was du schon mitgemacht hast."

„Es geht um Bernhard?"

„In erster Linie, ja. Aber auch um Gregor und Thorlef!"

Timo spürte, wie sich die Kieselsteine mehrten und mehrten, sich bald mangels Raum zu einem runden Felsen verklumpten, das Zwerchfell nach oben drückten und das Atmen in schnelles Keuchen umschlagen ließen.

„Sag mir alles, Dorothee!", stammelte er ahnungsvoll.

„Es gibt einiges, was feststeht, und dafür bekomme ich morgen Beweise, meist in Form von Fotos. Es gibt aber auch Dinge, die man daraus folgern kann."

„Ich verstehe."

„Verónica hat dich betrogen, Timo. Bernhard war nicht nur ein paar Mal in deiner Wohnung, sondern recht oft, eben wenn du verreist warst. Sie haben sich auch mehrmals in einem Etablissement, das *Freundschaft* heißt, getroffen."

Timo schloss die Augen. Bilder zogen an ihm vorbei. Minis mit goldfarbenen Pailletten, Rüschen-Slips, pinkfarbene Torseletts, gemusterte schwarze Strümpfe und Präservative, sechs Packungen, eine davon angebrochen. Nur ein Idiot ließ sich so hörnen! Und das noch durch einen Freund wie Bernhard. Auch Reste von Zweifel meldeten sich dazwischen. War das eine Abrechnung Dorothees mit Bernhard, koste es, was es wolle?

„Wie gesagt, morgen bekomme ich einen ganzen Ordner mit Fotos."

„Zeigst du ihn mir?"

„Natürlich, Timo! Du bist ja der Hauptleidtragende."

„Sie mochte ihn doch gar nicht", bemerkte Timo mit schwacher Stimme. „Nicht ausstehen konnte sie ihn …"

„Kann ja sein. Aber er muss sie wohl durch seine Perversitäten abhängig gemacht haben. Anders kann ich mir das auch nicht vorstellen. Vielleicht haben sie ihr irgendwelche Pillen gegeben. Du weißt doch, Thorlef …"

„Was heißt *sie*, und was hat Thorlef damit zu tun?"

„Gleich, Timo!", ihre Stimme klang belegt. „Das Schlimme daran ist, dass Verónica Chantal *dazu* genommen hat. Wahrscheinlich auf Bernhards Drängen hin."

„Zu was? Sie war doch erst sieben!", schrie Timo ins Handy. Er merkte, wie das Blut aus dem Kopf zurückwich und sich Schweiß über der Oberlippe sammelte. Chantals Schrank fiel ihm ein: Spitzenhöschen mit Ministrapsen, plissierte Slips, Netzstrümpfchen. Tränen sickerten über Timos Wangen. Mein Angelito, mein Angelito, was hat man dir angetan?

„Ich hoffe, ich überfordere dich nicht, Timo. Willst du alles wissen? Kannst du noch?"

„Sprich … weiter, Dorothee!", antwortete er gebrochen.

„Bernhard, das sagte ich dir ja im *Cadore*, ist ein Perverser. Weißt du eigentlich, dass er mit siebzehn schon vor dem Jugendrichter stand? Unzucht mit einer Sechsjährigen. Er ist Pädophiler, manchmal Päderast, wenn ihn gerade ein kleiner Junge erregt, und er treibt es mit Zwittern. War mal jahrelang mit einem solch armen Geschöpf liiert."

„Das ist doch alles unmöglich! Ich kenne ihn doch so lange!"

„*Lange* und nicht gut genug. Genauso wenig, wie du Thorlef und Gregor kennst. Beide sind auch Pädophile! Ich bin mir sicher, dass es alle drei mit Verónica und Chantal getrieben hatten."

„Das ist doch reiner Wahnsinn, Dorothee!"

„Es ist so, wie ich's sage, Timo. Morgen kriege ich Beweise von einem Privatdetektiv. Sie sollen ziemlich eindeutig sein. Jedenfalls zeigen sie, wie alle drei dieses Etablissement aufgesucht haben, diese *Freundschaft*, die angeblich Kinder vor Missbrauch schützt, aber in Wirklichkeit … na, den Rest kannst du dir ja denken. Der Detektiv hat's jedenfalls herausbekommen, was sich dahinter verbirgt. Natürlich hat er am Eingang auch Verónica und Chantal geknipst."

„Ich bin total am Boden, Dorothee. Fast bin ich froh, dass sie nicht mehr leben. Ich weiß auch nicht, warum ich das jetzt sage. Aber es ist so. Oder nein, natürlich nicht Chantal …"

„Ich verstehe dich, Timo. Ich glaube letztlich, dass Verónica es nicht mehr ausgehalten hat, wie man sie und Chantal – ich nehme an, unter Einfluss von Drogen – missbraucht hat. Sie ist sicher aus Scham mit deiner Tochter nach Peru."

„Wo ist diese *Freundschaft*?", fragte Timo grimmig.

„Erfahre ich morgen. Im Telefonbuch habe ich unter diesem Namen allerhand gefunden, Gesangsvereine, Gruppierungen von Ärzten, Sportclubs, aber nichts, was mit Kindern und ihrem angeblichen Schutz zu tun hat."

„Und du sagst, sie haben sich alle drei an Chantal und …"

„Ich glaube, dass Bernhard die anderen auf solche Eskapaden scharfgemacht hat. Vielleicht erst im letzten Jahr; denn ab damals kamen sie manchmal spät abends richtig *high* bei uns zu Hause vorbei und soffen noch 'ne Menge, flüsterten aber nur und lachten unentwegt. Ich lag oben schon lange im Bett."

„Ich kann's mir einfach nicht vorstellen. Sie sind doch verheiratet, gut sogar!"

„Das hast du bei mir auch gedacht, nicht wahr? Nein, nein! Gregor und Thorlef haben ähnliche Neigungen wie Bernhard. Möglich, dass sie's selbst lange Zeit gar nicht wussten, aber als sie die Chance hatten …"

„Hör auf! Ich muss mir immer Chantal dabei vorstellen …"

„Tu das nicht, Timo! Stell dir nichts vor! Andernfalls wirst du verrückt. Wir müssen jetzt handeln, mit den dreien aufräumen! Und das kannst du nun auch, denn du hast keine Rücksichten zu nehmen. Es können ja wohl keine Freunde mehr sein."

„Es würde mir nicht schwerfallen, sie eigenhändig umzubringen." Timo keuchte mehr, als er sprach. „Wann, sagst du, bekommst du diesen Ordner?"

„Ziemlich früh, hier in der Nähe des Krankenhauses. Ich sehe mir alles an und komme mit dem Zug aus Tegernsee rein. Am Holzkirchner Bahnhof. Treffen wir uns am besten in der Bar im Hotel *Zum Löwen*, gleich gegenüber! Sagen wir, um elf?"

„Um elf im *Löwen*."

„Timo, bleib vernünftig! So wie ich dich kenne. Nimm nichts selbst in die Hand! Was Bernhard betrifft, hilft mir mein Vater. Man steht solche Dinge nicht allein durch. Von den Schweinereien weiß er noch gar nichts und von meinen anderen Vermutungen auch nicht."

„Ich kann mir jetzt vorstellen, was du meinst."

„Weißt du, ich hab den Unterschied zu früher gemerkt. Sagte ich dir doch im *Cadore*. Seit Verónica mit Chantal verschwunden ist, haben sie ständig miteinander telefoniert. Bernhard, der sonst nur brüllt, hat meist nur noch gemurmelt, damit ich ja nichts mitbekomme, bis ihm eben manchmal der Kragen platzte. Ich habe nur keine Zusammenhänge gefunden. Aber es waren immer Thorlef und Gregor, mit denen er gesprochen hat, wie bei einer Verschwörung."

„Du meinst also, sie haben Angst bekommen, dass Verónica auspacken könnte?"

„Ja, das ist meine Meinung! Wahrscheinlich haben sie irgendein Schwein gedungen, für Geld, du weißt schon."

Timo sah den Mann mit der Hakennase vor sich, wie er mit seinem bleichen Gesicht und diesem widerlichen Lächeln auf ihn heruntergeblickt hatte, als er während des Trauerzugs in Berón zu Fall gekommen war, und er sah ihn als Frau, im Flugzeug und im dritten Stock der Prosoft. Natürlich! Bernhard trieb es mit Hermaphroditen. Das war einer von ihnen. Kein Zweifel!

„Timo, bist du noch dran?"

„Natürlich, Dorothee, entschuldige!"

„Diesem Schwein von Bernhard ist dann noch die Idee gekommen, *dich* zur Strecke zu bringen. Natürlich solltest du erst diesen wichtigen Vertrag abschließen. Und dann … ein weiterer Toter in einer Familie wäre vielleicht zu auffällig, aber ihn verrückt machen und ihn in die Klapsmühle befördern, dank Thorlefs und Gregors Hilfe, das wäre doch ein gutes Konzept."

„Glaubst du wirklich, dass alle drei unter einer Decke stecken?"

„Ich denke schon lange darüber nach. Bernhard hat nicht mehr viel Geld. Das wäre für ihn *die* Lösung."

„Kein Geld?"

„Er hat alles bis auf ein paar Tausend durch Spekulationen verloren."

Timo schüttelte fassungslos den Kopf. Nach einer Weile sagte er: „Ich glaub's jetzt fast auch."

„Tust du auch besser dran, Timo. Bevor du was unternimmst, reden wir mit meinem Vater, ja? Er weiß bestimmt, wie wir am vernünftigsten vorgehen."

„Einverstanden, Dorothee. Und gute Besserung!"

Er merkte, dass sie sich nicht richtig traute, das Gespräch zu beenden.

„Also versprochen, Timo?"

„Versprochen!"

„Mach's gut, Timo, bis morgen!"

Er drückte auf die rote Taste, warf das Handy aufs Bett und starrte vor sich hin. Es kam ihm so vor, als habe er alles geahnt. Nur, es war zu grotesk gewesen, es auch wirklich zu glauben.

Seine Freunde waren Mörder, die Mörder seiner Frau und seiner Tochter, die sie noch dazu monatelang missbraucht hatten. Der Zwitter war der Ausführende und der war hinter ihm her, weil er jetzt fällig war und weil *sie* die Verträge hatten, mit denen sie nichts anfangen konnten, solange er noch am Leben war.

Timo ging ins Badezimmer und schwappte sich kaltes Wasser ins Gesicht. Er war entschlossen zu handeln. Herrlinger? Ihn anrufen? Er wägte ab. Sein Gespräch mit ihm vor einer Stunde fiel ihm ein und das mit Kommissarin Prengel. Was, wenn er ihnen sagen würde, was er jetzt wusste? Nichts änderte sich. *Wir untersuchen in allen Richtungen!* Klar! Aber damit war ihm nicht geholfen und das fühlte er jetzt noch stärker; denn es war ganz real empfundene Angst: Er befand sich in Lebensgefahr! Es war so. Ganz konkret! Wo würde er ihm auflauern? Trotzdem würde er morgen mitten in der Stadt Dorothee treffen. Er brauchte diesen Ordner. Er sei Hauptleidtragender, hatte sie gesagt, und deswegen bekäme er ihn auch.

Dann dachte er an Bernie Hofrege. Ohne Hilfe ginge es nicht, hatte Dorothee gemeint, ihr Vater würde helfen. Aber zunächst war sie in einer Klinik am Tegernsee. Wer wusste, wann sie dort rauskäme, wenn sie erst mal eine innere Verletzung festgestellt hatten? Es blieb nur Bernie! Mark hatte er ja geholfen. So schlecht konnte er nicht sein!

Timo stürzte zum Kleiderschrank und kramte in allen Taschen, bis er Hofreges Zettel fand.

Er atmete hastig. Wartete. Noch konnte er nicht normal reden. Erst nach einiger Zeit hatte er sich gefasst. Er tippte die Nummer ein.

„Hallo!", meldete sich Hofreges Stimme.

„Rossik hier! Stehen Sie noch zur Verfügung?"

„Ich habe Ihren Anruf erwartet. Anscheinend wissen Sie jetzt genauer, in welcher Gefahr Sie sich befinden. Morgen früh um acht Uhr dreißig?"

Timo war erleichtert. „Klar! Nur, eigentlich müsste ich die Polizei benachrichtigen. Sie will immer wissen, wo ich bin."

„Darüber reden wir morgen."

*

Ernüchtert verließ er den kleinen Vorraum der *Pension Jacob*. Der Nachtportier schloss hinter ihm ab und knipste das weißlichblaue Neonlicht über seinem Pult aus. Es war der sechste Versuch gewesen, Timo aufzuspüren. Jedes Mal hatte es Bernhard nur mühsam geschafft, zu dieser nächtlichen Zeit ein menschliches Wesen auf die Beine zu bekommen, das ihm gnädigst für kurze Momente die Eingangstür öffnete. Es war jetzt ein Uhr. Mittels einer Visitenkarte, die er sich am späten Abend zu Hause am Computer angefertigt hatte, fühlte er sich ausreichend legitimiert, in den verschiedenen Unterkünften nach seinem Bruder Timo Rossik zu fragen. Dieser warte auf einen Brief mit wichtigen Dokumenten, die er am nächsten Morgen für eine Behörde benötige. *Peter Rossik* stand auf Bernhards Visitenkarte. Aber bislang gab es niemand, der auf den Namen Timo Rossik in einem der Hotels untergebracht war. Auch wenn ihn Bernhard näher beschrieb, hatte sich kein Pförtner an einen solchen Mann erinnern können.

Bernhard stand in der Hochstraße, wehrte sich mit aufgespanntem Schirm gegen Wind und Regen. Die Spitzen seiner braunen Schuhe waren vor Nässe bereits dunkel gefärbt, genauso wie der untere Rand seines beigefarbenen Regenmantels. Noch mehr Wasser flutete aus den tief hängenden Wolken, die über dem zuckenden Laternenlicht scharfe Konturen annahmen. Der Stadtbach auf der anderen Seite der Straße übertönte durch sein Brausen und Rauschen den in Schüben niederprasselnden Regen.

Bernhard musste sich noch zu zwei weiteren Pensionen, *Schwabenglück* und *Peter in der Au,* durchschlagen. Eine davon lag ebenfalls in der Hochstraße, die andere am Rablplatz.

Erst dann würde er sich im Hilton einen Drink gönnen. Auch Gregor schien bislang glücklos gewesen zu sein, denn er hatte ihn nicht angerufen. Natürlich konnte es so sein, dass Timo unter einem falschen Namen abgestiegen war. Auf Geheiß der Polizei!

Aber immerhin wussten sie jetzt so ungefähr, wo sich Timo aufhielt.

Um neun Uhr abends hatte ihn Gregor angerufen. Sein Bekannter bei der Polizei habe sich aus freien Stücken bei ihm gemeldet. Er wisse, dass sich heute Vormittag ein Timo Rossik im Polizeipräsidium eingefunden habe. In den Fall habe er sich aber nicht mehr direkt einschalten können, da er von Gregor nicht vorab informiert worden sei, was eigentlich vereinbart gewesen war. Es gehe um Einbruch, um zwei Morde und möglicherweise um einen Serientäter, der auch Timo verfolge.

Gregor hatte äußerst klug reagiert und den Polizisten in einer Weise ausgefragt, die nicht auffällig war, und dabei erfahren, dass eigentlich eine Polizeikommissarin den Fall bearbeite, sich aber – wegen der möglichen Spur, die zu dem Serienmörder führen könnte – ein Polizeioberrat eingeschaltet und sogleich verfügt habe, dass Rossik in ein Hotel ziehe.

Natürlich hatte Gregor den Mann nicht direkt gefragt, um welches Hotel es sich handle. Er war raffiniert vorgegangen, hatte glaubhaft versichert, dass seine engsten Freunde und Kollegen gerne wüssten, wo Timo sich aufhalte. Dieser brauche nämlich dringend Medizin und die Betreuung durch seinen Psychotherapeuten. Andernfalls drehe er durch. Der Polizist schien ziemlich beeindruckt gewesen zu sein, denn er hatte angeboten, einen Psychologen zu Timo zu schicken. Doch Gregor hatte abgewehrt; Timo brauche seinen eigenen Arzt und die Pillen, die ihm immer guttäten. Der Polizist hatte sich nach Namen und Anschrift des Psychotherapeuten erkundigt und von Gregor Thorlefs Adresse erhalten. Unvorsichtigerweise war dem Polizisten herausgerutscht, dass das ja ganz in der Nähe des Hotels sei, und mit dieser Bemerkung hatten sie plötzlich eine Chance, Timo auf die Spur zu kommen.

Bernhard schöpfte wieder neuen Mut, sich von allen Problemen befreien zu können, was hieß, zunächst Timo schnellstmöglich aus dem Weg zu räumen und über „Z" eine Lösung herbeizuführen, die den Schnüffler Borges und dieses Biest Dorothee eliminierte. Auf einem Stadtplan zeichnete er einen Kreis um Thorlefs Praxis in der Balanstraße und stellte über das Internet fest, dass es darin zweiundzwanzig Hotels und Pensionen gab. Er hatte zunächst vorgehabt, sie alle am nächsten Tag abzufahren, doch dann wollte er sofort beginnen, noch in der Nacht, und Gregor dabei mit im Spiel haben, um gleichzeitig festzustellen, wie stark dessen Entschlossenheit war, Timo unschädlich zu machen. Gegen dreiundzwanzig Uhr hatte er ihn nochmals angerufen, man müsse sofort tätig werden, morgen könnte es schon zu spät sein. Er habe Jester bereits eine Vorwarnung gegeben und ihm zugesichert, dass man alles tue, Timo ausfindig zu machen.

Gregor hatte überraschenderweise nicht lange gezögert. Er müsse zwar wieder einmal Ausreden für Gisela, seine Frau, erfinden, aber die sei nichts anderes gewöhnt und so willigte er recht schnell ein. Thorlef hatten sie nicht bemühen wollen, da er in der Gegend bekannt war und des Öfteren auswärtige Patienten zu den nahe liegenden Unterkünften vermittelte.

Nach einer halben Stunde telefonierten sie erneut miteinander und legten fest, dass Gregor die Pensionen nördlich und Bernhard die südlich der Rosenheimer Straße aufsuchen würde. Größere Hotels, wie das Hilton oder Preysing, wollte man auslassen, da die Polizei sicherlich darauf geachtet hatte, Timo in einem unauffälligen Hotel unterzubringen. Sollte einer von ihnen fündig werden, wollte man sich über das Handy verständigen, ansonsten um zwei Uhr die Aktion beenden und sich neu besprechen.

Nach der Pension *Schwabenglück* war Bernhard auch aus dem Hotel garni *Peter in der Au* unversehrter Dinge in den böigen Regen getreten. Der Schirm, den er aufspannen wollte, hatte sich zur verkehrten Seite umgestülpt. Er fluchte und drehte sich gegen den Wind, damit er wieder zurückklappte. Seine Stimmung war auf dem Nullpunkt gelandet. Der letzte Portier war sehr unfreundlich gewesen, als Bernhard zu lange insistiert hatte, einen Herrn Rossegger zu wecken, bei dem der alte Mann auf seiner Liste innegehalten hatte.

„Wie, sagten Sie, heißt der Mann?", hatte er gefragt.

„Rossik, Timo Rossik!"

„Nein, das ist er nicht! Der in ‚102' hier nennt sich Manfred Rossegger."

„Rufen Sie ihn an! Der könnte es sein!", hatte er ihn gedrängt, doch der Portier war hart geblieben. Sie stritten eine Weile. Den Zwanzig-Euro-Schein, den Bernhard auf den Tresen gelegt hatte, fasste der Mann nicht an, schüttelte nur den Kopf. Als Bernhard unverschämt werden wollte und eigenmächtig zum Hörer griff, hatte der Mann die Geduld verloren und war wie eine Furie auf den kleinen Flur gestürmt, um ihn mit einer Hand am Mantelkragen und mit der anderen am rechten Oberarm zu packen und zur noch halb offen stehenden Tür zu schieben. Er schrie dabei mit hochrotem Kopf: „Raus jetzt! Verschwinden Sie hier!", und schubste Bernhard geradezu vor die Tür, knallte sie – in Anbetracht der schlafenden Gäste recht laut – hinter ihm zu.

Bernhard war nichts anderes übrig geblieben, als ihm von draußen mit dem zu diesem Zeitpunkt noch nicht geöffneten Schirm eine Art Vergeltung anzudrohen. Doch der Portier hatte unbeeindruckt das Licht ausgemacht und wahrscheinlich den Zwanziger in seiner Hosentasche verstaut.

Von der Schleibingerstraße kommend, stieß Bernhard auf den Rosenheimer Platz, hörte einen Spätzug der S-Bahn unter sich rumpeln, was ihn dazu bewegte, die Unterführung der Haltestation zu nutzen, um auf der anderen Seite des Platzes direkt neben dem Hilton wieder an die Oberfläche zu gelangen. Als er im Trockenen war und den nassen Schirm ausgeschüttelt hatte, rief er Gregor an. „Wie steht's?"

„Nur Scheißwetter und ansonsten rein gar nichts! Ich sagte dir ja, wahrscheinlich haben sie ihn unter einem falschen Namen irgendwo einquartiert. Und du?"

„Eine kleine Hoffnung gab's, ein Rossegger im letzten Hotel. Aber der Portier hat sich zu blöd angestellt. War aber wohl auch nichts."

„Ich habe noch drei Pensionen. Und du?"

„Ich bin durch! Ich brauche jetzt einen Drink im Hilton."

„Dann frag doch auch dort mal nach!", rief Gregor.

Bernhard war froh, dass sich Gregors Verhalten ihm gegenüber wieder gedreht hatte. Er schien den Ausdruck *Schicksalsgemeinschaft* ernst zu nehmen. Er hatte Angst. Natürlich war *das* der Grund!

Hinter der Drehtür des Hilton streifte er seinen durchnässten Mantel ab, warf ihn über einen der breiten Sessel und ließ den Schirm in einen Ständer fallen. Er zog sein Kuvert aus der Tasche und ging ohne jede Hoffnung zur Rezeption. Ein livrierter älterer Herr begrüßte ihn freundlich.

„Mein Bruder, ein Timo Rossik, ist hier abgestiegen. Er wartet auf dieses Kuvert hier. Ich habe leider die Zimmer-Nummer nicht mehr im Kopf." Er schob ihm die Visitenkarte hin.

Der Mann tippte den Namen ein und sagte nach kurzer Zeit: „Jawohl, da ist er schon! Timo Rossik, nicht wahr?"

Bernhard war von der Antwort, die sich in Ton und Wert eindrucksvoll von seinen acht früheren Versuchen unterschied, wie erschlagen. Er versuchte, nicht zu überrascht zu wirken. Was er noch brauchte, war die Zimmer-Nummer.

„Könnte ich ihm dieses Kuvert bringen? Er wartet darauf."

Der Concierge blickte auf seine Uhr. „Wir übernehmen das für Sie, Herr Rossik." Er streckte die Hand aus. „Spätestens morgen früh um sechs Uhr hat er das Kuvert in seinem Zimmer."

„Ich kann es nicht aus der Hand geben! Wir haben das so vereinbart. Es sind wichtige Dokumente. Lassen Sie mich wenigstens mit ihm am Telefon sprechen, vielleicht kommt er ja selbst hierher und holt es sich ab!"

Der Mann runzelte etwas unwillig die Stirn, tippte aber dann, für Bernhard gut sichtbar, die Nummer 112 auf die Tastatur ein. „Lassen Sie mich gleich ran!", sagte Bernhard, griff mit seiner Hand über das Pult und erhielt von dem überrumpelten Concierge den Hörer. Es war nur ein „Hallo?" zu hören gewesen. Mehr hatte Bernhard gar nicht gewollt. Er hatte Timos Stimme wiedererkannt und sofort auf eine Zahl getippt, die aber nicht die Verbindung unterbrach, sodass auf der Telefonkonsole weiterhin ein grünes Lämpchen blinkte. Er redete laut und gestenreich mit seinem angeblichen Bruder Timo, während er in der Lobby auf- und abging. Als er zu dem Mann an der Rezeption zurückkam, strahlte er: „Alles in Ordnung! Es reicht ihm, wenn er den Brief morgen um sechs Uhr hat. Haben Sie vielen Dank!"

Bernhard nahm seine Visitenkarte wieder an sich und gab dem Mann das Kuvert. „Auf Wiedersehen! Scheußliches Wetter!"

„Brauchen Sie ein Taxi?", fragte der Concierge.

„Nein, nicht nötig!", rief ihm Bernhard zu, als er seinen Mantel anzog, den Schirm hervorfischte und durch die Drehtür verschwand.

Er merkte in seiner Hochstimmung kaum den prasselnden Regen, denn bis zur Unterführung spannte er den Schirm nicht auf. Es war ihm egal, ob er nass wurde. Im überdachten S-Bahn-Bereich rief er zuerst Gregor an.

„Ich habe ihn. Du hattest Recht. Im Hilton ist er, Zimmer 112!"

„Siehst du, auf Gregor hören! Ich komme morgen früh zu dir ins Büro. Rufst du Pamela an?", lachte Gregor erleichtert.

„Klar, jetzt gleich!"

Er würde Jester zweimal anrufen, und zwar im Abstand von zehn Minuten.

*

Die flache Hand klatschte auf den bleichen Oberschenkel. Eine lästige Mücke, die ihn einige Minuten eindringlich umsummt hatte, lag zermatscht in der kleinen Lache ausgesaugten Bluts. Er streifte die Überreste mit der Handkante auf den Boden und verrieb das restliche Blut in der Haut. Tropfen perlten von seiner Stirn. Er roch seinen sauren Schweiß unter den Achseln. Erst jetzt erfasste er, dass sich die Situation innerhalb der letzten vier Stunden für ihn gewaltig verändert hatte, und zwar ausschließlich zum Besseren. War er vor einer Viertelstunde noch schlaftrunken gewesen, so war er durch Bernhards Anrufe plötzlich aufgewühlt. Jetzt hielt er alle Trumpfkarten in der Hand und das viele Geld war greifbar nahe.

Nachdem er die *Freundschaft* verlassen hatte, zog Henryk Jester eine weite Schleife um die Akademie der Bildenden Künste, verharrte für einige Minuten in der zu dieser Zeit ziemlich leeren Unterführung der U-Bahn-Station *Universität* und setzte seinen Weg erst fort, als er ganz sicher war, nicht verfolgt zu werden. Wenig später erreichte er die Kaulbachstraße und den Hauseingang zu seiner Wohnung. Es hatte auf der Strecke eine Weile gedauert, bis sein Zorn auf „Z" verraucht war, der es nicht zuließ, dass *er* sich Borges und vielleicht gar auch Dorothee Janisch vornahm. Er würde es ihn noch büßen lassen. Doch dann wandten sich seine Gedanken den frisch erstandenen Fotos zu. Sie stellten eine weitere Chance dar, doch noch rasch an großes Geld heranzukommen, wenn er Bernhard damit erpresste. Denn – und das hatte er im Treppenhaus der *Freundschaft* unter einer Stockwerkslampe genauer erkannt als noch in dem kleinen Büro oben bei Cecilie – die Kleine auf dem Bild war Rossiks Tochter Chantal! Er würde sich mit einem Scanner mehrere Farbkopien anfertigen, natürlich auch von den Fotos mit dem Psychiater und dem Jungen. Dieser Engelcke käme später dran, vom Ausland her, per Post!

Wenn er Timo Rossik nicht aufspürte – und wie sollte er, ohne ganz München abzugrasen –, wenn auch Bernhard mit seinem Kontakt nicht helfen konnte, dann müssten eben die Fotos Geld beschaffen, wenn die Verträge nichts mehr wert sein sollten. Bernhard würde gefügig sein, dafür sorgte schon sein Ehrgeiz. Schnell müsste es über die Bühne gehen, auch wenn er dabei auf Timo Rossik verzichten musste. Wenn er das Geld einmal hätte, würde er den Schweinehund Bernhard abfangen und mit ihm das anstellen, wovon er den ganzen Tag geträumt hatte: ihn demütigen und lebendigen Leibes genüsslich hinrichten. Die späte Rache Pamelas und Henryks für all die Erniedrigungen.

Und vielleicht kämen danach noch „Z" und seine *Freundschaft* an die Reihe. Anschwärzen würde er sie. Dann aber ab nach Wien oder Paris und von dort nach Südamerika oder Afrika.

Doch dann war alles ganz anders gekommen.

Um zwei Uhr zehn morgens war er von dem Handy geweckt worden, das nur mit Bernhard in Verbindung stand.

„Ich könnte herauskriegen, wo er steckt", hatte Bernhard begonnen.

„Und wie?"

„Sachte, Henryk! Der Tipp käme – wenn überhaupt – von der Polizei. Das kostet! Und das nur, um dir aus der Patsche zu helfen."

„Du meinst, *dir.*"

„Hattest du den Auftrag oder nicht?"

„Hatte ich. Aber du hast mich ja ausgebremst."

„Der kleine Unfall in New York – gegen meine Weisung – ging ja wohl auch schief."

Eine Pause war eingetreten, in der sich Jester wieder auf der Verliererseite sah. Umso vehementer war er dagegen angegangen.

„Also, was willst du? Es ist nach zwei Uhr!", hatte er wütend geantwortet.

„Seinen Kopf und die Verträge, und zwar morgen, spätestens übermorgen!"

„Beides? Bist du noch bei Trost?"

„Aber natürlich nur, wenn du willst, dass ich eine stramme Summe für die Information des Polizisten hinlege."

„Wie viel will er denn?"

„Weiß ich noch nicht. Soll ihn um diese Uhrzeit anrufen, weil da niemand mithört."

„Frag ihn doch!"

„Ich muss sicher sein, dass du mitziehst."

„Frag ihn!"

„Ich rufe dich in zehn Minuten wieder an. Nur noch eines: Die Prosoft kann den Vertrag nur noch wenige Tage verwenden. Die Zeit für die Vorbereitung läuft dann für uns ab. Andererseits weißt du ja, dass wir mit dem Vertrag nichts anfangen könnten, solange Rossik noch irgendwo herumirrt."

Jester war der Schweiß aus allen Poren getreten, nachdem Bernhard das Gespräch abrupt beendet hatte. Sein Dilemma war, dass auch er es eilig hatte. Die Gier nach dem raschen Geld war immens. Afrika oder Südamerika! Eine neue Nase und vorher noch zwei Hinrichtungen, Rossik und Bernhard. Eine gerechte Entschädigung für Borges und Dorothee, die ihm „Z" versagt hatte. Andererseits traute er Bernhard keinen Millimeter über den Weg, sah ihn süffisant an seinem Handy klebend vor sich, mit einem Plan im Kopf. Aber für ihn galt jetzt: Alles oder nichts! Denn er hatte die Fotos mit Chantal, von denen Bernhard noch nichts wusste. Wenn er Rossik beseitigte und das viele Geld für die Verträge bekam, könnte er Bernhard mit den Fotos dorthin locken, wohin *er* wollte, und dann konnte es endlich passieren. Am Ende würde er ihn besiegt haben. Bis Bernhard wieder anrief, hatte sein Plan deutliche Konturen angenommen.

„Also, was sagst du?", war ihn Bernhard ziemlich forsch angegangen.

„Du weißt es also. Wie viel wollte er dafür?"

„Meine Sache!"

„Wie willst du mich reinlegen?"

„Quatsch nicht! Es geht mir ums Geschäft, um nicht mehr und nicht weniger."

„Mir auch, mein Lieber! Hab heute schon fünftausend für Fotos hingeblättert."

„Wieder diese Fotos?"

„Aus der *Freundschaft*! Du ohne Maske mit der kleinen Chantal."

„Rede keinen Unfug!"

„Na, sie liegen doch vor mir. Auch von deinem Freund, dem Psychiater."

Wieder war es zu einer langen Pause gekommen.

„Wo hast du sie her, von ‚Z'?", hatte Bernhard schließlich gefragt.

„Wer weiß, wer weiß", sang Jester.

„Und damit willst du mich auch erpressen?"

Jester hatte gefühlt, wie er Oberwasser bekam. Bernhards Stimme hörte sich zwar noch einigermaßen empört, doch auch niedergeschlagen an. So, fand er, war es schon viel besser.

„Na, sagen wir, ich halte sie in petto, falls du mich hereinlegen willst. Ich kann dir mal eins zeigen, zum Beispiel bei der nächsten Zahlung, okay?"

Bernhard war kurzatmig geworden und Jester hatte es deutlich hören können. Er fand es wunderbar, darauf zu lauschen. Doch dann schien sich Bernhard gefasst zu haben.

„Bleiben wir bei *ihm* und bei dem Vertrag!", sagte er.

„Fünf Seiten morgen! Und was *ihn* betrifft – ich weiß immer noch nicht, wo er ist."

„Das ist mir viel zu langsam. Dann vergiss das Ganze!"

Wieder waren Rinnsale von Schweiß Brust und Rücken hinuntergelaufen. Ein Fehler? Er hatte sich schnell korrigiert. „Das Äußerste wären morgen neun und übermorgen zehn Seiten."

„Und er?"

„Ich weiß doch nicht, wo er sich aufhält. Es kann schwierig oder leicht werden. Je nachdem."

„Aber wenn du's wüsstest, wärst du einverstanden, beides bis spätestens übermorgen zu erledigen?"

„Soll ich dir's schriftlich geben? Also, wo steckt er?"

„Im Hilton am Gasteig."

„Sieh da!"

„Aber dort kannst du ihn nicht erledigen …"

„Nein?"

„Untersteh dich! Die Spur der Polizei würde sofort zu mir führen. Du musst es anders anpacken, so wie in New York. Nur klappen muss es diesmal."

„Zimmer-Nummer?", hatte Jester dennoch trotzig gefragt.

„Wie gesagt, Henryk, nicht im Hotel!"

„Zimmer-Nummer?"

„Einhundertzwölf! Aber nochmals: Nicht dort! Auf keinen Fall!"

„Schon klar! Aber immerhin muss ich wissen, wo ich ihn aufstöbern kann. Er wird ja sein Zimmer mal verlassen wollen."

„Schon klar", echote Bernhard unwillkürlich.

Jester frohlockte. Bernhard war jetzt zahm geworden. Trotzdem war sich Jester unsicher gewesen, ob alles so war, wie er es sagte. Immerhin konnte es auch sein, dass er nun das Dilemma sah, in dem er steckte!

„Also neun Seiten morgen und zehn sowie Rossik spätestens übermorgen! Das heißt, du bringst morgen vierhundertfünfzigtausend und übermorgen fünfhundertfünfzigtausend mit?"

„Insgesamt neunhundertfünfzigtausend!"

„Du hast Rossik vergessen."

„Ah ja! Natürlich. Also eine Million!"

„Wir sind also klar?"

„Ja, sind wir." Bernhards Stimme hatte tatsächlich gebrochen geklungen, aber Jester hielt es nicht für ausgeschlossen, dass er den Geknickten nur spielte. „Und die Fotos?", hakte er nach.

„Ich zeig sie dir morgen oder übermorgen."

„Die Negative auch?"

„Bernhard, sie sind auf der Festplatte!"

Wieder hatte ihn Jester keuchen hören.

„Gut, dann eben morgen oder übermorgen! Alles andere gilt?"

„Jepp!"

Bernhard hatte rasch aufgelegt.

Vielfach hatte er ihn plötzlich in der Hand. Es war ein Genuss. Doch war Bernhard tatsächlich so mürbe geworden? Zweifel über seine sprunghaft verbesserte Lage mischten sich von Zeit zu Zeit mit Glücksgefühlen. Er würde auf der Hut sein müssen. Trotzdem, um Rossik würde er sich gleich morgen kümmern.

Lange tüftelte er an seinem Vorgehen. Dann – es war halb sieben – wählte er plötzlich in einem Moment des Überschwangs das Hilton an und wurde, als er den Namen Timo Rossik und die Zimmernummer 112 nannte, tatsächlich durchgestellt. Eine verschlafene Stimme meldete sich. Jester fragte: „Timo Rossik?"

Pause. Dann: „Wer spricht da?"

Jester hatte auf Stopp gedrückt. Ein wohliges Frösteln zog über die Wirbelsäule bis ins Steißbein und perlte von dort in die benachbarten Zonen.

19

Er hatte ganz andere Vorsätze gefasst, bevor er sich am Abend ins Bett begab. Doch was folgte, war für Timo zu einer Nacht ausgeartet, die kein Erbarmen kannte. Eine einzige aussichtslose Flucht vor seinen Einbildungen, die in dem Ausmaß an Kraft zunahmen, wie er sie immer wieder in die Schranken verweisen wollte. Einer Spirale gleich – oben feindrahtig, nach unten zu Kabelstärke verdickt – hatten sich seine Fantasien gesteigert und sein Gehirn schließlich ohne Unterlass durchkreist. Bernhard, Thorlef, Gregor! Einzeln, zu zweit, alle drei zusammen! Verónica in frivoler Montur, die er erst von ihrem

Zimmer her kannte, halb entkleidet, nackt und vor Lust schreiend. Chantal, zwischen all den Leibern; geschminkte Lippen, weinende, aber starre Augen, willenlose Hände, die um Hilfe fuchtelten.

Er hatte unaufhörlich geschluchzt, war mehrmals aufgestanden, ins Bad gelaufen, um mit kaltem Wasser die Stirn zu kühlen. Vergeblich! Die Bilder waren zurückgekehrt, noch eindringlicher, noch abstoßender. Und als es eine minutenlange Lücke für Schlaf gab, hatte das Telefon geklingelt. Einmal nur. Ohne jeden Sinn! Am frühen Morgen nochmals, als er wieder einmal in die Schleife seiner Vorstellungen eingemündet war. Um halb sieben! Jemand hatte sogar seinen Namen genannt und aufgelegt. Herrlinger? Irgendein Polizist, vielleicht derjenige, der unten in der Lobby auf ihn aufpassen sollte? Wer sonst? Niemand konnte wissen, wo er sich befand, außer der Polizei.

Es war sieben Uhr, als er sich aus dem Bett quälte. Er zog das weiße T-Shirt aus, das er sich für die Nacht übergestreift hatte, und bemerkte sogleich die Farbpalette des durchgedrückten, vom Schweiß aufgeweichten Schorfs, der den Stoff durchtränkt hatte. Ein Blick auf das Bett zeigte ihm, dass das Laken über die ganze Breite nicht anders aussah. Sekundenweise flackerte brennender Schmerz von der Wunde über dem Schultermuskel auf.

Er schob den Vorhang zur Seite, doch der blaue wolkenlose Himmel passte in keiner Weise zu seiner seelischen Verfassung, sodass er ihn rasch wieder zuzog.

Im Spiegel über dem Waschbecken sah er in ein fremdes Gesicht. Seine blaugrauen Augen stumpf, die Tränensäcke angeschwollen. Eine Vielzahl neuer senkrechter und waagerechter Falten hatte sich auf der Stirn eingekerbt, zwei tiefe Linien verliefen von den Nasenflügeln zu den zusammengepressten Lippen.

Er vermied es, sich abzuduschen, damit die Wunde bessere Chancen hatte zu heilen, beließ es bei einer Katzenwäsche. Sein

Gesicht war stoppelig, doch der Rasierapparat fehlte in dem eiligst gepackten Necessaire.

Einzig der Gedanke, bald vor Bernie Hofrege zu sitzen, flößte ihm von Zeit zu Zeit vagen Optimismus ein. Wie gut, dass er Mark Lassen nicht seine erste enttäuschte Meinung über den Ermittler gemeldet hatte! Seine Hoffnungen hingen jetzt ganz an diesem. Alles, aber auch alles wollte er vor ihm ausbreiten, und bezahlen würde er, was immer Hofrege forderte.

Später versuchte er, sich mit den Frühnachrichten im Fernsehen abzulenken, doch sie interessierten ihn kaum, gaben ihm aber das Gefühl, nicht allein zu sein, und halfen ihm zu erkennen, dass das Leben da draußen nach wie vor bewältigt wurde.

Für acht Uhr nahm er sich vor, das Restaurant im Parterre des Hotels für einen Kaffee und ein paar Hörnchen aufzusuchen. Er hatte seit dem Kuchen gestern Mittag nichts mehr gegessen. Sein Magen klagte wie aus einem hohlen Verlies des Körpers. Anschließend würde er ein Taxi rufen und zu Hofrege fahren.

Jetzt, bei Tageslicht, gelang es ihm langsam, seine Vorstellungen der Nacht im Zaum zu halten, obwohl immer wieder purer Hass aufblitzte – wenn sich Bernhard, Thorlef und Gregor in seinen Kopf einnisteten. Doch er strengte sich vehement an, für seinen Termin bei Hofrege alle Emotionen beiseitezulassen, einen kühlen Kopf zu bekommen, um damit zu denken und um einen teuflischen Plan zu entwickeln.

Bevor er sein Zimmer verließ, entdeckte er ein längliches weißes Kuvert am Boden vor der Tür. Mit Druckschrift war sein Name darauf vermerkt. Er hob es auf, öffnete es, doch es enthielt nur leere Blätter. Was konnte das bedeuten? Was bezweckte die Polizei damit? Irgendein Test? Er schloss die Tür hinter sich und warf das Kuvert in den silbrigen Abfalleimer, der zwischen den beiden Türen des Aufzugs stand.

Seine Gefühlslage hatte sich einigermaßen gefestigt, als ihm das Mädchen im Restaurant Kaffee und französisch zubereitete Croissants servierte. Er war froh, nach der verheerenden Nacht unter Menschen zu sein, unterdrückte jeden Argwohn, vielleicht beobachtet zu werden. Der Raum hatte ein gemütlich tirolerisches Flair mit holzgetäfelten Wänden, schmiedeeisernen Deckenlampen, schräg zulaufenden, hellblau gepunkteten Gardinen und frischen Blumen auf den Wandborden.

Timo saß allein an einem Zweiertisch, verschlang das erste Croissant voller Appetit und empfand den duftenden Kaffee als schmackhafte, die Lebensgeister weckende Medizin.

Draußen auf der Straße stauten sich die Fahrzeuge in Dreierreihen vor einer Ampel. Eine Sirene und das kreisende Blaulicht eines Polizeiwagens versuchten vergeblich, eine Schneise zu öffnen. Timo streifte die Gardine etwas zurück, ließ sie jedoch sogleich wieder los.

Dort, keine zehn Meter von seinem Platz entfernt, stand *er*, an einer Litfasssäule, der Mann mit der Hakennase, der Mörder. Er trug eine breite dunkle Schirmmütze und war in schwarzes Leder gekleidet.

Timo starrte auf die Tasse, auf das zweite angebissene Croissant. Er fühlte, wie sich alle Poren schlagartig zu einer Gänsehaut zusammenzogen. Sein Magen rebellierte, Oberlippe und Stirn nässten. Doch er zweifelte an dem, was er gesehen hatte. Wider Willen fiel ihm Thorlef ein: „Du siehst ganz reale Bilder, die es aber in Wirklichkeit gar nicht gibt!" Er blickte um sich, da er sich bewusst war, wie er sich in wenigen Sekunden verändert hatte. Behutsam zog er erneut an der Gardine. Der Mann war weg! Langsam beruhigte sich Timo wieder. *Die schlimme Nacht,* wähnte er. *Natürlich, nichts anderes!*

Nochmals lupfte er das gepunktete Tuch zur Seite und da stand er wieder. Er war deutlich zu sehen! Spähte hinter der Säule hervor, direkt in Richtung Hoteleingang. Timo riss die

Augen auf, als ob er ihn dadurch genauer sehen könnte. Er war es! Aber war er es wirklich? Sollte er Herrlinger anrufen oder die Prengel? Der Serienmörder sei in nächster Nähe!

Aber genau in dem Moment, als er das in Erwägung zog, war der Mann wieder verschwunden.

Timos Blick war glasig, ungläubig, als er die Gardine wieder losließ. Wie mechanisch entnahm er der Brieftasche einen Zwanziger, den er mit der Untertasse beschwerte, und stand mit wackligen Beinen auf. Vorsichtigen Schritts ging er zu einem der Aufzüge. Der grüne Anzeigepfeil deutete nach unten. Er stieg zu zwei jungen Männern mit Samsonite-Aktenkoffern, war aber nicht fähig, *Guten Morgen* zu sagen. Im zweiten Untergeschoss befand sich die Hotelgarage. Timo wandte sich unwillkürlich zu der Seite, die der Straße abgewandt war, suchte einen hinteren Ausgang. Als er zu der Tür mit dem Schild *Zutritt zum Kulturzentrum Gasteig* kam, zog er sie beherzt auf. Nach fünf Minuten hatte er eine Ausfahrt gefunden, die zum hinteren Teil des Gebäude-Komplexes führen musste. Nur wenige Autos waren zu dieser Zeit abgestellt. Ein klammes Gefühl begleitete ihn nach oben, bis er endlich in der menschenleeren Kellerstraße stand. Rasch wandte er sich in Richtung Wienerplatz. Es dauerte nicht lange, bis er ein Taxi aufhalten konnte. Der junge Fahrer drückte seine Freude über das wunderbare Wetter aus und dass er auch zu dieser Jahreszeit am Nachmittag noch an die Isar baden gehe. Doch Timo sagte nichts, sodass der Mann bald ebenfalls schwieg.

Innerhalb von zehn Minuten hatten sie den Hauseingang Ismaninger Straße 147 erreicht. Timo bezahlte und stieg aus, hielt aber zunächst inne; er konnte nicht sofort zu Hofrege, fühlte sich im Moment unfähig, mit ihm zu sprechen, obwohl es schon knapp nach halb neun war. Er ging eine Weile vor dem Eingang auf und ab, atmete tief ein und aus. Er war sich im Unklaren, ob er bei Hofrege den Mann und wo er ihn gerade entdeckt hatte, erwähnen sollte. Er wusste tatsächlich nicht genau, wen er da gesehen hatte. Schließlich drückte er auf den Klingelknopf der Kosmos.

„Besser, du rufst die Kommissarin von deinem Handy aus an. Sag ihr, du gingst an der Isar spazieren, hättest es in deinem Hotelzimmer bei dem schönen Wetter nicht mehr ausgehalten, wärst aber bald zurück!", empfahl Bernie Hofrege.

„Ja, sollte ich wohl. Sie hat in den letzten beiden Stunden schon mehrmals versucht, mich zu erreichen, obwohl sie weiß, dass ich das Handy zurzeit nicht benutze. Hier, dreimal dieselbe Nummer!" Timo nestelte an dem kleinen Gerät herum und drehte das Display so, dass die einfallenden Sonnenstrahlen die Zahlen nicht ausblendeten.

„Es gibt ja nichts zu erzählen, was für die Polizei wesentlich wäre, oder?", fragte Bernie lauernd.

Timo fühlte sich nicht wohl in seiner Haut, auch weil sie kurz zuvor völlige Offenheit vereinbart hatten. Dazu wollten sie sich duzen. Die Aufrichtigkeit komme dann schneller in Gang, als wenn man sich noch lange siezte, hatte Bernie gemeint und Timo war froh darüber gewesen. Seit Langem hatte er wieder jemanden zur Seite, dem er vertrauen, mit dem er sich aussprechen konnte. Und das hatte er gründlich getan, alle Einzelheiten offenbart, auch dass das Telefon nachts und frühmorgens geläutet und er dieses eigentümliche Kuvert gefunden hatte – nur nicht, dass er vor zwei Stunden den Mörder vor seinem Hotel gesehen haben wollte. Er befürchtete, Bernie nähme seine Aussagen künftig nicht mehr ganz so ernst.

Sie hatten die Ziele festgelegt, die Bernie in ziemlich kurzer Zeit – er sprach von einigen Tagen – erreichen wollte. Erstens, den Mörder seiner Frau und Tochter aufzuspüren und sie in den Gewahrsam der Polizei überzuführen. Zweitens, seinen ehemaligen Freunden Fallen zu stellen, die sie als Auftraggeber zweier

Morde und als Kinderschänder entlarvten. Wenn möglich, sollte der Skandal nicht solche Wellen schlagen, dass die Prosoft daran zugrunde ginge. Eine Garantie hierfür lehnte Hofrege jedoch ab. Da er aber überzeugt war, dass sich der McKerr-Vertrag in den Händen von Timos Feinden befand, verpflichtete er sich, diesen ausfindig zu machen. Dies war das dritte Ziel in ihrer Vereinbarung. Das Honorar war nur bei Erfolg fällig und betrug fünfzehntausend Euro. Hinzu kamen sechshundert Euro Spesen pro Tag. Dreitausend waren anzuzahlen. Das Blatt Papier, auf dem Ziele und Vergütungen von Bernie notiert worden waren, hatte die Größe einer Postkarte. Es verblieb – nachdem Timo unterschrieben hatte – bei Bernie.

Für kurze Zeit schwiegen beide und Timo nutzte den Moment, die Nummer von Polizeikommissarin Prengel einzutippen. Damit entging er den stechend blauen Augen Bernies. Während er auf die Verbindung wartete, konzentrierte er sich auf den gelben Kegel auf dem Poster an der Wand. Doch es kam kein Gespräch zustande. Polizeikommissarin Prengel sei gerade abwesend, teilte der Anrufbeantworter mit. Timo sprach auf den Speicher das, was ihm Bernie geraten hatte.

„Wie ich gestern schon andeutete, Timo, du bist in großer Gefahr", begann Bernie und hob die Augenbrauen an. „Der eine verfolgt dich und will dich umbringen, hat es sogar schon versucht. Und deine ehemaligen Freunde versuchen mit allen Mitteln, dich loszuwerden, um zu vertuschen und um ihre Positionen zu behaupten. Einer will die seine zu deinen Lasten gar ausbauen."

„Was meinst du, Bernie, wie wird sich die Gefahr jetzt äußern? Durch Dorothee wissen wir doch alles. Die drei denken aber, ich wäre ahnungslos und daher auch unfähig, etwas gegen sie zu unternehmen."

„Es sind vier! Vergiss den gedungenen Mörder nicht! Er verdient viel Geld, wenn er dich umbringt. Er wird alles tun, um dich ausfindig zu machen. Sagtest du nicht, das Telefon habe nachts und frühmorgens geklingelt? Jemand hat sogar deinen Namen gesagt."

„Die Polizei wahrscheinlich. Wollte kontrollieren."

„Kann sein, muss aber nicht!"

„Wer sonst?"

„Vielleicht jemand, der die Polizei angezapft hat."

Timo fiel mit einem Mal Gregor ein. Er kannte jemand bei der Polizei, war befreundet mit ihm. Helfen sollte dieser, wenn er sich wegen der Morde in Peru auf dem Polizeipräsidium melden würde. Gregor! Er kräuselte die Stirn. Ja, über Gregor konnte tatsächlich eine Verbindung zur Polizei bestehen.

„Da gibt es noch ein Detail, Bernie. Es ist mir vorhin nicht eingefallen, zumindest schien es mir nicht von Belang zu sein. Gregor Ristov, der Anwalt, hat einen Draht zu einem wahrscheinlich wichtigen Mann in der Ettstraße …"

„Gut, dass dir das noch einfällt. Schon möglich, dass dieser Ristov was rausbekommen hat. Und wenn das so ist, dann setzt er oder Janisch diesen Meuchelmörder erneut an. Dann ist es durchaus drin, dass er demnächst wieder in deiner Nähe auftaucht."

Timo atmete tief durch und starrte lange auf den Boden.

„Red schon!", munterte ihn Bernie auf.

„Er ist aufgetaucht", gab Timo geknickt zu.

„Wo!"

„Ich saß beim Frühstück unten im Hotel-Restaurant. Er stand draußen neben einer Litfasssäule und sah direkt zum Hoteleingang. Trug eine dunkle, breitkrempige Mütze und hatte schwarze Lederklamotten an."

„Warum hast du mir das nicht gleich gesagt? Deshalb also warst du so verstört."

„Entschuldige! Ich dachte, ich bin krank im Stübchen." Er deutete mit der Hand auf seine Stirn. „Er ist wie ein Schatten. Zuerst sehe ich ihn mehrere Male in Berón, in diesem kleinen

Kaff im Hochland von Peru, dann im Flugzeug, auf verschiedenen Flughäfen, in New York in der Drehtür meines Hotels, von dem niemand wusste, dass ich dort wohnte, in der Prosoft als Frau und sogar direkt vor meiner Wohnung."

„Dann werden wir diesem Schatten eben einen gehörigen Riss zufügen. Keine Bange, Timo! Und denk nie mehr, dass du mir etwas nicht sagen kannst, weil du denkst, es entspränge deiner Verrücktheit, wie es dir dieser Engelcke eingeredet hat! Kann ich mich darauf verlassen?"

„Du meinst also, er war's wirklich?"

„Natürlich war er's! Hast du ihn schon mal in einer Ledertracht gesehen?"

„Wieso fragst du?"

„Wenn du Halluzinationen hättest, würdest du ihn mit Stetson, aber nicht mit einer neuen Kopfbedeckung sehen, vielleicht sogar als Frau, wie damals im Flugzeug oder in deiner Firma, aber auf keinen Fall in schwarzem Leder."

Timo nickte. „Ich bin froh, Bernie, dass du den Fall übernimmst. Beim ersten Besuch hier hab ich mich blöd benommen."

„Du hattest eben deine Ziele. Die waren aber Teil eines Ganzen, was du nicht einsehen wolltest. Mir war sonnenklar, dass du hier wieder auftauchst, wenn du erst mal hinter mehr Zusammenhänge gekommen bist."

„Ja, manches will man eben nicht wahrhaben."

Bernie lächelte ihn an. „Gib mir jetzt etwas Zeit! Zumindest, bis du mit diesen Unterlagen von Dorothee Janisch zurück bist. Und gib mir schon mal Fotos von deiner Frau und deiner Tochter!"

„Ich komme hierher zurück?", fragte er, während er die Fotos der Brieftasche entnahm.

„Natürlich! Du bist in Gefahr und ich muss mich erst organisieren und mir eine Kriegslist überlegen. Außerdem brauche ich zu deinem Schutz noch ein oder zwei Leute, jedenfalls für die nächsten Tage."

„Es sieht mir fast so aus, als hättest du schon einen Plan?"

„Muss noch dran feilen, aber er wird gut. Natürlich nicht ohne Risiko! Aber so ist es mit allem im Leben."

„Scheint so."

„Du wartest noch zehn Minuten bei meinen beiden Damen draußen, liest die Zeitung und ich bestelle ein Taxi, das dich zum *Löwen* bringt. Es wartet auf dich. Du unterhältst dich mit Dorothee und lässt dir alles geben. Dann bringt dich das Taxi zurück. Klar?"

„Klar."

Bernie stand auf und öffnete Timo die Tür.

*

Bernhard fuhr aus dem Schlaf. Er tastete nach dem Wecker. Doch der stand nicht dort, wo er sich um halb vier Uhr früh hingelegt hatte. Auf die Couch im Salon. Es war eines der beiden Handys, die auf dem Glastisch neben ihm lagen. Er rangelte sich hoch, rieb sich mit einer Hand den Schlaf aus den Augen und nahm das klingelnde Handy in die andere.

„Thorlef, du? Es ist halb neun!"

„Gregor hat mir alles erzählt. Ihr habt ihn?"

„Wir wissen, wo er sich aufhält. Jester ist auch im Bilde."

„Die Polizei rief an!"

„Was?"

„Keine Bange! Sie wollten Medizin für Timo abholen."

„Also ist er unter ihren Fittichen. Verdammt! Ich hab es befürchtet. Was hast du ihnen gesagt?"

„Dass das nicht ginge. Ich müsste ihn selbst sehen. Er litte unter paranoider Persönlichkeitsstörung. Die Medikation hinge von seinem jeweiligen Zustand ab."

„Und?"

„Das haben sie abgelehnt. Der Polizist schwafelte noch was von unterlassener ärztlicher Hilfeleistung, gab aber dann klein bei."

„Timo scheint also durchzudrehen."

„Sieht so aus!"

„Auch nicht so schlecht. Jetzt muss er nur noch das Hotel verlassen, damit sich Jester auf seine Spur setzen kann."

„Hm!"

„Thorlef, bis heute halb vier brauche ich vierhundertfünfzigtausend. Du weißt, wofür. Einige dich mit Gregor! Ich warte im Büro."

„Die Bürgschaft, Bernhard! Die Beglaubigung deiner Unterschrift. Gregor sagt dasselbe. Ihr habt doch heute bei Spindler einen Termin?"

„Ihr bekommt sie! Muss nur den Termin neu ordnen. Morgen wären's fünfhundertfünfzigtausend. Aber dann ist der Zauber vorüber. In jeder Beziehung!"

„Was meinst du mit *Termin neu ordnen*? Ohne die notarielle …"

Das Handy, das Bernhard mit Jester verband, lärmte los. Er unterbrach Thorlef: „Es ist Jester, der mich dringend sprechen will. Rede mit Gregor! Er soll mich dann anrufen." Er drückte die rote Taste.

Jester sprach in forschem Ton, wie immer in letzter Zeit, wie Bernhard empfand. Er wolle sich nicht noch länger die Beine vor dem Hotel vertreten und ob er das Ganze nicht doch in Zimmer 112 erledigen könne. Er hasse die ständigen Einschränkungen.

„Hör zu", versuchte ihn Bernhard zu beruhigen, „in dem Fall hätte ich sofort die Polizei am Hals! Dann wäre alles im Eimer. Und was du für den Vertrag willst, kannst du dann in den Wind schreiben."

„Er kommt aber nicht raus."

„Wie lange wartest du schon?"

„Eine Stunde mindestens!"

„Das ist doch gar nichts. Wo stehst du denn?"

„An einer Litfasssäule ganz in der Nähe des Hotelausgangs."

„Verkrümle dich lieber auf die andere Straßenseite! Die Polizei kümmert sich anscheinend um ihn. Wenn sie dort auftaucht, kann's auch für dich heikel werden."

Jester schien zu überlegen, denn er schwieg.

„Er wird schon mal rauskommen, Henryk. Wenn er ein paar hundert Meter weg vom Hotel ist, hast du freie Hand. Und nochmals, wenn du das nicht erledigst, nützt uns auch der Vertrag nichts! Wenn er rauskommt und ein Taxi nimmt, schnapp dir auch eins und fahr ihm nach! Das wäre überhaupt das Beste. Benimm dich ganz normal und nicht wie ein Idiot!"

Jester schien die Bemerkung wegzustecken; wieder schwieg er zunächst. Wahrscheinlich dachte er noch immer über die Polizei in der Nähe des Hotels nach. Dann sagte er: „Gut, ich verdrücke mich auf die andere Seite, und *du*, vergiss nicht unser Treffen heute um vier mit dem Umschlag!"

Bernhard drückte auf den Stopp-Knopf, ohne ihm nochmals zu antworten, und streckte sich wieder auf der Couch aus. Doch schon nach fünf Minuten klingelte das andere Handy erneut. Diesmal war es Gregor. „Vierhundertfünfzigtausend bis heute um halb vier? Wir haben um vier Uhr einen Termin bei Spindler. Erst deine Unterschrift, sonst läuft nichts!"

„Gregor, um vier gibt mir Jester neun Seiten und hat wahrscheinlich bereits die Sache mit Timo erledigt."

„Dass mir Jester keinen Quatsch im Hotel anstellt", bemerkte Gregor grimmig.

„Das hab ich ihm eingebläut. Er hat's kapiert."

„Wenn da was schiefgeht, Bernhard, ich stehe nicht allein gerade."

„Ich dachte, wir sind eine Schicksalsgemeinschaft?"

„Genau das meine ich damit, wenn ich sage, ich stehe nicht *allein* gerade! Den Hotelportier hast schließlich *du* hereingelegt."

Bernhard schluckte. Das war wieder der Gregor von gestern Abend.

„Verstehe."

„Moment mal!" Gregor schien auf einem anderen Apparat zu telefonieren. Bernhard hörte ihn murmeln. Dann meldete er sich wieder.

„Also, wir treffen uns mit Spindler im Restaurant *Franziskaner.* Um zwölf Uhr! Er wird seinen Notarstempel mitbringen und ich deine Bürgschaft, die du vor ihm unterschreiben wirst."

„Dann eben so! Wenn du mir nicht traust …"

„Es kann immer was passieren, wie du weißt. Hoffentlich baut Jester keinen Scheiß."

„Und das Geld?

„Ab vierzehn Uhr kannst du dein Konto am Bildschirm ansehen."

„Und Thorlef?"

„Zieht mit!"

*

Jester hatte nach dem Gespräch mit Bernhard einen Entschluss gefasst und sich ein Taxi geschnappt, das ihn in die Kaulbachstraße zurückbrachte. Er hatte selbst den Eindruck gehabt, zu auffällig gekleidet zu sein, vor allem, wenn er stundenlang an derselben Stelle auf- und abging. Schwarzes Leder von oben bis unten und dazu diese Mütze! Und dass sein Gesicht in den Polizei-Computern überhaupt keine Rolle spielte, glaubte selbst er nicht, auch wenn er sich vor zwei Jahren nach Ghana abgemeldet hatte. Doch es gab noch einen zwingenderen Grund: Er wollte ins Hotel und zwar in den ersten Stock zum Zimmer 112, um Timo Rossik zu töten. Es wäre eine Entschädigung für das, was man ihm ständig vorenthielt. So wie gestern „Z" und wie gerade wieder Bernhard. Seinem Trieb setzten sie nur Verbote entgegen. Wer weiß, was es wieder an neuen Einschränkungen gäbe, wenn Rossik endlich das Hotel verließe? Den Ausschlag aber hatten Bernhards Worte gegeben. Dieses Schulmeisterliche, diese Hybris! *Idiot* hatte er ihn wieder genannt!

Seine Wut hatte sich im Taxi noch gesteigert und als er sich später entkleidet auf das Bett hatte fallen lassen, hatte ihn der Zorn vollends überwältigt. Er entrückte gänzlich in Gefilde, die Hass, Lüsternheit, Schwelgerei und Tötungsgier in Beziehung setzten. Erste Schweißtropfen wilderten über die Kopfhaut, vereinigten sich, um im Slalom über die Stirn zu purzeln. Einzelne stauten sich vorübergehend an den schmalen Augenbrauen und eine fand den geradlinigen Weg über den unendlich langen Rücken der Nase bis zur Spitze, wo sie wie eine gläserne Erbse hängen blieb.

„Erst fickt er mich wie ein brünstiger Stier fast zu Tode, stöhnt mir seinen Schmerz in den Nacken, rammt mir seine Zähne voller Geilheit in den Hals und dann lässt er mich fallen wie eine heiße Kartoffel. Keine schmachtvollen Beteuerungen mehr! Spricht mit mir wie der Chef einer Großbank zu seinem Chauffeur. Große Bögen spucken, aber mich treten wie einen ausquartierten Hund! Dieses arrogante, charakterlose Aas! Aber ich scheiß' ihm eins!"

Es war jetzt kein Murmeln mehr, sondern ein fisteliges Quieken, das Jester hervorpresste. „Denkt, mein Hirn ist so groß wie ein Vogelschiss. Aber du wirst es büßen! Deine Eier werden sich verlassen fühlen, wenn über ihnen nur noch ein Stumpf absteht. Ein blutender. Du Satan und Drecksau!"

Jester badete jetzt im Schweiß; erste Anzeichen einer Lähmung kauerten im linken Arm. Sein Blick war nicht mehr funkelnd, sondern stier. Dann sank er für Minuten in Ohnmacht, bis sein Mund erst zu zucken, dann zu wabern begann. Spucke lief auf die bleichen Wangen. Erschrocken fasste er an seinen linken Arm, der sich pelzig anfühlte, aber noch beweglich war. Er räkelte sich hoch, schüttelte sich wie ein nasser Pudel, bis die Verkrampfungen nachließen, lief ins Bad und kühlte sein Gesicht, indem er ihm mit der Handfläche einen Schwapp Duftwasser verpasste. Dann zog er sich um.

Mut zur Hässlichkeit hatte er es immer genannt, wenn er sich als islamtreue Araberin getarnt hatte. Eine Tracht, mit der er auch im Münchner Stadtbild kaum noch auffiel. Er hasste sie. Einen aufrecht gehenden grauen Esel schimpfte er sich, wenn er sie anzog. Den Tschador, der bis über die Stirn reichte und an den Seiten über das fußsohlenlange Kleid reichte, die Schlappen, die bei jedem Schritt schlurften. Alles Grau in Grau!

Aber die Kostümierung hatte immer ihren Zweck erfüllt und das würde sie auch heute tun.

Als er die Tür öffnete und sich selbst grünes Licht signalisierte, verließ er die Wohnung in der Kaulbachstraße. Von dort watschelte er bis zur Ludwigstraße, einer der wichtigsten Verkehrsadern Münchens. Aber leere Taxis hielten zunächst nicht an. Erst nach zehn Minuten erbarmte sich die Fahrerin eines gelben Mercedes. Sie sprach ihn auf Türkisch an, doch Jester winkte ab und ließ sich am Rosenheimer Platz, zweihundert Meter vor dem Hilton, absetzen. Die Erwartung auf das Folgende ließ ihn bereits leicht stöhnen. Es war ihm völlig egal, was ihm Bernhard strikt verboten hatte. Warum denn nicht im Hotel? *Du kannst mir viel erzählen; nur, dass der Polizist, wenn Rossik tot aufgefunden wird, so dämlich ist und preisgibt, dass er das Zimmer gegen Geld verraten hat, glaubst du doch selbst nicht. Und wenn du nicht zahlen willst, das Foto bringt dich bestimmt zur Vernunft.*

Er murmelte unaufhörlich während seines Weges zum Hoteleingang; jetzt keuchte er, weil er immer deutlicher vor sich sah, was gleich geschehen würde. Rossik mit dem ewig erschreckten Blick! Endlich könnte er seinen Trieben freien Lauf lassen, so wie er es sich erträumt hatte. Aber er durfte im Hotel kein Aufsehen erregen, das durch Schreie ausgelöst würde. Bedauerlicherweise musste es schnell und leise zugehen. Mit dem Skalpell würde er ihn hinter der Tür töten, ihn aufs Bett zerren und ihn von der Last befreien, die er zwischen den Beinen trug. Und dann würde er sich im Blutrausch an ihm vergehen.

Wonnegefühle ließen seinen heftigen Atem jetzt öfter stocken, als er auf den Eingang zuhielt.

Im Inneren des Hotels fing ihn ein livrierter Portier ab, sprach ihn auf Englisch an: *„What can we do for you, Madam?"* Doch Jester stammelte nur ein kaum verständliches „Café" und „Husband" zurück. Der Portier deutete zum Ende der lang gestreckten Empfangshalle nach links zu einer breiten, offen stehenden Tür, hinter der sich viele geschäftige Menschen mit Tellern in der Hand gegenseitig den Weg versperrten.

Doch Jester kannte das Hotel. Eine Nacht hatte er hier vor Jahren mit Bernhard verbracht.

Kurz vor der großen Tür zum Frühstücksraum führte die Treppe rechts nach oben. Er sah sich um. Der Portier sprach bereits wieder mit einem anderen Gast. Jester schwenkte abrupt zur Treppe und lief sie – so gut es in seiner Kleidung ging – in den ersten Stock hoch.

Als er sich dort im Flur befand, dachte er erstmals darüber nach, ob Rossik die Tür wohl öffnen würde, wenn er eine Frau mit Tschador durch den Türspion entdeckte. Er folgte leicht verunsichert dem Pfeil, der zu den Zimmern 101 - 120 deutete. Unterwegs zu seinem Ziel stand die Tür zu einem Personalraum offen, in dem sich auch riesige Körbe gebrauchter Handtücher stauten. Er zog vier davon heraus und legte sie glatt gestrichen über seinen linken Arm. Ein Ehepaar trat unversehens aus Zimmer 106. Doch es achtete nicht auf ihn.

Dann stand er vor 112. Er klopfte und hielt die Tücher in Höhe des Spions. In seiner rechten Hand lag das Skalpell. Er würde ihm die Handtücher an den Kopf werfen und schon wäre er im Zimmer.

Doch nichts rührte sich. Auch nicht, wenn er sein Ohr an die Tür legte. Er pochte und rief: „Frische Handtücher!" Nichts! Und abermals nichts!

Er bebte. Zorn stieg in ihm hoch, den er nach wenigen Minuten nicht mehr zügeln konnte. Er ließ das Klopfen sein und trat mehrmals mit dem weichen stumpfen Vorderrand seines rechten Schlappens gegen die Tür, so lange und wuchtig, bis die große Zehe vehement zu schmerzen begann.

Nummer 116 öffnete sich. Ein Servicewagen mit Handtüchern, Kosmetikartikeln, Bürsten und Besen bewegte sich, von einer pummeligen Frau geschoben, in den Gang. Sie musste sein lautes, dumpfes Treten gehört haben, blickte verschreckt zu ihm.

„*Was Sie machen da?*", fragte sie mit zittriger, osteuropäischer Stimme. „*Ihre Handticher? Warum treten auf Tir?*" Sie kam langsam auf ihn zu.

Jester umfasste sein Skalpell so fest, dass er spürte, wie es in den Handballen schnitt. Als die Frau vor ihm stand, ließ er die Handtücher fallen, raffte ihren Kopf unter seinen linken Arm, und zwar so hart, dass sie keinen Laut von sich gab, schleifte sie zum Personalraum.

Dort gab er sie frei, doch sie war steif vor Angst, unfähig zu schreien, obwohl sie den Mund dazu geöffnet hatte. Er stieß sie rückwärts in einen der großen Körbe auf einen Berg von Handtüchern. Sie lag obenauf, den Mund nach wie vor weit aufgerissen, genauso wie ihre Augen. Jester grinste sie an, als er zweimal zustach. Einmal in den Bauch und noch einmal ins Herz. Jeden Stich begleiteten seine Pupillen mit flammenden Eruptionen, die beiden zeitgleichen Atemzüge glichen asthmatischen Seufzern.

Alles um die Frau färbte sich rot. Er riss einen Packen Frotteetücher aus einem anderen Korb und deckte die Frau, deren Augen verdreht waren, damit zu. Dann nahm er einige Kleenex und ein Etienne-Aigner-Fläschchen, die zu Hunderten in einem Regal standen, und wischte sich das Blut von der Hand ab. Als er fertig war und die Papiertücher zusammengefaltet in einer der tiefen Taschen seines Tschadors verstaut hatte, drückte er die Tür von außen zu.

Er ging die Treppe hinunter. Trotz der Enttäuschung fühlte er jetzt eine wohlige Befreiung in sich, die ihn beflügelte, ihm suggerierte, dass noch Rossik und Bernhard an die Reihe kamen, und zwar bevor er sich mit dem vielen Geld absetzte.

Er sah um die Ecke, beobachtete den Portier von vorhin und schlurfte ihm – scheinbar aus dem Frühstücks-Restaurant kommend – entgegen.

„*It was just for a coffee!*", warf er ihm übermütig in besserem Englisch zu und verschwand durch die Drehtür.

20

Zum wiederholten Male schob er den Ärmel seines dunkelblauen Jacketts zurück und sah auf die Uhr. Er zischte verblüfft und missbilligend durch die Zähne. Schon elf Uhr vierzehn! Dorothee sollte längst neben ihm auf dem Barhocker sitzen. Fahrplanmäßig käme der Zug noch vor elf Uhr im Holzkirchner Bahnhof an, und der lag genau gegenüber.

Timo winkte dem ölig wirkenden Barkeeper und deutete auf sein leeres Glas. An der Theke saß nur er. Im hinteren Teil des matt beleuchteten Raums besprachen sich vier Geschäftsleute mit gedämpften Stimmen, während sie sich hie und da über ausgebreitete Papiere auf einem Glastisch beugten.

Timo nippte an seinem zweiten Gin Tonic, den der Mann hinter der Bar des Hotels *Zum Löwen* vor ihn hingestellt hatte. Diesmal schmeckte er modrig und Timo reklamierte es.

„Sind die gespritzten Zitronen. Nicht meine Schuld!", gab ihm der Barkeeper zu verstehen und beließ es dabei.

Timo vermied einen weiteren Wortwechsel, nickte und nahm noch einen Schluck.

Elf Uhr sechzehn! Er merkte, dass er allmählich gereizt wurde.

Doch dann fiel ihm ein, dass sie unter Beobachtung stand und die Ärzte vielleicht Probleme sahen, sie nach München fahren zu lassen. Und sie kannte die Nummer seines Handys nicht, das er ohnehin abgestellt hatte. Timo beschloss, sich mit ihrem Vater in Verbindung zu setzen.

„Hätten Sie ein Telefonbuch?", bat er den Barkeeper.

„Liegen drüben bei den Haustelefonen!", antwortete dieser und gab ihm damit zu verstehen, dass er ihm nicht behilflich sein wollte.

Timo rutschte vom Hocker und ging zur Tür. Als er im Vorraum stand, beschloss er, zunächst zum Bahnhof zu gehen, um nachzusehen, ob der Zug aus Tegernsee womöglich Verspätung hatte. Er stand kurz danach auf dem Gehsteig und suchte eine Lücke zwischen den vielen Autos. Gerade in dem Moment, in dem er die Straße überqueren wollte, spürte er einen unsanften Griff am Oberarm, und zwar genau dort, wo es wegen der verletzten Schulter besonders schmerzte. Er zuckte zusammen und als er sich umdrehte, sah er, dass ihn der Barkeeper gepackt hatte.

„So läuft das nicht bei uns. Einfach abhauen, so weit kommt's noch!", schimpfte er auf Timo ein.

Timo rüttelte seinen Arm frei. „Sie sind wohl nicht ganz bei Trost? Ich wollte im Bahnhof nachsehen, ob der Zug meiner Bekannten verspätet ist."

„Von wegen, das Telefonbuch im Nebenraum wollten Sie holen. Also bezahlen Sie jetzt oder muss ich die Polizei rufen? Achtzehn Euro!"

Timo entnahm seiner Brieftasche einen Zwanziger und knüllte ihn dem Barkeeper in die Brusttasche, der sich daraufhin kopfschüttelnd zurückzog.

Endlich betrat Timo die kleine Bahnhofshalle. Von einem gerade eingetroffenen S-Bahn-Zug drängte sich ihm ein Knäuel von Menschen entgegen. Er flüchtete nach rechts zu einer Ankunftstafel. *10 Uhr 52 – Tegernsee*!

Auf dem bald wieder leeren Bahnsteig erkannte er den Aufsichtsbeamten an seiner roten Mütze. Er ging hin und fragte ihn nach dem Zug aus Tegernsee.

„Ist pünktlich reingekommen!"

„Sind Sie sicher?", insistierte Timo.

„Hier, neben Ihnen steht er noch", er deutete auf den Zug auf dem Parallelgleis.

Timo dankte verwirrt. Warum war sie nicht angekommen? Hatten es die Ärzte doch verboten? Jetzt würde er den Vater anrufen. Mertens hieß er. Er lief zur nächsten Telefonzelle, angelte sich das an einer Kette hängende Telefonbuch. Es gab vierzehn *Mertens* in München, aber er kannte den Vornamen nicht. Er ging die Zeilen durch, von Arnold bis Wilhelm, doch bei keinem blinkte etwas in seinem Gedächtnis auf. Kein Name, den er vielleicht einmal von Bernhard gehört haben könnte. Er war schon dabei, das Buch wieder zuzuklappen, als ihm einfiel, dass Bernhard diesen Mertens manchmal besucht hatte, als noch eine gute Beziehung zwischen beiden bestanden hatte. Da – so erinnerte er sich jetzt – war er nach Perlach im Münchner Osten gefahren. *Neubibergerstraße 113, Oskar Mertens*, las er. Das könnte er sein. Er notierte sich die Nummer auf der Hand und wählte sie an.

„Ja?", meldete sich eine männliche Stimme.

„Sind Sie der Vater von Dorothee?"

„Ja! Haben Sie Neuigkeiten? Wissen *Sie*, wo sie ist?"

„Deswegen rufe ich Sie ja an. Ich warte hier schon eine halbe Stunde auf sie. Der Zug aus Tegernsee war pünktlich."

„Wer sind Sie eigentlich?"

„Mein Name ist Timo Rossik. Wir wollten uns hier in München an der Bar im *Löwen* treffen, gleich gegenüber vom Holzkirchner Bahnhof. Aber sie ist nicht angekommen."

„Ach *Sie*! Bernhards Kollege. Ich kenne Ihre Geschichte. Tut mir alles sehr leid für Sie. Aber warum wollte sie sich denn mit Ihnen treffen?"

„Sie hatte wohl einen Detektiv beauftragt, Bernhard zu beobachten. Sie wollte mir heute Fotos zeigen, die auch für mich aufschlussreich seien."

„Von dem Detektiv weiß ich, auch von dem, was Bernhard getrieben hat. Von den Fotos weiß ich allerdings nichts."

„Wo kann sie denn sein?"

„Sie hat so um sechs Uhr in ihrem Zimmer gefrühstückt. Die Krankenschwester hat gesagt, sie wollte danach einen Spaziergang machen. Als sie um acht Uhr nicht zurück war, hat die Schwester den leitenden Arzt informiert. Dann haben sie erst im Park der Anlage gesucht und anschließend im Wald dahinter. Aber sie haben sie nicht gefunden. Könnte sogar ein vorübergehender Gedächtnisschwund sein, sagte der Arzt, wegen der Schläge, die ihr Bernhard versetzt hat. Vielleicht hat sie sich deshalb verlaufen und findet nicht mehr zurück."

„Wollen Sie nicht die Polizei einschalten?", fragte Timo, den eine düstere Ahnung überfiel.

„Das wollte das Krankenhaus tun. Um elf Uhr, sofern sie bis dahin noch keine Spur von ihr haben. Mein Gott, glauben Sie, es ist ihr was zugestoßen? Diese Fotos, die Sie erwähnten, hat sie also von diesem Detektiv?"

„Ja! Aber sie sollte sie erst heute früh bekommen. Irgendwo in Tegernsee hatte sie sich mit dem Detektiv verabredet, bevor sie mit dem Zug nach München fahren wollte. Wissen Sie denn, wie der Detektiv heißt?"

„Keine Ahnung. Leider!"

Es entstand eine Pause, bevor sich Mertens wieder zu Wort meldete: „Ich fahre jetzt nach Tegernsee. Ich halte das hier nicht mehr aus. Geben Sie mir doch Ihre Nummer, damit ich Sie informieren kann!"

Timo gab ihm seine Handy-Nummer. Wenn er Mertens' Nummer gespeichert sehen würde, riefe er ihn zurück. „Hoffen wir, dass nichts Schlimmes passiert ist!", fügte er hinzu.

„Ich traue ihm alles zu."

Timo stand betroffen neben der Telefonzelle und hielt das Handy steif in der Hand. Dann wählte er Bernies Nummer. Es knackte mehrmals unangenehm. Er verstand nichts. Es rauschte und dröhnte durch sein Ohr.

„Moment!", schrie er, lief durch den Ausgang zur Treppe, die zum Bürgersteig hinunterführte. Der nächste Schub von Menschen drängte ihn zur Seite ab. Er bemerkte unterschwellig seinen Fahrer, der am Taxi lehnte, dessen Rücklichter blinkten. Es stand halb auf der Straße, halb auf dem Gehsteig.

„Bernie? Verstehst du mich?"

„Sehr gut! Alles in Ordnung?"

„Sie ist nicht gekommen. Schlimmer noch: Sie ist verschwunden. Seit elf Uhr sucht sie die Polizei von Tegernsee. Ihr Vater hat es mir gerade am Telefon gesagt."

Bernie schwieg. Timo hielt sich das freie Ohr zu, als ein Bahnbus quietschend anhielt.

„Gefällt mir überhaupt nicht!", sagte Bernie, „das Ganze spitzt sich immer schneller zu!"

„Du glaubst also auch, dass es etwas mit den Fotos zu tun hat und mit dem, was sie mir über die *Freundschaft* sagen wollte?"

„Kennst du den Namen des Detektivs?"

„Nein, und ihr Vater auch nicht."

„Klingt nicht gut! Weißt du, wann er ihr die Fotos und den Bericht geben wollte?"

„Ja! Sehr früh morgens in Tegernsee."

Wieder schwieg Bernie. Timo war sich bald nicht mehr sicher, ob sie noch verbunden waren.

„Hörst du mich noch?"

„Klar! Gefällt mir nicht, dass du jetzt dort herumstehst."

Timo blickte sich nach allen Seiten um, ein banges Gefühl war in ihm aufgekommen. Hastig sagte er: „Keiner außer dir, Dorothee und ihrem Vater weiß, dass ich hier bin." Er hörte selbst, wie wenig überzeugend er klang.

„Euer Treffen, Timo! Vielleicht haben sie es aus ihr herausgeprügelt! Sieh dich vor!"

Doch jetzt dachte Timo nicht an sich, sondern fieberhaft nur an Dorothee. Er hatte plötzlich große Angst um sie.

„Wir müssen sie finden, Bernie!"

„Das überlassen wir der Polizei."

„Aber sie wollte mir helfen."

„Timo, du hast mir andere Aufträge gegeben. Der Fall wird immer brisanter. Vor einer halben Stunde habe ich den Polizeifunk abgehört. Weißt du, was passiert ist? In deinem Hotel, in deinem Stockwerk, zwei, drei Türen gegenüber von deiner Suite: Ein Zimmermädchen wurde erstochen aufgefunden. Lag unter einem Packen gebrauchter Handtücher."

„Das ist doch unmöglich! Ich habe die Frau noch heute früh gesehen." Timos Mund war ausgetrocknet. Er hatte das Gefühl, nicht mehr mit seiner eigenen Stimme zu sprechen, so belegt klang sie. „Das war *er*!"

„Scheint mir auch so. Aber ob die Polizei so denkt? Immerhin bist du nicht in deinem Zimmer geblieben und so ganz glauben sie dir ja deine Geschichte nicht. Für sie könntest du als Täter in Frage kommen. Komm also schnell zu mir! Und sieh dich um, ob euch jemand nachfährt! Ich mache jetzt Schluss! Bis gleich!"

Timos Beine waren mit Gallerte ausgefüllt. Er rückte an das Geländer heran, um festen Halt zu finden. Der Eindruck einer unheilbaren Krankheit, die ihn ereilt hatte und ständig neue Geschwüre auslöste, an denen man erfolglos herumdokterte, fräste sich immer mehr in sein Gemüt. Trug er nicht eine Mitschuld, wenn Dorothee etwas zugestoßen sein sollte? Trotz ihres schlechten Zustands wollte sie ihm helfen und wäre mit dem Zug nach München gefahren. Und jetzt war sie verschwunden, ermordet womöglich! Und was war mit dem Zimmermädchen auf seinem Flur? Er sah sie deutlich vor sich. Hatte er das nicht auch mitzuverantworten? Was, wenn er Herrlinger oder Prengel sofort informiert hätte, als dieser lang gesuchte Massenmörder vor dem Hotel gestanden hatte? Dann wäre die Frau vermutlich noch am Leben. Denn dass *er* es gewesen war, daran zweifelte Timo keinen Moment.

Es dauerte Minuten, bis Timo wieder Kraft in den Beinen verspürte.

Er riss sich zusammen. Alles musste aufgeklärt werden. Er musste durchhalten!

Sein Rundblick entdeckte nur den frechen Barkeeper, der vor dem Hotel *Zum Löwen* eine Zigarette rauchte. Dann eilte Timo zum Taxi und stieg ein.

„Auf keinen Fall. Dein Plan geht entschieden zu weit. Nicht mit mir, Bernie!"

„Es ist *mein* Konzept. Nicht ganz ungefährlich, aber Erfolg versprechend!", gab ihm Bernie energisch zu verstehen.

Timos Blick fixierte abwechselnd die Wanduhr, die zwölf Uhr zwanzig anzeigte, das blau-gelbe Poster und die Aufschriften auf den Ordnerrücken im Aktenschrank, als könnte er dort weitere Erklärungen abfordern, warum er Bernies Offensive für ganz und gar undurchführbar hielt.

Als ihn der Taxifahrer in der Ismaninger Straße abgesetzt hatte, war Timo diesmal sofort die Treppen zur Kosmos hochgerannt. Nach einem Klingelsignal, das die blonde Assistentin durch Knopfdruck ins Büro nebenan weitersandte, hatte Bernie die Tür geöffnet und Timo zu sich gewunken. Nun saßen sie sich bereits eine halbe Stunde gegenüber. Bernies Ton war zwar freundlich, der Blick jedoch stählern und stets auf Timos Nasenwurzel gerichtet.

„Jetzt ist es für dich noch prekärer geworden!", hatte er ihm eingangs unverblümt deutlich gemacht.

„War es nicht schon immer kritisch für mich?"

„Doch, ja! Aber deinen Feinden läuft die Zeit davon. Sie handeln immer hektischer. Überleg doch: Deine früheren Freunde sind – wenn wir dieser Dorothee glauben – verkappte Pädophile. Sie haben sich an deiner Frau und Chantal vergangen. Wie und wo immer das zustande kam, wissen wir nicht. Weil beide plötzlich nach Peru verschwunden sind, haben sie Angst bekommen, etwas könnte über diese Route ans Licht kommen. Sie fürchteten sich so sehr vor einem Eklat, dass sie einen Killer nach Peru schickten, um deine Frau und Tochter umzubringen, einen sadistisch agierenden Massenmörder, der seine Opfer sexuell missbraucht, oft sogar noch post mortem."

„Es ist so unglaublich, aber nicht zu leugnen. Einfach unfassbar! Und warum nicht auch ich?"

„Überleg doch! Du solltest ihnen zuerst die Kastanien aus dem Feuer holen. Sie wollten den Vertrag! Doch in welchem Zustand und mit welchen Medikamenten haben sie dich nach New York gedrängt? Das kam einem Mordanschlag gleich! Trotzdem hast du's geschafft. Aber du hast ihnen den Vertrag nicht gegeben, weil du misstrauisch geworden bist. Also haben sie ihn dir geklaut, wieder durch ihren Killer, der für sie die ganze Schmutzarbeit, wahrscheinlich für viel Geld, besorgt. Nur, sie können damit nichts anfangen, solange du nicht tot oder zumindest in der Klapsmühle gelandet bist. Wie sollte Bernhard das schließlich erklären, woher er die Verträge hat?", fasste Bernie zusammen.

„Bernhard hat weitaus mehr von diesem McKerr-Vertrag als Thorlef und Gregor!"

„Kann ja sein, Timo. Aber sie verdienen alle dran. Und davon wollen sie auch was haben. Nur keine Probleme von den Ausmaßen eines Skandals! Deshalb riskieren sie auf Gedeih und Verderb alles, um ihre sexuellen Verbrechen und die Verwicklung in Morde zu vertuschen. Nur, jetzt können sie sich nicht mehr sicher sein, dass du von nichts weißt."

„Inwiefern?"

„Vor allem wegen Bernhards Frau. Das jedenfalls ist meine Vermutung. Und damit wird ihr ursprünglicher Plan, dich durch diesen Thorlef für verrückt erklären zu lassen – als Folge eines psychosomatischen Schocks, ausgelöst durch den Verlust deiner Familie – hinfällig. Genauso wie die darauf folgende Entmündigung durch deinen ehemaligen Anwaltsfreund."

„Woher könnten sie wissen, dass Dorothee über Fotos verfügt, die sie von einem Detektiv hat?"

„Wahrscheinlich hat sie's Bernhard unvorsichtigerweise unter die Nase gerieben, als die Wogen hochschlugen."

„Und dass sie mir die Fotos zeigen würde?"

„Möglich! Du sollst sterben. Schnellstens! Bevor etwas ans Tageslicht gelangt."

„Und bevor der Vertrag wertlos wird."

„Auch das spielt eine Rolle. Aber ich glaube, dass sie dich *schnellstens* beseitigen wollen, liegt im Moment mehr an Dorothees

Kenntnissen. Solange sie über Beweismaterial verfügt, das deine ehemaligen Freunde in die Bredouille brächte …"

„… bin ich und auch Dorothee in Lebensgefahr", hatte Timo ergänzt.

„Genauso wie der Detektiv. Ich will mich hier mal umhören, ob jemand von unserer Kaste seit heute Morgen vermisst wird."

Timo sah ihm direkt in die Augen. „Du meinst also, sie kennen keine Grenzen mehr."

„So ist es! Versetz dich in ihre Lage! Sie sind zu Mördern geworden, seit die Gefahr aufkam, ihre Sexual-Verbrechen könnten ruchbar werden. Sie haben dieses Monster engagiert und müssen nun das Ganze bis zum Ende durchziehen. Bist *du* weg vom Fenster, so wie auch Bernhards Frau und der Detektiv, ist für sie wieder alles in Butter. Dann werden sie sich noch was einfallen lassen, wie verhindert werden kann, dass der Killer zu plaudern anfängt, wenn ihn die Polizei mal geschnappt hat. Sie verstricken sich immer mehr und merken es gar nicht mehr so richtig. Ein Mord, zwei Morde, auch drei oder vier. Was ist schon der Unterschied, wenn die Chance besteht, den Kopf aus der Schlinge zu ziehen?"

„Dann muss ich jetzt sofort zur Polizei", Timo war vom Stuhl hochgeschnellt, „weil sie alles wissen müssen, *bevor* man mich und womöglich Dorothee umgebracht hat. Verstehst du das?"

Bernie beschwichtigte ihn mit einer sachten Handbewegung, sodass sich Timo wieder setzte. „Ich habe bereits mit Polizeioberrat Herrlinger gesprochen. Er weiß jetzt alles. Nur, dass du den Serienmörder vor deinem Hotel gesehen hast, hab ich weggelassen."

„Danke! Wie hat er reagiert? Woher kennst du ihn eigentlich?"

„Wir kennen uns schon mehr als zwanzig Jahre. Seit einem Sondereinsatz im Ausland. Wir sind befreundet und helfen uns des Öfteren. Er weiß, dass ich ihm keinen Unsinn erzähle. In diesem Fall bekommt er durch mich vielleicht recht bald die Chance, endlich den Serienkiller zu schnappen. Seit Jahren sind sie bundesweit hinter ihm her."

„Wie willst du das denn anstellen?"

„Gleich erzähle ich dir meinen Plan. Er wird dich aufwühlen. Im Moment sind für uns zwei Dinge von Bedeutung: Einmal, zu wissen, dass sie sich nicht selbst die Hände schmutzig machen wollen. Jedenfalls solange es geht. Dafür haben sie ihren Killer im Einsatz. Sonst hättest du ihn heute Morgen nicht in der Nähe des Hotels gesehen. Zum anderen ist wichtig, dass mir die Polizei glaubt und damit auch dir."

„Und wo, glaubst du, könnte Dorothee stecken?"

„Herrlinger wusste darüber bereits Bescheid. Man spricht von Entführung. Zwanzig Polizisten suchen im Raum Tegernsee nach ihr. Die Münchner Polizei ist auch dabei. Aber offen gestanden, Timo, so wie ich die Zusammenhänge jetzt beurteilen kann, große Hoffnung habe ich nicht."

„Das kann man doch nicht so einfach hinnehmen!", stammelte Timo und erhob sich wieder halb vom Stuhl.

Bernie zog eine Braue nach oben und sah ihn fragend an: „Was schlägst du vor?"

Doch Timo war stumm geblieben, hatte sich wieder gesetzt, die Schultern hochgezogen, sie fallen lassen und war Bernies Blick ausgewichen.

Nach einer halben Minute des Schweigens fragte er: „Muss ich mich nicht mehr bei der Polizei melden?"

„Lass es im Moment sein! Du bist kein Verdächtiger mehr im Mordfall dieses Zimmermädchens. Ich sagte ja, Herrlinger glaubt dir und deiner Geschichte."

„Was hast du also vor?"

„Ich schieß gleich los, Timo. Aber was ich dir zunächst raten möchte: Wenn du meinen Plan kennst, denk erst mal darüber nach, bevor du was sagst oder dich aufregst! Wir sind aufeinander angewiesen, vergiss das nie!"

„Gut!"

Dann hatte sich Bernie im Sessel zurückgelehnt und begonnen, seine Absichten zu erklären: „Noch tapsen deine ehemaligen Freunde im Ungewissen. Einerseits wissen sie, dass du tatsächlich mit den Nerven am Ende bist. Das verbreiten sie sicher auch überall. Dass sie den Vertrag gestohlen haben, freut sie natürlich, andererseits nützt er ihnen nichts, solange du nicht auftauchst. Gefahr, dass ihre schändlichen Taten aufgedeckt werden, droht von Bernhards Frau. Ob sie dir davon schon erzählt hat, wissen sie nicht. Zumindest passt es ihnen nicht, dass du wegen des Einbruchs bei der Polizei warst, die dich in einem Hotel untergebracht hat. Es passt ihnen nicht, weil du ihnen was von deinem Verdacht erzählen könntest, falls du bereits einen hättest. Deswegen haben sie ihren Killer auf dich angesetzt, um auf Nummer sicher zu gehen. Über den Kontakt dieses Anwalts Ristov bei der Polizei haben sie herausbekommen, in welchem Hotel du steckst. Herrlinger will der Sache übrigens nachgehen."

„Du meinst also, sie gehen im Moment noch nicht hundertprozentig davon aus, dass ich im Bilde bin?"

„Ja! Im Moment noch! Sie befürchten jedoch, dass du bald etwas herausfindest. Entweder weil man dir die Fotos geschickt haben könnte, oder eben, weil du langsam Thorlefs Drogen körperlich verarbeitet hast, wieder klarer denken kannst und über die Polizei selbst Recherchen über die Morde an deiner Familie anstellst."

„Aber sie müssten sich doch seit Langem fragen, warum ich den Vertrag nicht in der Prosoft abgeliefert habe. Das deutet doch schon auf mein Misstrauen hin!"

„Da glaube ich eher, dass sie das deiner Verwirrtheit zuschreiben. Sie wissen doch ganz genau, was du für Medikamente zu dir genommen hast."

Timo hatte tief Luft geholt, denn er sah plötzlich etwas auf sich zukommen, etwas, das er nicht wahrhaben, geschweige denn hören wollte.

„Warum nochmals diese Analyse, Bernie?", sondierte er vorsichtig. „Sag endlich, was du vorhast!"

„Wir müssen so tun, als gälte diese Version. Es ist die einzige Chance, wenn wir sie alle fangen wollen. Es wird gefährlich werden, auch für dich. Aber es ist die einzige Möglichkeit, zu verhindern, dass es dir an den Kragen geht. Wenn wir intelligenter handeln als sie, kriegen wir sie auch. Wie gesagt: Alle! Deine ehemaligen Freunde und den Mörder deiner Familie."

„Wie denn?", fragte Timo erregt.

Bernie hatte die Augen geschlossen und ließ eine halbe Minute verstreichen, bevor er konkret wurde. „Du fährst jetzt zu dir nach Hause! Deine Sachen aus dem Hotel bringt dir mein Mann, ein gewisser Norbert, in deine Wohnung. Er bleibt dort bei dir. Ein anderer, er heißt Fred Kessler, wird sozusagen dein Schatten sein. Er beobachtet von einer unbemerkten Stelle aus den Hauseingang und folgt dir auch unauffällig zur Prosoft."

„Zur Prosoft?", schrie ihn Timo an.

„Ja, zum Büro der Prosoft!"

„Wie stellst du dir das vor?" Timos Stimme war jetzt grell, ungläubig über das, was ihm da Bernie vorschlug. Doch der fuhr unbeeindruckt fort: „Du begrüßt den Pförtner, deine Sekretärin und alle, denen du auch sonst im Gebäude *Guten Tag* sagst."

„Moment, Moment! Du glaubst doch nicht, dass ich …"

„Abwarten, Timo! Du begrüßt also deine Sekretärin, erklärst ihr, dass es dir immer noch dreckig ginge, dass du Halluzinationen und andere Erscheinungen hättest, dass man dir die zwei Vertrags-Exemplare gestohlen hätte, was dir sehr leidtäte und weswegen du die Polizei eingeschaltet hättest. Auch eine Zeichnung von dem wahrscheinlichen Mörder deiner Frau und deiner Tochter, die du in Peru angefertigt hast, hättest du der Polizei gegeben, weil der Mann, der bei dir einbrechen wollte, dem Bild ähnlichsah. Die Polizei habe dir deshalb geraten, in ein Hotel zu ziehen. Aber nachdem dort ein Mord an einem Zimmermädchen verübt worden sei, noch dazu auf deinem Stockwerk, hättest du dich dort auch nicht sicherer gefühlt und wärst wieder nach Hause zurück. Klingt das nicht alles plausibel?"

Timo hatte sich eindringlich vorgestellt, wie er am Pförtner, an der völlig verdutzten Petra Rudloff vorbei in sein Büro schritt. Und danach zu Bernhard. Unmöglich! Obwohl er von dem Gespräch völlig ermattet war, hatte er sich im Stuhl aufgerichtet, als Zeichen dafür, dass er diesem Wahnwitz nicht folgen würde.

„Das kann ich nicht. Und das werde ich nicht tun!" Timo stierte auf den Boden. Er war mit sich einig. Niemals könnte er Bernhard gegenübertreten, als wäre nichts geschehen. Vielleicht gar noch Thorlef und Gregor. Alle drei waren die Mörder von Verónica und Chantal, hatten sie schändlich missbraucht. Wie sollte er da schauspielern können, in seinem nervlichen Zustand?

Von der Schulter zog ein stechender Schmerz in den Ellbogen, der ihn zusammenzucken ließ. Ein zweiter und dritter folgten. Er fühlte sich plötzlich entmutigt. Hier bei Bernie hatte er geglaubt, einen letzten Hort zu finden, eine Art Asyl vor dem Bösen da draußen. Aber das empfand er jetzt nicht mehr. Bernie spielte Vabanque und er sollte dabei die Hauptrolle übernehmen.

Er spürte, dass ihn Bernie unablässig musterte. Er starrte weiter auf den kleinen Teppich unter ihm.

Bernie verscheuchte das Schweigen, das sich im Raum eingenistet hatte: „Ich sagte dir vorhin: Denk erst mal nach, bevor du den Vorschlag beurteilst."

Timo reagierte jetzt erzürnt: „Du redest doch Makulatur. Eine Verrücktheit nenn ich das! Als ob ich den Leuten, die mir nach dem Leben trachten – nach all dem, was ich über sie weiß – eine Komödie vorspielen könnte!"

„Komödie? Du sollst bei ihnen keine Heiterkeit wecken. Im Gegenteil: Sie sollen durch dein pures Auftauchen Fehler machen. Und von solchen gehe ich aus, weil sie völlig verwirrt sein werden."

„Du widersprichst dir, Bernie. Vorhin sagtest du, dass das, was du da ausgebrütet hast, für mich gefährlich werden könnte, andererseits sei es die einzige Möglichkeit, mir das Leben zu retten. Du willst dich nur nach allen Seiten absichern. Na wunderbar! Zockerei nenn ich das!"

„Dass es gefährlich werden könnte, muss ich dir sagen, damit du auf der Hut bist!"

Wieder breitete sich eisiges Schweigen über beiden aus. Timo spürte noch mehr Zorn in sich aufkommen. Warum hatte er sich mit Bernie eingelassen? Auch Mark Lassen, von dem er den Tipp bekommen hatte, jenen zu engagieren, geriet bei dieser Frage in die Schusslinie. Empfohlen hatte er ihn, aber auch vor Bernies Methoden gewarnt.

Timos Blut war mächtig in Wallung geraten. Die Stiche im Oberarm meldeten sich fünfsekundenweise.

„Du kannst es nennen, wie du willst, Timo. Zockerei oder was auch immer. Aber es ist mein Plan. Unsere einzige Chance ist, selbst in die Offensive zu gelangen. Wenn wir das nicht tun, warten wir nur auf die nächsten Schritte der anderen und hoffen, dass wir sie richtig erraten."

„Zum Raten habe ich dich nicht engagiert!", grollte Timo.

„Du wolltest, dass ich eine Lösung finde, um deinen Albtraum rasch zu beenden. Hier ist sie! Es ist die einzig mögliche. Finde dich in deine Rolle ein! Bändige deine schwachen Nerven! Sei stark! Sie haben deine Familie ausgelöscht. Ein Serienmörder läuft frei herum! Mit meinem Plan kann in zwei bis drei Tagen alles vorbei sein."

„Wie denn?", Timos Augen irrlichterten ungläubig.

„Wenn du mitspielst!"

„Nein!" Timo dachte an Herrlinger, an Prengel. War er bei ihnen nicht besser aufgehoben als bei Bernie, diesem Glücksspieler? Aber dann fiel ihm ein, dass Gregor seine Informationsquellen in der Ettstraße hatte, dass ihm Herrlinger keinen Schutz bieten konnte, da dafür das nötige Personal fehlte. Ein erster, seinem Gegenüber wohlgesinnterer Gedanke nistete sich bei ihm ein, als er in Betracht zog, dass Bernie mit Herrlinger befreundet war, was ihm bereits geholfen hatte, indem dieser keinen Verdacht mehr gegen ihn hegte.

„Gut, Timo! Es gibt kein anderes Konzept. Du tust es oder eben nicht! Entscheide dich!"

„Willst du mir jetzt den Bettel vor die Füße werfen?", fragte Timo grob.

„Natürlich war es nicht meine Absicht, dich im Regen stehen zu lassen. Aber außer meinem Plan gibt es für mich keinen anderen sinnvollen Weg. Es sei denn, du willst plötzlich vor deinen Freunden die weiße Flagge hissen. In dem Fall wäre ich ja auch raus!"

„Das heißt also: Dein Plan oder du wirfst mir die Brocken hin. Hab ich das richtig verstanden?"

„Wenn du es so ausdrücken willst."

Timo war entgeistert und zutiefst entmutigt. Es durfte nicht sein, dass sich Bernie lossagte. Einfach so! Was würde er ohne ihn tun? Nur, sein Plan – niemals würde er sich dazu überwinden können.

„Wo drückt dich denn der Schuh am meisten, wenn du an mein Konzept denkst?", überbrückte Bernie das erneute Schweigen.

„Na, so tun als ob! Bernhard und vielleicht den anderen beiden in die Augen zu schauen."

„Überleg doch mal: Es gibt die von mir geschilderte Version, die im Moment noch völlig plausibel ist! Darüber haben wir vorhin gesprochen. Und jetzt spielst du sie einfach, als wäre sie

Realität, so als wüsstest du von allem, was hinter deinem Rücken passiert ist, nichts. Denkst dir jedes Mal, wenn du einen siehst oder mit einem sprichst: *Es ist der einzige Weg, dich Schweinehund zu Fall zu bringen.* Das müsste dich doch so unglaublich stark machen, dass du deine Rolle sogar perfekt spielen könntest."

Timos Blick landete wieder auf dem blau-gelben Poster, doch zum ersten Mal versetzte er sich ernsthaft in Bernies Gedanken. Da war ein Ansatz, gestand er sich ein! Könnte er seinen Part nicht doch spielen, wenn er wüsste, dass er zum Ziel führte, sie ins Gefängnis beförderte, wo sie hingehörten?

„Es wird natürlich dramatische Zuspitzungen geben", fuhr Bernie fort, „aber du willst dich doch aus diesem Sog befreien und nicht jeden Tag aus Angst tausend Tode sterben?"

Timo nickte. Sein Magen schien plötzlich zu rebellieren.

„Du siehst kalkweiß aus, Timo. Komm, trink mal einen Schluck!"

Bernie fasste hinter sich an den Schlüssel einer kleinen Schranktür, drehte ihn und holte eine Flasche Rémy Martin sowie einen Schwenker hervor. Er füllte ihn zu einem Drittel, sah zu, wie Timo gierig danach grapschte und den Inhalt mit einem einzigen Schluck wegkippte.

„Wieder besser?", fragte er ihn.

Timo drückte als Antwort die Augenlider zu. Es dauerte, bis er seine Stimme wiederfand. Seine Meinung zu Bernies Vorschlag begann sich zu drehen. Genau konnte er es sich nicht erklären. Aber er fühlte plötzlich, dass er Bernhard, Gregor und Thorlef tatsächlich mitleidlos gegenüberstehen könnte, so wie es Bernie verlangte, dass er in der Lage wäre, seine Rolle virtuos zu spielen, trotz aller Verachtung, die er für sie empfand.

Ein köstlicher Zynismus umgarnte ihn mit einem Mal.

Doch so schnell wollte er Bernie den vollzogenen Wandel nicht eingestehen. Deswegen übertünchte er seine neu gefundenen

Kräfte: „Du weißt, dass ich im Moment keine Nerven wie Stricke habe. Dafür ist zu viel passiert. Und dann lauert ja noch immer dieses Ungetüm irgendwo auf der Straße."

„Norbert wird bei dir sein. Und auch sonst bist du nicht ohne meinen Schutz. Übrigens wollte ich mich heute noch in Transvestitenkreisen umhören. Vielleicht mache ich ihn ausfindig. Hab ja dein Bild von ihm. Und dann will ich mich mal in eurem dritten Stock postieren. Vielleicht seh ich ihn als Frau."

„Du glaubst mir also, dass es sie gab?"

„Natürlich!"

„Wie würdest du dir denn den weiteren Kontakt zwischen uns vorstellen? Ich meine, für den Fall, dass ich mitmache? Was ist, wenn etwas Außergewöhnliches passiert?"

Bernie öffnete eine Schublade des Schreibtischs und entnahm ihr zwei winzige Handys. Er schubste eines davon auf Timos Seite.

„Du drückst nur auf die *Drei* und hast mich in der Leitung. Ich werde es während der Dauer des Auftrags immer bei mir haben. Auch nachts!"

Timos Stimmung hatte sich völlig verändert. Er empfand jetzt weit mehr Zuversicht, was das Gelingen des Plans anging. Es würde die Verbrecher in schwere Nöte treiben und das bedeutete, dass sie Fehler machten. Im Prosoft-Büro würde ihm nichts passieren. Das konnten sie sich nicht leisten. Einer von Bernies Leuten passte auch vor dem Gebäude irgendwo auf und zu Hause gäbe es einen anderen Mann, der mit solchen Monstren sicher besser fertigwerden könnte als er.

„Also?", fragte Bernie.

„Du hast Recht! Es ist die Lösung. Ich bin dabei. Ob es mir leichtfallen wird, weiß ich noch nicht, aber ich werde mein Bestes tun. Entschuldige meine Kommentare von vorhin!"

„Vergiss es! Ich wusste, wenn du darüber nachdenkst, kommst du zum gleichen Ergebnis wie ich."

„Wann soll ich anfangen?"

„Gleich!"

Bernie drückte auf einen Knopf auf der Telefon-Konsole und sagte seiner Assistentin in gedämpftem Ton: „Gib Fred Bescheid! Es geht los!"

*

Als Erster von beiden traf Gregor Ristov kurz nach zwölf im *Franziskaner* ein. Das Lokal war zur Mittagszeit berstend voll. Von den Wänden hallte ihm ohrenbetäubendes Stimmengewirr und das monotone Geklapper von Besteck entgegen. Nervöse Ober und Kellnerinnen jonglierten ihre Servierbretter mit üppigen Mahlzeiten und Biergläsern durch die schmalen Gänge. Gregor hielt eine Bedienung, die gerade eine wuchtige Portion Schweinshaxe auf einem Tisch platziert hatte, am Arm an und fragte sie nach dem Nebenraum, den der Notar Spindler für zwölf Uhr reserviert habe. Sie deutete nach hinten zu einem Flur und Gregor fand sogleich den kleinen holzgetäfelten Raum. Der Notar war noch nicht da, obwohl er nur über die Straße laufen musste. Gregor legte seine Aktenmappe auf einen Stuhl und betrachtete die durch ihre agilen Augen lebendig wirkenden Hirschschädel, die zu beiden Seiten des Raums an den Wänden hingen. Ein Vierzehn- und ein Sechzehn-Ender, zählte Gregor ab.

Einige Minuten danach traf mit hochrotem Kopf Bernhard ein. Gregor und er hatten sich in seinem Büro am Ende ihres Gesprächs nochmals heftig gestritten. Das war, nachdem ihm Gregor den Text vorgelesen hatte, den Bernhard jetzt in Anwesenheit des Notars unterschreiben sollte.

„Nochmals, was soll das Ganze? Erst sprichst du von *Schicksalsgemeinschaft* und dann misstraust du mir voll und ganz!", hatte er Gregor angegiftet, als dieser drängte, pünktlich im *Franziskaner* einzutreffen.

„Nicht nur ich. Auch Thorlef!"

„Feine Freunde! Wo steckt er eigentlich? Will er sich aus allem raushalten? Da täuscht er sich aber. Nicht eine Sekunde lass ich ihn außen vor!"

„Siehst du, Bernhard, genau das ist eine *Schicksalsgemeinschaft*. Jeder denkt an *sein* Schicksal, kann es aber nur *zusammen* meistern. Was geschieht, geschieht ohne jedes Mitgefühl für den anderen. Im Endeffekt zählt nur das Ziel jedes Einzelnen, nämlich seinen eigenen Kopf aus der Schlinge zu ziehen. Einander dabei zu vertrauen ist keine Ehrensache, sondern eine egoistische Notwendigkeit, die auf andere Weise als durch einen Handschlag besiegelt wird. In unserem Fall durch eine notarielle Beglaubigung, was sinnvoller ist, als auf waghalsige Versprechungen zu bauen."

„Waghalsig, waghalsig. Red doch kein Blech! Zwei gegen einen willst du spielen. Thorlef und du gegen mich. Ihn hast du anscheinend in der Tasche."

„Immerhin soll von uns eine Million an dich fließen. Sind wir denn sicher, dass du sie auch zum Auslösen der Verträge nutzt? Vielleicht hast du ja derart Angst, dass dir die Fotos das Genick brechen könnten, und planst bereits deinen Abgang?"

„Du Arschloch!"

„Danke! Zu deiner Beruhigung nochmals: Thorlef hat sich gewandelt. Er ist knochenhart in der Frage, wie wir weiter vorgehen wollen; ich meine, was Timo und Jester angeht. Er sieht das wie du und ich."

Diese Bemerkung hatte Bernhard wieder etwas beruhigt, obwohl die Wut tief saß.

„Und du meinst", war Gregor fortgefahren, „dass sich ‚Z' dieses Detektivs und Dorothees annehmen wird? Wir haben nur noch diesen einen Weg und der heißt: alles beseitigen, was uns gefährden kann! Ich bin nicht bereit, meine bestens laufende Kanzlei, meine tausend Verbindungen, meinen Ruf und – trotz meiner lüsternen Passionen – meine gute Ehe mit Gisela aufzugeben. Jede mögliche Gerüchtequelle, aus der etwas sprudeln könnte, muss ein für alle Mal trockengelegt werden. Und Thorlef – wie gesagt – sieht das genauso."

„Beruhige dich, Gregor! ‚Z' lässt sich seinen Laden nicht kaputt machen. Genauso wenig wie du den deinen. Der wird schon handeln. Da bin ich mir ganz sicher."

„Dein Wort in Gottes Ohr! Vielleicht gelingt ihm das ja noch, bevor dich Dorothee anzeigt. Wäre doch 'ne gute Lösung für dich, nicht?"

Mit diesen Worten war Gregor lächelnd aus dem Büro gestapft.

Bernhard hatte wenig später seinen Wagen aus der Garage geholt und war in die Stadt gefahren, um in der Tiefgarage der Staatsoper, zwei Minuten vom *Franziskaner* entfernt, zu parken. Unterwegs war ihm hinsichtlich der letzten kaltschnäuzigen Bemerkung nochmals klar geworden, wie tief sich die Angst auch bei Gregor festgefressen hatte, trotz seines ewig lockeren Gehabes. Er würde auf der Hut sein müssen. Auch vor ihm! Gregor hatte jede Grenze bürgerlichen Denkens übersprungen und war zum mitleidlosen Verbrecher mutiert. Wer hätte das je gedacht? Aber letztlich – dachte Bernhard – war das besser so, als wenn ihn die Skrupel übermannt hätten.

Er sah Gregor in dem von Spindler reservierten Nebenraum des *Franziskaner* wieder. Er telefonierte gerade und schüttelte dabei auffallend oft den Kopf.

„Im ersten Stock?", fragte Gregor und: „Glauben Sie? Na, das sind eben deren Gebräuche! Halten Sie mich bitte auf dem Laufenden, wenn es Ihnen nichts ausmacht! Tschüss!"

Bernhard war näher getreten. „Was gibt's denn?"

„Stell dir vor: Im Hilton ist auf dem Flur von Timos Zimmer eine muslimische Albanerin in einer Wäschekiste erstochen aufgefunden worden. Erste Hinweise besagen, dass es ein

Ehrenmord sein soll. Ein Syrer, der auch im Hotel arbeitet, sei festgenommen worden."

Bernhard pfiff durch die Zähne. „Von wem weißt du das?"

„Mein Kontakt bei der Polizei hat mir das gerade gesagt. Scheint ein dicker Fall zu werden, weil es in einem Luxushotel passiert ist. Angerufen hat er eigentlich, um mir zu sagen, dass Thorlef keine Medizin für Timo herausgerückt hat."

Bernhard schwieg einen Moment, bevor er sagte: „Schwant dir eigentlich nichts?"

„Natürlich! Das war Jester und kein Syrer. Das war ein Lustmord und kein Ehrenmord!"

„Seh ich auch so! Dann war dieser Vollidiot also doch im Hotel! Wahrscheinlich kam er nicht in Timos Zimmer und da hat er sich anderweitig abreagiert."

„Bernhard, wenn Jester durchdreht, dann …"

Spindler betrat den Raum. Er kam mit viertelstündiger Verspätung, entschuldigte sich aber nicht dafür.

„Ich kann nicht zum Essen bleiben, meine Herren! Ein Bauprojekt! Wo sind die Papiere?"

Gregor nestelte die zwei Doppelseiten aus seiner Aktentasche und Spindler las den Text sorgfältig durch. Er war ein untersetzter Herr in den Fünfzigern, das dunkle, dünne Haar sorgfältig gescheitelt, obwohl es kaum viel von der Kopfhaut abdeckte. Die Augenbrauen waren an den Seiten nach oben gezwirbelt. Sein ansehnlicher Leib drohte beim Hinsetzen zwei der sechs Knöpfe seiner weinroten Weste zu sprengen.

„Sie dürfen das, Herr Janisch? Also ohne Ihren Partner?", er richtete seinen Blick auf Bernhard.

„Ja, natürlich!"

„Haben Sie die Satzung der Prosoft dabei?"

„Nein! Die habe ich …"

„Ich hab sie dabei", sprang Gregor ein und holte das Dokument aus seiner Aktentasche. Er blätterte kurz, legte die entsprechende Seite vor Spindler und deutete mit dem Zeigefinger auf die Stelle, auf die es ankam. Der Notar überflog sie kurz.

„Gut! Das wäre somit geklärt. Dann unterschreiben Sie die beiden Exemplare, Herr Janisch!"

Bernhard setzte sich stirnrunzelnd hin und setzte seinen Namen unter die Texte.

Dann holte Spindler aus seiner Herrentasche einen Metallstempel mit dem Notariatssiegel und ein kleines rotes Stäbchen, das er mit einem kleinen Feuerzeug entzündete.

„Na, dann wollen wir mal!", bemerkte er und ließ einige Tropfen des Lacks auf beide Exemplare fallen, drückte das Siegel darauf und unterschrieb mit seinen arthritisch ausgebeulten Fingern ebenfalls.

„Ihr Exemplar gebe ich Ihnen sofort, Herr Ristov. Das andere muss Herr Engelcke schon bei mir persönlich abholen. Ich lasse von diesem Exemplar dann auch eine Kopie für Sie machen, Herr Janisch. Wir stellen Ihnen diese auf dem Postweg zu. Herr Ristov kann Ihnen ja selbst eine Kopie seines Exemplars geben!"

Gregor und Bernhard nickten, als wären sie im Schulunterricht. Spindler verabschiedete sich, nochmals mit großem Bedauern, nicht zum Essen bleiben zu können, sondern seinen Pflichten nachgehen zu müssen, und verließ den Raum.

Bernhard und Gregor sahen sich über den Tisch hinweg an. Keiner sprach ein Wort. Sie waren sichtlich froh, als eine Kellnerin die spannungsgeladene Stimmung unterbrach.

„Wollen Sie jetzt bestellen?"

„Ich glaube, wir essen nichts! Vielleicht nehmen wir etwas zu trinken." Gregors Blick glitt zu Bernhard, der nickte. „Ja, ein Glas Weißwein, einen badischen, bitte!", sagte Bernhard.

„Gut, für mich auch!"

Die Kellnerin nickte missmutig und zog die Tür hinter sich zu.

„Na, zufrieden?", begann Bernhard süffisant.

„Zumindest haben Thorlef und ich jetzt was in der Hand."

„Ihr könntet mit der Prosoft gar nichts anfangen!"

„Nein, aber verkaufen könnten wir sie."

„So weit wird es nicht kommen. Das Ganze ist völlig unnötig gewesen!"

„Na, weißt du, Jester kann ja was zustoßen. Gerät unter einen Bus, stolpert auf einer Brücke und fällt in die Isar. Was passiert nicht heutzutage alles?" Gregor lächelte zynisch.

Sein Handy schnarrte. Er ging damit in eine Ecke und schien in den folgenden Minuten mit der Wand zu reden, denn er nickte ihr unentwegt zu oder schüttelte den Kopf.

„Ach, im Hilton? Herr Rossik ist also dort?"

Es folgten mehrere „Hm", bevor Gregor sagte: „Also nur ein zweiter Verdacht? Hm! – Nein, das kann ich mir nicht vorstellen! – Timo Rossik? Nein! Niemals! – Hm … hm … Ja, natürlich ist sein Zustand Besorgnis erregend. Aber es sind mehr Wahnvorstellungen. Der Verlust seiner Frau und seiner Tochter, Sie verstehen? – Hm … Nein, auch wenn er wütend ist, rastet Timo nie aus. Schon gar nicht auf diese Weise! Niemals! Soll ich jetzt veranlassen, dass Doktor Engelcke, sein Psychiater, ihn im Hotel aufsucht? – Hm … Ach so! Er muss das Zimmer wechseln. Aha! – Hm … verstehe. Falls Sie ihn nicht selbst dabehalten. – Ach, Sie wissen gar nicht, wo er ist? – Bitte halten Sie mich auf dem Laufenden! Wiederhören!"

Gregor hatte eine versteinerte Miene, als er aus der Ecke trat.

„Das hätte uns noch gefehlt!", sagte er. „Timo für einige Zeit in U-Haft!"

„Wieso denn?", fragte Bernhard.

„Sie verdächtigen jetzt auch ihn, die Zimmerfrau umgebracht zu haben. Der Mord passierte schräg gegenüber von seinem Zimmer und außerdem, sagt die Polizei, sei Timo im Moment nicht ganz zurechnungsfähig, was sie wiederum von mir weiß. Eigentor!"

„Und jetzt?"

„Ich habe natürlich versucht, das meinem Kontakt auszureden. Aber alles wisse er eben auch nicht und eingreifen falle ihm schwer, da sich ein Polizeioberrat mit dem Fall befasst und wenig Informationen herausrückt."

„Und sie haben keine Ahnung, wo Timo ist?"

Gregor schüttelte den Kopf.

„Scheiße! Wie soll Jester dann handeln?", schnaubte Bernhard. „Timo verdünnisiert sich immer wieder. Als ob er wüsste, was wir gerade planen."

Die Kellnerin kam herein und stellte zwei Römer mit badischem Wein auf den Eichentisch.

Gregor nahm sein Glas, hob es kurz an und sagte: „Zum Wohl!"

Bernhard reagierte nicht. Er trank ein halbes Glas auf einen Zug.

„Er darf keinesfalls in U-Haft, Gregor! Das würde unsere Pläne völlig unmöglich machen. Wir könnten die von Jester gekauften Verträge nicht verwenden, solange Timo in einer Zelle sitzt. Jester könnte uns weiter mit den Fotos erpressen …"

„Dich und Thorlef, mein Lieber! Nicht mich!"

Bernhard stürzte die zweite Hälfte des Römers hinunter.

„Ja, ja! Aber glaubst du, dass ich dich so ungeschoren davonkommen lasse? Wie hast du vorhin im Büro so schön gesagt: Wenn man ein Schicksal gemeinsam meistern muss, geschieht das ohne jedes Mitgefühl für den anderen!"

„Du bist und bleibst ein Schwein, Bernhard. Aber das ist nichts Neues für mich. Eine *Schicksalsgemeinschaft* sind wir. Jawohl! Ob ich allerdings heute Nachmittag das viele Geld lockermache, ist eine andere Frage. Wenn Timo in den Knast geht – wer weiß, wie lange –, werden die Verträge unbrauchbar. Also müssen wir sie auch nicht zurückkaufen!"

„Dann gib mir die Bürgschaft zurück!"

„Wollen wir nicht abwarten, was mit Timo passiert? Im Moment weiß die Polizei zwar noch nicht, wo er sich aufhält, aber vielleicht heute Abend?"

„Ja, wir warten ab!", antwortete Bernhard, nachdem er länger nachgedacht hatte.

Jetzt klingelte sein Handy. Auch er drehte sich von Gregor weg.

Zunächst sprach er lange nichts, bis es endlich zu einem lang gezogenen „Waaas?" kam.

„Das ist ja furchtbar! Ermordet?", Bernhard keuchte. „Sind Sie sicher, dass es sich um meine Frau handelt?"

Gregor trat näher an Bernhard heran.

„Um Gottes willen! Das ist ja grässlich! Bei Tegernsee, sagen Sie? Ach, *im* Tegernsee!"

Wieder trat eine Pause ein. Bernhards Hand, die den kleinen Apparat hielt, zitterte, und Gregor sah es.

„Bis neun Uhr zu Hause und dann im Büro! Was soll die Frage?"

Eine volle Minute sprach Bernhard außer ein paar „Hm" und „So?" nichts. Dann: „Ich muss sie als Ehepartner identifizieren? Aber wenn das doch schon der Vater —"

Bernhard war unterbrochen worden, er sagte eine Weile nichts, bis er ziemlich fassungslos nachfragte: „Ihr Vater hat Anzeige gegen mich erstattet? Das ist ja die Höhe!"

Wieder kam es zu einer Pause, bis Bernhard sagte: „Um sechzehn Uhr in Tegernsee. Hm! Soll das ein Verhör werden?"

Anscheinend gab es keinen Zweifel, dass Bernhard den Termin wahrnehmen müsste. Er murmelte nur noch ein „Na gut!" und drückte auf den roten Stopp-Knopf.

Bernhard war geschockt. Das sah ihm auch Gregor an.

„Kann mir vorstellen, dass es dir nahegeht, Bernhard!" Nach ein paar Sekunden fügte er jedoch hinzu: „Aber du hast es ja schließlich eingefädelt!"

„Halt dein Maul!", fuhr er Gregor an, der sich jedoch nicht beirren ließ: „Na, über ‚Z‘! Und es hat geklappt. Fehlt noch der Schnüffler!"

Bernhard spürte, wie sich sein Bauch zu einer Höhle wandelte, in der der trockene Wein wie Feuer brannte. Schweiß perlte von seiner Stirn. Jetzt plötzlich dachte er an gestern früh; wie er sie genommen hatte. Gar nicht möglich, dass sie den brutalen Fick nicht auch genossen hatte. Vielleicht wäre es doch möglich gewesen, mit ihr wieder alles einzurenken. Irgendwie eben! Doch Gregor holte ihn schroff aus dieser Gedankenwelt zurück: „Du musst um sechzehn Uhr in Tegernsee sein? Zu einem Verhör? Ihr Vater hat dich angezeigt, nicht wahr? War das eben die Polizei?"

Bernhard nickte.

„Was wird dann aus dem Termin mit Jester?"

Bernhard hatte sich jetzt wieder gesammelt. „Müssen wir verschieben, zumindest bis morgen früh! Vielleicht wissen wir dann, wo Timo steckt und ob er in den Bau geht."

„Seh ich auch so! Wegen des Geldes ist es mir auch lieber. Kann dann noch was umschichten. Ich sage Thorlef Bescheid."

Bernhard setzte sich. Er hatte das Gefühl, nicht mehr stehen zu können. Sein Gesicht war bleich und voller dunkler Furchen um Mund und Nase. Die Beule glänzte dunkelblau.

Auch Gregor nahm vor einem Gedeck am Tisch Platz.

„Was können die von mir wollen?", fragte ihn Bernhard.

„Ich weiß nicht, warum dich Dorothees Vater angezeigt hat. Sicherlich, weil du sie derart zugerichtet hast. Vielleicht sieht er dich aber auch als Mörder oder als Auftraggeber des Mordes an Dorothee."

„Bin ich ja nicht!"

„Jedenfalls nicht direkt."

„Hör auf damit!", Bernhards Faust polterte auf den Tisch.

„Sei nicht so empfindlich! Wo bleibt deine Nervenstärke?"

Bernhard starrte auf sein leeres Glas. „Kommst du mit nach Tegernsee? Als mein Anwalt?", fragte er ihn schließlich.

„Glaube schon."

„Und wie wollen wir vorgehen?"

„Na, du bist natürlich erschüttert über den Mord an deiner Frau. Das musst du gut spielen!"

„Ich muss das nicht spielen", blaffte Bernhard. „Ich *bin* erschüttert."

„Das hört sich ja schon ganz glaubhaft an!", grinste Gregor. „Nur *eine* Gefahr ist noch nicht beseitigt: der Schnüffler! Vielleicht kennt ihn ja Dorothees Vater?"

Das hatte Bernhard in den letzten Minuten gänzlich vergessen. Seine Stirn wurde wieder heiß. Der Magen meldete sich dazu; er schien den Wein in die Speiseröhre zurückpumpen zu wollen. Bernhard presste die saure Flüssigkeit nach unten.

„Dann wäre es allerdings zu spät!", antwortete er niedergeschlagen.

Wieder trat eine Pause ein.

„Noch wissen wir nichts", stellte schließlich Gregor fest. „Und wenn ‚Z' bei Dorothee so schnell gehandelt hat, warum dann nicht auch bei dem Schnüffler? In der richtigen Reihenfolge wäre er als Erster dran."

„Da hast du Recht!", sagte Bernhard tonlos, sah jedoch einen kleinen Hoffnungsschimmer aufglimmen. „Meinst du, ‚Z' würde auch uns mal erpressen? Immerhin hat er Fotos gemacht."

„Glaube ich nicht! Mit den Fotos wird er vielleicht versuchen, seine Kunden bei der Stange zu halten; aber richtig erpressen, nein! Da hat er zu viel Angst, dass sein Laden auffliegt. Wenn er tatsächlich Thorlef und dich erpressen wollte, müsste er auch damit rechnen, dass einer am Ende die Adresse nennt."

„Und seine Killer?"

„Denk nicht so weit, Bernhard! Lass uns das Nächstmögliche tun! Wegen ‚Z' fällt uns auch noch was ein. Schlimmer wäre es, wenn Timo für eine Zeit ins Gefängnis käme."

„Tja, dann käme so ziemlich alles durcheinander! Kein Vertrag mit McKerr! Wir müssten schnellstens Jester beseitigen. Wir beide, Gregor!"

„Und Thorlef, mein Guter!"

Wieder schnarrte Gregors Mobiltelefon. Er machte sich jetzt nicht mehr die Mühe, in eine Ecke zu gehen.

„Ja?", meldete er sich. Dann wollte er das Handy Bernhard reichen. „Es ist Petra. Sie ist auf deiner Nummer nicht durchgekommen."

„Ich will jetzt nicht", gab ihm Bernhard zu verstehen.

„Sie sagt, es sei extrem wichtig!"

„Also, dann gib her!"

Bernhard hörte noch am Tisch sitzend zu, dann sprang er auf: „Waaas? Timo? Ich komme sofort!" Er warf Gregor das Handy zurück.

Gregor beendete das Gespräch durch einen Druck auf den roten Knopf und starrte zu Bernhard. „Was ist los? Hat ihn Jester doch erwischt?"

„Nein, beileibe nicht! Er sitzt in seinem Büro!"

Auch Gregor schoss vom Stuhl hoch. „In der Prosoft?"

„Jawohl, in der Prosoft!"

„Das ist doch Wahnsinn! Will er uns reinlegen?", stammelte Gregor.

„Womit? Er hat die Verträge ja nicht. Er weiß vielleicht von gar nichts. Du kennst ja Thorlefs Medizin! Hat die letzten Tage einfach mehr oder weniger verpennt oder war in Trance!"

Mehr als eine Minute redeten sie nichts, bis Gregor meinte: „Auszuschließen ist das natürlich nicht! Obwohl ich misstrauisch bin. Andererseits, du erinnerst dich doch, wie er sich zuletzt bei Thorlef aufgeführt hat."

„Ja, aber er war eben misstrauisch, weil Thorlefs Pillen in New York nicht so wirkten, wie er wollte."

„Stimmt auch wieder!"

„Er könnte also wieder ins Büro kommen, weil er sich jetzt gesünder und normaler fühlt", pflegte Bernard seine einsetzende Euphorie.

„Ja, vielleicht will er ja tatsächlich nur wieder seine Arbeit aufnehmen. Auf jeden Fall warten wir jetzt erst mal mit dem Geld ab."

„Auf keinen Fall!" Bernhard spürte, dass er wieder ganz der Alte war. „Wir wissen, wo er ist. Nämlich in seinem Büro in der Prosoft. Jetzt muss sich Jester seiner annehmen. Dann können wir bis morgen den ganzen Deal mit ihm zu einem Ende bringen. Dann ist alles in Butter!"

„Wenn sie Timo nicht in U-Haft stecken und wenn der Schnüffler nicht noch umtriebig ist."

Bernhard atmete tief durch. Nun war Gregor der Miesmacher. „Werden wir ja sehen!", antwortete er mit neuem Selbstbewusstsein. „Noch was, Gregor! Wie komme ich an das Geld?"

„Na, Thorlef und ich überweisen es dir. Jeder fünfhunderttausend!"

„Und ich soll das Geld dann abheben? Eine Million, ja? Bist du wahnsinnig?"

„Du hast den Deal mit Jester so ausgemacht!"

„Als Anwalt und als jemand, der so viele Kontakte zu Kriminalkommissaren hat, müsstest du eigentlich wissen, dass ich keine Million von einer Bank einfach so mitnehmen kann. Die werden doch stutzig und meinen, dass da eine Entführung oder was anderes Ungesetzliches dahintersteckt."

Gregors Stirn legte sich in Falten. Er nickte. „Da hast du natürlich Recht! Darauf hätte ich selbst kommen müssen."

„Also?"

„Ich muss mir was einfallen lassen. Gib mir etwas Zeit!"

„Heute Nachmittag, wenn wir uns treffen, muss es klar sein, damit wir handeln können."

„Ist zehn vor vier am Bahnhof in Tegernsee in Ordnung?"

Bernhard nickte. „Und bring mir meine Kopie mit!"

Gregor packte die Papiere in seine Aktentasche.

„Jetzt rufe ich erst mal Jester an", sagte Bernhard, „und verschiebe den Termin von heute, bis die Sache mit Timo … na ja, du weißt schon. Und nun nichts wie hin zur Prosoft! Wenn ich Timo gesprochen habe, wissen wir mehr. Ich melde mich bei dir."

*

Der Regen hatte Henryk Jester voll erwischt, als er sich – weiter als sonst von seiner Wohnung entfernt – von einem Taxi am Siegestor absetzen ließ. Bis er in der Kaulbachstraße ankam, war sein Tschador durchweicht. Als er ihn abnahm, klebten die Haare auf der Kopfhaut in allen Richtungen.

Wie er diese arabische Tracht, in der man sich nicht schnell bewegen konnte, hasste! Aber bald würde er sie nicht mehr benötigen. Überhaupt beschloss er, als er in den kleinen Spiegel im Bad blickte, sich in der nächsten Zeit die Rolle als Frau zu verkneifen. Zu auffallend war diese Dame Pamela, was gefährlich sein konnte in diesen Tagen, in denen er den Coup seines Lebens landen wollte. Den wollte er keinesfalls durch eitles Gebaren gefährden.

Im Prinzip wussten sie ja, wo sich Timo Rossik aufhielt. Im Hilton! Und wenn er dahin nicht zurückkehrte, würde Bernhard seine neue Unterkunft – über den Kontakt bei der Polizei, der schon einmal geholfen hatte – ein weiteres Mal herausbekommen.

Pamela würde es somit nicht mehr im dritten Stock des Prosoft-Gebäudes geben. Nie mehr! In zwei, höchstens drei

Tagen wäre er weg. Für immer! Er grinste darüber, dass er noch vor Kurzem daran gedacht hatte, die Gardine zu waschen, die vor dem kleinen Fenster im Tageslicht gelblich-grau schimmerte. Das Nötigste schon mal packen und bereitstellen, so als führe er in Urlaub. Das jedenfalls würde er einem Hausbewohner sagen, sollte ihm einer unnötigerweise auf der Treppe begegnen. Tickets würde er erst am Flughafen kaufen. Einen Last-Minute-Flug! Da spionierte man noch nicht so sehr hinter den Namen der Passagiere her. Aber an seine Nase würde man sich im Fall der Fälle erinnern. Als er sich jetzt mit einem Kleenex von der verlaufenen Schminke befreite, kam ihm die Nase noch hervorstehender und kantiger vor. Wahrscheinlich lag es daran, dass er in den letzten Tagen kaum etwas gegessen hatte. Zu aufwühlend waren sie gewesen. Der Magen rumorte ständig in einer Art Protest-Reaktion.

Er ging ins Zimmer zurück und rutschte tief ins Polster des einzigen Sessels. Einige Minuten wollte er so dösen. Doch das Spezial-Handy, das neben ihm auf dem Beistelltisch lag, holte ihn aus der ersten Trance.

„Halt dich fest, Henryk! Rossik sitzt in seinem Büro", erklärte ihm Bernhard in aufgeräumter Stimmung. „Du kriegst ihn also auf dem Präsentierteller serviert."

„Er ist in seinem Büro in der Prosoft?"

„Ja! Dort kannst du ihm natürlich nichts anhaben. Das würde gerade noch fehlen. Vielleicht noch so ein Versuch wie im Hilton. Und das gegen meine Weisung! Du Idiot! Aber beobachten, wo er von der Prosoft hingeht, das kannst du, und dann … na ja, alles hängt jetzt von deinen Fähigkeiten ab."

Er hatte das *Idiot* wohl gehört, schluckte es aber vorerst wieder runter. Die Stunde, in der er Bernhard alles heimzahlte, würde noch kommen. Bald!

„Wieso sitzt er denn plötzlich im Büro? Kann das eine Falle sein, in die *ich* dann hineinlaufe?"

„Nicht schlecht gedacht! Aber ich glaube mehr, dass er einfach wieder normaler ist! Vielleicht versucht er ja tatsächlich, noch eine Kopie des Vertrags von McKerr zu bekommen. Er hängt sicher genauso an dem Geschäft wie ich!"

„Und wenn er ihn bekommt, meinst du, du bist mich los! Nicht wahr? Aber da täuschst du dich!"

„Die Fotos? Meinst du die, du Zwitterschlampe?"

„Ja, zum Beispiel!"

Henryk Jester hörte Bernhard schnaufen. Anscheinend brachte er vor Wut im Moment keinen Ton hervor.

„Wir müssen ihn beseitigen, so schnell es geht!", meldete sich Bernhard wieder in zivilerem Ton. „Ob er was weiß, ich meine, von Peru … das mit seiner Frau und seiner Tochter? Ich glaube es zwar nicht. Aber beschwören?"

„In letzterem Fall würde ich doch in eine Falle laufen, oder?"

„Lass mich erst mal im Büro mit ihm sprechen! Dann bin ich sehr schnell im Bilde. Anschließend rufe ich dich wieder an. Wenn er blufft, ist er fällig, und wenn er nicht blufft, auch. Nach allem, was ich mitbekam, hat er schon mal nachgefragt, ob er noch eine Kopie des Vertrags kriegen kann. McKerr hat aber abgelehnt. Die warten nur darauf, dass wir den Vertrag nicht finden und uns nicht auf die Ausführung vorbereiten können, weil sie jetzt lieber mit einer anderen Firma abschließen würden. Also, kapier das endlich: Wir haben nur noch ein oder zwei Tage Zeit. Aber nicht mehr!"

„Das heißt also, es bleibt alles beim Alten?"

„Ja! Du kannst mir glauben: Ich lasse dich in keine Falle laufen. Was hätte ich davon? Keinen Vertrag und dazu Rossik, der vielleicht ahnt, was in Peru gelaufen ist."

Jester freute sich, wie schnell Bernhard wieder zu einem sachlichen Ton zurückgefunden hatte. Dieses elende Schwein! Aber was er sagte, war einleuchtend. Er hatte ein Interesse daran, dass *er* nicht in eine Falle lief, dass er Rossik schnell beseitigte. Und *er* wollte das auch; denn Rossik konnte ihn immerhin genau beschreiben.

„Also, was schlägst du vor?"

„Ich sage dir Bescheid, wenn ich mit Rossik gesprochen habe."

„Okay!"

„Weißt du, wo ich heute Nachmittag hinmuss? Zu einer Leichenbeschauung nach Tegernsee. Meine Frau!"

„Was? Ist das wahr?"

„Es ist so!"

„Ah, ‚Z'! Da müsste ich eigentlich was extra bekommen? Bist erleichtert, hm?"

Bernhard überging die Bemerkung und fragte: „Was ist mit dem Schnüffler, diesem Borges?"

„Kann mir nicht vorstellen, dass ‚Z' halbe Sachen macht!"

„Ich hoffe, du hast Recht!"

„Wenn ich das mit Rossik erledigt habe, wie gehen wir dann weiter vor?"

„Na, wie besprochen. Du kommst als Pamela …"

„Vergiss es! Den Ort bestimme ich! Eine Stunde, bevor wir Vertrag und Geld austauschen, ruf ich dich an, wo und wie das Ganze stattfinden soll. Ich will nämlich nicht, dass sich jemand an meine Fersen heftet."

„Wer sollte das denn sein?"

„Na, du oder der, den du damit beauftragst."

„Quatsch! Aber wenn du es so haben willst, okay. Mir ist es auch lieber anderswo als in der Prosoft."

„Siehst du!"

„Dann bekomme ich also morgen irgendwo die neunzehn Seiten und du das Geld dafür und auch für Rossik?"

„Einen runden Betrag, wie du weißt!"

„Und die Fotos legst du auch bei?"

„Nein! Die will ich dir persönlich geben, wenn alles über die Bühne ist. Unentgeltlich! Das Original ist ja gespeichert. Mit dem habe ich Gewähr für immer, dass du mich nur noch auf Händen trägst." Er lachte schallend in das kleine Handy.

Wieder hörte er Bernhard tief atmen. „Also dann bis später, Henryk!"

Jester war zufrieden. Aber er wusste natürlich, dass Bernhard alles daransetzen würde, ihn umzubringen, um ihn, dieses Damoklesschwert, loszuwerden. Ein Treffen, zu dem ihn Bernhard selbst einladen würde, darauf galt es, sich gewissenhaft vorzubereiten. Nichts als verkohlte Reste sollten von Bernhard übrig bleiben, nachdem Jester seiner Lust gefrönt hatte.

Für die Übergabe des Vertrags und des Geldes war ihm bereits eine Idee gekommen: An einer bestimmten Stelle einer S-Bahn-Strecke sollte Bernhard das Geld rechts neben dem Gleis deponieren. Wenn ein Zug im Blickfeld war, würde er noch über das Gleis springen, den Umschlag mit dem Geld greifen und den Vertrag an derselben Stelle deponieren. Kurz bevor der Zug vorbeibrauste, würde er über die Gleise auf die andere Seite zurückspringen und die Zeitspanne der vorbeiratternden Waggons nützen, um zu verschwinden. Bereits vorher würde er sich in der Umgebung umsehen, ob ihm jemand gefolgt sein konnte. Vorteil dieses Vorgehens wäre, dass Bernhard nicht wüsste, dass er von der anderen Seite des Gleises agierte und von dort aus verschwinden würde. Nur die genaue Stelle *rechts neben dem Gleis* würde er ihm beschreiben. Kurz hinter Daglfing, auf der Strecke in Richtung Flughafen, das wäre der richtige Ort. Nur einige Häuser, Büsche und Wälder. Bestens, um abzutauchen.

21

Timos Überschwang war rasch abgeebbt. Je mehr sich das Taxi dem Prosoft-Gebäude näherte, desto schlechter fühlte er sich für die Rolle vorbereitet, die er unumstößlich in einigen Minuten zu spielen hatte. In Gegenwart von Bernie war er noch voller Dreistigkeit gewesen; gewillt, sich mit Haut und Haar in das Wagnis zu stürzen, hatte er bald größte Wonne empfunden, sich vorzustellen, Bernhard, ja sie alle bluffen zu können. Sein anfänglicher Widerwille gegen dieses Vorhaben war ihm rasch unverständlich vorgekommen. Was Bernie und er vorhatten, war ein Geniestreich.

Doch jetzt war dieses flaue Gefühl wieder da. Er, als Mime in diesem Bühnenstück, das war die falsche Besetzung! Würde er von Angesicht zu Angesicht Bernhard auch nur annähernd glaubhaft vorspielen können, er wisse von nichts? Nichts von den Morden, nichts von dem gedungenen Mörder, den er ihm gegenüber einige Male erwähnt hatte. Die Zweifel, ob er sich derart verstellen könnte, wuchsen mit jeder Minute.

Erst mit einer Art Befehl an sich und der unabänderlichen Feststellung, dass es kein Zurück gab, verstummten die soufflierenden Bedenkenträger.

Er zahlte und stieg aus. Das Portal der Prosoft lag vor ihm. Ein kurzer Blick über die Straße gab ihm kaum das Gefühl, dass Bernies Männer bereits auf ihren Posten waren. Er ballte kurz die Hände zu Fäusten, bevor er in die kleine Empfangshalle trat. Der Portier, Herr Willkes, sah verblüfft auf. „Sie, Herr Rossik? Ich dachte, Sie …“

„Schon gut, Herr Willkes, alles in Ordnung.“

Timo strebte zum Aufzug. Er war froh, dass er in der Kabine allein war und niemand auf den anderen Stockwerken zustieg. Was würde sich jetzt gleich abspielen, fragte er sich, als er vor Petra Rudloffs Büro stand. War Bernhard da? Stand er womöglich gerade bei Petra?

Er griff zur Klinke. Jetzt galt es!

Als er eingetreten war, stieg mehr Sicherheit in ihm auf. Er fühlte sich erleichtert, dass er Bernhard noch nicht gleich sah.

Petra Rudloff drehte sich vom Computer weg in seine Richtung. Sie hatte verweinte Augen, fiel Timo auf. Als sie ihn anstarrte, schien sie ihr Sehvermögen testen zu wollen. Es dauerte einige Sekunden, bis sie sich gefasst hatte.

„Nein! Ich glaube es nicht!", stammelte sie. Ihr Mund blieb offen. Sie stand auf, hielt sich aber am Schreibtisch fest. „Sind Sie's wirklich, Herr Rossik?"

„Hab ich mich so verändert, Petra?" Er war näher an sie herangetreten und gab ihr die Hand.

„Nein! Aber dass Sie überhaupt hierher …!"

„Petra, ich weiß! Ich war nicht mehr richtig auf dieser Welt. Das mit meiner Tochter und dann mit meiner Frau … Es war einfach zu viel! Dann die Reise nach New York! Man kann das alles eben doch nicht mit Gewalt verdrängen. Irgendwann fängt man an, Gespenster zu sehen."

Timo spürte, dass er seine Rolle doch spielen konnte. Plötzlich war das mulmige Gefühl von vorhin wie weggeblasen.

„Das haben wir gemerkt. Und ich kann's auch nachvollziehen, Herr Rossik. Aber geht es Ihnen jetzt besser?"

„Zumindest bin ich aus dem Gröbsten heraus."

„Sie wussten noch nicht mal mehr, wo die McKerr-Verträge sind."

„Tja, diese Verträge! Das ist so eine Geschichte."

„Sie haben sie bestimmt wiedergefunden?"

Timo schnitt eine übellaunige Grimasse: „Man hat sie aus meiner Wohnung gestohlen!"

„Ein richtiger Einbruch? Hat man Ihre Wohnung ausgeräumt?"

„Nein, der Dieb wusste genau, was er zu stehlen hatte."

Petra musterte ihn mit ungläubigen Augen. Dann sagte sie: „Das ist ja kaum fassbar! Ausgerechnet diese wichtigen Verträge. Wer kann das gewesen sein?"

Timo wiegte nachdenklich den Kopf. „Anfangs habe ich hin und her überlegt. Aber am Ende blieb eigentlich nur eine Möglichkeit, obwohl ich die kaum fassen kann."

„Und die wäre?"

„Es muss jemand von Ted Orbens Leuten gewesen sein. Nach dem Abschluss gab es einige Unzufriedene, die …"

Sie nickte und sagte: „Da fällt mir ein, Herr Janisch meinte neulich, dass Orben den Vertrag nicht nochmals abschließen würde. Von George wisse er, dass er sich sogar rauskaufen wollte."

„Das stimmt! Trotzdem: Solche kriminellen Akte?"

„Sie meinen, Orben selbst ist darüber gar nicht eingeweiht? Irgendjemand von McKerr, der lieber mit der Konkurrenz abgeschlossen hätte, steckt dahinter?"

„Da bin ich mir ganz sicher: Ted weiß nichts davon!"

„Aber die Übeltäter, Herr Rossik, diejenigen, die das Geschäft lieber mit unseren Konkurrenten machen würden, die wissen ganz genau, dass wir noch nicht mal eine Kopie des Vertrages haben."

„Wieso glauben Sie das?"

„Sie rufen ständig hier an und fragen, wie weit wir mit den Vorbereitungen sind. Die wollen doch nur hören, dass wir in großen Schwierigkeiten sind, damit sie Orben einen Grund liefern können, den Vertrag aufzukündigen."

„Man sollte noch warten, bevor man zugibt, dass die Verträge verschwunden sind. Vielleicht hat die Polizei ja Erfolg!"

„Glauben Sie daran, Herr Rossik?"

„Man hofft ja immer."

„Wer käme denn noch in Frage?", Petra Rudloff schien für den Augenblick ihren anscheinend großen Kummer vergessen zu haben. Sie war geradezu erregt, als sie die Frage stellte.

„Nun, ich habe zeitweise tatsächlich auch an mich selbst gedacht", er lächelte. „Ich war nämlich vorübergehend nicht ganz ... na, sagen wir: nicht ganz zurechnungsfähig. Habe fantasiert, Leute gesehen, die es gar nicht gibt, Handlungen vollzogen, für die ich keine Erklärungen fand, und Ähnliches."

Petra sah ihn aufmerksam an, so als suche sie nach verbliebenen Spuren dieses Zustands.

„Ist Bernhard da?", unterbrach Timo die momentane Stille.

Petra Rudloff brach in Tränen aus und drehte sich verlegen zur Seite.

„Wir reden hier über Verträge", begann sie stockend, „und draußen spielen sich die schlimmsten Tragödien ab." Sie schniefte wenig damenhaft und holte ein winziges Taschentuch aus der eng sitzenden schwarzen Hose. Geräuschvoll putzte sie sich die Nase.

„Was ist denn los, Petra?"

„Es hat sich schon wieder was ganz Schlimmes ereignet, Herr Rossik", jetzt schämte sie sich nicht mehr ihrer Tränen, ließ sie fließen, während sie ihn ansah. „Ich weiß es selbst erst seit zwanzig Minuten und kann es noch gar nicht fassen."

„Bernhard?"

„Nein, seine Frau! Sie wurde heute früh ermordet. Am Tegernsee!"

Timo sank in sich zusammen. Dorothee war umgebracht worden, so wie er es befürchtet hatte.

Er dachte daran, wie sie und er sich für heute verabredet hatten und wie er Bernie gebeten hatte, etwas zu unternehmen, als sie im *Löwen* nicht aufgetaucht war. Ihr Vater, mit dem er telefoniert hatte, kam ihm in den Sinn. Er war gewiss gerade an Ort und Stelle in Tegernsee. Wie musste er sich fühlen! *Und das nur, weil ich die Mappe mit den Fotos haben wollte*, dachte er wieder.

Aber wer konnte von dieser Mappe gewusst haben?

Es kam nur Bernhard in Frage. Vielleicht hatte sie es ihm voller Wut am Telefon hingerieben, wie es Bernie vermutete; dass sie alles durchschaut habe und auf Grund von Beweisen und Fotos auspacken werde. Möglicherweise war sie so unvorsichtig gewesen zu sagen, dass *er*, Timo, bereits im Bilde sei.

„Wollen Sie sich nicht setzen?", fragte Petra Rudloff, die bemerkt hatte, wie die Farbe aus seinem Gesicht gewichen war.

Er lehnte sich an den Schreibtisch und stierte auf den Boden. *Natürlich hat Bernhard diesen Mord veranlasst, so wie schon bei Chantal und Verónica*, dachte er. *Weil er viel zu verbergen hat, dieses perverse Schwein!*

Jetzt fühlte er, wie ungemein gefährdet er selbst war. Bernhard würde alles daransetzen, ihn als möglichen Mitwisser zu eliminieren. Welche Komödie müsste er ihm vorspielen, um ihn so zu beeinflussen, dass er ihm nicht schon im Prosoft-Gebäude eine Falle stellte! Dann würden Bernies Männer wahrscheinlich zu spät kommen.

„Hat man denn schon eine Spur von dem Mörder?", fragte er Petra.

„Keine Ahnung, Herr Rossik! Ich weiß nur, dass Herr Janisch seine Frau heute identifizieren muss. Um sechzehn Uhr in Tegernsee! Ob er nochmals ins Büro kommt, weiß ich nicht. Muss ja furchtbar für ihn gewesen sein. Er war gerade im *Franziskaner*, als er es erfahren hat."

„Schrecklich!"

„Er wollte irgendeinen wichtigen Vorgang mit Herrn Ristov abschließen. Der Notar Spindler schien auch dabei zu sein. Fürchterlich, wenn man in so einer Situation noch Geschäftliches erledigen muss."

„Weiß Gott!"

„Ach, Herr Rossik", wieder liefen ihr Tränen über die Wangen, „ich finde das alles so entsetzlich! Erst das mit Ihrer Tochter, dann Ihre Frau und jetzt Frau Janisch! Das kann doch kein Zufall sein. Mir wird es langsam unheimlich. Ich denke ernsthaft darüber nach, hier aufzuhören. Das Ganze nimmt mich zu sehr mit."

„Jetzt beruhigen Sie sich, Petra!" Er war wieder auf sie zugetreten und hatte seine Hand an ihre Schulter über den kleinen rosa Puffärmel gelegt. Er sah, wie ihr sonst so straffes Gesicht um Jahre gealtert schien, was durch die herabrinnende Wimperntusche noch betont wurde. „Ich kann Sie nicht gehen lassen. Gerade jetzt nicht. Ich brauche Sie dringend, bei allem, was ich aufzuarbeiten habe."

Sie drehte sich wieder zur Seite, da ihr Weinen in ein Schluchzen übergegangen war.

„Ich geh mal in mein Büro, Petra!"

Sie nickte ihm zu.

Als er vor seinem Schreibtisch auf dem breiten Sessel Platz nahm, erschien es ihm unwirklich, dort zu sitzen. Nach all dem, was er wusste, was um ihn herum vor sich ging, ähnelte seine Anwesenheit im Büro tatsächlich einer Tragikomödie mit ihm in der Hauptrolle. Sein Blick schweifte von der künstlichen roten Magnolie über die schwarze Schrankfläche zu dem roséfarbenen Oleander und zurück zur Telefonanlage auf seinem Schreibtisch, wo Petras grünes Lämpchen aufleuchtete. *Wahrscheinlich informiert sie Bernhard über mein plötzliches Auftauchen*, dachte er und stand auf. Er ging ans Fenster und betrachtete die leere Straße. Es war also noch nicht klar, ob Bernhard vor seinem Termin in Tegernsee ins Büro käme. Aber falls Petra ihn über sein Auftauchen informierte, käme er dann nicht mit großer Wahrscheinlichkeit? Mit Sicherheit!

Auf der Straße fiel ihm niemand auf. Auch niemand von Bernies Leuten.

Er nahm sein Spezialhandy in die Hand und drückte auf die *Drei*, die ihn direkt zu Bernie durchstellte.

„Bernie, die Frau von Bernhard …"

„Ich weiß! Herrlinger hat's mir gesagt. Sie verhören Janisch heute Nachmittag in Tegernsee. Ihr Vater hat ihn angezeigt und außerdem den Chefarzt des Krankenhauses, der seine Aufsichtspflicht verletzt haben soll."

„Wir hätten helfen sollen, Bernie."

„Wie denn?"

„Der Polizei suchen helfen."

„Sie haben sie mit zwanzig Mann und mehreren Hunden gesucht."

„Trotzdem!"

„Ich will ja eigentlich nicht mit dir in diesem Stil reden, aber jetzt tu ich's mal: Wer hat sie denn nach München gelotst? *Du! Du* wolltest doch die Mappe mit den Beweisen über dieses Pädophilen-Nest. Habe ich das veranlasst oder war das vor unserem Vertrag, dass du Frau Janisch dazu überredet hast?"

Timo schluckte. *Er hat Recht,* dachte er. Sein Mund war ausgetrocknet. „War es der Mörder von Chantal und Verónica? Was denkst du?", fragte er zaghaft.

„Weiß nicht!", Bernies Stimme klang rau. „Kann sein! Wir werden sehen. Da ist noch was: Der Detektiv, Borges, wurde zwischen Tegernsee und Holzkirchen auf einer Waldstrecke aus dem Zug geworfen. Er hatte viele Brüche und Schürfwunden, gestorben ist er aber an einem Messerstich unterhalb der linken Achsel."

„Das ist doch …", stammelte Timo.

„Timo, jetzt halt die Ohren steif! Jetzt kommt es vor allem auf dich an. Spiel deine Rolle!"

„Ganz klar ist es mir noch nicht, wie du Chantals und Verónicas Mörder, vielleicht auch den von Dorothee und diesem

Detektiv, finden willst, nur weil ich mich hier in meinem Büro dumm stellen soll."

„Meine Leute sind auf ihren Posten und ich setze mich selbst auf Bernhards Spur. Er wird ja um sechzehn Uhr in Tegernsee erwartet. Ich lass ihn nicht aus den Augen, keine Bange! Und irgendwann wird er sich irgendwo mit dem gedungenen Mörder treffen und ihn bezahlen müssen. Darüber hinaus hat er noch einiges zu erledigen, nämlich dich …"

Timo unterbrach ihn abrupt. Er hatte Bernhards Stimme im Vorzimmer gehört.

„Draußen ist Bernhard", flüsterte er und beendete das Gespräch.

Gebannt wartete Timo auf den Moment, in dem Bernhard die Tür öffnen würde. Er hörte Petra laut schluchzen. Dann trat Bernhard ein.

Timo lief auf ihn zu und legte eine Hand auf seine Schulter. „Bernhard, ich habe es gerade von Petra erfahren. Es tut mir wahnsinnig leid. Das ist ja eine Tragödie ersten Ranges. Wer kann denn dahinterstecken? Das ergibt doch alles keinen Sinn."

Bernhard hatte eine Hand über die Augen gelegt, sich zur Seite gedreht und das lila Taschentuch aus der Brusttasche gezogen. Er schien sich damit die Tränen abzuwischen.

Beide blieben für längere Zeit still. Timo ließ ihn gewähren. Er brachte im Moment nicht *mehr* hervor. Dann richtete Bernhard seinen Blick auf ihn.

„Danke, Timo! Ich kann das alles noch nicht glauben. Jetzt weiß ich, wie dir zumute war."

Bernhards Gesicht wirkte auf Timo verzerrt. Aus den Grübchen an den Schläfen waren tiefe Mulden geworden; auf der Stirn prangte eine große Beule, um die sich ein blauer Bluterguss geformt hatte.

„Du bist ja verletzt!"

„An den Schrank gerumpelt. Nicht so schlimm."

„Wer kann so etwas getan haben? Einfach morden, hast du keinen Verdacht?" Timo spürte, dass ihn Bernhards Augen wie Dolche durchbohrten.

„Kann nur ein Irrer sein!"

„Aber überleg mal, Bernhard! Erst Chantal, dann Verónica und jetzt Dorothee. Irgendjemand muss uns doch im Visier haben. Glaubst du nicht? Petra ist das unheimlich. Sie sprach von Kündigung."

„Es muss ein Zufall sein! Immerhin sind Verónica und Chantal in Peru ermordet worden. Da kann es kaum einen Zusammenhang mit Dorothee geben."

Timo nickte. „Wahrscheinlich hast du Recht. Zwei Kugelblitze, die aus heiterem Himmel bei zwei Männern einschlagen, die Partner und Freunde sind."

„Ja, so ähnlich. Alles andere wäre abwegig."

Timo beließ es dabei, abwechselnd stumm zu nicken und verwirrt den Kopf zu schütteln.

„Bist du jetzt wieder okay, Timo?"

„Doch, ziemlich. Aber so ganz … Na, ich glaube schon, dass das noch etwas dauert!"

„Du musst zu Thorlef!"

„Ja, glaub ich auch."

„Hast du die Verträge gefunden?" Timo sah genau seinen lauernden Blick.

„Nein! Stell dir vor, man hat sie mir aus der Wohnung gestohlen!"

„Was, man hat dich ausgeraubt?"

„Nicht ausgeraubt, man hat nur die Verträge geklaut."

„Wer soll das denn getan haben?"

„Ich weiß es nicht. Aber eigentlich kommt nur jemand von McKerr in Frage."

„Dieser Scheiß-Orben!", brauste Bernhard auf.

„Ich glaube nicht, dass *er* so eine Aktion angezettelt hat. Da bin ich mir ganz sicher. Jemand in seiner Firma, der lieber mit der Syphor abgeschlossen hätte als mit uns, könnte diese Frau angestiftet haben, die bei mir eingebrochen ist. Aber vielleicht tun wir McKerr auch Unrecht."

„Sonst kommt ja kaum jemand in Betracht, oder?" Wieder hatte Bernhard diesen lauernden Blick.

„Eigentlich nicht! *Mich selbst* hatte ich am Anfang in Verdacht, Bernhard. Ich war ja völlig daneben. Und Thorlefs Pillen haben mich noch mehr durcheinandergebracht."

„Hör mal! Thorlef wollte dich, als du zuletzt bei ihm warst, gar nicht weglassen. Du seist in der damaligen Verfassung mordsgefährlich gewesen. Zuletzt hast du ihn sogar niedergeschlagen. Er hat sich enorme Vorwürfe gemacht, dass er es nicht der Polizei gemeldet hat. Nur aus Freundschaft hat er es unterlassen. Aber ein zweites Mal würde er anders handeln."

„Ich weiß, dass ich mich nicht richtig benommen habe. War eigentlich bei ihm, um ihm zu erzählen, dass ich in Peru mehrmals ein Gesicht gesehen habe, das irgendwie unwirklich war und immer wieder aufgetaucht ist. Ich war so überzeugt, dass dieses Gesicht wirklich existiert, dass ich Thorlef gar nicht richtig zugehört habe. Ich wollte nur ein paar Beruhigungspillen. Aber das hat er abgelehnt und da bin ich wütend geworden. So viel weiß ich noch."

„Und jetzt, meinst du, geht's dir besser!"

„Ich fühle mich ganz ordentlich. Hoffentlich gibt es durch den Tod von Dorothee, der mir sehr nahegeht, Bernhard, keinen Rückfall. Ich merke schon, dass mich das sehr belastet."

„Ich kann das mit Dorothee noch gar nicht fassen! Ich realisiere es noch gar nicht, dass es sie nicht mehr gibt. Wir haben uns geliebt, Timo."

„Schrecklich, Bernhard."

„Ich soll sie um sechzehn Uhr identifizieren. Das wird furchtbar! Und dann erst heute Abend! Diese plötzliche Einsamkeit, diese Stille …"

„Wenn ich dir irgendwie helfen kann, Bernhard, sag mir bitte Bescheid!"

„Mir hilfst du am meisten, wenn du wieder der Alte wirst. Du hast einiges aufzuarbeiten! Willst du's bei Ted nochmals versuchen?"

„Versuchen schon. Natürlich ohne ihm zu sagen, dass wir die Verträge nicht mehr haben. Ob er mir auf die Schnelle eine Kopie der Gesamtfassung nach Hause schicken könnte. Unsere Verträge seien bereits auf die verschiedenen Stellen aufgeteilt. Na ja, oder so ähnlich. Das wird ein heikles Gespräch. Im Prinzip habe ich wenig Hoffnung."

„George hat es ja auch schon versucht! Ohne Erfolg! Warum hast du ihm denn das Duplikat nicht gegeben? Dann wären wir jetzt aus dem Schneider."

„Natürlich war das dumm von mir. Aber ich war einfach nicht bei Sinnen. Und dann noch dieser Unfall in New York!"

Bernhard ließ seinen Blick regelrecht auf Timos Gesicht kreisen. Fünf, zehn Sekunden.

„Timo", sagte er schließlich, „du musst schnellstens zu Thorlef. Er ist ein hervorragender Arzt. Das mit den Pillen, das war eher mein Fehler! Ich habe auf ihn eingeredet. Er sollte dich unter allen Umständen reisefähig machen, damit wir den Vertrag mit McKerr bekommen. Das war falsch von mir. *Er selbst* wollte dich nicht fliegen lassen. Hat mich noch tagelang getadelt deswegen. Und ich gebe zu, dass ich deinen Zustand unterschätzt habe. Ich dachte eben, weil du im Büro warst, ginge es dir nicht zu schlecht, verstehst du?"

Timo nickte. „Vergiss es! Es stimmt, Thorlef wollte mich nicht reisen lassen."

„Siehst du!"

Timo starrte auf die Tischplatte.

„Ich werde mich bei Thorlef entschuldigen! Du hast Recht! Er ist ein sehr guter Arzt."

„Das kommt schon wieder in Ordnung, Timo. Kann ich dich abends zu Hause erreichen?"

„Nein! Ich bin im Hilton. Seit dem Einbruch."

„Da ist ja heute auch ein Mord passiert. Hast du davon gehört?"

„Ja, natürlich! Eine Angestellte, die die Zimmer in Ordnung bringt. Die Polizei hat auch mich verhört, weil der Mord schräg gegenüber von meinem Zimmer in einem Wäscheraum geschah."

„Und?"

„Ich glaube, sie haben den Täter schon. Soll auch im Hotel angestellt sein. Ein Syrer."

„Dann ziehst du jetzt bestimmt um?"

„Ja, aber innerhalb des Hotels. Bin jetzt wahrscheinlich im vierten Stock. Der Mord passierte im ersten."

„Kann man dich dort erreichen?"

„Die Zimmernummer kenne ich noch nicht. Man wird dich aber durchstellen, wenn du mich erreichen willst!"

„Ah! Gut, das zu wissen. Morgen gehst du zu Thorlef, okay?"

„Mach ich."

„Hast du noch was aus Peru gehört?"

„Ja, insofern, als der Fall jetzt auf dem Münchner Polizei-Präsidium gelandet ist. Sie wollen mich dazu auch noch mal verhören."

„So?"

Timo nickte. Dann trat wieder Schweigen ein. Plötzlich bedeckte Bernhard mit einer Hand wieder seine Augen. Scheinbar mühevoll presste er hervor: „Nimm es mir nicht übel, Timo, ich muss jetzt etwas mit mir allein sein! Ich geh in mein Büro rüber. Das verstehst du doch?"

„Klar, Bernhard! Und nochmals: Es tut mir wahnsinnig leid."

„Dank dir! Gut, dass du wieder da bist!"
Bernhard drehte sich um und verließ Timos Büro.

*

Der Verkehr auf Münchens Mittlerem Ring lief wie üblich zäh mit viel Stillstand. Auch jetzt hielten die Fahrzeuge wieder auf allen drei Spuren an. Bernhard sah auf die Uhr: Fast drei! Er fluchte. Es könnte knapp werden. Er zog die Sonnenblende nach unten und besah in dem kleinen Spiegel sein Gesicht, massierte sogleich hektisch mit den Fingerspitzen die Furchen an den Schläfen, die er heute als besonders tief eingegraben empfand. Er kannte keinen Menschen mit ähnlichen Ausprägungen an dieser Stelle. Ihm missfielen plötzlich auch die steil nach oben wuchernden Brauen, unter denen ihn viel zu dunkle Augen aus tief liegenden Höhlen angafften. Das schwarze Haar wirkte fettig und fiel ständig beidseitig über die Ohren und in die bleiche Stirn, bedeckte dort aber nur mehr schlecht als recht die große Beule.

Er klappte die Blende unwillig zurück und fragte sich, wie die Sympathiewerte, die er sich selbst ausstellte, den Kommissar in Tegernsee beeinflussen könnten. Warum hatte ihn sein Schwiegervater angezeigt? Waren es Dorothees Blessuren oder dachte Oskar im Ernst daran, dass *er* der Mörder oder der Anstifter zum Mord an seiner Frau sein könnte? Lächerlich!

Jetzt lockerte sich der Stau wieder etwas aus seiner Verzahnung und es ging im Schritttempo weiter. Fette Regentropfen hatten sich am Staub der Windschutzscheibe festgekrallt, sodass Bernhard die Wischanlage in Bewegung setzte. Für ein paar Sekunden sah er nichts als grauen Brei. Er schimpfte auf das vordere Fahrzeug, als er gerade noch rechtzeitig dessen rote Rücklichter wahrnahm und hart auf die Bremse trat.

Ein beklemmendes Gefühl keimte immer dann auf, wenn er an die aufgebahrte Dorothee dachte, die er bald ansehen musste.

Hätte er sich nicht weigern können, nachdem das ihr Vater bereits hinter sich gebracht hatte? Wahrscheinlich steckte *er* dahinter! Oder die Polizei wollte noch mehr von ihm. Aber was?

Bernhard rutschte nervös auf seinem Sitz hin und her.

Dorothee! Er hatte sie geliebt. Wirklich geliebt. Lange Zeit war sie sein kleines Reh gewesen, sein zartes Mädchen. So scheu, so zerbrechlich! Ein makelloser weißer Körper. Kostbar! Wunderbar war es gewesen, sie zu besitzen, sie an sich zu raffen. Wie oft hatte er sich trotz ihrer Schreie einfach vergessen! Sie hatte ihn immer wild gemacht, gerade durch ihre Teilnahmslosigkeit. Bis sie sich ihm mehr und mehr versagt hatte, sich über ihn lustig gemacht und sich schließlich gänzlich verweigert hatte. Aufmüpfig war sie geworden, oft frech und noch boshaft dazu!

Zorn stieg in ihm auf, wenn er daran dachte, was sie ihm alles an den Kopf geworfen hatte.

Jetzt gestand er sich mit einem Mal lobend ein, dass tatsächlich *er* es gewesen war, der ihr Schicksal in die Hand genommen hatte. Jester war voll auf dem Posten gewesen, indem er seine Kenntnisse „Z" weitergegeben hatte. Und „Z" hatte genauso funktioniert. Und wie es geklappt hatte!

Trotzdem fand er, dass Gregor überzog, wenn er ihm seine Frechheiten dazu an den Kopf warf, ihm sagte, dass er es geschickt eingefädelt habe oder dass er bei der Polizei gerissen genug sein müsste, um perfekt den traurigen Witwer zu spielen. Solche Bemerkungen standen Gregor einfach nicht zu. Als heuchlerisch und berechnend hatte er sich in den vergangenen Stunden entpuppt. Dieser ätzende Humor! Gut, dass er ihn jetzt nicht neben sich auf dem Beifahrersitz hatte, da Gregor mit seinem eigenen Wagen nach Tegernsee fuhr und hoffentlich gerade auch irgendwo unter den dahinkriechenden Fahrzeugen steckte.

Egal, was Gregor über ihn dachte! Was er „Z" weitergegeben hatte, würde auch jenem helfen. Was waren seine Worte gewesen? Alles müsse hundertprozentig bereinigt werden, denn er wolle nichts aufs Spiel setzen. Gierig hatte er danach gefragt, wie es um den Detektiv stünde. Kein Jota weniger gierig, als er es sich selbst ständig fragte.

Aber würde denn „Z" so konsequent wie bei Dorothee handeln?

Als er endlich in die Einfahrt zur Autobahn nach Salzburg abbog, flogen seine Gedanken zurück zu Timo. Zunächst war ihm alles normal erschienen. Er war wieder aufgetaucht. Klarer im Kopf, aber immer noch etwas verwirrt, was Timo auch eingestanden hatte. Sogar an Ted Orbens Leute hatte er konsequenterweise gedacht, was den Diebstahl der Verträge anging; sogar an sich selbst in seiner Verwirrung. Kein Wunder nach all dem, was ihm Thorlef eingeflößt hatte. Aber jetzt flammten plötzlich auch Zweifel auf. Hatte ihm Timo nur etwas vorgespielt? Ein Komplott mit der Polizei, die Jesters Morde in Peru aufzuklären hätte?

Natürlich war das eher unwahrscheinlich, redete er sich immer wieder ein. Doch der Gedanke nagte so lange weiter, bis er Thorlef anwählte und ihn zunächst nach dem Geld fragte, welches anscheinend angewiesen worden war, und ferner, was er von Timos Auftauchen in der Prosoft hielt.

„Höchst eigenartig! Erst kommt ein Polizist zu mir, um Medizin für ihn zu holen, was bedeutet, dass Timo in einem kritischen Zustand gewesen sein muss, aber mich als seinen Arzt lassen sie nicht zu ihm. Ein paar Stunden später sitzt er dann relativ normal, wie du sagst, im Büro. Irgendwas ist da faul, Bernhard!"

„Meinst du? Er will zu dir kommen, sich sogar entschuldigen."

„Bernhard, wir müssen das alles schnellstmöglich erledigen! Mir ist das jetzt so klar wie dir auch. Es geht nur radikal! Du weißt, wie ich das meine?"

„Gut, dass du jetzt so denkst. Es gibt nur ein *Hundertprozent* und nichts darunter. Und wenn wir drei uns darin einig sind, dann schaffen wir es auch. Hast du gehört, was Dorothee widerfahren ist?"

„Ja, Bernhard, aber ich wollte dir nicht …"

„Lass gut sein, Thorlef, ich weiß, was du sagen willst!"

„Und der Detektiv?"

„Noch keine Neuigkeiten."

„Glaubst du, dass ‚Z' handeln wird?"

„Bin mir eigentlich sicher."

„Das wäre gut! Dann ziehen wir den Rest auch durch, Bernhard, nicht wahr?"

„Du denkst jetzt an Timo?"

„Jetzt ist es doch einfacher für Jester, wenn wir wissen, wo er ist. Hoffentlich geht er nicht zu ungeschickt vor."

„Ich ruf ihn gleich an."

„Nur ein paar Tage noch, Bernhard. So lange halte ich noch durch!"

„Übermorgen sieht die Welt schon ganz anders aus, Thorlef. Glaub mir!"

Bernhard hatte die Geschwindigkeit inzwischen auf einhundertsechzig gesteigert und näherte sich der Abfahrt Holzkirchen. Er war froh, dass sich Thorlef so entschlossen anhörte, ähnlich wie Gregor. Nur Thorlef würde früher die Nerven verlieren. Wer wusste, was er sich heute an Medikamenten bereits selbst verschrieben hatte?

Als er auf die Landstraße nach Gmund einbog, nahm er sein kleines Handy, das ihn mit Jester verband, ans Ohr.

Jester räusperte sich.

„Erkältet?", fragte Bernhard.

„Red schon, wie hast du ihn vorgefunden? Normal oder noch etwas behämmert?"

„Bin mir nicht ganz im Klaren! Eigentlich ist er zu normal."

„Was heißt das?"

„Moment mal!"

Bernhard ließ die Hand mit dem Handy nach unten gleiten, als er einige hundert Meter vor sich an der Zufahrt zur Kreuzstraße ein Polizei-Fahrzeug entdeckte. Er drosselte auch die Geschwindigkeit. Jesters Stimme quakte in seiner Hand. Als er an der Weggabelung vorbei war, nahm er das Handy wieder ans Ohr.

„Was soll das denn?", hörte er Jesters aufgebrachte Stimme.

„Beruhig dich! Ein Verkehrsposten. Die hätten mich gestoppt, wenn sie mich mit dem Handy erwischt hätten."

„Also?"

„Rossik weiß, dass er Aussetzer hatte und dass er noch nicht ganz über den Berg ist. Denkt ganz logisch, was die Verträge angeht, die du geklaut hast. Er meint, dass es jemand von der McKerr war. Eine Frau!"

„Aha."

„Du bist also als Pamela bei ihm eingebrochen?"

„Was dagegen?", fistelte Jesters Stimme.

„Lass den Quatsch!"

„Also, sag mir schon, was du denkst: Spielt er nur?"

„Hab gerade mit meinem Freund, dem Psychiater, gesprochen …"

„Den ich hier auch auf den Fotos habe?"

Bernhard runzelte die Stirn. Er war nahe daran, Jester eine verbale Abreibung zu verpassen, vor allem als er wieder dessen quieksendes Lachen wahrnahm, riss sich aber zusammen.

„Was hat er gesagt, der Herr Doktor?", fragte Jester weiter.

„Nicht viel! Man könne nichts ausschließen. Eigenartig kam es ihm schon vor."

„Das heißt?"

Wieder überlegte Bernhard, bevor er antwortete.

„Wir müssen es raffiniert anstellen."

„Was heißt *wir*? Willst du dabei sein?"

„Nein, nein! Das ist deine Sache; ich meine nur …"

„Du willst mich nicht doch in eine Falle laufen lassen?"

„Nein!", Bernhard schrie es ins Handy. „Das würde nur bedeuten, dass du bei der Polizei landest und letzten Endes auspacken könntest." Schweiß hatte sich auf Bernhards Stirn gebildet. „Meinst du, Idiot, dass ich das will?"

Eine Pause entstand jetzt auf Jesters Seite, sodass Bernhard fortfuhr: „Wir ... ich meine, du musst das jetzt alles abwickeln. Natürlich intelligent, aber das bist du ja!"

„Hört, hört!", kicherte Jester.

„Du kannst ja sondieren, wie die Lage ist. Aber sei vorsichtig! Wirst gar nicht anders können, als die Prosoft zu beobachten. Wahrscheinlich fährt er dann mit einem Taxi in sein Hotel oder vielleicht gar zu seiner Wohnung. Vielleicht geht er auch zu Fuß zur S-Bahn. Aber das ist alles deine Sache. Verdienst ja auch 'ne Menge dabei. Nur, vergiss es nicht: In der Prosoft auf keinen Fall und auch nicht in der Nähe! So ein Unfall wie in New York! Nur cleverer!"

„Sonst noch irgendwelche Wünsche?"

„Ja! Heute noch, spätestens morgen früh! Fang ihn eben ab! Was du dann machst, ist deine Sache."

22

Durch seine Rolle in Bernies Inszenierung war Timo zwischen ungeduldiger Lust auf Rache und wachsender Beklommenheit eingekeilt. Zeitweise, wenn er durch die Fensterfronten seines Büros blickte, war es ihm, als säße er auf dem Hochsitz eines einsamen Baumes inmitten einer kahl geschlagenen Fläche. Eine weithin erkennbare Zielscheibe für alle, die ihm bisher vergeblich aufzulauern suchten! Auch Schuldgefühle nisteten sich immer wieder in der Tiefe seiner Gedanken ein, wenn er sich Dorothees Schicksal näherte. An den Poststapeln, die sich vor ihm auf dem gläsernen Schreibtisch türmten, nestelte Timo nur lustlos herum. Zu gebannt sah er den Ereignissen entgegen, die unweigerlich auf ihn zukommen würden.

Nachdem Bernhard sein Büro verlassen hatte, war ihm bewusst geworden, dass alles, was sie beide aufgebaut und fortentwickelt hatten, einem jähen Ende zudriftete. Mit schmerzhafter Eindringlichkeit musste er sich immer wieder von Neuem einprägen, dass das, was Bernhard, Gregor und Thorlef getrieben hatten, etwas unzweifelhaft Geschehenes war.

Das Handy, das Timo direkt und ausschließlich mit Bernie verknüpfte, vibrierte in der linken Brusttasche und rüttelte ihn aus dem Grübeln.

„Wie fühlst du dich?", fragte Bernie.

„Willst du's wirklich wissen?"

„Wir müssen da durch, Timo!", antwortete Bernie energisch.

„Wie ist Dorothee umgekommen?"

„Timo!"

„Sag's mir!"

„Ein Messerstich mitten ins Herz. Sie muss sofort tot gewesen sein. Man hat sie dann in Sankt Quirin in einer kleinen seichten Bucht ins Wasser geworfen. Sie lag noch auf dem Grund, als sie ein Polizist und ein Sanitäter der Klinik entdeckt haben."

„Entsetzlich!"

„Weiß Gott."

„Wo ist sie jetzt?"

„In der Pathologie des Orts-Krankenhauses in Tegernsee. Janisch muss sie identifizieren. Eigentlich hat das schon der Vater getan. Ist mehr ein Trick von Herrlinger."

„Herrlinger?"

„Ja, er ist eingeschaltet. Er will sich ein Bild von Bernhard Janisch machen. Wie war denn sein Auftritt im Büro, als er dich gesehen hat?"

„Er hat geheult."

„Das war Getue!"

„Schön möglich."

„Was hat er dazu gesagt, dass du plötzlich aufgetaucht bist? War er misstrauisch?"

„Ich kann es nicht sagen, da es vor allem um Dorothee ging, aber …"

Petra Rudloff öffnete die Tür einen Spalt und sah ins Büro, vermutlich, weil sie Timo reden hörte. Er winkte gestikulierend ab, sodass sie die Tür wieder schloss.

„Was war?"

„Meine Sekretärin. Sie ist wieder weg."

„Hast du mit ihm über den Vertrag gesprochen?"

„Auch! Er hat ihn nicht. Jedenfalls hat er so getan."

„Vielleicht stimmt es ja!"

„Wieso meinst du das?"

„Gleich, Timo! Du hast also den Eindruck gehabt, dass er dir geglaubt hat?"

„Ich meine, ja. Aber ob ihm nicht doch noch Zweifel kommen? Genau kann ich das nicht beurteilen. Vielleicht verstellt er sich, so wie ich."

„Moment mal …"

Timo hörte Bernie mit einer seiner Assistentinnen reden, verstand aber nichts.

„Hör zu, Timo", fuhr Bernie fort, „hör jetzt *genau* zu! Meiner Einschätzung nach spielt sich alles heute ab. Heute, spätestens morgen!"

„Warum denkst du das?"

„Eben weil du aufgetaucht bist. Sie werden das Flattern kriegen und nach allen Seiten ausschlagen. Dorothee und der

Detektiv sind der Beweis, dass sie das schon eingeleitet haben. Sie sind so nervös, dass sie mit all ihren weiteren Handlungen nicht warten werden. Und die Polizei, also Herrlinger, macht ihnen dabei noch mehr Angst."

„Und was bedeutet das?"

„Dass sie den Killer schleunigst gegen dich einsetzen werden."

An Timos Magenwänden zerrten Eisenzangen. Es fiel ihm schwer, seine Stimme im normalen Timbre zu halten.

„Wie willst du ihn daran hindern, mich zu ermorden?"

„Indem du genau tust, was ich dir sage. Schalte deinen Denkapparat möglichst aus und verlass dich auf meinen! Keinerlei eigenmächtige Touren, versprochen?"

„Versprochen!"

„Du spielst also deine Rolle weiter, als wäre alles ganz normal. Warte im Büro auf Bernhard! Wenn er aus Tegernsee zurück ist, wird er bestimmt nochmals vorbeikommen. Du hast nämlich Recht; er wird unterwegs doch misstrauisch werden oder seine beiden Freunde, die es schon sind, trichtern es ihm ein. Also wird er sich bei dir von Neuem überzeugen wollen."

„Kann gut sein!"

„Sag ihm, dass du morgen Thorlef Engelcke aufsuchen willst! Das könnte seinen Argwohn abbauen helfen. Du wolltest das ja bei Janisch andeuten. Nicht wahr?"

„Hab ich schon! Weiter!"

„Sag ihm auch, dass du von Neuem mit diesem Ted Orben gesprochen und nochmals um eine weitere Kopie des Vertrags gebeten hättest!"

„Er weiß von unserem Mann in New York, dass Orben keine mehr rausrückt."

„Du wolltest es eben erneut versuchen. Der Vertrag sei schon an verschiedenen Stellen in Bearbeitung und du wolltest ihn dir anhand einer Kopie zu Hause nochmals ansehen."

„So ähnlich habe ich es Bernhard schon angedeutet. Aber er glaubte genauso wenig wie ich, dass es gelingen könnte."

„Macht doch nichts! Behaupte einfach, dass Ted Orben schlussendlich akzeptiert hat und die Kopie in deine Wohnung faxt!"

„Warum denn das, Bernie? Ich mache mich dadurch doch völlig unglaubwürdig."

„Frag nicht! Sag Janisch einfach, Ted sei einverstanden gewesen!"

Erst jetzt wurde Timo Bernies Unterfangen mehr als deutlich. Er runzelte verärgert die Stirn, schüttelte heftig den Kopf, um schließlich wütend von seinem Bürosessel aufzuspringen, der auf dem glatten Parkettboden hinter ihm davonglitt und an die Fensterscheibe prallte.

Sofort öffnete sich sacht die Tür; in dem schmalen Spalt erschien wieder eine Hälfte von Petra Rudloffs Gesicht.

„Was passiert?", fragte sie.

„Nein, nein! Zu viel Temperament!" Timo lächelte gequält, bis sie die Tür zuzog, schob den Stuhl zurück und setzte sich wieder.

„Das glaubt er nie, Bernie. Was soll diese Lügerei?" Timos Stimme war leise, aber ruppig.

„Sag es einfach!", auch Bernies Stimme klang jetzt barsch. „Du hättest es eben nochmals versucht. Und zwar mit Erfolg. Du musst mit diesem Orben übrigens unbedingt sprechen, egal worüber du mit ihm redest. Es ist für den Fall, dass Janisch den Anruf bei eurer Sekretärin nachprüft."

„Erkläre mir endlich, warum ich ihm diese Lüge auftischen soll!"

„Weil es sein könnte, dass diese Frau oder besser gesagt, dieser Killer, der bei dir eingebrochen ist, die gestohlenen Verträge Bernhard Janisch vorenthält."

„Warum meinst du das?"

„Es könnte sein, dass er Janisch erpresst. Das heißt, wenn Janisch dem Killer sagen kann, er bräuchte den Vertrag nicht mehr, da du noch eine Kopie bekämst, müsste er auch kein Geld dafür hinblättern."

„Warum sollte der Killer mir dann noch nachstellen?"

„Sie können dich nicht leben lassen, Timo. Dass sie alle Spuren verwischen wollen, die mit ihren Schweinereien und den Morden in Peru in Verbindung gebracht werden könnten, siehst du an der Ermordung von Dorothee und dem Detektiv. Wie lange ist dir der Killer schon auf der Spur? Glaubst du wirklich, Bernhard und die anderen beiden lassen da locker?"

„Sie spielen also *verbrannte Erde?*"

„Im Kleinformat, ja. Im Übrigen wird sich der Killer anderweitig, zum Beispiel durch einen weiteren Mord, Geld verdienen wollen, wenn Erpressung nicht geklappt hat."

Timo atmete tief ein. Für einige Momente war er sich wieder im Unklaren, wie viel von Bernies Fantasie zutreffen mochte. Doch dann sah er den Mann mit der Hakennase vor sich. In Peru, im Flugzeug und wo immer noch. Nein, sie würden nicht lockerlassen. Bernie hatte Recht.

„Also, ich versuche Bernhard zu überzeugen, dass mir Ted noch eine Kopie nach Hause faxt. Das heißt, ich sage ihm, ich schliefe heute wieder in meiner Wohnung?"

„Halt es offen! Du hättest noch deinen Kram im Hotel; je nachdem, wann du aus dem Büro rauskämst, würdest du dich entscheiden. Wolltest auch noch ein bisschen an die frische Luft."

„Hm! Und wenn er wieder weg ist?"

„Du verlässt das Büro – sagen wir, eine halbe Stunde später! Lass *einmal* unser Handy läuten, dann weiß ich Bescheid."

„Und dann?"

„Gehst du zu Fuß Richtung S-Bahnhof Trudering. Ab diesem Moment sind wir beide auf unsere Handys angewiesen.

Zunächst müssen wir ihn aufspüren, wenn er dir nachsetzt. Ich lasse es zweimal klingeln. Wenn das Handy danach verstummt, weißt du, dass der Killer dir folgt."

Erneut schnürte sich Timos Magen zusammen. Wieder kamen Zweifel auf, ob er sich derart Bernies Konzept unterordnen sollte. Aber es war ihm auch klar, dass er nur ein Chaos vor sich sähe, wenn er jetzt ausstiege.

„Weiter!", stotterte er.

„Du gehst runter zum Bahnsteig Richtung Innenstadt. Stell dich nicht zu nah an die Gleise! Ich nehme an, dass du ihn sofort wiedererkennst. Sei auf der Hut! Du bist in diesen Momenten in Lebensgefahr."

„Klingt nicht gut!", Timo lachte höhnisch auf.

„Meine Leute und ich sind zur Stelle, falls er versuchen sollte, dir zu nahe zu kommen. Wenn der Zug eingefahren ist, steigst du in der Mitte des Bahnsteigs ein. Postier dich an der Tür! Dann musst du versuchen, ihn abzuhängen. Steig bei der nächsten Station im allerletzten Moment, bevor die Tür zuklappt, aus! Wichtig ist, dass *wir* ihn nicht verlieren. Wir müssen wissen, wohin er geht, und schließlich auch, wo er wohnt."

„Und ich?"

„Du gehst in eine Kneipe und wartest auf meinen Anruf."

„Und was meinst du, wird er tun, wenn er mich verliert?"

„Bestimmt wird er nicht die Notbremse ziehen und so auf sich aufmerksam machen. *Wir* würden es aber tun, falls er es doch schafft, im allerletzten Moment mit dir den Zug zu verlassen. Versuch das zu vermeiden! Vielleicht kannst du dich im Waggon so stellen, dass er dich nicht genau sieht, jedenfalls nicht erkennen kann, dass du noch abspringst."

„Wann wirst du mich anrufen?"

„Hängt davon ab, wohin er will. Das ist für meine Leute und für mich das Entscheidende. Vielleicht fährt er zu seiner Bleibe zurück. Das wäre schon viel wert. Dort würden wir wahrscheinlich manches finden, was ihn belasten könnte. Vielleicht fährt er auch zu Bernhard, um sich zu beraten. Dann hätten wir die Beziehung zwischen ihm und Janisch hergestellt. Möglicherweise will er dich auch im Hilton stellen oder in deiner Wohnung. Wir werden sehen. Du wartest jedenfalls auf meinen Anruf."

„Und wenn mir niemand folgt, wenn ich hier das Büro verlasse? Wenn es länger als zweimal klingelt?"

„Geb ich dir weiteren Bescheid. Möglich ist auch, dass sich alles auf morgen verschiebt. Dann könnte alles wieder auf andere Weise ablaufen. Aber das glaube ich nicht! Kopf hoch, Timo! Es gilt! Verlass dich auf mich!"

Timo fühlte sich elend. Er starrte auf die Straße. Vielleicht stand *er* schon irgendwo an einer Ecke?

*

Bernhard fühlte Blutleere in seinem Kopf, während er sich kraftlosen Schrittes auf das weiß lackierte Portal zubewegte. Kaltes Neonlicht schimmerte durch das im Halbkreis geformte Milchglas über der breiten Flügeltür. Er verwünschte diese Prozedur der Identifizierung Dorothees; denn er zweifelte ernsthaft daran, ob er sie durchstehen konnte. Nur ungern würde er diese Schwäche Gregor offenbaren, der, seit sie sich vor dem Krankenhaus getroffen hatten, an seiner Seite ging. Ohne dass er etwas dagegen tun konnte, bebte sein ganzer Körper mit jedem Schritt mehr, den er sich dem Zutritt zur Pathologie näherte. Manchmal schwankte er, sodass ihn Gregor mit einem sachten Griff am Ellbogen wieder auf gerade Spur lenkte. Sein Mund war ausgetrocknet. Schweißtropfen sammelten sich über der Oberlippe.

Rechts neben dem Portal standen drei Männer, ein Polizist in grüner Uniform, die Schirmmütze unter der linken Achsel eingeklemmt, ein groß gewachsener Mann im Streifenanzug mit rotblauer Krawatte und ein Arzt im grünen Kittel.

Der Polizist trat auf die beiden zu.

„Herr Janisch?"

„Ja?", gab sich Bernhard zu erkennen.

„Zunächst mein aufrichtiges Bedauern zum gewaltsamen Tod Ihrer Frau. Ich bin Hauptkommissar Walchberger von der Kriminalpolizei Miesbach."

Bernhard spürte, wie seine Beinmuskeln wie heißes Wachs erschlafften. Obwohl er es nicht wollte, stützte er sich an Gregors Schulter ab.

„Danke!", krächzte Bernhard, dessen Mundschleimhäute keinen Tropfen Speichel mehr hergaben.

Der Mann im Streifenanzug und der Arzt traten näher und stellten sich vor.

„Herrlinger, Polizeioberrat im Kriminalfachdezernat I, München.

„Doktor Gross! Ich bin der leitende Arzt der Pathologie in diesem Krankenhaus."

„Wieso ist hier die *Münchner* Polizei zugegen?", fragte Gregor Ristov, sichtlich verwirrt.

„Uns liegen zwei Anzeigen des Vaters der Verstorbenen gegen Herrn Janisch vor, eine von gestern und eine von heute", antwortete Walchberger.

„Aber der Mord …"

„Wir sprechen gleich darüber, Herr …?"

„Ristov, Gregor Ristov, ich bin Rechtsanwalt!"

Herrlinger und Walchberger wechselten einen Blick.

„Herr Janisch, wären Sie bereit?", fragte Herrlinger.

Bernhard nickte.

„Hauptkommissar Walchberger und Herr Doktor Gross werden Sie begleiten", sagte Herrlinger.

„Kann ich nicht mitkommen?", schaltete sich Gregor ein.

„Herrn Janisch nimmt das Ganze verständlicherweise sehr mit. Sie sehen ja …"

„Nur Herr Janisch und die beiden Herren!", bestimmte Herrlinger.

Gregor blies verächtlich Luft aus dem Mund, schwieg aber.

Nur ungern löste Bernhard seine Hand von Gregors Schulter, dann wankte er durch die Flügeltür, die Doktor Gross geöffnet hatte.

Im ersten Raum, einem weiträumigen Saal mit einer hohen Kuppel in der Mitte, empfing sie gleißendes Licht, was Bernhard unwillkürlich veranlasste, eine Hand über die Augen zu halten. Eine Serie von Seziertischen, über denen eine Unzahl medizinischer Geräte baumelte, gruppierte sich zu beiden Seiten des Durchgangs. Daneben befanden sich jeweils mehrere Instrumententischchen mit Garnituren chirurgischer Messer, Sonden, Zangen, Scheren und Sägen. Auf zweien der Seziertische waren unter grünen Laken die Umrisse menschlicher Körper wahrzunehmen. Ein Arzt und eine Ärztin hatten ihre makabre Tätigkeit auf einen Wink von Doktor Gross hin unterbrochen, bis die Gruppe der drei Männer vorbei war, die sich bald einem weißen Vorhang näherte, der den großen Saal von einem kleinen Alkoven abtrennte.

Bernhard wusste, was ihn dahinter erwartete. Sein Magen näherte sich einem Kollaps. Immer wieder fragte er sich, wie es möglich war, dass ihm alle Wege zu der ihm sonst eigenen Robustheit und seiner – ihm von vielen seiner beruflichen Widersacher zugeschriebenen – Hartherzigkeit versperrt waren.

Jetzt zog Doktor Gross den Vorhang zurück. Auf dem Tisch unter einem grünen Tuch lag ein fast kindlich kleiner Körper. Zwei schwenkbare Operationslampen leuchteten auf die zugedeckte Gestalt. Anders als im großen Saal nebenan umgab den Tisch nur seidige Finsternis.

Der Arzt winkte Bernhard zum Kopfende heran und zog das Laken zurück. Bernhard starrte lange auf Dorothees Antlitz. Ihr Gesicht war unter dem schattenfreien Lichtstrahl weiß wie Papier, mit Ausnahme einiger dunkler Verfärbungen über einem Auge und am Haaransatz. Ihr Ausdruck war friedlich wie der eines Kindes. Bernhards Blick blieb viele Sekunden auf sie geheftet. Als er ihn abwandte, sank er in sich zusammen. Walchberger und Doktor Gross konnten den Fall auf die harten Fliesen noch abmildern, indem sie Bernhards Jacke packten, die sie ihm dadurch fast über den Kopf zogen. Für kurze Zeit lag Bernhard auf dem Boden. Der Arzt tätschelte seine Wangen, bis er aus der kurzen Ohnmacht erwachte. Walchberger und Doktor Gross hievten ihn wieder in eine senkrechte Position und stützten ihn. Doch wenige Sekunden danach drang aus Bernhards Kehle animalisches Röhren, begleitet von stoßweise erfolgendem Atmen, was Bernhards Helfer veranlasste, ihn zu einem kleinen Bassin neben dem Handwaschbecken zu schleifen, wo er sich in auf- und abebbenden Urlauten seines Mageninhalts entledigte. Walchberger hatte einen Stuhl aus dem Saal gebracht, auf den sie nun Bernhard setzten. Sein Gesicht war fast so weiß wie das seiner toten Frau. Doktor Gross zog das Laken wieder über Dorothees Kopf. Dann reinigte er mit dem Duschkopf das Bassin und sprühte Desinfektionsmittel auf das weiße Email. Er und Walchberger nahmen Bernhards Oberarme in festen Griff und verließen den Nebenraum, durchquerten mit einiger Mühe den großen Saal, bis sie zu Herrlinger und Gregor Ristov gelangten.

„Du siehst fürchterlich aus", sagte Gregor und wandte sich verärgert an Herrlinger: „War das denn nötig? Ihr Vater hatte sie doch bereits identifiziert."

„Es ist ja vorbei!", erklärte Walchberger, die heikle Situation abmildernd. Doktor Gross unterschrieb währenddessen an der Wand lehnend ein Papier und gab es dem Polizisten.

„Wie geht es Ihnen, Herr Janisch?", fragte Herrlinger behutsam.

Bernhard atmete durch, bevor er antwortete: „Wieder einigermaßen!" Er fühlte sich in der Tat besser und benötigte keinen Beistand mehr.

„Bestens! Dürfen wir Sie bitten, uns zum Ärztezimmer von Doktor Gross zu begleiten? Ein paar Fragen. Wir ersparen Ihnen dann für heute den Weg zum Polizei-Präsidium", sagte Herrlinger umgänglich.

„Ja, ja", stotterte Bernhard, „aber warum eigentlich?"

Gregor schaltete sich ein: „Bernhard, der Polizeioberrat hat ja vorhin schon erklärt, dass zwei Anzeigen gegen dich vorliegen. Beide von deinem Schwiegervater. Eine von gestern und eine von heute."

„Von gestern?"

„Ja, ich nehme an, weil ihr euch doch mal wieder gestritten habt, Dorothee und du. Wie so oft schon!"

„Das war doch gar nichts. Wir liebten uns doch! Eben auf unsere Weise!"

„Ich weiß doch, Bernhard!"

„Und warum heute noch eine Anzeige?"

Gregor rollte etwas die Augen; er sah Herrlinger an, während er Bernhard antwortete:

„Ich vermute, aus Verzweiflung heraus. Er hat eben sofort an dich gedacht, weil du mit Dorothee diesen Streit hattest. Aber das ist natürlich absurd!"

„Gehen wir doch ins Zimmer von Doktor Gross!", forderte Herrlinger auf.

Bernhard ging jetzt wieder aufrecht, ohne Gregors Unterstützung. Dass er den Magen von seiner Last befreit und die Identifizierung Dorothees hinter sich gebracht hatte, schien ihn zu beleben. Die fünf Männer gingen schweigend den Gang entlang, bis Doktor Gross die Tür zu seinem Ärztezimmer öffnete.

„Fühlen Sie sich ganz wie zu Hause!", bemerkte er.

„Etwas unangebracht", gab ihm Gregor zu verstehen. Doktor Gross wandte sich abrupt ab und verschwand in der gegenüberliegenden Toilette.

Der dickliche Hauptkommissar setzte sich hinter den

Schreibtisch. Er war zweifellos mit Doktor Gross befreundet und nahm entsprechend den ihm gebührenden Platz ein. Herrlinger lehnte sich mit dem Gesäß an den Rand des Tisches. Bernhard wurde durch eine Handbewegung Walchbergers aufgefordert, vor dem Schreibtisch im einzigen sonstigen Stuhl Platz zu nehmen, während Gregor mit verschränkten Armen mitten im Raum stehen blieb.

„Es geht um einen Mordfall, Herr Janisch", begann Walchberger ohne große Umschweife. „Herr Mertens verdächtigt Sie des Mordes, zumindest der Anstiftung zum Mord an Ihrer Frau."

Sowohl Gregor als auch Bernhard lachten alteriert auf.

„Wissen Sie, was Sie meinem Mandanten antun, wenn Sie so reden, gerade jetzt, in dieser für ihn so schlimmen Situation? Gibt es denn keinerlei Mitgefühl mehr?" Gregors Stimme zerbarst fast.

Bernhard schüttelte verständnislos den Kopf, den er zur Decke gerichtet hatte.

Walchberger nickte scheinbar verständnisvoll. Seinem runden, etwas geröteten Gesicht war andererseits anzusehen, dass er sich nicht beeindrucken ließ. Mit seiner tiefen Stimme fuhr er fort: „Nochmals, meine Herren: Es geht um Mord in meinem Zuständigkeitsbereich. Herr Janisch wird von Herrn Mertens verdächtigt. Sie werden verstehen, dass ich einige erste Fragen an ihn richte. Sie sprachen übrigens von Ihrem *Mandanten*, Herr Ristov?"

„Ich bin, seit Sie mit dieser irren Anschuldigung loslegten, selbstverständlich der Anwalt meines Freundes Bernhard Janisch, und in dieser Funktion bitte ich darum, dieses ungeheuerliche Verhör sofort einzustellen, bis sich mein Mandant von seinem Schock, den ihm der tragische Tod seiner Frau zugefügt hat, erholt hat."

Walchbergers Augenpaar wanderte kurz zu Herrlinger und zurück zu Gregor.

„Wir wollen das Ganze für den heutigen Tag nicht zu sehr vertiefen. Wir haben durchaus Verständnis für Herrn Janisch."

„Machen Sie's kurz!" Gregors Stimme war schneidend.

Walchberger nickte gelassen, bevor er Bernhard ohne weitere Umschweife fragte: „Herr Janisch, wo waren Sie heute früh zwischen sechs und acht Uhr?"

Bernhard erschrak sichtlich, als habe er nach Gregors Protesten nicht mehr mit einer solchen Frage gerechnet. Er stammelte ziemlich erregt: „Na, im Bett natürlich, oder auch im Bad!"

„Zeugen?"

„Nein! Meine Frau war ja nicht zu Hause."

Jetzt drückte sich Herrlinger vom Schreibtisch weg, ging mit beiden Händen in der Hosentasche auf Bernhard zu und bemerkte, ebenfalls ohne sichtbare Gemütsbewegung: „Deswegen ist das auch mein Fall, Herr Janisch! Die Anzeige wegen Gewaltanwendung gegenüber Ihrer Frau ging in meinem Dezernat ein. Gestern!"

„Das ist doch Schwachsinn!", ereiferte sich Gregor erneut.

„Nochmals, meine Herren, wir untersuchen zwei schwerwiegende Delikte und Herr Janisch ist derjenige, gegen den sich die Anzeigen richten."

„Suchen Sie überhaupt nach dem wirklichen Mörder?", wandte sich Bernhard erregt an Walchberger.

„Wir haben eine Sonderkommission eingerichtet, Herr Janisch. Sie ist von Kräften aus Miesbach und München besetzt."

„Na, Gott sei Dank!", bemerkte Gregor.

„Wollen Sie zu dem Vorwurf der Gewaltanwendung etwas sagen, Herr Janisch?", fragte Herrlinger.

„Du musst jetzt gar nichts sagen, Bernhard. Du kannst dich auf …"

„Meine Frau", stotterte Bernhard abwinkend, „war nicht einfach. Vor allem war sie notorisch eifersüchtig. Vorgestern früh war es wieder einmal so weit. Sie beschuldigte mich der Untreue und warf mir in ihrer Wut einen Onyx-Aschenbecher an die Stirn. Da bin ich natürlich ausgerastet und hab ihr eine Ohrfeige gegeben. Sie ist dabei auf einem kleinen Vorlegeteppich in unserem Schlafzimmer ausgerutscht und mit dem Kopf an die Tür geprallt."

„Er hat mich am Vormittag angerufen und mir von dem kleinen Drama erzählt", hakte sich Gregor ins Gespräch ein. „So was kam bei beiden immer mal wieder vor. Wie Herr Janisch schon sagte, sie war eine sehr eifersüchtige Frau."

Herrlinger nahm eine Hand aus der Hosentasche und rieb sich das Kinn, während er zum Fenster ging. Walchberger sah ihm unschlüssig nach. Dann drehte sich der Polizeioberrat wieder um. „Ja, so etwas kann natürlich vorkommen. Das werden wir noch klären, falls Herr Mertens seine Anzeige aufrechterhält. Nehmen wir doch einfach mal an, die Sonderkommission arbeitet erfolgreich und stellt den Mörder, dann wäre womöglich damit zu rechnen, dass Herr Mertens die erste Anzeige fallen lässt. Was meinen Sie, Herr Janisch?"

„Wir haben uns vor einiger Zeit verkracht. Ich weiß nicht, wie er reagieren könnte."

„Wär's das für heute?", fragte Gregor gereizt.

„Noch eines, Herr Janisch. Als ich heute erfuhr, dass Ihre Frau ermordet wurde, fiel mir ein, dass vor nicht allzu langer Zeit – vor ein paar Wochen oder Monaten vielleicht – Frau und Tochter Ihres Kollegen Timo Rossik in Peru ums Leben kamen. Sie wurden auch ermordet! Merkwürdige Koinzidenz, nicht wahr?"

Bernhard war unfähig zu antworten. Gregor hatte sich schneller gefangen: „Wir fühlen heute noch mit unserem Freund Timo Rossik. Er ist seither nicht mehr derselbe, leidet unsäglich unter diesem Drama."

„Er ist kaum noch im Büro zu sehen", bemerkte jetzt Bernhard. „Für die Prosoft bedeutet das erhebliche Umsatzeinbußen. Er ist schließlich für das Marketing zuständig."

„Es gibt immer wieder schreckliche Zufälle! Man begreift es kaum, wenn das Schicksal so gezielt zuschlägt. Wirklich, eine Tragödie!", fügte Herrlinger hinzu.

„Da haben Sie Recht. Unfassbar!", stammelte Bernhard.

„Noch eine Frage, Herr Janisch?", fragte Herrlinger wie beiläufig. „Warum wollte Ihre Frau eigentlich Herrn Rossik treffen?"

Bernhard sah hilflos zu Gregor, bevor er selbst antwortete: „Sie wollte Herrn Rossik treffen?"

„Ja! Sie hatte vor, von Tegernsee nach München zu fahren. Ihr Schwiegervater hat mir erzählt, Rossik und Ihre Frau seien dort verabredet gewesen."

Bernhard runzelte die Stirn. „Ich kann mir das nicht vorstellen. Ich ... ich weiß überhaupt nicht, warum sie in einer Tegernseer Privatklinik war. Nur, um wieder nach München zu fahren, um Herrn Rossik zu treffen? Ergibt das Sinn? Ich glaube, Oskar ... also Herr Mertens ..."

„Kann ich mit meinem Mandanten jetzt zurück nach München fahren?", schaltete sich Gregor energisch ein.

Herrlinger blickte zu Walchberger und nickte.

„Ja, für heute sollte es genug sein. Halten Sie sich in den nächsten Tagen zu unserer Verfügung, Herr Janisch! Wir können ja nicht absehen, wie schnell und überhaupt, wie erfolgreich die Sonderkommission ermittelt."

„Ich wünsche ihr den größtmöglichen Erfolg", bemerkte Gregor, während er Herrlinger die Hand reichte. Auch Bernhard stand auf, nickte Walchberger und Herrlinger zu und verließ, von Gregor am Ellbogen gestützt, das Büro des Doktors.

23

Timo war gut einen halben Kilometer die Wasserburger Landstraße entlangmarschiert, seit er das Prosoft-Gebäude um Viertel nach acht verlassen hatte. Das Handy, das er im Büro von Vibration auf akustische Meldung umgestellt hatte, war bislang still geblieben. Kein zwei-, aber auch kein mehrfaches Klingeln! Sein Schritt war fest und selbstbewusst, so wie er es sich vorgenommen hatte. Nur wenige Menschen kamen ihm auf dem breiten Gehsteig entgegen. Allerdings wagte er auch nicht, sich umzudrehen.

Es herrschte laues Herbstwetter, ausgelöst durch eine für München zu dieser Jahreszeit charakteristische Föhnlage. Die wenigen Regenwolken vom Nachmittag waren wie weggeblasen. Über den klaren Abendhimmel fegten weiße Fetzen feuchter Luft. Auf der vierspurigen Straße herrschte wenig Verkehr. Busse verschiedener Linien begegneten sich von Zeit zu Zeit.

Als er in den Rothschild-Weg abbog, eine schmale Gasse, die den Weg zur Truderinger Straße abkürzte, formierten sich erste spasmische Alarmzeichen in seiner Magengegend. Die wenigen Laternen entlang des Weges summierten sich mit dem niedergehenden Tageslicht zu einer fahlen Beleuchtung. Vor ihm war kein Mensch zu sehen.

Timo beschleunigte den Schritt, obwohl sich seine Beine jetzt schwerfälliger bewegten. Etwa in der Mitte des Weges klingelte das Handy. Einmal, ein zweites Mal! Dann verstummte es. Ein brennender Schmerz durchzog die Herzgegend. Verflogen war mit einem Mal die Selbstsicherheit, mit der er Bernies Plan hatte angehen wollen. Kopflosigkeit warf er sich vor, als er fast stolperte, ohne dass es ein Hindernis gab. Er meinte, den Mörder nur wenige Meter hinter sich zu spüren. Wie sollten ihn hier Bernie und seine Leute schützen können? Immer noch wagte er es nicht, einen Blick zurück zu werfen. Ohne mit Bernie darüber gesprochen zu haben, glaubte er, dass das ein verhängnisvoller Fehler sein könnte. Jedenfalls redete er sich das ein, da er sich davor scheute, ihn, den Mörder, in dieser dunklen Nebenstraße selbst zu entdecken. Seine Angst schwoll weiter an, als sich eine Idee in seinem Kopf festhakte: Was, wenn der Mörder schoss? Einfach schoss, lautlos! Mit einem Schalldämpfer! Jetzt gleich! Wie könnte da Bernie noch eingreifen? Hatte er das überhaupt bedacht? Spielte er nicht einfach Hasard? Hasard mit *ihm,* seinem ohnmächtigen Werkzeug im Garn, das er allein spann? Ausgang ungewiss!

Mit jeder Sekunde, mit jedem Schritt glaubte er zu hören, wie sich der Mörder näher an ihn heranpirschte, meinte schon bald, sein Schnaufen wahrzunehmen, rhythmisch im Gleichklang mit dem Tackern seiner Schuhe. Nochmals beschleunigte Timo, zog aber nur noch mühsam und stoßweise Luft aus Lunge und Bronchien. Plötzlich sah er im rechten Augenwinkel, direkt neben sich, einen vor- und zurückschlenkernden silbrigen Samsonite-Aktenkoffer. Er wendete den Kopf zur Seite und sah, dass dieser zur Hand eines jungen Mannes in einem hellen Anzug gehörte. Der Mann grüßte ihn, als er ihn überholte. Timo nickte ihm zu, während sich seine Beklemmung etwas löste. Er merkte, wie er wieder zuversichtlicher wurde. Deshalb ließ er den Mann nicht zu viel Abstand gewinnen, um sich das Gefühl, nicht mehr in allergrößter Not zu sein, bewahren zu können, obwohl sich nichts wesentlich geändert hatte. Zweimal hatte das Handy geklingelt. Der Mörder war nach wie vor hinter ihm her.

Dann erreichte Timo im Schlepptau des jungen Mannes die belebte Truderinger Straße. Sie war durch die Scheinwerfer der Kraftfahrzeuge, Busse und Motorräder sowie durch die grelle

Neonbeleuchtung über den Fahrbahnen üppig ausgeleuchtet. Auf dem Gehsteig waren weit mehr Menschen unterwegs als vorhin auf der breiten Ausfallstraße. Trotzdem behielt er den Abstand hinter dem energisch voranschreitenden Mann bei.

Bald erreichten sie eine Kreuzung, die auch Timos Vordermann dazu nutzte, die Truderinger Straße zu überqueren. Es war absehbar, dass er ebenfalls zur S- und U-Bahn-Station wollte.

Die Fußgängerampel zeigte Rot. Der Mann und er mussten warten; sie standen jetzt nebeneinander und lächelten sich kurz zu. Timo riskierte einen Blick nach rechts – und da entdeckte er *ihn*, etwa hundertfünfzig Meter entfernt, wie einen Schatten, mit dem eigentümlich wippenden Gang, den er unbewusst bereits in Berón an ihm bemerkt hatte. Er trug eine tief ins Gesicht gezogene Schirmmütze, die die Nase verdeckte. Eine neue Woge von Panik ergriff Timo. Er war dankbar, dass die Ampel glücklicherweise schnell auf Grün umschaltete.

Würde *er* es auch schaffen, mit demselben Schwarm an Menschen die Straße zu überqueren, oder würde ihn die Ampel noch rechtzeitig zurückweisen? Schweiß lief Timo von der Stirn. Es musste ihm einfach gelingen, den Bahnsteig der S 5 in Richtung Innenstadt vor *ihm* zu erreichen, um sich sinnvoll postieren zu können. Aber wenn *ihn* die Ampel nicht gestoppt hatte, wäre *er* in nur wenigen Sekunden hinter ihm, und dann? Wie sollte er sich gegen *ihn* wehren, ohne jede Waffe? Konnte Bernie das überhaupt im Griff haben?

Er wagte noch immer nicht, sich umzudrehen, um es genau zu wissen, schloss dafür zu dem jungen Mann auf, der sich jedoch kurz darauf für die Stufen zur U-Bahn entschied. Danach rannte Timo fast zu der kurzen Treppe, die zur S-Bahn hinunterführte. Dort riskierte er endlich einen Blick nach links, sah *ihn* aber nicht. *Er* konnte den kleinen Bahnhofstrakt demnach noch nicht erreicht haben. Timo war erleichtert.

In der Mitte des Bahnsteigs postierte sich Timo neben einem Pfeiler, dort, wo die mittleren Waggons zum Stehen kamen und wo die meisten Menschen ein- und ausstiegen.

Etwa zwanzig Frauen und Männer verteilten sich auf Wartebänken, vor den Glasvitrinen mit den Plakaten für die Abfahrtszeiten der S-Bahn oder spazierten umher.

Die elektronische Anzeigetafel, die am Arm eines anderen Pfeilers hing, signalisierte, dass die S 5 in Richtung Innenstadt in zwei Minuten einfahren würde.

In zwei Minuten also! Und in vier oder fünf, was würde dann sein? Er schluckte mehrfach hastig, Hände und Beine zitterten. Würde der Trick gelingen, den er sich ausgedacht hatte? Ein magerer Trick, wie er jetzt fand. Würde *er* darauf hereinfallen?

Plötzlich entdeckte Timo wieder den jungen Mann auf demselben S-Bahnsteig, und wenig später sah er neben einer Sitzbank Bernie stehen. Er las gleichgültig in einer zusammengefalteten Bild-Zeitung, hielt in der anderen Hand zwei Einkaufstüten von *Spar* und *Hertie*. Und dann nahm er *ihn* wahr. *Er* lehnte seitlich an der gläsernen Tafel, kaum zehn Meter von ihm entfernt, weit näher als Bernie, und grinste ihn mephistophelisch an, als sich ihre Blicke für eine Zehntelsekunde trafen. Ein Speer bohrte sich durch Timos Körper. Noch eine Minute, verkündete die Anzeigetafel den Wartenden.

Timo atmete tief durch, hatte das widerliche Grinsen ignoriert. Bernies Anwesenheit dämpfte seine Panik etwas. Er blickte zu dem einfahrenden Zug. Jetzt kam es auf ihn an. Mit all seiner Nervenkraft wollte er die auf ihn zukommende Bewährungsprobe gegen *ihn* bestehen. Erfolgreich, so wie er es sich im Büro ausgedacht hatte, kurz nachdem ihn Bernhard verlassen hatte. Jetzt gab es kein Zurück mehr!

Bernhard war um halb acht in die Prosoft zurückgekommen. Kurz zuvor hatte Petra Rudloff ihre Sachen zusammengepackt und das Vorzimmer verlassen. Somit war Timo mit ihm allein im fünften Stockwerk gewesen. Als Bernhard die Tür geöffnet hatte, war Timo sofort aufgefallen, wie bleich er aussah. Die Beule auf der Stirn leuchtete daher unnatürlich dunkelrot. Der Geruch von altem Schweiß hatte sich im Nu ausgebreitet.

Timo war auf ihn zugegangen.

„War es schlimm?", hatte er ihn gefragt.

„Weiß Gott, Timo!"

„Warum bist du nicht gleich nach Hause gefahren?"

„Ich wollte dich nochmals sehen. Wie es dir geht. Hast du denn Thorlef schon angerufen?"

„Ja, hab ich!", hatte Timo geantwortet und war hinter seinen Schreibtisch zurückgegangen. Die unmittelbare Nähe Bernhards war ihm zuwider gewesen und er hatte auch befürchtet, Bernhard könnte ihn besser durchschauen, wenn sie zu eng beieinander standen. „Morgen um fünf bin ich bei Thorlef."

„Nicht früher?"

Timo hatte sich wieder hingesetzt und mit der rechten Hand die Aktenberge vor sich gestreift. „Ich fresse mich hier gerade durch. Morgen Nachmittag weiß ich so ungefähr, wie es um uns steht, Bernhard."

„Die Verträge, nicht wahr? Hast du …"

Timo hatte ihn nicht ausreden lassen, sondern eine Hand zur Faust geballt und gesagt: „Da ist was Sensationelles passiert. Stell dir vor, ich hab's bei Ted Orben nochmals versucht, hab ihm gesagt, ich sei erst heute ins Büro zurückgekommen, hätte festgestellt, dass die Verträge längst in verschiedenen Abteilungen in Bearbeitung wären, wobei jeder nur jeweils seinen Teil bekommen hätte. Mir fehle jetzt eine komplette Kopie. Für den besseren Überblick wollte ich aber alles nochmals im Zusammenhang durchlesen."

„Und?" Bernhards Augen hatten sich geweitet.

„Stell dir vor, er faxt mir eine Kopie in die Wohnung! Ich glaube, als er von mir hörte, dass wir schon mitten in der Arbeit wären, hat er aufgegeben, zu hoffen, dass wir es nicht schaffen könnten. Falls die Einbrecherin die Verträge tatsächlich zu McKerr zurückgebracht haben sollte, dann bestimmt nicht zu Ted. Ich habe so eine Ahnung, zu wem. Aber Ted hat von einem Einbruch bestimmt keine Ahnung. Falls jemand von McKerr den Diebstahl veranlasst hat, dann nur deswegen, um zu verhindern, dass wir an dem Vertrag arbeiten können. Und wenn der Termin überschritten wäre, würden sie zu Ted laufen."

Bernhard war sprachlos gewesen, sein Mund stand längere Zeit offen, ohne dass er es bemerkte. „Du kriegst eine Kopie?"

„Ja, es gibt doch noch Wunder!" Es war Timo nicht eindeutig klar gewesen, ob Bernhard wirklich glaubte, was er ihm aufgetischt hatte; denn sein Gesichtsausdruck war entgeistert.

„Ist das wirklich wahr?", hatte er schließlich hervorgebracht. „Warum lässt du ihn dir nicht ins *Büro* faxen?"

„Ich weiß ja nicht, wann er oder seine Assistenten das Fax losschicken. Ich will auf keinen Fall, dass die zwanzig Seiten hier nachts im Büro herumliegen."

Bernhard hatte genickt, war dabei auf- und abgegangen. Timo war etwas zuversichtlicher geworden. Doch Bernhards Zweifel schienen noch nicht gänzlich weggefegt zu sein.

„Warum fährst du nicht sofort nach Hause und holst sie dir?"

„Ich muss erst ins Hotel. Hab dort ziemlich viel Kram von mir, der durcheinandergeraten ist. Die Polizei hat mich doch *umgebettet*, nach diesem Mordfall auf meinem Flur."

„Versteh ich nicht! Musst du dich bei denen zurückmelden?"

„Nein, nein!", hatte Timo gelacht. „Du meinst, wegen dem Mord an diesem Zimmermädchen? Nein! Da gab es nur einen Anfangsverdacht. Der hat sich aber gegen alle Gäste in diesem

Stockwerk gerichtet. Ich selbst bat wegen meiner miesen nervlichen Verfassung um einen Umzug innerhalb des Hotels."

„Wann willst du denn nach Hause?"

„Ich weiß es noch nicht. Hängt auch etwas davon ab, wann ich hier rauskomme. Vielleicht hole ich ja meine Sachen aus meinem neuen Zimmer im Hilton ab und fahre gleich nach Hause. Aber sicher bin ich mir noch nicht."

„Wieso nicht?"

„Na, diese Einbrecherin hatte ja einen Nachschlüssel. Wenn man das weiß, ist man nicht so gerne nachts allein in der Wohnung."

„Ich würde an deiner Stelle auf jeden Fall nach Hause fahren. Die Einbrecherin hat ja gekriegt, was sie wollte. Die kommt nicht wieder."

„Mach ich vielleicht auch – oder eben morgen früh. Mach dir keine Sorgen! Morgen um zehn Uhr sitze ich hier und arbeite bereits mit der Kopie – natürlich nur, wenn nicht noch jemand Ted das Fax ausredet. Glaub es aber nicht."

Bernhard war weiterhin durch das Büro gewandert, hatte öfter den Kopf geschüttelt, dann aber die Hände zusammengeschlagen. „Das ist ja eine hervorragende Nachricht! Große Klasse, dass du nicht lockergelassen hast!"

„Wenigstens auch für dich was Gutes an diesem schrecklichen Tag."

Bernhard hatte auf diese Bemerkung hin lange über Timo hinweg durch das Fenster gestarrt, mehrere Minuten nichts gesprochen, später die Augen geschlossen, bis er zum Schreibtisch kam und sich auf die Kante setzte. „Dass es uns beide so fürchterlich erwischen muss. Man kann es kaum glauben. Und es gibt anscheinend keinen Verdacht, was Dorothee angeht. Sie haben eine Sonderkommission gebildet."

„Das ist mehr als sinnvoll, Bernhard. Sie werden den Mörder schon kriegen."

Bernhard hatte mit gedankenvoller Miene genickt. „Hat sich denn bei dir noch was ergeben? Ich meine, in Peru. Was sagt denn die hiesige Polizei dazu?"

Timo hatte tief durchgeatmet und entmutigt die Backen aufgebläht, um die Luft langsam wieder entweichen zu lassen. Es war ihm bewusst gewesen, dass ihn Bernhard vor seiner Antwort genau musterte.

„Zunächst hatten sie mich ja im Verdacht. Die Polizei und die Menschen von Berón. Ich bin praktisch abgehauen. Der Kommissar dort hat mir sogar geholfen." Timo hatte Bernhard mit dem Aneinanderreiben von Daumen und Zeigefinger einer Hand gezeigt, wie das möglich gewesen war. „Er hatte Angst, dass man mich lyncht. Aber ich musste mich verpflichten, hier in München bei der Polizei zu erscheinen. Du weißt ja, Gregor wollte mir behilflich sein. Er kennt doch jemand in der Ettstraße."

„Warst du denn bei der Polizei und hast dich gemeldet?"

„Ja, als ich die Anzeige wegen des Einbruchs erstattete, hab ich das Ganze erzählt."

„Und?", fragte Bernhard.

„Schweigen im Wald!"

Bernhard war weiter auf- und abgewandert, bis er schließlich fragte: „Willst du nochmals rüber und selbst nachforschen?"

„Nein, hat keinen Sinn! Alle dort sind feindselig. Die Schwiegereltern, der ganze Ort. Die glauben eben, dass ich es war."

„Verrückt! Und die hiesige Polizei unternimmt gar nichts?"

„Ich glaube, sie warten auf Ergebnisse, die die deutsche Botschaft in Lima an das Bundeskriminalamt schicken will. Aber das wird wohl nur ein Bericht werden. Vermute ich jedenfalls."

Timo war aufgestanden. Er hatte ständig gefühlt, wie Bernhard ihn aushorchte. Die blanke Angst! Bernie hatte Recht gehabt. Bernhard hatte finster und sorgenschwer ausgesehen. Man hätte ihm auch die Trauer glauben können, hatte Timo voller Abscheu gedacht. Der Schweißgeruch war im Büro überall präsent gewesen und hatte Timos Abneigung und Ekel vor seinem früheren Freund weiter gesteigert.

„Bleibst du noch lange, Timo?"

„Nur noch 'ne Weile."

„Und dann mit dem Taxi zum Hilton?"

„Ich glaube, ich spaziere gemütlich zur S-Bahn. Die *Fünfer* hält direkt vor dem Hilton."

Bernhard hatte genickt, war nochmals ein paar Schritte im Büro auf- und abgegangen, bevor er Timo in larmoyantem Ton erklärte: „Ich muss hier weg. Nach Hause! Ich brauche einen Ort, an dem ich ungestört weinen kann."

Er war auf Timo zugegangen, hatte ihn umarmt und das Büro verlassen.

Timo blickte nur geradeaus. Er konzentrierte sich, empfand keinerlei Lust, einen weiteren Blick an *ihn* zu verschwenden. Dass der Mann mit dem Samsonite und Bernie auf dem Bahnsteig waren, hatte ihn etwas beruhigt.

Als die S-Bahn einfuhr, bewegte er sich zunächst nicht, beobachtete, wie die Türen aufschwangen. Im äußersten Winkel seines rechten Auges nahm er wahr, dass *er* keine Anstalten machte, vor ihm zuzusteigen.

Dann bewegte sich Timo auf eine Tür zu, an der eine Traube von sechs, sieben Menschen im Begriff war, in den Zug zu steigen. Er drängte sich in deren Mitte und nahm die Stufe ins Wageninnere. Er sah *ihn* im selben Waggon in der Mitte des Durchgangs zwischen den beiden sich gegenüberliegenden Türen, einen Einstieg entfernt von ihm. Wieder ging Timo nicht auf sein sardonisches Grinsen ein, beobachtete stattdessen den Mechanismus der zuklappenden Türen. Eine minimale Vorbereitung auf seinen Ausstieg am nächsten Bahnhof *Berg am Laim*, dachte er. Mehrere Personen würden dann den Wagen verlassen, denn es gab dort die Möglichkeit, in die S 6 umzusteigen. Er wusste noch nicht, ob ihm das gelegen kam.

Der Zug nahm Fahrt auf. Timo fragte sich, wie viele Leute Bernie wohl im Zug verteilt hatte. Ihn konnte er nicht sehen. Seine Augen suchten auch nicht nach ihm, um dem Mörder keinerlei Hinweis zu geben, dass er nicht allein war. Er starrte in das Fensterglas, hatte aber den Eindruck, dass ein stattlicher Mann das Blickfeld zwischen ihm und seinem Verfolger etwas einschränkte.

Nach wenigen Minuten, in denen Timos Blut in den Adern zu kochen begonnen hatte, fuhr der Zug am Bahnsteig *Berg am Laim* ein. Der groß gewachsene Mann stieg zu Timos Bedauern als Erster aus. Als Timo kurz zu *ihm* blickte, sah er ihn nächst seiner Ausstiegstür stehen, sichtlich vorbereitet, rechtzeitig reagieren zu können.

Mindestens zehn Menschen hatten in Timos Umgebung den Zug verlassen. Er selbst hatte sich nun mit dem Rücken zur offenen Tür postiert, ohne ein Anzeichen dafür zu geben, den Zug verlassen zu wollen. Als er die Lautsprecherstimme hörte, die zur Vorsicht am abfahrenden Zug mahnte, und das erste Geräusch der mechanisch zuklappenden Türen wahrnahm, stieß er sich vehement nach rückwärts ab und fand den schmalen Spalt zwischen den beiden Klappen im allerletzten Moment, wobei sich für eine halbe Sekunde seine rechte Fußspitze zwischen den Gummileisten der Tür verklemmte. Er wartete jeden Moment darauf, mit dem Rücken und auch mit dem Hinterkopf auf dem harten Plaster des Bahnsteigs aufzuschlagen. Er hatte es einkalkuliert. Doch zu seiner Überraschung wurde er von den kräftigen Armen eines Mannes aufgefangen, der, wahrscheinlich in Erwartung des nächsten Zuges, nahe an der Kante stand. Der Mann schimpfte los und hörte gar nicht auf Timos gestammelte Entschuldigungen.

Der Zug rollte wieder los und Timo gewahrte *seinen* Blick, der verzerrt und so glasig war wie die Scheibe der geschlossenen Klapptür vor ihm.

Timo entschuldigte sich mehrmals bei dem Mann, der aber längst seine Verärgerung verdrängt hatte, ihn jetzt sogar freundlich fragte, ob alles in Ordnung sei. Er bejahte und begab sich zur nächsten Treppe nach oben. Als er zurückblickte, sah er, dass der Mann eigenartigerweise nicht mehr an seinem Platz stand, sondern dem Aufgang auf der anderen Seite des Bahnsteigs zustrebte.

Timo war erleichtert, obwohl er sich immer noch gehetzt fühlte. Erst nach und nach lockerten die Nervenstränge ihre Zangengriffe, sodass er vom anfänglichen Eiltempo in eine gemächlichere Gangart zurückfiel. Nach zehn Minuten überquerte er die vierspurige Kreillerstraße, um in der schmalen Josephsburgstraße endlich eine kleine Gaststätte zu entdecken. *Zur kleinen Rast* hieß sie. Genauso hatte er es sich ausgemalt. Nun könnte alles gut verlaufen, dachte er und trat ein. Bierverhangene Luft empfing ihn. Sie störte ihn nicht. Hier würde er bleiben, bis der Anruf käme. Hoffentlich hatte Bernie auch Erfolg. Wenn nicht, hätte er keine Ahnung, wo er die Nacht verbringen sollte. Sicherlich nicht im Hilton und in seiner Wohnung schon gar nicht.

*

Ohne es richtig zu merken, rüttelte Jester weiter an den beiden Griffen der Klapptür des Waggons. Aber die S 5 hatte längst den Bahnhof *Berg am Laim* verlassen. Erst als eine grobe männliche Stimme hinter ihm brüllte: „Hören Sie auf damit! Der Zug fährt doch! Die Tür ist zu. Verriegelt!", ließ Jester los. Er drehte sich wütend um und sah sich einem rothaarigen Hünen gegenüber. „Endlich kapiert?", funkelte ihn der Mann böse an.

Jester lehnte sich entmutigt an die gläserne Seitenwand neben dem Ausstieg des Waggons, zog die Mütze noch tiefer ins Gesicht.

Wieder war ihm Rossik entwischt. Ausgerechnet heute, am entscheidenden Tag! Er fragte sich, warum er nicht schnell genug reagiert hatte. War es etwa Bernhards letzter Anruf vor einer Stunde, der ihn ständig beschäftigte, der so völlig anders verlaufen war als der am späten Nachmittag? War es die leichte Lähmung im Arm und im Bein? War seine sofortige Reaktion auf Rossiks Sprung nach hinten deshalb unterblieben? Er konnte es sich nicht anders erklären, genau diesen entscheidenden Moment verpasst zu haben.

Etwa um halb sechs hatte Bernhard zum ersten Mal mit ihm telefoniert, wobei sein Schnaufen und die schnelle Sprechweise von großer Nervosität zeugten. Ein Ultimatum hatte er ihm gestellt: Heute müsste es sein! Wenn Rossik den heutigen Tag überlebte, könnte er mit den Verträgen nichts mehr anfangen. Punkt! Er solle sich schleunigst auf dessen Spur begeben, die Prosoft selbst aber meiden. Alles andere, das Finanzielle, würde nach Vollzug geregelt werden. Eine Million! Nochmals anrufen würde er ihn; denn er wolle zurück ins Büro zu Rossik, um herauszubekommen, ob dieser vorhatte, ins Hotel oder nach Hause zu fahren, per Taxi oder nach einem Fußmarsch mit der S-Bahn.

Er war zwar strikt mit ihm gewesen, aber sachlich geblieben.

Der zweite Anruf war ganz anders verlaufen. Lässig und beleidigend im Ton hatte er mit ihm gesprochen, so wie es Bernhard meist liebte. Er hatte vieles geschluckt, denn heute ging es um alles. Aber er war konsterniert gewesen, wie dieser Wandel innerhalb von zwei Stunden hatte zustande kommen können. Was war in Rossiks Büro passiert? Von dort aus, wo er ihn beobachtet hatte, war ihm nichts Außergewöhnliches aufgefallen, nur dass Rossik einmal die Faust in Siegerpose gereckt hatte.

Nach dem ersten Gespräch mit Bernhard war er von seiner Wohnung aus aufgebrochen, die schwarze Schirmmütze tief ins Gesicht geschoben. Ab sechs Uhr hatte er sich in nächster Nähe der Prosoft postiert. Es war nicht schwer gewesen, einen guten Blick auf Rossiks gläsernes Büro zu finden. Das fünfstöckige Bürogebäude der Prosoft gegenüber war vom selben Architekten entworfen worden, mit großfenstrigen Treppenhäusern, die zur Straße ausgerichtet waren. In zweien davon hatte sich Jester nacheinander eingeschmuggelt und Rossik beobachtet, wie er am Schreibtisch seine Akten durchsah. Anfangs war die Abendsonne noch etwas störend gewesen, da sie die Fensterfront teilweise abblendete, aber seit halb sieben hatte es das Problem nicht mehr gegeben. Von einer Nische aus im jeweils höchsten Stockwerk des Treppenhauses war ihm nicht viel entgangen, was in Rossiks Büro vor sich ging. Er hatte es genossen, ihn wiederzusehen, weil Rossik ihn seinen großen Zielen näher brachte. Endlich war dieser wieder aufgetaucht.

Nur einmal hatte Jester das Gefühl gehabt, von zwei Mädchen neugierig beobachtet zu werden, und so war er ins danebenstehende Gebäude gewechselt, indem er zum Öffnen der Tür eine Blanko-Chipkarte verwendete. Ansonsten war er nicht aufgefallen. Die meisten Angestellten waren längst auf dem Heimweg oder hatten – wenn sie Überstunden machten – den Lift im Inneren des Gebäudes benutzt.

Seit Rossik das Licht eingeschaltet hatte, war er noch besser zu erkennen gewesen, genauso wie Bernhard, der – nachdem er seinen Wagen etwa um halb acht in die Garage gefahren hatte – in dessen Büro erschienen war. Bernhard war dort unentwegt auf- und abgewandert, während er mit seinem Kompagnon diskutiert hatte. Aber einmal, als anscheinend niemand von beiden gesprochen hatte und Bernhard über den sitzenden Rossik hinweg in die Umgebung gestarrt hatte, war es ihm gewesen, als habe er ihn im Treppenhaus gegenüber entdeckt. Kurz danach hatte Bernhard das Büro verlassen und war wenig später aus der Garage gefahren.

Sein zweiter Anruf war somit aus dem BMW gekommen. Nicht so dämlich solle er sich diesmal anstellen, hatte ihn Bernhard angefahren, es sei seine allerletzte Chance. Und als er selbst gekontert hatte, dass er immer noch über gewisse Fotos verfüge, die er an den Mann bringen könnte, sollte alles andere scheitern, da war Bernhard lachend aufgebraust: „Und was willst du mit den Fotos anstellen? Willst du sie der Polizei schicken, wenn ich nicht zahle, hm?"

„Vielleicht!", hatte er geantwortet, wobei seine Stimme eine Oktave höher gerutscht war.

„Na und? Einmal kannst du damit zur Polizei. Aber dann? Willst du etwa die *Freundschaft* anschwärzen? Du weißt ja, wie ‚Z' auf so was reagiert. Meinst du, dein bisschen Geld reicht dir, um dich abzusetzen?" Wieder hatte er gellend aufgelacht.

Jester hatte einen wühlenden Krampf zwischen den Schulterblättern verspürt, und als er reden wollte, war seine Stimme ganz nach oben gerutscht.

„Wir werden sehen! Warte ab!"

„Drohst du mir, Pamela?", hatte Bernhard gespottet.

„Hast du nun eine Information für mich?"

„Alles, was du wissen musst. Nehme an, er geht zu Fuß zur S-Bahn. Eigentlich mit großer Wahrscheinlichkeit. Kann noch dauern. Fährt aller Voraussicht nach mit der S-Bahn zum Hilton. In seine Wohnung erst später oder vielleicht überhaupt nicht. Aber morgen wäre es ohnehin zu spät. Es muss heute passieren! Kapierst du das? Sonst nützen mir die Verträge nichts. Meine Geduld ist zu Ende. Ist das klar, Idiot?"

Der Krampf unter dem Nacken hatte sich in den linken Arm verlagert, der jetzt schmerzhaft, aber fast leblos herunterhing.

„Ich bekomme alles Geld heute?", hatte seine Stimme gequiekt. „Gegen Rossik und die Verträge! Ruf mich an, wenn alles erledigt ist! Dann vereinbaren wir die Übergabe."

Bernhard hatte das Gespräch abgebrochen. Es war auch alles gesagt. Aber *wie* er es gesagt hatte! Jester hatte sich einen Ruck gegeben. Wenn es *einen* Tag gab oder vielmehr einen restlichen Tag von nur noch einigen Stunden, um sich aus aller Misere zu befreien, so war es der heutige, hatte er sich eingehämmert und war fortgefahren, jede Bewegung Rossiks so gut wie möglich zu beobachten, bis etwa um Viertel nach acht das Licht im Büro gegenüber aus- und im Treppenhaus anging. Als er Rossik auf die Straße kommen sah, verließ er seinen Spähplatz. Obwohl das letzte Gespräch mit Bernhard noch an ihm nagte, hatte sich bei ihm ein bekanntes Gefühl vorweggenommener Wonne eingeschlichen. Schmerz und Lähmung im Arm schienen sich aufzulösen. Auch beugen konnte er ihn wieder. *Nichts darf heute schiefgehen. Nichts!*, befahl er sich.

Entmutigt stierte Jester auf den Boden. Es ergab keinen Sinn, den Zug an der nächsten Station zu verlassen. Er würde Rossik nicht wiederfinden. Wertvolle Zeit würde verstreichen, wenn er mit der nächsten Bahn zurückfuhr und nach ihm suchte. Rossik hätte dann sicher längst ein Taxi genommen.

Die S-Bahn hielt am Leuchtenbergring. „Wollen Sie nicht aussteigen?", fragte der Hüne. Jester schüttelte den Kopf, hörte noch, wie der Mann anderen Passagieren etwas Abfälliges zumurmelte, aber es war ihm egal.

Er grübelte, bis der Zug am Rosenheimer Platz, dem Ausstieg zum Hilton, anhielt. Doch er entschied sich weiterzufahren. Ein Funken Hoffnung hatte sich inzwischen eingenistet. Er selbst nannte das, was er als letzten Ausweg plante, ein riskantes Unterfangen. Und dazu müsste er jetzt gleich die Nachschlüssel für Rossiks Wohnung holen.

Je länger er mit dem Vorhaben gerungen hatte, desto deutlicher war es ihm bewusst geworden: Es gab nur noch diese einzige und auch letzte Chance. Lautlos müsste er sich Zutritt zu Rossiks Wohnung verschaffen. Dafür wäre der richtige Zeitpunkt abzuwarten, nachdem er das Haus gründlich ausgespäht hätte. Die problematischen Nachbarn wären auszutricksen. Sie würden nicht zögern, beim ersten Geräusch an Rossiks Tür die Polizei zu rufen. Sie waren ohne Zweifel das Nadelöhr in seinem Plan, von anderen Unwägbarkeiten abgesehen. Wie auf Samtpfoten müsste er sich bewegen und den Schlüssel millimeterweise im Zylinder drehen, die Arretierstifte nicht loslassen, auch wenn das Sicherheitsschloss schon geöffnet wäre, um dieses entspannende, aber geräuschvolle Klicken am Schluss der Drehung zu vermeiden. Es war machbar! Und wenn er es geschafft hätte, dann würde er auf Rossik warten. Egal, ob er noch nachts käme oder erst am Morgen. Egal, ob es dann für Bernhard zu spät wäre oder nicht. Es ging ihm auch um Rache, um Rache an Rossik, der ihn wochenlang düpiert, gar einen Aufprall auf einen Müllwagen überstanden hatte. Genussvoll würde er dieses erstickte Schreien genießen. Zwei seiner schärfsten Skalpelle würde er dafür einstecken.

Auch morgen würde Bernhard noch zahlen. Da war er sich sicher. Dafür war jenem der Vertrag zu wichtig und was die Fotos betraf, da mochte Bernhard geblufft haben. Eines davon würde er ihm zu dem Vertrag legen, wenn er diesen gegen eine Menge Geld austauschte, an einem Platz, den er bestimmte und nicht Bernhard.

Die S 5 hielt am Marienplatz. Jester stieg aus. Auf dem Bahnsteig schoss ihm erneut dieser lähmende Pfeil in den Arm und bohrte sich zum linken Bein hindurch, sodass er unverzüglich hinken musste. Er strebte zu einer der metallgeflochtenen weißen Sitzbänke und ließ sich darauf nieder. Als es nicht besser wurde, machten sich Anzeichen innerlicher Hysterie bemerkbar. Seine letzte Chance würde sich in nichts auflösen.

Doch nach zwanzig Minuten lockerten die Eisenklammern ihren Griff. Er fühlte an der Sohle des linken Fußes wieder harten, gefliesten Boden, stand schließlich auf und schlurfte noch etwas unsicher zur nächsten Rolltreppe, die zur U-Bahn nach unten führte. Er stieg bald in die U 6 ein und verließ sie nach zwei Stationen an der Haltestelle *Universität*. Es war dunkel geworden. Sein Gang war immer noch gehemmt, so als hätte er ungleich hohe Absätze an den Schuhen. Eigenartigerweise fühlte er sich auch verfolgt, obwohl niemand der mit ihm Ausgestiegenen so wie er die Fußgänger-Unterführung zur Schackstraße eingeschlagen hatte. Aber diese Angst, dass ihm jemand auf der Spur war, hatte sich in ihm festgesetzt, seit er Bernhard erpresste. Einmal blieb er mehrere Minuten am Mensa-Eingang der Universität stehen und beobachtete die Straße hinter sich. Sie war nur mäßig ausgeleuchtet, deswegen suchte er mit den Augen jeden Winkel ab. Aber es war nichts festzustellen. Also ging er weiter bis zur Ecke, wo die Schackstraße im rechten Winkel auf die Kaulbachstraße stieß. Noch einmal sah er sich um, bevor er die Richtung zu seiner Wohnung aufnahm, wartete eine Weile wenige Meter vor dem Eingang, sah zur Ecke Schackstraße zurück im Verdacht auf eine Gestalt, die möglicherweise dort um die Ecke schlich. Kein Mensch war zu sehen, nur einige Autos, die in normaler Stadtgeschwindigkeit zirkulierten. An seinem Hauseingang drückte er den Schlüssel ins Schloss, ließ die Tür aufschnappen und stieg hinkend die Treppe zu seiner Wohnung hoch.

Viel Zeit durfte er nicht verlieren. Es war nicht auszuschließen, dass Rossik doch zu seinem Appartement fuhr, zumindest früher als erst morgen früh. Bernhard schloss das nicht ganz aus. Jester hatte die Mütze auf einen Stuhl geworfen, holte jetzt die Mokassins aus einer Stellage und setzte sich schwerfällig aufs Bett. Noch immer war seine linke Körperhälfte leicht blockiert. Arm und Bein schmerzten. Er hatte Schwierigkeiten, sich hinunterzubücken, um die Slipper mit den harten Absätzen gegen die weichen Mokassins aus Softrindleder zu tauschen.

Dann mühte er sich wieder hoch und ging ins Bad, fingerte aus einer Ecke des Spiegelschrankes zwei der fünf Skalpelle hervor und steckte sie in ein Kunststoff-Etui, das er vorher von Maniküre-Utensilien befreit hatte. Er steckte es in die Innentasche seines dunkelgrauen Seidenblousons. Aus dem Unterschrank neben dem Radio angelte er sich hinter einigen Taschenromanen den Nachschlüssel für Rossiks Wohnung, dabei strich er liebevoll über das Päckchen Geldscheine, ausschließlich Fünfhunderter, insgesamt dreiundneunzigtausend Euro. Den neunzehn- und den zwanzigseitigen Vertrag mit McKerr ließ er liegen. Auch morgen könnte er ihn noch holen, wenn er ihn gegen ein ganzes Paket an Geld eintauschen würde.

Er war gerade vor dem Spiegel im Bad dabei, seine Mütze ins Gesicht zu ziehen, als es an der Wohnungstür klopfte. Jester hielt den Atem an und gab keinen Mucks von sich.

Erneutes Klopfen setzte ein und dann ein Pochen.

Er drehte sich um und setzte Fuß vor Fuß bis zur Wohnungstür. Seine Mokassins waren lautlos. Langsam schob er Pamelas lila Twinset, das an einem Haken über dem Türspion hing, zur Seite und spähte mit einem Auge auf den schmalen Gang. Er sah den Kopf eines Mannes mit einer blauen Arbeitsmütze, auf der das *swm*-Zeichen der Stadtwerke München aufgedruckt war.

Er machte dennoch keine Anstalten, die Tür zu öffnen.

Der Mann pochte erneut. „Sie müssen die Wohnung sofort verlassen!", rief die Stimme plötzlich. „Es gibt ein Gasleck im Haus. Wir müssen überall kontrollieren. Ist jemand da? Wenn nicht, kommen wir mit dem Schlüssel des Hausmeisters hinein oder wir müssen aufbrechen!"

Jester hatte das Schloss an der Wohnungstür ausgewechselt, als er eingezogen war. Er wusste, dass kein Schlüssel passen würde.

Jetzt schien es der Mann vor der Tür tatsächlich zu probieren. Natürlich vergeblich.

Also würden sie die Tür aufbrechen, fuhr es ihm durch den Kopf und er riss sie auf.

Das metallene Geräusch war aber kein Schlüssel gewesen. Im Türrahmen stand ein Mann, der in der rechten Hand eine Pistole mit aufgesetztem Schalldämpfer hielt, in der anderen zwei Einkaufs-Tragetaschen. Er trug Handschuhe.

Der Mann drängte ihn in den Raum, indem er ihm die Pistole mitten auf die Brust drückte; stieß die Tür hinter sich mit dem Fuß zu. Dann hielt er den Lauf an seine Hauptschlagader.

Jester wusste nicht, wer der Mann war. Er hatte ihn nie zuvor gesehen. Als er versuchte, ihn zu fragen, was er von ihm wolle, versagten sowohl seine als auch Pamelas Stimme. Die Verkrampfung zwischen den Schulterblättern setzte mit vehementer Kraft ein und versetzte kurz danach den gesamten Oberkörper in einen bebenden Zustand. Lunge und Herz schienen in den Klammergriff des Brustkorbs zu geraten. Das linke Bein schlotterte und drohte wegzuklappen. Ein urinaler Guss, den er nicht zu stoppen vermochte, lief an den Schenkeln entlang auf den Boden, sodass der Mann wegsprang, aber die Pistole weiterhin auf ihn gerichtet hielt. Jester sackte zusammen, merkte noch, wie sein Kopf an der Kante des kleinen Couchtisches aufschlug und diesen mit sich umstülpte. Dann sah er die Beine des Mannes, der vermutlich nichts anderes tat, als ihn anzustarren.

Jester rang nach Luft, nur manchmal öffnete sich ein winziges Ventil, um ein Lüftchen durchsickern zu lassen. All seine Muskeln, auch die des lahmenden Beines, verkrampften sich. Sein Körper schnürte sich zu einem runden Bündel zusammen. Blut lief aus seinem Mund. Verschwommen sah er die Lache auf dem groben Parkett, die sich rasch ausweitete. Unaufhörlich meinte er, laut zu schreien. Doch er hörte nichts. Seine Kehle war verschlossen. Die Sicht seiner Augen wurde unschärfer, wechselte vom grellen Weiß in tiefes Rot. Der letzte Atemzug versiegte auf dem Weg zum Mund. Das Herz ratterte, stand plötzlich still, mühte sich noch mit vereinzelten Schlägen ab. Bernhards Fratze und Rossiks Gesicht reihten sich kurz vor ihm auf und grinsten ihn höhnisch an. Dann blieb das Herz endgültig stehen.

24

Seit weit über einer Stunde lag das Handy still auf dem derben Holztisch. Ein ausgetrunkenes Bierglas stand daneben, das dritte, seit Timo die Gaststätte betreten hatte. Er saß rechts neben dem gemauerten Windfang, der die Außen- mit der Innentür verband. Im hinteren Teil des Lokals war noch ein Tisch besetzt. Vier grobschlächtig wirkende Männer spielten Karten. Von Zeit zu Zeit ließen einige von ihnen anfallartig ihrem Zorn freien Lauf, brüllten auf und warfen die Karten wütend auf den Tisch. Der Wirt stand meist dabei und lachte, behielt aber immer Timos Glas im Auge.

Als er sich jetzt wieder näherte, klingelte das Handy. Timo griff danach und schnellte hoch. Er zwängte sich am Tisch vorbei, zog die Eingangstür auf und drückte, als sie wieder hinter ihm zuschlug, auf den grünen Knopf.

„Endlich, Bernie! Ich sitze auf glühenden Kohlen."

„Wo bist du gerade?"

„In einer Gaststätte Nähe Kreillerstraße. Was ist passiert?"

„Sehr viel, Timo. Er ist tot!"

„Wer? Mein Schatten?"

„Genau!"

Timo hielt den Atem an. Was er gehört hatte, war nicht zu fassen. Sofort schoss ihm ein Gedanke durch den Kopf. „Hast *du* ihn …"

„Nein! Komm jetzt zu mir; zur *Kosmos*! Bestell dir ein Taxi! Ich erzähl dir alles. Außerdem … na, komm erst mal her!"

Timo stürmte erregt ins Lokal zurück, bezahlte großzügig für die drei Biere und bat den Wirt, ihm ein Taxi zu rufen.

Fünf Minuten danach saß er bereits auf dem Rücksitz eines Volvo. Dem Fahrer hatte er die Ismaninger Straße genannt. Obwohl sein Inneres fast überschäumte, brachte er nur Sprödes hervor, als er das Schweigen im Wagen verscheuchen wollte. Der Taxifahrer murmelte kaum Verständliches zurück. Doch die Fahrt dauerte ohnehin nicht so lange, wie Timo befürchtet hatte. Es gab wenig Verkehr, und bereits nach fünfzehn Minuten hielten sie neben dem Firmenschild der *Kosmos*. Nachdem Timo bezahlt hatte und ausgestiegen war, schnarrte schon der elektrische Öffner der Eingangstür. Bernie musste am Fenster gestanden haben, als das Taxi heranfuhr. Er stand bereits in der offenen Zutrittstür zur Detektei, als Timo die Treppe heraufgestürmt kam.

Wenig später saßen sie sich wieder gegenüber, genauso wie beim ersten Mal, als sie sich kennengelernt hatten und Timo ihm noch Wichtiges verschwiegen hatte, ja Bernies Auftrag hatte beschränken wollen, weil er sich wegen Bernhard noch nicht sicher gewesen war. In der Zwischenzeit hatte sich das Schlimmste bewahrheitet.

„Erzähl schon, Bernie! Er ist also wirklich tot?" Timo merkte in diesem Moment, wie sehr ihm der Mann mit der Hakennase, der Mörder seiner Familie und fast auch sein Mörder, in den vergangenen Wochen zugesetzt hatte, wie er in seinen Träumen in verschiedenen Fratzen aufgetaucht und als Erster beim Aufwachen am Morgen zur Stelle gewesen war.

„Ja! Wir waren zu acht hinter ihm her. Übrigens gehörte auch der Mann, der dich am Bahnsteig aufgefangen hat, dazu."

„Das war Hilfe in höchster Not!", bekundete Timo dankbar. Er war nicht sonderlich überrascht.

„Es war nicht einfach", fuhr Bernie fort. „Auf den Straßen drehte er sich ständig um, war höchst misstrauisch. Das Gute war: Er hinkte. Konnte nicht schnell gehen und sich auch nicht irgendwo rasch in einer Nische verstecken. Später wusste ich, warum er hinkte. Er litt offensichtlich unter einer Art Epilepsie, die in seinem Fall starke Lähmungen auslöste. An denen ist er letztlich auch gestorben. Direkt vor mir!"

Timo blickte ihn verwirrt an.

„Ich habe ihn reingelegt, als wir erst mal wussten, wo er lebt. Er musste die Wohnungstür öffnen. Ein mögliches Gasleck! Als er meine Pistole sah und ahnte, dass er aufs Kreuz gelegt worden war, hat er nervlich durchgedreht. Hat nicht lange gedauert und er lag völlig verkrampft vor mir auf dem Boden. Nach zwei Minuten war er tot."

Timo schwieg zunächst, doch dann fragte er es trotzdem, wenn auch vorsichtig im Ton: „Und du hast nicht nachgeholfen?"

Bernie blickte ihn an, hob die Augenbrauen und antwortete rau: „Nein! Es gab auch keine Situation, die mich gezwungen hätte nachzuhelfen. Aber vergiss bei deiner Fragerei nicht: Er war ein Serienmörder und er hat deine Tochter und deine Frau auf dem Gewissen."

Timo blickte verlegen auf den Boden, doch dann sah er Chantal vor sich, als Angelito, als sein Engelchen, das auf ihn zuschwebte und ihm mit dem seidigen weißen Fächer zuwinkte, sah Verónica, diejenige Verónica, mit der er Peru so glücklich verlassen hatte, und dann sah er *ihn*: dieses teigig-weibische Grinsen, den Stetsonhut, mit dem er seine übergroße Nase verdeckte, und er stellte sich vor, wie er die beiden wohl gemordet haben mochte.

Timo sah Bernie in die Augen. „Ich hätte auch nichts dagegen gehabt, wenn du nachgeholfen hättest. Ich jedenfalls hätte es getan, wenn ich an deiner Stelle gewesen wäre."

Bernie lächelte. „Wie gesagt, es ging sehr schnell mit ihm zu Ende. Eine Katalepsie, schätze ich, als Folge eines Schocks, den meine plötzliche Präsenz verursachte."

„Ich kann es immer noch nicht fassen!", stammelte Timo. „Wo hat er denn gewohnt?"

„In der Nähe der Universität, Kaulbachstraße. Er war dabei, zu dir zu kommen. In deine Wohnung."

„Meinst du wirklich?"

„Gib mir deinen Wohnungsschlüssel!"

Timo zog den dicken Bund aus der Hosentasche und sortierte ihm den richtigen heraus. Bernie nahm einen anderen Schlüssel vom Tisch und legte beide übereinander.

„Identisch! Im Übrigen: Er hatte zwei Skalpelle bei sich."

„Oh, Gott!", raunte Timo. „Glaubst du, es war dieselbe Person ..."

„Natürlich! Die Frau war *er*. Er war ein Hermaphrodit, ein Zwitter. Wahrscheinlich mit Geschlechtsumwandlung zum Mann. Herrlingers Leute untersuchen ihn gerade."

„Herrlinger?"

„Ich informierte ihn noch an Ort und Stelle. Morgen werden die Zeitungen voll davon sein. Sie suchen ihn ja schon jahrelang überall in Deutschland. Jetzt wird er der Polizei frei Haus geliefert. Identifiziert wird er mit Sicherheit durch seine DNS. Aber Zweifel bestehen keine. Er ist der lang gesuchte Serienkiller."

Unten fuhr eine Straßenbahn vorbei.

„Du hattest am Telefon noch was sagen wollen", erinnerte sich Timo.

Bernie nickte. „Ich habe zwei gleichlautende Verträge gefunden, abgeschlossen zwischen der Prosoft und einer Firma McKerr, beide von dir mitunterschrieben. Bei einem fehlt die erste Seite."

„Du hast den Vertrag?", rief Timo schier außer sich.

Bernie griff hinter sich, nahm die Dokumente aus der Nische eines Ablageschrankes und warf sie auf den Schreibtisch. Timo sah sie ungläubig an, nahm einen Vertrag in die Hand und blätterte darin.

„Weiß Gott! Er ist es! Und *er* hat ihn gehabt?"

„Ja! Wie ich schon vermutete: Er wollte Janisch damit erpressen und mit der einen Seite, die fehlt, hat er zum Anreiz vor ihm herumgewedelt und sie ihm wahrscheinlich verkauft."

Timo legte den Vertrag zurück und blickte zur Decke.

„Durftest du ihn einfach so mitnehmen?", fragte er plötzlich. „Ich meine, wegen der Polizei. Die will doch immer, dass am Tatort nichts verändert wird."

„Eigentlich hätte ich es nicht gedurft. Trotzdem hab ich Vertrag und Schlüssel stibitzt. Und willst du wissen, warum?"

Timo sah ihn an, dachte an Mark Lassen und was dieser über die Methoden Bernies gesagt hatte.

„Ich wollte das Ganze entkoppeln. Die Polizei soll sich um den Serienmörder Henryk Jester – unter diesem Namen ist er nämlich zurzeit bekannt – kümmern und speziell versuchen, an der Aufklärung der Morde an deiner Tochter und deiner Frau in Peru mitzuwirken. Der Vertrag hat damit nichts zu tun. Er würde die Polizisten sogar auf eine falsche Fährte locken. Ich kann dir aber verraten, dass ich es Herrlinger vertraulich gestanden habe. Ich habe ihm erklärt, dass der Vertrag für deine Firma lebenswichtig sei und nicht in den Untersuchungen verschwinden dürfe. Er hat ja mit den Morden nichts zu tun."

„Wie hat er reagiert?"

„Sauer! Sicherlich wird er darüber einen internen Vermerk machen und im Notfall müssen wir ihm dieses Ding auch zeigen. Andererseits hat er mir viel zu verdanken. Er wird der neue Held sein."

„Und der Schlüssel?", hakte Timo nach.

„Ich wollte nicht, dass er in fremde Hände gerät. Reine Vorsicht! Hier hast du ihn." Er warf Timo den Bund und den einzelnen Schlüssel zu.

„Könnten wir denn, ohne dass die Verträge bei diesem Monster gefunden werden, Bernhard Janisch was Kriminelles nachweisen?", legte Timo nach.

Bernie lehnte sich zurück und musterte ihn, sagte jedoch nichts.

„Was ist los, Bernie? Spuck's schon aus!"

„Ich habe auch Fotos gefunden."

Timo stockte der Atem. Er hatte eine Ahnung, was das für Fotos sein könnten.

„Janisch mit deiner Tochter. Erspar mir, ins Detail zu gehen!"

Timo verbarg sein Gesicht in beiden Händen.

„Es gab noch ein Foto. Wahrscheinlich ist es einer deiner Exfreunde, der mit einem kleinen Jungen darauf abgebildet ist. Tippe auf diesen Psychiater, Engelcke."

„Thorlef! Dieses Schwein!", schrie Timo seine Qual heraus.

„Und morgen soll ich zu ihm kommen?" Timo sah Bernie fragend an.

„Damit sind wir beim Thema, Timo. Du musst das jetzt tapfer bis zum Ende durchstehen."

„Du meinst, ich soll die Komödie weiterspielen?"

„Wenn du willst, dass sie hinter Gitter kommen."

„Kann man sie nicht einfach verhaften?"

„Nur der Fotos wegen? Wohl kaum! Und wegen der Verträge, auch wenn sie bei dem Toten gefunden worden wären? Überleg doch!"

Timo nickte. Bernie hatte Recht.

„Sie sind davon überzeugt, dass dich dieser Zwitter heute umbringt. Du hast ja gesehen, wie nahe er dir schon war. Morgen lesen sie aber in der Zeitung, dass ihr Killer tot ist. Was werden sie also tun?"

„Selbst versuchen, mich umzubringen", antwortete Timo tonlos.

„Bingo! Sie wissen jetzt auch, dass du nahe daran warst, die Wahrheit zu erfahren."

„Wieso?"

„Herrlinger hat gestern Bernhard gefragt, ob er wisse, warum sich Dorothee mit dir treffen wollte. Sowohl er als auch Ristov haben sehr nervös reagiert."

„Glaubst du, sie wollten mich schon immer umbringen, so wie Chantal und Verónica?"

„Anfangs hatten sie sich noch für eine mildere Form von Mord entschieden. Sie wollten dich verrückt machen, mit dem Ziel, dich in die geschlossene Psychiatrie zu bringen und so unschädlich zu machen. Aber davon sind sie durch eine Menge von Querschlägen abgekommen. Jetzt wollen sie dich ganz aus der Welt schaffen."

„Mein Leben ist also weiterhin in unmittelbarer Gefahr."

„Ich kann natürlich nicht überblicken, wie sie es anstellen werden. Aber eines wissen wir und genau das ist unser Vorteil: Sie wollen es auf Biegen und Brechen tun."

Timo war kalkweiß geworden. Er dachte an seine Rolle, die er morgen spielen müsste.

„Wird mir Bernhard noch glauben, wenn er erfahren hat, dass mir Dorothee etwas anvertrauen wollte?"

„Bleibt offen. Immerhin weiß er eben nicht genau, ob du tatsächlich schon Kenntnis von ihren Schweinereien hast oder ob du es erst durch Dorothee erfahren hättest. Deswegen spielst du deine Rolle, so gut es geht, weiter. Ich fertige jetzt eine Kopie des Vertrags an und die legst du morgen früh Janisch auf den Schreibtisch."

Timo nickte.

„Und heute Nacht schläfst du im Zimmer nebenan auf der Couch. Wir gehen kein Risiko ein."

Timo wischte sich mit dem Taschentuch über die Stirn.
„Morgen ist also der entscheidende Tag."
„Du hast es erfasst", antwortete Bernie trocken.

*

Für eine halbe Minute war Stillschweigen eingetreten. Bernhards herunterhängende Hand umklammerte das Handy. Im Moment sprach Gregor nicht. Er ließ Bernhard Zeit, den Schock zu verdauen. Es war seine Methode als Anwalt. In jedem Prozess ging er nach dem gleichen Muster vor: Einer von ihm eingeflochtenen allgemeinen Redepause, während Staatsanwalt oder unsichere Zeugen ihre Gedanken vermeintlich besser ordneten, folgte des Anwalts Ristov stärkstes Argument, sein bester Trumpf. Und diesem schickte er die unabdingbare Konsequenz hinterher, die keinen logischen Widerspruch mehr zu fürchten brauchte.

Sie waren vom Ausgang des Tegernseer Ortskrankenhauses ein Stück seitwärts spaziert. Die Schuhe hatten auf den Kieseln des schmalen Weges, den eine beidseitige Allee von Zypressen einsäumte, vernehmlich geknirscht. „Pst, die Wände haben Ohren!", hatte ihm Gregor zu verstehen gegeben, als er noch auf dem Flur von Dr. Gross' Ärztezimmer auf Herrlingers letzte Bemerkungen eingehen wollte.

Aufgrund der Äußerungen des Polizeioberrats war Bernhards Gesicht, das vorübergehend wieder an Farbe gewonnen hatte, in ein blasses Gelb zurückgefallen.

„Also, was hältst du von seiner Fragerei?", hatte er Gregor gedrängelt.

„Ich glaube, er hat auf den Busch geklopft, weil ihm dieser Mertens alles Mögliche gesteckt hat. Du hast ja wohl noch im Kopf, was dir Dorothee am Telefon alles hingeknallt hat. Weißt du etwa, was sie davon schon ihrem Vater erzählt hat?"

„Das ist es ja, was mich so nervös macht."

„Dich? Du warst doch immer der *Coolste* von uns vieren."

„Dein Gerede nützt uns jetzt gar nichts."

„Schicksalsgemeinschaft, hm?" Gregor hatte gelacht.

„Ja, genau! Oder hat sich daran was geändert?", hatte Bernhard ihn gereizt gefragt.

„Trotzdem wäre es mir lieber, du bliebest bei deinem früheren Gehabe und gerietest gerade jetzt nicht aus dem Tritt."

Er hatte nichts erwidert, weil er sich wider Willen eingestehen musste, dass Gregor momentan die besseren Nerven besaß und deshalb auch noch das große Wort führte. Und so hatte er weiter auf seine Schuhe gestarrt, deren Kuppen bereits grauer Staub belegte.

„Ich werde den Mertens mal anrufen. Als dein Anwalt", war Gregor fortgefahren. „Kenn ihn ja von einer deiner früheren Partys. Vielleicht bekomme ich heraus, was er wissen könnte. Ansonsten muss alles wie besprochen weiterlaufen und so schnell wie möglich über die Bühne gehen!"

„Dazu brauche ich das Geld. Morgen Vormittag spätestens!"

„Das ist geregelt. Sowohl mit Thorlef als auch, was das Vorgehen auf den Banken angeht. Du kriegst das Geld morgen um elf in Cash.

„Das Problem ist also beseitigt", hatte Bernhard festgestellt.

Gregor nickte. „Thorlef und ich haben unsere Banken informiert, dass wir morgen für den Kauf einer Segelyacht fünfhunderttausend in bar brauchen. Der Vertragspartner möchte diesen Teil in bar und käme mit zur Bank. Dort unterschreiben wir vor dem Bankangestellten einen Vertrag, also irgendein Papier. In Thorlefs Bank bin ich der Yachtverkäufer, in meiner Thorlef. Auf diese Weise wird keiner der Bankangestellten misstrauisch."

Zum ersten Mal hatte Bernhard wieder lächeln können. „Guter Trick! Und wie komme ich an das Geld?"

„Ich glaube, das Beste ist, wir kommen damit morgen zu dir nach Hause. Bis dahin muss aber einiges passiert sein!"

„Du meinst Timo."

Gregor hatte an Bernhards Schulter gefasst, um ihm zu bedeuten, kehrtzumachen und zum Parkplatz des Krankenhauses zurückzugehen.

„Wir dürfen nicht auf halbem Weg stehen bleiben, sondern müssen die Schlinge jetzt zuziehen. Die Lösung ist ganz nah. Hoffentlich funktioniert dieser schräge Vogel."

Gregors Stimme hatte einen gnadenlosen Tonfall gehabt, der Bernhard verunsicherte, weil er ihn ins zweite Glied stellte.

„Und zieh uns nicht über den Tisch! Bei Thorlef würde das ein großes Loch in die Kasse reißen. Er wäre dann praktisch pleite."

„Wie kommst du dazu …"

„Spar dir deine Entrüstung! Du hast mir dein wahres Gesicht schon offenbart. Und genau deswegen warne ich dich: Spiel nicht mit gezinkten Karten!"

Bevor Bernhard sich abermals aufbäumen konnte, hatte Gregor hinzugefügt: „Wie und wann willst du's Jester geben?"

„Wenn er mir Vollzug meldet, verabrede ich mich mit ihm. Es geht dann um alles: um Timo, um die Herausgabe der neunzehn Seiten und der Fotos. Erst dann bekommt er das Geld."

„Falsch!"

Noch bevor ihn Gregor weiter korrigieren konnte, hatte er seinen Fehler erkannt: „Einen Teil halte ich natürlich zurück. Für Thorlefs präpariertes Kuvert."

„Er hat das Taipan-Gift gestern bekommen!", hatte Gregor bemerkt. „Also, wie viel willst du ihm anfangs geben?"

„Fünfhunderttausend! Meinetwegen erst mal für zehn Seiten und Timo."

„Richtig! Nicht mehr als die Hälfte. Und lass dich nicht auf eine Übergabe ein, bei der ihr euch nicht seht! Er soll kein

Versteckspiel betreiben. Es muss unbedingt von Hand zu Hand gehen, sonst klappt der Trick beim zweiten Mal nicht."

Bernhard verstand nicht.

„Sitzt du auf der Leitung?", hatte ihn Gregor gereizt gefragt. „Beim zweiten Mal wird er sich genauso wie beim ersten Treffen davon überzeugen wollen, dass auch echtes Geld im Kuvert ist. Erst dann kannst du sicher sein, dass er das Gift an die Finger bekommt. Wenn Thorlef das Kuvert richtig präpariert hat, müsste es nach spätestens drei Minuten wirken. Solltest du ihn noch irgendwo in der Nähe auffinden, kannst du den Teil des Geldes ja gleich wieder an dich nehmen und uns zurückbringen. Dann hätten wir schon mal die Hälfte zurück." Gregor hatte gelacht und hinzugefügt: „Thorlef muss übrigens in der Nähe eures Treffpunkts sein, um das Kuvert zu präparieren. Früher geht das nicht. Nach zehn Minuten hat sich das Gift nämlich verflüchtigt."

Als sie beide am Parkplatz angekommen waren, insistierte Gregor nochmals: „Also, mach ihm klar: Es muss heute passieren! Erst wenn es Timo nicht mehr gibt, sind wir aus der großen Scheiße raus! Er wird dann mit breiter Anteilnahme aus dem Leben verabschiedet. Für uns heißt das, moralisch gesehen: Der Zweck heiligt die Mittel. Du weißt, wie ich das meine? Wo es keinen Kläger gibt, gibt es auch keinen Richter!"

„Seh ich genauso!", hatte Bernhard mit heiserer Stimme geantwortet.

„Und was den Paradiesvogel selbst betrifft", Gregor hatte die Scheibe heruntergleiten lassen, nachdem er in seinen Alfa Romeo gestiegen war, „das erledigt Thorlefs Gift."

„Bleiben die Fotos!"

„Ich bin nicht drauf, Bernhard. Trotzdem, hab keine Angst! In unserer Schicksalsgemeinschaft verlass ich mich auf niemanden. Deswegen sag ich dir zu deiner Beruhigung und als dein Anwalt: Wenn sie nicht wissen, wo die Fotos gemacht wurden, kann man sich immer herausreden. Manipulation oder so! Na, ich ruf den Mertens an. Dann wissen wir mehr!"

Er war mit seinem Wagen zurückgerollt und davongefahren.

Bernhard hatte sich noch einige Minuten von dem gewissenlosen Charme Gregors erholen müssen. Nie hatte er ihn so gekannt. Andererseits empfand er ihn als solide Gewähr dafür, dass sie alle drei bald einen dicken Strich unter alles ziehen konnten.

Er war in seinen Wagen gestiegen und hatte Jester angerufen, der bereits auf seinem Posten war.

Um achtzehn Uhr war er zu Hause angekommen. Er hatte einige Gläser Cognac hinuntergekippt. Doch mit dem Alkohol waren beunruhigende Gedanken in seinen Kopf eingedrungen. Timo könnte ihm tatsächlich etwas vorspielen! Er hatte gerade noch Petra Rudloff erreicht, die dabei gewesen war, das Büro zu verlassen. Ja, Timo sei noch im Büro und äußerst beschäftigt dazu. Er habe ein längeres Gespräch mit Ted Orben geführt.

Um neunzehn Uhr hatte Bernhard es nicht mehr ausgehalten und war ins Büro gefahren. Dort hatte er die ungeheuerliche Neuigkeit erfahren, dass Timo eine Kopie des Vertrags bekäme. Schnell hatte er beschlossen, Gregor und Thorlef nichts davon zu sagen, vorerst jedenfalls. Eine Million, die sie ihm bringen würden, stellte immerhin eine Option mehr dar, auch wenn die Gefahr bestand, dass einer der beiden mit Timo telefonierte und durch ihn erführe, dass die Prosoft wieder an den Vertragstext herankäme. Aber das Risiko wollte er eingehen.

Von Timos Büro aus hatte er in dem Gebäude gegenüber, an einer Glaswand im fünften Stock, einen Teil von Jesters weißem Gesicht unter einer dunklen Schirmmütze erspäht. Er hatte sich daraufhin vorgenommen, ihn über das Handy nochmals scharfzumachen, so scharf, dass er geradezu nach Blut gierte. Und so war das Gespräch auch gelaufen, nachdem er Timos Büro und die Garage verlassen hatte. Er wusste, wie man mit Jester umging.

Zu Hause hatte er sich noch mehr Cognac eingeflößt, bevor das lange Warten begann. Warten auf Jesters erlösenden Anruf. Der aber nicht gekommen war, nicht bis Mitternacht und auch nicht bis acht Uhr morgens, als das durchdringende Klingeln des Handys seine überreizten Schläfen malträtierte. Es war Gregor gewesen.

Bernhard hatte sich mühsam von der Couch aufgerichtet und gesagt: „Jester hat noch nicht angerufen. Hab mehrmals versucht, mit ihm zu sprechen, aber sein Handy ist tot!"

„Nicht nur sein Handy."

„Was?"

„Hör mal zu, ich lese dir was vor, nämlich die Überschrift auf Seite eins der Abendzeitung: ,Lang gesuchter Triebtäter tot aufgefunden.' Im Text geht es weiter wie folgt: ,Der vermutliche Serienmörder, der Intersexuelle H. J., auf dessen Konto acht bis zehn grausame Sexualmorde gehen, ist in einer Wohnung in der Kaulbachstraße tot aufgefunden worden. Die Todesursache ist noch ungeklärt. Sanitäter am Ort berichteten von einem möglichen Katalepsie-Schock. Die Nachbarn …' und so weiter, und so weiter!"

„Schluss!", hatte Bernhard ins Handy geschrien.

Jetzt hörte er, wie Gregor in dem Handy in seiner heruntergesunkenen Hand weitersprach. Für einige Momente starrte er teilnahmslos vor sich hin. Erst als Gregor ein eindringliches „Hey!" brüllte, zog er das Handy ans Ohr zurück.

„Bist du wieder da?", fragte Gregor zornig.

„Das ändert ja alles", stammelte er mühevoll.

„Allerdings! Das mit dem Geld erübrigt sich damit."

„Aber …"

Gregor fiel ihm ins Wort, und im selben Moment wusste er bereits, was jetzt unweigerlich folgte: „Timo wird jetzt zu unserer Sache, das ist dir doch klar!"

Bernhard nickte vor sich hin.

„Nicht wahr?", insistierte Gregor.

„Hergottnochmal, ja!"

„Wir treffen uns zu dritt bei dir. Zehn Uhr! Wir dürfen keinen winzigen Fehler machen. Das muss bis ins kleinste Detail besprochen werden."

25

Es klopfte. Timo wachte auf und wäre dabei fast, wie so oft schon in der Nacht, von der Couch gerollt. Sie war modern, aber abschüssig, der zebragestreifte Vliesstoff rutschig.

Bernie öffnete vorsichtig die Tür, eine dampfende Tasse Kaffee balancierend.

„Wie war die Nacht?", fragte er fürsorglich.

„Vergiss es!", brummte Timo, dann fragte er: „Wo warst du eigentlich heute Nacht? Das Telefon hat mal geläutet und kurz danach hab ich die Eingangstür gehört."

„Herrlinger! Er hat mir die Pistole auf die Brust gesetzt. Ich solle ihm sofort die Verträge in die Kaulbachstraße bringen, sonst bekäme ich Schwierigkeiten."

„Siehst du! Ich habe gleich gedacht, dass das keine gute Idee war, sie mitzunehmen."

„Hast du?"

Timo nickte.

„Seh ich wie du. Nur: Wir haben ja verschiedene Vereinbarungen getroffen. Eine davon ist, den Vertrag zu beschaffen. Draußen liegt eine Kopie für dich. Die Originale sind wieder dort, wo sie hingehören. Damit ist alles in Butter und so, wie es sein soll. Und du hast mit dem Wegnehmen ohnehin nichts zu tun. Reg dich also wieder ab!"

„Bist du mit Herrlinger wieder okay?"

„Er hat die Verträge den Forensikern so gegeben, als hätte er sie gerade an Ort und Stelle in einer Schublade gefunden."

„Du hattest das von Anfang an so geplant, nicht wahr?"

„Na, bist du etwa traurig, dass du jetzt die Kopie hast?"

„Ich bin glücklich, Bernie. Für die Prosoft bedeutet das sehr viel." Doch Mark Lassens Bemerkung über Bernies Spezial-Methoden funkte in Timos Gedächtnis. Er lächelte Bernie an und dieser grinste zurück.

Timo schlürfte am Rand der Tasse. Der Kaffee war noch zu heiß, aber bereits der Duft weckte seine Lebensgeister. Bernie zog den Vorhang auf. Es war ein sonniger Herbsttag zu erwarten.

Was folgte, war eine einstündige Schulung, die Timo über sich ergehen ließ. Jede Anweisung Bernies schien von enormer Wichtigkeit zu sein.

„Merk dir – ich wiederhole mich nur ungern so oft –, immer wenn das Handy geht, gehst du unverzüglich ran! In jeder Situation. Tust du es nicht, gehen wir davon aus, dass du in größter Gefahr bist."

„Seid ihr wieder zu acht?"

„Sogar noch einige mehr! Das Problem ist ja, dass wir nur wissen: Heute passiert es! Nur, das Wie und das Wo … Ruf mich stets an, wenn irgendwas geschehen ist! Die kleinsten Dinge können wichtig sein. Und sieh dir Bernhard genau an! Wie er sich verhält. Ist er nervös oder gelassen? Du weißt, was ich meine."

Timo nickte und rieb sich den Brustkorb. Die Schmerzen seiner Wunde, die er sich in New York zugezogen hatte, strahlten aus. Die unbequeme Couch hatte ihren Anteil daran. Dass derjenige, der ihn an den großen Mülllaster gestoßen hatte, jetzt selbst tot war, erfüllte ihn mit Genugtuung. Er war überzeugt davon, dass der Mörder noch am Leben wäre, hätte er Bernie nicht engagiert, auch wenn dieser nicht nachgeholfen hatte, als Jester vor seinen Augen gestorben war.

Es war tatsächlich Bernies Plan gewesen, der alles schlagartig ins Rollen gebracht hatte.

„Du bist also ständig unter Beobachtung", dozierte Bernie weiter, „nur um fünf, wenn du bei diesem Psychiater Engelcke bist, wird es kritisch. Dann bist du auf dich allein gestellt. Denk an das Handy! Lass es dir nicht abnehmen und vor allem: Lass dir keine Medizin von ihm verpassen, weder in Form von Flüssigkeit noch als Pille und schon gar nicht über eine Spritze! Du sagst, dir gehe es inzwischen schon viel besser und eigentlich wolltest du dich nur für dein Verhalten beim letzten Besuch entschuldigen. Kämst in einer Woche wieder, falls sich dein Zustand wieder verschlechtern sollte."

„Und wenn er wieder mit einer Spritze an der Tür steht?"

„Notfalls musst du sie ihm wieder aus der Hand schlagen. Und sollten die anderen dort mitwirken, sind wir im Treppenhaus präsent und schnell bei dir, wenn du den Knopf am Handy drückst."

„Kann ja ein vergnüglicher Tag werden!", murmelte Timo sarkastisch.

„Sie wollen dir ans Leben, Timo! Zweifle nicht eine Sekunde daran!"

Jäcki Probst, ein wahrer Herkules, Detektiv der *Kosmos*, brachte Timo in einem grauen Volvo zur S-Bahn-Station Trudering. Vorher hatte Timo noch zwei Croissants verdrückt, die eine der beiden hübschen Assistentinnen organisiert hatte. Es war kurz nach acht Uhr, als er ausstieg und sich auf den restlichen Fußweg zur Prosoft machte. Allerdings fühlte er sich nur wenig besser als am Abend zuvor, obwohl der Killer tot war. Andere hatten jetzt dessen Mission übernommen und niemand wusste, wie sie es anstellen würden. Ein entgleitendes Steuerrad auf der breiten Wasserburger Landstraße und als Folge davon ein auf ihn zuschlitterndes Fahrzeug, das ihn auf dem Bürgersteig zermalmte? Wie planten es seine ehemals besten Freunde? Doch trotz dieser Ängste blieb Timos Schritt fest, auch weil er Bernies Leute in der Nähe wähnte, und Jäcki Probst empfand er als eine weitere Säule im Geschehen.

Um acht Uhr dreißig drückte er die Klinke zu Petra Rudloffs Büro. Er winkte ihr mit dem Vertrag zu, als er eintrat.

„Wir haben eine Kopie!", strahlte er.

„Das darf doch nicht wahr sein, Herr Rossik?"

„Doch, man hat ihn mir zugefaxt. Mein Gespräch gestern mit Ted Orben hat gefruchtet."

„Sie waren also heute Nacht erstmals wieder zu Hause?"

„Ja! Endlich!"

„Ich finde das ganz prima."

„Am besten, Petra, Sie rufen die fünf Teamleiter, die für McKerr eingesetzt sind, in mein Büro. Dann können wir gleich in medias res gehen. Es ist höchste Zeit, damit zu beginnen."

„Selbstverständlich, Herr Rossik!", sie fasste sich mit der ausgefächerten Hand an die Brust und fügte hinzu: „Ich bin so froh, dass das wenigstens mit dem Vertrag noch geklappt hat. Soll ich Herrn Janisch anrufen und ihm die frohe Botschaft durchgeben?"

„Er weiß es schon." Timo verschwand in seinem Büro.

Wenig später versammelten sich zwei Frauen und drei Männer am Besprechungstisch, wo sie Paragraf um Paragraf des McKerr-Vertrags durchgingen und die Arbeiten aufteilten.

Anderthalb Stunden waren so vergangen, ohne dass sich Bernhard sehen ließ. Immer wenn Petra die Tür geöffnet hatte, um frischen Kaffee zu bringen, rechnete Timo mit Bernhards Erscheinen.

Als die fünf gegangen waren, zeigte Timos Uhr zehn Uhr zehn an. Er drückte den Knopf des Handys: „Bisher nichts, Bernie! Er ist noch nicht aufgetaucht. Auch kein Anruf!"

„Eigenartig, höchst eigenartig! Versteh ich nicht." Eine Pause trat ein. „Mach einfach so weiter wie bisher! Es wird sich was ergeben. Bleib im Büro, auch mittags, und lass dir nichts zu essen bringen! Am besten, du trinkst auch keinen Kaffee!"

Timo fasste sich unwillkürlich an die Kehle. „Glaubst du, Petra …"

„Ich glaube gar nichts. Ich denke nur an alles, was möglich sein könnte. Ruf mich an, wenn sich was Neues ergibt!"

Timo spürte mit jeder verstreichenden Minute mehr, wie sich ein unterschwelliges Spannungsgefühl entfaltete und ihn schließlich gänzlich belagerte. Er hörte auf seinen schnellen Herzschlag, beobachtete die zitternden Finger, indem er die Hand vor sich hielt, merkte, wie sein Mund austrocknete und wie oft er die Zeit abzählte, die der Tag bis Mitternacht noch vorhielt. Denn heute sollte es passieren. Da war sich Bernie ganz sicher gewesen.

Zum ersten Mal begann er, sich gewissenhafter durch die aufgestapelte Post zu arbeiten, um sich abzulenken und einem unheilvollen Ausufern der nervlichen Anspannung Grenzen zu setzen.

Es war jetzt elf und noch nichts hatte sich ereignet. Nichts, was er Bernie mitteilen müsste. Petra hatte bereits einen beträchtlichen Packen unterschriebener Dokumente und abgehakter Notizen von seinem Schreibtisch abgeholt. Doch Bernhard war immer noch nicht aufgetaucht.

Um elf Uhr dreißig steckte Petra den Kopf herein und berichtete, dass Herr Janisch soeben angerufen und gefragt habe, ob Timo im Büro sei. Sie habe ihm gesagt, dass er bereits die eingetroffene Vertragskopie mit den zuständigen Mitarbeitern durchgesprochen habe und noch weiterarbeite. Herr Janisch sei darüber völlig perplex gewesen, so als wäre es für ihn eine absolute Neuigkeit.

„Versteh ich nicht, Petra. Hier, gestern Abend, habe ich ihm schon von der Kopie erzählt."

Timo hatte den Eindruck, dass sie ihn ein wenig mitleidig ansah.

„Und er wollte mich nicht selbst sprechen?"

„Er sei sehr in Eile, wolle sich aber bald melden."

Timo nickte ihr zu. Als er wieder allein war, rief er Bernie an und berichtete ihm.

„Höchst eigenartig!", sagte dieser wieder. „Wirklich!"

Petra meldete sich um zwölf für eine Stunde zur Mittagspause ab.

Ob Bernie auch daran gedacht hatte, dass er jetzt allein war im Direktionsbereich? Bernhards und Petras Büro waren leer. Auf dieser Seite des fünften Stocks gab es für eine Stunde nur ihn. Was, wenn jetzt Bernhard einträfe? Mit einer Waffe in der Hand, mit Helfershelfern!

Vielleicht hatte er genau auf diese Stunde gewartet und sich vorhin nur erkundigen wollen, ob er auch da sei.

Timo stand abrupt auf und drückte bereits auf den Knopf des Handys, als es noch in der Jackentasche lag.

„Bernie, ich bin jetzt völlig allein hier oben. Nur damit du's weißt."

„Mach dir keine Sorgen, Timo! Sonst was Neues?"

„Nein, nichts!"

„Bleib ruhig, Timo!" Dabei ließ es Bernie bewenden.

Wie meinte er das eigentlich, fragte er sich nach dem Anruf. Er solle sich keine Sorgen machen. Typisch Bernie! Er ging zur Tür, spähte in Petras Büro und warf auch einen Blick in das von Bernhard. Kein Mensch war zu sehen. Er eilte wieder zurück, da das Telefon auf seinem Schreibtisch klingelte.

Er nahm ab und hörte eine elektronisch verzerrte Stimme, die nur abgehackte Silben von sich gab: „Ti...mo ... Ro...ssik?"

Timo stockte der Atem. Aber er sammelte sich rasch: „Ja, wer sind Sie?"

„Heu...te, sieb...zehn ... Uhr ... dreis...sig ... Jo...ha...nnes... kir...chen ... Rich...tung ... Moos...grund."

Timo notierte es, wie automatisch. Er kannte den Moosgrund. Einige Male war er dort zum Joggen hingefahren.

„... dann ... Bern...see...weg ... hin...ter... Haus ... Num...mer ... neun ... Da...hin...ter ... im ... Ge...län...de ... still...ge...leg...te ... Bie...nen...zucht ... Tref...fen ... am ... Bie...nen...haus."

„Und was soll ich da?"

„Do...ku...men...te ... Fo...tos."

„Welche Dokumente, welche Fotos?"

„De...tek...tiv ... von ... Frau ... Ja...nisch. Ko...pi...en ... ge... gen ... fünf...tau...send ... Eu...ro."

Timo dachte an seinen Termin bei Thorlef um fünf, aber auf den war er ohnehin nicht erpicht und würde ihn absagen, natürlich nach Rücksprache mit Bernie.

„Also fünf Uhr dreißig?"

„Ge...nau! ... Komm ... als ... Jog...ger ... im ...Trai...nings... an...zug!"

Es klickte. Timos Brustkorb pumpte. Er rutschte tief in seinen Sessel. Dann zog er das Handy hervor und gab Bernie alles durch.

„Die Situation spitzt sich zu. Bleib im Büro! Um sechzehn Uhr nimmst du dir ein Taxi und fährst nach Hause. Alles andere später!"

„Und Thorlef Engelcke um fünf?"

„Später!"

Der Tag war noch etwas mehr als elf Stunden lang. Zweifelsfrei, sagte sich Timo, ging es jetzt in die letzte Phase.

*

Weit länger, als es Bernhard erwartet hatte, dauerten die Wortgefechte bereits an. Der Grund hierfür lag bei Thorlef. Bernhard selbst war nach seinem frühmorgendlichen Telefonat mit Gregor zu einer veränderten Auffassung über die jüngsten Geschehnisse gelangt. Jester war tot! Er musste also nicht mehr beseitigt werden, indem *er* ihm das mit Gift präparierte Kuvert aushändigte und – wie sich das Gregor ausgedacht hatte – ihm nachstellte, um dem sterbenden Jester noch das Geld zu entreißen.

Gewiss, er hatte vorgehabt, ihn schon bald in nächster Nähe krepieren zu sehen, und zwar gewollt, durch seine eigenen Hände. Diese Missgeburt, die immer frecher wurde und ihn gar erpresste! Aber wenn er es sich jetzt genau überlegte, war sein plötzlicher Tod auf keinen Fall die schlechtere Lösung.

Was ihn zeitweise umtrieb, war die Gefahr, dass die Polizei die Fotos finden würde und die beiden Verträge, die eine direkte Beziehung zur Prosoft herstellten. Doch andererseits: Wer würde die kleine Chantal auf dem Foto erkennen, wenn es Timo nicht mehr gäbe? Es war nur eines von Millionen Bildern aus der Kinderpornographie. Und die Verträge? Sie würden ohnehin darauf kommen, dass Jester als Pamela in der Prosoft ausgeholfen hatte. Dafür gab es Lohnzettel und andere Hinweise in Jesters Wohnung. Pamela hätte den Vertrag eben stibitzt und versucht, die Prosoft zu erpressen.

Gregor hatte vollkommen Recht! Timo musste sterben. Durch sie gemeinsam! Er war die einzige Achilles-Ferse. Aber dieser Thorlef! Er war zwar der gleichen Meinung wie er und wie Gregor, aber er wollte auf keinen Fall daran beteiligt werden. Und das ließ Gregor nicht zu, genauso wenig wie er. Alle drei hätten mitzuwirken. Gregor nannte das ein ungeschriebenes Gesetz, das für jede Schicksalsgemeinschaft galt.

Seit einer Stunde hatten sie Thorlef bearbeitet, bis es schließlich zu einem heftigen Disput gekommen war, dem ein langes Schweigen folgte.

Die Luft im Salon von Bernhards Villa war geschwängert vom Rauch der mächtigen Cohibas, an denen alle drei gierig sogen, und vom weingründigen Duft des Martell-Cognacs, dem sie unaufhörlich zusprachen. Doch auch die Ausdünstungen der streitenden Personen, ihr Schweiß, ihr Atem umnebelten die Gesichter, in denen sich teils Niedergeschlagenheit, teils Missmut abbildeten.

Niemand wusste so recht, wie es weitergehen sollte. Die Diskussion hatte sich nur noch um Timo gedreht. Mit Jesters Tod hatte der McKerr-Vertrag keine Bedeutung mehr. Bernhard war in der Lage gewesen darzulegen, dass die Prosoft auch ohne McKerr überleben konnte, trotz erheblicher Einbußen. Dass Timo eine Kopie hatte besorgen können, erwähnte er noch nicht.

Anfangs hatte die Frage im Vordergrund gestanden: Was wusste Timo? Es war Gregor gewesen, der ein deutliches Bild seiner Vermutungen kundtat. Er hatte mit Oskar Mertens telefoniert und herausgehört, dass Timo tatsächlich einiges wusste, aber noch auf die Beweise wartete, die ihm Dorothee hatte überbringen wollen.

Somit war klar: Timo spielte ihnen etwas vor!

Thorlef unterbrach als Erster die Stille. „Ich kann es einfach nicht. Versteht das bitte! Zugegeben, wir müssen es tun, aber macht das bitte ohne mich!"

Bernhard blickte entmutigt zu Gregor, der scheinbar defätistisch ein erstes Resümee zog: „Gut! Dann lassen wir es eben laufen und warten ab, was auf uns zukommt. Timo bleibt am Leben. Allerdings wird das Damokles-Schwert bald beginnen, über unseren Köpfen zu schwingen, und uns sehr schnell auch streifen. Vielleicht schon morgen oder übermorgen! Deine Praxis, Thorlef, kannst du dann schließen. Und sehen lassen kannst du dich in deiner Gegend auch nicht mehr!"

Bernhards Gesicht war inzwischen rot angelaufen; die Beule auf der Stirn hatte wieder eine dunkelblaue Farbe angenommen. Er war nahe daran auszurasten, hielt sich jedoch zurück.

„Ich will ja. Genauso wie ihr. Aber dabei sein? Das schaffe ich nervlich nicht."

„Hör auf mit deinem Gesülze! Ihr Seelenklempner seid zu nichts tauglich. Ein Hohn, wenn ihr noch Geld für eure Dienste verlangt!", brüllte ihn jetzt Bernhard an.

„Red nicht so!", presste Thorlef hervor.

„Du bist ein windelweicher Zauderer!", setzte Bernhard seine Tirade fort. „Jetzt kurz vor Torschluss sollen wir das Heft aus der Hand geben? Zu was allem haben wir Jester angestiftet? Auch du warst dafür, dass er nach Peru fliegt, oder etwa nicht?"

„Ja, schon! Aber getan hat *er* es doch, nicht wir!"

Gregor kam Bernhards nächster Entgegnung mit einer beschwichtigenden Geste zuvor und erklärte in ruhigerem Ton: „Es muss dir klar sein, Thorlef. Wir machen es nur, wenn unsere Schicksalsgemeinschaft funktioniert. Solltest du dabei bleiben, dich raushalten zu wollen, bewahre ich mir sämtliche Chancen, als Kronzeuge aufzutreten."

„Was soll das heißen?", plärrte ihn Bernhard an.

„Thorlef lässt mir keine andere Wahl, als dass ich für mich selbst sorge. Er will sich zurücklehnen, während *wir* alles erledigen. Im Prinzip will er uns die Brocken hinschmeißen!"

„Mich willst du dann auch verpfeifen?", empörte sich Bernhard erneut.

„Vor ein paar Tagen hast du mir mit Ähnlichem gedroht. Das war mir eine Lehre."

Thorlef begann zu schluchzen, das Gesicht in beide Hände vergraben. Dann aber löste er sie plötzlich, als sei er zu einem Entschluss gekommen. Er nahm die noch brennende Zigarre aus dem Aschenbecher und inhalierte den nächsten Zug so tief, dass er heftig husten musste, worauf er seine Kehle mit einem Schluck aus dem Cognac-Schwenker betäubte.

„Okay! Ich verstehe, was Gregor sagt. Wir müssen es gemeinsam durchstehen. Aber ich frage euch", Thorlef rieb sich mit dem

Handrücken die Tränen aus dem Gesicht, „gibt es nicht eine andere Lösung? Wir waren so lange befreundet."

Gregor blickte Bernhard an. Beide dachten dasselbe: Thorlefs Hemmschwelle war am Sinken.

„Hör zu!", übernahm Gregor das Wort, im Ton sichtlich bemüht, Thorlef auf dem neuen Kurs zu halten. „Wir fragen uns alle: Was weiß Timo? Über Peru, über unsere Verbindung zu Jester, der seine Familie ausgelöscht hat. Hat er Kenntnisse über die *Freundschaft?* Mertens selbst weiß nicht viel, nur dass Bernhard ein Schwein ist und einige seiner Freunde auch, und er vermutet, dass Dorothee mit Timo darüber geredet hat und ihm irgendwelche Beweise eines Detektivs übergeben wollte. Folgst du mir, Thorlef?"

Thorlef nickte ihm zu.

„Timo weiß also einiges. Davon können wir ausgehen", fuhr Gregor fort. „Somit spielt er uns eine Komödie vor und wir sollen in die Falle laufen."

„Stimmt wahrscheinlich!" Thorlef, der jetzt wieder gefestigter wirkte, nickte erneut.

„Timo war bereits auf der Polizei. Hier in München. Was er dort erzählt hat, wissen wir nicht genau. Jetzt überleg mal gut: Wenn es Timo nicht mehr gäbe, wüsste auch keiner, dass der gestern verstorbene Henryk Jester überhaupt in Peru war. Wie sollte die Polizei auch darauf kommen? Es gäbe somit in dieser Hinsicht keine Verbindung zwischen den Morden in Peru und uns. Kapiert?"

„Ja", sagte Thorlef einsichtig.

„Daraus folgt", ergänzte Gregor sein Plädoyer, „wenn es Timo weiterhin gäbe, würde er wohl alles daransetzen wollen, den Tod seiner Familie zu rächen. Er wird Jester ins Spiel bringen, wenn er heute oder morgen sein Foto in der Zeitung sieht. ‚Das ist der Mann aus Peru!', wird er der Polizei sagen. Und schwups sind wir im Spiel. Denn über den McKerr-Vertrag gibt es tatsächlich eine Verbindung zwischen Jester und zumindest Bernhard, damit aber auch uns. Klar?"

Wieder nickte Thorlef.

„Überhaupt wissen wir nicht, wie viel Dorothee Timo schon über die *Freundschaft* erzählt hat. Den Namen kannte sie ja, nicht wahr, Bernhard? Sie hat ihn doch am Telefon genannt."

„Ja, sie nannte die *Freundschaft*. Das wusste sie von diesem Detektiv", bestätigte Bernhard. „Unsere Chance heute ist gerade die, dass es *den* nicht mehr gibt, wie uns Gregor berichtet hat."

„Und, wenn du so willst, auch Dorothee nicht mehr", ergänzte Gregor genüsslich.

Bernhard sagte nichts.

„Also, Thorlef", fuhr Gregor fort, „es gibt keine andere Lösung. Nur ohne Timo bleiben die Morde in Peru ungeklärt und die Kenntnis über die *Freundschaft* verborgen. Willst du wirklich alles aufgeben? Meinst du, das wäre gut für uns drei?"

Thorlef hing jetzt an Gregors Lippen. Er war sichtlich im Begriff, seine Meinung zu ändern. Trotzdem erwiderte er: „Es ist nur, dass ich innerlich …"

„Dann organisiere deine Innerlichkeit um! *Du* bist doch der Nervendoktor!", mischte sich Bernhard grob ein und erntete dafür einen wütenden Blick Gregors.

„Aber die Fotos von Bernhard und mir?", seufzte Thorlef.

„Ganz einfach!", übernahm wieder Gregor das Wort. „Jester hat sich Kinderpornos angesehen. Kann mir einfach nicht vorstellen, dass ihr darauf mit euren heruntergezogenen Masken klar zu erkennen seid. Wer sollte überhaupt fragen, wer das Mädchen bei Bernhard ist, wenn es Timo nicht mehr gibt? Oder dein junger Knabe? Keiner kennt ihn."

Thorlef nahm seinen Cognac-Schwenker in die Hand. Bevor er ihn zum Mund führte, hob er das Glas. „Also dann: Auf die Schicksalsgemeinschaft!" Er trank das Glas hastig aus und griff mit bebenden Händen nach der Zigarre.

Erleichterung breitete sich im Raum aus. Endlich war Thorlef wieder in der Reihe. Auch Bernhard gab seinen ureigensten Geheimplan auf.

„Ich muss mich bei Petra melden und zumindest nach Timo fragen!", sagte er, stand auf und zog sein Handy aus der Hosentasche. „Wir dürfen ihm keinen Anlass geben zu merken, dass wir etwas im Schilde führen."

„Sehr richtig!", bemerkte Gregor.

Bernhard ging zum Fenster und sprach mit gedämpfter Stimme mit Petra, bis sich seine Stimme plötzlich überschlug: „Unglaublich! Wie hat er das hingekriegt? Fantastisch!"

Kurz darauf kam Bernhard zu dem niedrigen Couchtisch zurück und genoss die Blicke der neugierig aufblickenden Gesichter.

„Timo hat anscheinend doch eine Vertragskopie bekommen. Hat gestern lange mit New York telefoniert. Sie haben sie ihm in die Wohnung gefaxt. Ein Exemplar liegt jetzt auf meinem Schreibtisch. Er lässt bereits daran arbeiten."

Gregor war wütend aufgesprungen. „So einfach ist das also? Und uns halten Jester und du für Idioten, die eine Million hinblättern sollten?"

„Ich selbst kann es kaum glauben", sagte Bernhard verlegen. „Dennoch: Für die Prosoft ist das eine hervorragende Nachricht."

Gregor runzelte die Stirn. „Ich trau der ganzen Sache nicht!"

Wieder trat längeres Stillschweigen ein.

Dann meldete sich Thorlef zu Wort: „Nochmals, was passiert, wenn die Polizei den Originalvertrag in Jesters Wohnung findet? Das ist doch eine direkte Verbindung zur Prosoft."

„Natürlich werden sie rausbekommen, dass der Zwitter als Pamela bei der Prosoft tätig war. Sie hat den Vertrag eben bei uns geklaut, um für sich was rauszuholen", antwortete ihm Bernhard.

„Aber er wurde doch Timo geklaut. Und der würde schwören, dass man ihm den Vertrag aus der Wohnung gestohlen hat. Wenn sie darauf kommen, dass das Jester war, weil ihn Timo erkannt hat, weiß die Polizei doch, dass es eine Verbindung zur Prosoft gibt."

„Was redest du eigentlich? Warum haben wir denn gerade beschlossen, was die Schicksalsgemeinschaft tun muss? Was du sagst, ist doch ein Grund mehr, es schnell hinter uns zu bringen, noch vor der nächsten Zeitung", sagte Gregor und nippte an seinem Cognac.

„Und wie soll es geschehen?", fragte Thorlef plötzlich keck. „Erschießen, erdrosseln? Wer macht was?"

Bernhard wollte etwas erwidern, doch Gregor stoppte ihn, indem er den Zeigefinger über die Lippen legte. „Du bist der Schlüssel, Thorlef! Das Gift der Wüstenschlange! Du hast es doch bekommen."

„Natürlich!", Bernhard blies erleichtert in die Luft. „Das ist es! Wie wirkt es, Thorlef?"

„Absolut tödlich! Sämtlicher Sauerstoff im Blut wird … wie soll ich sagen … sofort aufgefressen. Damit stoppen die Organe alle Funktionen. Zuerst das Herz. Es sieht wie ein Infarkt aus."

„Und es ist wirklich nicht nachweisbar?", suchte Bernhard sich zu vergewissern.

„Nein! Ich glaube, dieses Toxin ist noch nie in Deutschland aufgetaucht. Es wirkt akut, das heißt, die winzige Menge leiert nur den zerstörerischen Prozess im Blut an, minimiert sich aber in wenigen Sekunden von einem Tausendstel Gramm zu null."

„Und wie soll das vor sich gehen?"

„Ich bekam drei Zellophanstreifen, so ähnlich jedenfalls! Sie sind wie ein Tesafilm auf einen kleinen Plastikdeckel aufgeklebt. Wenn man das Gift verwenden will, muss man den Streifen abziehen und mit seiner Innenfläche zum Beispiel den Rand eines Kuverts, dort, wo man es normalerweise öffnet, bestreichen. Ein

Kontakt mit dem Finger genügt völlig, damit das Gift über die Poren ins Blut gelangt."

Gebannt hatten Bernhard und Gregor Thorlef zugehört.

Dann sagte Gregor: „Also, bestellen wir Timo an einen Ort, an dem ihm jemand ein Kuvert übergibt, das er auf der Stelle öffnen möchte, weil ihn der Inhalt brennend interessiert! Ich weiß, was das sein könnte."

Bernhard und Thorlef blickten ihn gespannt an.

„Wir bieten ihm die Informationen über die *Freundschaft* und die dazugehörenden Fotos an. Es seien Kopien des verunglückten Detektivs. Damit es nicht auffällig wirkt, verlangt der Anrufer fünftausend Euro, die bei der Übergabe zu zahlen wären."

Anerkennende Blicke trafen auf Gregor. Thorlef nickte zustimmend.

„Jeder übernimmt eine Rolle!", bestimmte Gregor. „Als Ort habe ich an den Moosgrund hinter Johanneskirchen gedacht. War hier mit Timo ein paarmal joggen. Es gibt dort eine schmale, nicht geteerte Straße, an der drei Häuser liegen, von hohen Hecken umgeben. Diese Straße geht nach dem letzten Haus in einen einfachen Pfad über, auf dem hie und da gejoggt oder geradelt wird. Hinter diesem letzten Haus liegt auf einem buschigen Gelände vor einem Waldstück eine stillgelegte Imkerei mit Bienenkästen, Brutrahmen und einem Apiarium, also einem Bienenhaus. Ich selbst habe einen Prozess gegen den Imker geführt, weil sich die Bewohner der Häuser über die Bienenschwärme beschwert hatten. Er musste aufgeben und das Terrain brach liegen lassen. Am Bienenhaus könnte die Übergabe stattfinden. Der Anrufer müsste Timo sagen, er solle im Trainingsanzug kommen, damit es unauffällig wirkt. Wenn Timo das tut, kann leicht gefolgert werden, dass er beim Joggen wegen des dramatischen Einschnitts in seinem Leben durch das geschwächte Herz einen Infarkt erlitten hat, an dem er gestorben ist."

„Und wie kommt er zu dem Pfad?", fragte Thorlef.

„Wir schleppen ihn zu dritt vom Bienenhaus dorthin, wenn die Luft rein ist, wenn also kein Mensch auf dem Pfad zu sehen ist. Mit unseren Autos, die wir woanders, nämlich hinter dem Waldstück, abgestellt haben, brausen wir dann zurück. Ich in die Kanzlei, Bernhard zur Prosoft und du, Thorlef, am besten nach Hause. Das Kuvert musst du in der Nähe präparieren. Du sagtest ja, dass es sich im Blut sofort zersetzt, aber auch in der Luft nur maximal zehn Minuten giftig bleibt und sich danach verflüchtigt."

„Stimmt! Ich muss in der Nähe sein!"

„Wir sind alle in der Nähe", erinnerte ihn Bernhard.

„Ja, ja", nickte ihm Thorlef zu. „Und was macht ihr?"

„Bernhard wird ihn anrufen", sagte Gregor. „Er verstellt seine Stimme über einen Synthesizer und bestellt ihn dorthin."

„Und du?", fragte Thorlef weiter.

„Ich werde ihm das Kuvert geben."

„Du?", fragten Bernhard und Thorlef gleichzeitig.

„Ja, ich! Von mir gibt es keine Fotos. Ich kann euch ja guten Gewissens anschwärzen, sagen, dass ich von euren Schweinereien wüsste und darüber Unterlagen hätte."

„Und die fünftausend?", fragte Thorlef.

„Ich sag ihm, das sei ein Trick gewesen, aus Vorsicht. Damit er euch nicht vielleicht vorher was sagt. Wichtig ist, dass er das Kuvert vor mir öffnet. Ich denke, er tut's; denn neugierig wird er ja sein."

„So könnte es gehen! Damit wären wir vollkommen aus dem Schneider. Irgendjemand wird ihn schon finden", bemerkte Bernhard.

„Er hat einen Termin um siebzehn Uhr bei mir!", warf Thorlef plötzlich ein. „Ich möchte ihn aber keinesfalls vorher noch sehen. Das versteht ihr doch?"

„Bestellen wir ihn eben für halb sechs! Er wird dann den Termin bei dir verschieben wollen. Wenn er in deiner Praxis deswegen anruft, wissen wir auch, dass er zum Moosgrund kommen wird."

Die Stimmung hatte sich gewandelt. Sie wussten, dass ihnen mehr Alkohol die Konzentration für ihr Vorhaben rauben könnte, beließen die Reste Cognac in ihren Gläsern und tüftelten noch mehr als eine Stunde an den Details, bevor sie auseinandergingen.

Die Schicksalsgemeinschaft hatte zu einer gemeinsamen Linie zurückgefunden.

26

Als sich Petra um ein Uhr zurückmeldete, ging es ihm besser. Die Unrast der vergangenen Stunde wich langsam. Er fühlte sich gefasster. Auch hatte er mit Petras Erscheinen aufgehört, ständig sein Büro zu durchwandern, und sich wieder hingesetzt. Dennoch schaffte es Timo nicht, erneut in den verbliebenen Aktenberg einzutauchen. Übergeordnete Gedanken, die Zukunft der Prosoft betreffend, breiteten sich aus. Wie würde es weitergehen? Ohne Bernhard! Auch Gregor und Thorlef waren als Teilhaber für alle Zukunft auszuklammern. Für den Augenblick kam ihm keine Lösung in den Sinn, auch kein möglicher Ersatz für die drei. Er wusste nur, dass es mit ihnen vorbei war. Seine ehemaligen besten Freunde waren Pädokriminelle, Anstifter zu den Morden an seiner Frau und seiner Tochter. Ihn selbst hatten sie sich für heute vorgenommen, um ihr schlimmes Treiben zu verschleiern.

Hätte er Bernie nicht aufgesucht, er wäre noch in so manche Falle getappt. Vielleicht für ewig in ein Irrenhaus eingeliefert worden. Und das durch Bernhard mit tatkräftiger Unterstützung Thorlefs und Gregors. Bernie erst hatte ihm die Augen geöffnet für das, was er anfangs gar nicht hatte sehen, glauben, wahrhaben wollen. Er war blind und taub für diese Wahrheit gewesen.

Petra öffnete die Tür, um ihm die nach der Mittagszeit übliche Tasse Kaffee zu bringen. Doch er winkte ab. „Heute nicht, Petra! Hab schon zu viel davon gehabt."

Sie sah ihn überrascht an und machte mit der Tasse wieder kehrt.

Der Zeiger der Uhr an seinem Handgelenk kam nur schleppend voran. Fast sehnte er sich danach, um vier Uhr die Prosoft verlassen zu können. Bald driftete seine Konzentration voll auf die möglichen Ereignisse auf dem *Moosgrund* ab. Was würde dort passieren? Wer könnte es sein, der ihm Dokumente und Fotos übergeben wollte, wenn es solche überhaupt gab? Wahrscheinlich nicht! Eine Finte war das vermutlich, um ihn an einen entlegenen Ort zu locken. Würde der Überbringer mit einer Waffe kommen und wären Bernies Leute in der Lage zu verhindern, dass er sie blitzschnell zöge und abdrückte? Das bange Unbehagen nagte unablässig an ihm.

Es war genau zwei Uhr, als Bernhard plötzlich in sein Büro trat. Timo war darauf nicht vorbereitet gewesen. Er bezweifelte in diesem Augenblick, seine Rolle glaubhaft weiterspielen zu können.

Er blieb sitzen und sah zu Bernhard auf.

„Ich gratuliere dir, Timo!", begann Bernhard. „Ah, da hast du ja die Kopie, lass mal sehen!" Er ließ die zwanzig Blätter schnatternd durch die Finger laufen, ohne sich um den Text zu kümmern, und warf sie auf den Tisch zurück. „Wie war das plötzlich möglich?" Sein Blick war lauernd.

„Weiß auch nicht. Vielleicht, weil ich Ted gestern sagte, wir arbeiteten schon daran. Es muss ja nicht sein, dass jemand von

McKerr die Verträge gestohlen hat und sie zurückhält, damit wir den Termin verpassen."

Im selben Moment, während er es sagte, merkte Timo, dass ihm ein Fehler unterlaufen war. Er spürte Bernhards Blick. Dieser hakte auch sofort nach: „Wie meinst du das? Wer sollte sie sonst gestohlen haben?"

Timo schluckte und machte sich wegen der unvorsichtigen Bemerkung Vorwürfe. „Ich weiß es nicht; denke aber, dass wir nicht nur jemand von McKerr verdächtigen sollten. Ted wusste bestimmt bislang von nichts und als er hörte, dass wir mitten in der Bearbeitung sind, sah er keinen Grund, mir das Fax nicht zu schicken."

„Aber wer sollte die Verträge gestohlen haben, wenn nicht McKerr?", bohrte Bernhard weiter.

Timo wusste nicht, was er antworten sollte. Er hob die Schultern und ließ sie wieder fallen.

„Ich habe keine Ahnung", er schielte zur Decke und fügte hinzu: „Du hast Recht! Eigentlich kann es nur jemand von McKerr gewesen sein."

Bernhard nickte. „Natürlich! Wer sonst?" Er beließ es zu Timos Überraschung dabei und wechselte das Thema: „Ich konnte heute nicht früher kommen, Timo. Du weißt, die Trauerfeier, die Beerdigung! Alles ist so schwierig, weil Dorothees Leiche noch nicht freigegeben ist. Muss auch gleich wieder weg."

„Noch immer kein Verdacht?", fragte Timo.

„Null!"

Timo spürte genau, wie schlecht er seine Rolle spielte, bei Weitem war er nicht so selbstbewusst wie gestern. Keinen Moment fühlte er sich in seinem Benehmen sicher; er konnte Bernhard kaum ansehen.

„Hast dich ja schon mächtig ins Zeug gelegt. Hab die Aktenstöße bei Petra gesehen. Und der Vertrag ist schon bei den Teams, nicht wahr?"

„Ja", antwortete Timo kurz.

„Übernimm dich nicht, Timo! Wann wolltest du bei Thorlef sein?" Bernhards Blick durchbohrte den seinen.

„Um fünf."

„Hm, gut so. Er bringt dich bestimmt wieder in die Gänge."

„Es geht schon ganz gut."

„Dann verziehe ich mich mal wieder, Timo. Kommst du heute noch mal ins Büro?"

„Ja, nach meiner Sitzung bei Thorlef. Jedenfalls, wenn es dort nicht zu lange dauert."

„Dann sehen wir uns vielleicht noch. Tschüss erst mal!"

Bernhard verließ sein Büro. Timo hatte das Gefühl, alles andere als überzeugend gewesen zu sein, und dieses Eingeständnis vor sich selbst teilte er auch unumwunden Bernie mit, den er anrief, als er unten Bernhard aus der Garage fahren sah.

„Das macht gar nichts", meinte Bernie zu seiner Überraschung. „Meines Erachtens wissen sie jetzt bereits, dass du ihnen was vorspielst. Was sie nicht wissen, ist, dass du einen Partner hast, nämlich mich."

„Was könnten das für Dokumente und Fotos sein?"

„Es gibt keine Dokumente oder Fotos in ihren Händen. Jemand tut zwar so, als hätte er die Duplikate des Detektivs, hat aber keine. Die sind nämlich in der Wohnung meines ermordeten Kollegen sichergestellt worden. Die Originale verschwanden zwar mit dem Mord, ich glaube aber nicht, dass sich jemand erdreistet, diese jetzt anzubieten. Der Treffpunkt hat einen ganz anderen Zweck. Dort sollst du in die Falle gehen. Übrigens, die Polizei weiß jetzt durch die Duplikate, wo sich dieser Pädophilen-Club befindet."

Timo schüttelte voller Abscheu den Kopf, sagte eine Weile nichts. Dann fiel ihm ein: „Was ist mit dem Termin bei Thorlef Engelcke?"

„Warte noch bis kurz vor vier! Wenn er dich bis dann nicht anruft, sagst du in seiner Praxis ab."

„Warum nicht gleich jetzt?"

„Er soll nervös werden. Alle sollen nervös werden, damit sie Fehler machen. Noch wissen wir nicht, was sie geplant haben."

„Kennt ihr den genauen Ort am *Moosgrund*, wo das Ganze stattfinden soll?"

„Messerscharf über GPS! Die meisten begeben sich schon bald auf ihre Posten."

„Das höre ich gerne!", ächzte Timo. „Was, denkst du, wird dort passieren?"

„Da bin ich leider genauso schlau wie du. Wir werden alles beobachten, aber niemand wird uns dabei sehen. Bleib ganz ruhig! Und wie besprochen: Um vier Uhr fährst du mit einem Taxi nach Hause, ziehst deinen Trainingsanzug und deine Laufschuhe an und fährst mit deinem Wagen in den *Moosgrund*."

„Hoffentlich springt der Wagen an. Hab ihn wochenlang nicht benutzt."

„Ist doch ein Audi, oder?"

„Ja!"

„Wird schon!"

„Und dann?"

„Im *Moosgrund* parkst du vor diesem Bernsee-Weg. Dann fängst du zu joggen an und schlägst dich nach dem letzten der drei Häuser nach rechts in Richtung Bienenhaus!"

„Kann es sein, dass dort ein Killer auftaucht?"

„Glaub ich nicht! Woher sollten sie den so schnell organisieren? Der, den sie hatten, ist seit gestern tot und das wissen sie erst seit heute Morgen."

Timo atmete tief durch. „Und ihr habt alles im Griff?"

„Solange du den Knopf an deinem Handy nicht vergisst."

Der Zeiger auf Timos Uhr hatte sich inzwischen der Drei-Uhr-Marke genähert. Timo rief Petra ins Zimmer und gab ihr einen Scheck über fünftausend Euro. „Gehen Sie doch bitte zur Kasse und lösen meinen Scheck ein! Ich brauche Bargeld. Habe einiges zu bezahlen, was sich in letzter Zeit angestaut hat."

Sie sah ihn wegen des hohen Betrages verwundert an, nahm ihm den Scheck ab und verließ sein Büro. Erst nach einer halben Stunde kam sie mit einem Bündel Euro-Noten zurück. „Jemand musste den Scheck doch auf der Bank einlösen. So viel war nicht in unserer Kasse."

Als sie wieder in ihrem Büro war, verstaute er das Bündel in einem Kuvert und steckte es in die Innentasche seiner Jacke, die über dem Sessel hing.

Unmittelbar danach – es war jetzt halb vier – rief die Sprechstundenhilfe von Doktor Engelcke an. Der Arzt habe schnellstens zu einem Patienten gemusst, bei dem Suizidgefahr bestand. Ob es auch um sieben Uhr gehe. Timo bejahte. Er teilte den Anruf sofort Bernie mit.

Um zehn vor vier bestellte er sich über Petra ein Taxi. „Ich muss mich etwas bewegen. Frische Luft wird mir guttun. Mir brummt der Schädel."

„Kann ich mir gut vorstellen!", bemerkte Petra. „Kommen Sie heute noch mal ins Büro?"

„Vielleicht! Sie müssen aber nicht auf mich warten."

Um vier Uhr verließ Timo die Prosoft. Zwanzig Minuten später betrat er zum ersten Mal wieder seine Wohnung. Ein beklemmendes Gefühl überkam ihn. Er bemühte sich, die Fotos von Chantal und Verónica zu ignorieren. Als er im Schlafzimmerschrank nach seinem Trainingsanzug und den Joggingschuhen grapschte, merkte er, *wie* nervös er war, fragte sich, ob er diese Umgebung je wiedersehen würde. Er war sich in keiner Weise sicher.

Um Viertel vor fünf hastete er im Trainingsanzug, das Geldpäckchen in einer Hosentasche verstaut, in die enge Tiefgarage, die Platz für acht Autos bot. Die Zwischenräume waren minimal. Im Moment waren nur vier Fahrzeuge abgestellt, aber neben seinem stand ein wuchtiger Volvo-Van so nah, dass er es nicht schaffte, sich durch den schmalen Spalt auf den Fahrersitz zu zwängen. Mühsam wand er sich auf der anderen Seite über Schaltknüppel und Handbremshebel vor das Steuer. Seine Wunde schmerzte.

Der A 6 sprang sofort an, doch ein Pfeiler und ein gegenüberstehender Mercedes der S-Klasse mühten ihm ein vielfaches Rangieren ab, bevor er seinen Stellplatz verlassen konnte.

In der Mauerkirchner Straße angelangt, merkte er, wie seine Finger am Lenkrad zitterten. Er umklammerte es fest, um sicherer fahren zu können. Er verwünschte fortwährend seine Nervosität, jetzt, wo es auf sein Handeln ankam.

Der *Moosgrund* lag nordöstlich von München. Timo fuhr bis Oberföhring, wo ihn ein Stau erwartete, den er durch Faustschläge auf das Lenkrad missbilligte; denn es war bereits zehn nach fünf. Schweißperlen rollten vom Haaransatz über den Nacken den Rücken hinunter.

Mühsam stotterte die Kolonne weiter. Erst als er in die Johanneskirchner Straße einbog, lief der Verkehr wieder flüssiger. Es war jetzt fünf Minuten vor halb sechs, als er in die schmale Zufahrt Apenrad abbog, der er bis zum Ende folgte, und den Wagen vor einem eingezäunten Gartengrundstück neben dem Bernsee-Weg parkte. Er stieg aus. Wind war aufgekommen. Seine Nervosität war so groß, dass er es aufgegeben hatte, sie zu bekämpfen, und sein ganzer Unterkiefer bebte.

Er trabte los und erreichte bald das dritte Haus am *Moosgrund*, sah das unbebaute Gelände daneben, das etwas anstieg, davor die wild wuchernden Büsche und zwischen ihnen verteilt einige Bienenkästen. Weiter oben stand das Bienenhaus.

Timo schwenkte nach rechts. Es war bereits eine Minute nach halb sechs. Trotzdem hielt er inne, lauschte wie süchtig auf sein Handy.

Er sah niemand. Wo sollten Bernie und seine Leute sein? Es gab nur diese Büsche, die verlotterten Imkerei-Installationen und fünfzig Meter dahinter den dichten Mischwald, dessen Wipfel im Wind schwankten.

War der Anrufer da? Hinter dem Bienenhaus?

Er nahm sein Handy in die Faust. Warum vibrierte es nicht? Keine Seele weit und breit. Sollte er hier etwa allein mit seinem Mörder sein? Bernie und seine Leute: Waren sie vielleicht im Verkehr hängen geblieben, so wie er vorhin?

Er ging einige Schritte weiter. Und da trat *er* hinter dem Bienenhaus hervor. Lächelnd.

„Du?", rief Timo entgeistert.

*

Der grüne Geländewagen, den Gregor immer benutzte, wenn er zur Jagd fuhr, hielt an der Ecke Flensburger Straße und Hoyerweg. Er nahm Bernhard und Thorlef auf, die ihre Fahrzeuge nicht weit entfernt auf einem Parkplatz vor einem Johanneskirchner Supermarkt abgestellt hatten.

Thorlef setzte sich vorn neben Gregor. Er hielt einen Plastik-Hefter in der Hand.

Bernhard nahm auf dem Rücksitz Platz. Er fasste nach dem Überrollbügel, als Gregor anfuhr. Gut gelaunt klatschte er Thorlef auf die Schulter.

„Bald haben wir's hinter uns!", dröhnte er.

Thorlef nickte zurück. Von Zeit zu Zeit öffnete er den Folder, in dem über drei Paar Wegwerfhandschuhen, wie sie die Chirurgen verwendeten, ein viereckiger roter Pappdeckel lag. Auf diesem waren drei Klebe-Etiketten, jedes etwa zweimal vier Zentimeter groß, parallel angeordnet. Auf ihrer Innenseite befand sich das Taipan-Gift. Minimale graue Staubkörnchen waren unter den Streifen, deren Enden in nichtklebende gelbe Laschen übergingen, mehr zu erahnen als zu erkennen.

Gregor deutete auf ein braunes Kuvert, das er neben Fahrersitz und Mittelkonsole eingeklemmt hatte. „Wertvolle Dokumente und schmutzige Fotos von euch beiden!" Er lachte auf und sogar Bernhard feixte über seinen Scherz und grölte: „Was ist los mit dir, Thorlef? Bläst du schon wieder Trübsal?"

Thorlef murmelte irgendetwas zurück.

Der Wagen bog jetzt in der Nähe des sogenannten Hüllgrabens in einen Schotterweg ein und stoppte, nachdem er einige Meter seitwärts über eine holprige Mulde geschaukelt war, vor einem Waldstück. Ein neugieriger Spaziergänger würde durch das Heckfenster allerlei Jagd-Utensilien wie einen grünen Waidsack, einige Jägerhüte, sogar einen Stutzen und einen Drilling sehen, mit denen Gregor den Raum hinter der Rücksitzbank dekoriert hatte. Ein in dieser Gegend unauffälliges Jagd-Fahrzeug.

„Hast dir's hoffentlich nicht wieder anders überlegt?", fragte Gregor barsch und sah Thorlef von der Seite an. „Willst nicht doch etwa in die Einsiedelei? Alle Brücken abbrechen?"

Thorlef ignorierte das. „Hier, nehmt jetzt eure Handschuhe!"

Er holte sie aus dem Folder und verteilte sie. Sie zogen sie sich über die Hände. Dann nahm Thorlef den roten Deckel in die Hand und stieg aus. Gregor folgte mit dem Kuvert und Bernhard mit dem Fernglas.

„Na, dann los!", gab Gregor das Kommando. Es war Viertel nach fünf.

Sie durchquerten etwas mühsam die kleine Waldfläche, die viel Unterholz aufwies, und gelangten nach fünf Minuten zu dem abschüssigen Gelände der stillgelegten Imkerei. Der starke Wind blies ihre Blousons auf, als sie in gebückter Haltung zu einem der breiten Bienenkästen liefen.

Der von Dornenranken umsponnene ehemalige Bienenstock verfügte noch über ein zersplittertes Glasfenster, das früher einen ungefährdeten Blick auf die Brutwaben ermöglicht hatte und jetzt eine leidlich gute Sicht zum etwa hundert Meter entfernten Bienenhaus gewährte.

„Los, Thorlef! Mach dich an die Arbeit!", brummte ihn Gregor an, der wie die anderen gekrümmt hinter dem Kasten stand.

„Wollen wir nicht warten, bis Timo auftaucht? Im Moment ist auch der Wind zu stark."

„Mach schon!", zischte ihn Bernhard an.

Thorlef kniete sich hin und klemmte sich den roten Deckel zwischen die Beine. Mit der linken Hand hielt er die Außenseite fest, mit der rechten zog er langsam den Klebestreifen ab. Gregor hielt ihm das Kuvert hin. Als Thorlef danach fasste, ratzte eine Dorne an seinem Handrücken. Unter dem durchsichtigen Latex-Handschuh spaltete sich ein Tropfen Blut in winzige Äderchen auf.

„Schnell! Wir müssen uns beeilen!", trieb sie Thorlef an. Er verrieb die Innenfläche des Etiketts intensiv an der rechten oberen Seite des Kuverts, dort, wo es normalerweise beim Öffnen aufgeritzt wurde.

Zitternd zog er den zweiten Streifen ab. Beinahe hätte ihn ihm eine Bö aus den Fingern gerissen. Er schnaufte mit erleichtertem Blick durch und massierte konzentriert die Giftfläche am linken Rand des Kuverts ein.

„Glaubst du, der Wind verweht es schneller?", fragte Bernhard besorgt.

„Es wäre nicht verkehrt, wenn er pünktlich wäre."

Es war siebzehn Uhr neunundzwanzig.

Gregor fasste das Kuvert an der unteren Seite an und lief in geduckter Haltung zum Bienenhaus. Bernhard beobachtete ihn durch das zerbrochene Fenster hindurch mit dem Fernglas.

„Gregor ist jetzt am Treffpunkt", flüsterte Bernhard Thorlef zu. „Aber von Timo ist noch nichts zu sehen."

Er sah auf seine Uhr. Siebzehn Uhr dreißig. „Verdammt!", entfuhr es ihm. „Er ist nicht pünktlich." Ein Windstoß fuhr durch seine Haare und stellte sie hoch.

„Ah, jetzt kommt er, Thorlef! Willst du mal durchsehen?"

Thorlef antwortete nicht.

„Warum bleibt Timo jetzt stehen?", fauchte Bernhard. „Es ist doch über die Zeit! Und Gregor zeigt sich auch nicht. Verstehst du das?"

Auch jetzt antwortete Thorlef nicht.

„Willst du nicht doch mal gucken?"

Wieder blieb Thorlef ruhig. Als Bernhard zu ihm blickte, rollte sich Thorlefs Körper gerade zur Seite. Gelblicher Brei floss aus den Mundwinkeln. Die Augen waren starr auf ihn gerichtet. Sein Gesicht war weiß wie Büttenpapier.

Ein schrecklicher Verdacht blitzte in seinem Kopf exakt in dem Moment auf, in dem er die Mündung einer Pistole oder eines Revolvers hart auf seiner Wirbelsäule spürte.

„Kein Laut, oder du bist ein toter Mann! Lass das Fernglas fallen und leg die Hände auf den Rücken!" Der Mann flüsterte zwar, aber es bestand kein Zweifel, dass er es ernst meinte.

Bernhard gehorchte. Er vermied es, einen weiteren Blick auf Thorlef zu werfen, der noch ein gepresstes Gurgeln von sich gab, dann aber gänzlich verstummte.

„Hinknien!", befahl die Stimme und Bernhard ließ sich wie willenlos auf die Knie fallen.

Metallische Fesseln klickten an seinen Handgelenken.

Ein uniformierter Polizist war jetzt neben Thorlefs Körper getreten und im Begriff, ihn zu untersuchen.

„Fass ihn nicht an!", zischte die Stimme hinter Bernhards Rücken. „Zieh Handschuhe an und sammle den roten Deckel ein!"

Der Uniformierte zog einen Plastikbeutel aus der Seitentasche seiner Jacke und schüttelte den Inhalt auf den Waldboden. Er streifte sich die Handschuhe über und stupste den roten Deckel mit dem Pistolenlauf ins Innere des Säckchens.

Es war siebzehn Uhr zweiunddreißig.

27

Sechs bis sieben Meter trennten Timo von Gregor. Der Boden zwischen ihnen war von Schaumkraut, Grasbüscheln und Schafgarben übersät. Dazwischen lagen einige ausgediente Bienenkörbe. Über Gregors von der Sonne verbranntem Kahlkopf stand die Mondsichel am Himmel. Wind plusterte die grüne Windjacke auf, die breiten Hosenbeine schlotterten. Gregors Miene war spöttisch: „Überrascht, nicht wahr?"

„Weiß Gott! Willst du dir etwa fünftausend Euro verdienen?", fragte Timo.

„Das war nur ein Trick. Ich wollte verhindern, dass du vor unserem Treffen Bernhard und Thorlef Bescheid gibst. Vielleicht hättest du mir ja nicht geglaubt, dass ich über Beweise für ihre Schweinereien verfüge."

„Woher willst du die haben?"

„Vor einiger Zeit beschlossen Dorothee und ich gemeinsam, dem Treiben ihres Mannes und Thorlefs ein Ende zu setzen. Wenn wir es wüssten und nichts unternähmen, würden wir uns nur mitschuldig machen."

„Aha!", murmelte Timo.

„Hier, sieh dir an, was da alles an Material vorhanden ist!"

Gregor streckte die Hand mit dem Kuvert aus und trat einen Schritt auf Timo zu.

Im selben Moment vibrierte das Handy in seiner Hand. „Fass das Kuvert nicht an!", zischte Bernie. Das war alles.

Timo trat einen Meter zurück, sodass der alte Abstand zwischen den beiden wiederhergestellt war.

„Wer war das?", fragte Gregor verdutzt.

„Ich glaube, Petra hat versucht, mich zu erreichen."

„Also nimm es mir schon ab! Sieh rein!", drängte Gregor. „Echte Schweine sind das. Haben's mit Verónica und Chantal getrieben." Er war wieder nach vorn getreten und Timo um die gleiche Schrittlänge zurück.

„Was hast du? Ich will dir doch helfen. Du kennst mich doch."

„Dachte ich auch mal", entgegnete Timo.

„Was soll das heißen?", fragte Gregor entrüstet.

Trotz des scharfen Windes bemerkte Timo, wie seinem Gegenüber Schweißtropfen von der Glatze in die Stirn liefen. Auch war seine Stimme in eine schrille Tonlage übergewechselt.

„Wann habt ihr beschlossen, Verónica und Chantal umbringen zu lassen?"

Gregors Augen flammten auf. Sein Gesicht erstarrte zu einer Maske. Er schüttelte zornig den Kopf. „Du tickst nicht mehr richtig. Steckst anscheinend wieder im Drogendelirium?", presste er hervor, hatte sich aber gleich wieder im Griff: „Wir beide, Timo, müssen sie zur Strecke bringen. Sieh doch endlich rein!"

Durch einen weiten Schritt stand er plötzlich nur noch drei Meter von Timo entfernt. Der hatte zu seiner Erleichterung Bernie entdeckt, der inzwischen vom Bienenhaus kommend behutsam Schritt vor Schritt setzte. Seine Kleidung war schmutzig. Um seinen Hals hing ein Fernglas.

„Warum trägst du denn Handschuhe?", fragte Timo seinen früheren Freund. Im selben Augenblick verlor Gregor die Selbstbeherrschung und setzte – das Kuvert vor sich haltend – zu einem Sprung auf Timo an. Doch bevor er vom Boden abhob, hakte sich Bernies Schuhspitze um den Spann von Gregors linkem Fuß. Gregor landete bäuchlings auf dem Erdboden. Das Kuvert entglitt ihm dabei und wurde einen Meter von ihm entfernt von einem Grasbüschel gestoppt.

Er schielte zu Bernie hoch, der breitbeinig neben ihm stand, war aber unfähig, in der plötzlich entstandenen Situation etwas zu sagen.

Herrlinger trat heran: „Es ist aus, Anwalt", sagte er kurz.

Auf dem Bernsee-Weg fuhren mehrere Polizei-Fahrzeuge heran und hielten unterhalb der alten Imkerei.

Timo starrte Gregor an. Es war nicht mehr das Gesicht des ewig gut gelaunten Freundes. Eine Fratze hatte sich wie eine Maske darüber gespannt. Für einige Sekunden feuerten Fantasien ihre Bilder durch Timos Kopf, die sie alle drei zeigten, wie sie sich mit ihren nackten Körpern über Verónica und Chantal hermachten. Er war nahe daran, Gregor einen Karateschlag zu verpassen, doch im selben Moment führten uniformierte Polizisten Bernhard, dessen Arme am Rücken gefesselt waren, an ihm vorbei. Zwei Blicke voller Hass trafen sich für einen Augenblick.

Inzwischen waren drei weitere Polizisten zu Herrlinger und Bernie getreten. Auch sie zogen sich Latex-Handschuhe an. Als einer von ihnen dem auf dem Bauch liegenden Gregor die Handfesseln anlegen wollte, spannte sich dessen Körper kurz an, indem er die Knie bis zum Brustkorb hochzog. Dann schnellte er aus dieser Stellung in einem Satz nach vorn, presste seine Stirn auf den Falz des Kuverts und wischte sie in einem kuriosen Veitstanz hin und her.

„Vorsicht, wegbleiben!", schrie Herrlinger dem Polizisten zu, der erschrocken zur Seite sprang.

„Es muss ein Gift sein, das unmittelbar wirkt. So wie bei dem da oben", sagte Bernie erregt.

Timo konnte sich denken, wen er meinte. Denn Thorlef fehlte.

Herrlinger hatte sich jetzt auch Handschuhe übergestreift. Er drehte Gregor zur Seite, während ein Uniformierter das Kuvert in eine durchsichtige Plastiktüte gleiten ließ, es mit einem dunklen Klebestreifen verschloss und das Etikett mit dem Warnzeichen für Gift daraufklebte. Herrlinger wandte sich von Gregor ab.

„Kann ich ihm jetzt die Handschellen anlegen?", fragte der Polizist, der vorhin zur Seite gesprungen war.

Herrlinger winkte ab. „Nicht nötig!"

Gregors Augen, die immer noch auf Timo gerichtet waren, wirkten glasig und quollen allmählich auf. Aus dem Mund, der jetzt höhnisch verzerrt war, waberte milchiger Brei. Das von der Sonne gerötete Gesicht und der Kahlkopf wechselten ihre Farbe zu einer fleckigen, weiß-braunen Hautfläche. Ein Rest von Herzschlag zuckte wild am Hals, um kurz danach aufzugeben. Sein Kopf rollte zur Seite.

Längere Zeit konnte Timo nicht den Blick von Gregor abwenden. Dann fühlte er Schwäche aufkommen. Erst als ihn Bernie fest unter der Achsel packte und ihn stützte, war er in der Lage, sich in die Richtung zu wenden, in die Bernie deutete.

Er schleppte sich auf weichen Knien mit Bernies Hilfe voran, hatte das Empfinden, dass er selbst am Ende war.

„Dein Wagenschlüssel!", holte ihn Bernie aus dem Trance-Zustand. „Jäcki wird deinen Audi in der Mauerkirchner Straße abstellen."

Timo nickte und deutete auf die linke Seitentasche seines Trainingsanzuges. Bernie holte den Schlüssel heraus und gab ihn Jäcki Probst, der plötzlich neben ihnen stand.

Nur langsam näherten sich Timo und Bernie dem Bienenkasten, hinter dem ein Polizist postiert war und zwei Sanitäter bei dem ausgestreckt daliegenden toten Thorlef knieten. Sie hielten kurz an und Timo blickte auf ein ähnlich maskenhaftes Gesicht, wie er es gerade bei Gregor gesehen hatte.

Bernie zog ihn noch näher zu Thorlef heran. „Hier, siehst du den langen Riss im Handschuh?"

Timo nickte. „Bei ihm war es ein Unfall beim Umgang mit diesem teuflischen Zeug. Beim Anwalt war es Selbstmord. In dem Kurzschluss-Moment hat er keinen Ausweg mehr gesehen. Für ihn war es wahrscheinlich das Beste. Ich glaube, alle drei wussten nicht, wie stark und wie schnell das Gift wirkt."

„Und Bernhard?", brachte Timo mühsam hervor, als sie langsam weitergingen. „Was passiert mit ihm?"

„Herrlinger hat bereits einen Anruf bekommen. Von Polizeikommissarin Prengel; du kennst sie ja. Unter ihrer Leitung hat die Polizei genau zu dem Zeitpunkt, als diese Aktion hier in die entscheidende Phase kam, das Büro von Janisch besetzt und alles beschlagnahmt. In seinem Schreibtisch haben sie Seite eins eures Vertrages gefunden. Jetzt werden sie die DNS dieser Seite mit den neunzehn Seiten bei diesem Massenmörder vergleichen. Bin mir sicher, dass sich danach eine Verbindung zwischen den beiden herstellen lässt."

„Wird das ausreichen?"

„Nun, außerdem gibt es die Duplikate des ermordeten Detektivs, die Fotos, die wir bei diesem Henryk Jester gefunden haben, die Janisch mit deiner Tochter zeigen, und es gibt Stempel von Lima und New York im Pass des Monsters. Na, und uns alle hier als Augenzeugen des Mordversuchs. Janisch wird lebenslänglich bekommen. Anstiftung zum Mord in mindestens zwei Fällen und Beihilfe dazu, außerdem Missbrauch von Kindern. Wahrscheinlich bekommt er sogar zweimal lebenslänglich. Und sollte er doch nach sechzehn Jahren freikommen, dann droht ihm als kriminellem Pädophilen Sicherheitsverwahrung."

Während Bernie das sagte, waren sie auf dem schmalen Schotterweg hinter dem Wald angekommen. Dort standen drei weitere Streifenwagen und eine Ambulanz.

Erst als sie eine Weile stumm in Bernies BMW saßen, fühlte sich Timo wieder besser.

„Wie habt ihr entdeckt, dass sie es mit dem Gift tun wollten?"

„Wir haben sie beobachtet, wie sie das Kuvert präparierten. Wir waren in Erdlöchern verborgen, die wir schon am frühen Nachmittag gegraben hatten, und natürlich hatte ich das hier", er deutete auf sein Fernglas.

„Dein Anruf kam gerade noch rechtzeitig!"

„Ich hatte ihn dir versprochen!"

„Jetzt verstehe ich auch, warum du so schmutzig bist."

Bernie lächelte und klopfte ihm auf die Schulter.

„Jetzt ist alles überstanden, Timo. Ich fahr dich nach Hause."

„Nach *Hause*?" Timo schaute auf. „Wo soll das sein?"

Weitere Titel der Edition B☉D

BoD ist ein moderner Autorenverlag. Jeder Autor kann bei BoD zu überschaubaren Kosten sein eigenes Buch veröffentlichen – der Vielfalt sind keine Grenzen gesetzt: Schulgeschichten und Philosophie, moderne Märchen und Ratgeber finden ihren Platz ebenso wie Sinnsprüche und Zeitgeschehen, das Phantastische wie die alltägliche Realität. BoD macht aus einem Manuskript in kurzer Zeit ein fertiges Buch. Und jeder Leser kann es kaufen, überall im deutschsprachigen Buchhandel und in nahezu allen Internet-Buchshops wie Amazon oder Libri.de. Denn jedes BoD-Buch ist in den für Buchhändlern so wichtigen Großhandelskatalogen zu finden – die entscheidende Voraussetzung für den Bucherfolg.

Informieren Sie sich über Ihre Möglichkeiten auf www.bod.de.

Bibliografische Information der Deutschen Bibliothek:
Die Deutsche Bibliothek verzeichnet diese Publikation
in der Deutschen Nationalbibliografie;
detaillierte Daten sind im Internet über
<http://dnb.ddb.de> abrufbar.

© 2010 Coldàn
Satz, Umschlagdesign, Herstellung und Verlag:
Books on Demand GmbH, Norderstedt

ISBN: 978-3-8448-7280-4